HEYNE

Das Buch
1628 sticht die prachtvolle Batavia, das stolze Flaggschiff der holländischen Handelsflotte, von einer Nordseeinsel aus in See. Ziel ist die ostindische Kolonie Java, wo das Schiff mit seinen dreihundert Passagieren in neun Monaten ankommen soll. Doch die Vorzeichen für die lange Fahrt sind nicht günstig: Der Kommandeur Pelsaert und der grobe Kapitän Jacobs sind eingeschworene Feinde, die schöne Lucretia van der Mylen, die zu ihrem ungeliebten Ehemann unterwegs ist, verwirrt die Männer, und der verschlagene, machtgierige Kaufmann Cornelius schürt Unruhe unter den Matrosen. Zwischen Pelsaert und Lucretia entwickelt sich eine zarte Liebe, die Neid und Missgunst hervorruft. Als der Kommandeur schwer erkrankt, kommt es zu einem brutalen Übergriff auf die schöne junge Frau. Schon planen die Matrosen unter Cornelius die Meuterei, da macht Kapitän Jacobs einen entscheidenden Fehler: Die Batavia läuft auf ein Riff. Die meisten der Schiffsinsassen können sich zwar auf eine Inselgruppe retten – doch was sie dort erwartet, ist das blanke Entsetzen.

Der Autor
Der Brite Colin Falconer, 1953 in London geboren, lebt heute mit seiner Familie in Australien. Er ist als Journalist und freier Schriftsteller tätig. Mit seinen großen historischen Romanen wie *Die Sultanin* (01/9925) oder *Die Aztekin* (01/10583) hat er sich weltweit ein großes Leserpublikum erobert. Außerdem liegen im Wilhelm Heyne Verlag *Die Diva* (01/10772), *Die Königin vom Nil* (01/13311) und *Die Tochter des Khan* (01/13025) vor.

COLIN FALCONER

Zorn der Meere

Roman

Aus dem Englischen
von Gabriele Weber-Jaric

WILHELM HEYNE VERLAG
MÜNCHEN

HEYNE ALLGEMEINE REIHE
Band-Nr. 01/13552

Titel der Originalausgabe
THE KINGDOM

Umwelthinweis:
Dieses Buch wurde auf
chlor- und säurefreiem Papier gedruckt.

Taschenbucherstausgabe 10/2002

Printed in Germany 2002
Umschlagillustration: Archiv für Kunst und Geschichte
Umschlaggestaltung: Eisele Grafik-Design
unter Verwendung des Gemäldes SCHIFFBRUCH IM STURM
von Jacob Bellevois, 1621–1675
Satz: Leingärtner, Nabburg
Druck und Bindung: Elsnerdruck, Berlin

ISBN 3-453-21100-6

http://www.heyne.de

Zu herrschen in der Hölle hier ist mir lieber,
als in dem Himmel nur zu dienen.

JOHN MILTON, Das verlorene Paradies

(Quelle: Reclam, 1986)

I

Gestatten Sie, dass ich mich vorstelle. Der Name tut im Moment nichts zur Sache. Ich bin vermögend, gebildet und eigentlich auch ein Gentleman, obgleich es Stimmen gibt, die Gegenteiliges behaupten.

Ich glaube an Gott. Es wäre auch töricht, das nicht zu tun, denn er hilft mir stets bei meinen Geschäften.

Mein Hauptinteresse gilt jedoch dem Studium der menschlichen Natur – ein Sujet, das mich immer und ewig faszinieren wird. In erster Linie hat es mir dabei das Böse angetan. Nicht die Sünde wohlgemerkt! Sünden sind meist Nichtigkeiten, die sich selten zur Pracht wahrer Finsternis entfalten. Ich meine das Monströse, das Abartige, das, was Sie als obszön bezeichnen würden.

Bitte tun Sie nicht so, als wüssten Sie nicht, wovon ich rede.

Ich war von Anfang an dabei. Ich war schon an Bord, als die *Batavia* Texel verließ, selbst wenn mein Name nicht auf der Passagierliste erschien, die die feine *Companie* so säuberlich zusammengetragen hatte.

Ich entsinne mich noch genau meines Gefühls reiner, ungetrübter Vorfreude, als die Matrosen die weißen Segel hissten, die sich aufblähten und donnernd im Wind schlugen.

Ich wurde nicht enttäuscht.

Wundert Sie das?

Nicht doch! Wenn Sie die Menschen nur halb so gut kennen würden wie ich, wüssten Sie, dass die nachfolgenden Ereignisse unumgänglich waren, selbst wenn die braven Holländer später alles taten, um ihr Entsetzen auszudrücken. Wie ihre calvinistischen Pastoren glaubten ja auch sie, Reichtum, Bildung und Frömmigkeit zählten als Beweise für das Gute im Menschen, sodass ihnen zuletzt nichts anderes übrig blieb, als *mir* die Schuld in die Schuhe zu schieben.

Schauen Sie mich an!

Sieht so ein Übeltäter aus? Etwa gar einer von jenen, über die Sie haben munkeln hören?

Doch ich greife vor. Kommen Sie, rücken Sie ein wenig näher! Ich will Ihnen die wahre Geschichte erzählen.

Houtmans Riff

Dreiundvierzig Meilen westlich von Geraldton, Westaustralien
Achtundzwanzig Grad und dreißig Minuten südlicher Breite

Der Schädel lag unbedeckt in dem flachen Grab und grinste ihnen aus dem weichen, weißen Sand entgegen – eine dreieinhalb Jahrhunderte alte Grimasse des Todes.

Ein Mann in abgetragenem T-Shirt, auf dem Rücken das ausgeblichene Logo des Fremantle Maritime Museums, hockte neben dem Grab und entfernte mit einem Pinsel den Sand. Die Grube war etwa einen Meter tief. Sorgsam war sie mit Hilfe von Spateln ausgehoben, die Sandschichten Zentimeter für Zentimeter abgetragen worden.

Ein Gitternetz aus Schnüren markierte die Grabstätte. Sie war mit verschlungenen Baumwurzeln und Nestern von Sturmtauchern durchsetzt, was die Ausgrabungen erschwerte.

Zwei Pathologen begleiteten die Expedition, eine Frau und ein Mann. Die Frau trug Handschuhe aus Latex. Sie bückte sich, um einen bereits freigelegten Schädel zu untersuchen, und blies mit einem Strohhalm den Sand aus seinen Knochenhöhlen. Einer der Archäologen beugte sich zu ihr hinab.

»Weiblich«, teilte sie ihm mit. »Noch sehr jung, nach den Zähnen zu schließen, zum Zeitpunkt des Todes nicht älter als sechs oder sieben.« Sie runzelte die Stirn. »Schauen Sie, dieser Zahn hier ist eingedrückt worden, womöglich durch einen Hieb. Die Folge davon werden entsetzliche Schmerzen gewesen sein, getötet hat sie das jedoch nicht.« Sie warf einen Blick auf den Rest des Skeletts. »An ihren Armen befinden sich keinerlei Merkmale, die auf Gegenwehr deuten, daher gehe ich davon aus, dass sie gefesselt war, als sie starb. Der Schädel ist noch intakt, ohne erkennbare

Frakturen. Schwer zu sagen, was sie umgebracht hat. Gewebeverletzungen hinterlassen ja bekanntlich keine Spuren. Ich hoffe nur, es ging schnell.«

Bis auf das Summen der Fliegen und das Getöse, mit dem die Brandung gegen das Riff klatschte, war für eine Weile nichts mehr zu vernehmen. Das kleine, baumlose Eiland mit den Fischerhütten und Vogelkolonien hatte sich als Massengrab herausgestellt. Bereits acht Skelette hatten sie bisher entdeckt, drei Erwachsene und fünf Kinder. In einem Fall schien der Tod durch den Schuss einer Muskete ausgelöst worden zu sein. In dem nächsten Schädel klaffte eine Lücke, die womöglich durch einen Schlag mit der Axt herbeigeführt worden war. Die Mienen der fünf Männer und drei Frauen, die zu der Gruppe der Archäologen gehörten, wirkten bedrückt. Jeder von ihnen versuchte, sich auf seine Art die Verbrechen vorzustellen, die hier vor langer Zeit begangen worden waren.

Der Schädel im Sand grinste sie an.

Das kleine Mädchen wusste, was geschehen war. Wer immer es auch gewesen sein mochte – es hätte sich an alles erinnert.

Es hätte sich daran erinnert, wie es mit sieben Jahren durch die Kirche von Amsterdam rannte und daran, dass seine Mutter es ausschalt, weil es die Predigt von Pfarrer Bastians störte, der in seinem schwarzen Gewand gegen das Böse in der Welt wetterte.

Es würde nicht mehr lang dauern, verkündete er, da würde er auf der *Batavia* zu ihrer Kolonie in Ostindien segeln, um dort dem Herrn und seinem Wort zu dienen. Anschließend warnte er die Gemeinde vor den Fallstricken des Teufels, die dieser in seiner Abwesenheit auslegen würde, um sie ins Verderben zu locken.

Doch der Teufel schien an jenem schönen Amsterdamer Sonntagmorgen, an dem sich die hellen Sonnenstrahlen in den bunten Kirchenfenstern brachen, meilenweit entfernt zu sein. Waren sie denn nicht alle gottesfürchtige holländische Calvinisten, Auserwählte des Herrn, die das gestrenge Leben der Gerechten führten? Predigte der Herr Pfarrer denn das nicht gerade? Sagte er nicht, dass die göttliche Vergeltung allein auf die Völler, die Schwelger und die Wollüstigen zielte?

Schädel, Stundenglas und Kerze.

Jeronimus vertiefte sich für lange Zeit in den Anblick dieser Gegenstände, ehe er seine Feder in die Tinte eintauchte und in sein Tagebuch zu schreiben begann:

»Der Mensch spricht von gut und böse, als könne man sein Verhalten wie Metalle scheiden, in nieder oder edel. Das ist falsch. Darüber hinaus ist es ein Trugschluss, der eine Folge von Irrtümern zeitigt.

Wenn es wahr ist, dass jede unserer Regungen Gottes Willen entspringt, also einem Wesen entstammt, das gut und gerecht ist, dann kann das, was der Mensch tut, niemals schlecht oder unrecht sein.

Es gibt nur ein Maß, an dem sich ablesen lässt, ob die Menschen stark sind oder schwach, ob sie die Kraft besitzen, Gottes Willen auszuführen, oder ...«

Als unten an das Portal geklopft wurde, schreckte Jeronimus auf. Aus seiner Federspitze tropfte ein schwarzer Fleck auf das Papier. Er erhob sich, trat ans Fenster und spähte hinunter in die Gasse.

»Jeronimus! Mach auf!«

Jeronimus eilte die Treppe hinab, zerrte seinen Besucher in den Hausflur und sperrte das Tor von innen zu.

Drinnen nahm sein Besucher vor dem Kaminfeuer Platz und rieb sich die Hände, teils aus Furcht, teils auch der Kälte wegen.

Jeronimus füllte zwei Zinnbecher mit Wein.

»Bringst du eine schlechte Nachricht?«

Der Gast schüttelte den Kopf. »Selbst unter der Folter konnten sie ihn nicht brechen. Nicht *ein* Name ist über seine Lippen gekommen.«

»Gott sei's gelobt und gedankt«, flüsterte Jeronimus.

»Er besitzt noch Freunde bei den Engländern. Man sagt, dass er verbannt werden wird.«

Jeronimus starrte in die Flammen. Die Hälfte seines Gesichtes lag im Schatten verborgen.

»Vielleicht wäre es klug, wenn du Amsterdam für eine Weile verlassen würdest.«

»Soll mir Recht sein«, schnaubte Jeronimus verächtlich. »Ich bin dieser Frömmler längst überdrüssig geworden.«

»Hast du Pläne gemacht?«

Jeronimus nickte. »Ja, ich habe Pläne gemacht.«

Amsterdam

siebenundzwanzigster Tag des Oktober
im Jahre des Herrn, 1628

Die *Batavia* lag vor der friesischen Insel Texel vertäut. Ein prachtvolleres und teureres Retourschiff als sie hatte es in Holland nie gegeben.

Vom Heck bis zum Schiffsschnabel maß die *Batavia* fünfzig Schritt, und noch einmal hundertfünfzig Schritt vom Kiel bis zur Spitze des Großmasts hinauf. Ihre Spanten und Planken entstammten bestem baltischem Eichenholz und waren von den geschicktesten Amsterdamer Schiffszimmerleuten gedrechselt und geschliffen worden. Ihr Schanzkleid war mit grünen und goldenen Streifen und Malereien versehen, und die festen, dicken Leinwände der Segel ragten leuchtend weiß in die Luft.

Die Galionsfiguren, der Schmuck und die Ornamente des Schiffes bestanden aus schön geschnitzten Meerjungfrauen, Meergöttern und Ungeheuern zum Bann böser Geister, aber auch aus den ehrwürdigen Abbildern alter Krieger, wie dem des legendären Claudius Civilis, der den Aufstand gegen das Römische Reich angeführt hatte und von dem die Holländer ihre Herkunft ableiteten. Weitere Schnitzereien schmückten die schneckenförmigen Gewinde um den Pfeilerkopf, der sich am Bug zu Hollands rotgoldenem Löwen erhob.

Die *Batavia* war zweifellos das Juwel der *VOC*, der *Vereinigten Ostindischen Companie* von Holland, deren blaue Flagge ungeduldig im steifen Nordseewind flatterte.

Lucretia van der Mylen war es gewohnt, dass die Männer sie anstarrten. Sie wusste, dass ihre Schönheit wie ein Edelstein war, der bei dem Betrachter den Wunsch auslöste, ihn zu besitzen.

Ihr Mann hatte darauf bestanden, dass sie für ihre Reise eine Dienstmagd anwarb. Das war der zweite Vorzug, der sie von den anderen unterschied. Gewiss, dachte sie, würde man ihr auch diesen Umstand neiden.

Lucretia hatte sich erzählen lassen, dass dort, wo sie hinsegelten, die Welt aus ungeahnten Wundern bestünde und durchtränkt sei vom schweren Geruch fremder Düfte und Gewürze. Doch keine dieser Schilderungen hatte sie zu trösten vermocht. Sie wusste um die Beschwerlichkeit der Reise, die langen, eintönigen Monate an Bord, das beengte Zusammensein mit fremden Menschen, die Belästigungen seitens der Männer und die Missgunst, die im Herzen der Frauen entstand. Sie hatte jedoch keine Wahl gehabt: Ihr Mann hatte sie zu sich gerufen, und als Ehefrau hatte sie sich seinem Wunsch zu fügen.

Schau an, das ist also Lucretia van der Mylen, dachte Kapitän Jacobs.

In der Tat ein Prachtweib, musste er zugeben. Pechschwarzes, glänzendes Haar und die Haut in der Farbe des Bernsteins – da waren offenbar auch einige Tropfen spanischen Blutes untergemischt.

Die Seeleute glotzten bereits und schluckten heftig. Sie mussten den Schlag verkraften, eine Frau zu begehren, die nicht zu haben war.

Nun, diese Dame war zweifellos keine beliebige Dirne, denn eine solche erkannte der Kapitän gewöhnlich an der Art, wie sie ging.

Nein, Lucretia van der Mylen überquerte das Deck mit der natürlichen Unbefangenheit einer Frau, die sorglos auszuschreiten gewohnt war und längst wusste, dass andere sich um ihr Wohlsein bemühten.

Der Kapitän ließ seinen Kennerblick zu Lucretias Brüsten und ihrem Hinterteil wandern, die unter dem bauschigen Rock und der hochgeschlossenen Jacke nicht ohne weiteres auszumachen waren. Wohl gerundet und voll, stellte er dennoch zufrieden fest. Verführerisch und reizvoll genug, dass man sich über das Schiffsgesetz hinwegsetzen könnte. Neun Monate an Bord waren eine lange Zeit!

Es gab alte Seebären, die behaupteten, eine schöne Frau an Bord bringe Unglück und rufe im Mann den Teufel hervor. Unfug, dachte der Skipper, als ob da Glück oder Pech eine Rolle spielten! Das war nichts weiter als ein einfaches Rechenexempel: Wenn mehr als dreihundert Mann an Bord mit ein und derselben Frau anbandeln wollten, gab es irgendwann zwangsläufig Ärger. Für einen Moment fragte Jacobs sich, ob er die Liste verkürzen und die Zahl der Bewerber auf seine Person beschränken sollte. Vielleicht würde Madame ihm hinterher zweifach dankbar sein.

Besser wäre es gewesen, überlegte Pfarrer Bastians, wenn der Herr in seiner unendlichen Güte und Weisheit ihm eine hässliche Tochter geschenkt hätte. Den Pfarrer beunruhigten die lüsternen Blicke, die seine Judith auf sich zog. Welch ein roher, gottloser Haufen sich da vor ihnen tummelte! Seeleute und niederes Gesindel, das man für ein paar Groschen in den Spelunken und Freudenhäusern des Hafens aufgelesen hatte.

Wenn der Mensch im Herzen sündigt, so stand es im guten Buch der Bibel geschrieben, ist es, als habe er die Tat bereits im Fleische getan. Pfarrer Bastians wollte gar nicht wissen, mit welchen Taten diese wüsten Gesellen seine Judith bereits besudelt hatten.

Mit grimmigen Blicken nach allen Seiten scheuchte er seine Frau und die Kinder unter Deck.

An einem trüben Oktobertag verließen sie Holland. Unter schweren Wolken wogte die Nordsee stürmisch und unfreundlich bis hin zum grauen Dunst des Horizonts.

Die *Batavia* segelte ganz vorn, an der Spitze der Flotte, mit geblähten Segeln und unter der rot-weiß-blauen Fahne von Holland, die der Wind peitschte. An Bord befanden sich dreihundertsechsundzwanzig Seelen, im Laderaum türmten sich Käselaibe, Weinfässer, Kisten mit Zwieback, Trockenpflaumen und Pökelfleisch – und, wie es hieß, auch Truhen mit kostbaren Schätzen an Silber.

Die *Batavia* wurde von den Retourschiffen *Zandaam* und *Galias* begleitet, von den kleineren Schonern *Assendelft*, *Dordrecht* und *Cleenen David*, und von dem bewaffneten Kriegsschiff *Buren*.

Doch das Flaggschiff war und blieb die *Batavia*, vor deren feuerrotem Bugschnabel das Wasser aufgischtete und der Löwe Hollands vor dem Meer die Zähne fletschte.

Sie hatte den Kurs auf Ostindien gesetzt, mitten hinein in das Herz der Finsternis.

II

Eine Frau ist doch ein entzückendes Spielzeug, finden Sie nicht? Sie ist nämlich das ideale Instrument, um Wirrwarr und Unheil anzurichten.

Wie ich ihren Schöpfer kenne, dürfte er am Tag ihrer Erschaffung übermütiger Laune gewesen sein, denn kurz darauf ließ er mich dafür sorgen, dass der Mann dieses Spielzeug begehrt.

Den Rest erledigten die Menschen selbst.

Menschen wie die Holländer, die die Treue zum Gesetz erhoben und ihren Männern jeweils nur ein Spielzeug gestatteten.

Was daraus folgte, dürfen Sie sich in etwa so vorstellen: Setzen Sie einen Mann im obersten Stockwerk eines brennenden Hauses fest. Was glauben Sie, wird er tun? Nun, als Erstes stürzt er natürlich zum Fenster, um hinauszuspringen. Dabei würde sein Körper jedoch elendig zerschellen. Er wendet sich also um – und blickt mitten hinein in das lodernde Höllenmeer.

Er kann dann natürlich noch für eine Weile kopflos hin und her hetzen, doch eines ist gewiss: Er sitzt in der Falle seines Lebens.

Lustig, nicht wahr?

In dieser Geschichte haben wir es nun mit einem ganz besonderen Gottesgeschöpf zu tun. Spanisches Blut, olivfarbener Teint, das Haar rabenschwarz und glänzend. Dazu kommen Männer, die wissen, dass sie in ihrem ganzen Leben nicht einmal das *Wort* an diese Erscheinung richten dürfen, ganz zu schweigen von anderen Dingen. Sie hängen im Tauwerk der *Batavia* und malen sich aus, was sich unter dem Samtkleid der schönen Dame verbirgt. Warum auch nicht? Lassen wir ihnen doch den Spaß! Nutzen wird es ihnen nichts.

Im Moment empfinden sie das allerdings noch nicht als tragisch. Sie kommen ja gerade erst frisch aus den Bordellen. Es wird noch ein, zwei Tage dauern, bis sie erneut in Stimmung sind.

Wir werden uns so lange gedulden.

Um das Süppchen hübsch zum Köcheln zu bringen, möchte ich ohnehin noch ein paar Scheite nachlegen.

Zweiundfünfzig Grad und achtundzwanzig Minuten nördlicher Breite

achtundzwanzigster Tag des Oktober
im Jahre des Herrn, 1628

In der Offiziersmesse befand sich der Platz des Kommandeurs an der Stirnseite der Tafel. Während der Mahlzeiten saßen Lucretia zu seiner Linken und sein Stellvertreter, der Unterkaufmann Jeronimus Cornelius, zu seiner Rechten. Pfarrer Bastians, seine Frau und Angestellte der *Companie* teilten sich die restlichen Plätze mit den *Jonkers*, jungen holländischen Edelleuten, die von ihren Familien ausgesandt wurden, damit sie als Kadetten erste Erfahrungen in der Seefahrt und den Geschäften des Ostindienhandels erwarben.

Unter Letzteren war nur einer, der Lucretia bisher aufgefallen war: Conrad van Huyssen, ein schlanker, beinahe schön zu nennender Mann, mit einem Anflug von Verworfenheit um den Mund. Sein Lachen klang stets verächtlich, und bisweilen kam es dabei vor, dass ein Schauder Lucretia überlief.

Der einzige Mensch, in dessen Gesellschaft sich Lucretia wohlfühlte, war François Pelsaert, der Kommandeur. Er machte einen ruhigen, besonnenen Eindruck, war zurückhaltend und besaß dennoch Augen, denen nichts entging. Sein langes schwarzes Haar fiel in einer hübschen Welle über seinen weißen Spitzenkragen, sein Bart war gepflegt und ordentlich, seine Gesichtszüge bezeugten seine Intelligenz. Lucretia hatte gehört, dass er ein Mann von Bildung war, und sie wusste, dass er es in der *VOC* im Laufe von nur zehn Jahren vom Kaufmannsgehilfen bis zu seiner derzeitigen Stellung als Flottenpräsident geschafft hatte. Und das, obwohl er noch nicht einmal fünfunddreißig Jahre alt war. Lucretia hatte auch erfahren, dass es sich bei seinem Schwager um Hendrick Brouwer handelte, einen vormaligen Admiral und gegenwärtigen Mitglied der *17 Herren*, dem Direktorium der *VOC*.

Vom anderen Ende der Tafel spürte Lucretia die Blicke des Kapitäns auf sich haften. Sie wandte den Kopf zu ihm um und erntete ein anzügliches Grinsen. Fast unmerklich hob sie die Brauen und dachte bei sich: Er ist wie stets reichlich zudringlich, der Herr Skipper. Die meisten Männer wagten es aus Respekt vor ihrem Rang und Ehestatus nicht, sie offen anzustarren, doch Kapitän Jacobs kannte diese Regel entweder nicht oder er setzte sich einfach darüber hinweg. Ob er tatsächlich annahm, sie interessiere sich für einen Mann, dessen Tischmanieren erbärmlich waren und dessen Konversation sich in der Beschreibung von Meeresströmungen und Windrichtungen erschöpfte?

»Madame«, begann der Kapitän nun, indem er Lucretia erstmals direkt ansprach, »würdet Ihr mir vielleicht ein Rätsel lösen? Könnt Ihr mir sagen, was eine so schöne Frau wie Euch in eine derart finstere Gegend wie Batavia verschlägt?«

Lucretia runzelte die Stirn. »Mein Mann lebt dort«, erwiderte sie knapp.

»Ach ja? Nun, das ist interessant! Und womit beschäftigt sich der Herr Gemahl dort unten?«

»Er handelt mit Edelsteinen.«

Auf Jacobs' Miene zeigte sich ein Anflug von Spott. »Ich hoffe, das ist nicht alles, was er kann«, sagte er schmunzelnd.

Lucretia warf einen etwas pikierten Blick in die Runde.

»Ihr solltet Euch zurückhalten, Kapitän«, ertönte eisig die Stimme des Kommandeurs.

Jacobs schoss die Hitze in die Wangen, und seine Hände ballten sich zu Fäusten.

Lucretia blickte zwischen dem Kapitän und dem Kommandeur hin und her. Das nimmt kein gutes Ende, dachte sie. Die beiden können sich offenkundig nicht leiden.

»Ich bitte Euch«, griff sie beschwichtigend ein. »Ich habe keinerlei Anstoß genommen.«

Die beiden Männer starrten sich über die Tafel hinweg weiterhin wortlos an, wie zwei Hunde, die sich umkreisen.

Es war der Unterkaufmann Jeronimus Cornelius, der die Situation rettete. Er lehnte sich in seinem Stuhl zurück und lächelte, als habe er gerade einen Scherz vernommen. Sein Lächeln war ansteckend, es belebte die Stimmung der Anwesenden umgehend.

»Herr Kommandeur«, hub er gleich darauf an, »warum erzählt Ihr uns nicht ein wenig mehr von den Abenteuern, die Ihr in Indien erlebt habt?« Lucretia schenkte er dabei einen einvernehmlichen Blick, als wolle er sagen: *Die Herren sind nur ein wenig gereizt. Überlasst die beiden ruhig mir.*

»Ich bin sicher, dass ich alle Anwesenden längst über Gebühr mit meinen Geschichten strapaziert habe«, entgegnete François.

»Wie wahr!«, knurrte der Kapitän.

»Ich würde dennoch gern mehr erfahren«, beharrte Jeronimus.

Die anderen nickten eifrig.

Seitens der *Jonkers* war das Interesse noch nicht einmal geheuchelt, denn für die meisten unter ihnen war es das erste Mal, dass sie Holland den Rücken kehrten. Infolgedessen gierten sie immerzu nach Berichten über die Reichtümer und Wunder der fernen Länder.

»Hottentotten«, brummte der Kapitän. »Halunken, Lumpenpack!«

»Das finde ich nicht«, widersprach ihm der Kommandeur. »Vor allem nicht, wenn ich an den Hof von Shah Jahan denke, dessen Pracht alles, was ich kenne, übertrifft. Oder wollt Ihr behaupten, dass es woanders herrlichere Gärten gibt? Auch die Architektur Indiens kann sich meiner Meinung nach durchaus sehen lassen. Nehmt nur die Festungsmauern des Fürsten von Jumna! Habt Ihr den Stein gesehen, aus dem sie geschlagen sind? Wenn die Sonne untergeht, glänzt er blutrot, und bei Sonnenaufgang erglüht er im zartesten Rot der Rose. Man hat sogar verstanden, daraus ein feines Gitterwerk zu gestalten, in dem die Luken mit leuchtendem Blattgold ausgekleidet sind.«

Die anderen in der Tafelrunde hingen mit glänzenden Augen an den Lippen des Kommandeurs, bis auf den Skipper, der sich geräuschvoll seiner Mahlzeit widmete.

»Überdies kultivieren die Inder ihren Sinn für die Zerstreuung«, fuhr der Kommandeur nachdenklich fort, »etwas, das der Holländer in seinem Wesen nicht kennt. Shah Jahan lässt, um sich abzulenken, seine Elefanten gegeneinander antreten, und er hat einen Innenhof mit schwarzen und weißen Marmorfliesen ausgelegt, auf denen seine Diener die Rollen von Schachfiguren übernehmen. Die Spielzüge dirigiert er durch lässige Fingerzeige von seinem Ruhelager aus.«

»Das sind die Werke des Teufels!«, schimpfte Pfarrer Bastians.

»Woher wollt Ihr das als Gottesmann denn so genau wissen?«, fuhr Conrad van Huyssen ihn an. »Und selbst wenn ...«, fügte er bei sich hinzu.

»Der Prediger hat Recht«, warf der Skipper ein. »Das sind ausnahmslos Heiden, die nicht wissen, was sie tun.«

»Vielleicht«, pflichtete der Kommandeur ihm widerwillig bei. »Vielleicht bleibt ihre Religion uns aber auch lediglich fremd. Ich gebe zu, dass die Macht des Shahs ruchlos wirkt und dass sie sich von Habgier nährt. Er füllt seine Paläste mit Kostbarkeiten – und übrigens auch mit schönen Frauen –, doch die Verwaltung seines Reiches kümmert ihn nicht. Das führt dazu, dass seine Beamten nach Gutdünken verfahren und dass sie bestechlich sind. Fraglos entbehren diese Länder unserer moralischen Stärke, und« – er machte eine ungeduldige Handbewegung – »insofern lässt sich ihre Regierung letztlich mit der unsrigen auch gar nicht vergleichen.«

Einige der Tischgäste warfen ihm erstaunte Blicke zu, zogen es jedoch vor zu schweigen.

Lucretia beobachtete neugierig die Gesichter ringsum. Als sie Pfarrer Bastians' beleidigte Miene sah, musste sie sich ein Lächeln verbeißen.

»Die Leidenschaft für schöne Frauen kann man dem Shah nicht verdenken«, warf der Kapitän genüsslich in die Stille hinein.

»Nach unserem Ermessen trägt ein Fürst vor allem die Verantwortung für seinen Staat«, widersprach François ihm. »Ohne eine vernünftige Regierung laufen wir Gefahr, uns in Tiere zurückzuverwandeln.«

»Es ist Gott, der uns über die Tiere erhöht, nicht die Regierung«, beschied Bastians ihn. »Jede Regierung muss auf Gottes Gesetz beruhen, um zu wirken.«

Der Kapitän leerte seinen Weinbecher in einem Zug. Ein paar Tropfen verfingen sich in seinem Bart, und er wischte sie mit dem Handrücken fort. »Das reicht«, verkündete er. »Ich glaube, für mich ist es an der Zeit, auf die Brücke zurückzukehren.«

Jeronimus hatte während der ganzen Zeit unentwegt sein freundliches Lächeln beibehalten.

Ein reizender, aufmerksamer Mensch im Gegensatz zu dem Kapitän, entschied Lucretia. Ein Mann mit artigem Charakter, ein Diplomat.

Der Wind bauschte Jacobs' Umhang auf und zerrte an seinen Rockschössen. Die *Batavia* richtete sich ächzend auf und schlingerte, als sich übermannshohe Wellen unter ihren Rumpf schoben. Eine lausige Nacht, dachte der Kapitän. Doch im Grunde war das nicht verwunderlich. Auf dieser Seite des Äquators galt es zu der Jahreszeit stets heftigen Stürmen zu trotzen, ehe man in die wärmeren Breiten des Südens geriet.

Allerdings konzentrierte sich nur ein Teil seiner Gedanken auf das Wetter. Der andere Teil befand sich in finsterer Aufruhr und drehte sich um Pelsaert. Die Hände des Skippers schlossen sich fester um den Handlauf der Reling. Dieser lächerliche Angeber, dieser arrogante kleine Wicht, dieser Hundesohn! Wie hatte er es wagen können, ihn vor der Tischgesellschaft zu rügen und ihm sein Verhalten zu diktieren!

»Ich habe den Eindruck«, ertönte eine Stimme neben ihm, »dass Ihr und der Kommandeur nicht gerade die besten Freunde seid.«

Der Kapitän fuhr herum. Wie aus dem Nichts war der Unterkaufmann an seiner Seite erschienen.

»Was wollt Ihr?«, fragte Jacobs kurz angebunden.

Jeronimus lehnte sich an die Reling, zu dicht, zu vertraut. Der Kapitän konnte den Wein vom Nachtmahl in dem Atem des anderen riechen.

»Mir ist die Art und Weise aufgefallen, in der er Euch bei Tisch behandelt. Ich fürchte, er macht sich nichts aus Euch.«

»Keine Sorge«, winkte der Kapitän ab. »Ich mache mir aus ihm genauso wenig.« Er hielt für einen Moment inne und schnaubte dann: »Abgesehen davon ficht es mich nicht an, was er von mir denkt.« Und du mit deiner dicken Goldkette auf dem bestickten Wams kannst mir ebenfalls gestohlen bleiben, setzte er bei sich noch hinzu. Er mochte solche Männer nicht, die sich nur auf feine Worte und vornehme Kleidung verstanden. Er konnte sie jederzeit unter den Tisch trinken oder zusammenschlagen, selbst wenn er unterdessen noch eine Schar Huren bediente.

»Nun, ich weiß nicht… der Rat der *17 Herren* hält doch wohl große Stücke auf unseren Herrn Kommandeur.«

»Weil er ein Speichellecker ist, sonst nichts. Ich weiß, wovon ich rede – ich kenne ihn schon seit geraumer Zeit.«

»Richtig. Ich glaube, ich habe gehört, dass es zwischen Euch schon länger böses Blut gibt.«

»Hat wieder einer den Mund nicht halten können?«

Everts, dachte der Skipper, sein Bootsmann, der hatte gewiss geplaudert, oder Gerritz, der zweite Steuermann. Die beiden waren an jenem Tag in Surat dabei gewesen, als Pelsaert ihn sich vorgenommen und des Ungehorsams bezichtigt hatte. Nachher hatte er ihm noch die Heuer um zwei Monate gekürzt. Und nun hatten das Geschick und irgendein Schafskopf in der *VOC* es so gewollt, dass sie abermals zusammengewürfelt worden waren und sich für neun lange Monate ertragen mussten, ob sie wollten oder nicht.

»Ich finde es eine Schande, dass Männer wie Ihr Befehle von Schwächeren entgegennehmen müsst«, stichelte Jeronimus.

Was bezweckst du mit deinem Gerede? fragte der Skipper stumm. Soll das eine Falle werden? Es ist doch längst bekannt, dass mich Befehle nicht scheren. »*Ich* segele das Schiff«, betonte er. »Pelsaert kann die *Jonkers* schikanieren, wenn er das wünscht. Mir kommt er besser kein zweites Mal in die Quere, sonst ergeht es ihm schlecht. Das könnt Ihr ihm übrigens ruhig ausrichten, wenn Euch danach ist.«

»Mir könnt Ihr trauen, Adriaen. Ich schweige wie ein Grab.«

Adriaen. Schau an, nun sind wir bereits beim Vornamen angelangt, staunte der Kapitän. Pech für den anderen, dass er derlei Zudringlichkeiten nicht schätzte. »Worauf wollt Ihr eigentlich hinaus, Herr Unterkaufmann?«, fragte er mit einem warnenden Unterton.

Jeronimus wirkte jedoch keineswegs eingeschüchtert. Er wich auch nicht zurück, wie mancher es an seiner Stelle getan hätte. »Männer wie Ihr tun mir Leid«, sinnierte er laut vor sich hin, »stolze, unabhängige Männer, die vor Federfuchsern Kratzfüße machen müssen – da stimmt doch etwas nicht.«

Er ließ seine Worte viel sagend verhallen, ehe er sich freundlich verneigte und verschwand.

Kapitän Jacobs schaute ihm nach. Merkwürdiger Kauz, dachte er. Hätte geglaubt, dass ich jede Art von Ungeziefer kenne, doch diese Sorte ist mir bislang noch nicht untergekommen. Er spuckte verächtlich aus. *Mir könnt Ihr trauen, Adriaen*. Lachhaft. Als ob man heutzutage noch jemandem trauen konnte! Andererseits wusste man natürlich auch nie, wozu man einen Menschen eines Tages noch brauchte.

Das erhöhte Quarterdeck war ein Aufbau, in dessen Innerem sich die Kajüten des Kommandeurs und der Offiziere befanden. Weitere Unterkünfte, von denen einige nur durch Vorhänge voneinander getrennt waren, führten davon ab.

Lucretia verfügte über eine Privatkabine am Ende des Hecks, gleich unterhalb der vergoldeten Schiffslaterne. Nach dem Abendessen zog sie sich in der Regel dorthin zurück, um ein wenig für sich zu sein und sich von Zwaantie, ihrem Mädchen, für die Nacht zurechtmachen zu lassen.

Als an ihrer Tür leise geklopft und selbige gleich im Anschluss aufgestoßen wurde, rechnete Lucretia damit, Zwaantie eintreten zu sehen. Sie erschrak, als statt ihrer die massige Gestalt des Skippers erschien. Er fixierte Lucretia amüsiert wie eine Amsterdamer Hafenhure. Kapitän Jacobs hatte seine Daumen im Ledergürtel seines Wamses eingehängt, roch inzwischen beträchtlich nach Schnaps und war mit sich und der Welt ganz offenkundig zufrieden.

»Was fällt Euch ein?«, erkundigte Lucretia sich aufgebracht.

»Ich mache Euch bloß einen Anstandsbesuch«, erklärte der Skipper. »Ich muss doch einmal die Qualität Eurer Unterkunft prüfen.«

»Ich will, dass Ihr auf der Stelle verschwindet!«, befahl Lucretia.

»Nun mal sachte, schöne Dame! Ich darf mich doch wohl noch vergewissern, ob die Passagiere zufrieden sind«, entgegnete der Kapitän. Er hielt kurz inne, ehe er fortfuhr: »Nun kommt schon, schaut mich nicht so streng an. Es ist doch nicht so, als hättet Ihr mit meinem Erscheinen nicht gerechnet.«

Für einen Augenblick war Lucretia sprachlos. »Ich fürchte, dass Ihr da etwas missverstanden habt«, erwiderte sie dann. »Ich war im Begriff, mich zur Ruhe zu begeben.«

»Ein wenig beengt für zwei, findet Ihr nicht?« Jacobs grinste breit. Er bückte sich und machte einen Schritt nach vorn. In der Kabine konnte er nicht aufrecht stehen. »Mir fiel auf, wie Ihr mich bei Tisch gemustert habt«, ergänzte er, »und so dachte ich, Ihr hättet vielleicht etwas Bestimmtes auf dem Herzen.«

Lucretia zwang sich, Ruhe zu bewahren. Sie warf einen Blick zur Tür, um nach Zwaantie Ausschau zu halten. Wo war das Mädchen, wenn man es brauchte?

»In meinem Quartier könntet Ihr es bequemer haben«, fuhr der Kapitän hartnäckig fort.

»Ihr vergesst wohl, wen Ihr vor Euch habt«, versetzte Lucretia. »Ich bin außerdem eine verheiratete Frau.«

»Ich ließe Euch nicht für neun Minuten aus den Augen, wenn Ihr meine Frau wäret, geschweige denn für Monate oder Jahre«, entgegnete Jacobs. Seine Stimme war weicher geworden.

»Malt den Teufel nicht an die Wand. Wenn ich Eure Frau wäre, würde ich mich in die Fluten stürzen.«

Das Lächeln, das sich auf Jacobs' Miene angedeutet hatte, verschwand. Er streckte die Hand nach Lucretia aus, doch sie wich zurück.

»Verzieht Euch oder ich schreie«, flüsterte sie. »Jedermann auf dem Schiff würde mich hören.«

Jacobs schien sich ihre Drohung für eine Weile durch den Kopf gehen zu lassen.

»Ich habe bisher noch jede Frau rumgekriegt«, murrte er schließlich.

»Nun, diese hier aber nicht.«

Vermutlich würde er mich jetzt am liebsten schütteln und schlagen, dachte Lucretia, als sie bemerkte, dass auf seinen Wangen feuerrote Flecke entstanden. Er schien sich jedoch eines Besseren zu besinnen, machte auf den Hacken kehrt und stapfte davon.

Gleich darauf schlüpfte Zwaantie durch die Tür.

»Wo hast du gesteckt?«, fuhr Lucretia sie an und betrachtete das Mädchen prüfend. Ob ihre Dienstmagd draußen gelauscht und sich ins Fäustchen gelacht hatte, während ihre Herrin sich ihres Besuchers erwehrte? Oder ob sie noch weiter gegangen und den Skipper womöglich ermutigt oder gar angestiftet hatte?

»Nun steh nicht so einfältig rum!«, befahl Lucretia barsch. »Ich will, dass du mir beim Auskleiden hilfst!«

»Ist ja schon gut«, entgegnete Zwaantie mürrisch und bedachte Lucretia mit einem verschlagenen Blick.

Na, das kann ja noch heiter werden, dachte diese. Ich möchte wissen, woher das makellose Zeugnis kommt, das das Mädchen mir vorgelegt hat. Wie es aussieht, hatte es da jemand eilig gehabt, die Kleine aus seinen Diensten zu entlassen.

Nachts, wenn die Ratten im Laderaum ihr Unwesen trieben, wälzten die Männer sich in Träumen, in denen die Dämonen der Lust sie plagten. Unter den dicht zusammengedrängten Passagieren, die auf dem Batteriedeck schliefen, weinten vereinzelt Kinder. Dazwischen ertönte das Knarzen der dicken Haltetaue und das Ächzen der hölzernen Planken.

Der Teufel, der über die Wellen strich, sah lächelnd zu, wie sich die Heimatküste der Seefahrer in der Ferne verlor.

Fünfundvierzig Grad und achtundvierzig Minuten nördlicher Breite

vierter Tag des November
im Jahre des Herrn, 1628

In der Nacht fegte ein Sturmwind über den Golf von Biskaya und färbte den Himmel schwarz wie Morast. Aus den Rahen drangen die aufgeregten Rufe der Matrosen, die, nur im Licht der Hecklaterne, die Segel bis auf die Sturmsegel refften.

Unterdessen stöhnten die Passagiere auf ihren Lagern unter Deck, wo die verbrauchte Luft von dem Gestank ihres Erbrochenen durchsetzt wurde.

Herr, erbarme dich meiner, betete Judith. Ich halte das keine Stunde mehr aus. Erst seit einer Woche sind wir unterwegs, und ich wünsche mir bereits, ich wäre tot. Die noch folgenden acht Monate der Reise dehnten sich wie eine einzige endlose Höllenqual vor ihr aus.

Judith hatte sich an die frische Luft auf dem Quarterdeck gerettet, wo sie sich an der Bordwand fest hielt, wenn sie sich krümmen musste. Anschließend begann sie jedes Mal zu würgen, erbrach jedoch nichts mehr außer gallig schmeckenden Speichelfäden.

Als sie aufblickte, sah Judith, dass eine haushohe Woge den Bug steil in die Höhe richtete und ihn hernach in den Abgrund eines Wellentals schob. Judith presste die Hände auf ihren Magen und beugte sich abermals vor.

»Ihr dürft den Mut nicht verlieren«, ließ sich eine ruhige Stimme neben ihr vernehmen.

Judith hob den Kopf. Die Stimme gehörte zu einem der Soldaten. Es war ein großer, kräftiger Bursche mit weizenblondem

Haar, der so munter wirkte, als er befände er sich bei einem Morgenspaziergang entlang der holländischen Grachten. Judith hätte ihm am liebsten die Augen ausgekratzt.

»Sobald Ihr seefest seid, ist alles wieder im Lot.«

Judiths Magen krampfte sich zusammen. Tränen rannen ihr über das Gesicht, als sie wieder zu würgen begann.

Geh mir aus den Augen, Soldat, dachte sie. Lass mich einfach in Frieden sterben.

»Haltet durch«, fuhr der Soldat fort. »Später geht es Euch wieder besser.«

Wenn Judith einen Dolch zur Hand gehabt hätte, wäre sie dem Mann damit an die Gurgel gegangen. Im Augenblick schaffte sie es jedoch nicht einmal mehr, ihn auch nur zu verfluchen. Ermattet lehnte sie sich an die Bordwand zurück. Die Gischt warf einen feinen Sprühregen über sie. Judith schloss dankbar die Lider. Die Wellen sollen über mir zusammenschlagen, dachte sie, mich hinwegspülen und mich dann in die Tiefe tragen.

Jeronimus stand draußen auf dem Quarterdeck und klammerte sich an den Handlauf der Reling. Trotz der Kälte, die dort herrschte, zog er diesen Platz dem Aufenthalt unter Deck vor, denn auf den Gängen lagen die Passagiere in ihrem Erbrochenen, und der Gestank war inzwischen äußerst ekelhaft. Die meisten dieser Menschen sind nicht besser als Vieh, fuhr es Jeronimus durch den Kopf, erbärmliches Gesindel, Auswurf der Gesellschaft.

Riesige Wasservorhänge hatten sich vom Himmel herabgesenkt und wehten über den Ozean hinweg. Jeronimus überlief trotz des dicken Mantels, den er trug, ein Schauder. Die Holländer sind eine Nation von hoffnungslosen Dummköpfen, fuhr er in Gedanken fort. Sie brauchen jemanden, der sie leitet, der ihnen das neue Königreich erklärt. Ein Reich, in dem jeder frei ist, auf seine eigene Art zu leben. Der Maler Torrentius hatte das verstanden, er hatte sich seinen Verstand nicht von der Kirche trüben lassen. Dafür hatten die Verblendeten ihn gefoltert und hernach verbannt.

Nun war es an ihm, Jeronimus Cornelius, den großen Plan zur Vollendung zu bringen. *Er* war der von Gott Erwählte. Dort in der Ferne, jenseits der kalten Fluten, erwartete ihn das Schicksal und harrte des neuen Königs. Bis es so weit war, würde er sich um die Zusammensetzung seiner Gefolgschaft bemühen.

Sechsunddreißig Grad und achtzehn Minuten nördlicher Breite

zwanzigster Tag des November
im Jahre des Herrn, 1628

Die Segel der *Batavia* hatten sich mit frischem Wind gefüllt, so dass sie ihre Bahn schneidig durch die Wellen zog. Zu ihrer Linken hoben sich die dunklen Silhouetten der *Assendelft* und der *Buren* vor der glänzenden Meeresoberfläche ab. Die restliche Flotte war im Sturm zurückgefallen und würde ordentlich zulegen müssen, um die *Batavia* einzuholen.

Inzwischen war ein freundlicher Morgen angebrochen. Der Himmel leuchtete blau und klar, das Meer hatte sich beruhigt.

François Pelsaert lehnte an der Reling. Im Allgemeinen vermied er es, während der Wache des Kapitäns an Deck zu erscheinen – wobei ihm allerdings aufgefallen war, dass der Kapitän ähnlich verfuhr und ihm seinerseits aus dem Weg zu gehen schien.

François wusste, dass Jacobs ein fähiger Mann war, doch ihm war auch klar, dass sie niemals Freundschaft schließen würden, schon allein wegen jenes Zwischenfalls nicht, der sich damals in Surat ereignet hatte.

François hörte, dass jemand die Tür der Offiziersmesse zuschlug und anschließend das Deck betrat. Es war der Unterkaufmann.

»Ein wundervoller Tag, nicht wahr«, hub Jeronimus an, ehe er verschämt lächelnd hinzufügte: »Wenn ich nur wüsste, wo wir sind.«

»Nach Aussage des Kapitäns haben wir Kap Finisterre umrundet«, erwiderte François. »Die Küste dort gehört bereits zu Portugal. Wir befinden uns etwa sechsunddreißig Grad nördlich des Äquators.«

Jeronimus stützte sich auf der Reling ab. Er wirkte mit einem Mal nachdenklich. »Herrscht zwischen Euch und dem Kapitän böses Blut?«, fragte er teilnahmsvoll.

Das scheint sich nicht verbergen zu lassen, dachte François. »Letztes Jahr, als ich aus Indien zurückkehrte«, begann er, »führte er das Schiff, auf dem ich von Surat aus weitersegelte. Dabei gab es einen kleinen Streit.« Er hielt kurz inne. »Jacobs machte unter der Hand Geschäfte«, fuhr er leiser fort. »Ich war gezwungen, ihn offiziell zu tadeln.«

»In dem Fall scheint es mir ein äußerst unglückseliger Umstand zu sein, dass die Gesellschaft Euch abermals zusammengebracht hat.«

»Sowohl er als auch ich werden das Beste daraus machen.«

Jeronimus wiegte den Kopf. »Jacobs ist ein schwieriger Mann.«

»Das halte ich für eine freundliche Untertreibung.«

»Zum Glück wird das, was ihm an Liebenswürdigkeit gebricht, von einer gewissen anderen Person mehr als wettgemacht, nicht wahr?«

»Bezieht Ihr Euch auf Frau van der Mylen?«

»Eine berückende Schönheit, findet Ihr nicht?«

Seltsam, wunderte sich François, wie reglos seine Augen bleiben, während sie sich in die Seele seines Gegenübers bohren. Doch vielleicht muss er ja gar nicht bohren, vielleicht bin ich ja durchsichtig geworden, und alle Welt weiß, dass sie mir gefällt. Es wäre dennoch besser, das Thema zu wechseln.

»Was führt Euch eigentlich nach Ostindien?«, erkundigte er sich im unverfänglichen Plauderton.

»Dasselbe wie alle anderen auch. Ich möchte mich verbessern.«

»Ihr seid aber doch ein studierter Mann, oder nicht? Auch mit einem angesehenen Beruf, wenn ich nicht irre.«

»Nun, wie man will. Ich war zuvor Apotheker, also nichts Besonderes.«

»Warum so bescheiden? Diese Art von Wissen dürfte Euch in Ostindien ein gutes Auskommen bescheren.«

»Sofern es Gottes Wille ist«, entgegnete der Unterkaufmann demütig.

Je näher sie dem Äquator kamen, umso wärmer wurden die Tage.

Die Passagiere waren inzwischen seefest geworden und hatten sich an den Wellengang gewöhnt. Sie verbrachten nun einen größeren Teil ihrer Zeit auf dem Oberdeck, wo sie aus Tüchern kleine Segel errichtet hatten, um sich gegen die stärker werdenden Sonnenstrahlen zu schützen.

»Geht es Euch besser?«

Judith blickte auf. Da war wieder der kräftige Bursche mit dem weizenblonden Haar, der Soldat, den sie am liebsten umgebracht hätte, als sie so schrecklich seekrank gewesen war. Er stand an der Reling und lächelte freundlich. Seine kornblumenblauen Augen bildeten einen auffälligen Kontrast zu dem hellen Haar und dem blonden Bart.

Eigentlich gefällt er mir ganz gut, dachte Judith, woraufhin sie sogleich erschrak. Solche Gedanken geziemten sich nicht für ein Mädchen, und überdies hatte sie bislang mit Fremden nur gesprochen, wenn ihre Eltern anwesend waren.

Judith wandte den Kopf ab. Ihr Vater würde außer sich geraten, wenn er sie bei einer Unterhaltung mit einem Mann überraschte, vor allem wenn es sich dabei nur um einen gemeinen Soldaten handelte.

»Böse Sache, so eine Seekrankheit«, fuhr der Soldat fort. »Ich habe früher selbst darunter gelitten. Inzwischen muss es schon arg kommen, ehe mir der Appetit vergeht.«

Judith spürte, dass sie errötete. Er sieht wirklich nicht übel aus, dachte sie, wenn auch ein wenig derb.

»Fühlt Ihr Euch nicht wohl? Ihr seid doch hoffentlich nicht krank?«

Judith schüttelte den Kopf. »Vielleicht esse ich nicht genug – es … schmeckt mir nicht.«

»Sieh an, das Fräulein kann ja sogar etwas sagen! Ich hatte bereits befürchtet, Ihr hättet neulich auch Eure Zunge ausgespuckt.«

Judith lächelte zaghaft. Er war ein lustiger Vogel.

»Nun«, fügte er hinzu, »das Essen an Bord ist immer eine Katastrophe. Aber dabei ist es wie mit dem Wellengang. Nach einer Weile hat man sich daran gewöhnt.«

»Ich will mich aber nicht daran gewöhnen – ich will nur einfach fort«, brach es aus Judith hervor. »Ich will in einen saftigen Apfel beißen und schlafen, ohne dass mich das Schnarchen von hundert Nebenschläfern stört!«

»Oho, die Dame führt zu Hause ein feines Leben!«

Er macht gar keinen Spaß, ging es Judith durch den Sinn, er macht sich über mich lustig! Vielleicht drückte er aber auch einfach nur eine Tatsache aus. Im Vergleich zu ihm führte sie wahrscheinlich ein angenehmes Leben. Vermutlich waren die Entbehrungen, die sie beklagte, nichts im Vergleich zu denjenigen, die er auszuhalten hatte.

Judith blickte sich verstohlen nach ihrem Vater um.

Der Soldat hatte ihre Gedanken offenbar erraten.

»Ich nehme an, dem Herrn Prediger wäre es nicht Recht, Euch mit einem einfachen Soldaten plaudern zu sehen.«

Judith senkte die Lider. Warum sollte sie annehmen, dass sie etwas Besseres sei als er? Dieser Mann war der erste Mensch, der ein paar mitfühlende Worte mit ihr wechselte.

»Wart Ihr schon einmal in Ostindien?«, fragte sie mutig.

»Ja, einmal. Ich habe dort in einem Krieg gekämpft.«

»Wollt Ihr deshalb wieder zurück? Um abermals zu – kämpfen?«

»Warum denn nicht? Das ist alles, worauf ich mich verstehe, und der Sold ist auch nicht schlecht.«

Judith starrte auf die Schaumspur, die das Kielwasser hinter ihnen aufwirbelte.

»Ich vermisse Holland«, murmelte sie.

»Was gibt es denn da zu vermissen?«, fragte der Soldat. »Wo Ihr hinfahrt, ist es längst nicht so grau und kalt.«

Judith hob den Blick zu ihm auf und lächelte dankbar. Der Soldat nickte aufmunternd zurück.

»Judith!«

Judith fuhr herum und sah das vor Zorn gerötete Gesicht ihres Vaters vor sich. »Du kommst sofort mit mir!«

Sie gehorchte und lief hinter ihrem Vater her. Dabei warf sie jedoch noch einmal einen Blick nach hinten. Der Soldat hatte ihr nachgestarrt und hob nun zum Abschied die Hand.

Zwölf Grad und dreiunddreißig Minuten nördlicher Breite

achtundzwanzigster Tag des Dezember
im Jahre des Herrn, 1628

Erst seit zwei Monaten unterwegs, dachte Lucretia, und schon jetzt kommt es mir vor, als ob ich wahnsinnig werden müsste. Die endlose Eintönigkeit der Tage wurde lediglich von den Mahlzeiten und dem Läuten der Schiffsglocke unterbrochen, wenn der Steuermann die Sanduhr umdrehte und die Stunde ausrief.

Ja, sogar die Abwechslung, zu den Mahlzeiten zu gehen, war ihr inzwischen lieb geworden, selbst wenn sie das Essen abscheulich fand. Morgens wie mittags gab es einen seltsamen Brei mit getrockneten Pflaumen, wohingegen man abends Erbsen, Bohnen, gepökeltes Fleisch oder geräucherten Fisch zu sich nahm. Zwar hatten sich zu Beginn der Reise auch lebende Hühner und Schweine an Bord befunden, doch sie waren inzwischen geschlachtet und verzehrt. In dem Fleisch, dass nun aufgetragen wurde, zeigten sich bereits die ersten Maden, ein Umstand, der auch durch den Gebrauch von Silbertellern nicht besser wurde.

Es gab Tage, an denen Lucretia sich fragte, ob sie die verbleibenden sechs oder sieben Monate überhaupt durchstehen würde, doch gewöhnlich wurde ihr am Ende klar, dass sie gar keine andere Wahl hatte, es sei denn, sie machte allem ein Ende und stürzte sich ins Meer.

In solchen Momenten zwang Lucretia sich, daran zu denken, dass es ihr besser erging als den meisten anderen Passagieren. Immerhin zählte sie zu den wenigen, die eine private Kabine besaßen, und konnte sich an Deck frei bewegen. Sie verfügte sogar über einen eigenen Abort mit hölzernem Sitz, selbst wenn sie das lange Tau, das dort hing, als höchst befremdlich empfand. Sein ausgefranstes Ende musste aus dem Meerwasser hochgezogen werden, um einer Dame zur Säuberung zu dienen, ehe es man es wieder losließ und es abermals in den Fluten versank.

Aber bitte, wie konnte sie sich beschweren? Die anderen Passagiere teilten sich auf dem Batteriedeck zwei Abtritte mit den Seeleuten und den Soldaten und lebten im Übrigen eingezwängt wie die Sardinen. Einmal wöchentlich durften sie sich auf dem Läusedeck reinigen, und das auch nur, indem sie ihre Kleidung ausschüttelten. Der Gestank, der von dort unten in Lucretias Nase drang, war mehr als widerwärtig.

Doch das Wetter war wenigstens schöner und die Tage waren milder geworden. Bisweilen konnte man sogar entlang der Linie des Horizontes Umrisse der Küste von Sierra Leone erkennen, die sich wie ein tröstliches Zeichen, dass Land nahe war, hinter dem gischtigen Atem der See verbarg.

Lucretia seufzte, setzte sich an ihr Pult und begann zu schreiben.

Mittlerweile sind wir gerade einmal einen Monat unterwegs, doch mir kommt es bereits wie hundert Jahre vor. Unsere Kost besteht aus dem immer gleichen Einerlei. Nur an seltenen Tagen reicht man am Kapitänstisch ein Bröckchen Gouda zum Nachtisch, was uns jedes Mal freut, denn dergleichen betrachten wir inzwischen als Leckerbissen.

François Pelsaert, der Kommandeur, ist ein liebenswürdiger Mann, der kurz davor steht, zum Mitglied des Ostindien-Rats ernannt zu werden. Er hat bereits etliche Jahre in Indien verbracht, über die er sehr gefällig zu berichten weiß. Ich wünschte, auch ich könnte mich so für ein fremdes Land erwärmen.

Ich sehne mich sehr nach Baudouin. Ich möchte in den Armen meines Mannes liegen, mich an ihn schmiegen …

Lucretia starrte auf das Geschriebene und strich die letzten Zeilen aus. Was um alles in der Welt war ihr denn da eingefallen? Wieso brachte sie plötzlich derartige Gedanken zu Papier?

Pelgrom und Decker, die Kabinenstewards, trugen Platten mit Bohnen und Schweinefleisch auf. Der Koch hatte die Mahlzeit mit Kardamom, Koriander und einer Hand voll Rosinen gewürzt, doch nach zwei Monaten dieser Einheitskost hätten auch alle Gewürze Indiens nicht ausgereicht, um sie schmackhafter zu machen.

Auf den großen Messingtellern auf dem Tisch türmten sich Scheiben von Schiffszwieback. Lucretias Blick fiel auf einen Tellerrand, um den sich eine Reihe gepunzter Kupferfrüchte wand. *Früchte*, seufzte sie innerlich. Was gäbe sie nicht für einen Apfel oder eine saftige Birne! Reyndert, der Chefsteward, machte sich daran, den roten Burgunder einzuschenken. Ergeben hielt Lucretia ihm ihren Becher hin. Der Wein ist das Einzige, was noch genießbar ist, dachte sie.

Die Unterhaltung am Tisch hatte abermals die Abenteuer des Kommandeurs in Indien zum Inhalt. Die jungen Edelleute hatten ihn um eine Schilderung der fremdländischen Frauen gebeten und lauschten nun gebannt, als der Kommandeur mit der Beschreibung eines Harems begann.

»Dann stimmt es also«, ließ Herr Deschamps, der jüdische Kaufmannsgehilfe, sich vernehmen. »Selbst einem gewöhnlichen Mann ist mehr als eine Ehefrau vergönnt.«

»Vorausgesetzt, er kann sie sich leisten«, bestätigte François amüsiert. »Einen armen Mann kann bereits *eine* Frau teuer zu stehen kommen.«

Einige am Tisch brachen daraufhin lauthals in Gelächter aus.

»Warum sollte ein Mann denn überhaupt mehr als einer Frau bedürfen?«, wollte Lucretia wissen.

Sie bemerkte, dass David Zeevanck, der Schreiber, seinem Gehilfen de Vries verstohlen zuzwinkerte, woraufhin dieser den Blick senkte und verlegen vor sich auf seine Hände starrte.

»Manche Männer würden sich tatsächlich mit *einer* Frau glücklich schätzen«, murmelte François. Als sein Blick dem von Lucretia begegnete, sah er eilig fort.

Lucretias Herz begann schneller zu schlagen.

Jeronimus räusperte sich. »Ich habe mir sagen lassen, dass es Fürsten gibt, die sich ganze Paläste voller Frauen halten.«

»Dann möchte ich gern einer von ihnen sein«, bemerkte Zeevanck, was ihm einen tadelnden Blick seitens des Pfarrers eintrug.

»Für fremde Fürsten mag derlei angehen«, antwortete François. »Aus unserer Sicht dauern mich allerdings die Frauen. Ich kann mir nicht vorstellen, dass sie glücklich sind. Gewiss, sie werden verwöhnt und können in ihren Frauengemächern ein sorgenfreies Leben führen – aber werden sie auch geliebt?«

Deschamps schob unauffällig ein Fleischstück beiseite, in dem er Maden entdeckt hatte. »Und doch scheint es welche zu geben, die ihrem Ehegemahl freiwillig ins Grab folgen«, murmelte er.

»Das stimmt«, pflichtete François ihm bei. »Ihr bezieht Euch auf die Sitte des *sati.*«

»Eine sehr außergewöhnliche Sitte«, warf Jeronimus ein.

Pfarrer Bastians schüttelte den Kopf. »Ich will davon nichts wissen«, protestierte er. »Sich des Lebens zu berauben ist eine schwere Sünde wider den Herrn.«

Jeronimus hob die Brauen, sagte jedoch nichts.

»Ich würde dennoch gern wissen, worum es eigentlich geht«, beharrte Lucretia, woraufhin der Pfarrer ihr einen vernichtenden Blick zuwarf.

François nippte an seinem Burgunder. »Die Frau, die ich sterben sah, war wunderschön und gewiss nicht älter als achtzehn Jahre. In ihren Augen wie auch in denen ihrer heidnischen Götter beging sie eine ehrenvolle Tat.«

Pfarrer Bastians schnaubte verächtlich.

»Sie legte ihr bestes Gewand an und schmückte sich«, fuhr François fort, »so, als ginge es zu ihrer Hochzeitsfeier. Dergestalt überließ sie sich dem Scheiterhaufen, auf dem die Leiche ihres Mannes verbrannte. Dort verzehrten die Flammen sie nach und nach, ohne dass sie den leisesten Klagelaut von sich gab. Ich muss sagen, ich empfand das Ereignis als zutiefst ergreifend, und erst eine ganze Weile später wurde mir klar, dass es zugleich auch äußerst verstörend gewesen war.«

Die Zuhörer schwiegen für eine Weile und warteten wohl darauf, dass er weiterredete.

»Ich glaube, dafür könnte ich einen Mann nie genug lieben«, sagte Lucretia in die Stille hinein.

Jeronimus hob den Kopf. »Wie seht Ihr das, Herr Kommandeur«, wollte er wissen, »ob ein Mann wohl sein Leben freiwillig für eine Frau opfern sollte?«

Ehe François Pelsaert etwas erwidern konnte, schaltete Pfarrer Bastians sich ein. »Ein Mann sollte ausschließlich dem Herrn sein Leben opfern! Das ist das Einzige, was zählt.«

»Das ist leicht gesagt«, hielt François ihm entgegen. »Ich frage mich jedoch, ob wir überhaupt bereit sind, unser Leben zu opfern, ganz gleich für wen. Ist es nicht so, dass wir eher dazu neigen, alles zu tun, um unser Leben zu verlängern?«

»Das sind sehr unnütze Überlegungen«, ließ Pfarrer Bastians sich vernehmen. »Ich glaube, es entscheidet immer noch Gott, wann er uns zu sich nimmt –«

»Ach ja?«, unterbrach Jeronimus ihn mit kalter, schneidender Stimme. »Sind wir tatsächlich nur diese treibenden, willenlosen Wesen? Sind wir tatsächlich so schwach – oder führen wir nicht eher sehr überlegt Gottes Willen aus?«

Pfarrer Bastians bedachte ihn mit einem Blick, in dem sich allergrößte Verwunderung mit Zorn und Abscheu vermischten.

Auch Lucretia hatte die heftigen Worte des Unterkaufmannes mit einigem Erstaunen registriert. »Vielleicht wissen wir häufig nicht, was wir wollen, bis wir es unter Beweis stellen müssen«, versuchte sie zu beschwichtigen, wonach die Tischrunde abermals in Schweigen verfiel.

Pfarrer Bastians räusperte sich schließlich. »Diejenigen, die von Gott erwählt sind, werden durch seine Liebe gelenkt«, verkündete er feierlich. »Die anderen fallen der Verdammnis anheim. Dabei gibt es weder etwas zu wollen, noch zu wählen.«

Lucretia sah, dass Deschamps sich anschickte, seine Meinung zu dem Thema zu äußern. Sie warf ihm einen flehenden Blick zu, doch er ließ sich nicht erweichen. »Also, ich muss schon sagen«, begann er gereizt, »das ist ja wohl ein wenig einfältig geredet. Ich entscheide doch als Mensch wohl noch, ob ich auf die Hölle zumarschiere oder nicht!«

Pfarrer Bastians' Augen hatten sich zu Schlitzen verengt. »Oh, nein, mein Herr«, schleuderte er seinem Gegenüber triumphierend entgegen. »*Ihr* ganz gewiss nicht! Euch hat Gott einen Glauben beschert, mit dem es schnurstracks in die Hölle geht. Ihr braucht Eure Zeit gar nicht erst mit Entscheidungen zu vertrödeln.«

Deschamps war dunkelrot angelaufen, und es sah aus, als ob er aufspringen wolle. Er schaffte es jedoch, lediglich mit eisiger Stimme zu entgegnen: »Ganz reizend und überaus christlich gedacht!«

»Ihr solltet die Worte meines Mannes nicht bezweifeln«, ließ sich Frau Bastians vernehmen. »Er steht den Gedanken des Herrn am nächsten.«

»Wenn dem so wäre, würde ich wohl allmählich am Herrn zweifeln müssen«, beschied sie Deschamps. Er schien noch etwas hinzufügen zu wollen, überlegte es sich dann jedoch anders.

Lucretia richtete ihre Augen bittend auf den Kommandeur, der das Streitgespräch interessiert verfolgt hatte. Sein Blick schweifte zu ihr, und in seinen Augen glomm ein wildes Feuer auf, das indes sogleich wieder erlosch.

Lucretia merkte, dass ihre Wangen zu glühen begannen. Verwirrt senkte sie die Lider, wobei ihr jedoch nicht entging, dass Jeronimus das kleine Zwischenspiel verfolgt hatte.

Unterdessen hatte Pfarrer Bastians zu einer langatmigen Predigt angesetzt, die Zeevanck veranlasste, Deschamps unter dem Tisch einen Fußtritt zu versetzen. Das verdanken wir dir, formte er dabei lautlos mit den Lippen, woraufhin Deschamps jedoch lediglich die Schulten hob.

Lucretia versuchte, die Stimme des Pfarrers auszublenden. Herr, betete sie still, entscheide *Du* das Richtige für mich oder lass, wenn es andersherum ist, *mich* das Richtige entscheiden. Lass Du auch mein Herz wieder ruhiger schlagen, und lenke meine Gedanken zurück zu meinem Mann.

Die *Jonkers*, die sich an Bord befanden, um die Geheimnisse des Ostindienhandels zu erlernen, brachten als Voraussetzungen gewöhnlich nicht mehr als Dünkelhaftigkeit mit, die sich auf ihre adlige Herkunft bezog.

Jeronimus lächelte zufrieden, als er Conrad van Huyssen dabei ertappte, wie dieser den Kommandeur auf dem Achterdeck studierte. Hier haben wir ein wahres Prachtstück für meine Sammlung, befand er. Van Huyssen ist vornehm, eitel, seine blauen Augen blicken kalt, er ist lässig auf jene Art, wie der Wohlstand sie beschert, und dennoch gierig. Nicht sehr intelligent, eher seicht.

Er lehnte sich neben den jungen Mann an die Reling. »Gewiss möchtet Ihr eines Tages auch da oben stehen, nicht wahr?«, begann er.

Van Huyssen fuhr herum und starrte Jeronimus abweisend an. »Liegt das nicht in der Hand Gottes?«, fragte er.

Gewiss doch, höhnte Jeronimus inwendig, tu ausgerechnet du so, als ob dich Gottes Wille interessiert. »Es schadet dennoch nichts, davon zu träumen, oder?«, fragte er zurück.

Dem anderen schoss die Röte ins Gesicht. »Es heißt, Pelsaert habe es in nur zehn Jahren vom Kaufmannsgehilfen zum Kommandeur gebracht«, murmelte er. »Wisst Ihr, ob das stimmt?«

»Ich weiß vor allem, dass sein Schwager zu den Direktoren der Gesellschaft gehört«, erwiderte Jeronimus.

Van Huyssen runzelte die Brauen.

»Dachtet Ihr, Pelsaert hätte sich seinen Posten allein durch seiner Hände Arbeit verdient?«

Van Huyssen schien ihn nicht gehört zu haben. »Die *Companie* braucht junge Leute wie mich«, erklärte er.

»O ja, unbedingt«, pflichtete Jeronimus ihm bei. »Immerhin überleben in Batavia keine acht von zehn Holländern die ersten fünf Jahre. Vergesst die Palmen und die willigen, glutäugigen Frauen! Batavia ist eine Todesgrube, ein Loch – eine Brutstätte für die Ruhr und das Schüttelfieber.«

Auf dem Gesicht seines Gegenübers malte sich Verblüffung ab. »Weshalb zieht es *Euch* denn dann dorthin?«, fragte er.

»Eine interessante Überlegung, nicht wahr? Nun, ich nehme an, auch mir ist der Aufstieg das Risiko wert.«

Van Huyssen schwieg.

Tja, so ist das leider nun einmal, triumphierte Jeronimus. Niemand verrät diesen albernen Stutzern, wie Batavia in Wirklichkeit ist, denn sonst würden sie den Teufel tun und sich an Bord eines Handelsschiffes begeben.

»Ihr gehört zu einer stolzen und geachteten Familie«, hub Jeronimus abermals an. »Zuweilen tut es mir weh, mit anzusehen, dass man Euch kommandiert und dass Ihr gehorchen müsst. Fühlt Ihr Euch denn im Grunde nicht zu Besserem berufen?«

»Und was wäre das Eurer Meinung nach?« Van Huyssen hatte sich gefasst. Sein Blick war abermals abweisend geworden.

»Oh, ich glaube, Ihr habt mich ganz gut verstanden«, erwiderte Jeronimus, ehe er verschwand.

Die Saat ist gesät, dachte er auf dem Weg in seine Kajüte, nun werde ich sie für eine Weile ruhen lassen und zusehen, wie sie gedeiht.

III

Folgendes bitte ich Sie zu bedenken:

Genau wie jeder andere Gott bedarf auch der Gott der Christen eines Regelwerkes, nach dem die Gläubigen ihr Leben richten.

Ich nehme an, in diesem Punkt geben Sie mir Recht.

Und je strenger die Vorschriften in diesem Regelwerk sind, desto eingeschränkter sind die Möglichkeiten der individuellen Entscheidung. Das sehen Sie auch ein, nicht wahr?

Die Calvinisten gingen aber noch einen Schritt weiter, denn sie klammerten die menschliche Entscheidung rundweg aus. Ihr Leben war zwar ein Schachspiel, doch dessen Züge und der Ausgang standen dabei angeblich bereits fest.

Es ist demnach kein Wunder, dass Jeronimus aufbegehrt, wenn der Herr Pfarrer seine Lehren verbreitet, denn er will das Spiel ja nach *seinem* Ermessen lenken. Seiner Meinung nach steht der Herr hinter ihm, anstatt über ihm zu regieren. Das ist ein kleiner Unterschied.

Gewundert hat mich eigentlich, dass Lucretia Pfarrer Bastians nicht widersprach. Sie ist doch sonst nicht schüchtern und kennt durchaus andere Meinungen, wo doch ihre spanische Mutter Katholikin war! Ich erkläre mir das damit, dass sie zu abgelenkt, zu sehr mit sich und François beschäftigt war.

Bei François liegt die Sache ähnlich, doch das ist es nicht allein. Er kann sich bereits aus Gründen seiner Karriere der herrschenden Meinung nicht widersetzen, wenngleich auch er mütterlicherseits einer katholischen Familie entstammt.

Ich finde Katholiken reizvoller als Calvinisten, denn sie haben zumindest begriffen, dass es der Mensch ist, der sein Leben bestimmt. Sie glauben zwar, dass der Papst im Ernstfall bei Gott interveniert, doch dergleichen stört mich nicht. Diesen Gedanken finde ich liebenswert, nahezu rührend.

Doch wenden wir uns leichteren Themen zu. Immerhin befinden wir uns auf einer Reise und möchten unterhalten sein.

Folgen Sie mir deshalb auf das Quarterdeck. Lassen Sie sich die warmen Lüfte um die Nase streichen. Hören Sie das Knarzen der Segeltaue? Fühlen Sie, wie die *Batavia* sich sanft unter Ihnen wiegt?

Sehen Sie die beiden Gestalten, die an der Reling lehnen?

Ganz recht – das sind Lucretia und der Kommandeur. Sie plaudern gerade unschuldig, wenngleich ihre Gedanken längst bei ihrer verbotenen Zuneigung angelangt sind.

Sechs Grad und siebenundvierzig Minuten südlicher Breite

vierundzwanzigster Tag des Januar
im Jahre des Herrn, 1629

Lucretia hatte es sich angewöhnt, François morgens auf dem Quarterdeck zu besuchen. Meistens standen sie dann beieinander und begannen ein Gespräch, wobei es allerdings geschehen konnte, dass einer von ihnen plötzlich verstummte und den Faden verlor.

François wusste, dass er Lucretia hätte aus dem Weg gehen müssen. Er hatte sich auch bereits hundert Mal geschworen, dies zu tun. An seinen Schwur gehalten hatte er sich indes nicht.

Als er an diesem Morgen Lucretias leichten Schritt vernahm, spürte François, dass sein Herz zuckte und danach zu hämmern begann. Er zwang sich, sich langsam umzudrehen, anstatt wie ein Wilder herumzufahren, und verneigte sich förmlich.

An diesem Morgen trug Lucretia ein goldgelbes Samtkleid mit hochgeschlossenem Mieder, das sich weich um ihre Brüste schmiegte.

Sie lächelte verhalten. »Irre ich mich, oder ist es tatsächlich wärmer geworden?«, fragte sie.

»Ihr irrt Euch nicht«, versicherte François ihr mit einer Stimme, die er als fremd und eigenartig empfand. Das ist das letzte Mal, entschied er bei sich. Dieses Treiben muss ein Ende finden, und sei es nur um meines Seelenfriedens willen und noch einmal einer Nacht mit ruhigem Schlaf.

Andererseits würde sich ein Rückzug schon aus Gründen der Höflichkeit ausgesprochen schwierig gestalten. Mit welchen Worten sollte er ihr sein neues Verhalten erklären? Lucretia suchte seine Gesellschaft, so viel stand fest. Allein über den Grund befand François sich noch im Zweifel. Kam sie, weil sie mit *ihm* zusammen sein wollte, oder war sie lediglich einsam und langweilte sich an Bord?

Ich sollte vorbildlich sein, seufzte François. Ich muss mich zurückhalten und mich mit meinem Entsagen abfinden. Allerdings würde das nicht einfach sein, denn er hatte sich in Indien gern der Gunst schöner Frauen erfreut und wusste, auf was er im Begriff war zu verzichten.

Nein, überlegte François, er konnte Lucretia unmöglich zurückstoßen. Er würde sich lediglich zwingen, sie als Freundin zu betrachten, würde beherrscht und liebenswürdig sein. So wird es gehen, ermunterte er sich. So war ihm das ja auch während der ersten Wochen gelungen.

Lucretia hatte sich neben ihm über die Reling gebeugt, sagte jedoch nichts.

François beobachtete sie aus den Augenwinkeln. Er musste an ihr allererstes Gespräch denken.

Wie erstaunt war er gewesen, als Lucretia ihm mit reizender Natürlichkeit schilderte, dass sie einfachen Verhältnissen entstammte und keineswegs, wie angenommen, einer reichen Familie aus der feinen Heerengracht!

»Mein Vater war nur Tuchhändler«, verkündete sie lachend. »Im Übrigen habe ich ihn gar nicht gekannt. Er starb noch in dem Jahr, in dem ich geboren wurde.«

François war von ihrem Lachen entzückt. »Deshalb kann er doch vermögend gewesen sein.« Er schmunzelte.

»Niemals«, erklärte Lucretia. »Wir wohnten in einem Häuschen am Neuen Damm. Wir waren nicht arm, aber reich waren wir auch nicht. Später hat meine Mutter sich dann wieder verheiratet, doch auch meinen Stiefvater kannte ich eigentlich nicht. Er war Kapitän und fuhr zur See. Nein, unser Vermögen verdanken wir einem Onkel, der es meiner Mutter hinterlassen hat. Erst da haben wir uns ein großes Haus an der Leleistraat leisten können.«

»Woraufhin Euer Stiefvater der reichste Kapitän von Amsterdam geworden sein dürfte.«

Lucretia hatte den Kopf geschüttelt. »Er war zuvor schon gestorben. Meine Mutter hat mich allein aufgezogen. Ich habe sie sehr geliebt«, hatte sie gestanden. »Seltsam, nicht wahr, nun ist sie schon seit so vielen Jahren tot, und doch gibt es immer noch Tage, an denen sie mir fehlt.«

François beschloss nun, das frühere Geprächnoch einmal aufzugreifen und an eben diesem Punkt anzusetzen.

»Ihr sagtet neulich, Ihr wäret im Grunde als Waise groß geworden«, hub er an, während er Lucretias Mienenspiel studierte. »Habt Ihr Euch denn dadurch nicht manchmal einsam gefühlt?«

»Ich wurde erst mit elf Jahren Waise«, erwiderte Lucretia. »Danach nahm mich der Bruder meiner Mutter bei sich auf. Er war mein Vormund.« Sie hielt inne. »Ob ich einsam war?«, fuhr sie dann fort. »Ich glaube nicht. Und wenn, hat es mich nicht gestört.« Nach kurzem Zögern setzte sie hinzu: »Dieser Vormund war es auch, der zusah, dass ich eine gute Verbindung einging.«

Bei ihren Worten überrieselte François ein Hoffnungsschauer, denn Lucretias Aussage ließ zweifellos mehrere Deutungen zu. Er beschloss, an dieser Stelle einzuhaken und das Gespräch in die Bahn zu lenken, die ihm bereits seit einer Weile am Herzen lag.

»Wie alt wart Ihr bei Eurer Hochzeit?«

»Achtzehn. Ich bin seit neun Jahren verheiratet.«

»Aber Ihr habt keine Kinder, nicht wahr?«

»Das war wohl nicht Gottes Wille.«

François entdeckte einen Ausdruck des Bedauerns auf Lucretias Miene und stellte fest, dass er gerade darüber liebend gern mehr erfahren hätte. Litt sie darunter, keine Kinder zu haben, oder bezog sie sich auf eine Schwierigkeit, die in ihrer Ehe begründet lag? Gib nur Acht, was du jetzt sagst, ermahnte er sich. Das ist ein delikater Moment.

»Der göttliche Wille lässt sich nicht immer nachvollziehen«, fing er vorsichtig an.

»Das trifft nicht nur für den göttlichen Willen zu«, entgegnete Lucretia. »Auch das, was die Menschen wollen, ist mir oft rätselhaft.«

»Sprecht Ihr von Eurem Mann?«, fiel François ihr ins Wort, wobei er sich für seine Tollpatschigkeit verfluchte. »Ist er denn – Kindern – abgeneigt?«

Lucretia betrachtete ihn verwundert. »O nein, wieso denn das? Mein Mann sehnt sich nach Kindern. Wo läge denn auch sonst der Sinn einer guten Ehe, wenn es keine Söhne gäbe, die den Namen weitertrügen?«

François frohlockte. Das klang ihm nicht nach rauschhafter Leidenschaft. »Ihr Mann muss Euch sehr vermissen.«

Lucretia zögerte. »Auf seine Weise vielleicht schon.«

»Mir an seiner Stelle wäre es unendlich schwer gefallen, Euch – meine Frau für so lange Zeit zu entbehren.«

»Nun, er sucht sich in Ostindien zu verbessern. Er möchte sein Leben nicht als Juwelier beenden.«

»Ich wäre schon damit glücklich, Euch zur Frau zu haben. Das allein wäre mir genug.« So, nun war es heraus! Es war natürlich hastig und unklug gesprochen gewesen – ach was, es war der helle Wahnsinn, er musste verrückt geworden sein.

Lucretia schwieg für lange Zeit, während der sanfte Wind Strähnen unter ihrer Haube hervor zupfte und damit spielte.

Als sie zu sprechen anhub, befürchtete François eine Zurechtweisung, doch stattdessen sagte sie nur: »Ich fühle mich nicht recht wohl, Herr Pelsaert. Ich glaube, ich werde mich in meine Kabine begeben.«

»Ich verstehe«, erwiderte François leise.

»Ihr wart sehr liebenswürdig, mir Gesellschaft zu leisten«, murmelte Lucretia und berührte flüchtig seine Hand.

Dann war sie verschwunden, hatte sich aufgelöst wie ein Schatten, während François vor sich hinstarrte und sich abwechselnd als Ehebrecher und Narr beschimpfte.

Eine Mischung aus verbrauchter Luft und stinkendem Pfeifenrauch waberte wie dicker Nebel durch das Orlopdeck, wo die Soldaten lagen und sich die Zeit damit vertrieben, Dame oder Doppelkopf zu spielen.

Wiebe Hayes hatte sein Spielbrett aufgeschlagen und eine Partie gegen Wouter Loos begonnen, während Zany Maftken sich zu ihren Füßen niedergelassen hatte und an einem Walzahn schnitzte.

Hundert Mann lebten auf diesem Deck beieinander, wobei keiner von ihnen an einer Stelle aufrecht stehen konnte! Alle zwölf Stunden durften sie sich für dreißig Minuten zum Oberdeck begeben, um frische Luft zu schnappen, doch für die restliche Zeit hockten sie dicht gedrängt aufeinander.

Tagein, tagaus zusammengepfercht zu leben, nie den Kopf in die Höhe recken zu können, nie ungestört schlafen, immerzu das gleiche Essen und stets den Geräuschen und Gerüchen der anderen ausgesetzt – das kroch wie Gift in die Adern, setzte sich fest und verseuchte das Gemüt.

Um dem Schlimmsten vorzubeugen, hatte die *Companie* bestimmt, jeden, der ein Messer zog, mit der Hand und jenem Messer an den Großmast zu nageln und dort so lange zu belassen, bis er sich von allein wieder zu befreien verstand.

Dennoch kam es fortwährend zu Streit und Reibereien, und oftmals hatte der Steinmetz seine Hand dabei im Spiel.

Der Steinmetz war eigentlich der Obergefreite Jakob Pieters, doch er wurde von den Soldaten nach seinem früheren Handwerksberuf benannt. Er war ein grobschlächtiger Klotz von einem Mann, schwerer und einen Kopf größer als die anderen, und mit einem Gesicht, vor dem sich selbst die abgebrühtesten Hafenhuren fürchteten. Seine Zähne waren schwarz und faulig, die Nase breit zusammengedrückt, das Kinn unsichtbar unter Fleischwülsten begraben. Seine Äußerungen beschränkten sich in der Regel auf das Notwendigste, und nie hatte ihn jemand lächeln gesehen. Alle, bis auf Wiebe Hayes und den stämmigen Bauernburschen Wouter Loos, fürchteten den Steinmetz, selbst der Maat war in seiner Gegenwart stets auf der Hut.

In diesem Moment bewegte sich der Steinmetz auf Wiebe und seine Kameraden zu, stieß Zany mit einem Tritt beiseite und drängte sich wortlos an Wiebe vorbei.

Zany rieb sich die Seite und begann, hinter dem Rücken des Steinmetzen Grimassen zu schneiden.

Wouter Loos fing glucksend an zu lachen.

Der Steinmetz fuhr mit geballter Faust herum.

Beim Anblick seiner böse glitzernden Augen in dem vor Wut verzerrten Gesicht überlief Wiebe ein Schauder.

»Reiß dich zusammen!«, zischte er Zany warnend an, ehe er seine Aufmerksamkeit abermals dem Spielbrett zuwandte. »Du weißt, dass der Kerl nie etwas vergisst.«

Zany zog ein Gesicht. Nach einer Weile schnupperte er in der Luft. »Ich glaube, der Steinmetz hat heimlich irgendwo in die Ecke gepisst«, kicherte er.

»Du sollst dich zurückhalten, habe ich gesagt!«, fuhr Wiebe ihn an. Gleich darauf zog der Geruch frischen Urins an seiner Nase vorbei. »Das ist zum Kotzen«, erklärte er und klappte sein Spielbrett zu.

»Das sage ich doch die ganze Zeit«, erwiderte Zany.

»Sieh dich trotzdem vor«, ermahnte Wiebe ihn. »Ich muss an Deck – meine Wache beginnt.«

»Sieh *du* dich lieber vor!« Zany lachte hinter ihm her. »An Bord wird nicht gehurt, und die Pfarrerstochter hat es faustdick hinter den Ohren!«

Sussie Frederix und ihre Schwester Tryntgen hatten es sich auf dem Quarterdeck unter ihren Sonnensegeln bequem gemacht, wo sie, über ihre Näharbeiten gebeugt, dem Geplapper der anderen Frauen lauschten. Aus den Augenwinkeln wurde Sussie indes gewahr, dass der gut aussehende weizenblonde Soldat über ihr das Deck betrat. Wiebe hieß er, Wiebe Hayes, so viel hatte sie inzwischen von Tryntgens Mann herausbekommen, der zu den Soldaten auf dem Orlopdeck gehörte. Von ihm hatte sie auch erfahren, dass dieser Wiebe Hayes mit seinen fünfundzwanzig Jahren noch immer unverheiratet war. Sussie selbst war zwar erst fünfzehn, doch wie sie fand, war das nicht ausschlaggebend. Sie beide würden ein hübsches Paar abgeben – vorausgesetzt, er schaute überhaupt erst einmal zu ihr hin.

Sussie rutschte unter dem Sonnensegel hervor und schielte nach oben.

Nicht schon wieder! dachte sie. Er soll nicht schon wieder Judith schöne Augen machen. Auf dem ganzen Schiff sprach man bereits davon.

Sussie beobachtete, wie Wiebe sich näher zu Judith an die Reling schob und ihr etwas zuflüsterte. Gott sei Dank war der Herr Pfarrer nicht säumig, sondern bedeutete seiner Frau mit einem ungehaltenen Wink, ihre Tochter zu sich zu rufen.

Warum ausgerechnet Judith? fragte Sussie sich. Was erwartete dieser große, kräftige Kerl von einem Mädchen, das sein Haar züchtig unter der Haube verbarg und errötend zu Boden blickte, wenn er mit ihm sprach?

Na bitte, dachte Sussie. Geschieht ihm recht. Judith hatte sich abgewandt und Wiebe verlassen, noch ehe ihre Mutter Gelegenheit hatte, sie von ihm fortzuzerren.

Na, Herr Soldat, dachte Sussie, war das nun der Mühe wert? Oder solltet Ihr nicht allmählich anfangen zu begreifen, dass es hier auch noch andere Mädchen gibt? Sie legte ihre Näharbeit ab und murmelte ihrer Schwester zu, sie wolle sich ein wenig die Beine vertreten.

Tryntgen musterte Sussie argwöhnisch, doch sie nickte und sagte nichts.

Als Sussie an die Reling trat, stellte sie fest, dass Wiebe seinen Blick sehnsüchtig auf den dunstigen Horizont geheftet hatte, als suche er dort etwas, das es gar nicht gab. Unauffällig schob sie sich bis zu dem Platz, den Judith gerade verlassen hatte. Da bin ich, dachte sie dann, worauf wartest du also noch? Eine bessere Gelegenheit kann sich doch gar nicht mehr bieten.

Als Wiebe sie nicht zu bemerken schien, wurde Sussie ungeduldig.

»Schlagt Euch Judith aus dem Kopf«, sagte sie leise.

Wiebe drehte sich zu ihr um.

Er wirkte belustigt, als er erkannte, dass da ein Mädchen – fast noch ein Kind – bei ihm stand und ihm offenkundig Ratschläge erteilte.

Sussie erriet, was er dachte. Ich bin älter, als du glaubst, entgegnete sie stumm. Ich bin schon so gut wie erwachsen.

»Entschuldigt, mein Fräulein, ich glaube, ich habe den Sinn Eurer Worte nicht recht verstanden. Ihr hattet doch etwas gesagt, oder nicht?«

»Ja, ich sagte, dass Ihr Euch Judith aus dem Kopf schlagen sollt.«

»Oh, und warum wohl?«, sagte Wiebe schmunzelnd.

»Weil sie ihr Augenmerk auf den *Jonker* dort drüben gerichtet hat«, erwiderte Sussie. Sie deutete auf van Huyssen, der mit seinen Kameraden auf dem Deck einherschritt.

»Und woher weiß das ein so kleiner Fratz wie Ihr?«

Sussie runzelte die Stirn. »Ich bin fast so alt wie Judith«, erwiderte sie.

»Sieh einer an«, bemerkte Wiebe, indem er begann, sich seine Pfeife zu stopfen. »Und ich dachte schon, es läge an Judiths Papa. Die Männer Gottes halten nämlich nichts von Soldaten.« Er grinste schräg und setzte augenzwinkernd hinzu: »Ich fürchte nur, umgekehrt liegt die Sache nicht viel anders.«

Sussie musste kichern. »Wart Ihr schon einmal in Batavia?«, erkundigte sie sich anschließend. »Ist es dort schön?«

»Ja, ich war bereits einmal dort. Vor fünf Jahren. Ob es an einem Ort schön ist, dürft Ihr einen Soldaten jedoch nie fragen. Wir kennen die Länder ja meist nur aus dem Krieg. Allerdings wäre ich in Batavia um ein Haar an der Ruhr krepiert, so viel steht fest.«

»Habt Ihr in Holland oder sonst wo eine Ehefrau?«, fragte Sussie unverblümt.

»Ihr fragt einem ja Löcher in den Bauch«, scherzte Wiebe.

»Na ja, ich dachte, da Ihr so gut ausseht, habt Ihr doch gewiss irgendwo eine Frau.«

Wiebe lachte schallend auf. »Nein«, erwiderte er. »Ich habe keine Frau.«

In diesem Moment tauchte Tryntgen hinter ihnen auf.

»Sussie!«, rief sie böse.

Sussie sah nach hinten und rasch wieder fort.

»Da scheint jemand etwas von Euch zu wollen«, bemerkte Wiebe, indem er in Tryntgens Richtung nickte.

»Das ist meine Schwester«, teilte Sussie ihm mit. »Ich glaube, sie möchte, dass ich mit ihr komme.«

»Dann gehabt Euch wohl, mein Fräulein. Es war nett, mit Euch zu plaudern.«

»Ich heiße Sussie Frederix«, flüsterte Sussie ihm zu. »Wollt Ihr Euch das merken?«

»Vielleicht«, entgegnete Wiebe gutmütig. »Aber jetzt seid ein braves Mädchen, Sussie Frederix, und folgt Eurer Schwester!«

Er entließ sie mit einem freundlichen Nicken, während sein Blick erneut zu Judith hinüberwanderte.

»Ihr solltet auf das hören, was ich sage«, murmelte Sussie niedergeschlagen. »Judith ist nichts für Euch.«

Elf Grad und dreiundfünfzig Minuten südlicher Breite

erster Tag des Februar
im Jahre des Herrn, 1629

»Das ist etwas, was ich noch nie verstanden habe«, hub eine sanfte Stimme an. »Ob Ihr es mir wohl erklären könnt?«

François' Kopf fuhr herum.

Lucretia. Sie war zu ihm zurückgekommen! Sie hatte auch ihre Haube abgelegt, so dass der Wind an ihrem Haar zauste, das ihr offen bis zur Taille hing. Mit einem kleinen Stirnrunzeln sah sie zu, wie François mit dem Astrolabium hantierte.

Gott möge mir vergeben, dachte François, als sich das vertraute Ziehen in seiner Brust einstellte, aber diese Frau ist einfach betörend.

»Das ist nicht schwer«, erwiderte er leise. »Es handelt sich lediglich um ein Instrument, mit dem ich erkenne, wie weit wir nach Süden oder Norden gesegelt sind. Man nennt es Astrolabium. Es misst die Breiten in Graden und Minuten, bis auf etwa eine Seemeile genau.«

»Und woher wisst Ihr, wie weit wir nach Osten oder Westen gesegelt sind?«

»Nun, das zu wissen ist eigentlich die Aufgabe des Kapitäns. Ich führe mein Handbuch lediglich zur Kontrolle, weil …« François' Stimme versickerte. Ihre Augen gleichen Saphiren, dachte er, während seine Blicke weiterwanderten und sich in Lucretias Spitzenschal verfingen, der den Ausschnitt ihres Mieders verbarg. Ob dieser Herr van der Mylen wusste, welch ein Glückspilz er war?, fuhr es ihm durch den Sinn. Weiß er, dass er etwas besitzt, das für andere Männer nur in ihren Träumen existiert?

»Verzeiht«, murmelte er. »Ich war für einen Moment abgelenkt. Was hattet Ihr mich gefragt?«

»Ich wollte erfahren, woher Ihr – oder der Kapitän – wisst, wie weit wir nach Osten oder Westen gesegelt sind.«

»Oh, das ... Nun, das tut der Kapitän mit Hilfe eines Logs«, beeilte François sich zu erklären. »Gewiss habt Ihr den Steuermann bereits dabei beobachtet, wie er ein Holzstück über die Reling wirft, das mit einer Seilwinde verbunden ist. Das Seil ist in Knoten unterteilt. Dann misst er die Zeit mit seiner Sanduhr, holt das Seil wieder ein und zählt die Knoten, die sich abgewickelt haben. Daran erkennt er, wie viel Fahrt wir machen. Es ist keine sehr exakte Methode, fürchte ich, denn die Strömungen wie auch ein schlecht aufgerolltes Seil können bereits Ungenauigkeiten bewirken. Auch die Feuchtigkeit, die bisweilen in die Sanduhr dringt, kann zu Abweichungen führen. Doch, wie dem auch sei, solange wir keine besseren Verfahren kennen, müssen wir mit dem vorlieb nehmen, was wir haben. Was die Navigation angeht, verlassen wir uns in der Regel auf die Erfahrung eines guten Skippers.« François machte eine Pause, um Atem zu schöpfen.

Lucretia lachte leise. »Und?«, fragte sie. »Haben wir einen guten Skipper?«

François ließ seinen Blick zur Brücke schweifen, wo der Kapitän stand und sie zu beobachten schien. In Wirklichkeit ist er ein Lump, hätte er am liebsten erklärt, ein Halunke und ein Draufgänger noch dazu, ein unausstehlicher Bursche, den mir das grausame Schicksal ein zweites Mal zugeteilt hat – aber er ist dennoch ein guter Skipper.

»Er zählt zu den Besten«, erwiderte François laut.

»Darf ich mir dieses Astrolabium einmal ansehen?«, bat Lucretia.

»Selbstverständlich«, entgegnete François, indem er das Gerät am Ring hochhielt und an seinem Daumen pendeln ließ. »Schaut her – die Sonne steht zu meiner Linken. Ich halte das Gerät nun in die Sonne und bewege den Zeiger, bis sie durch diese beiden kleinen Löcher scheint –«

»Darf ich es einmal versuchen?«, unterbrach Lucretia ihn. Sie stand inzwischen dicht neben François und beugte sich vor. »Was sind das für Striche am Rand?«

François holte abermals Luft. »Das sind die Winkel, die uns unsere Position nördlich oder südlich des Äquators angeben.«

In diesem Moment hob sich das Deck unter einer kräftigen Woge. Lucretia verlor den Halt und wurde gegen François geworfen.

François schlang automatisch den Arm um sie, und für einen kurzen Augenblick schmiegten sich ihre Körper aneinander. Dann löste Lucretia sich hastig von ihm. Auf ihren Wangen brannte feuerrote Flecke.

»Es tut mir Leid«, murmelte er. »Ich wollte nicht – ich –«

»Ich danke Euch für den Anschauungsunterricht«, erwiderte Lucretia, indem sie sich fahrig eine Haarsträhne aus der Stirn strich, die der Wind ihr immer wieder in die Augen blies. Die Röte auf ihrem Gesicht hatte sich ausgedehnt und ergoss sich bis hin zu ihrem Dekolleté.

François sah es und war unfähig, sich zu rühren. Er starrte sie an, als hätte ihn ein Blitzschlag getroffen.

»Ich glaube, ich muss gehen«, murmelte Lucretia. »Der Wind scheint heute ein wenig heftiger zu wehen als sonst.«

François schaffte es, sich stumm zu verneigen.

Nachdem Lucretia fort war, stellte er fest, dass seine Hände zitterten. Er schaute sich um, um zu prüfen, ob jemand Zeuge dieses Zwischenfalls geworden war. Als er zum Achterdeck emporspähte, stand dort noch immer der Kapitän, der nun spöttisch salutierte.

Adriaen Jacobs verharrte noch an der Reling, als der Kommandeur unter ihm längst verschwunden war. Um seine Lippen spielte ein verächtliches Lächeln. Bei Gott und allen Teufeln, dachte er, das war zum Brüllen! Dieses kleine, feine Bürschchen, das das Astrolabium wie ein Damentäschchen schlenkert, um sich vor dieser aufgeplusterten Gans aufzuspielen, die nicht einmal kapiert, wer ein richtiger Mann ist und wer nicht! Was musste der Kerl für einen Unsinn verzapft haben, als er mit käseweißem Gesicht einen endlosen Vortrag vom Stapel ließ.

Da hatte er die beiden also ertappt – Himmelherrgott, wie sie sich angeschmachtet hatten! Aber den Arm hatte der Hund doch potzblitz um sie gehabt, alle Achtung. Kleine Kostprobe genommen, wie? War auch zuerst gar nicht so abgeneigt gewesen, die Dame, aber dann plötzlich davongeflattert wie ein aufgescheuchtes Huhn. Und der Schafskopf starrte glotzäugig in die Runde, anstatt die Beine in die Hand zu nehmen und wie der Wind hinterher zu sein. Sicher, zuerst hätte sie sich ein wenig geziert, doch gleich darauf wäre diesem Herrn Leisetreter vermutlich Hören und Sehen vergangen.

Jacobs starrte nachdenklich vor sich hin. Na gut, sagte er sich zum Schluss, jetzt weiß ich, woran ich bin. Ihr Blicke haben niemals mir gegolten, sie hatte etwas Besseres im Sinn.

IV

Ich muss Sie um Nachsicht bitten.

Es hat etwas länger gedauert, das Luder aufzuspüren.

Nein, ich rede nicht von Lucretia. Wo denken Sie hin?

Lucretia gehört zu den Frauen, die die Fantasie eines Mannes entzünden, ohne es zu wissen. Ich habe gegen die Art nichts einzuwenden, ganz im Gegenteil, sie ist mir häufig dienlich. Frauen wie Eva zählen ebenso dazu. Auch Eva hat ja nicht von sich aus gesündigt.

In der Regel muss man sich mit dem zufrieden geben, was man bekommt.

Und dann läuft einem plötzlich eine Frau wie Zwaantie Hendricks über den Weg. Die ist natürlich etwas anderes. *Das* ist ein Weibsbild nach meinem Geschmack.

Mit ihr werde ich mich zusammentun.

Siebzehn Grad und drei Minuten südlicher Breite

elfter Tag des Februar
im Jahre des Herrn, 1629

Da schau her, dachte der Kapitän. Madame Kommandeur mit ihrem Mädchen im Gefolge. Rauscht über Deck wie eine Königin. Nun, meine Schöne, hattet Ihr Gelegenheit, Euch Euren Kavalier ein wenig genauer anzusehen? Ist Euch nun klar geworden, dass dieser Jämmerling nichts taugt?

»Haltet Ihr etwa nach dem Kommandeur Ausschau?«, begrüßte Jacobs Lucretia. »In dem Fall werdet Ihr enttäuscht sein, denn er fühlt sich nicht wohl. Er ruht in seiner Kajüte.«

Lucretia wurde blass.

»Kein Grund, sich Sorgen zu machen«, versicherte Jacobs ihr. »*Ich* bin der Herr auf diesem Schiff. Der Kommandeur mag sich zwar als Flottenpräsident aufspielen, doch nach Batavia schafft er Euch nicht.«

»Was soll die Belehrung?«, fragte Lucretia spitz. »Ich denke, ich kenne mich in der Gewaltenverteilung des Schiffes aus.«

Ja, sei nur schnippisch, dachte der Kapitän, mir ist das inzwischen fast einerlei. Ich halte mich besser an die Kleine, die mir hinter deinem Rücken schöne Augen macht. Wahrscheinlich kennt *sie* sich in noch ganz anderen Dingen aus.

»Besten Dank, Madame«, antwortete Jacobs mit einer leichten Verbeugung. »Das war charmant gesagt und äußerst freundlich.«

»Herrn Pelsaert fehlt aber doch nichts Ernstes, oder?«, lenkte Lucretia ein wenig ein.

»Keine Sorge, der kommt schon wieder auf die Beine«, erklärte Jacobs. »Doch wenn Ihr Lust auf Gesellschaft habt, werde ich mir die größte Mühe geben, ihn zu ersetzen.«

Nun, das hatte ihr offenbar nicht geschmeckt. Madame rümpfte die Nase und bedachte ihn mit einem Blick, bei dem einem das Blut in den Adern gefror.

»Vielleicht könntet Ihr *mir* ein wenig Gesellschaft leisten«, schlug das Mädchen rasch vor. »Ihr könntet mir doch einmal alles zeigen! Ich lerne gern noch etwas dazu.«

»Ich fürchte, du wärest dem Kapitän nur im Weg«, zischte Lucretia die Kleine an.

»Aber nicht doch«, widersprach der Kapitän und weidete sich an Lucretias Ärger. »Ich wüsste das Fräulein durchaus zu unterhalten.«

Das Mädchen warf ihm unter halb gesenkten Wimpern einen herausfordernden Blick zu und sagte: »Da bin ich sehr gespannt.«

Der Tag hat sich bereits gelohnt, fand Jacobs, als er sah, dass Lucretia nun abwechselnd rot und blass wurde. Er zwinkerte dem Mädchen zu.

»Du kommst sofort mit mir unter Deck«, herrschte Lucretia die Kleine an, die ihr maulend folgte.

Der Skipper grinste hinter ihnen her. Na bitte, dachte er. Da hatte er es ihr gezeigt. Zukünftig würde sie ihn nicht mehr wie einen dummen Jungen behandeln.

Die Kleine allerdings, die würde er sich bei nächster Gelegenheit einmal genauer ansehen.

Lucretia hatte Zwaanties Arm ergriffen, zerrte sie in die Kabine und warf die Tür hinter ihnen ins Schloss.

»Was um alles in der Welt ist da eben in dich gefahren?«, fuhr sie das Mädchen an, das daraufhin tatsächlich die Frechheit besaß, gelangweilt die Decke zu beäugen.

»Du hast offen mit dem Kapitän geschäkert, ist dir das klar? Jeder, der wollte, konnte dich hören. Willst du, dass das ganze Schiff über dich herzieht? Der Kapitän ist immerhin ein verheirateter Mann.«

»Ich kann tun und lassen, was ich will«, erklärte Zwaantie aufsässig.

»O nein, mein Fräulein, das kannst du nicht! Nicht, solange du in meinen Diensten stehst. Du wirst kein Wort mehr mit ihm wechseln!«, befahl Lucretia. »Du wirst ihn noch nicht einmal mehr ansehen. Hast du verstanden?«

Zwaantie blickte trotzig zu Boden.

Wenn sie nicht aufpasst, dachte Lucretia, beendet sie ihre Tage in irgendeinem Hafen, wo sie ihr Hinterteil für ein paar Dukaten schwingt.

»Ich fragte, ob du verstanden hast?«

Ein unwillig gemurmeltes »Jawohl, Madame«, war die Antwort.

Nun, dachte Lucretia, damit wäre die Angelegenheit wohl ein für allemal geklärt.

Während des Tages und auch wenn abends das Speisegeschirr abgetragen war, diente die Tafel in der Offiziersmesse Männern wie Deschamps, Zeevanck und den anderen Schreibern und Kaufmannsgehilfen als Arbeitstisch.

Dort kopierte Zeevanck in seiner steifen Handschrift beim Schein der Öllampe einen Brief des Kommandeurs. Die Buchstaben flossen ihm nicht mit der Leichtigkeit der anderen Kaufmannsgehilfen aus der Feder, und schon gewiss nicht mit der Eleganz des jüngsten Schreibers, de Andries.

Außer Zeevanck befand sich lediglich Jeronimus in der Messe.

Zeevanck spürte, dass der Unterkaufmann ihn beobachtete. Er setzte die Feder ab.

»Ist etwas, Herr Cornelius?«, erkundigte er sich.

»Macht Euch die Arbeit Spaß, Zeevanck?«

»Gewiss, Herr Cornelius«, log Zeevanck, wobei er sich fragte, ob er Jeronimus Grund zur Unzufriedenheit geliefert hatte.

Jeronimus betrachtete ihn abwägend. »Und was bewegt Euch, nach Ostindien zu gehen?«, fragte er.

Zeevanck hielt seine Augen auf das Dokument gerichtet und schrieb weiter. »Vermutlich lockt mich das Abenteuer«, murmelte er.

Jeronimus lachte schallend auf.

Zeevanck war zusammengezuckt. Missmutig betrachtete er den Klecks, der auf dem Papier entstanden war. Nun würde er abermals von vorn beginnen müssen, und es würde ihn eine weitere Stunde kosten, bis er sich schlafen legen konnte.

»*Abenteuer!*«, wiederholte Jeronimus amüsiert. »Glaubt Ihr tatsächlich, dass Ihr in Batavia *Abenteuer* erlebt? Ihr werdet froh sein, wenn Ihr da überhaupt einmal das Sonnenlicht erblickt. Die meisten Kaufmannsgehilfen und Schreiber verbringen ihr Leben dort in einem muffigen Kontor.«

Zeevanck warf ihm einen gekränkten Blick zu. Was will er von mir? fragte er sich. Was hat er davon, mir mein bisschen Vorfreude zu schmälern?

»Wie seid Ihr an diese Stelle geraten?«, bohrte Jeronimus weiter.

»Es war der Wunsch meines Vaters –«

»Dachte ich es mir doch«, unterbrach Jeronimus ihn.

Nachdem sie für eine Weile geschwiegen hatten, hob Zeevanck unsicher an: »Seid Ihr unzufrieden, was meine Arbeit –«

Jeronimus fiel ihm abermals ins Wort. »Ich bitte Euch, Zeevanck!«, erklärte er ungeduldig. »Hier gibt es nichts, was mich zufrieden oder unzufrieden macht. Eure Arbeit ist mir einerlei. Ich habe mich lediglich gewundert, wie Ihr Euer Dasein aushaltet. Da sitzt Ihr brav und fertigt Kopien von Briefen an, schreibt langweilige Listen über Vorräte und Frachten, verfasst später am Schreibtisch Kriegsberichte, seid, kurz gesagt, nichts weiter als ein stummer, treuer Diener. Niemand entbietet Euch Achtung, und kein Mensch hat Furcht vor Euch. Soll das immer so weitergehen? Wie lange wollt Ihr Euch damit noch begnügen? Wir segeln um die Welt, doch vor Euren Augen befindet sich stets nur ein Stück Papier und ein Tintenfass. In Eurem Innern müsste es doch schwelen, Ihr müsstet rastlos sein, müsstet wissen, dass Euch Besseres gebührt! Ist es nicht so, Zeevanck?«, schloss Jeronimus, ehe er sich erhob und den Raum verließ.

Fünfundzwanzig Grad und dreiundvierzig Minuten südlicher Breite

zwanzigster Tag des März
im Jahre des Herrn, 1629

Lucretia blätterte ihr Tagebuch auf und betrachtete die leeren Seiten. Als sie die Reise antrat, war sie davon ausgegangen, dass sie auf jeder von ihnen täglich neue Begebenheiten festhalten würde, doch stattdessen hatten sich die Tage aufgelöst und waren zu einem formlosen Einerlei verschmolzen.

Lucretia zündete die Öllampe an, die über ihr an den Kardanringen befestigt war, sodass kein Öl herausfloss, wenn der Seegang unruhig wurde. Sie taucht die Feder in ihr Tintenfass und schrieb:

So gefällig der Unterkaufmann Jeronimus Cornelius auch sein mag, so ist ihm doch etwas Beunruhigendes zu Eigen, denn bisweilen stiehlt sich ein Ausdruck in seinen Blick, der mich erschreckt. Der Kommandeur indes, der sich auf Menschen versteht, hat eine hohe Meinung von ihm, sodass ich nicht weiß, ob ich mir nur etwas einbilde. Was den Kommandeur betrifft, gibt es hingegen keinerlei Zweifel: Er ist ein wundervoller Mann, von tadellosem Wesen. Das darf auch nicht anders sein, weil auf einer Reise wie dieser die unterschiedlichsten Charaktere zusammengewürfelt werden und die einzelnen Gruppen sich nicht immer wohlgesinnt sind. Die Seeleute verachten die Passagiere, die wiederum begegnen den Kaufleuten nur widerwillig mit Respekt, während die Soldaten mit niemandem etwas zu tun haben wollen und unter sich bleiben. Da bedarf es einer starken Persönlichkeit, damit die Ordnung aufrecht erhalten bleibt.

Lucretia hielt inne. Stimmte das, was sie da schrieb? Gab es tatsächlich Spannungen an Bord?

Sie hörte, dass die Schiffsglocke das Mittagsmahl einläutete, erhob sich seufzend und schickte sich an, in die Offiziersmesse zu gehen.

François hatte von Anfang an geahnt, dass er sich auf diese Fahrt nie hätte einlassen dürfen, denn als sie begann, war er erst seit kurzem aus Indien zurückgekehrt, wo das feuchte, schwüle Klima seine Gesundheit angegriffen hatte. Zuletzt hatte jedoch sein Ehrgeiz gesiegt. Wie hätte er auch nein sagen können, wenn man ihn zum Flottenpräsidenten ernannte und ihm dadurch die Möglichkeit in Aussicht stellte, Mitglied des Rates der *Companie* zu werden und Ruhm und Reichtum zu ernten, also genau das, worauf er seit zehn Jahren hingearbeitet hatte?

Dennoch hatte er anfänglich gezaudert. Den Ausschlag hatte schließlich sein Schwager gegeben, einer der *17 Herren der Companie,* der ihn gedrängt und auf das Einmalige dieser Gelegenheit hingewiesen hatte. Doch als François an Bord der *Batavia* stieg und sein Auge auf Kapitän Jacobs fiel, war ihm klar geworden, dass seine Entscheidung ein Fehler gewesen war.

Oder war das in dem Moment geschehen, als er Lucretia erblickte?

François tat mittlerweile sein Bestes, um Lucretia aus dem Weg zu gehen, doch bei den Mahlzeiten ließ sich ihr Zusammentreffen nicht immer vermeiden.

Natürlich zwang er sich auch da, den Blick von ihr abzuwenden, doch das war schwer, da sie direkt an seiner Seite saß.

Wenn es allein wegen ihrer Schönheit wäre, sagte sich François, könnte er sein Verlangen nach einer Weile wohl verwinden, doch es war mehr als das, was ihn zu ihr zog. Es war auch mehr als ihre Klugheit und Bildung. Es lag an dem Funken, der in ihren Augen glühte, der, wie François glaubte, demselben Feuer entsprang, das auch in ihm brannte. Es war die Verbundenheit ihrer Seelen, die sie jeweils die feinen Schwingungen im anderen erkennen ließen, ganz gleich, ob sie sich in Worten ausdrückten oder in Gesten.

Es war dieses Wissen, das François' Leidenschaft zu einem Ausmaß trieb, das die Form einer Obsession, einer Krankheit angenommen hatte.

Zuweilen versuchte er bei Tisch, sich mit irgendeiner belanglosen Unterhaltung abzulenken, doch auch das half ihm nichts. Bereits nach kürzester Zeit irrten seine Augen abermals zu Lucretia, saugten sich an einem Stück Haut fest, an ihrem Halsband oder an der Ader, die darunter pochte.

Wie konnte es angehen, fragte sich François dann, dass diese außergewöhnliche Frau einem simplen Juwelier angehörte? Manchmal dachte er sogar noch einen Schritt weiter und überlegte, ob nicht gerade dieser Umstand dazu diente, ihm die Sinnlosigkeit *seines* Strebens vor Augen zu führen.

An anderen Tagen bemühte sich François, Fehler an Lucretia zu entdecken, und hielt sich vor Augen, dass sie zu frei ihre Meinung kundtat, dass es ihr überhaupt an Strenge und Zurückhaltung gebrach. Hie und da ging er sogar so weit, sie für die Macht, die sie über ihn ausübte, zu hassen, und bestrafte sie, indem er das, was sie zu ihm sagte, achtlos überging. Doch auf Dauer gelang ihm das ebenso wenig wie alle anderen Versuche zu seiner Rettung.

Am schlimmsten waren die Augenblicke, in denen Lucretia ihm Blicke zuwarf, die sich für eine verheiratete Frau nicht ziemten, und anschließend fortsah und dann wieder zu ihm hin. Später fragte sich François, ob er diese Blicke womöglich nur erfunden hatte, weil er sie sich wünschte oder weil seine Eitelkeit sie ihm vorzugaukeln schien.

So geht das nicht weiter, beschwor er sich tausend und abertausend Mal. So *darf* das nicht weitergehen.

In den zahlreichen Nächten, in denen François nicht schlafen konnte, begab er sich an Deck und verlor sich in der Betrachtung der Wasserspur des Schiffes, die im Mondlicht aussah wie ein langer Streifen aus gläsernen Splittern. Doch auch dann ging es wieder los, und es dauerte nicht lang, bis Lucretias Bild aus den Wellen trat.

Welcher Wahn hat mich befallen? schoss es François durch den Kopf, während er still immer wieder *hilf mir* flehte. Hilf mir, Allmächtiger, denn allein kann ich dagegen nicht an.

Lucretia schaute dem Skipper zu, der seine Befehle von der Brücke zu den Masten hochbrüllte, wo die Dunkelheit die Männer verschluckte.

»Sehr eindrucksvoll, ihn bei der Arbeit zu beobachten, nicht wahr?«

Lucretia blickte sich um. Dicht neben ihr stand der Unterkaufmann Cornelius.

»Der Steuermann lenkt zwar das Ruder, doch Schiffe dieser Größe werden vornehmlich durch Besan- und Sprietsegel vorangetrieben. Das erfordert größtes Geschick seitens des Kapitäns.«

»Oh, ich glaube, unser Kapitän ist trotz seiner schlechten Manieren äußerst geschickt.«

»Es heißt, er sei der beste Skipper der Gesellschaft. Deswegen sieht man ihm seine Manieren wohl nach.«

»Schon möglich«, entgegnete Lucretia unwillig. »Richtig ist das aber nicht.«

Jeronimus strich sich über die Haare, die der Wind aufrecht gestellt hatte.

Lucretia musterte ihn nachdenklich. Ich mag es nicht, wie selbstverliebt er mit seinem Äußeren umgeht, fuhr es ihr durch den Sinn. Die Art, in der er sich die Haare glattzupft, bin ich eigentlich eher von Frauen gewohnt.

Nachdem sie für eine Weile geschwiegen hatten, ergriff Jeronimus abermals das Wort. »Erscheint es Euch nicht auch faszinierend, bis ans Ende der Welt zu segeln, ohne sich darüber großartig den Kopf zu zerbrechen? Ich finde, wir leben in erstaunlichen Zeiten.«

»Ich hätte es vorgezogen, in Holland zu bleiben«, entgegnete Lucretia unwirsch.

»Sehnt Ihr Euch denn nicht nach dem Wiedersehen mit Eurem Herrn Gemahl?«

»Natürlich tue ich das«, erwiderte Lucretia scharf. Sie wurde rot. Er hatte sie verwirrt.

»Ihr müsst mich entschuldigen«, murmelte sie hastig. »Es ist spät. Gute Nacht.«

»Gute Nacht, Madame«, hallte es spöttisch hinter Lucretia her, während sie zu ihrer Kabine eilte.

Ich hätte damals mit Baudouin reisen sollen, dachte sie unterwegs. Warum musste ich mich auch an seiner statt um die Familiengeschäfte kümmern? Sie seufzte bei dem Gedanken an die mangelnde Geldkenntnis ihres Mannes. Baudouin entstammte einer vornehmen Familie, in der man die Dukaten nicht einzunehmen, sondern lediglich auszugeben verstand.

Nun hatte sie ihre nächste Pflicht in Angriff genommen und begab sich nach Java an seine Seite. Sie wünschte jedoch, sie würde ihrer Wiederbegegnung freudiger entgegensehen.

Tryntgen hatte nicht bemerkt, dass Sussie sich davongestohlen hatte. Gewiss wäre sie außer sich, wenn sie mir auf die Schliche käme, dachte Sussie. Sie tat also besser daran, sich zu sputen.

Sussie klopfte an die Tür und hörte eine Stimme, die ihr Einlass gewährte.

Jeronimus warf ihr einen kurzen Blick zu und bedeutete ihr mit einem Nicken, sich zu setzen. Danach widmete er sich erneut seiner Lektüre.

Sussie blickte sich neugierig um. Die Kajüte war winzig, besaß jedoch den Vorzug, dass Jeronimus sie mit niemandem teilen musste, was an Bord der *Batavia* ein Luxus war. Außerdem hatte ihr Besitzer sie wohnlich gemacht. Die Wände waren hübsch mit Behängen geschmückt, von der Decke hing eine kunstvoll geschmiedete Schiffslampe herab, es gab einen fein geschnitzten Schreibtisch und einen weichen Sessel mit Samtbezug. Hier lässt es sich leben, dachte Sussie – abgesehen von dem eigenartigen Geruch, der die Luft durchtränkt. Ihre Augen wanderten zu einem Regal, auf dem sich kleine Fläschchen befanden. Geheime Tränke aus Kräutern, vermutete sie. Ihr Blick glitt über die aufgestapelten Bücherberge hinweg. Alles so, wie es sich für einen studierten Mann und Apotheker gehört, entschied Sussie.

Jeronimus klappte sein Buch mit einem Knall zu, und Sussie zuckte zusammen. Auf seinem Gesicht malte sich ein kleines Lächeln ab.

»Mit wem habe ich das Vergnügen?«, erkundigte er sich.

»Ich bin Sussie Frederix«, entgegnete sie ein wenig eingeschüchtert.

»Was kann ich für Euch tun?« Jeronimus senkte die Stimme. »Ihr wollt mir doch hoffentlich kein Geheimnis preisgeben und zugeben, dass Ihr in Schwierigkeiten seid?«

»Nein, Herr Unterkaufmann«, stammelte Sussie errötend. »Nein, das ist es nicht.«

Unterdessen wurde Sussies Blick von einem Messingmörser angezogen, auf dem Worte eingraviert waren.

Jeronimus war ihrem Blick gefolgt. »Amor vincit omnia«, las er. »Wisst Ihr, was das bedeutet?«

Sussie schüttelte den Kopf.

»Das ist Lateinisch. Es bedeutet, dass die Liebe alles besiegt. Was meint Ihr dazu? Glaubt Ihr, dass dem so ist?«

»Ich weiß es nicht«, antwortete Sussie leise.

»Natürlich nicht. Welch eine dumme Frage! So, und nun teilt mir bitte Euer Anliegen mit.«

Unter seinem eindringlichen Blick senkte Sussie die Lider. Ihr war, als würde er bereits alles über sie wissen.

»Sucht Ihr nicht doch nach einem Mittelchen, das Eure Leibesfrucht abtötet?«, hörte sie Jeronimus flüstern.

Sussie schüttelte den Kopf noch heftiger als zuvor. Was hatte er da gesagt? Warum starrte er sie derart eigentümlich an? Sie hatte doch nichts Unrechtes vor – sie wollte lediglich einen bestimmten Mann zum Ehemann haben. »Es gibt jemanden … einen Soldaten … den ich mag.«

»Oh, Ihr sucht nach einem Liebestrank?« Jeronimus lächelte genüsslich.

»Ja, bitte.« Sussie nickte.

»Aber Ihr seid doch noch ein halbes Kind!«

»Ich bin sechzehn Jahre alt«, log Sussie. Beinahe jedenfalls, fügte sie im Stillen hinzu.

»Was? Schon sechzehn Jahre!«, wiederholte Jeronimus amüsiert. »Und dann auch noch so ansehnlich! Glaubt mir, in ein, zwei Jahren werdet Ihr für das, was Ihr erreichen wollt, keinen Trank mehr nötig haben.«

Sussie hielt Jeronimus einen silbernen Reichstaler entgegen. »Das ist alles, was ich habe«, murmelte sie.

Jeronimus schien für einen Moment zu zögern. Dann ergriff er die Münze und ließ sie in seine Tasche gleiten. »Ich will sehen, was sich machen lässt«, verabschiedete er Sussie.

Wie schön und sanft das Meer sein kann, dachte Lucretia, während sie dem leisen Knarzen der Taue lauschte, das sanfte Wiegen des Schiffes unter sich spürte und zu den fremden Sternen emporblickte, die hoch über ihr in den Masten blinkten.

Sie zog ihren Umhang enger um die Schultern. Bereits seit Wochen nagte eine bislang unbekannte Rastlosigkeit an ihr, die sie nachts nicht schlafen ließ und tagsüber schwer und bleiern machte.

Als Lucretia hinter sich Schritte vernahm, wandte sie sich um. Aus der Dunkelheit löste sich die Gestalt des Kommandeurs.

»Frau van der Mylen«, murmelte er steif und versuchte, die Freude zu verbergen, die ihn durchströmte. »Was tut Ihr so spät noch hier?«

»Ich – ich bewundere die Sterne«, antwortete Lucretia verlegen.

»Sie sind heute sehr klar, nicht wahr?«, sagte François und ließ seine Blicke wachsam in die Runde gleiten.

Niemand war in der Nähe, um zu lauschen.

»Wir haben uns länger nicht unterhalten«, hub François vorsichtig an. Er bemühte sich, beiläufig zu klingen. »Gefällt es Euch noch an Bord meines Schiffes?« Angeber, schalt er sich, Einfaltspinsel. Kommt dir nichts Besseres in den Sinn?

»Das waren bisher die drei längsten Monate meines Lebens«, erwiderte Lucretia unbehaglich. »Ich weiß noch nicht, was schlimmer ist: das Essen oder die Langeweile.«

»Der Reiz des Abenteuers verflüchtigt sich rasch«, gab François zu. »Doch tröstet Euch, wir erreichen bald das Kap der Guten Hoffnung.« Er hielt kurz inne, ehe er sich erkundigte: »Ich nehme jedoch an, Ihr könnt es kaum erwarten, endlich in Batavia anzukommen?«

Zum Teil ist das richtig, dachte Lucretia, doch andererseits harrt meiner dort lediglich eine andere Form der Langeweile. »Wie ist es in Batavia?«, fragte sie ausweichend.

»Ich weiß es nicht«, erwiderte François. »Es soll wohl ähnlich wie in Indien sein. Das hieße also, sehr reizvoll aufgrund der Fremdartigkeiten. Vielleicht ist die Luft für uns nicht immer ganz gesund ...« Seine Stimme verebbte.

Lucretia betrachtete ihn besorgt. Dann ergriff sie das Wort: »Der Skipper behauptet, dort sei es heiß wie in der Hölle, und die meisten Menschen stürben im ersten Jahr.«

Ein feinfühliger Mensch, unser Skipper, dachte François. »Er übertreibt«, beschwichtigte er sie. »Wie Ihr seht, lebe ich noch.«

»Ich glaube, ich werde Holland vermissen.«

»Es wird Dinge geben, die Euch versöhnen. Ich nehme an, Langeweile werdet Ihr dort nicht verspüren.«

»Zieht es Euch deshalb zurück?«, fragte Lucretia.

»Nein«, bekannte François, »ich fürchte, ich werde von meinem Ehrgeiz getrieben.«

»Seit wann fürchtet ein Mann denn seinen Ehrgeiz?«, wollte Lucretia wissen.

»Nun, zuweilen stellt sich der Ehrgeiz als harter Meister heraus.«

»Gibt es denn keine Frau, die Euch mit *Eurem* Schicksal versöhnt?«

»Mein Leben gehört der Gesellschaft. Ich habe wohl zu spät erkannt, was mir dabei entgeht. Das war mein Fehler, und nun erleide ich den Verlust.«

»Es gibt Männer, die sich ihren Pflichten widmen und dennoch eine Ehefrau haben.«

»Vielleicht bin ich nicht der Mann, der sich allein aus Gottesfurcht und um der Nachkommen willen vermählt.«

»Und welcher wäre Euer Grund?«

»Die Liebe«, erwiderte François. Er schwieg für einen Moment, ehe er hinzufügte: »Ihr mögt das als seltsam empfinden, doch ich halte sie für den einzigen Grund.«

»Seid Ihr ihr noch nie begegnet?«

»Nein.«

Lucretia stellte fest, dass seine Antwort ihr nicht gefiel.

»Und Ihr?«, hörte sie François sagen. »Habt Ihr aus Liebe geheiratet?«

So bittend darf er mich dabei nicht anschauen, dachte sie mit klopfendem Herzen. Sie senkte die Lider. »Manchmal nimmt der Mensch einfach das, was er bekommt.«

»Bezieht Ihr das auf Euch?«, fragte François erregt. »Ist es Euch auf diese Weise ergangen?« Als Lucretia schwieg, fasste er das als Zustimmung auf.

»Lucretia«, hub er nun sehr entschlossen an. »Ihr habt mich von den Frauenpalästen reden hören, wo die indischen Fürsten sich die schönsten Frauen ihres Landes halten. Gelegentlich wurde es mir gestattet, sie zu bewundern. Doch ganz gleich, wie bezaubernd ich sie fand, keine von ihnen könnte sich jemals mit Euch messen.«

Lucretia starrte in die dunklen Fluten zu ihren Füßen. Auf diese Weise hat Baudouin nie mit mir gesprochen, dachte sie. Wie traurig, dass es nun viel zu spät für die Werbung eines anderen ist. Dabei hätte ich jemanden heiraten können, der das, was ich bin, zu schätzen weiß. Lucretia spürte, dass ihr schwindelte, so dass sie Halt suchend nach der Reling griff.

»Ich habe mir abermals eine zu große Freiheit herausgenommen, nicht wahr?«, murmelte François. »Bitte verzeiht mir, aber ich will es jetzt einfach sagen. »Ich bin einsam, Lucretia, ich sehne –«

»Nein!«, wehrte sie ab. »Es wird genug Frauen geben, die sich glücklich schätzen, an Eurer Seite zu sein.«

François lachte auf. »Glaubt Ihr denn, eine Glücksritterin böte Abhilfe gegen die Einsamkeit?« Als Lucretia keine Antwort gab, setzte er fast ungeduldig hinzu: »Gewiss stünden mir Frauen zur

Verfügung. Es muss also wohl an mir liegen, denn ich betrachte Ruhm und Reichtum nicht als Garanten für die Liebe.« Er machte eine Pause, ehe er mit neuer Heftigkeit fragte: »Warum sagt Ihr mir nicht endlich offen, ob Ihr Euren Mann liebt oder nicht?«

»Weil das Gesagte für heute genügen muss, François«, erklärte Lucretia, ehe sie ihm den Rücken kehrte und in der Dunkelheit verschwand.

Zwaantie blickte Lucretia neugierig entgegen, als diese ihr über den Gang entgegengestürmt kam. Hol mich der Teufel!, dachte sie. Die frische Nachtluft allein wird ihr die Röte wohl nicht in die Wangen getrieben haben!

»Ist es zum Lustwandeln nicht ein wenig zu spät?«, fragte sie spöttisch.

»Was tust du hier?«, fuhr Lucretia sie an.

Ja, funkele mich nur wütend an, triumphierte Zwaantie. Ich bin dir auf die Schliche gekommen.

»Ich musste den Abort aufsuchen«, entgegnete sie, indem sie zum Deck hochspähte. »Wie ich sehe, konnte der Herr Kommandeur auch nicht schlafen.«

»Nimm deine Zunge in Acht«, befahl Lucretia ihr. »Der Kommandeur und ich sind uns rein zufällig begegnet.«

Zwaantie freute sich. Das würde dem Skipper gefallen, stellte sie fest. Er schätzte kleine Tratschgeschichten. *Der Kommandeur und ich sind uns rein zufällig begegnet!* Wie es aussah, hatte der Kommandeur diesen Zufall weidlich ausgenutzt.

»Ich bin mir nicht bewusst, etwas Erheiterndes geäußert zu haben«, bemerkte Lucretia.

Zwaantie musste sich zwingen, nicht laut loszuprusten. »Entschuldigt, Madame«, murmelte sie ernst. »Wenn Ihr möchtet, werde ich Euch jetzt beim Auskleiden helfen.« Dabei kann ich gleich prüfen, ob in der Hast nicht *rein zufällig* ein Knopf im falschen Knopfloch gelandet ist, dachte sie. Sie musste sich abermals das Lachen verbeißen, als sie sich vorstellte, wie der hölzerne Herr Kommandeur diese steife Eiskönigin geschmolzen hatte.

Niemals findet man hier ein ungestörtes Plätzchen, dachte Sussie, immer ist mindestens einer da, der hört und sieht, was man tut. Auf diese Weise hatte sie zum Beispiel mitbekommen, dass Tryntgen und ihr Mann Claas die Dunkelheit nutzten, um beieinander zu liegen. Es begann mit dem Rascheln von Kleidungsstücken. Wenig später ertönten Tryntgens Seufzer, kam ihr stoßweiser Atem, und schließlich das Grunzen von Claas, wenn er sich über sie warf.

Das war jedoch alles, was Sussie erfuhr. Die Einzelheiten solcher Begegnungen blieben ihr verborgen. Manchmal stellte sie sich vor, diesbezüglich von Wiebe Hayes eingeweiht zu werden. Sie entsann sich des Bullen zu Hause auf dem Bauernhof, der die Kühe bestieg. Was aber hatte das den Kühen bedeutet? fragte sie sich. Wenn sie sich recht erinnerte, hatten sie stets reichlich unbeteiligt gewirkt.

Eines Morgens saß Sussie mit Tryntgen allein unter ihrem Sonnensegel. In der vergangenen Nacht war es abermals zu jenen sonderbaren Geräuschen gekommen. In Gedanken versuchte Sussie, Claas mit denselben Hodensäcken auszustatten, die sie an dem Bullen zu Hause gesehen hatte. Es gelang ihr nicht. Sie passten einfach nicht zu Claasens rosigen Wangen und seinem einfältigen Gesicht.

»Wie ist das so?«, flüsterte Sussie ihrer Schwester zu.

Tryntgen sah von ihrer Handarbeit auf. »Wie ist was? Wovon redest du?«

»Na, du weißt schon … mit einem Mann zusammen zu sein.« Sussie warf einen Blick zur Seite. Tryntgen hatte die Lippen zusammengekniffen und machte ein empörtes Gesicht.

»Ich bin für dich verantwortlich, Sussie. Glaubst du, ich hätte Lust, dich in Schwierigkeiten zu sehen?«

»Es war doch nur eine Frage! Ich bin einfach neugierig.«

»Das ist mir keineswegs entgangen. Ich habe die Blicke gesehen, die du diesem Soldaten zuwirfst. Knüpf dir doch gleich dein Mieder auf, dann weiß er wenigstens, was du willst!«

Sussie spürte, dass ihre Wangen plötzlich glühten. »Ich schaue ihn doch nur manchmal an«, murmelte sie.

»Ha!«, schnaubte Tryntgen. »Das ganze Schiff weiß, dass du hinter ihm her bist.«

Sie hat meine Frage nicht beantwortet, dachte Sussie, und nun macht es mir keinen Spaß mehr, das Thema von mir aus noch einmal anzuschneiden.

»Am Anfang tut es weh«, hörte sie Tryntgen sagen.

»Wenn er *es* in dich hineinsteckt?«

Tryntgen nickte. »Beim nächsten Mal ist es aber schon nicht mehr so schlimm«, fuhr sie fort. »Und nach einer Weile gefällt es auch dem Mädchen.«

»Ich habe Pieter Koepers' Ding einmal gesehen«, gestand Sussie. »Wir schwammen im Kanal, und hinterher wollte er mich ... da unten sehen. Ich habe ihm gesagt, erst müsse er sich zeigen. Es war winzig, nicht größer als eine Eichelnuss.«

Tryntgen sah Sussie fassungslos an. »Willst du damit sagen, du hast deinen Rock vor ihm gehoben?«

»Nein.« Sussie schüttelte den Kopf. »Ich bin fortgelaufen, nachdem ich alles gesehen hatte.«

Tryntgen hatte die Brauen zusammengezogen.

»Wie kann es denn wehtun, wenn das Ding so klein ist?«, fragte Sussie.

»Es wächst, Sussie«, seufzte Tryntgen ergeben. »Das hast du doch bereits bei Pferden gesehen, oder nicht?«

»Wenn jemand ein Ding wie ein Pferd hätte, ließe ich ihn nicht bei mir liegen«, entgegnete Sussie.

Tryntgen senkte die Stimme, da sich einige der anderen Frauen näherten. »Es wird etwa so groß«, erklärte sie und machte eine hastige Bewegung mit den Händen.

Sussie blinzelte. Das war ihr zu schnell gegangen.

»Wann wird es denn so groß?«, erkundigte sie sich. »Bei Pieter Koepers sah es aus, als würde das noch Jahre dauern.«

»Du kannst nachhelfen«, wisperte Tryntgen errötend. »Es ist einerlei, wie klein es zu Anfang ist. Wenn du es berührst, wird es größer.«

Sussie lauschte ihrer Schwester sehr aufmerksam. Allmählich begann sie die Zusammenhänge zu erahnen. »Wie macht man das?«, flüsterte sie.

»Das geht dich erst etwas an, wenn du verheiratet bist«, murmelte Tryntgen. »Ich sage es dir noch einmal, Sussie, halte dich bloß von dem Soldaten fern! Mach mir keine Schande!«

»Du liebe Zeit, Tryntgen, ich habe *einmal* mit ihm gesprochen, sonst nichts.«

»Einmal sprechen reicht bei einem Soldaten«, erwiderte Tryntgen. »Was glaubst du, was er beim zweiten Mal tut?«

Sussie starrte ihrer Schwester verdrossen ins Gesicht. Tryntgen hat gut reden, dachte sie, ihr Mann hat offenbar mehr als eine Eichelnuss zu bieten.

Von seinem Platz aus schaute der Skipper Lucretia nach, die mit Zwaantie im Gefolge das Achterdeck überquerte. Sein Blick blieb an Lucretias feingliedrigen Fingern haften, die an ihren flatternden Haarsträhnen nestelten.

Wie kann sie es wagen, so schön zu sein? dachte der Kapitän. Wie lange, glaubt sie, vermag ich mein Verlangen noch zu zügeln? Es nutzt mir nichts zu wissen, dass sie mich nicht will. Vielmehr spüre ich, das dies meine Lust auf sie nur noch stärker macht.

Jacobs zwang sich, seinen Blick von Lucretia abzuwenden. Er schaute zu Zwaantie hin, die ihm zuzwinkerte. Ja, setzte er seine Gedanken fort, bei dir ist das leicht. Du machst es umsonst oder für einen Taler. Er nickte Zwaantie unmerklich zu. Zwaantie bedeutete ihm mit einem unauffälligen Wink, dass sie verstanden hatte.

V

Wir hatten vorhin von dem Regelwerk gesprochen, das unsere Holländer leitet und ihnen ihre Entscheidungen diktiert. Sie erinnern sich?

Nun kommt es jedoch zu einem interessanten Phänomen: Je weiter Holland sich nämlich in der Ferne verliert, desto lockerer werden mit einem Mal die Zügel, die zuvor noch so bändigend wirkten.

Das bedeutet natürlich, ich habe jetzt leichteres Spiel.

Noch etwas. Ich hatte vergessen zu erwähnen, dass unsere Freunde in Sünde geboren sind. Das ist gewissermaßen die Überschrift des vorgenannten Werkes.

Welche Sünde? werden Sie mich fragen. Immerhin gibt es deren unendlich viele.

Ich glaube, man muss die Sünde hier als Sammelbegriff betrachten, die jeder nach seinem Gutdünken auslegt. Für die einen können es die Frauen sein, für andere Habgier, die Sucht nach Geltung, Neid – oder irgendein anderer glitzernder Splitter, den man sich aus dem Diamanten des Lebens bricht.

Jedenfalls muss ich mir nicht groß den Kopf zerbrechen, wenn ich arme Seelen versuchen will.

Wie wäre es mit den Frauen? Warum nicht? Beginnen wir doch mit der Fleischeslust. Wir nehmen eine Frau, warm, weich, verführerisch und verheißungsvoll.

Wie sagt es der Herr Pfarrer immer so schön? Der Mann soll stets die Folgen seiner Taten bedenken! Ein guter Ratschlag. Er hat dabei leider die große Ausnahme vergessen, denn Männer werden zwischen weiblichen Schenkeln alles Mögliche tun, aber gewiss nicht denken.

Also dann, auf zur nächsten Tat!

Siebenundzwanzig Grad und sechsunddreißig Minuten südlicher Breite

dreiundzwanzigster Tag des März
im Jahre des Herrn, 1629

Während Lucretia ihre Abendmahlzeit zu sich nahm, huschte Zwaantie über die Gänge und kletterte wenig später den Aufgang zur Kapitänsbrücke empor.

»Na, Zwaantie«, begrüßte Jacobs sie. »Hat deine Herrin dich ausgehen lassen? Wo steckt sie denn unterdessen?«

Zwaantie zog eine Schnute. »Sie speist mit den Herren und wirft dem Kommandeur glühende Blicke zu«, entgegnete sie. »Warum interessiert Euch das?«

»Aus keinem besonderen Grund.«

»Ach nein?«, fragte Zwaantie pikiert. »Glaubt Ihr, ich sehe nicht, wie Ihr ihr nachschaut?«

»Ist das denn ein Wunder, da sie sich neuerdings wie eine Hure aufführt?«

»Da könnt Ihr aber lange warten, Herr Kapitän. Lucretia hat ihren Freier schon gefunden.«

Der Kapitän starrte missmutig vor sich hin.

»Dass sie in der vergangenen Nacht mit dem Kommandeur zusammen war, wisst Ihr doch, oder nicht?«

Jacobs wurde dunkelrot und spuckte aus.

»Ein armes Mädchen wie ich kommt gegen die wohl nicht an, wie?«, schmollte Zwaantie.

»Du kannst Dinge, von denen sie nicht einmal weiß, dass es sie gibt«, erwiderte der Kapitän.

»Das sagt Ihr doch nur so.«

»Nein«, versicherte der Kapitän, »das meine ich auch. Wenn ich dir schöne Kleider und Juwelen schenkte, würden sich alle den Hals nach dir verrenken, nicht nach ihr.«

Zwaantie schmiegte sich an ihn. »Haben verheiratete Kapitäne Kleider und Juwelen zu verschenken?«, flüsterte sie.

Als Jacobs die Arme um sie legen wollte, stieß sie ihn fort.

So ist das also, dachte der Kapitän. Sie träumt von einem feinen Leben, zu dem ich ihr verhelfen soll.

Zwaantie trat einen Schritt zurück und ließ ihren Umhang auffallen, um Jacobs einen Blick auf ihr offenes Mieder zu gewähren. »Der Kommandeur«, begann sie einschmeichelnd, »hat sicherlich jede Menge an Geschmeide zu vergeben.«

»Mach dir keine Sorgen«, erwiderte der Kapitän. »Ich bin auch ein reicher Mann. Komm zu mir, Zwaantie – oder willst du, dass ich dich hole?«

Zwaantie tat, als wolle sie ihm den Rücken kehren, doch der Kapitän packte sie beim Handgelenk und riss sie an sich. Für einen Moment dachte er, sie hätte tatsächlich vor, sich zu wehren, doch gleich darauf gab sie nach und rieb ihren Schenkel an seinem Glied. Götter und alle Teufel, fuhr es Jacobs durch den Sinn, das Mädchen versteht sein Handwerk wirklich! Er presste seine Lippen auf ihren Hals.

Zwaantie schob ihn zurück. »Denkt Ihr nie an Eure Frau in Holland?«, flüsterte sie.

»Nicht, wenn ich dich habe.«

»Ihr habt mich aber noch nicht«, kicherte Zwaantie, befreite sich aus seinem Griff und flüchtete in Richtung des Niedergangs.

Dieses kleine Luder wird mich doch jetzt nicht im Stich lassen, dachte Jacobs verärgert.

Er hörte Zwaantie lachen. »Bis später!«, rief sie ihm zu, ehe sie verschwand.

Die Schiffsbauer hatten auf der *Batavia* die Heckgalerie überdacht und dort die Aborte für den Kommandeur und die Offiziere eingerichtet.

Als der Kapitän seine Wache beendet hatte, wartete Zwaantie auf dieser Galerie bereits auf ihn.

Wortlos zog Jacobs sie in eins der Kabinette und knöpfte seine Hose auf. Dann schob er ihr die Röcke empor und drang grob in sie ein. Zwaantie biss ihm in die Schulter, um einen Schmerzensschrei zu ersticken.

»Komm, Süße«, murmelte der Kapitän. »Ich werde eine feine Dame aus dir machen.«

Er hob Zwaantie hoch, und sie schlang ihre Beine um seinen Rücken. Gleich darauf stöhnte der Kapitän auf. Dann war es vorbei.

Zweiunddreißig Grad und achtundzwanzig Minuten südlicher Breite

zweiter Tag des April
im Jahre des Herrn, 1629

Jacobs stand auf der Brücke und schnupperte in den Wind. Es roch bereits nach Land, stellte er fest.

Nach einer Weile erkannte er dünne Flechten aus Seetang, die auf den Wellen trieben. Er hob den Blick. Über ihm kreisten vereinzelte Möwen.

Na also, dachte er. Höchstens zwei Tage würde es noch dauern, bis sie die holländische Kolonie am Kap der Guten Hoffnung erreichten.

Wie an jedem Sonntagmorgen hatten die Menschen auf der *Batavia* sich unter dem Großmast versammelt, um der Predigt von Pfarrer Bastians zu lauschen, wobei es bisweilen auch vorkommen konnte, dass er Judith aus der Bibel vorzulesen bat. Beendet wurde der Gottesdienst stets mit einem Loblied und einem Gebet, in dem der Pfarrer den Herrn um das Gelingen ihrer Reise anflehte.

An diesem Sonntagmorgen trat Pfarrer Bastians nach seinem Schlussgebet auf Conrad van Huyssen zu und begann ein Gespräch mit ihm.

Judith ging ein paar Schritte weiter. Dann blieb sie stehen und musterte den *Jonker* aus den Augenwinkeln. Als sie bemerkte, dass van Huyssen zu ihr herübersah, senkte sie rasch den Blick.

Es dauerte nicht lange, bis ihr Vater van Huyssen zu ihr führte. »Dieser junge Herr hier«, hub er freudig an, »hat dich für dein heutiges Vorlesen gelobt. Er fand es sehr ergreifend.«

»Ich danke Euch«, murmelte Judith verlegen.

»Er ist auch zutiefst beeindruckt von der Art, in der ich Gottes Wort auslege«, fuhr ihr Vater mit unverkennbarem Stolz in der Stimme fort.

Van Huyssen blickte Judith an. »Ich mag es, wenn Gottes Wort von einer süßen Stimme verbreitet wird«, sagte er leise.

»Dem Menschen sollte Gottes Wort stets süß erscheinen«, bemerkte Pfarrer Bastians mit nachsichtigem Tadel. »Dabei ist es einerlei, welche Stimme es verbreitet.«

Ich kann die Gedanken meines Vaters von seinen Augen ablesen, ging es Judith durch den Sinn. Er fühlt sich geschmeichelt, weil ihm ein Edelmann Aufmerksamkeit zollt. Aber war es nicht so, dass es ihr ähnlich erging?

Nachdem die beiden Männer noch einige Worte gewechselt hatten, verabschiedete van Huyssen sich mit einer Verneigung.

Judith verspürte einen sanften Schauer über ihren Rücken fahren.

»Ein feiner junger Mann«, verkündete Pfarrer Bastians, nachdem van Huyssen verschwunden war.

»Ich glaube schon«, erwiderte Judith kaum vernehmbar.

»Seine Bewunderung kann nichts schaden«, erklärte ihr Vater. »Das ist etwas anderes, als die Zeit mit gemeinen Soldaten zu vertun.«

»Ich denke, vor den Augen des Herrn sind alle Menschen gleich«, entgegnete Judith.

Pfarrer Bastians schüttelte verwundert den Kopf. »Wie kommst du denn auf diese Idee?«, fragte er. »Da musst du etwas falsch verstanden haben.«

Jeronimus' Blicke folgten Lucretia verstohlen. Er wusste, dass er sich in Acht nehmen musste. Niemand durfte etwas von den wilden Begierden ahnen, die in seinem Körper tobten.

Als Lucretia sich umwandte, lächelte Jeronimus freundlich und nickte ihr zu.

Er war jedoch nicht der Einzige, der Lucretia beobachtete, denn oben von der Brücke aus starrte auch der Kapitän hinter ihr her, wobei seine Hände sich so fest um das Geländer krallten, dass die Knöchel weiß hervortraten.

Unten auf dem Boden des Schiffes schwammen die Ratten derweil im Bilgewasser und sättigten sich an dem Abfall, der ihnen entgegentrieb. An den Wänden über ihnen huschten Kakerlaken entlang und ernährten sich von dem, was für sie übrig blieb.

Bald würden alle, die auf diesem Schiff versammelt waren, das Kap der Guten Hoffnung umrunden.

Danach würde ihre Fahrt in den Untergang zügiger vonstatten gehen.

Tafelbucht, Kap der Guten Hoffnung

sechzehnter Tag des April
im Jahre des Herrn, 1629

Die Flotte lag in der Tafelbucht vor Anker. Die holländischen Fahnen hingen reglos an den Masten, denn obgleich der Tag nun zur Neige ging, bewegte sich noch immer kein Lüftchen.

An der Küste schimmerte die stumpfe Spitze des Tafelberges rötlich im Licht der untergehenden Sonne. Von dort aus zog sich ein schwerer, unbekannter Geruch bis zu den Schiffen hin.

Der Kommandeur und die Kaufmannsgehilfen waren bereits an Land gegangen, um die Vorräte für den zweiten Teil ihrer Reise einzukaufen.

Der Kapitän war an Bord zurückgeblieben. Nicht ein Wort des Dankes von diesem aufgeblasenen Wicht, fluchte er grimmig vor sich hin. Nicht eine Silbe der Anerkennung dafür, dass wir dem Zeitplan um einen Monat vorausgeeilt sind.

Dann riss er sich zusammen und spuckte aus. Auch gut, sagte er sich, umso weniger schuldig würde er sich fühlen, wenn er sich nun die Kehle mit etwas Stärkerem als Wasser anfeuchten ging.

Zwaantie stand neben dem Kapitän und verfolgte mit weit aufgerissenen Augen das geschäftige Treiben auf den zahllosen Barkassen, die um die Schiffe kreisten und auf denen Waren feilgeboten wurden.

Als über der Reling ein Dingi zu Wasser gelassen wurde, warf Jacobs sich seinen Umhang über, erteilte seinem Steuermann die letzten Befehle und überquerte mit weit ausholenden Schritten das Deck.

»Kommst du, Zwaantie?«, rief er.

»Frau van der Mylen hat gesagt, ich dürfe das Schiff nicht verlassen.«

»Sie soll sagen, was sie will«, erwiderte der Kapitän. »An Bord gilt immer noch mein Befehl.«

Er stapfte weiter geradeaus. An der Reling wandte er sich um. »Was ist nun?«, schrie er ungeduldig.

Zwaantie zögerte für einen Augenblick. Dann raffte sie ihre Röcke zusammen und rannte hinter ihm her.

Männer haben stets etwas Unberechenbares an sich, dachte Zwaantie, denn nie weiß man im Voraus, was sie im nächsten Augenblick tun.

Wenn der Skipper zum Beispiel lächelte, konnte es sein, dass er sie gleich darauf an sich zog, um sie zu umarmen, doch ebenso gut war es möglich, dass er sie von sich stieß, um sie auszulachen.

Nicht, dass dergleichen sie störte. Sie gab sich keinen sanften und freundlichen Männern hin. Lieber war ihr, wenn einer zuzupacken wusste, und wenn es dabei zuweilen Schläge setzte, dann nahm sie das ebenso hin, verstand es als Männerart, Frauen in die Schranken zu weisen, ganz gleich, um was es im Einzelnen ging.

Und da war noch etwas, das ihr an dem Skipper gefiel. Sie mochte die Art, in der die anderen Männer ihn betrachteten. Sie hatten Angst vor ihm. Noch mehr genoss sie, dass diese selben Männer wussten, dass sie des Kapitäns Geliebte war, und dass sie besser ihre Lust auf sie verbargen.

An diesem Abend trank der Kapitän reichlich. Er kippte sich den Genever hinunter, als tränke er an einem heißen Tag Wasser.

Zwaantie selbst genehmigte sich lediglich ein Gläschen davon, doch das reichte, um ihre Kehle brennen zu lassen und ihr Tränen in die Augen zu treiben.

Dass der Skipper sich nach einer Weile in einer äußerst gefährlichen Stimmung befand, war inzwischen jedermann klar.

Zwaantie spürte, dass die Erregung in ihr wuchs. Prickelnde Schauer krochen über ihre Glieder, und wohlige Hitzewellen stauten sich in ihrem Leib. Sie schloss die Augen, als sie sich vorstellte, wie hart und rücksichtslos er sie später nähme.

Es war eine kleine Runde, die sich auf der *Zandaam* am Tisch des dortigen Kapitäns eingefunden hatte. Die Männer tranken und würfelten.

Alle kannten Jacobs, manch einer war sogar früher schon auf einem seiner Schiffe gefahren.

Zwaantie war die einzige Frau am Tisch. Jacobs hatte seinen Arm um sie gelegt. Seine Hand stahl sich in ihr Mieder.

Mit diebischem Vergnügen erkannte Zwaantie, was er den anderen Männern auf diese Weise antat, wie sie fortschauten und schluckten. Sie war überzeugt, dass der Skipper sich an ihren Qualen ebenso ergötzte.

Als sie die *Zandaam* verließen, war der Kapitän betrunken. Jan Everts, sein Bootsmann, schlug ihm vor, auf die *Batavia* zurückzukehren, doch Jacobs wollte davon nichts wissen.

»Zuerst müssen wir noch auf die *Buren*«, verkündete er. »Da steht noch eine Spielschuld offen.«

Jan Everts wusste, dass es keinen Sinn hatte, dem Kapitän in seinem Zustand zu widersprechen. Wortlos begleitete er den Skipper und Zwaantie zurück in ihr Dingi und ruderte sie zur *Buren* hinüber.

Jacobs rückte sich zufrieden auf seinem Sitz zurecht und drückte einen frischen Krug mit Genever an sich. Seinen anderen Arm legte er um Zwaantie.

So betrunken der Kapitän auch war, schaffte er es doch ohne Schwierigkeiten, am Fallreep der *Buren* hochzusteigen. Zwaantie in ihren langen Röcken benötigte hingegen Hilfe, die Jan Everts ihr umgehend gewährte, indem er mit einem zielstrebigen Griff zwischen ihre Beine griff und Zwaantie nach oben stemmte. Zwaantie kicherte und ließ ihm seinen Spaß.

Der Kapitän der *Buren* wirkte nicht erfreut, als er seine Besucher erkannte, doch Jacobs schien das nicht zu stören.

Auch auf der *Buren* schien es, als würde er die meisten Männer kennen, und so dauerte es nicht lange, bis er mit einigen von ihnen ein neues Würfelspiel begann.

Währenddessen trank er weiterhin Genever oder mit großen Zügen aus einem Krug Wein, den er von einem der Matrosen ergattert hatte. Zwaantie hatte sich erneut an Jacobs' Seite geschmiegt. Sie kicherte, als er derbe Witze riss und sie vor jedermann seine »Zunderbüchse« nannte.

»Wie läuft es denn nun so zwischen Euch und Pelsaert?«, erkundigte sich einer der Männer im Verlauf ihres Spieles.

»Pah, dieser Hanswurst«, dröhnte der Kapitän. »Dieser hochgestochene Geck!«

Zwaantie sah, dass Jan Everts dem Kapitän Zeichen machte und ihm mit einem Kopfschütteln zu schweigen bedeutete.

Jacobs beachtete Everts nicht. »Der Schafskopf denkt, dass ich nur sein Schiffsjunge bin«, polterte er unbeirrt weiter. »Dabei schafft er es noch nicht einmal in einem Ruderboot über eine Gracht.«

»Solltet Ihr Eure Zunge nicht besser hüten?«, ließ sich einer der Männer vernehmen. »Pelsaert könnte Euch eine Menge Schwierigkeiten bereiten.«

»Der soll besser zusehen, dass ich *ihm* keine Schwierigkeiten bereite«, tönte Jacobs zurück.

»Gib nicht so an!«, stichelte Barrel, der Oberbootsmann der *Buren*.

Zwaantie spürte, dass sich die Muskeln des Skippers spannten. Er wollte sich erheben, doch Everts legte ihm seine Hand auf den Arm. Jacbos ergriff den Krug mit dem Genever und beugte sich zurück. Als er ihn absetzte, loderte in seinen Augen ein zorniges Feuer.

Zwaantie merkte, dass Jacobs seinen Arm fester um sie schlang. Im nächsten Moment fuhr seine Hand in ihren Ausschnitt und er kniff sie in die Brust. Als Zwaantie zischend die Luft einsog, lachte der Skipper.

»Weiß der Kommandeur von der Frau, die Ihr Euch da haltet?«, fragte Barrel weiter.

»Geht ihn das etwas an?«, erkundigte sich Zwaantie. Sie sah, dass einige der Männer sich zuzwinkerten.

»Der hält besser seinen Mund«, erklärte Jacobs aufgebracht.

»Sonst erfährt jeder, mit wem *er* sich nachts die Zeit vertreibt. Oder stimmt das etwa nicht? – Jan?«

Everts wirkte entsetzt. »Lasst es nun gut sein, Skipper«, mahnte er.

»Der kleine Hanswurst treibt es mit ihrer Herrin«, fuhr Jacobs unangefochten fort und machte eine Kopfbewegung zu Zwaantie hin. »Mit einer verheirateten Frau! Mit Madame Hochwohlgeboren, die Geld und ein Haus auf der Heerengracht besitzt.« Er stieß Zwaantie in die Seite. »Du hast es doch gesehen! Sag ihnen, dass es stimmt.«

Zwaantie warf Everts einen unsicheren Blick zu. Sie bemerkte die lauernden Blicke der anderen. »Stimmt, ich habe sie erwischt«, erklärte sie. Jacobs drückte sie kurz an sich und gab ihr zur Belohnung einen Kuss.

Van Schenk, der Kapitän der *Buren*, erhob sich abrupt. »Du machst dich besser von meinem Schiff, Adriaen«, forderte er Jacobs auf. »Bei derartigem Gerede kommt nur Unheil heraus.«

»Du kannst mich mal«, erwiderte der Skipper.

Jetzt werden sie sich schlagen, dachte Zwaantie und verspürte abermals einen leisen Kitzel.

Stattdessen wandte van Schenck sich jedoch brüsk ab und verließ das Deck in Richtung seiner Kajüte.

Der Skipper grinste. Er setzte erneut seinen Krug mit dem Genever an und trank mit gierigen Schlucken. Den Schnaps, der ihm dabei über das Kinn rann, wischte er mit dem Handrücken fort.

»Los, lasst uns weiterwürfeln«, befahl er danach ungeduldig.

Der Mond hing bereits tief über der dunklen Küste, als die Männer ihre letzte Runde begannen. Der Einsatz belief sich inzwischen auf vierzig Gulden. Das war etwa die halbe monatliche Heuer des Kapitäns. Zum Schluss hatte nur Barrel noch mitgehalten.

Der Kapitän würfelte zwei Fünfen, legte den Kopf in den Nacken und lachte triumphierend.

Barrel würfelte zwei Sechsen.

Für einen Moment war es totenstill. Als Barrel nach dem Geldtopf griff, packte der Skipper seine Hand.

»Deine Würfel sind gezinkt«, knurrte er.

»Nimm deine Finger weg, Hurenbock!«, warnte ihn Barrel.

Die beiden starrten sich aus blutunterlaufenen Augen an.

Mit einem Mal sprang der Skipper auf. Seine Hand schloss sich um die Kehle des anderen. Er hob ihn hoch wie ein Kind und schleuderte ihn gegen die Wand. Zwaantie hörte, dass etwas in Barrels Schädel knackte, und sah den Mann zu Boden stürzen. Der Skipper fiel über ihn her und schlug mit den Fäusten auf ihn ein, links, rechts, links, rechts, links. Roter Sprühregen stob auf und senkte sich auf die Planken des Schiffes nieder.

Als zwei der anderen Männer auf Jacobs' Rücken sprangen, schüttelte er sie wie Hunde ab. Gleich darauf wälzten sich drei ineinander verkeilte Leiber auf dem Boden.

Erst als van Schenck herbeigeeilt kam, Alarm schlug und brüllte, er würde den Schiffsmarschall holen, ließ Jacobs von den anderen ab.

Keuchend kam er auf die Beine. Dann zückte er ein Messer, das er sich aus dem Stiefel gerissen hatte, und knurrte: »Bring mir den Marschall, Freundchen! Nur zu!«

Danach stand er schwer atmend da, warf einen verächtlichen Blick in die Runde und bedeutete Jan Everts mit einem herrischen Wink, das Dingi klarzumachen.

Als Everts wenig später Jacobs und Zwaantie zu der *Batavia* zurückruderte, begann der Kapitän zu lachen. Er öffnete Zwaanties Mieder und befreite ihre Brüste. Dann bog er ihren Hals zurück und küsste ihre Kehle. Zwaantie gluckste innerlich, als sie sich die hervorquellenden Augen von Jan Everts vorstellte, der ihnen gegenübersaß. Sie würde dem Skipper alles erlauben, ging es ihr durch den Kopf. Nun erst recht.

Zwaantie hörte, dass Jan Everts vor sich hin brummte: »Deswegen wird es Ärger geben, Kapitän.«

Zwaantie achtete nicht auf ihn. Sie merkte, dass der Skipper nun schwer an ihrer Brust lehnte, und tat ihr Bestes, um ihn wachzuhalten, zumindest bis sie an der Heckgalerie angelangt waren.

VI

Man sagt, der Mensch vergäße sich im Trunk. Ich glaube hingegen, dass er sich erst dann auf sein wahres Ich besinnt.

Der Zorn, die Begierden, die Meinungen, die in diesem Zustand an die Oberfläche steigen, *das* sind die echten Spiegelbilder seines Wesens.

Später kommt dann die Reue. Verständlich. Denn nun hat der Mensch sich allen offenbart. Dann muss der Alkohol als Schuldiger dienen. *Der* hat sein Opfer zum Ungeheuer gemacht.

Das ist natürlich angenehmer, als sich einzugestehen, dass man selbst das Ungeheuer ist.

Gewöhnlich schläft dieses Ungeheuer. Doch wehe, es schlägt die Augen auf und wird wach!

Die Geschichte des Menschen ist keine Geschichte, in der das Gute über das Böse siegt, sondern es ist die der unterdrückten Begierden.

Sehen Sie sich nur die Reisenden auf der *Batavia* an!

Ich könnte ihnen allen ihr inneres Wesen offenbaren, aber sie sträuben sich ja dagegen, mir zuzuhören.

Sie finden, ich sollte mir größere Mühe geben?

Ich will tun, was ich kann. Wir werden sehen, ob es mir gelingt.

Tafelbucht, Kap der Guten Hoffnung

siebzehnter Tag des April
im Jahre des Herrn, 1629

Grundgütiger Himmel, dachte Jeronimus, der Kapitan sieht schrecklich aus! Schneeweiß im Gesicht und grünlich angelaufen, wie Fleisch, das in der Sonne verdirbt. Aus seinen Poren dringt der Schnapsgeruch, als hätte er sich mit dem Zeug übergossen. Gib Acht, dass du nicht deine Galle dem Kommandeur auf den teuren Teppich spuckst, riet er Jacobs im Stillen, denn in dem Fall bräuchtest du schon gar nicht mehr auf Gnade zu spekulieren.

Das Aufsichtskomitee des Schiffes hatte sich in der Offiziersmesse versammelt: ein grimmig dreinschauender Pfarrer Bastians, Aris Janz, der Arzt, der Marschall, der Kommandeur natürlich, und als Zeuge der Bootsmann Jan Everts, der wie ein verängstigter Schulbub zu Boden blickte und darauf wartete, dass er aufgerufen wurde.

Der Kommandeur schäumte vor Wut. Typisch, dachte Jeronimus, nichts empört einen Scheinheiligen mehr als der Frevel eines anderen.

Jeronimus beobachtete amüsiert, wie die feingliedrigen Finger des Kommandeurs auf den Stützen seines Sessels ungeduldig Trommelwirbel schlugen. Das dürfte für ihn nicht einfach sein, sagte er sich, zwischen den eigenen Gewissensbissen und dem Durst nach Rache zu entscheiden. Er hatte inzwischen ja vermutlich erfahren, was der Skipper hinter seinem Rücken über ihn und die vornehme Frau van der Mylen erzählt hatte. Nun, es würde zumindest interessant und lehrreich sein, hier zu sitzen und den Ablauf des Geschehens zu verfolgen.

»Also«, begann Pelsaert mit schneidender Stimme, »was habt Ihr zu Eurer Verteidigung vorzutragen?«

Auf dem Gesicht des Skippers glänzte kalter Schweiß.

Ein Kater enormen Ausmaßes, stellte Jeronimus fest. Pech, sich in diesem Zustand vor Meister Unerbittlich rechtfertigen zu müssen.

»Kommt nicht wieder vor«, brummte der Kapitän undeutlich vor sich hin, hob den Blick zu einem der Fenster und blinzelte ins Licht.

Daraufhin entstand ein längeres Schweigen.

»Ist das alles?«, erkundigte sich der Kommandeur schließlich. Er beugte sich vor und nahm zwei Bogen Papier auf, die auf dem Tisch vor ihm lagen.

»Dann darf ich Euch vielleicht ein wenig auf die Sprünge helfen«, fuhr er fort. »Heute Morgen besuchte mich noch im ersten Tagesgrauen Herr van Dommelen, der Kommandeur der *Zandaam*. Er erzählte mir, Ihr wäret gestern Nacht bei ihm an Bord gewesen, deutlich angetrunken, und hättet Euch vor aller Augen der Fleischeslust mit einer – einer jungen Frau hingegeben. Herr van Dommelen hatte sich kaum verabschiedet, als der Kommandeur der *Buren* meine Kajüte betrat, um mir zu berichten, dass Ihr in selbiger Nacht auch ihn samt nämlicher junger Frau mit Eurem Kommen beehrtet. Später habt Ihr einen Kampf angezettelt und dabei einen seiner Männer schwer verletzt. Danach wolltet Ihr zu einer Messerstecherei übergehen, die der Kapitän glücklicherweise zu verhindern wusste. Zuvor hattet Ihr jedoch die Zeit genutzt, um vor mehreren Zeugen Ungeheuerlichkeiten über mich zu verbreiten.«

»Ich war betrunken«, erklärte der Kapitän mit versteinerter Miene. »Worte, die man im Rausch äußert, gelten nicht.«

»Ihr seid der *Kapitän* der *Batavia*, mein Herr, nicht irgendein hergelaufener Matrose, auf dessen Wort kein Mensch etwas gibt.«

Der Kapitän erwiderte nichts. Auf seinen Wangen breiteten sich jedoch rote Flecke aus.

Lange hält er das nicht mehr durch, dachte Jeronimus. Sein Stolz wird es nicht zulassen, dass er vor aller Augen und Ohren abgekanzelt wird.

»Ich fürchte, das ist ein Fall für den Rat der ganzen Flotte«, fuhr der Kommandeur ungerührt fort.

Die Kinnmuskeln des Kapitäns begannen zu mahlen. Er wusste, was das bedeuten konnte. Der Rat der Flotte setzte sich aus hohen Offizieren zusammen und tagte nur bei schwersten Disziplinverstößen. Die Beschlüsse, die er fasste, waren unwiderruflich. Sollte der Kommandeur den Rat um eine Entscheidung ersuchen, konnte es sein, dass der Kapitän den letzten Teil der Reise als Gefangener im Bauch des Schiffes mitfuhr. Die Entbehrungen würden ihm dabei zwar wenig zu schaffen machen, die Demütigung brächte ihn indes um den Verstand.

Jeronimus erkannte den Anflug von Angst im Blick des Kapitäns.

Jacobs nahm einen Anlauf, um das Wort zu ergreifen. »Denkt an die Zeit, für die Ihr mich noch braucht«, hielt er Pelsaert vor Augen.

Da schau einer an, wunderte sich Jeronimus, der Skipper kriecht zu Kreuze. »War doch nur Spaß«, hörte er den Kapitän danach brummen. »Wird nicht wieder vorkommen.«

Der Sünder bittet um Vergebung, dachte Jeronimus. Sofern der Kommandeur Verstand hat, lässt er die Sache nun auf sich beruhen. Offenbar war dessen Verstand jedoch durch den Hass getrübt, den er für den Skipper empfand, so dass er der Versuchung, den anderen noch einmal zu ducken, nicht widerstehen konnte.

»Ich werde bis Batavia warten«, verkündete der Kommandeur. »Dort wird der Rat der Gesellschaft entscheiden, ob Ihr Euer Patent behaltet oder nicht. Sollte Euer Verhalten bis dahin abermals zu wünschen übrig lassen, wird uns der Erste Steuermann weiternavigieren.«

Armer Adriaen, fuhr es Jeronimus durch den Kopf, während er zusah, wie Jacobs die Worte seines Feindes schluckte. Nun weißt du nicht, ob du kuschen oder losbrüllen sollst. Er überlegte, ob der Kommandeur tatsächlich den Mumm besäße, die Angelegenheit weiterzumelden, denn sollte es eine Verhandlung geben, müsste wohl notgedrungen auch seine Beziehung zu Frau van der Mylen zur Sprache kommen.

»Ich bitte Euch offiziell um Entschuldigung«, murmelte der Skipper. »Es lag nicht in meiner Absicht, Euch zu kränken.«

»Schlaft Euren Rausch in Eurer Kajüte aus«, befahl Pelsaert

kalt. »Ich will Euch erst wieder sehen, wenn wir die Segel setzen.« Er winkte den Kapitän mit einer knappen Handbewegung fort.

Jacobs erhob sich schwerfällig und stolperte aus dem Raum.

Es verstrichen zähe Minuten des Schweigens.

Wer hätte das gedacht? sinnierte Jeronimus. Der kleine Hanswurst, wie der Skipper ihn nennt, kann durchaus seine Zähne zeigen.

Jeronimus ließ seinen Blick zu einem der Fenster gleiten und schaute zu, wie sich über dem Tafelberg Wolken auftürmten. Nun habt Ihr es vollbracht, Herr Kommandeur, dachte er. Ihr habt ihn in die Schranken gewiesen, habt ihn erniedrigt, habt endlich das getan, was Ihr schon lange tun wolltet. Er hat es verdient, darin sind sich alle einig.

Die Frage ist nur, was er tut, nachdem er zu sich gekommen ist und auf Vergeltung sinnt.

Das war keine Meisterleistung, überlegte François hinterher. Der Kapitän ist nichts weiter als ein großspuriger Maulheld, doch nun habe ich ihn zum zweiten Mal verprellt und ihm Nahrung für seinen Hass geliefert. Ich hätte entweder früher schweigen oder kurzen Prozess mit ihm machen und ihn noch auf der Stelle als Skipper ablösen sollen. Wie kam ich nur dazu, ihm mit einer Verhandlung vor dem Rat der Flotte zu drohen? Spätestens da hätte jeder angenommen, ich könne die Probleme an Bord nicht aus eigener Kraft regeln. Die Geschichte hätte in Batavia sofort die Runde gemacht. Das wäre eine großartige Einführung bei dem Gouverneur gewesen.

Gewiss, versuchte er sich zu trösten, der Skipper hatte die Abreibung verdient. Er brauchte einen Denkzettel, um zu begreifen, wer von ihnen beiden das Sagen hatte. Jacobs hatte den Aufstand geprobt und verloren – mehr war es im Grunde nicht.

Dennoch wusste François, dass die Erinnerung an diesen Zwischenfall ihn wie ein Schatten verfolgen würde. Er verspürte ein Unwohlsein, ein Ziehen im Magen, ein Prickeln auf der Haut, während er sich die langen Tage und Nächte auf dem Meer ausmalte, die bis Batavia noch vor ihnen lagen.

Jacobs hatte sich auf dem Quarterdeck über die Reling gebeugt und übergab sich ins Meer. Als er Schritte hinter sich vernahm, drehte er sich um und wischte sich mit seinem Hemdsärmel über den Mund. Sein Gesicht verzog sich zu einer Grimasse, als er Jeronimus erblickte – einer von jenen Feiglingen, die stumm dabeigesessen hatten, als Pelsaert ihn peinigte.

»Was sucht Ihr hier?«, fragte er.

»Ich wollte nur nachsehen, wie es Euch geht.«

Jacobs schwieg verdrossen.

»Der Kommandeur hat Euch ungerecht behandelt«, fuhr Jeronimus fort. »Ihr seid dabei ein wenig blass um die Nase geworden, hatte ich den Eindruck.«

»Das lag am Schnaps.«

Jeronimus lächelte. Du Tölpel, dachte er, du dummer, einfältiger Bock, du verstehst doch wirklich nichts außer deiner Seefahrt. Du merkst höchstens noch auf, wenn es dich zwischen den Beinen juckt. Glotz mich ruhig an, als wolltest du mich zerfetzen. Es wird nicht mehr lang dauern, bis du einsiehst, wie sehr du mich brauchst.

»Was glaubt er eigentlich, wer er ist?«, murmelte der Skipper vor sich hin. »Er kann von Glück sagen, dass die *Buren* längsseits liegt. Ich könnte dafür sorgen, dass er für Tage nicht mehr aus seiner Kajüte kriecht. Ich könnte ihn fertig machen – bis Schluss ist.«

Großartig, dachte Jeronimus, verkünde deine Meinung ruhig jedem, der sie hören will.

»Habt Ihr das schon einmal getan?«, fragte er interessiert. Der Skipper ist noch dümmer, als ich dachte, ging ihm unterdessen durch den Kopf. Er kennt mich kaum und steht doch kurz davor, mir seine größten Geheimnisse zu offenbaren. Vermutlich hat ihm der Schnaps sein Hirn zersetzt.

Der Kapitän war jedoch einsilbig geworden. »Tut nichts zur Sache«, brummte er.

»Eines Tages antwortet Ihr mir vielleicht«, bemerkte Jeronimus.

Als Antwort spuckte der Skipper in die Wellen und wandte sich ab.

Meinetwegen, dachte Jeronimus. Gottes Mühlen mahlen langsam.

Vierunddreißig Grad und achtundfünfzig Minuten südlicher Breite

zweiundzwanzigster Tag des April
im Jahre des Herrn, 1629

Nach einer einwöchigen Pause, in der die Flotte sich mit frischem Proviant versorgte, verließ die *Batavia* die Tafelbucht und stach zum letzten Teil ihrer Reise in See.

Nach der Umrundung des Kaps würde sie sich mit den Passatwinden im Rücken über fünftausend Seemeilen hinweg in Richtung Osten halten. Sobald sie das Große Südland erreichte, würde sie sich nach Norden drehen. Danach wäre Java nicht mehr weit.

Kurz bevor die *Batavia* Holland verlassen hatte, war eine Warnung des Gouverneurs von Java eingegangen, die besagte, dass die bisherigen Messungen der Strecke ungenau seien, dass womöglich gar ein Unterschied von neunhundert Seemeilen bestand.

Das hatte jedoch niemanden besonders angefochten. Sowohl die Mannschaft als auch die Passagiere vertrauten den Kenntnissen des Kapitäns. Jacobs war immerhin der erfahrenste Skipper der *Companie*. Deshalb hat der Kommandeur ihm schließlich auch sein skandalöses Benehmen in der Tafelbucht nachgesehen, dachten sie. Nicht mehr als einen Tadel und einen Brummschädel hatte es ihm eingetragen, und das musste doch einwandfrei heißen, dass er etwas Besonderes war. Andere wären dafür in den Kerker gewandert.

Infolgedessen war die Stimmung an Bord frohgemut, als das Schiff aus der Tafelbucht glitt. Noch zwei Monate galt es durchzuhalten, doch im Grunde war das Ende der Reise fast schon in Sicht.

Es war das erste Mal, dass François und Lucretia sich seit dem Aufbruch aus der Tafelbucht allein an Deck befanden.

Vor ihnen glitzerte die endlose Fläche des Meeres in der Sonne. Das Schiff durchschnitt zügig die Wellen, die hellen Segel waren voll aufgebläht – doch plötzlich erfasste François ein jähes, ungeahntes Gefühl der Traurigkeit.

Was ist das nur, das mich so heftig bewegt? fragte er sich, während er diese unendlich liebliche Frau an seiner Seite betrachtete. Welchen Anlass habe ich, mit einem Mal derart unglücklich zu sein?

Gleich darauf wurde ihm bewusst, dass es bereits der Verlust war, der ihn quälte. Seltsam, dachte er, wie kann man den Verlust von etwas bedauern, das man nie besessen hat?

»Ich muss Euch etwas Merkwürdiges sagen«, begann er, zu Lucretia gewandt.

Lucretia lächelte kaum merklich vor sich hin.

Ihre Schönheit zerreißt mir das Herz, schoss es François mit der ganzen Macht seiner Schwermut durch den Sinn.

»Dann sagt es auch«, ermunterte ihn Lucretia.

François holte tief Luft. »Ich glaube«, hub er an, »dass wir uns in diesem Moment zum letzten Mal als Freunde begegnen.«

Er sah, dass ihr Gesicht alle Farbe verlor.

»Ich weiß nicht, ob ich Euch verstehe«, murmelte sie.

»Deshalb will ich es erklären«, erwiderte François. Er musste abermals Atem holen. »Ich kann nie aufhören, an Euch zu denken, Lucretia, doch dieser Umstand macht mich nicht froh. Ich weiß nicht, ob Ihr Euren Mann liebt, doch ganz gleich, wie es ist, er ist dennoch Euer Gemahl. Alles, was ich ersehne, verstößt gegen die Sitte, ich müsste im Grunde sogar schweigen, doch das geht nun nicht mehr. Ich werde Eure Verachtung riskieren.«

Für eine Sekunde schloss Lucretia die Augen. »Ich verachte Euch nicht«, entgegnete sie leise. »Aber Ihr verlangt das Unmögliche.«

»Darüber bin ich mir im Klaren«, bestätigte François. »Ich fand lediglich, Ihr solltet es wissen.«

Lucretia strich sich eine Strähne aus dem Gesicht. »Haltet Ihr mich für leichtfertig?«, fragte sie.

»Nein«, antwortete François.

Lucretia senkte den Kopf. Nachdem sie für eine Weile geschwiegen hatte, begann sie: »Ich habe versucht, meinen Mann zu lieben. Ich weiß nicht, ob es mir gelungen ist.« Als sie den Blick hob, sah François, dass sie weinte.

Er streckte die Hand nach ihr aus. Für einen Moment sah es aus, als wolle Lucretia sie ergreifen, doch stattdessen wandte sie sich ab und eilte davon.

Die Seeleute und die Soldaten waren getrennt voneinander auf dem Orlopdeck und dem Batteriedeck untergebracht. Es war bekannt, dass diese beiden Gruppen sich nicht vertrugen.

Auf dem Batteriedeck war der Raum besonders knapp bemessen, so dass die Soldaten kaum über ausreichenden Platz für ihr Lager und die Truhe mit ihren Habseligkeiten verfügten.

Eines Tages kehrte Allert Janz, einer der Kanoniere, aufgebracht von einem kurzen Ausflug an Deck zurück.

Er ließ sich mürrisch auf den Boden fallen.

Hendricks, Wouter Loos und van der Ende, drei seiner Kameraden, die mit ihrem Kartenspiel auf ihn gewartet hatten, blickten ihn verwundert an.

»So gut möchte ich's auch mal haben«, stieß Janz hervor. »Während wir uns in diesem stinkenden Loch wie Ratten auf der Pelle hocken, tändelt der Kommandeur in aller Ruhe mit seiner Schönen.«

»Hast du die beiden ertappt?«, fragte Wouter.

»Stehen auf dem Achterdeck und glotzen sich an«, brummte Janz. »Ringsum könnte die Welt untergehen, und sie merkten es nicht.«

»Ich könnte ihm zeigen, wie man noch etwas anderes tut als glotzen.« Hendricks lachte.

»Der braucht von dir keine Unterweisung«, höhnte Janz. »Der hat die Hure längst rumgekriegt.«

Van der Ende schüttelte den Kopf. »Ich glaube, das hast du nur geträumt.«

»Von wegen geträumt!«, versetzte Janz. »Das hat mir der Steinmetz gesteckt, und der weiß es vom Kapitän. Mit eigenen Augen hat der Skipper sie in der Heckgalerie erw-«

»Pass besser auf, was du sagst«, fiel Hendricks ihm warnend ins Wort.

Janz ging darüber hinweg. »Ich wette, die Hure kriegt nie genug«, sagte er grinsend.

Die anderen feixten vor sich hin.

Van der Ende runzelte die Stirn. »Es sollten keine Frauen an Bord sein«, erklärte er. »Das bringt Unglück.«

Ich möchte wissen, was Wouter Loos sich da ausheckt, ging es Wiebe Hayes durch den Kopf. Irgendetwas führt der Bursche schon seit Tagen im Schilde.

Wouter war ein eigenartiger Mensch. Er besaß ein frisches Bauerngesicht, mit runden, roten Wangen, so dass man ihn für offen und gutmütig hielt. Erst nach einer Weile stellte man fest, dass Wouter im Grunde verschlagen und undurchsichtig war. Man wusste nicht, was er dachte, noch auf wessen Seite er stand. Dem Steinmetz begegnete er zum Beispiel freundlich, doch hinter seinem Rücken lachte er über ihn. Darüber hinaus hatte Wiebe noch zwei weitere Dinge herausgefunden: Wouter betrog beim Kartenspiel und er borgte sich gern Geld, ohne es zurückzuzahlen.

Wiebe lag in der Dunkelheit und starrte vor sich hin. Er hörte den Steinmetz schnarchen. Er klingt, als wäre er dabei, den Großmast durchzusägen, dachte er.

»Schläfst du?«, hörte er Wouter neben sich flüstern.

Wiebe schloss die Augen und blieb stumm.

Ihm war nicht danach zu Mute, sich mit Wouter zu unterhalten, denn ihn beschäftigten seine eigenen Gedanken. Vor kurzem hatte er entdeckt, dass Judith sich gelegentlich mit dem blonden *Jonker* unterhielt. Wie hieß er gleich? Van Huyssen, richtig. Warum macht mir dieser Anblick derart zu schaffen? fragte Wiebe sich. Judith würde sich ohnehin nie mit ihm einlassen. Selbst wenn sie es wollte, wäre ihr Vater rasch zur Stelle, um dergleichen zu unterbinden. Der gute Herr Pfarrer träumte offenbar davon, einen Kadetten mit einer Zukunft als Unterkaufmann zum Schwiegersohn zu bekommen.

Wouter stieß Wiebe an.

»Hast du vorhin die Geschichte von dem Kommandeur gehört?«, fragte er leise.

Wiebe öffnete die Augen. »Dergleichen höre ich mir grundsätzlich nicht an«, brummte er.

»Was ist, wenn es stimmt?«

»Wenn es stimmt, hat der Kommandeur Glück gehabt. Dann gibt es wenigstens einen, dem es an Bord gefällt. Oder meinetwegen auch zwei.«

»Du hast also doch zugehört.«

»Lass mich zufrieden, Wouter.«

»Weißt du, was ich jetzt für eine Frau gäbe?«, fragte Wouter.

»Das geht uns allen so«, antwortete Wiebe. »Vergiss es einfach, das ist am besten.«

»Ich wäre aber lieber an der Stelle des Kommandeurs.«

»Dann schlaf und träum davon«, empfahl Wiebe.

Wouter hat nicht ganz Unrecht, dachte Wiebe. Flottenpräsident zu sein wäre nicht übel. Zumindest besäße er dann eine eigene Kajüte, in der die schöne Frau van der Mylen anstelle von Wouter Loos ihn am Schlafen hinderte.

Ehe er sich der Gesellschaft angeschlossen hatte, war Jeronimus Apotheker gewesen, hieß es. Das kann man noch immer sehen, dachte Zwaantie.

Sie ließ ihre Blicke über die Gläschen und Fläschchen gleiten. Als sie die Bücherberge erspähte, bekam sie einen Schreck. Er ist Alchimist, überlegte sie, wahrscheinlich liest er sogar die verbotenen Bücher der Mauren. Dann stimmte es wahrscheinlich auch, was die anderen über ihn sagten. Er hatte sich finsteren Mächten angeschlossen. Sogar dem Frevler Torrentius sollte er angehangen haben. Nur der Kapitän behauptete, derlei Geschwätz sei Unfug. Er hielt Jeronimus für einen Mann, der es lieber mit Männern trieb als mit Frauen.

Als Zwaantie in Jeronimus' Augen las, erkannte sie, dass der

Kapitän sich in diesem Punkt ausnahmsweise einmal irrte. Jeronimus hatte offenkundig Lust auf ein Hinterteil, doch gewiss nicht auf das eines Knaben.

»Was willst du von mir?«, hub Jeronimus an. Er lehnte sich im Stuhl zurück und taxierte Zwaantie von oben bis unten.

»Der Skipper schickt mich«, erwiderte sie. »Er will, dass Ihr mir etwas gebt.«

Jeronimus grinste hämisch. »Wird es dir langsam bange?«, fragte er.

Als er Zwaanties Schmollmund sah, lachte er schallend auf. »Du führst ein recht munteres Leben, nicht wahr? Was würde wohl deine Herrin sagen, wenn sie wüsste, was du von mir willst?«

Zwaantie nagte trotzig an ihrer Unterlippe.

»Ist schon gut«, bemerkte Jeronimus. »Ich kann schweigen.«

Er wandte sich um, zog an seiner Reisetruhe eine Lade auf und entnahm ihr ein Fläschchen.

»Das trinkt man am besten gleich nach der Vereinigung«, erklärte er. »Später ist immer zu spät.«

Nach der *Vereinigung*!, dachte Zwaantie verächtlich. Er sollte ihr nur nicht so hochgestochen kommen mit seinem lüsternen Blick.

»Ich habe kein Geld«, erwiderte sie finster.

Jeronimus machte eine wegwerfende Geste. »Es ehrt mich, dem Kapitän zu Diensten zu sein. Vergiss aber nicht, ihm dies auch zu auszurichten. Vielleicht kommt der Tag, an dem er sich revanchiert.«

Zwaantie zuckte die Achseln. Der Skipper war reichlich knauserig. Da konnte er einem anderen ruhig einen Dienst für sie schulden. Es wunderte sie allerdings, dass sich selbst dieser eigenartige Jeronimus um Jacobs' Wohlwollen bemühte.

Zwaantie wollte sich bereits abwenden, als Jeronimus ihr mit einem Fingerzeig zu bleiben gebot.

»Einen Moment, mein undankbares Fräulein«, hub er an. »Eines interessiert mich noch, ehe du wegrennst. Weiß Madame van der Mylen eigentlich, was du hinter ihrem Rücken treibst, oder nicht?«

Zwaanties Augen funkelten wütend. »Geht sie das denn etwas an?«, fragte sie.

»Ich denke schon«, entgegnete Jeronimus.

Zwaantie studierte seine Miene. Der Kapitän könnte ihm mit einer Hand den Hals brechen, dachte sie. Wie kam es nur, dass sie wusste, dass er das dennoch nicht wagen würde?

»Sie will nicht einmal, dass ich mit ihm rede«, antwortete sie widerwillig.

»Eine gestrenge Dame«, meinte Jeronimus. »Was sagt denn der Kapitän zu diesem Verbot?«

»Er sagt, ich solle mich widersetzen.«

Jeronimus erhob sich und trat auf Zwaantie zu.

Als er seinen Arm um ihre Taille legte, glaubte sie, er wolle sich nun doch die Bezahlung für sein Arzneifläschchen holen.

Jeronimus führte jedoch lediglich seine Lippen an ihr Ohr und flüsterte: »Bist du es nicht leid, einer feinen Dame zu dienen?« Er schaute sie prüfend an. »Du kämmst ihr die Haare«, fuhr er fort, »du kleidest sie an, legst ihr die Perlen um ... Wie sieht es denn mit deinen Kleidern aus, Zwaantie? Hast du schon jemals Perlenketten besessen?«

»Ich bin ja auch keine feine Dame«, erwiderte Zwaantie grollend.

»Und wieso nicht?«, hakte Jeronimus nach. »Ist das nicht nur eine Frage des Zufalls? Eure Herrin stammt von einem einfachen Tuchhändler ab. Sie ist über Nacht reich geworden. Durch einen Akt des Schicksals gewissermaßen.«

»Aber ich bin schöner als sie«, trumpfte Zwaantie auf. »Das hat der Skipper geschworen.«

»Wie Recht er hat! Er wird dich eines Tages zu einer feinen Dame machen, Zwaantie. Das hat er mir nämlich anvertraut.«

Zwaantie blinzelte verwirrt. Bisher hatte sie angenommen, der Skipper verspräche ihr das nur, weil er sie haben wollte, doch wenn er auch anderen davon erzählte, war vielleicht etwas Wahres daran.

Jeronimus gab Zwaantie einen kleinen Klaps auf ihr Hinterteil. »Auf dich warten große Dinge«, versprach er, während er die Tür öffnete.

Er muss etwas wissen, was ich nicht weiß, dachte Zwaantie im Hinausgehen. Seine Worte klingen fast wie eine Verheißung, die sich bald erfüllt.

Andries de Vries war einer jener bleichen Kaufmannsgehilfen, die ihre Tage meist unter Deck verbrachten, wo sie damit beschäftigt waren, die Dokumente der *Companie* je achtmal sorgfältig zu kopieren.

Lucretia war deshalb erstaunt, den jungen Mann ins Freie taumeln zu sehen. Er rieb sich die Augen und blinzelte mehrmals, um sich an das Sonnenlicht zu gewöhnen.

Sie hatte bisher nur selten mit ihm gesprochen, und wenn, so war ihr hauptsächlich aufgefallen, wie verlegen er war.

Nun stellte sie fest, dass Andries jemanden zu suchen schien. Als er sie erblickte, wurde er feuerrot.

»Madame«, murmelte er, und trat mit gesenktem Kopf vor sie hin. »Ob ich Euch wohl für einen Moment sprechen dürfte?«

Wie ein geprügelter Hund steht er da, dachte Lucretia. »Natürlich, Andries, um was geht es denn?«, erkundigte sie sich mitleidig.

Andries schluckte und mahlte heftig mit dem Kiefer.

»Nun, heraus mit der Sprache«, ermunterte Lucretia ihn.

»Ich weiß nicht, wie ich beginnen soll, Madame«, stammelte Andries, noch stärker errötend.

»Hat dir jemand ein Leid zugefügt? Benötigst du meine Hilfe?«

Er schüttelte den Kopf.

Lucretia ermahnte sich zur Geduld.

»Mir fehlen die rechten Worte«, hub Andries an. »Ich habe zudem Angst, dass Ihr mir zürnen werdet.«

Lucretia spürte, dass ihr unbehaglich zumute wurde. Offenbar hatte er etwas auf dem Herzen, das auf unangenehme Weise sie selbst betraf.

»Auf dem Schiff ... auf dem Schiff wird geredet«, stotterte Andries. »Ich fand, Ihr solltet das wissen.«

»Bezieht sich dieses Gerede denn auf mich?«

Andries nickte.

»Und worum dreht es sich dabei?«

Andries' Gesicht leuchtete in tiefstem Scharlachrot. »Es geht um Euch und den Kommandeur.«

Lucretia stockte der Atem. »Wie bitte?«, fragte sie leise. »Das kann nicht – darf doch nicht sein!«

Andries versuchte, ihrem Blick auszuweichen. »Sie sagen, dass Ihr zu viel Zeit mit ihm verbringt.«

Lucretia wollte im ersten Moment aufbrausen und wütend werden, doch dann verbiss sie sich ihre Worte. Andries kann ja nichts dafür, dachte sie, und außerdem steckt in jeder Lüge ein Körnchen Wahrheit. Gewiss, sie hatte sich nichts zuschulden kommen lassen, und dennoch – gänzlich unschuldig war sie nicht. Sie hatte François' Gesellschaft gesucht, vertraulich mit ihm gesprochen, ihn ermutigt und seine Geständnisse zugelassen. Und wenn sie nun schon dabei war, ehrlich zu sein, warum sich dann nicht auch eingestehen, dass auch die andere Frage sie beschäftigt hatte? Zwar hatte sie nicht direkt Pläne geschmiedet, jedoch ihrer Fantasie freien Lauf gelassen. Wie töricht sie gewesen war zu glauben, dass ihr Verhalten unbeobachtet bliebe! Das hatte sie nun davon. Wahrscheinlich war sie bis hinunter zum untersten Deck Gegenstand von Klatschgeschichten geworden.

»Wo hast du denn von diesem Gerede erfahren?«, erkundigte Lucretia sich.

»Von David Zeevanck, Madame«, erklärte Andries nun eifrig. »Ich bat ihn, sich zurückzuhalten, doch er sagte, er wiederhole nur, was sich die *Jonkers* erzählen.«

Lucretia schloss die Augen.

»Es tut mir Leid, Madame«, hörte sie Andries murmeln. »Ihr dürft mir nicht böse sein. Ich wollte Euch nicht bekümmern. Ich wollte Euch lediglich – warnen.«

»Ich bin dir nicht böse, Andries«, erwiderte Lucretia. »Vielmehr danke ich dir. Du warst sehr mutig, wirklich.«

Andries sah sie mit untröstlicher Miene an.

»Geh jetzt«, befahl Lucretia freundlich.

Andries tat wie ihm geheißen und verschwand.

Lucretia starrte für eine Weile zu Boden. Als sie den Blick hob, entdeckte sie, dass der Skipper von seiner Brücke aus zu ihr heruntersah. Ob *er* das ausgeheckt hatte? Er und seine kleine Freundin Zwaantie? Wie um zuzustimmen, lächelte der Kapitän und nickte ihr zu.

Fünfunddreißig Grad und fünfundvierzig Minuten südlicher Breite

dreiundzwanzigster Tag des April
im Jahre des Herrn, 1629

Als Lucretia wieder in ihrer Kabine war, holte sie tief Luft und setzte sich auf die Kante ihres Bettes. Mir schwirrt der Kopf, stellte sie fest. Ich muss mich besinnen, muss mir meine nächsten Schritte sorgfältig überlegen.

Es dauerte nicht lang, bis Zwaantie die Tür aufstieß und sich grußlos an ihrer kleinen Reisetruhe zu schaffen machte.

Für eine Weile beobachtete Lucretia das Mädchen schweigend.

»Du hast dich mir widersetzt«, sagte sie dann.

Zwaantie hielt kurz mit ihren Verrichtungen inne, entgegnete jedoch nichts.

»Ich hatte dir bereits einmal aufgetragen, dich von Adriaen Jacobs fernzuhalten«, fuhr Lucretia fort. »Doch wie es aussieht, ficht dich das nicht an.«

Zwaantie blieb weiterhin stumm.

»Hast du nichts dazu zu sagen?«, erkundigte Lucretia sich.

Zwaantie schüttelte den Kopf.

»Auch gut«, bemerkte Lucretia. »Dann werde ich mich an Herrn Pelsaert wenden. Er wird deinen Fall dem Marschall übergeben.«

So etwas wie Furcht stahl sich in Zwaanties Blick. Sie wusste, dass der Marschall sie für ihr Benehmen auspeitschen lassen konnte, sogar öffentlich am Mast.

»Ich verstehe aber nicht –«, begann sie, doch dann brach sie ab.

»Was verstehst du nicht?«

Zwaantie grinste verschlagen. »Na ja«, hub sie erneut an, »ich bin ja nicht die einzige Frau an Bord, die sich unsittlich benimmt.«

Lucretia erkannte die Schadenfreude in Zwaanties Augen. Was habe ich ihr nur getan, dass sie mich so hasst? fragte sie sich.

»Möchtest du mir das vielleicht näher erläutern?«

»Tut doch nicht so scheinheilig!«, sprudelte es aus Zwaantie hervor. »Das ganze Schiff weiß längst Bescheid. Alle Welt redet über Euch und den Kommandeur.«

»Das habe ich inzwischen auch vernommen«, entgegnete Lucretia. »Der Unterschied ist lediglich, dass das Gerede über Herrn Pelsaert und mich niederträchtig und grundlos ist.«

»*Grundlos!*«, höhnte Zwaantie. »Natürlich! Feine Leute stehen ja über dem Gesetz! Fragt doch einmal die Leute auf den Unterdecks! Die erklären Euch die Gründe.«

»Das reicht!«, versetzte Lucretia. »Ich hatte nicht vor, mit dir zu debattieren. Das, was ich dir sage, ist ein Befehl. Ab sofort kein Wort mehr zu dem Kapitän! Hast du mich verstanden?«

»Ich verstehe Euch besser, als Ihr denkt«, gab Zwaantie zurück, ehe sie auf dem Absatz kehrt machte und aus der Kabine stürzte.

Lucretia starrte ihr nach. Ich habe die Kontrolle über meine Dienstmagd verloren, dachte sie. Ich brauche die Hilfe von François.

Jacobs blickte zu dem hohen Mast empor, dessen Spitze in der Dunkelheit nicht zu sehen war. Er spürte den Druck der Wellen unter sich und konnte den Sturm riechen, der sich irgendwo am Rande des Horizonts zusammenbraute.

Als er Schritte hörte, wandte er sich um. Sein Herz begann heftiger zu schlagen, da er eine Frauengestalt ausmachte, die die Kapuze ihres Umhanges bis tief in die Stirn gezogen hatte. Erst als sich eine rundliche Hand um das Geländer der Reling legte, erkannte der Skipper Zwaantie.

»Was willst du?«, fragte er enttäuscht.

»Ich habe mich mit der dummen Ziege gestritten«, murmelte Zwaantie. »Sie hat mir verboten, dich wieder zu sehen.«

»Seit wann sind ihre Verbote für uns von Belang?«, fragte der Kapitän, noch immer verdrossen.

»Sie behandelt mich wie eine Sklavin«, maulte Zwaantie.

»Na und?«

»Sie droht damit, mich öffentlich auspeitschen zu lassen, und zuvor will sie sich beim Kommandeur über uns beschweren.«

Jacobs' Mundwinkel zuckten unwillkürlich. Da schau an, dachte er, selbst für jemanden wie Zwaantie scheint es Grenzen des Schmerzes zu geben.

»Tröste dich«, beschwichtigte er sie. »Der feine Kavalier tut dir nichts zu Leide. Er ist krank.«

»Er wird auch wieder gesund.«

»Na, komm schon, Zwaantie«, ermunterte der Kapitän sie, indem er sie an sich zog. »Mach nicht solch ein böses Gesicht! Niemand legt Hand an dich, solange ich hier das Sagen habe, und erst recht nicht Madame Hochnäsig.«

Auf der Suche nach François kam Lucretia an der Offiziersmesse vorbei, wo sie dem Bordarzt Aris Janz und Jeronimus begegnete. Die beiden unterhielten sich leise und schienen ebenfalls auf dem Weg zur Kajüte des Kommandeurs zu sein. Bei Lucretias Anblick verstummten sie und tauschten seltsame Blicke.

»Was ist geschehen?«, wollte Lucretia wissen.

»Oh, nichts«, begann Jeronimus, »wir –«

»Ich will zum Kommandeur«, fiel Lucretia ihm ins Wort. »Ich muss ihn dringend sprechen.«

»Das wird nicht möglich sein«, erwiderte Janz.

»Und warum nicht?«, rief Lucretia ungeduldig.

Der Arzt wechselte abermals einen Blick mit Jeronimus, ehe er erklärte: »Der Kommandeur leidet an seinem Fieber, Madame. Das ist eine Krankheit, die er aus Indien mitgebracht hat. Sie überfällt ihn in gewissen Abständen.«

»Bedeutet sie denn etwas Ernstes?«, fragte Lucretia.

Als der Arzt ihr die Antwort schuldig blieb, erschrak Lucretia. Demnach ist sie ernst, dachte sie und begann, sich umgehend Vorwürfe zu machen. Das ist meine Schuld, sagte sie sich. Ich habe seine Leidenschaft entfacht, und deshalb ist seine Krankheit wieder ausgebrochen. Dies ist gewiss ein Zeichen von Gott, der uns bestrafen will.

»Kann ich zu ihm?«, erkundigte sich Lucretia und redete sich bereits ein, Gott könne sich in Ausnahmefällen durchaus auch als nachgiebig erweisen.

Der Arzt schien zu zögern. »Madame«, mahnte er. »Bitte bedenkt, was Ihr tut. Ihr könnt ihm nicht helfen.«

Lucretia richtete den Kopf trotzig in die Höhe. »Ich will ihn dennoch sehen«, beharrte sie.

Janz hob ergeben die Schultern und nickte.

Es war das erste Mal, dass Lucretia François' Kajüte betrat.

Die dunklen, holzverkleideten Wände waren in ein sanftes, gedämpftes Licht getaucht, so dass Lucretia als Erstes die leuchtende rotgoldene Brokatdecke auffiel, die über François gebreitet war. Mit einem Aufschrei war sie an seiner Seite.

François starrte sie mit fiebrig glänzenden Augen an, schien sie jedoch nicht zu erkennen.

Bestürzt stellte Lucretia fest, dass er vor Kälte zu zittern schien, wohingegen sich an seinen Schläfen Schweißperlen bildeten.

»Ich werde ihn noch einmal zur Ader lassen müssen«, hörte Lucretia den Arzt hinter sich sagen.

Etwas anderes fällt ihnen offenbar nie ein, dachte sie.

»Danach werde ich ihn mit einem Kräutertrank stärken«, fuhr der Arzt fort, als hätte er ihre Gedanken erraten. »Doch nachdem das getan ist, müssen wir für ihn beten.«

Der Sturm, der sich zusammengebraut hatte, schäumte die Wellen auf und jagte Gischtfontänen über den Bug, die sich mit den tosenden Regenfluten vermischten.

Oben auf dem Quarterdeck wurde das Toben und Heulen des Windes und das Ächzen der Holzplanken von den gebrüllten Befehlen des Kapitäns durchsetzt.

Lucretia griff Halt suchend nach den Wänden des langen

Ganges, während der Boden unter ihr schwankte und sie von einer Seite auf die andere geworfen wurde.

Sie war auf dem Weg zu Jeronimus, der den Kommandeur während dessen Krankheit vertrat.

Als sie vor seiner Tür angelangt war, klopfte Lucretia und glaubte eine schwache Antwort zu vernehmen.

Sie öffnete die Tür und erblickte Jeronimus, der starr wie eine Statue in seinem Sessel saß, dabei jedoch lautlos vor sich hin zu murmeln schien.

Lucretia sah ihn verblüfft an. Sie hatte den Eindruck, als sei ihm gar nicht bewusst, dass sie bei ihm eingetreten war, geschweige denn, dass sie etwas von ihm wollte. Als sie ihn genauer betrachtete, bemerkte sie den glänzenden Schweiß auf seiner Oberlippe und Stirn und stellte fest, dass sein Blick flackernd mal hierhin, mal dorthin huschte.

Für einen Moment nahm Lucretia an, der Unterkaufmann zähle zu den Elenden, die abermals seekrank geworden waren, doch gleich darauf wurde ihr bewusst, dass er vor Angst schier außer sich war.

Jeronimus erhob sich und machte ein paar zaghafte Schritte auf sein Lager zu. Dort ließ er sich mit einem Aufstöhnen niedersinken.

Mit einem matten Winken bat er Lucretia zu sich heran.

»Womit kann ich Euch dienen?«, flüsterte er.

»Es geht um meine Dienstmagd«, erklärte Lucretia.

»Ich verstehe«, erwiderte Jeronimus leidend. »Ihr wollt Euch über Zwaantie Hendricks beschweren.«

»Jemand muss mit ihr reden, Herr Unterkaufmann«, betonte Lucretia.

Über ihnen schlug eine Woge mit lautem Klatschen zusammen.

Jeronimus wurde bleich und rang nach Luft.

»Glaubt Ihr, das sei der richtige Augenblick, um sich über eine Dienstmagd zu unterhalten?«

»Der Sturm wird sich verziehen«, versetzte Lucretia scharf, »Zwaanties Treiben hingegen setzt sich fort.«

»Und was soll ich Eurer Meinung nach tun?«

»Ihr Einhalt gebieten. Ihr seid doch gewiss nicht blind und habt wie alle anderen mitbekommen, dass sie sich sittenlos aufführt.«

»Müsste in diesem Fall nicht der Marschall die übliche Strafe verhängen?«

»Vielleicht lässt sich das vermeiden, wenn Ihr ihr ins Gewissen redet.«

Von einem Augenblick zum anderen erlosch der gehetzte Ausdruck auf Jeronimus' Gesicht. Er lehnte sich zurück und spitzte vergnügt die Lippen. »Habt Ihr die Sache schon dem Kommandeur vorgetragen?«, fragte er. »Ihr steht Euch doch so gut mit ihm.«

Was nahm dieser Mensch – dieser Feigling, dieser Jammerlappen – sich heraus? dachte Lucretia. Wie konnte er ihr gegenüber derart unverblümt Anspielungen wagen?

»Bisher hatte ich leider keine Gelegenheit dazu«, erklärte sie kalt.

Jeronimus lächelte genießerisch. »Dann macht Euch bitte keine Sorgen mehr, Madame«, bemerkte er. »Für Euch tue ich schlichtweg alles.«

Lucretia starrte ihn sprachlos an.

Sein Lächeln erstarb, als sich die nächsten Wogen gegen die Schiffswände warfen und der Boden der Kabine bebte.

»Gehabt Euch wohl, Herr Unterkaufmann«, bemerkte Lucretia spöttisch. »Und sobald Ihr Euch wieder erholt habt, denkt bitte an Eure Pflicht.«

Anschließend machte sie kehrt und kämpfte sich über den schlingernden Gang zu ihrer Kabine zurück.

Vierzig Grad und drei Minuten südlicher Breite

fünfundzwanzigster Tag des April
im Jahre des Herrn, 1629

Jeronimus lag auf seinem Lager ausgestreckt und überdachte seine Pläne. Welches Entzücken es mir bereitet, mit anzusehen, wie andere hilflos im Strudel ihrer Leidenschaften treiben, fuhr es ihm durch den Sinn. Mein Genuss übertrifft tatsächlich noch jede Form des fleischlichen Vergnügens. Er entsann sich, dass er in der Tafelbucht kurz davor gewesen war, den Kapitän allzu heftig zu bedrängen. Das war hastig und unüberlegt gewesen, tadelte er sich. Besser ließ man sein Opfer schmoren und wartete, bis sich ein günstiger Moment auftat.

Es gab Menschen, sinnierte Jeronimus, bei denen die Zeit ihre Wunden heilte, doch Adriaen Jacobs gehörte nicht dazu. Er zählte zu jenen, deren Wunden schwärten und immer wieder aufbrachen, wenn man sie reizte.

In der vergangenen Nacht war der Kapitän besonders schlecht gelaunt gewesen. Wie ein wütender Bulle war er über das Deck gestapft, hatte Befehle gebrüllt und seinen Leuten wegen Nichtigkeiten die Peitsche übergezogen. Vermutlich würde er sich zusammenreißen, sobald der Kommandeur wieder in der Nähe war, doch dieser befand sich unglücklicherweise in seiner Kajüte und litt.

Der Herr ist mit den Seinen, dachte Jeronimus wohlig schaudernd. Er weist mir den Weg in mein Königreich.

An jenem Abend war der Himmel klar. Eine schmale Mondsichel hing über dem dunklen Horizont im Osten. Das Kap der Guten Hoffnung lag nun bereits seit fünf Tagen hinter der *Batavia*.

Der Skipper stank nach Schnaps und nach Zwaanties billigem Duftwasser.

Jeronimus rümpfte die Nase.

»Noch immer nichts von der *Buren* in Sicht?«, fragte er leutselig.

»Nein«, erwiderte der Skipper barsch. »Der Sturm hat uns auseinander gerissen.«

Ein bedauerliches Missgeschick, dachte Jeronimus frohlockend. Auch von den anderen Schiffen war schon seit geraumer Zeit nichts mehr zu sehen. Er begriff nicht, dass einem erfahrenen Navigator die Begleitschiffe verloren gehen konnten. Ohne die Kanonen der *Buren* war die *Batavia* fast schutzlos feindlichen Schiffen ausgeliefert. Ob das bereits Gottes Zeichen für ihn war, das Schicksal nun selbst in die Hand zu nehmen?

»Wisst Ihr, wie es um den Kommandeur bestellt ist?«

»Interessiert mich nicht.«

»Der Arzt behauptet, sein Zustand verschlechtere sich. Er fürchtet um Pelsaerts Leben.«

In das entstehende Schweigen drang das rhythmische Klatschen der Wellen, die sich am Rumpf des Schiffes brachen.

Jeronimus studierte Jacobs' Gesicht.

»Wenn er stirbt, werdet Ihr das Kommando übernehmen«, bemerkte der Kapitän.

»So wird es sein.«

»Das wäre doch eine Ehre für Euch, oder nicht? Die *Batavia* hat überaus wertvolle Fracht an Bord.«

»Das würde für uns beide eine große *Verantwortung* bedeuten«, hob Jeronimus hervor. »Wie viel zahlt man Euch eigentlich für Eure Dienste? Fünfzig, achtzig Gulden?«

»Ein Einkommen lässt sich verbessern«, brummte der Kapitän.

»Mit Geschäften, die unter der Hand vonstatten gehen?«

»Darüber redet man nicht.«

»Es ist trotzdem kein Geheimnis geblieben. Das war doch der Anlass Eures Streits mit dem Kommandeur, wenn mich nicht alles trügt.«

Der Kapitän nickte widerstrebend. »Dabei ist der Bastard selbst keinen Deut besser«, knurrte er. »Er verhökert mehr als ich.«

»Wusstet Ihr, dass er dieses Mal für Rubens eine Brosche und andere kostbare Stücke aus dessen Sammlung transportiert? Das bringt eine ganz schöne Kommission, glaubt Ihr nicht?«

»Wir werden eben mit zweierlei Maß gemessen«, erwiderte der Kapitän.

»Das ließe sich ändern.«

Jeronimus beobachtete Jacobs' Miene äußerst gespannt. Dann spähte er um sich. Sie waren allein.

»Bezieht Ihr Euch auf etwas Bestimmtes?«

»Schon möglich«, entgegnete Jeronimus vorsichtig. »Wenn der Kommandeur stirbt, hätten wir beide Gelegenheit, ein Vermögen zu machen.«

»Das sind gefährliche Überlegungen, Herr Unterkaufmann.«

»Wollt Ihr behaupten, sie wären Euch noch nicht gekommen?«

»Warum druckst Ihr um die Sache herum? Was schlagt Ihr vor?«

»Zuerst will ich wissen, ob wir einer Meinung sind.«

»Dazu müsstet Ihr erst einmal Eure Absichten darlegen.«

»Dargelegte Absichten kosten bisweilen den Hals.«

»Nun redet schon! Ihr glaubt doch nicht im Ernst, dass ich Euren Hals Pelsaert ausliefere!«

Jeronimus rückte näher. »Sollten wir Batavia nicht erreichen«, begann er flüsternd, »würde man dort annehmen, wir wären gesunken. Zusammen mit zwölf Kisten Dukaten. Das ist aber noch nicht alles, denn wir könnten noch reicher werden. Wir haben genug Gewehre an Bord, um andere Schiffe zu kapern. Es würde eine Weile dauern, bis man in Java dahinterkäme, von Amsterdam ganz zu schweigen.«

»Nanu!«, spöttelte der Kapitän. »Wer hätte gedacht, dass in Euch ein verkappter Pirat steckt.«

»Ha!«, lachte Jeronimus auf. »Was glaubt Ihr denn, was die Kaufleute der Gesellschaft sind? Sie besitzen lediglich den Segen der Kirche für ihr Tun. Außerdem stört es sie nicht, wenn wir Engländer und Portugiesen ermorden. Der Handel wurde schon immer mit Waffen ausgetragen; das ist ein Krieg wie jeder andere auch.«

Der Kapitän war Jeronimus' Worten aufmerksam gefolgt. Nun schüttelte er langsam den Kopf. »Das ist ein dicker Brocken«, erklärte er. »Das müsste man sich sorgfältig durch den Kopf gehen lassen.«

»Reichen zwei Tage dafür?«, fragte Jeronimus verständnisvoll. »Das ist in etwa die Frist, die der Arzt Pelsaert noch lässt. Sobald er in seinem Seemannsgrab ruht, wäre ich der Kommandeur. Dann will ich natürlich gern wissen, wer zu mir hält und wer nicht. Das ist doch zu verstehen, findet Ihr nicht?«

Sussie hatte sich im Schatten ihres Sonnenschutzes zurückgelehnt und träumte vor sich hin. Immer wieder wurden ihre Gedanken jedoch von dem Geplapper der anderen Frauen abgelenkt.

Sussie wünschte sich, sie würden schweigen, wünschte sich, auf festem Boden zu stehen, wünschte sich, in den Armen eines ganz bestimmten Mannes zu liegen …

»Habt Ihr schon gehört, wie häufig Frau van der Mylen die Kajüte des Kommandeurs besucht?«

Sussie erkannte die Stimme von Annie Janz.

Sie blickte zu ihr hin und sah, dass ihre Augen funkelten. »Woher will sie das wissen?«, erkundigte sie sich flüsternd bei Tryntgen, die ihr jedoch mit einem ungeduldigen Wink zu schweigen gebot.

»Ich denke, der Kommandeur leidet an einem Fieber«, ergriff Tryntgen nun das Wort.

»Genau«, kicherte Annie. Danach wurde sie wieder ernst. »Er wurde schon etliche Male zur Ader gelassen. Trotzdem ist es nicht recht, dass sie bei ihm ist. Sie ist doch eine verheiratete Frau. Ich finde ihr Verhalten schändlich.«

»Was kann der Mann ihr denn tun, wenn er krank ist?«, wollte Sussie wissen.

Tryntgen stieß sie in die Rippen.

»Hört Euch diese Unschuld an!«, sagte Annie lachend. »*Was kann der Mann ihr denn tun, wenn er krank ist?*«

Die anderen Frauen begannen zu glucksen.

Sussie schaute unglücklich zu Boden. Es stimmte zwar, was Annie sagte, dennoch war es ungerecht. Schließlich lag es nicht an ihr, dass sie noch unschuldig war.

Seit der Tafelbucht hatte Sussie Wiebe nur selten zu Gesicht bekommen. Er schien die meiste Zeit unter Deck zu verbringen, und selbst wenn sie ihn einmal erspähte, stellte sie fest, dass er seinerseits kein Interesse an ihr zeigte. Wie sollte sie ihm unter solchen Bedingungen den Liebestrank verabreichen, den Jeronimus ihr zugesteckt hatte?

Die Mahlzeiten für die Menschen an Bord wurden in der großen Schiffskombüse unten auf dem Batteriedeck gekocht. Dort war es heiß wie im Vorhof der Hölle, denn die Feuer unter den dreibeinigen Kupferkesseln wurden unentwegt geschürt. Auch der Lärm, der dort herrschte, schien niemals nachzulassen, denn selbst wenn der Koch einmal nicht brüllte, hörte man außer dem Klappern von Deckeln, Besteck und Geschirr das Kindergeschrei aus den umliegenden Unterkünften, das Schwatzen der Erwachsenen oder auch nur das fortwährende Rumoren, das entstand, wenn sich zu viele Menschen auf zu engem Raum bewegten.

Da ist die Offiziersmesse doch etwas anderes, dachte Jan Pelgrom, der als Kabinenjunge auf dem Achterdeck seinen Dienst versah. Er hielt sich die weiße Leinendecke auf der Tafel des Kommandeurs vor Augen und die Zinn- und Silberschalen, aus denen man dort speiste, anstatt der hölzernen Näpfe, die dem niederen Volk genügen mussten.

Ich hätte auch nichts dagegen, eines Tages zum Offizier aufzusteigen, dachte Pelgrom. Dann wäre *ich* derjenige, dem man die Speisen anreicht und dunkelroten Wein in die schweren Pokale einschenkt.

Pelgrom ergriff eine Platte mit gepökeltem Schweinefleisch und schickte sich an, das Batteriedeck zu durchqueren. Sein Blick fiel auf Sussie Frederix. Er versuchte vergeblich, sie auf sich aufmerksam zu machen. Das Mädchen war ihm bereits des Öfteren aufgefallen, ein blutjunges Ding mit Haube und Schürze. Anfänglich hatte er sie für züchtig und fromm gehalten, bis er eines

Tages das Aufblitzen in ihren Augenwinkeln bemerkt hatte. Seitdem dachte er unentwegt an sie.

Wäre ich Offizier, grübelte Pelgrom, könnte ich auch dieses kleine Luder bekommen – und ihre dicke, träge Schwester noch dazu.

Er spürte, dass sein Blut in Wallung geriet.

Wer weiß, was noch alles geschieht, dachte er. Vielleicht tritt ein Wunder ein, vielleicht wendet sich das Schicksal zu meinen Gunsten, vielleicht werde auch ich einmal leben wie ein Herr.

VII

Ich glaube, ich ahne, welche Frage Sie beschäftigt.

Kann es denn wirklich sein, überlegen Sie, dass der feine, kluge Herr Kommandeur sich unsauberer Machenschaften bedient? Tätigt so jemand krumme Geschäfte?

Verzeihen Sie, wenn ich lache. Ich weiß, er ist Ihnen ans Herz gewachsen.

Deshalb werden wir uns der Einfachheit halber einmal die Reisetruhe dieses Herrn vornehmen. Auf geht's.

So, da wären wir in seiner Kajüte, und dort hinten steht die Truhe. Ich schlage den Deckel auf.

Na, sehen Sie? Ganz zuunterst, unter allem anderen verborgen, befindet sich ein kleines Kästchen.

Ich öffne es. Es ist mit rotem Samt ausgekleidet. Und nun, tatsächlich… auf seinem Grund liegt die berühmte Kamee aus dem Besitz des Malers Rubens. Sie hat einmal Kaiser Konstantin gehört und ist etwa zwölfhundert Jahre alt. Ihr Wert dürfte sich auf achttausend holländische Gulden belaufen.

Der Kommandeur hat sie von Rubens erhalten, um sie auf eigene Rechnung einem der östlichen Potentaten zu verkaufen. Allerdings ist die *Companie* darüber unterrichtet. Von Pelsaerts Gewinn erwartet sie sich eine Provision.

Da staunen Sie, was?

Wie es aussieht, wird in der Tat mit zweierlei Maß gemessen.

Und was haben wir hier? Ist in der Truhe etwa noch ein zweiter Schatz verborgen! Sieht beinahe so aus.

Alle Achtung! Das ist ja ein prächtiges Objekt! Eine äußerst kostbare Vase, offenbar aus einem einzigen Stück Achat geschlagen. Sehen Sie einmal, wie ihr Honigton sich zum Fuße hin zu cremigem Weiß verdickt! Die Henkel sind ebenfalls ganz entzückend. Sie sind dem ziegenfüßigen Gott Pan nachgestaltet, bis hin zu den kleinen Hörnern und dem lüsternen Grinsen. Diese Vase entstammt übrigens auch Rubens' Sammlung. Ihr Wert lässt sich nicht ermessen.

Von dieser Vase weiß die *Companie* indes nichts.

Ein schlauer Bursche, unser Kommandeur, finden Sie nicht?

Einundvierzig Grad und vierzig Minuten südlicher Breite

achtundzwanzigster Tag des April
im Jahre des Herrn, 1629

Lucretia betrachtete François' schweißglänzendes Gesicht. Die Krankheit hatte ihn ausgezehrt. Seine Schädelknochen traten scharf hervor.

Das Nachthemd klebte François auf der Brust, während er sich in seinen Fieberträumen wälzte und unsichtbare Dämonen zu bekämpfen schien. Dann wieder packte ihn der Schüttelfrost so heftig, dass seine Zähne aufeinander schlugen.

Lucretia wusste, dass Aris Janz ihn aufgegeben hatte.

Sie erhob sich, um feuchte Tücher zu holen und François' heiße Stirn zu kühlen.

»Ich weiß, dass du nicht stirbst«, ermutigte sie ihn leise, nachdem sie sich wieder bei ihm niedergelassen hatte. »Du gibst nicht auf, nicht wahr? Du bist stark und wirst um dein Leben kämpfen … Francois!« Sie strich ihm über die Hand.

An manchen Tagen las Lucretia François auch aus der Bibel vor, wobei ihr allerdings nicht ganz klar war, ob sie auf diese Weise ihm oder sich selbst Trost spenden wollte. Sie ahnte jedoch, dass die Bibel ihr auch als Ausrede diente, denn niemand konnte etwas dagegen einzuwenden haben, dass sie François daraus vorlas. Sie war einfach eine gute Christin und tat ihre Pflicht.

Die kleine Tochter der Hardens stellte an Bord jedermanns Geduld auf die Probe. Während andere Kinder auf dem Boden mit ihren Klötzchen und Windmühlen spielten, gebärdete Hilletje sich wie eine Wilde und tollte lärmend über das Deck. Einzig und allein ihre Mutter schien ihr Verhalten nicht zu stören. Sie verfolgte das Treiben ihres Kindes mit andächtigem Blick.

Judith hatte sich zu den anderen Frauen unter die Sonnensegel begeben, von wo aus sie die *Jonkers*, die an Bord herumspazierten, heimlich beobachten konnte. Wenn ihr Blick dabei auf den von Conrad van Huyssen traf, blieb er für einen Moment haften, und zuweilen fiel es ihr richtig schwer, ihn wieder abzuwenden.

Aus den Augenwinkeln wurde Judith nun gewahr, dass Hilletje mit gesenktem Kopf auf Conrad van Huyssen zustürmte und in vollem Lauf mit ihm zusammenstieß. Der junge Mann verzog das Gesicht. Seine Hand war an seinen Schritt gefahren. Die Kadetten neben ihm lachten laut.

Bei dem Zusammenprall hatte Hilletje ihren Kreisel verloren, ein buntes Holzstück, das sie seit dem Kap der Guten Hoffnung besaß. Er war ihr Lieblingsspielzeug.

Conrad bückte sich und hob den Kreisel auf.

Hilletje sprang hoch, um danach zu haschen, doch er hielt ihn außerhalb ihrer Reichweite in die Luft.

»Ei, was haben wir denn hier Schönes?«, fragte er leise.

»Gebt ihn zurück!«, brüllte Hilletje, indem sie wie eine Besessene in die Höhe sprang. »Ich will ihn wieder haben.«

»Du hast gar nichts zu wollen«, beschied Conrad sie.

»Ich will aber meinen Kreisel!«, heulte Hilletje.

Wenn das Kind ihn artig gebeten oder still abgewartet hätte, hätte Conrad womöglich anders reagiert. Doch ihr Geschrei und ihr Gehüpfe versetzten ihn in Wut.

Judith warf einen Blick zu Hilletjes Mutter hinüber, die den Vorfall mit steinerner Miene beobachtete.

»Meine Güte, nun gib ihr den Kreisel schon zurück!«, murmelte Judith vor sich hin, wenngleich sie bereits wusste, dass Conrad sich anders entscheiden würde.

»Findest du nicht, die kleinen Fische sollten auch ein bisschen mit deinem Kreisel spielen können«, hänselte Conrad die Kleine.

Hilletje starrte ihn an. Dann wurde ihr die Bedeutung seiner Worte bewusst, und sie schrie, als würde sie gehenkt.

Mittlerweile waren auch einige Offiziere aufmerksam geworden und beobachteten das Geschehen aus der Ferne.

Judith warf ihrem Vater einen auffordernden Blick zu, doch er schaute weg.

Conrad war inzwischen dazu übergegangen, dem Kind den Kreisel abwechselnd hinzuhalten und ihn wieder wegzureißen, wenn es danach schnappte.

Die *Jonkers* schütteten sich aus vor Lachen, wenn Hilletje ins Leere griff.

Mit einem Mal bog Conrad sich zurück und tat so, als würde er den Kreisel weit hinaus in die Fluten werfen.

Hilletje heulte abermals laut auf und begann, wie verrückt vor ihm auf und ab zu springen.

Nach einer Weile wurde den *Jonkers* die Angelegenheit leid. »Das reicht nun, van Huyssen«, sagte einer. »Gib ihr das elende Ding zurück.«

Conrad schüttelte den Kopf. Sein Gesicht hatte sich gerötet, und in seinen Augen glomm ein eigentümliches Licht.

»Gebt dem Kind sein Spielzeug zurück!«, ließ sich eine neue Stimme vernehmen.

Conrad fuhr herum. Er erkannte einen Soldaten mit weizenblondem Haar.

»Was ist denn in dich gefahren?«, fragte er abfällig. »Hast du Lust auf eine Tracht Prügel?«

»Ich habe Lust, dem Kommandeur zu erzählen, dass Ihr gern kleine Kinder quält.«

»Das wird ihn im Moment ganz besonders interessieren.« Conrad lachte spöttisch.

In diesem Augenblick setzte Hilletje abermals zu einem Sprung an und schaffte es, ihr Spielzeug zu berühren.

»Du widerliche kleine Göre«, zischte van Huyssen. Dann holte er aus und schleuderte den Kreisel ins Meer.

Judith beobachtete, wie das bunte Holzstückchen auf den Wellen auftraf und noch für eine Weile hin und her schaukelte, ehe es nicht mehr zu sehen war. Hinter sich hörte sie Hilletje fassungslos weinen.

Conrad schlenderte mit zufriedener Miene zu seinen Kameraden zurück.

Wiebe Hayes drehte sich um und verschwand.

Frau Hardens hatte Hilletje in die Arme geschlossen und versuchte, ihr Kind zu trösten.

Die anderen Frauen sahen sich betreten an.

»Warum hat der Unterkaufmann nicht eingegriffen?«, hörte Judith Sussie fragen. »Er hat doch alles mitangesehen. Warum hat er zum Schluss gelacht?«

Lucretia bemerkte, dass François aufgehört hatte, sich von einer Seite auf die andere zu werfen. Stattdessen lag er ganz still da und starrte sie an, als hätte er eine Vision.

»Was habt Ihr denn?«, murmelte sie. »Wo schaut Ihr hin?«

»Da ist der Teufel«, flüsterte er.

»Schsch«, machte Lucretia und tupfte die Schweißperlen ab, die François über die Schläfen rannen.

»Ihr habt den Teufel an Bord gebracht«, stieß er plötzlich hervor.

»Bitte, beruhigt Euch«, bat Lucretia. »Hier ist weit und breit kein Teufel in Sicht.«

»Ich habe … gesündigt«, stöhnte François. »Der Teufel ergötzt sich an meiner Schuld.«

Er verstummte. Nach einer Weile murmelte er verwundert: »Ich glaube, es ist nur die Liebe, die mich quält.«

Francois seufzte. Mit einem Mal sah er Lucretia ganz klar an. »Ich bete dich an«, flüsterte er.

Als Lucretia später ihre Kabine betrat, fand sie Zwaantie an ihrem kleinen Schreibpult vor, wo das Mädchen in ihrem Tagebuch blätterte.

»Seit wann kannst du lesen?«, fragte Lucretia und lehnte sich müde an den Türrahmen.

»Ich habe auf Euch gewartet und mir dabei ein wenig die Zeit vertrieben«, entgegnete Zwantie unbeteiligt. »Aber ich lese nur sehr schlecht.«

»Das Tagebuch eines Menschen ist etwas äußerst Privates. Wusstest du das nicht?«

Zwaantie schob das Buch beiseite.

»Möchtest du, dass ich mich abermals an den Unterkaufmann wende?«

Die Drohung schien Zwaantie zu belustigen.

»Was gibt es da zu lachen?«

»Interessiert er sich neuerdings für Eure Meinung?«

Lucretia holte tief Luft. »Vielleicht interessiert sich der Marschall dafür.«

»Den schert sie ebenso wenig.«

Seit wann ist sie sich ihrer Sache so sicher? überlegte Lucretia. Offenbar weiß sie etwas, von dem ich keine Ahnung habe.

»Wie geht es dem Kommandeur?«, fragte Zwaantie.

Lucretia rieb sich die Schläfen. »Ich weiß es nicht«, murmelte sie.

»Wart Ihr zu sehr mit ihm beschäftigt, um ihn danach zu fragen?«

Dieses Mal holte Lucretia aus und schlug zu.

Für einen Moment sah es aus, als würde Zwaantie sich auf sie stürzen, doch dann besann sie sich, legte ihre Hand auf ihre gerötete Wange und sagte lediglich: »Das wird Euch noch Leid tun, das verspreche ich Euch.«

»Verschwinde, Zwaantie!«, befahl Lucretia. »Und zwar auf der Stelle!«

»Ich bin schon weg«, versetzte das Mädchen. »Und glaubt bloß nicht, ich käme jemals zu Euch zurück.«

Mit diesen Worten stieß es Lucretia zur Seite, riss die Tür auf und rannte über den Gang davon.

Lucretia ließ sich auf ihr Lager sinken. Was geht auf diesem Schiff vor? fragte sie sich. Sind wirklich alle verrückt geworden? Oder war es so, wie François in seinem Wahn angenommen hatte? War tatsächlich der Teufel an Bord?

Sechsundvierzig Grad und zehn Minuten südlicher Breite

zehnter Tag des Mai
im Jahre des Herrn, 1629

Jedermann wartete auf Nachricht über das Befinden des Kommandeurs.

Die Frauen, die unter den Sonnensegeln nähten und stickten, waren stiller geworden und lachten nur noch selten. Ständig wurden neue Gerüchte laut, die entweder besagten, Pelsaert ginge es besser, Pelsaert ginge es schlechter oder Pelsaert sei tot.

Judith saß im Kreise der anderen und starrte vor sich hin. Seit dem Zwischenfall mit Hilletje wich sie van Huyssens Blicken aus. Mit halbem Ohr hörte sie die gebrüllten Befehle des Kapitäns, die vom Achterdeck zu ihnen herunter schallten. Plötzlich merkte sie, dass die Frauen ihre Arbeiten hatten sinken lassen. Judith blickte auf.

»Was, zum Teuf-«, zischte Anneken Hardens, indem sie mit dem Kopf nach oben deutete. »Das ist doch Zwaantie Hendricks, oder nicht?«

Judiths Blick folgte ihrer Kopfbewegung. Da oben blitzen Röcke auf, wehten helle Haare im Wind.

Judiths Mutter wich die Farbe aus dem Gesicht. »Sie macht sich der Todsünde schuldig«, murmelte sie.

»Er hat den Arm um sie gelegt«, teilte Frau Hardens allen mit. »Wie man hört, schläft sie auch bei ihm.«

»Und Madame van der Mylen? Sagt sie nichts dazu?«, wollte eine der Frauen wissen.

»Der Pfarrer muss mit Madame van der Mylen reden!«, rief eine andere.

Frau Bastians richtete sich auf. »Das hat er bereits getan«, erklärte sie wichtigtuerisch. »Und er hat auch kein Blatt vor den Mund genommen. Das sei nun eine Sache zwischen dem Marschall und dem Kapitän, hat sie ihm indes verkündet. Als ob hier einer wagte, sich mit Jacobs anzulegen!«

Die Frauen stießen Laute der Entrüstung aus.

»Das geht nicht gut aus«, sagte eine.

Entlang des Orlopdecks waren auf einer Seite mehrere kleine Räume abgetrennt worden. In einem davon hatte sich eine Gruppe von Männern zu einer Runde Genever eingefunden.

Jeronimus war dabei, Conrad van Huyssen, der Bootsmann Jan Everts, Abraham Dericks, der Marschall, David Zeevanck, der Schreiber, und der Obergefreite mit dem abstoßenden Gesicht, der, den man allgemein Steinmetz nannte.

Während die anderen am Tisch hockten und die Flasche kreisen ließen, hielt Jan Everts Wache und beobachtete durch ein Astloch in der Tür, ob sich von draußen jemand näherte.

Für eine Weile sagte niemand etwas, allenfalls schnalzte der eine oder andere genießerisch mit der Zunge.

»Ich glaube, er macht es nicht mehr lange«, erklärte Jeronimus plötzlich.

»Doch sicher seid Ihr Euch nicht«, stichelte van Huyssen.

»Ich wiederhole nur, was der Bordarzt gesagt hat«, entgegnete Jeronimus. »Noch ein Tag, höchstens zwei. Als ich eben in seiner Kajüte war, wirkte er bereits wie tot.«

Wenig später hub Jeronimus abermals an: »Kennt eigentlich jemand den Wert der Fracht, die wir transportieren?«

Alle blickten ihn an. Jeronimus lächelte. Nun besaß er ihre volle Aufmerksamkeit.

»Sie entspricht dem Vermögen eines Fürsten«, fuhr Jeronimus fort. »In den Kisten lagern Silbermünzen im Wert von einer Viertelmillion Gulden. Dazu kommt noch die Truhe des Kommandeurs in dessen Kajüte. Er versteckt dort Juwelen, die für Shah Jahan vorgesehen sind. Ich habe sie mit eigenen Augen gesehen.«

»Worauf wollt Ihr hinaus?«, erkundigte sich Zeevanck.

»Auf nichts Bestimmtes, David«, erwiderte Jeronimus sanft. »Die Entscheidung liegt bei Euch. Ich weiß lediglich, dass ich so viel Reichtum kein zweites Mal begegnen werde. Ihr übrigens auch nicht, Conrad, trotz Eurer vornehmen Abstammung.«

Jeronimus richtete seinen Blick auf den Steinmetz. »Was zahlt man *Euch* denn im Monat, dass Ihr Euer Leben riskiert? Wollt Ihr irgendwo in einem giftigen Sumpf mit einem Dolch in den Rippen enden?«

Jeronimus warf einen raschen Blick in die Runde. Es war offenkundig: Sie hatten Blut geleckt.

»Die Wichtigsten von uns sind hier versammelt«, begann er noch einmal. »Wir sollten diesen Anlass nutzen, um nachzudenken. Wenn Pelsaert stirbt, werde ich Kommandeur. Dann möchte ich erfahren, was euch lieber ist: weiter nach Batavia zu segeln oder ein Leben zu beginnen, das ihr bislang nur aus euren Träumen kennt.«

»Was ist mit dem Kapitän?«, fragte Jan Everts.

»Den überlasst ruhig mir«, entgegnete Jeronimus. »Der steht auf unserer Seite.«

Die Männer warfen sich heimlich Blicke zu. Jeder fragte sich, wie weit er dem anderen trauen konnte und was ihm geschähe, wenn der Plan misslang. Bei Meuterei gab es nämlich keine Gnade – auf Meuterei stand der Tod. Andererseits leuchtete ihnen ein, was der Unterkaufmann hervorgehoben hatte: Eine Gelegenheit wie diese böte sich nie wieder.

»Ihr habt doch einen Plan! Also heraus mit der Sprache« forderte Dericks Jeronimus schließlich auf.

Jeronimus richtete sich in die Höhe. »Wenn die *Batavia* Java nicht erreicht«, erklärte er, »dauert es ein Jahr, bis die Herren in Amsterdam das herausbekommen.«

»Mindestens«, pflichtete Everts ihm bei. »Wahrscheinlich eher zwei.«

»Demnach genug Zeit, um noch mehr Geld anzuhäufen.«

»Wie stellt Ihr Euch das vor?«, fragte van Huyssen.

»Die Fahne der Gesellschaft wird uns gute Dienste leisten. Da schöpfen die anderen Schiffe zunächst keinen Verdacht. Und wenn sie dann misstrauisch werden, haben sie längst verspielt. Wie viele Geschütze haben wir an Bord, Abraham?«

Der dicke Marschall warf sich in die Brust. »Achtundzwanzig Geschütze. Sieben davon sind schwere Bronzekanonen. Sie können Festungsmauern durchschlagen.«

Jeronimus pfiff anerkennend durch die Zähne.

»Dazu kämen noch die Musketen, die Entermesser und die Spieße aus dem Waffenarsenal«, ergänzte der Marschall.

»Wir könnten uns vor Madagaskar und an der Koromandel-Küste auf die Lauer legen«, schlug Jeronimus vor. »Später lassen wir uns in Afrika nieder. Dort gründen wir ein Königreich und leben nach unserem Geschmack.«

Der Steinmetz und Dericks nickten beifällig.

»Was machen wir mit dem Rest der Mannschaft?«, erkundigte sich Zeevanck.

»Das ist an Euch«, entschied Jeronimus. »Ihr wisst am besten, wem man trauen kann und wem nicht. Erzählt aber niemandem etwas von unseren Plänen. Seht einfach nur zu, dass sie im entscheidenden Moment gehorchen. Der Marschall kümmert sich um die Kanoniere, Jan um die Matrosen, der Steinmetz um die Soldaten auf dem Orlopdeck.«

Van Huyssen wandte sich an Everts. »Ist das zu schaffen?«, fragte er. »Wir sind nur eine Hand voll gegen dreihundert.«

Jan winkte ab. »Kein Grund zur Sorge«, erwiderte er. »Die einfachen Matrosen stammen von irgendwelchen Hafenhuren ab. Sie tun alles für Geld, genau wie ihre Mütter. Die Soldaten sind angeworbene Söldner, da versteht es sich von selbst, dass sie käuflich sind. Sie werden sich dem neuen Kommandeur fügen.«

Für eine Weile schwiegen alle und hingen ihren Träumen nach.

Nie mehr fauliges Fleisch, nie mehr endlos auf See. Kein Schreibtisch in einer düsteren Stube, keine Angst, in einem Krieg zu sterben, nie mehr Abscheu erregen, von den Frauen begehrt werden, durch Reichtum verschönt …

Die Flasche Genever machte erneut die Runde.

Danach schwor jeder einen Eid.

Nun musste nur noch der Tod des Kommandeurs abgewartet werden.

Judith spitzte die Ohren, als ihre Eltern auf der anderen Seite des Vorhanges zu flüstern begannen.

»Ich habe mit dem Unterkaufmann gesprochen«, hub ihr Vater an. »Ich habe ihm angekündigt, dass ich die Vorkommnisse an Bord in Batavia melden werde.«

»Hast du auch Frau van der Mylen erwähnt?«

»O ja. In diesem Punkt hatte der Unterkaufmann größtes Verständnis. Er ist empört. Sie verbringt nun auch ihre Nächte mit Pelsaert.«

»Das ist nicht wahr!«

»Er kann aber leider nichts unternehmen. Noch ist ja Pelsaert Kommandeur.«

»Das ist abscheulich! Eine verheiratete Frau!«

»Und ihr Mädchen treibt es mit dem Kapitän. Außerdem stellt es sich ungebührlich zur Schau.«

Judith vernahm, dass ihre Mutter scharf die Luft einsog. »Eine Schande vor dem Herrn«, wisperte sie.

»Wenn es nur gemeines Volk wäre«, murmelte ihr Vater. »Aber nein, es sind auch Menschen betroffen, die uns als Vorbilder dienen sollen!«

»Der Unterkaufmann wird Ordnung schaffen.«

Judiths Vater schwieg.

»Das weiß ich nicht genau«, murmelte er kurz darauf. »Bisweilen bin ich mir seiner nicht mehr so sicher.«

Anschließend verstummten die Eltern, so dass Judith nicht erfuhr, was es mit dem Argwohn ihres Vaters auf sich hatte.

Judith hatte jedoch bereits selbst erfasst, dass an Bord neuerdings merkwürdige Dinge vor sich gingen. Sie hatte erlebt, dass Allert Janz Sussie Frederix am Ärmel packte und an sich reißen wollte. Das Mädchen hatte sich befreien können, doch Allert und seine Kameraden hatten ihren Spaß dabei gehabt.

Judith schloss die Augen. Es war schrecklich, wenn etwas Derartiges geschah, und sie hoffte, dass Gott sie davor verschonen würde. Dann wiederum gestand sie sich ein, dass wohl dennoch etwas Unheimliches in ihr wohnte – ein Dämon, eine beunruhigende Kraft, ein Antrieb, der ihr die Beschäftigung mit der Sünde reizvoll erscheinen ließ und aufgrund dessen sie es genoss, wenn sich etwas Verbotenes tat.

Fünfundvierzig Grad und achtundfünfzig Minuten südlicher Breite

dreizehnter Tag des Mai
im Jahre des Herrn, 1629

Als Lucretia am nächsten Morgen die Kommandeurskajüte betrat, fand sie den Bordarzt in heller Aufregung vor.

»Ein Wunder ist geschehen!«, rief er ihr entgegen. »Das Fieber ist gesunken.«

Lucretia eilte zu François und beugte sich über ihn.

»Mein Engel«, flüsterte er, indem er sich ein wenig aufrichtete. »Dir verdanke ich mein Leben.«

»François«, wisperte sie zurück. »Ich hatte solche Angst um dich! Ich hatte Angst, du gingest von uns fort.«

»Deine Stimme hat mich jedes Mal wieder zurückgeholt«, sagte er lächelnd.

Lucretia legte ihre Hand auf seine Stirn. Sie war kühl und trocken.

»Ich habe geträumt, dass du mich berührst«, murmelte er.

»Schsch«, machte Lucretia. Sie spähte über die Schulter nach hinten, wo Aris Janz stand und lauschte.

»Ihr müsst jetzt schnell gesund werden«, bemerkte sie laut. »Wir haben für Eure Rettung gebetet.«

François ließ sich in die Kissen zurücksinken. »Es war nicht umsonst, nicht wahr?«, fragte er mit geschlossenen Lidern.

Es dauerte indes noch eine ganze Woche, bis François sein Lager verlassen konnte, und zuerst schaffte er lediglich die wenigen Schritte bis zu seinem Sessel hinüber.

Während dieser Tage verbrachte Lucretia ihre Zeit weiterhin in seiner Kajüte. Entweder las sie ihm vor oder sie unterhielten sich leise. Manchmal verfielen sie jedoch auch in Schweigen und versenkten die Blicke ineinander, allerdings nur, um sie hernach beklommen abzuwenden.

Rings um sie herum kroch derweil das Unheil aus den Ritzen hervor und begann sich zu entfalten.

Als François erstmalig wieder an Deck erschien, blinzelte er in die Sonne und holte tief Luft. Er wusste, dass er noch längst nicht genesen war, und als das Schiff sich auf die Seite legte, drehte sich der Himmel vor seinen Augen, ehe er leicht schwankend wieder zum Stillstand kam. Halt suchend stützte François sich auf die Brüstung der Reling.

Nachdem er sich gefangen hatte, ließ François seine Blicke über das Meer schweifen. Von der restlichen Flotte war weit und breit nichts zu sehen.

Jacobs hatte François erklärt, ein Teil der Schiffe sei während des Sturmes zerstreut worden, und der andere Teil habe bei ihrer Geschwindigkeit nicht mithalten können.

Angesichts der endlosen Leere ringsum beschlich François ein nagendes Gefühl der Furcht. Es war zwar nicht grundsätzlich bedenklich, der Flotte vorauszueilen, doch andererseits hatte er dadurch die restliche Fracht aus dem Blickfeld verloren – die Fracht, für die *er* die Verantwortung trug.

Vor allem sorgte François sich um die *Buren*, die mit ihren drei Batteriedecks voller schwerer Geschütze als Begleitschiff unentbehrlich war.

François schaute zur Kapitänsbrücke empor. Dort stand mit unergründlichem Gesicht der Skipper.

Mit einer gebieterischen Geste winkte François ihn zu sich herunter.

»Was ist mit den anderen Schiffen?«, fragte er, als der Kapitän sich zu ihm gesellte. »Lasst Ihr sie nun aufholen oder nicht?«

Jacobs zuckte die Achseln. »Die werden wir in den oberen Breitengraden schon von ganz allein wieder treffen.«

»Das klingt nicht gerade überzeugt«, entgegnete François.

»Ich weiß, wovon ich rede«, sagte der Skipper.

»Das will ich auch hoffen«, versetzte François. »Wenn wir die Flotte verlieren, geht es Euch ebenso an den Kragen wie mir.«

Der Kapitän musterte ihn kalt. »Ihr solltet Euch wieder hinlegen, anstatt über Dinge nachzugrübeln, von denen Ihr nichts versteht.«

Er hat nicht Unrecht, gab François bei sich zu. Meine Hände zittern so heftig, dass es für jedermann sichtbar ist. Ich sollte verschwinden, bevor die Seeleute merken, wie unwohl ich noch bin.

Mit einem knappen Kopfnicken verabschiedete er sich vom Kapitän und kehrte in seine Kajüte zurück.

Jacobs schaute der verschwindenden Gestalt finster nach.

»Erfreulich, dass der Kommandeur wieder auf den Beinen ist, nicht wahr?«, meldete sich neben ihm eine vertraute Stimme zu Wort.

Mit einem Seufzer wandte der Kapitän sich Jeronimus zu.

»Was wollt Ihr nun schon wieder?«, knurrte er.

»Ich dachte, wir könnten uns ein wenig unterhalten. Wisst Ihr, dass der Kommandeur Frau van der Mylen angeblich sein Leben verdankt? Wie ich gehört habe, hat sie rührend für ihn gesorgt. Demnach wäre er ihr einen ordentlichen Gefallen schuldig, findet Ihr nicht auch?«

»Ihr strapaziert meine Geduld, Herr Unterkaufmann. Warum macht Ihr immer nur Andeutungen? Warum windet Ihr Euch stets um eine Sache herum?«

»Tue ich das?«, fragte Jeronimus bestürzt. »Nun, zum Gegenbeweis werde ich Euch ganz offen etwas anvertrauen. Der Marschall trägt sich mit dem Gedanken, Euren Bettschatz auszupeitschen.«

Herr und Teufel, schoss es dem Kapitän durch den Kopf. Wer von euch beiden steckt hinter dem, was hier fortwährend geschieht? Wenn mich nämlich nicht alles täuscht, hat einer von euch die *Batavia* schon von Anbeginn an verflucht.

Er brachte es dennoch fertig, ruhig zu sprechen. »Und woher wisst Ihr das?«

»Aber, ich bitte Euch.« Jeronimus lachte auf. »Glaubt Ihr denn, mir entginge etwas? In diesem Fall war es allerdings besonders leicht, denn Frau van der Mylen ersuchte mich höchstpersönlich um die erforderlichen Schritte. Vermutlich hat sie sich inzwischen auch an den Kommandeur gewandt.«

»Niemand wird es wagen, Zwaantie auszupeitschen!«, beschied Jacobs ihn grimmig.

»Das wäre in der Tat ungerecht!«, stimmte Jeronimus ihm zu. »Wenngleich mir nicht klar ist, wie Ihr das verhindern wollt. Am meisten stört mich aber die Heuchelei unserer schönen Dame, denn wie man hört, ist sie selbst nicht ganz makellos geblieben.«

»Seht Euch besser vor!«, erwiderte Jacobs verärgert. »Ihr wisst doch, dass derartiges Gerede nichts bringt.« Er machte eine Pause, ehe er grollend hinzusetzte: »Außerdem steht der doch auch in gesundem Zustand nicht seinen Mann.«

»Das wissen aber nicht alle«, gab Jeronimus zu bedenken. »In den Augen der Mehrheit sind die beiden längst zu Ehebrechern geworden. Die Wahrheit spielt dabei keine Rolle, Herr Kapitän! Wichtig ist, was die Menschen glauben.«

»Nicht ganz«, verbesserte ihn der Kapitän. »Für mich zählt weder die Wahrheit noch das, was die Menschen glauben. Für mich zählt, was ich will.«

Nach diesen Worten wandte er sich ab und begab sich zurück auf die Brücke.

Jeronimus war in unerfreuliche Gedanken versunken, als Jan Everts aus dem Unterdeck auftauchte und sich an seine Seite begab. Die Miene des Bootsmannes wirkte bedrückt.

»Ich dachte, der Bastard wäre im Begriff gewesen zu sterben«, murmelte er. »Leider ist mir gerade ein sehr lebendiger Herr Kommandeur über den Weg gelaufen. Oder glaubt Ihr, das war vielleicht sein Geist?«

Jeronimus blickte ihn mit Wut verzerrter Miene an. »Vielleicht wäre es an der Zeit, seine Hure ein wenig zurechtzustutzen«, zischte er.

Jan Everts starrte ihm sprachlos ins Gesicht.

»Damit würdet Ihr uns immerhin allen einen Gefallen erweisen«, fuhr Jeronimus etwas ruhiger fort. »Der Kapitän ist der gleichen Meinung. Er hat es mir eben gesagt.«

Jan Everts brachte noch immer kein Wort hervor. Allerdings sah er aus wie ein Hund, der Lunte zu riechen beginnt.

»Wisst Ihr nicht, wie Ihr vorgehen sollt?«, spöttelte Jeronimus.

»Ich glaube doch«, murmelte Jan Everts. »Ich denke, das liegt auf der Hand.«

»Das meine ich auch«, sagte Jeronimus, der nun wieder heiter wirkte. »Wie lange seid Ihr eigentlich schon hinter ihr her?« Er klopfte Jan auf die Schulter. »Worauf wartet Ihr denn noch, mein Junge? Glaubt Ihr etwa, sie serviert sich Euch freiwillig?«

Jan schluckte, als sei mit einem Mal sein Gaumen trocken geworden.

»Wenn ihr etwas zustieße«, setzte Jeronimus hinzu, »wäre der Kommandeur kaum in der Lage, sie zu rächen. Er ist immerhin noch reichlich geschwächt.«

Um ein Haar hätte Jeronimus sich die Hände gerieben, als er die Treppe zu seiner Kajüte hinunterstieg. Natürlich war es ein harter Schlag gewesen, den Kommandeur gesund und munter anzutreffen, doch Gott hatte ihm den Weg gewiesen und ihm Jan Everts zugespielt.

Und dann, mein lieber Herr Kommandeur, überlegte Jeronimus, wollen wir einmal sehen, wie rasch Ihr Euch von einem Leiden erholt, dessen Natur Ihr noch gar nicht kennt.

VIII

Merken Sie es? Unser Süppchen köchelt munter vor sich hin. Bald ist es so weit, keine Sorge. Ich habe ordentlich nachgefeuert und die Zutaten abgeschmeckt.

Da hätten wir als Erstes einmal die Männer an Bord, die von Lucretia träumen.

Dazu den Skipper, der selbst in Zwaanties Armen noch nach Frau van der Mylen giert. Jacobs ist übrigens eine besonders würzige Mischung, denn sein enttäuschtes Verlangen nach Lucretia wandelt sich langsam in Verachtung, wenn nicht gar in Hass.

Dann wäre da noch der Kommandeur. Überaus pikant. In ihm vereinen sich Liebe, Pflichteifer und Geltungssucht.

Lucretia ist das feurigste meiner Gewürze, doch das erwähnte ich ja bereits. Mit einer schönen Frau macht man grundsätzlich nichts falsch.

Köstlich, nicht wahr?

Oh, Verzeihung, ich weiß, der Koch sollte sich nicht loben.

Das ist auch gut so, denn sonst geriete ich ins Schwärmen.

Ob ich trotzdem noch einmal nachpfeffere?

Mögen Sie es, wenn es hinterher noch ein wenig auf der Zunge brennt?

Prächtig. Dann hätten wir ja denselben Geschmack!

Fünfundvierzig Grad und sieben Minuten südlicher Breite

vierzehnter Tag des Mai
im Jahre des Herrn, 1629

Mitten in der Nacht schlug Lucretia die Augen auf. Ein Geräusch hatte sie geweckt. Noch leicht benommen horchte sie in die Finsternis hinein. Nein, nichts außer dem Knarzen der hölzernen Planken. Mit einem Mal spürte sie, dass etwas über ihren Hals kroch. Ein Tier, eine Kakerlake! Angeekelt schlug sie danach und fuhr sich über Kehle und Gesicht.

Anschließend war sie hellwach.

Da. Da war es wieder. Ein vorsichtiges, ängstliches Pochen. Lucretia erhob sich und warf sich ihren Morgenmantel über.

Sie öffnete die Tür. Niemand. Der lange Schiffsgang lag gähnend leer vor ihr.

Lucretia wollte die Tür bereits wieder schließen, als sie huschende Schritte zu vernehmen glaubte.

»Ist da jemand?«, rief sie. Vielleicht war François abermals erkrankt, vielleicht war jemand gekommen, um sie zu holen!

Sie trat einen Schritt auf den schmalen Gang hinaus.

Wie aus dem Nichts stürzten sie hervor und fielen über sie her.

Eine Hand packte sie grob, eine andere presste sich auf ihren Mund. Eine dritte zerrte an ihren Haaren und riss ihren Kopf zurück. Als Lucretia sich wehren wollte und um sich trat, ergriff eine vierte ihre Füße und zog sie unter ihr fort.

Sie wurde in ihre Kabine zurückgetragen, wo sich eine raue Hand um ihre Kehle schloss und zudrückte.

Lucretia merkte, dass ihr die Sinne schwanden.

Woran erinnerte sie sich hinterher, und was war lediglich ihrer Einbildung entsprungen?

Ihr Nachtgewand zerrissen. Schwielige Hände, die über ihren Körper fuhren und kniffen, Finger, die in sie stießen, ein bohrender, brennender Schmerz. Einer, der sich auf sie wälzte. Sie wusste, was er tat, doch ihr Verstand weigerte sich, es zu begreifen. Dergleichen konnte nicht geschehen, war gar nicht möglich, hier in ihrer Kabine, auf einem voll beladenen Schiff.

Als der Griff um ihre Kehle nachließ, wollte Lucretia schreien. Sogleich presste sich eine Hand auf ihren Mund.

Sie hatte panisch zugebissen, dessen entsann sie sich.

Danach traf sie ein Faustschlag an der Schläfe, woraufhin die Welt abermals dunkel geworden war.

Als Lucretia zu sich kam, waren sie immer noch zugange.

Wie viele waren es? Viele? Wenige, die sich abwechselten?

Zum Schluss hatten sie ihren Körper mit einem übel riechenden Schleim beschmiert, mit etwas, das den Gestank von Teer und Kot verströmte. Zwischendurch war sie mit einem Lappen geknebelt worden, an dessen Nachgeschmack sie würgte, bis sie sich krümmte und sich unter Krämpfen erbrach.

Sie hatte gewimmert, das wusste sie – es hatte ihr einen weiteren Faustschlag eingetragen.

Dann war es plötzlich still geworden.

Nun waren sie fort.

Lucretia sah einen weißen Streifen Mondlicht über den Fußboden kriechen.

Sie versuchte, sich aufzusetzen. Ihre Hände tasteten sich zu ihrem Hals, vermochten kaum den Knebel, der heruntergerutscht war, aufzuknoten und abzureißen.

Sie beugte sich vor und begann abermals zu würgen.

Von ihrer Mitte ausgehend breitete sich der Schmerz aus, beißend und scharf.

Niemand durfte sie so sehen.

Im dünnen Mondlicht tastete Lucretia nach ihrem Morgenmantel, entledigte sich der Fetzen ihres Nachtgewandes, die sie in der Faust zerknüllte. Sie spürte einen Klagelaut aufsteigen, der sich anhörte, als käme er von einem Tier, und dem sie verwundert nachlauschte, bis sie erkannte, dass sie es war, die ihn ausstieß.

Noch in den frühen Stunden des neuen Tages lag Lucretia auf dem kalten Boden. Sie fror, doch sie rührte sich nicht. Dazu fehlte ihr die Kraft. Ihr fehlte auch die Kraft, sich von dem Schmutz zu befreien, mit dem man sie beschmiert hatte. Stattdessen ließ sie ihn trocknen, zusammen mit den Spermaspuren und ihrem Blut.

Als Lucretia sich später erhob, war ihr rechtes Auge zugeschwollen.

Doch das war nur eine Äußerlichkeit.

Innerlich fühlte sie sich völlig zerstört, erloschen wie ein Feuer, das nie mehr brennen würde.

François hatte sich in seinem roten Samtsessel niedergelassen.

Er schloss die Augen, während er sich darauf zu konzentrieren versuchte, was Pfarrer Bastians ihm mitzuteilen hatte. Es drängte ihn danach, sich hinzulegen, doch der Pfarrer blieb unerbittlich.

Sobald François die Lider hob, sah er Pfarrer Bastians mit den Armen wedeln. Wie ein schwarzer Vogel, dachte er. Eine aufgeregt krächzende, scheußliche Krähe.

»Gotteslästerlich«, hörte er den Pfarrer gerade sagen.

François nickte ergeben.

»Gotteslästerliches Gebaren herrscht auf diesem Schiff. Die Seeleute fluchen wider den Herrn, und der Kapitän treibt Unzucht vor aller Augen.«

François spürte, dass sich ein stechender Schmerz in seinen Schädel bohrte. Er wusste, dass er dort verweilen würde, bis er später in seine Schläfen wanderte.

Das Problem mit diesen Gottesmännern ist, dass sie stets nur Schwarz und Weiß kennen, dachte er. Dabei gleicht das Leben einem Gewirr von Schatten, die mal heller, mal dunkler sind.

»Was erwartet Ihr von mir?«, fragte François Pfarrer Bastians.

»Ihr wisst, dass die *Companie* für das Fluchen eine Strafe vorsieht. Von dem anderen ganz zu schweigen.«

»Richtig«, bestätigte François. »Soll das heißen, Ihr schlagt allen Ernstes vor, den Kapitän öffentlich auszupeitschen?«

»So verlangt es das Gesetz.«

Das Gesetz, wiederholte François bei sich. Fast hätte er laut aufgelacht. Leider gibt es auch ein ungeschriebenes Gesetz, hätte er am liebsten erklärt, das verlangt, dass ich eine bestimmte Fracht unversehrt bis nach Batavia schaffe. Menschen wie Ihr, lieber Pfarrer Bastians, zählen zu jenen, die meine Arbeit erschweren. Bisweilen stellt Ihr meine Geduld auf eine harte Probe, bisweilen gewiss auch die des Herrn.

»Ich werde darüber nachdenken«, sagte François laut.

Pfarrer Bastians überging den verabschiedenden Ton. »Das Schiff befindet sich in Aufruhr«, fuhr er fort. »Ich glaube, Ihr solltet besser auf Eure Mannschaft achten.«

»Was soll das heißen?«, erkundigte sich François gereizt.

»Nun, da wäre beispielsweise der Unterkaufmann Jeronimus Cornelius. Wusstet Ihr, dass er zu Torrentius' Anhängern gehörte?«

François starrte den Pfarrer verblüfft an.

Torrentius van der Beeks war ein berühmter Maler, der eine Gruppe von Freigeistern anführte, Anhänger der Lehren Johan von Leidens, Jan Matthijs' und anderer holländischer Anabaptisten. Es hatte Gerüchte von Orgien und ähnlichen Ausschweifungen gegeben, bis man Torrentius schließlich das Handwerk legte und ihn gefangen nahm. Aber Jeronimus ein Ketzer? Das war undenkbar. Genauso wie es undenkbar war, dass derartige Verbindungen den scharfen Augen und Ohren der *Companie* entgangen wären.

»Das ist doch Unfug«, erklärte François.

»Ich weiß es aus erster Quelle!«, trumpfte der Pfarrer auf.

»Und die wäre?«

»Conrad van Huyssen hat es einem der *Jonkers* erzählt.«

»Also doch Gerede aus zweiter und dritter Hand.«

»Jeronimus zweifelt die Allmacht des göttlichen Willens an.«

»Oh, tut er das? Das erfordert selbstverständlich gnadenlose Rache. Ich werde ihn mehrmals kielholen lassen.«

Pfarrer Bastians blickte François vorwurfsvoll an. »Ich fürchte, Ihr seid Euch Eurer Verantwortung nicht bewusst!«

»Und *ich* fürchte, das ist nicht Eure Sache!«

»Zudem wäre da noch die Angelegenheit mit Frau van der Mylens Mädchen.«

François umklammerte die Armstützen seines Sessels. Herr im Himmel, flehte er, bitte verschone mich hinfort mit deinem Diener. »Darüber bin ich unterrichtet, Pfarrer Bastians. Dagegen werden Schritte unternommen.«

Der Pfarrer holte noch einmal Luft, um etwas zu sagen, doch François hob die Hand. »Ich fühle mich noch ein wenig schwach«, bemerkte er. »Wie wäre es, wenn wir es für heute gut sein ließen?«

Pfarrer Bastians seufzte und murmelte etwas vor sich hin, ehe er sich umwandte und verschwand.

Als François sich später an Deck begab und über die weite Meeresoberfläche blickte, kamen ihm die Worte des Pfarrers erneut in den Sinn. Ohne den vertrauten Anblick der *Buren* werde ich mich hüten, den Skipper zurechtzuweisen, dachte er, selbst wenn sein Treiben ungesetzlich ist. Dennoch hatte der Pfarrer etwas erkannt, was ihm bewusst bislang nicht aufgefallen war. An Bord herrschte tatsächlich eine seltsame Stimmung. Es wurde getuschelt, und die Leute stießen sich bei seinem Anblick an, sahen jedoch fort, sobald er hinschaute. Es gab offenbar irgendetwas, das sich heimlich ausbreitete, das den Menschen unter die Haut zu schlüpfen schien. François hätte nicht gewusst, worauf er den Finger legen sollte, er spürte lediglich das Wirken einer anderen Macht.

Es gibt Orte, an die der menschliche Geist sich zurückzieht, wenn er wie ein verwundetes Tier Zuflucht sucht, um seine Wunden zu heilen. Lucretia blieb für zwei ganze Tage und Nächte in ihrer Kabine. Die Speisen, die man ihr brachte, gingen unangetastet zurück.

Während der meisten Zeit lag sie stumm auf ihrem Bett. Bisweilen stand sie auf, um sich mit dem Wasser aus dem irdenen Krug auf ihrem Tisch zu waschen. Irgendwann zog sie sich auch ein frisches Nachtgewand an. Doch nach diesen Verrichtungen legte sie sich immer wieder auf ihr Lager, starrte an die hölzernen

Deckenstreben und murmelte vor sich hin. Hin und wieder schluchzte sie auf. Jemand, der sie beobachtet hätte, hätte befürchten müssen, sie wäre nicht bei Verstand.

François machte sich Sorgen um Lucretia, doch er hielt ihr Leiden für eine normale Unpässlichkeit. Einmal sandte er Frau Bastians zu ihr. Später erklärte Frau Bastians ihm jedoch empört, Lucretia habe sich zur Wand gedreht und sie gebeten, sich zu entfernen.

Als François erfuhr, dass Lucretia ihre Mahlzeiten nicht anrührte, sondern seltsam apathisch wirkte, bat er Aris Lanz, sich ihrer anzunehmen. Allerdings kehrte auch dieser unverrichteter Dinge zurück. Lucretia habe ihm keine Untersuchung gestattet, verkündete er.

Danach beschloss François, selbst nach dem Rechten zu sehen, und machte sich auf den Weg zu Lucretias Kabine.

Nachdem er für eine Weile vor ihrer Tür auf und ab gewandert war, verwarf er indes sein Unterfangen. Es ging nicht an, sie persönlich zu besuchen, sagte er sich, das gäbe bestenfalls erneut Anlass zu Gerede. Er machte kehrt und eilte über den Gang zurück.

Kurz darauf betrat er das Quarterdeck und stieß dort auf den Kapitän, der, die Arme vor sich verschränkt, nachdenklich ins Nichts zu starren schien.

»Was steht Ihr hier herum und träumt?«, fuhr François ihn unwillkürlich an. »Versucht lieber, die *Buren* zu finden!«

»Wir stoßen noch früh genug auf sie«, gab Jacobs zurück. »Das Meer ist groß und die *Buren* im Vergleich dazu eher klein.«

»Wir hätten sie längst entdecken müssen«, beharrte François.

Jacobs zuckte die Achseln und wandte François den Rücken zu. Dann stützte er sich mit den Ellbogen auf der Reling ab und vergrub sein Kinn in den Händen. Seine Blicke wanderten gelangweilt in die Ferne.

Nun, dieses Spiel können auch zwei Menschen spielen, dachte François verärgert. Wir wollen sehen, wer dabei den Kürzeren zieht. »Da wir gerade so nett beieinander stehen«, begann er, »könnten wir eigentlich die Gelegenheit nutzen, um uns nochmals mit Frau van der Mylens Mädchen zu befassen.«

Na endlich, eine Reaktion, triumphierte er innerlich, als er sah, wie sich das Gesicht des Kapitäns verzog.

»Was ist mit Zwaantie?«, knurrte Jacobs.

»Ihr habt Euch unschicklich verhalten und gegen die Regeln an Bord verstoßen.«

»Demnach gäbe es also unterschiedliche Regeln für Euch und für die Übrigen.«

François starrte ihn an. »Wie bitte?«

»Mann, jeder hier weiß doch, was Ihr mit der piekfeinen Dame treibt.«

François glaubte, nicht richtig gehört zu haben. Was erlaubte dieser Kerl sich eigentlich? An derartigem Geschwätz hatte er sich doch bereits einmal die Zunge verbrannt!

»Das *ganze* Schiff redet darüber«, setzte der Kapitän hinzu, als habe er François' Gedanken erraten.

»Dann hat sich das *ganze* Schiff geirrt«, erwiderte François kalt.

»Das Gleiche könnte ich auch in meinem Fall behaupten.«

»O freilich«, höhnte François, »das könntet Ihr. Nur, dass es in Eurem Fall gelogen wäre.« Er machte eine kleine Pause. Dann holte er tief Luft. »Ich will es kurz machen, Herr Kapitän. Ihr bleibt dem Mädchen ein für alle Mal fern. Ich hoffe, Ihr habt mich verstanden, denn hierbei handelt es sich um einen endgültigen Befehl.«

Ihre Blicke kreuzten sich wie scharfe Schwerter und hakten sich ineinander fest.

Zu seinem eigenen Kummer schaute François als Erster fort. Jacobs ist entweder gefährlicher oder verrückter, als ich annahm, sagte er sich. Doch angesichts der Abwesenheit der *Buren* wäre es töricht, ihn noch weiter zu provozieren. Jacobs war eindeutig nicht gewillt, sich ein zweites Mal zu beugen.

Ich sollte die Dinge auf sich beruhen lassen, wenn ich verhindern will, dass er sich gegen mich erhebt, überlegte François. In Batavia wird es anders sein. Soll sich doch der Rat der Gesellschaft mit seinem Treiben auseinander setzen.

Später indes, als François in seiner Kajüte am Schreibtisch saß, ärgerte er sich über sein Verhalten, und sein Rückzieher begann ihn zu wurmen. Das hätte er sich in keinem Fall bieten lassen dürfen, denn diese Runde hatte er nun verloren, sie ging unweigerlich an den Kapitän. Dergleichen wird sich nicht wiederholen, schwor er sich. Bei der nächsten Gelegenheit bleibe ich hart.

In der Nacht trafen die Verschwörer abermals zusammen.

»Was unternehmen wir jetzt?«, erkundigte sich der Marschall.

»Wir warten ab«, entgegnete Jeronimus. »Es dauert nicht mehr lang, und Pelsaert verliert mit dem Kapitän die Geduld. Zwischen den beiden muss es zum Zusammenstoß kommen, denn in Jacobs schwelt die Wut bereits seit der Tafelbucht. Er provoziert den Kommandeur, er sucht den Konflikt. Wenn es so weit ist, wird er nicht mehr nachgeben. Lieber meutert er, als dass er sich duckt.«

»Ich wäre eher dafür, das Ganze abzublasen«, wandte Zeevanck ein. »Es war eine gute Idee, solange der Kommandeur im Sterben lag, doch inzwischen wirkt er wieder reichlich fidel.«

»Unsinn!«, brauste Jan Everts auf. »Dafür ist es doch längst zu spät. Ich habe meine Leute schon entsprechend vorbereitet. Inzwischen wissen zu viele Bescheid. Die werden reden, wenn wir in Batavia sind. Ich habe keine Lust, wegen versuchter Meuterei zu baumeln.«

»Du glaubst doch nicht im Ernst, dass jemand den Mund aufmacht«, fuhr Dericks ihn an. »Die, die davon wussten, wurden stets als Mittäter gebrandmarkt und gehenkt wie alle anderen auch.«

»Ich verstehe eure Sorgen nicht«, sagte Jeronimus erstaunt lächelnd. »Warum vertraut ihr nicht auf mein Gespür?«

Die anderen sahen sich an.

Jan Everts begann an seiner Unterlippe zu nagen, Zeevanck betrachtete seine Hände in seinem Schoß. Selbst der Steinmetz schien sich mit einem Mal unbehaglich zu fühlen und grunzte etwas Wegwerfendes. Van Huyssen schaute verdrossen zu Boden.

Jeronimus beobachtete ihr Verhalten interessiert. Jetzt fragen sie sich, worauf sie sich eingelassen haben, dachte er. Aber das finden sie beizeiten schon noch heraus.

Dreiundvierzig Grad und zwölf Minuten südlicher Breite

siebzehnter Tag des Mai
im Jahre des Herrn, 1629

»Lucretia!«, sagte François zärtlich. »Wo hast du denn gesteckt? Was hat dir gefehlt? Warum haben wir uns zwei ganze Tage nicht gesehen?«

Lucretia war plötzlich in seiner Kajüte erschienen. Sie hatte ihr Haar zu einem Knoten aufgesteckt und trug eine Haube, doch im Gegensatz zu dieser Zurückhaltung haftete der Geruch eines schweren Parfums an ihr.

Sie hielt den Blick gesenkt. Er muss es mir ansehen, dachte sie. Warum tut er so freundlich? Jedermann sah es ihr an. Es war wie ein Mal auf ihrer Stirn eingebrannt. Jeder würde wissen, was ihr widerfahren war. Es half nichts, den Körper immer wieder von Neuem zu waschen und mit Duftwässern zu besprengen. Der andere Geruch blieb, nistete in ihrer Nase, führte dazu, dass sich ihr Magen zusammenzog.

»Ich habe mir große Sorgen gemacht«, fuhr François unterdessen fort. »Der Arzt sagt, du seist zwar krank gewesen, doch nach der Ursache habe er nicht forschen dürfen.«

Als François bemerkte, dass Lucretia leicht schwankte, sprang er auf und geleitete sie behutsam zu einem Sessel. Anschließend machte er sich an einer Karaffe zu schaffen und schenkte Lucretia einen Pokal mit Rotwein ein. Dann zog er seinen eigenen Sessel zu ihr herum, ließ sich nieder und blickte sie abwartend an.

Lucretia zitterte. Sie musste den Pokal mit beiden Händen halten, um daraus trinken zu können. Wie viel sollte sie ihm verraten, wie viel würde er sich selbst zusammenreimen können?

»Bist du gestürzt?«, begann François nach einer Weile. Sein Blick verweilte auf Lucretias dunkel verfärbtem Auge.

Lucretia begann zu weinen. »Ich wurde angegriffen«, entgegnete sie so leise, dass François sie nicht verstand.

Er beugte sich vor. »Was hast du gesagt, Lucretia?«

»Ich wurde angegriffen«, wiederholte sie lauter.

François wurde kreidebleich. »Auf *meinem* Schiff? Von wem?«, flüsterte er.

Lucretia schüttelte den Kopf.

»Wann? – Sprich mit mir, Lucretia! Wann ist das passiert?«

»Vor drei Nächten.«

»Was sagst du da? Warum –?« François sprang auf und machte einen Schritt auf sie zu. »Wer war es? Bitte, sag es mir! Wer hat dir etwas angetan?«

»Ich weiß es nicht. Es war zu dunkel.«

François spürte, dass er am ganzen Körper zu beben begann. Er taumelte in seinen Sessel zurück. »Das ist unglaublich«, murmelte er.

Zum ersten Mal seit zwei Tagen hatte Lucretia das Bedürfnis, zu lachen. *Unglaublich?* War das der Begriff für diese Tat? Sie hatte stundenlang nach dem rechten Wort gefahndet, es mit abartig, niederträchtig und ungeheuerlich versucht und eins wie das andere als unzulänglich verworfen. Doch nun hatte François das Geschehen für sie eingeordnet. *Unglaublich.* Warum nicht? Sie hatte es zuerst ja selbst nicht fassen können.

Doch es *hatte* stattgefunden, und seitdem lähmte sie ein *unglaubliches* Entsetzen. Lucretia biss sich auf die Unterlippe, um nicht ungehemmt loszuprusten.

»Zu welcher Zeit fand dieser Vorfall statt?«, hörte sie François fragen.

Richtig, dachte Lucretia. Wir müssen das Unglaubliche ja noch ein wenig eingrenzen.

»Ich weiß es nicht«, erwiderte sie. »Ich sagte doch, dass es dunkel war. Erst nachher habe ich einen Streifen Mondlicht auf dem Fußboden gesehen.«

»Warst du denn zu dieser Stunde noch unterwegs?«

Er meint das nicht so, beschwichtigte Lucretia sich. Er will mir gewiss keinen Vorwurf machen. Dennoch gehen seine Gedanken in eine Richtung, der auch andere folgen werden. Der Fehler muss bei der Frau gelegen haben – sie hat etwas falsch gemacht, sie hat die Sache provoziert.

»Nein«, antwortete sie fest. »Ich war nicht unterwegs. Ich lag in meinem Bett. Dann wurde an der Tür geklopft. Ich stand auf, öffnete und blickte in den Gang. Ich dachte, dir ginge es nicht gut.«

»Jacobs«, murmelte François tonlos vor sich hin.

Lucretia betrachtete ihn abwesend. Der Name des Kapitäns war ihr selbst auch schon in den Sinn gekommen. Sie hatte sich gefragt, ob Zwaantie dahinter steckte, ihn angestachelt hatte, seine Handlanger auf sie zu hetzen, um sich an ihr zu rächen. Aus irgendeinem Grund leuchtete ihr die Sache dennoch nicht ein. Irgendetwas daran passte nicht zu ihm, wenngleich sie nicht wusste, was es war.

Weinen, so wie eben, würde sie nicht mehr, beschloss Lucretia. Das war nicht mehr nötig. Das, was sie halb verrückt gemacht hatte, war benannt und bewertet worden. Nun fühlte sie sich plötzlich leer. Wie tot.

»Warum schilderst du mir nicht, was vorgefallen ist?«, bat François sie nach einer Weile.

Und Lucretia erzählte ihre Geschichte – oder zumindest einen Teil davon. Sie erwähnte, dass man ihr das Nachtkleid zerrissen, sie beschmutzt und schließlich fast ohnmächtig liegen gelassen hatte. Die Vergewaltigung selbst ließ sie aus. Es war nicht notwendig, etwas zu beschreiben, was François sich ohnehin vorstellen konnte.

»Und du weißt wirklich nicht, wer die Männer waren?«

»Ich weiß nur, dass ich mich gewehrt und einen von ihnen gebissen habe. Ob davon noch Male sichtbar sind, kann ich dir nicht sagen.«

François bedachte sie mit einem Blick, wie man ihn für einen todkranken Freund übrig hat. Unglücklich, doch auch bereits den Abschied akzeptierend. »Arme, liebe Lucretia«, sagte er.

Lucretia spürte, dass er sich von ihr entfernte. Für einen Moment tat ihr das unendlich weh. Kein Wort des Mitgefühls, kein Wort des Trostes, grämte sie sich innerlich, doch gleich darauf begann sie, ihm zu zürnen. Wie undankbar er ist, schoss es ihr durch den Sinn. Wie wenig ihn meine Person interessiert! Er ist lediglich empört, weil etwas Ungesetzliches geschehen ist. Wie hart sein Blick geworden ist! Gewiss hat er gleich ganz selbstsüchtig und kleinlich erkannt, dass ich nicht mehr anbetungswürdig bin. Wie flüchtig seine Liebe doch war!

»*Arme, liebe Lucretia*«, wiederholte Lucretia leise. Sie schaute François an. »Ich mag diesen bedauernden Tonfall nicht«, erklärte sie kühl. »Er ist nicht notwendig. Tu einfach deine Pflicht und finde heraus, wer es war.«

Sie stand auf.

»Du kannst dich auf mich verlassen«, versprach François.

Doch sie hatte sich bereits abgewandt.

»Habt ihr gehört, was Lucretia van der Mylen zugestoßen ist?«, flüsterte eine der Frauen. »Sie wurde vor ihrer Kabine überfallen. Es waren mindestens fünf Männer, die ihr das Nachtgewand herunterrissen und anschließend nach Gutdünken mit ihr verfuhren.«

Die anderen Frauen stießen zischend den Atem aus und sahen sich an. »Sie hat ja geradezu darum gebettelt«, bemerkte Anneken Hardens verächtlich.

»Wie kannst du so etwas sagen!«, fuhr Sussie auf. Von fünf Männern mit Gewalt genommen zu werden! dachte sie. Wie kann eine Frau glauben, dass eine andere so etwas gern will?

»Du hast doch gesehen, wie sie sich aufgeführt hat«, fuhr Anneken ungerührt fort. »Man kann nicht mit dem Feuer spielen und sich hinterher beschweren, weil es brennt. Sie hat die Männer aufgereizt.«

Du weißt doch gar nicht, wovon du redest, hätte Sussie am liebsten entgegnet. Bei dir würde doch allenfalls ein Blinder in Versuchung geraten. Sie wusste jedoch, dass es besser war zu schweigen. Die Mienen der anderen Frauen machten ihr klar, dass sie Annekens Meinung teilten.

»Wenn man mir das antäte«, ergriff eine der Frauen das Wort, »würde derjenige sein blaues Wunder erleben. Ich würde so laut schreien, dass man mich bis nach Batavia hörte.«

»Was wird der Kommandeur denn nun unternehmen?«, wollte Tryntgen wissen.

»Na, was wohl?«, feixte ihre Nachbarin. »Einen mächtigen Stunk wird das geben! Den werden wir alle zu spüren bekommen.«

»Und das nur wegen dieser Hexe«, bemerkte eine dritte.

Sussie sprang auf, schleuderte ihr Nähzeug auf den Boden und stürzte davon. Wie dumm und erbärmlich diese Frauen sind! dachte sie. Als ob es jemals eine Rechtfertigung für solche Taten gäbe! Sie verstand nicht, dass die anderen Frauen nicht dasselbe empfanden. Wie konnten sie nur zu den Männern halten? Damit öffneten sie doch lediglich neuem Frevel die Tür.

Auf dem Batteriedeck ging es stiller als gewöhnlich zu, denn das, was Lucretia zugestoßen war, hatte die Männer in Sorge versetzt. Sie wussten, dass der Kommandeur ein Vergehen dieses Ausmaßes nicht hinnehmen würde, und fürchteten um die eigene Haut.

»Ich wusste, dass diese Hure Ärger machen würde«, brummte einer vor sich hin. »So eine Frau schafft man nicht ungestraft an Bord. Wenn ihr mich fragt, ist ihr ganz Recht geschehen.«

»Dafür wird es uns aber an den Kragen gehen«, bemerkte ein anderer.

»Angeblich kursieren bereits die ersten Namen«, begann ein dritter. Er schaute feixend zu dem Jüngsten unter ihnen hin. »Weißt du, dass deiner auch genannt wird?«

Der Junge sprang erschrocken auf. »Aber – wieso denn?«, stammelte er. »Ich hatte damit doch gar nichts zu tun!«

»Wenn du dich da nur nicht täuschst. Oder hast du in der Nacht etwa nicht Wache geschoben?«

»Klar hatte ich Wache!«, verteidigte sich der Junge. »Aber ich war doch mit den anderen oben im Mast!«

»Ja, glaubst du denn, dass das Wort von einem von uns zählt? Du weißt doch, was zwischen dem Kommandeur und der Dame war. Denkst du denn, ihr Galan lässt sich das bieten? Der will Blut sehen, und dabei ist es ihm einerlei, wessen Blut das ist. Ein paar von uns werden dran glauben müssen.«

Dem Jungen traten Tränen in die Augen. »Aber ich bin doch unschuldig«, erklärte er verwirrt. »Wie kann ihm denn jemand meinen Namen genannt haben?«

»Ich wiederhole lediglich die Worte des Steuermanns, Kleiner. Und der hat es vom Unterkaufmann erfahren.«

Der Junge schlug die Hände vors Gesicht und begann zu schluchzen. Die anderen wechselten rasche Blicke, teilweise mitleidig, teilweise verächtlich. Sie wussten, was demjenigen blühte, der der Vergewaltigung bezichtigt wurde. An Bord zuerst der Kerker, in Batavia hernach das Rad. Unterdessen hallten die Worte von zuvor in ihrem Geist wider. *Ein paar von uns werden dran glauben müssen.* Wahrscheinlich existiert bereits eine Liste, dachten sie. Und wer wollte schon wissen, ob nicht auch sein Name darauf stand?

»Was ist mit deiner Hand passiert?«

François' Blicke wanderten von Jan Everts' Hand zu dessen Augen und verweilten dort, bis dieser sich abwandte und Hilfe suchend zum Kapitän hinüberspähte. Ja, dachte François, hol nur deinen Hintermann herbei. Dann können wir es an Ort und Stelle austragen, dann machen wir reinen Tisch.

»Ich habe dich etwas gefragt«, wiederholte François mit schneidender Stimme, indem er auf den Lappen deutete, den Jan um seine Hand gebunden hatte.

»Hab mir die Hand an einem der Taue aufgescheuert«, murmelte Jan. »Weiter nichts.«

»Nimm den Verband herunter! Ich will das sehen.«

Jan zauderte. Dann gab er sich einen Ruck und zerrte den schmutzigen Stofffetzen ab.

François packte Jans Hand, riss sie hoch und drehte sie prüfend ins Licht. Über den Handteller zogen sich in einem Halbkreis dunkle Male.

»Für mich sieht das nicht wie aufgescheuert aus«, bemerkte François.

»Ich war dabei, als es geschah«, ließ sich der Kapitän vernehmen, der nun hinzugetreten war.

François hob den Kopf. »Tatsächlich?«, fragte er.

»Ja, tatsächlich«, erwiderte der Kapitän ausdruckslos.

Als das Schiff sich mit den Wellen hob, musste François nach der Reling greifen und ließ Jans Hand fahren.

Der Kapitän balancierte das Schaukeln des Schiffs geschmeidig auf den Fußballen aus. »Du verschwindest jetzt am besten«, befahl er Jan, der ihm bereitwillig gehorchte.

Danach blickte Jacobs François herausfordernd an. »Habt Ihr noch etwas auf dem Herzen?«, fragte er.

»Etliches«, erwiderte François. »Doch um das zu verhandeln, begeben wir uns besser unter Deck.«

Als der Kapitän in François' Kajüte stand, verschränkte er die Arme vor der Brust und ließ seinen Blick mit offenkundiger Verachtung über die kostbare Einrichtung, die Bücher und den roten Samtsessel schweifen, auf dem François sich niedergelassen hatte.

»Ihr habt gehört, was Frau van der Mylen widerfahren ist, nehme ich an«, ergriff François das Wort.

Der Kapitän nickte stumm.

»Jan Everts gehört eindeutig zu den Schuldigen. Das an seiner Hand sind Bisswunden.«

»Jan ist einer meiner besten Leute, auf den verzichte ich nicht.«

François lehnte sich zurück. »Ich fürchte, das zählt nicht«, entgegnete er. »Hier geht es um eine Frau und darum, was ihr zugefügt wurde. Das ist eine Frage der Ehre.«

»Ich hoffe, Ihr wisst, was Ihr tut«, antwortete der Kapitän. »Ihr habt niemanden auf Eurer Seite. Meine Männer glauben, dass Ihr einfach nur einen Sündenbock sucht.«

»Ich hoffe, das ist nicht als Drohung gemeint. Auf diesem Schiff gilt immer noch das, was *ich* glaube.«

Der Skipper hob anzüglich die Brauen. »Wenn Ihr Euch da nur nicht irrt.«

Es ist aussichtslos, dachte François, der sich mit einem Mal zutiefst entmutigt fühlte. Ich komme einfach nicht weiter. Er hat die

Seeleute hinter sich. Wenn er will, werden sie meutern. Sie würden zwar am Ende bestraft, doch auf meine Art wäre ich dann ebenfalls gescheitert. Es wird auch nur noch wenig nutzen, wenn ich ihn zwinge, mir Jan Everts auszuliefern. Selbst wenn Jacobs einwilligt, tut er das lediglich, weil *er* es so will.

Nachdem er für lange Zeit geschwiegen hatte, sagte François: »Ihr könnt gehen. Das wäre für den Moment alles.«

Im Blick des Skippers vermischten sich Trotz und Spott, ehe er die Achseln zuckte und verschwand.

IX

Ich hasse Menschen, die leichten Herzens Entscheidungen treffen, denn das sind solche, die sich von ihren Grundsätzen leiten lassen und die sich treu bleiben, ganz gleich, welchen Preis man von ihnen verlangt.

Pelsaert ist zum Glück keiner von ihnen. Unser Herr Kommandeur ist lediglich intelligent. Das ist mir persönlich auch lieber, denn ein Mann, der sich auf seine Geisteskraft verlässt, schwankt. So jemand vermag nämlich unterschiedliche Entscheidungen zu begründen und dabei die eine so logisch abzuhandeln wie die zuvor.

Im ersten Impuls will natürlich auch der Kommandeur entschieden reagieren, genau wie wir alle. Dann jedoch hält er inne und wägt ab, streift prüfend durch sein Denkgebäude und überlegt, ob das, wofür er sich entschieden hat, auch passt.

Man kann ihm zwar nicht immer folgen und bisweilen wundert man sich sogar über ihn, doch zum Schluss wird er uns überzeugen. Oder besser ausgedrückt: Wir werden ihm zustimmen, wenngleich wir argwöhnen, dass er Unrecht hat.

Doch möchten Sie mit ihm streiten?

Haben Sie Lust, einem Verstandesmenschen zu erklären, dass er einseitig ist? Nur um sich anschließend die Vielzahl seiner Gegenargumente anzuhören?

Sehen Sie?

Ich auch nicht.

Zweiunddreißig Grad und sechs Minuten südlicher Breite

siebenundzwanzigster Tag des Mai
im Jahre des Herrn, 1629

Zwei Wochen waren seit dem Überfall auf Lucretia verstrichen, doch François hatte sich noch immer nicht für die richtige Vorgehensweise entschieden. Er wusste, dass er sich in einem Dilemma befand, doch wie er es lösen sollte, wusste er nicht. Hinnehmen konnte er Lucretias Vergewaltigung in keiner Weise. Wenn er sich indes Jan Everts als einen der Schuldigen griffe, hätte er den Kapitän gegen sich und damit sämtliche Matrosen. Auf der anderen Seite beraubte ihn sein Zaudern seiner Glaubwürdigkeit vor allen Anwesenden. Auch das war François klar. Kurzum, er musste die Männer, die sich an Lucretia vergangen hatten, bestrafen, verfügte jedoch nicht mehr über die dazu notwendige Macht. Seine Macht wurde jedoch noch geringer, je länger er zögerte. Demnach musste er dringend etwas unternehmen, ehe sie weiterhin schwand und er sich im Kreis drehte und beinahe verrückt wurde, weil er weder den Anfang noch das Ende fand.

François hatte allerdings nicht die Mühe gescheut, jeden Einzelnen aus der Mannschaft persönlich zu verhören. Doch außer Schulterzucken und einsilbigen Antworten hatte ihm das nichts eingebracht. Keiner von der Nachtwache hatte etwas Ungewöhnliches gesehen oder gehört, obgleich die Männer François nicht in die Augen sahen, während sie ihre Unwissenheit beschworen.

Als äußerst unerträglich hatte François seine Unterredung mit Pfarrer Bastians empfunden, der ihm langatmig nachzuweisen versuchte, die Frau stecke grundsätzlich hinter jedem Sündenfall.

Als Letzten bat François Jeronimus zu einem Gespräch unter vier Augen. Ihm hatte er aufgetragen, eigene Nachforschungen zu betreiben.

Der Unterkaufmann wirkte seltsam gereizt, als er François gegenübersaß, so als habe dieser ihn mit einer Nebensächlichkeit wie dem Aufspüren einer Kiste gestohlenen Schiffszwiebacks belästigt.

François betrachtete ihn verwundert.

Er hat meinen Tod gewünscht, erkannte er plötzlich. Und nun hat er sich abermals meinen Befehlen zu beugen. Wie ärgerlich muss das für jemanden sein, der kurz davor stand, selbst das Kommando zu übernehmen!

François gelang es jedoch, seine Einsicht zu verbergen.

»Nun, was habt Ihr herausgefunden?«, erkundigte er sich liebenswürdig.

»Ich habe eine Liste derer zusammengestellt, die ich für verdächtig halte«, entgegnete Jeronimus.

Er schob einen Bogen Papier über den Tisch, der mit seiner gestochenen Schrift bedeckt war. François nahm ihn entgegen. Als er die Namen las, hob er jedoch die Brauen, denn es handelte sich entweder um die unauffälligsten oder die beliebtesten Männer an Bord. Namen wie die von Jacobs, Jan Everts oder auch der von Zwaantie fehlten.

»Wie seid Ihr denn auf diese Menschen gekommen?«, fragte François überrascht.

»Sie hatten entweder Nachtwache oder wurden zurzeit des Überfalls von Zeugen an Deck gesehen.«

»Es sind ausschließlich Männer, die mir geschworen haben, die Nacht hoch oben in den Masten verbracht zu haben.«

Jeronimus schwieg mürrisch.

Was soll's? dachte François. Ich werde seine Liste einfach ignorieren. Der Himmel mag wissen, welche Gründe ihn zu seiner Auswahl bewogen haben. Dass ich eine Meuterei auslösen würde, wenn ich diese Leute zur Rechenschaft zöge, ist eine andere Sache. Sollte er das beabsichtigt haben, werde ich ihm diesen Dienst nicht erweisen.

»Ich danke Euch für die Mühe, Jeronimus«, bemerkte François und bedeutete dem anderen, dass er entlassen war.

Jeronimus erhob sich. In der Tür wandte er sich noch einmal um und fragte: »Wie steht es übrigens um Frau van der Mylen?«

»Körperlich ist sie geheilt. Ihr Geist wird allerdings ein wenig länger brauchen, um sich zu erholen.«

»Die Schuldigen müssen hart bestraft werden, Herr Kommandeur.«

»Gewiss. Es wäre mir jedoch recht, wenn diejenigen, die ich bestrafe, auch die Schuldigen wären.«

Seine Ironie entging Jeronimus nicht. Er blickte François gerade ins Gesicht. Dann lächelte er böse und erkundigte sich: »Wie geht es eigentlich Euch, Herr Kommandeur? Seid Ihr wieder hergestellt und im Vollbesitz all Eurer Kräfte?«

»Ich denke schon, Herr Unterkaufmann«, entgegnete François. Dieser widerlich lächelnde Leisetreter muss erkannt haben, dass mir immer noch der Schweiß ausbricht, überlegte er. »Besten Dank für die Nachfrage«, setzte er jedoch hinzu. »Ich weiß Eure Fürsorge zu schätzen.«

Als Jeronimus in den Gang hinaustrat, war er vor Zorn kreideweiß und hätte vor Wut am liebsten gebrüllt. Pelsaert war ein Zauderer, fluchte er bei sich, ein Duckmäuser, ein feiger Hund, der sich zu keiner Tat durchringen konnte.

Jeronimus blieb unvermittelt stehen. Vielleicht ist er aber auch nur so klug und gerissen, grübelte er, dass er die Lage nüchtern einschätzt und die Gefahr einer Meuterei erkennt. In dem Fall konnte er, Jeronimus, nur noch auf das Schicksal bauen und hoffen, dass es zu seinen Gunsten einschritt und den Kommandeur zu einem Fehler verführte.

X

Sie und ich, wir sind gebildete und kultivierte Menschen, die sich kritisch einschätzen können. Daher wissen wir, dass wir uns niemals wie diejenigen betragen würden, die sich an Lucretia vergingen. Diese primitive, tierhafte Seite ist uns nicht zu eigen und bei anderen ekelt sie uns an.

Wie aber verhalten wir uns gegenüber dem Opfer einer solchen Tat?

Es gibt doch so hübsche Sinnsprüche, nach denen der Faden ein unstetes Nadelöhr nicht trifft, das Schwert keine schwingende Scheide und so weiter. Sie kennen dergleichen ja auch bis zum Überdruss.

Diese Sprüche verwandeln also das Opfer in einen heimlichen Komplizen, und weil wir es als solches entlarven, zieht es sich unsere Verachtung zu.

Dieser Fehlschluss setzt natürlich voraus, dass wir die Begriffe nicht säuberlich trennen und die Wehrlosigkeit des Opfers verkennen.

Vor solchen Fehlschlüssen sollten wir uns hüten.

Leider hat sich die Sache mit dem Nadelöhr, dem Faden, dem Schwert und der Scheide nun aber in François' Hirn eingeprägt, so dass seine Überlegungen immer wieder um die Frage kreisen, ob Lucretia zuletzt nicht doch ein wenig mitschuldig ist.

Infolgedessen hat François, wie alle anderen auch, begonnen, Lucretia zu meiden.

Sie und ich, wir wären da anders. Wir würden ihr unser Mitgefühl bezeugen, oder nicht?

Ich zumindest täte das, und das will immerhin etwas heißen.

Neunundzwanzig Grad und dreiundzwanzig Minuten südlicher Breite

dritter Tag des Juni
im Jahre des Herrn, 1629

Der Kommandeur hatte sich zu einer Entscheidung durchgerungen. Jan Everts befand sich in Kerkerhaft, und der Kapitän hatte es zu jedermanns Erstaunen hingenommen.

Mit finsterer Miene bahnte Jacobs sich einen Weg über das Orlopdeck. Er spürte, dass sich die Blicke der Soldaten in seinen Rücken bohrten. Wie in einem Schweinepferch leben sie hier, dachte er verdrießlich, hocken aufeinander und stinken wie die Pest.

Ganz am Ende des Decks lag die winzige, dunkle Kammer, die als Kerkerzelle diente.

Der Marschall klimperte viel sagend mit seinem Schlüsselbund.

»Nun mach schon auf«, fuhr der Skipper ihn an. »Ich will mit Jan sprechen.«

Nachdem ihm die Tür widerstrebend aufgetan worden war, erblickte der Kapitän Jan, der in den Schein der Lampe blinzelte, mit der der Marschall in die Zelle leuchtete. Dann rutschte er wie ein geprügelter Hund nach vorn und streckte Jacobs anklagend seine gefesselten Hände entgegen. Dort, wo das Eisen die Haut aufgescheuert hatte, bluteten seine Gelenke. Jan stank nach dem Kot und dem Urin, in dem er gelegen hatte. Jacobs betrachtete ihn halb mitleidig, halb angeekelt.

»Verzieh dich!«, befahl er dem Marschall über die Schulter.

»Der Herr Kommandeur –«

»Ich sagte, verzieh dich!«

Der Marschall holte Luft, um etwas einzuwenden, doch als er

den Blick des Skippers gewahrte, zuckte er die Achseln und zog sich schleunigst zurück.

»Ich bleibe aber in der Nähe«, beharrte er trotzig aus dem Hintergrund.

Jan hatte zu schluchzen begonnen. »Holt mich… hier raus, Skipper!«, stieß er unter abgehackten Atemstößen hervor. »Ich will hier… nicht verrecken.«

Jacobs hockte sich vor ihm nieder. »Das kann ich nicht«, murmelte er. »Du steckst zu tief mit drin.«

Er betrachtete die gekrümmte Gestalt. Der schafft es wohl nicht mehr bis Java, fuhr es ihm durch den Sinn. Als junger Steuermann hatte er einmal miterlebt, wie ein Mann für einen Monat in einem derartigen Rattenloch hausen musste. Als man ihn schließlich befreite, redete er wirres Zeug und vermochte den Rücken nicht mehr gerade zu richten.

»Skipper! Ich tue, was Ihr –«

»Du hast dir das selbst eingebrockt, Jan«, unterbrach Jacobs ihn. »Ganz abgesehen von der Tat warst du dämlich genug, dich obendrein auch noch beißen zu lassen.«

»Kapitän …«

Jacobs' Blick haftete auf dem tränenverschmierten, verdreckten Gesicht. Das ist nicht sehr männlich, dachte er, ganz gleich, wie man mit ihm verfährt. Wenn Jan sich jetzt schon dermaßen aufführte, war es womöglich besser, er verlöre den Verstand. Denn das, was er im Moment ertrug, war nichts im Vergleich zu dem, was ihn in Batavia erwartete.

Jan richtete sich halb auf und wischte sich mit dem Ärmel über das Gesicht. »Wenn Ihr nichts tun wollt«, begann er mit einem Mal mürrisch, »dann bestellt wenigstens dem Unterkaufmann, dass *er* mich rausholen soll. Wenn nicht, erfährt jeder, wer tatsächlich dahinter steckt.«

»Jeronimus?«, fragte der Kapitän verwundert. »Was hat denn der damit zu tun?«

»Es war seine Idee«, brummte Jan. »Außerdem hat er behauptet, Ihr wäret eingeweiht und einverstanden.« Jan fiel abermals in sich zusammen. »Wenn Ihr es zugelassen habt, müsst Ihr mir jetzt auch helfen«, verlangte er weinerlich. »Außerdem hat die Hure es so gewollt.«

Der Kapitän erhob sich abrupt. Das fehlte noch, dass sein Name in dieser Angelegenheit fiel! »Ich hatte nicht die geringste Ahnung«, erklärte er nachdrücklich.

Jan hörte ihm nicht zu. »Seht zu, dass Ihr mich befreit!«, wiederholte er, nun mit eindeutig drohendem Unterton. »Ich halte meinen Kopf nicht für alle hin. Ich ziehe jeden mit rein.« Er streckte die Hände nach Jacobs' Beinen aus.

Der Kapitän machte einen Schritt rückwärts. »Ich will sehen, was sich tun lässt«, murmelte er. »Aber versprechen kann ich dir nichts.« Danach wandte er sich ab und gab dem Marschall ein Zeichen, die Kerkertür wieder zu versperren.

Auf dem Weg zu seiner Kajüte merkte Jacobs, dass ihm der Schweiß ausbrach. Die Ohren zu verschließen, als die Männer planten, Madame Hochnäsig eine Lektion zu erteilen, war eine Geschichte. Als Mittäter zu gelten war eine andere.

Es wäre tatsächlich für alle am besten, wenn Jan stürbe, grübelte der Kapitän. Vielleicht hatte der Herr Pfarrer zum guten Schluss doch Recht, wenn er behauptete, es gäbe Seelen, für die Gott von vornherein die Hölle vorsah.

François hatte an Deck das Nahen neuerlicher Fieberanfälle verspürt und sich eiligst in seine Kajüte begeben, ehe sein Zittern für jedermann offenkundig wurde. Abgesehen davon hatte er ohnehin vor, die Ereignisse der vergangenen Tage zusammenzufassen und in sein Handbuch einzutragen.

Doch als er die Feder in die Tinte eintauchen wollte, merkte er, dass seine Hände zum Schreiben zu unstet waren. Auch übermannte ihn in kurzen Abständen das Gefühl, er taumele in ein Loch.

François lehnte sich in seinem Sessel zurück, atmete tief durch und schloss die Lider. Erleichterung verschaffte ihm das jedoch nicht, denn nun konzentrierten sich seine Gedanken wieder auf die allzu vertrauten Themen. Gewiss, überlegte er, er hatte einen Schuldigen in den Kerker gebracht und gleichwohl war die befürchtete Meuterei ausgeblieben. Selbst Jacobs hatte nicht rebelliert. François konnte sich indes gut vorstellen, was die Männer über ihn, den Kommandeur, dachten. Er sah ja ihre finsteren Blicke und merkte, dass sie verstummten, wenn er zu ihnen trat.

François rieb sich die Schläfen. Er hatte keine Ahnung, wie das Ganze weitergehen sollte. Er wusste lediglich, dass er einen Auftrag auszuführen hatte, von dem das Wohl und Wehe seiner Zukunft abhing. Dazu benötigte er vor allem den Kapitän. Genauso dringend brauchte er jedoch die *Buren*, um die Mannschaft in Schach zu halten, und die *Buren* war nirgendwo in Sicht…

François zuckte zusammen. Jemand klopfte an seine Tür.

Es war der Unterkaufmann, der mit Sorgenmiene die Kabine betrat.

»Fühlt Ihr Euch nicht wohl, Herr Kommandeur?«, erkundigte er sich mitfühlend.

»Danke, es ist nichts, allenfalls eine vorübergehende Schwäche.«

»Soll ich den Arzt rufen?«

François schüttelte den Kopf. »Nein, mir steht der Sinn nicht nach seinen Arzneien. Ich lege mich vielleicht für einen Moment hin. Spätestens morgen früh bin ich wieder auf dem Damm.«

Jeronimus lächelte. »Ein tröstlicher Gedanke«, versicherte er.

François schob sein Handbuch beiseite. »Ihr könntet mir aber einen Gefallen erweisen«, begann er, indem er sich erhob. »Redet mit dem Skipper. Erinnert ihn an die Warnung des Gouverneurs bezüglich der Riffe. Er soll die Marsen voll besetzen lassen.«

»Der Skipper ist der Ansicht, dass wir noch sechshundert Meilen vom Südland entfernt sind. Seiner Meinung nach liegen hier keine Riffe.«

»Will er nun auch noch die Worte des Gouverneurs missachten?«, fragte François müde.

»Ihr wisst doch, wie er ist. Er mag es nicht, wenn man ihm dreinzureden versucht.«

Jeronimus' Stimme schien von weit her zu kommen. François fuhr sich mit der Hand über die Stirn. Sie war feucht und klebrig. Wie kann ich denn schwitzen? ging es ihm durch den Sinn. Wo mir doch die Kälte wie Eis durch die Adern fährt?

Jeronimus hatte sich interessiert vorgebeugt. »Herr Pelsaert? Braucht Ihr Hilfe?«

»Es geht schon, danke. Ich begebe mich besser zu Bett. Denkt bitte an meine Worte. Redet mit dem Skipper!«

Nachdem Jeronimus verschwunden war, entkleidete sich François und kroch unter die schweren Decken auf seinem Lager. Er hörte, dass seine Zähne aufeinander schlugen. »Lucretia«, murmelte er mehrmals vor sich hin, bis ihm einfiel, dass sie nicht mehr kommen würde. Er hatte sie seit ihrem letzten Gespräch nicht wieder gesehen, jedoch erfahren, dass sie ihre Mahlzeiten inzwischen in ihrer Kabine zu sich nahm. Ob sie erschiene, wenn sie wüsste, dass ich mich abermals nach ihr sehne? fragte er sich. Ob er ihr dann verständlich machen konnte, warum er so zögernd vorgegangen war?

Erschöpft versuchte François, an nichts zu denken, doch es gelang ihm nicht. Womit habe ich das verdient? fragte er sich ein über das andere Mal. Ich bin Präsident der Flotte, stehe kurz davor, in den Rat der *Companie* aufgenommen zu werden, werde von vielen beneidet, und dennoch liege ich hier nun elend wie ein Hund und liebe eine Frau, die ich endgültig verloren habe. Gott scheint ein lustiges Spiel mit mir zu treiben. Wozu einen Mann mit Armut schlagen, denkt er sich gewiss, wenn die Begierde seines Herzens bereits ausreicht, um ihn zu quälen?

Es würde nur noch eine kleine Weile dauern, bis die rote Küste des Südlandes am Horizont erschien, hieß es, und danach käme auch Java über kurz oder lang in Sicht.

Wiebe Hayes lag zusammengerollt in seiner Koje und träumte bereits von seinem Hafen. Er stellte sich vor, wie sich frühmorgens die ersten Sonnenstrahlen schimmernd durch fedrige Palmblätter stahlen, und wie sie des Abends über sanft geschwungenen Hügelmulden erloschen. In seiner Nase stiegen die schweren, süßen Gerüche des Ostens auf, er spürte festen Boden unter den Füßen und ging mit großen Schritten geradeaus, ohne über Menschenleiber oder Halteschnüre zu stolpern. Gleich darauf malte er sich aus, wie es sein würde, wenn frisches Wasser durch seine

Kehle rann anstatt der brackigen Brühe an Bord. Vor seinen Augen erschienen saftige Braten und Schalen voller exotischer Früchte, in seinen Ohren rauschten Flüsse und murmelten Bäche, in denen er sich aalte, und hernach legte er saubere Kleidung an und …

Neben ihm wurde ein Stöhnen laut. Wiebe wandte den Kopf zu Zany um. Zany hatte Skorbut. Er hatte nahezu alle Zähne verloren und blutete aus dem Mund.

Wiebe erhob sich und beugte sich über seinen Freund. Zanys Augen waren tief in ihre Höhlen gesunken, und seinem Rachen entstieg ein fauliger Geruch. Wiebe schöpfte Wasser aus einem Kübel und hielt Zany die Kelle an den Mund. Zanys Lippen machten schwache Bewegungen, doch dann bäumte er sich auf, würgte und spuckte schleimige Galle hervor. Das Wasser rann ihm in dünnen, blutigen Fäden am Hals entlang.

Er schafft es nicht mehr bis Java, dachte Wiebe. Die Kräuter des Arztes haben ihm nichts genutzt.

In einer der Ecken begann jemand, auf einer Flöte zu spielen, eine traurige, einfühlsame Melodie. Wiebe fuhr durch den Sinn, sie sei die rechte Begleitmusik, um zu sterben. Er drückte Zanys Hand. »Komm, reiß dich zusammen, Junge«, ermunterte er ihn. »Denk an die Mädchen auf Java! Die warten auf dich. Du willst sie doch nicht enttäuschen und dich vorher verdrücken, was?«

Zany versuchte ein Lächeln. Es sah gespenstisch aus.

Wiebe legte sich zurück. Für eine Weile verharrte er reglos und musste gegen die Tränen ankämpfen. Ich darf nicht weinen, befahl er sich, denn wenn Zany mich hört, weiß er, wie es um ihn steht. Wiebe schloss die Augen, schluckte heftig und beschwor abermals seine Träume herauf.

Zwaantie hatte sich in eine Ecke verzogen, denn der Skipper war übellaunig und sprach der Schnapsflasche zu, obwohl seine Wache noch längst nicht beendet war. Das ging schon seit Tagen so – seit er bei Jan im Kerker gewesen war, entsann sich Zwaantie. Alles, was schief geht, hing mit Madame Hochnäsig zusammen! Entweder mit ihr oder mit dem Kommandeur. Zwaantie fand es seltsam, dass jemand wie Herr Pelsaert sich ungestraft einer Hure bedienen durfte, wohingegen der Nächste für dieselbe Tat in den Kerker ging. Zwaantie kannte Orte, da setzte es Hiebe, wenn die Hure nicht spurte, doch unter dem Kommandeur schienen neue Regeln zu gelten.

Sie warf einen Blick zu dem Skipper hinüber, der mit hochrotem Kopf vor sich hin brütete, den Schnaps wie Wasser in sich hineingoss und irgendetwas murmelte. Was würde er wohl sagen, wenn ich schwanger wäre? grübelte sie. Ob er dann eine feine Dame aus ihr machte und sie im Palast des Gouverneurs einführte, so wie er es versprochen hatte?

Achtundzwanzig Grad und dreißig Minuten südlicher Breite

vierter Tag des Juni
im Jahre des Herrn, 1629

Der Skipper stand an Deck und blickte über die Wasserfläche, die im Mondlicht silbern glänzte. Vor sich sah er den rotgoldenen holländischen Löwen aufragen, der siegesgewiss über die Wellen ritt. Jacobs legte den Kopf in den Nacken und starrte in das schwarze Gewirr der Rahen und Brassen, die sich mit dem Seegang hoben und senkten. Das Schiff ist meine Welt, dachte er, das ist es, wofür ich lebe, und nicht für diesen verwünschten Kommandeur und die heuchlerische *Companie*. Ihnen schulde ich nichts.

Jacobs nahm den letzten Schluck aus der Flasche und schleuderte sie dann über Bord.

Unter ihm fiel durch eins der Fenster ein schwacher Lichtschein auf das Meer. Es stammte aus der großen Kajüte. Wie es aussah, war der Kommandeur abermals krank.

Da hinten, jenseits der Horizonts, beginnt das Große Südland, dachte der Kapitän, und nördlich davon befindet sich Java. Vielleicht noch zwei Wochen, und die Reise war geschafft. Für Jan Everts würde ihre Ankunft indes das Ende aller Reisen bedeuten, so viel stand bereits fest. Denn ihm würde es wohl wenig nutzen, dem Gouverneur weiszumachen, Frau van der Mylen habe es nicht anders gewollt. Warum hatte dieser Dummkopf sich auch in die Ränkespiele des Unterkaufmanns eingelassen?

Der Steuermann schlug mit seinem Stab gegen den Großmast und verkündete den Beginn der neuen Wache. »Alles in Ordnung, Kapitän!«

Von wegen, dachte Jacobs, nichts ist in Ordnung. Wie denn auch, wenn keiner weiß, was Jeronimus sonst noch an Unheil ausheckt?

Der Skipper setzte sein Teleskop ans Auge und suchte die Wasserlinie ab. Was war das für eine seltsame helle Kräuselung dort hinten? Sie sah wie die Spur einer Gegenströmung aus.

»Du da oben!«, brüllte Jacobs zu der Mars des Fockmastes hinauf. »Reiß die Augen auf und sag mir, was du siehst!«

»Nur das Mondlicht, Kapitän!«, lautete die Antwort.

Jacobs wusste, dass sich das Schiff allmählich gefährlicheren Breiten näherte, doch nach seinen Karten erstreckten sich zwischen der *Batavia* und dem Südland noch sechshundert Meilen. Erst in ein, zwei Tagen würde er das Meer nach verdächtigen Felsklippen absuchen müssen.

Dann – und keine Minute früher – würde er die Marsen voll besetzen lassen. Was dachte sich der Kommandeur eigentlich, ihm über den Unterkaufmann Anweisungen erteilen zu lassen? Vermutlich litt er erneut unter seinem Fieber und fantasierte bereits, er sei der Kapitän?

Was war das? Es hatte sich wie entfernter Donner angehört. Das konnte jedoch nicht sein, denn der Himmel war klar. Wahrscheinlich hatte der Wind ein wenig heftiger als sonst gegen die Segelwände geschlagen.

Jacobs nahm abermals sein Teleskop zur Hand. Der runde Ausschnitt zeigte dünne Wolkenschleier, die über den Mond hinwegglitten, doch auf dem Wasser war nichts Ungewöhnliches zu sehen.

Da! Da war es wieder, dieses Geräusch, das wie ein Rumpeln klang.

Jacobs verspürte ein leichtes Unbehagen, bemühte sich jedoch, es abzuschütteln. Was zum Teufel war mit ihm los? Es gab in einer stillen Nacht keinen Donner – da draußen spielte allenfalls der Mondschein mit den Wellen Haschen.

Allmächtiger im Himmel!

Jacobs reagierte noch rechtzeitig, um sich an den Brassen festzuhalten und den Aufprall abzufangen. Gleich darauf hörte er das Bersten von Holz, sah im Geist das Ruderblatt splittern, und dann bäumte sich das Schiff auf und gab ein Knirschen und Kreischen von sich, das Jacobs schlimmer traf als jeder körperliche Schmerz. Im nächsten Augenblick ertönte ein Schrei. Jemand stürzte aus dem Mast und traf mit einem dumpfen Aufschlag auf den Decksplanken auf.

Das Schiff erbebte nun in seiner ganzen Länge. Dann hob sich der Bug aus den Fluten und ragte gespenstisch in die Luft, ehe er sich unendlich langsam drehte und seitwärts herniedersank.

Danach saß die *Batavia* fest.

Ich bin verloren! schoss es Jacobs durch den Kopf, und das Entsetzen verschlug ihm den Atem. Er krümmte sich und schnappte nach Luft, spürte, wie sein Herz raste und das Blut in seinen Schläfen tobte, während er den Kopf schüttelte und die Fäuste ballte und in dumpfem Taumel dachte, das kann ja nicht sein, ich verrechne mich nicht, ich kann unmöglich einen derart verhängnisvollen Fehler begangen haben.

François erwachte mit einem Ruck und setzte sich auf. Im nächsten Augenblick wurde er hochgeworfen und zu Boden geschleudert. Für einen Moment blieb er benommen liegen, dann drehte er sich auf den Bauch und fahndete nach einem Halt. Unter ihm schien alles nachzugeben, es war, als rutsche er kopfüber in einen Schlund. François hörte jemanden um Hilfe flehen und erschrak, als er erkannte, dass er das war, der die Worte ausstieß. Gleich darauf ertönte ein Lärm wie von tausend Höllengeistern, die mit ihrem Kreischen die Luft erfüllten. Danach wurde es schlagartig still.

Das ist nicht wahr, fuhr es François durch den Sinn. Das ist nur ein böser Traum! Ich will nicht glauben, dass das Schiff aufgelaufen sein könnte. Er wollte sich wachrütteln und dem Albtraum entfliehen, doch im selben Augenblick gellte es in seinen Ohren, und die Wahrheit traf ihn mit gnadenloser Wucht. *Houtmans Riff!* schrillten Stimmen in seinem Kopf. *Wir sitzen fest.*

Dieser verdammte Kapitän!

Stöhnend rappelte François sich auf, hangelte sich an schlingernden Wänden entlang bis zu der Stelle, wo er die Tür vermutete. Von draußen ertönten bereits aufgeregtes Getrappel zahlreicher Füße und die lauten Stimmen der Passagiere.

Abermals glitt der Boden unter François fort. Die *Batavia* drehte sich auf die Seite.

Als François sich durch die Haare fuhr, spürte er etwas Feuchtes und Warmes an seinen Händen. Blut. Offenbar hatte er sich bei seinem Sturz am Kopf verletzt, doch darum konnte er sich nun nicht kümmern. Ich muss jetzt alle Kraft zusammennehmen, befahl er sich. Ich muss mich auf den Beinen halten, den Weg ins Freie finden und nach dem Rechten sehen. Er ertastete den Knauf an der Tür und stieß sie auf.

Im Gang blieb er für einen Augenblick stehen, um sich der veränderten Schiffsbewegung anzupassen. Die *Batavia* glitt nicht mehr durch die Wogen, sondern wurde von unten gepackt und fest gehalten, wobei ihr Körper im Rhythmus der Brandung schaukelte und schwankte.

Ich bringe dich um, Adriaen Jacobs, schwor François. Wenn ich dich sehe, werde ich dich mit bloßen Händen erwürgen.

Als François das Quarterdeck erreichte, sah er, dass die losen Segelwände nutzlos im Wind flatterten. Hinter ihnen schlug eine hohe Brandungswelle gegen das Heck und schäumte eine riesige Gischtfontäne auf.

Auf der Brücke stand der Kapitän und brüllte Befehle nach oben in die Rahen, wo seine Männer darum kämpften, die schweren Leinwände zu packen und festzuzurren.

»Was habt Ihr getan?«, schrie François, indem er den Aufgang zur Brücke emporeilte. »Was zum Teufel habt Ihr getan?«, wiederholte er keuchend, als er vor Jacobs stand.

»Mann, haltet die Luft an«, entgegnete der Skipper. »Wir sitzen lediglich fest.«

François starrte ihn fassungslos an. Wie konnte dieser Mensch derart kaltschnäuzig bleiben? Er hatte eine unaussprechliche Katastrophe angerichtet und verhielt sich, als ginge es um eine Nebensächlichkeit, die mit zwei, drei fixen Handgriffen zu erledigen wäre!

»Ist das alles?«, erkundigte sich François schwer atmend. »*Wir sitzen fest?*«

In das Rauschen der Brandung mischten sich nun die Schreie der Passagiere, die bis hoch zum Quarterdeck geströmt kamen.

»Wie kann das angehen?«, setzte François noch einmal an. »Nach Eurer Berechnung sind wir noch sechshundert Meilen vom Südland entfernt!«

»Es ist eben eine Sandbank oder ein unbekanntes Riff. Womöglich sind wir an einen Felsausläufer geraten«, knurrte Jacobs, ehe er François ruppig zur Seite stieß und erneut zu den Matrosen hochspähte.

François ergriff Jacobs' Schulter und riss ihn zu sich herum. »Ich hatte Euch gewarnt, Skipper! Ich hatte Euch ausrichten lassen, die Marsen zu besetzen!«

Das Schiff ruckte und neigte sich noch ein Stück zur Seite. François geriet aus dem Gleichgewicht und ließ den Kapitän frei.

»Was werdet Ihr nun tun?«, fragte er, während er nach der Reling griff.

»Ich mache das Schiff wieder flott. Das wäre nicht das erste Mal, dass mir eine Sandbank ins Gehege kommt.«

»*Das ist keine Sandbank*!«, brüllte François außer sich. »Wir sitzen auf einem gottverdammten Felsen fest!«

Jacobs zog die Brauen in die Höhe. »Reißt Euch zusammen, Kommandeur«, riet er verächtlich, indem er seinen Blick über das Nachtgewand des anderen gleiten ließ. »Warum geht Ihr nicht in Eure Kajüte und kleidet Euch an?«

Erst in diesem Augenblick wurde François sich seines Aufzugs bewusst. Meine Güte, dachte er, wie stehe ich hier herum? Wie soll ich die Passagiere beschwichtigen können, wenn mein Äußeres bereits lächerlich ist?

Als Lucretia von dem Knirschen und Mahlen des Schiffes erwachte, war sie verwirrt und wusste anfänglich nicht, was sie davon halten sollte. Auch die unsichtbare Macht, die sie gleich darauf aus dem Bett trug und zu Boden warf, war ihr zuerst nicht begreiflich. In ihrem Inneren verspürte sie lediglich das beklemmende Gefühl, dass sie von einem Albtraum in den nächsten geriet.

Doch nachdem Lucretia für eine Weile auf dem kalten Fußboden gekauert und versucht hatte, das Geschehen zu erfassen, wurde ihr klar, dass es nur eine vernünftige Erklärung gab: Sie waren aufgelaufen. Was hast du mit mir vor, Herr? dachte sie. Ist es noch nicht genug an Strafe? Reicht dir deine letzte Vergeltung nicht?

Lucretia hörte das Gebrüll der Matrosen und die Rufe der Passagiere, die wie eine aufgebrachte Herde durch die Gänge stampften.

Ich sollte mich fürchten, fuhr es ihr durch den Kopf. Doch seltsamerweise tue ich das nicht. Vielleicht ist die Furcht gemeinsam mit allen anderen Gefühlen in mir erstickt.

Lucretia richtete sich auf. Ich werde mich ankleiden, beschloss sie. So kann ich wenigstens einen Rest Würde bewahren. Ich will nicht im Nachtkleid ertrinken, wenn es so weit ist.

Als Lucretia das Deck betrat, fiel ihr Blick auf den Kapitän und danach auf François, der gerade dabei war, sich mit leichenblasser Miene zu entfernen. Als er an ihr vorbeihastete, hielt sie ihn am Ärmel fest.

»Was ist geschehen?«, erkundigte sie sich.

»Wir sind aufgelaufen – kein Grund zur Panik«, erwiderte François ungeduldig und eilte weiter.

Lucretia schaute ihm nach. Sie hatte die Furcht in seinen Augen erkannt und wusste, dass er log. Ihre Blicke wanderten zum Kapitän. Inmitten des wirren Spektakels war er der Einzige, der die Ruhe bewahrte und ungerührt erste Rettungsmaßnahmen befahl.

Einige der Seeleute hatten das Fallreep aufgerollt und waren nun dabei, das Dingi über die Reling zu hieven und zu Wasser zu lassen.

Jacobs begab sich zu ihnen. Als das kleine Boot auf den Wellen trieb, machte er Anstalten, über Bord zu klettern und hinabzusteigen.

Lucretia erkannte Pfarrer Bastians, der sich umgehend in Bewegung setzte, dem Kapitän nacheilte und ihn am Rockschoß fest hielt. Seinen Gesten entnahm Lucretia, dass der Herr Pfarrer darauf bestand, an einem Unterfangen teilzunehmen, das er offenbar als Fluchtversuch auslegte. Jacobs stieß ihn grob zurück.

Lucretia lächelte unwillkürlich. Der fromme Hirte, dachte sie. Er schert sich keinen Deut mehr um seine Herde.

Houtmans Riff! wiederholte François ein übers andere Mal. Wie, zum Teufel, hatte es dazu kommen können? Auch der Skipper hatte von der Warnung des Gouverneurs erfahren und gewusst, dass sich zwischen ihnen und dem Südland tückische Riffe befanden, die es in einem Umkreis von hundert Meilen zu umschiffen galt. Doch wie immer hatte Jacobs es vorgezogen, sich über das, was man ihm sagte, hinwegzusetzen. Lieber verließ der sture Hund sich auf seinen eigenen Verstand – und nun saßen sie genau auf jenen Riffen fest.

François zwang sich, in die Brandung hinunterzuspähen. Gerade kam der Meisternavigator mit dem Dingi zurück, kletterte am Fallreep empor und wuchtete sich an Bord.

»Sieben Faden am Heck, drei Faden am Bug«, meldete Jacobs, als er vor François stand. »Was habe ich Euch gesagt? Es ist eine Sandbank. Wir setzen die Ankerwinde ein. Mit Eintreten der Flut werden wir wieder Kurs auf Java nehmen.«

»Wir haben das Houtmans Riff gerammt, Kapitän!«, beschied François ihn. »Ich wünschte, Ihr würdet das langsam begreifen und zugeben.«

»Wünscht, so viel Ihr wollt!«, knurrte Jacobs und wandte sich ab, doch François umklammerte seinen Arm.

Für eine Weile starrten sie sich einfach nur an.

François vernahm entferntes Kinderweinen, dazwischen tröstende Laute von Müttern und ganz aus der Ferne Pfarrer Bastians, der mit zittriger Stimme ein Kirchenlied anstimmte.

»Ihr haltet mich auf. Wir müssen die schweren Geschütze loswerden«, unterbrach der Skipper ihr Schweigen und befreite sich aus François' Griff.

»Das wird den Rat der Gesellschaft freuen.«

»Was glaubt Ihr, ist dem Rat lieber? Die Geschütze oder das ganze Schiff?«

»Nun, wenn Ihr mich so fragt, denke ich, dass er beides gern hätte.«

»Das wäre sein Pech.« Der Kapitän machte eine kurze Pause. »Ich will Jan Everts wieder hier oben haben«, forderte er. »Ich brauche einen erfahrenen Bootsmann zur Hand.«

François schüttelte den Kopf.

»Wollt Ihr, dass das Schiff gerettet wird, oder nicht?«

François zögerte. Dann gab er dem Marschall ein Zeichen. »Holt Jan Everts aus seinem Kerker!«, befahl er ihm barsch.

Als François das Oberdeck durchquerte, wanderten seine Blicke prüfend über die Gesichter der Offiziere und ranghohen Angestellten der *Companie*. Dabei fiel ihm auf, dass er Jeronimus bereits seit einer Weile nicht gesehen hatte. Ob er zu denen gehörte, die bei dem ersten Aufprall über Bord gegangen waren?

Auf dem Batteriedeck konnte man die Hand kaum vor Augen sehen, doch als das Schiff zu kreischen und zu stöhnen begann, rappelten sich die Menschen schreiend auf und stolperten blindlings auf die Aufgänge zu.

Sussie blieb zurück und klammerte sich an einer der Kanonen fest. Sie wollte nicht sterben, wollte nicht an Deck, um in den dunklen, kalten Fluten zu versinken. Eine rohe Faust packte sie und stieß sie rücksichtlos zur Seite. Wie aus dem Nichts war eine Gruppe Kanoniere aufgetaucht, die nun die schweren Bronzerohre von den Lafetten lösten und sie durch die Geschützpforten ins Meer hinausschoben. Der Marschall trieb sie an, doch währenddessen liefen ihm Tränen über die Wangen.

Wir gehen unter und sterben, dachte Sussie, und der Fettsack steht da und beweint den Verlust seiner schönen Kanonen. Über sich hörte sie das Getrappel unzähliger Füße. Sie nahm all ihren Mut zusammen und drückte sich an den Soldaten vorbei. Danach machte sie sich schweren Herzens an den Aufstieg an Deck.

Nachdem die Kanonen im Meer versenkt worden waren, trug der Marschall den Männern auf, die Truhen mit den Silbermünzen aus dem Laderaum zu bergen und sie mithilfe einer Seilwinde an Deck zu befördern. Als die Soldaten den Frachtraum betraten, glaubten sie jedoch ihren Augen nicht zu trauen, denn vor ihnen waren bereits die französischen Söldner eingetroffen, hatten die Weinfässer angestochen und waren dabei, sich sinnlos zu betrinken.

»Was – was soll das? Was fällt euch ein?« Das Gesicht des Marschalls war dunkelrot angelaufen.

Einer der Franzosen schwankte auf ihn zu. »Wollen nicht nüchtern ersaufen«, lallte er.

»Ich werfe euch eigenhändig über Bord, wenn ihr nicht spurt!«, schrie der Marschall. »Ihr schafft mir umgehend die Schatztruhen an Deck!«

Als Antwort drehte der Franzose sich um, ließ seine Hose herunter und reckte ihm sein blankes Hinterteil entgegen.

»Wozu das Silber retten?«, murrte ein anderer. »Von hier kommt sowieso keiner mehr lebend fort.«

»Wir werden alle krepieren!«, krakeelte ein dritter, woraufhin alle die Becher hoben und seinen Satz wie einen Trinkspruch nachgrölten.

»Ihr macht euch sofort an die Arbeit!«, versuchte der Marschall sie zu übertönen.

»Scher dich zum Teufel!«, krächzte einer.

Das ist die Gefahr bei den französischen Söldnern, überlegte Wiebe, der hinter dem Marschall stand. Sie kennen keine Treue gegenüber der *Companie*. Er bückte sich, um die erste Truhe anzuheben. Gott steh mir bei! dachte er dann unwillkürlich. Doch sollte er gerade anderweitig beschäftigt sein, gab es für sie wahrhaftig kein Entrinnen.

Der Mond war hinter dem schwarzen Horizont verschwunden. Sussie hörte, wie der Kiel über felsigen Untergrund schabte, und sie nahm das Tosen und Rauschen der Brandung wahr, die ihre Gischtwolken über sie sprühte und sie bis auf die Haut durchnässte.

Ich will nicht ertrinken, jammerte Sussie still vor sich hin. Ich will keine Leiche sein, der sich Seetang um die Haare schlingt und deren Leib das Wasser aufbläht. Ich will auch nicht als Jungfrau sterben.

Sussie sah, dass die Menschen auf der Steuerbordseite des Schiffes zu dem aufragenden Bug hinüberliefen, der unter ihrem Gewicht schaukelte, ehe er nachgab und sich noch schiefer legte.

Sussie hörte die Stimme ihrer Schwester nach ihr rufen und kämpfte sich zu ihr durch. Dann warf sie sich Tryntgen in die Arme und krallte sich an ihr fest. Auf diese Weise, dachte sie, bin ich doch wenigstens nicht allein, wenn ich ertrinke.

Der Wind war heftiger geworden und trieb Regenschauer vor sich her. François hatte den Schiffsrat einberufen, der sich nun auf dem Quarterdeck versammelte. Der Skipper gehörte dazu, Claas Gerritz, der Erste Steuermann – und auf Wunsch des Kapitäns auch der Bootsmann Jan Everts, der der einen Hölle entronnen war, nur um in die nächste zu gelangen. Seine Handgelenke bluteten noch immer von den Fesseln, die man ihm inzwischen abgenommen hatte. Er stand gekrümmt da, und in seinen Augen loderte ein unheimliches Feuer. Gott im Himmel, dachte François, zu welchem Zweck will Jacobs ausgerechnet diesen Mann bei sich haben? Everts erinnerte ihn an einen Bettler in Amsterdam, in dessen Blick sich Wahn und Hass auf die gleiche tückische Weise verbanden.

»Wo steckt Jeronimus?«, erkundigte sich François.

»Weiß der Henker«, erwiderte Jacobs. »Ich hoffe, der Teufel hat seinen Spießgesellen zu sich geholt.« Er spuckte aus.

»Vielleicht erklärt Ihr mir bei Gelegenheit, was Ihr damit meint«, bemerkte François.

Dank der Messungen mit dem Lot wussten sie, dass sie mit einsetzender Ebbe aufgelaufen waren. Die Hoffnung des Kapitäns, sie hätten das Riff mit beginnender Flut gerammt und würden später von den steigenden Wogen angehoben und fortgeschwemmt, hatte sich damit zerschlagen. Selbst das Abwerfen der schweren Kanonen hatte nichts genutzt. Wie auch, dachte

François, wo sich doch Tonnen an Gestein im Frachtraum befinden, die für die Hafenpforte der Festung von Batavia vorgesehen sind.

Abermals donnerte eine riesige Woge gegen den Rumpf. Die *Batavia* beugte sich ihrem Druck, rutschte vor und schrammte zurück.

François schrak aus seinen Gedanken auf und fragte sich, ob die Wucht der Wellen bei dieser Schräglage nicht zuletzt den Großmast durch den Boden des Schiffes treiben würde.

»Wir müssen den Großmast kappen«, verkündete der Skipper, wie um ihm eine Antwort zu geben.

»Wie denkt Ihr Euch das?«, wollte François wissen. Er musste an sich halten, damit seine Stimme ruhig und sachlich klang. »Wie sollen wir ohne Großmast Batavia erreichen?«

»Das lasst meine Sorge sein.«

»Wie bitte?« François konnte sich nicht länger beherrschen und sprang auf. »*Eurer* Sorge unterstand es, uns sicher über das Meer zu navigieren. Und nun seht Ihr, was daraus geworden ist! Ich hoffe, Euch ist klar, dass das eine Beschwerde meinerseits nach sich zieht! Die Gesellschaft –«

»Die Gesellschaft, die Gesellschaft!«, höhnte Jacobs. »Die Gesellschaft interessiert mich einen Dreck. Überlegt Euch lieber, wie wir noch mehr an Gewicht loswerden, sonst könnt Ihr Euch unten bei den Fischen beschweren.«

»Jacobs hat Recht«, schaltete Gerritz sich ein. »Wir müssen den Großmast schlagen. Er spaltet uns sonst den Boden entzwei.«

Als Jacobs wenig später mit einer gewaltigen Axt in der Hand das Quarterdeck überquerte, lief ein Stöhnen durch die Reihen der Passagiere und Matrosen. Wenn sie es zuvor noch nicht erfasst hatten, so wurde ihnen spätestens in diesem Moment bewusst, in welch verzweifelter Lage sie sich befanden.

François schaute mit finsterer Miene zu, wie Jacobs die Axt schwang. Ich hätte den Kerl in der Tafelbucht fertig machen sollen, fuhr ihm durch den Sinn. Meine Nachsicht war ein Fehler, denn sie hat ihn lediglich rachsüchtig gemacht, und zum Schluss lag ihm seine Vergeltung mehr am Herzen als seine Pflicht als Kapitän.

François konnte das Schauspiel nicht länger ertragen und wandte sich ab. Ich wünschte, ich könnte beten, dachte er unter dem Lärm der Schläge und des splitternden Holzes, doch mir fallen die notwendigen Worte nicht mehr ein. In meinem Kopf rauscht es nur. Im Grunde möchte ich fluchen, mit Gott hadern und ihm befehlen, die Zeit zurückzudrehen, damit ich meinen Verstand ordentlich einsetzen und Jacobs zum Teufel jagen kann.

Ein schauriges Ächzen rüttelte François aus seinen Gedanken auf. Er blickte in die Höhe. Der Großmast begann zu kippen.

In diesem Augenblick schob sich jedoch die nächste Woge unter den Bug und hob die *Batavia* an. François sog scharf die Luft ein. Wie durch einen Nebelschleier sah er das Unheil kommen. Dann hörte er Leinwand reißen, nahm aufsprühende Splitter und Späne wahr und schrie laut mit den anderen auf. Anstatt vorwärts ins Meer zu stürzen, hatte der Großmast sich gedreht und nach hinten geneigt. Für einen Moment schien er unschlüssig zu schweben, doch dann schmetterte er mitten in die Takelage des Vormastes hinein, nahm dessen Stamm, Rahen und Taue mit und brach schließlich donnernd auf das Deck.

Die Batavia bewegte sich ächzend vor und zurück.

Jacobs beorderte brüllend seine Männer zu sich. Mit vereinten Kräften versuchten sie, die ineinander verkeilten Masten mitsamt ihrem Beiwerk zu heben, doch sie schafften es nicht.

»Könnt Ihr denn gar nichts mehr richtig machen?«, schrie François dem Kapitän zu.

Jacobs drehte sich um und warf ihm einen Blick zu, in dem sich weißglühende Wut spiegelte. »Hau ab!«, brüllte er. »Verschwinde! Jammerlappen wie du haben hier nichts zu suchen!«

Sussie hatte bisher noch keine Gelegenheit gehabt zu erleben, was Furcht im Menschen bewirken kann, doch nun bekam sie es aus nächster Nähe mit. Sie kauerte in der dunklen Nacht auf Deck, hörte die Brandung rauschen und kochen, spürte das Scharren des Kiels auf den Felsen und nahm die gellenden Schreie und die flehentlichen Gebete der anderen wahr.

Sie würden alle sterben, so viel stand für Sussie fest. Nein, verbesserte sie sich, sie würden elend ersaufen. Vor Kälte erstarrt würden sie im Wasser versinken oder, hilflos mit den Armen rudernd, ein letztes Mal kämpfen. Und dann käme der Tod.

Ich tue alles für dich, barmherziger Gott, betete Sussie, und schmiegte sich enger an Tryntgen. Ich will nur dich in Zukunft lieben, das schwöre ich dir. Alles, was du willst, tue ich – aber bitte mach das hier rückgängig, erlöse mich von diesem ungeheuren Entsetzen. Lass mich am Leben!

Die Stunden verrannen langsam, ehe sich das erste blasse Grau am Horizont zeigte und sich zögernd zu einem Lichtstreifen verbreiterte. Sussies Blick verharrte gebannt darauf. Wenig später glaubte sie, auf dem Wasser Schaumkronen zu entdecken, doch als es heller wurde, stellte sie fest, dass die vermeintlichen Wellenlinien sich nicht bewegten.

»Land! Dort hinten ist Land in Sicht!« Sussie sprang auf und deutete voraus.

Der Lärm der anderen verstummte. Jeder Blick folgte ihrem Fingerzeig.

»Der Herr sei gelobt!«, stöhnte Pfarrer Bastians auf.

»Der Herr sei gelobt! Wir sind gerettet!« Die Menschen fassten sich an den Händen und umarmten sich.

Sie hatten es gewusst. Gott ließ sie seine Auserwählten nicht im Stich. Er beschützte die Gerechten.

XI

Um sich die Zeit zu vertreiben, fragt sich der Mensch gern, was geschehen wäre, angenommen wenn …

Warum sollen wir nicht einmal das gleiche Spielchen betreiben?

Angenommen, unsere Reisenden wären nicht auf dem Riff aufgelaufen, was wäre dann geschehen?

Lucretia hätte sich wieder auf ihren Herrn Gemahl konzentriert. François hätte einen Gouverneursposten erhalten und wäre später Mitglied des Ostindienrates geworden. Der Kapitän wäre weiterhin zur See gefahren, und vielleicht hätte er sich eines Tages zu Tode getrunken oder man hätte ihn bei einem Raufhandel niedergestreckt.

Doch der Herr hat es nicht so gewollt, würde Pfarrer Bastians Ihnen erklären. Wieder andere würden dafür das Schicksal verantwortlich machen.

Ich hingegen bin fest davon überzeugt – und diese Überzeugung beruht auf langer Erfahrung –, dass jeder der gerade Genannten dem Unheil längst entgegenstrebte.

Oh, ich verstehe! Sie stören sich an meinem Fatalismus.

Dabei bin ich gar kein Fatalist, sondern argumentiere vielmehr zuversichtlich. Ich weiß nämlich, dass jeder die Saat der Zerstörung in sich trägt, und häufig muss gar nicht viel geschehen, um sie erblühen zu lassen.

Deshalb wollen wir das Houtmans Riff lediglich als Auslöser betrachten. Anschließend folgen wir der Erkenntnis, dass extreme Situationen den wahren Kern des Menschen ans Tageslicht bringen.

Und nun wollen wir sehen, was daraus wird!

Auf dem Wrack

Als das Morgenlicht sich ausgebreitet hatte, wurde deutlich, dass sich am Horizont ein hügeliges Eiland erhob, und ihm vorgelagert zeichnete sich eine Gruppe kleinerer Felseninseln ab.

François entsandte den Kapitän mit dem Dingi, damit er die Inseln näher erkundete.

Als Jacobs zurückkam, erklärte er, dass sie dort sicher sein würden, denn die Inseln seien trocken und befänden sich demzufolge über dem Pegel der Flut.

Schweren Herzens entschloss sich François zu dem nächsten Unterfangen, nämlich einen Teil der Fracht dorthin an Land zu schaffen. Er stieg den Niedergang zum Laderaum hinab.

Von unten tönte François grölender Gesang entgegen. Er hielt inne und betrachtete entgeistert die Truppe französischer Söldner, die, nachdem sie sich über die Wein- und Cognacfässer hergemacht hatten, betrunken durcheinander torkelten und gemeine Gassenlieder brüllten. Als er ihnen Ruhe gebot, wurde aus ihrem Grölen lachendes Gekreische.

François drängte sich an ihnen vorbei und stellte fest, dass einer bereits eine Axt über den Schatztruhen schwang. Er kannte ihn vom Sehen. Thiriou hieß er, wenn er sich recht entsann.

»Scher dich da augenblicklich fort!«, rief François.

Thiriou drehte sich um. »Cul de vache«, brummte er und wollte zum ersten Hieb ausholen.

Mit einem wütenden Aufschrei stürzte François auf ihn zu, fiel ihm in den Arm und wand ihm die Axt aus den Händen. Thririou ging zu Boden, rappelte sich auf und versuchte, François mit bloßen Fäusten anzugreifen.

François hob drohend die Axt. Ich werde sie benutzen, redete er sich ein. Wenn der andere ihn dazu zwang, würde er ihn tatsächlich töten.

Thiriou wich zurück.

»Bleib, wo du bist!«, warnte François und bewegte sich seitwärts, um die angerichteten Schäden zu betrachten.

Die Männer waren verstummt und beobachteten ihn tückisch aus den Augenwinkeln. Sie ließen ihn jedoch gewähren und hielten ihn auch nicht auf, als er sich umdrehte und wieder nach oben verschwand.

Dort befahl François einen Zimmermann zu sich und trug ihm auf, die beschädigten Truhen und Fässer so gut wie eben möglich auszubessern und zu verstärken. »Kümmert Euch nicht um die Franzosen«, wies er ihn an. »Mag sein, sie faseln von Meuterei, doch um dergleichen ernsthaft zu betreiben, sind sie zu betrunken.«

So sieht es also aus, wenn das Chaos ausbricht, dachte Judith.

Der Kapitän versuchte, mit der aufgebrachten Menschenmenge fertig zu werden. Er hatte angeordnet, dass die Frauen und die Kinder als Erste die rettenden Boote bestiegen.

Judith beobachtete, wie die Menschen sich schubsten und gegenseitig beiseite stießen, um über die Fallreeps die Boote zu erreichen, die tief unter ihnen auf den Wellen schaukelten. Sie sah, dass einer Mutter dabei ihr Kind aus den Händen fiel. Es flog wie ein Bündel durch die Lüfte und drehte sich ein-, zweimal, ehe es kopfüber nach unten verschwand. Sie sah auch die Hände der Mutter panisch ins Leere greifen, die nackten Augen und den weit aufgerissenen Mund, die Füße und Fäuste der Matrosen, die die Frau vorwärtstrieben, sie packten und anhoben, bis ihre strampelnden Beine Ruhe gaben und sich auf die Leiterstufen fügten.

Zuletzt wurde auch Judith vom Strom der Flüchtenden aufgesogen, spürte fremde Knie und Ellbogen, die sie mal hierhin, mal dorthin drückten, erblickte Kisten und schwere Truhen, die über ihre Köpfe hinweg weitergereicht und in den Booten verstaut wurden, und entdeckte auch ihren Vater, dessen Arme sich wie

Dreschflegel drehten. Sie vernahm seine Stimme, die brüllte: »Lasst mich durch, ich muss zu den Frauen und Kindern!«, während er gleichzeitig mit aller Macht gegen Anneken Hardens boxte, die daraufhin schwankte und stolperte und in der Flut der sich vorwärts wälzenden Leiber versank.

Inmitten dieses Gewühls ragten bisweilen der Kommandeur und der Erste Steuermann auf, die sich vergeblich bemühten, Ordnung zu schaffen. Wie ein Strom ergossen sich die Menschen über Bord. Einige wurden über die Reling gestoßen und stürzten hinab, andere schafften es, sich an einer der Strickleitern festzuklammern und in blinder Hast nach unten zu gelangen.

Judith erspähte ihren Vater in einem der Boote. Er hatte die Hände zum Gebet erhoben. Ihr schoss durch den Kopf, dass er den Herrn nun wohl für seine Gnade lobte und ihm dafür dankte, dass er in seinem großen Schicksalsplan die Rettung seines treuen Dieners vorgesehen hatte. Wie sie fand, war er dem Herrn dabei jedoch fleißig zur Hand gegangen.

Lucretia war, unbeachtet von allen, auf dem Achterdeck zurückgeblieben. Beinahe gleichmütig schaute sie zu, wie die stampfenden, trampelnden Menschen sich einen Weg zu den Beibooten bahnten. Als sie sich abwandte, fiel ihr Blick auf den Kapitän, der sich abseits von den anderen mit Jan Everts unterhielt.

Als sich die beiden näherten, wich Lucretia in den Schatten zurück. Sie wusste, dass Jan Everts als einer derjenigen galt, die sie überfallen hatten, und der Gedanke, ihm gegenüberzutreten, war ihr verhasst. Ob es mir gelänge, ihn umzubringen? überlegte sie. Er wirkte nach seiner Kerkerhaft geschwächt, doch wahrscheinlich war er ihr trotzdem an Stärke überlegen.

»Was sollen wir jetzt tun?«, hörte sie Jan Everts fragen. »Glaubt Ihr, ich habe meine Freiheit wieder, nur um mit den anderen zu ersaufen? Oder wie Vieh auf einer gottverlassenen Insel zu verrecken?«

»Das will keiner!«, erwiderte der Kapitän knapp.

»Das ist mir gleich. Mich interessieren *Eure* Pläne«, beharrte Everts. »Wo wollt Ihr jetzt hin, ohne die *Batavia*?«

Der Kapitän wirkte unschlüssig. Sein Gesicht war unter der gebräunten Haut bleich.

Er leidet tatsächlich, ging es Lucretia durch den Sinn. Vermutlich hat ihm nie etwas an den Passagieren gelegen und nie etwas an der Fracht, doch über den Verlust seines prachtvollen Flaggschiffes kommt er nicht hinweg. Es wird ihm auch einerlei sein, welche Strafe die Gesellschaft über ihn verhängt, denn er hat nun begriffen, dass er an sich selbst gescheitert ist, dass sein Eigensinn ihn die *Batavia* gekostet hat.

»Wir müssen uns das Dingi verschaffen«, drängte Jan Everts. »Schaut Euch doch nur diese Meute an! Die sind erledigt, Skipper. Besser, wir setzen uns ab!«

Die beiden Männer entfernten sich.

Lucretia schaute ihnen nach. Das dürfen sie nicht tun, dachte sie – und wo wollen sie überhaupt hin?

Nach einer Weile merkte sie, dass jemand an ihrem Ärmel zerrte. François! Er zog sie mit sich fort. »Beeil dich!«, rief er. »Sieh zu, dass du in eins der Boote kommst!«

Sie hielt ihn fest, um ihm zu erzählen, dass der Kapitän mit seinem Bootsmann flüchten wollte, doch da hatte er sie bereits in die Menge gestoßen. »Alles wird gut!«, schrie er ihr hinterher.

Als Lucretia den Kopf umwandte, sah sie François in Richtung Heck weiterhasten, wo Jan Everts und Jacobs inzwischen standen. Es sieht aus, als erwarteten sie ihn, wunderte sie sich.

Nachdem Wiebe Hayes die kleine Inselgruppe gesichtet hatte, hätte er am liebsten gelacht und allen zugerufen, die Hoffnung fahren zu lassen. Auf diesen kargen Felsgebilden gibt es kein Überleben, wollte er laut verkünden, ganz gleich wie blindwütig ihr ihnen entgegenstrebt.

Nun gut, dachte Wiebe, dann sterbe ich eben an einer Lunge voller Salzwasser anstatt an einer Kugel. Dabei hätte ich gewettet, dass es gerade andersherum kommt.

Wiebe beobachtete, wie die Menschen sich gegenseitig niederstießen. Einer der guten, gottesfürchtigen Christen drängte ein Kind aus dem Weg, um sich zu retten – oh, und der Herr Prediger hatte es ganz besonders eilig zu flüchten. Eins, zwei, war er über die Reling geklettert, schon hangelte er sich an der Leiter hinab und ruckzuck saß er im Boot.

Wo war seine Tochter abgeblieben?

Wiebe entdeckte Judith eingekeilt in der Menge und kämpfte sich zu ihr durch.

»Hier geht's lang!«, sagte er.

Dann nahm er sein ganzes Gewicht zu Hilfe, um eine Schneise in die Menschenleiber zu schlagen. »Die Kleine hier kommt als Nächste dran!«, brüllte er einem Matrosen zu.

Wiebe hob Judith hoch. Sie wiegt gar nichts, dachte er. Wie schmal ihre Taille ist! Er sah ihr blasses Gesicht. »Der Herr sei gelobt«, murmelte sie. Kurz darauf hatte sie auf dem Fallreep Fuß gefasst und verschwand vor Wiebes Augen.

Der *Herr* sei gelobt? Wiebe schüttelte den Kopf. Was hatte denn der Herr dazu beigetragen? Der Herr hatte weder Judith geholfen, noch würde er sich großartig Gedanken um Wiebes Rettung machen. Wiebe hatte zwar nichts dagegen, sonntags Loblieder zu singen, und er glaubte auch an Gott, doch wenn es um praktische Angelegenheiten ging, verließ er sich lieber auf seinen Verstand und seine Muskelkraft.

Lucretia wusste kaum, auf welche Weise sie zuletzt doch noch in einem der Boote gelandet war. Sie entsann sich lediglich, dass sie aufgeschrien hatte, als Hände nach ihr griffen, um sie über die Reling zu heben, dass ihre Füße dann aber wie von allein Halt gefunden hatten, als sie das Fallreep ertasteten. Am Schluss hatte sie einen Schritt ins Leere getan. Sie erinnerte sich auch des schrecklichen Moments, als sie damit rechnete, ins Meer zu stürzen, doch stattdessen war sie auf hartem Boden aufgetroffen, und weiche Frauenarme hatten sie aufgefangen.

Lucretia blickte zu dem schräg aufragenden Schiffsrumpf empor, den die Flut weiterhin über die Felsen scheuerte. Sie sah die Spitze des Großmastes hervorstehen, umgeben von Segelfetzen und einem Gewirr von Tauen. Es stiegen immer noch Menschen über die Reling. Wie eine Ameisenprozession.

Nun bin ich also gerettet, dachte Lucretia, um sich gleich darauf nach dem Sinn und Zweck dieses Umstandes zu fragen. Sie kauerte sich am Rand des Bootes nieder. Ihr Kleid war durchnässt, und sie zitterte vor Kälte. Als das Boot zu schlingern begann, krallte sie sich indes wie von selbst an der Bordwand fest. Da schau an! wunderte sie sich. Ich habe alle Lust am Leben verloren und dennoch kämpfe ich um den kläglichen Rest.

Der Kiel war unter der *Batavia* weggerutscht. François kletterte auf allen vieren über den Gang auf die Offiziersmesse zu. Die Tür stand offen. François erkannte Deschamps, der im Begriff war, eine Ledertasche mit Dokumenten zu füllen.

»Lasst das liegen, Deschamps!«, befahl François und richtete sich auf. »Kommt mit mir!«

Deschamps tat wie geheißen.

Es wunderte François, dass er noch immer über Kraftreserven verfügte und es aufrecht bis zu seiner Kajüte schaffte. Dort lagen ringsum Papiere verstreut, und seine Reisetruhe war bis ans Ende des Raumes geschlittert.

François griff unter sein Hemd und zog eine Goldkette mit mehreren Schlüsseln hervor. Er suchte drei davon heraus, öffnete die Truhe und entnahm ihr zwei Kästchen. Die reichte er Deschamps.

»Ich möchte Euch etwas anvertrauen«, erklärte er. »Es handelt sich um wertvolles Eigentum der *Companie*. Schlagt die Kästchen in Ölzeug ein, damit niemand erkennt, was es ist. Sollte mir etwas zustoßen, übergebt Ihr sie persönlich dem Gouverneur. Bis dahin schützt Ihr sie mit Eurem Leben. Versprecht Ihr mir das?«

Deschamps nickte stumm und nahm die Kästchen und die dazugehörigen Schlüssel entgegen.

»Seht zu, dass Ihr eins der nächsten Boote besteigt. Und Gott sei mit Euch!«

»Dasselbe wünsche ich Euch, Herr Kommandeur!«, erwiderte Deschamps, ehe er sich entfernte.

Nachdem François allein war, übermannte ihn die Sorge um Rubens' Kostbarkeiten mit Macht. Die Fracht zu verlieren konnte ihm bereits zum Verhängnis werden, doch wenn er die Kästchen verlöre, war er ein toter Mann.

Jemand stieß die Tür zu Jeronimus' Kajüte auf. Er hatte sich in eine dunkle Ecke verkrochen. Die Angst besitzt einen eigenen Geruch, dachte er, ein unangenehmes Gemisch aus kaltem Schweiß und bitteren Körpersäften.

Der Skipper hielt seine Öllampe hoch und blinzelte im Licht. »Da steckt Ihr also! Der Kommandeur sucht Euch schon an allen Ecken und Kanten.«

Jeronimus wollte etwas erwidern, doch seine Zunge klebte an seinem trockenen Gaumen fest.

»Was tut Ihr hier eigentlich?«, fuhr der Kapitän fort. »Denkt Ihr über Eure Sünden nach?«

»Wie ist es um uns bestellt?«, krächzte Jeronimus.

»Prächtig, ganz prächtig. Wir sind aufgelaufen, falls Ihr das noch nicht wisst.«

»Warum macht Ihr das Schiff nicht wieder flott?«

Jacobs lachte höhnisch auf. »Das Schiff ist erledigt, Mann, tot, aus, aufgespießt wie ein Falter! Ebenso gut könntet Ihr mich fragen, warum ich nicht gleich den Felsen flottmache.«

»Aber es muss doch einen Ausweg geben«, flüsterte Jeronimus.

»Nicht für dieses Schiff! Auch nicht für Euch, wenn Ihr weiter dort hocken bleibt. Es dauert nicht mehr lang, bis der Rumpf auseinander bricht.«

»Was ist aus den Schatztruhen geworden?« Jeronimus hatte sich halb aufgerichtet.

Jacobs warf ihm einen argwöhnischen Blick zu. »Das möchtet Ihr wohl gern wissen, was?«, brummte er missfällig, ehe er sich umwandte und verschwand.

Jeronimus hörte die Menschen schreien. Er wollte aufstehen, um dem Skipper nachzulaufen, doch seine Beine versagten ihm den Dienst. Er sank zurück und schlang die Arme um seine Brust. Dann weinte er.

Später rollte er sich in einer Ecke zusammen und wimmerte leise vor sich hin. Es klang wie bei einem kleinen Kind.

XII

Inzwischen haben Sie erkannt, dass ich philosophische Neigungen verspüre. Man kann auch kaum umhin, wenn einem der Mensch als Studienobjekt dient.

Allerdings wird man selbst bei den interessantesten Objekten der Beobachtung bisweilen müde. In solchen Augenblicken ist es geboten, sie neu zu beleben.

Im vorliegenden Fall habe ich die Menschen mit der Todesgefahr konfrontiert.

Die grundsätzliche Frage lautet: Wie werden sie reagieren?

Im Besonderen interessiert mich jedoch, wie weit der Einzelne geht, um sein Leben zu erhalten. Welche ethischen Überzeugungen opfert er auf? Wird er die, die er liebt, verraten?

Die Vorbedingungen sind geschaffen. Jetzt lehne ich mich zurück, um zu warten.

Die Spannung ist nun garantiert, denn unter dem Einfluss des Extremen werden die meisten von uns unterhaltsam. Dann schält sich unser wahrer Charakter heraus – ganz ähnlich wie im Trunk.

Auf dem Wrack

Der Kapitän hatte eine Stelle am Bug erklommen, von wo aus er das Verladen der Passagiere, des Proviants und der Fracht überwachen konnte. An die hundert Menschen befanden sich inzwischen auf jener felsigen Insel, die er bei seiner Erkundungsfahrt als eine der größeren in der Gruppe ausgemacht hatte.

Als Jacobs sein Fernglas ans Auge setzte, erkannte er, dass sich die Geretteten abermals rauften und balgten. Wie es aussah, stritten sie sich nun um die vorhandenen Wasserfässer.

Man sollte eigentlich annehmen, dass sie allmählich erlahmen, dachte Jacobs. Als er sah, dass etliche der Soldaten Ordnung zu schaffen versuchten, ließ er sein Fernglas sinken.

Ein anderer Teil der Soldaten hatte es allerdings vorgezogen, sich dem Beispiel der Franzosen anzuschließen. Sie waren zurückgeblieben und betranken sich im Laderaum. Jacobs hörte sie johlen und lärmen.

Und der feine Herr Kommandeur, dachte er, hat nur seine kostbare Fracht im Sinn. Alles andere scheint für ihn ohne Belang.

Die Sonne drängte sich durch die Wolken und zielte mit langen, dünnen Strahlen auf die gegenüberliegende Insel. Zwischen dem unwirtlichen Gestein erspähte Jacobs sandige Mulden und den schmalen Bogen des Strandes, der sich im Zwielicht verlor. Die Insel sieht bereits jetzt wie ein Friedhof aus, ging es ihm durch den Kopf. Bald schon würden die Seevögel, die in den Lüften kreisten, sich dort zu Schwärmen niederlassen, um die Toten bis auf ihre Knochen sauber zu picken.

Ich muss mich nun langsam entscheiden, sagte Jacobs sich. Die Frage der Ehre lasse ich einstweilen außer Acht. Immerhin befand sich der Herr Prediger dort drüben bei den Menschen. Der seelische Beistand war ihnen sozusagen gewiss, und er, der Kapitän, wäre infolgedessen überflüssig.

Ich habe nur ein Leben, hielt Jacobs sich vor Augen. Und ich finde, dass ich es weder für die selbstsüchtigen Kreaturen dort drüben noch für die Trunkenbolde, die im Frachtraum wüten, hergeben sollte.

Abgesehen davon wäre es auch nicht im Mindesten ein Verrat, wenn er das Langboot nähme und mit einigen anderen versuchte, Java zu erreichen. Ein paar von ihnen mussten sich ohnehin auf den Weg machen, um dort die Nachricht vom Schicksal der *Batavia* zu verbreiten. Andernfalls würde es ewig dauern, bis man die ersten Suchmannschaften aussandte. Mit dem Langboot bis Java zu segeln würde indes kein Pappenstiel werden. Das wäre ein weiterer Grund, dass er sich mit auf die Reise begab, denn wer außer ihm – oder allenfalls noch Claas Gerritz – sollte das schaffen?

Den Kommandeur würde er notgedrungen mitnehmen müssen. Den benötigte er zur Rechtfertigung vor dem Gouverneur. Infolgedessen ging es auch nicht, ihn mit dem Ersten Steuermann segeln zu lassen. Wer wusste schon, was die beiden Burschen dann erzählten?

Somit wäre die Frage geklärt. Als Erstes musste er nun Proviant sicherstellen, ehe auch die letzte Kiste und das letzte Wasserfass auf die Felseninsel verschwand.

Jacobs kam es vor, als rausche die Brandung im Takt mit seinen Gedanken … Jeder für sich allein, flüsterte sie ihm zu, jeder für sich allein …

Auf dem Friedhof

Gewiss sieht es so auf einem Schlachtfeld aus, dachte Judith. Auf dem schmalen, sichelförmigen Saum des Strandes lagen Trümmer der *Batavia* verstreut, die die Flut dort abgesetzt hatte. In den flachen Lagunen hatten sich Teile der Masten mit ihren zerfetzten Segelresten verfangen. Sie erinnerten Judith an aufgegebene Fahnen und Standarten. Dazwischen krochen mühsam menschliche Gestalten, bewegten sich stöhnend vorwärts.

Judith hatte erlebt, wie diejenigen, die die Flucht von der *Batavia* unverletzt überstanden hatten, neuerlich kopflos wurden und sich daran machten, die Wasservorräte zu plündern. Der Marschall hatte vergeblich einzuschreiten versucht. Allerdings hatte er ihrem Vater einen Tritt versetzt, als dieser ein Fässchen beiseite schaffen wollte.

Der Wind stob auf die Felsen zu, prallte ab und fuhr zurück. Judith zog ihren Umhang enger um die Schultern und blickte zu der *Batavia* hinüber. Große, graue Wogen spülten über das Wrack hinweg, bisweilen ragte lediglich noch die Spitze des Bugs hervor.

Auf dem Wrack

Noch immer befanden sich Menschen an Bord, die François umringten, an seinem Umhang zerrten und von ihm verlangten, er solle sie retten. So oder ähnlich stellte François sich den Vorhof der Hölle vor. Ich wünschte, sie ließen von mir ab, gestand er sich ein. Ich bin weder Gott noch der Teufel. Ich bin nicht einmal derjenige, der die Schuld an ihrer Verzweiflung trägt.

François warf einen Blick zu der Stelle hin, wo mehrere Truhen mit Silber festgezurrt worden waren. Der Marschall war von der Felseninsel zurückgekehrt und trieb einen Trupp Soldaten an, die die Frachtstücke mit der Seilwinde aus dem Laderaum hoben. Die Gesänge von dort unten waren inzwischen verstummt.

François beschloss, die Lage im Frachtraum mit eigenen Augen zu überprüfen.

Als er sich durch die Bodenluke gleiten ließ, schwankte ihm als Erster der Obergefreite entgegen, den alle Steinmetz nannten. Er hatte sich offenbar aus den Frachtkisten bedient, denn um seine Hüften schlang sich ein fein gewebtes buntes Tuch. Als er François erblickte, begann er sich einladend in den Hüften zu wiegen und schmatzte ihm mit gespitzten Lippen Küsse zu.

Wenn er wüsste, wie grotesk er wirkt, ließe er den Unfug bleiben, dachte François, ehe er sich sammelte und schroff befahl: »Hört sofort mit dem Theater auf! Schert Euch an Deck!«

»Oh, Ihr sollt nicht so garstig mit mir sein, Geliebter!«, flötete der Steinmetz geziert. »Ich bin doch Eure Lucretia!« Er legte sich das Tuch um die Schultern und wackelte mit seinem Hinterteil.

François betrachtete ihn mit einer Mischung aus Ekel und Zorn. »Ihr begebt Euch augenblicklich nach oben!«, wiederholte er. »Wenn nicht, betrachte ich das als Meuterei!« Seine Hand griff nach dem Dolch, den er im Gürtel trug.

Die anderen Männer verstummten. Einige von ihnen tasteten nach ihren Waffen.

François erblickte den Marschall, der unmerklich den Kopf schüttelte. Wahrscheinlich hat er Recht, überlegte François. Als ob diese Männer sich noch an die Vorschriften hielten! Nach ihrer Ansicht haben sie ohnehin nichts mehr zu verlieren. Wahrscheinlich würden sie mich eiskalt ermorden.

François merkte, dass ihm schwindelte. Er musste zurück an die frische Luft. Als er schwankte, war der Marschall im Nu an seiner Seite und half ihm den Aufstieg hoch. Schadenfrohes Gelächter schallte hinter ihnen her.

Das verdanke ich alles dir, Jacobs, dachte François.

Auf dem Friedhof

Viel gehört nicht dazu, die Menschen in Tiere zu verwandeln, überlegte Lucretia. Selbst Pfarrer Bastians, der doch einmal behauptet hatte, dass Gott die Menschen erhöhe, war auf ihren Stand hinabgesunken und kämpfte um sich schlagend und tretend um ein Wasserfass. Ein Großteil der geretteten Fässer war inzwischen aufgebrochen worden. Ihr Inhalt versickerte im Sand.

Es hatte damit begonnen, dass einige Männer Fässer beiseite rollten und behaupteten, sie müssten die Versorgung von Frau und Kindern gewährleisten. Daraufhin merkten die anderen auf und klagten, sie würden übergangen. Es dauerte nicht lange, bis die ersten Handgreiflichkeiten einsetzten und anschließend ein erbitterter Kampf.

Kurz darauf hatten die Soldaten eingegriffen und mit den Fäusten für Ordnung gesorgt. Nun gab es ringsum aufgeplatzte, blutige Lippen und Augen, die zuschwollen und sich verfärbten.

Die restlichen Wasserfässer wurden fortan von einem Spalier Soldaten mit aufgepflanztem Bajonett bewacht.

Ein Gefreiter trat auf Lucretia zu. »Madame, habt Ihr schon etwas getrunken?«

Lucretia schüttelte den Kopf. Ihr Mund fühlte sich klebrig an, ihre Kehle war ausgedörrt, und sie vermochte kaum mehr zu schlucken. Doch es war ihr gleich. Sie wusste, dass sie auf diesem Ödland umkommen würde; es war lediglich eine Frage der Zeit.

Der Gefreite trug einem Soldaten auf, Lucretia eine Schöpfkelle mit Wasser zu besorgen.

»Der Herr Pfarrer hat den Tumult ausgelöst«, erklärte er, als er Lucretia die Kelle an die Lippen hielt. »Er hat auf einem eigenen Fass bestanden. Der Marschall konnte ihn verjagen, doch mit dem Pfarrer fing alles an.«

»Wie viel Wasser haben wir noch?«, erkundigte Lucretia sich matt.

»Fragt lieber nicht«, murmelte der Gefreite, ehe er sich wieder zu seinen Kameraden begab.

Allmählich wurde es Abend. Dunkle Wolken jagten über den Himmel. Der Wind wurde schärfer und fraß sich bis auf die Knochen durch.

Lucretia schaute sich um. Die ersten Menschen krochen Schutz suchend hinter die Felsen oder rückten sich unter den dürren Zweigen der mageren Büsche zurecht.

Diese kümmerlichen Orte der Zuflucht werden ihnen ebenso wenig nutzen wie die verbleibenden Tropfen Wasser, dachte Lucretia.

Auf dem Wrack

Claas Gerritz tauchte aus dem Laderaum auf, um dem Kapitän zu verkünden, das Wasser aus den Lecks habe den restlichen Proviant verdorben, und das Salzwasser sickere in die verbliebenen Wasserfässer ein.

»Die hätten wir eben als Erstes hochschaffen müssen«, knurrte der Kapitän. »Und nicht das verdammte Silber.«

François überging seine Bemerkung. Er hatte sich an ein Stück Reling geklammert und wusste, dass er bereits seit geraumer Zeit keinen vernünftigen Gedanken mehr gefasst hatte. Das, was ihm durch den Kopf wirbelte, betraf vor allem die Konsequenzen, die er in Java zu gewärtigen hatte. Immerzu malte er sich aus, wie er dem Gouverneur gegenübertrat, um ihn von dem Verlust der Fracht zu unterrichten. *Ich hatte dem Kapitän aufgetragen, die Marsen zu bemannen,* würde er erklären. Und danach? Was würde er als Nächstes darlegen? Und was sollten seine Auskünfte bewirken? Keine seiner Entschuldigungen würde das Geschehene rückgängig machen.

Es hatte zu regnen begonnen, doch François merkte es kaum. Er spürte, dass er abermals schwitzte. Ist das nun die Furcht oder ein neuerlicher Anfall meines Fiebers? fragte er sich flüchtig und fuhr sich über die Stirn. Sie fühlte sich heiß an. Ich müsste mich hinlegen, dachte er. Jemand soll diese Bürde von meinen Schultern nehmen. Ich brauche ein wenig Ruhe, ich muss schlafen, ich wollte, ich würde nie mehr wach ...

Er sah, dass ein Boot von der Insel zurückkam und längsseits des Wracks festmachte. Halfwaack, einer der Steuerleute, hielt sich am Fallreep fest. Er wölbte die Hand um den Mund und brüllte etwas zu ihnen empor.

Jacobs wandte sich zu François um. »Es ist kaum noch Trinkwasser übrig. Offenbar haben die Soldaten zu spät für Ordnung gesorgt.«

François machte eine hilflose Geste. »Das kann ich nun auch nicht mehr ändern«, bemerkte er.

»Ihr müsst zu ihnen hinüberfahren und sie beruhigen! Hier könnt Ihr ohnehin nichts mehr verrichten.«

»Ich werde das Schiff nicht verlassen, solange sich das Silber noch an Bord befindet. Ihr wisst, dass die Fracht meiner Verantwortung untersteht.«

»Liegt sie Euch mehr am Herzen als die Menschen da drüben?«

»Warum fahrt *Ihr* nicht hinüber und redet mit Ihnen?«

»Weil *Ihr* der Kommandeur seid, und weil sie auf mich nicht mehr hören.«

»Was ist mit Jeronimus?«, erkundigte sich François. »Wenn er noch lebt, soll er sich um die Leute kümmern.«

Der Kapitän stieß einen Seufzer aus. »Wir gehen beide«, erklärte er schließlich. »Ohne Wasser sind wir schließlich alle verloren.«

Die unruhigen grauen Wogen verschwammen François vor den Augen, doch ihm war klar, dass er sich der Gestrandeten annehmen musste. Er musste ihnen ins Gewissen reden und sie beruhigen. Vielleicht schaffte er es tatsächlich, sie zur Vernunft zu bringen. Als er sich umblickte, entdeckte er van Huyssen, der sich an der Bordwand fest hielt. François bedeutete ihm, näher zu kommen.

»Ihr und die Kadetten wacht über das Silber«, trug er ihm auf. »Ich bleibe über Nacht auf der Insel. Sobald es tagt, komme ich zurück.«

Er wandte sich ab, kletterte über die Reling und ließ sich am Fallreep hinunter.

»Setzt er sich ab?«, fragte van Huyssen den Kapitän.

»Der doch nicht! Wie denn?«, lautete die Antwort.

»Es passt mir dennoch nicht, ohne ihn zurückzubleiben.«

»Du bist nicht allein, Junge«, spottete der Skipper. »Deine Freunde bleiben bei dir und halten dir die Hand.«

Inzwischen war es dämmrig geworden. François sah das Langboot unter sich auf den Wellen tanzen. Mal schlug es mit dumpfem Gepolter an die Wand des Schiffes, mal trieb es wieder davon und hinterließ einen blassgrauen Streifen.

»Springt!«, ertönte es unter ihm.

François schloss die Augen und ließ die Strickleiter los. Im Boot griffen Hände nach ihm und halfen ihm auf.

Gleich darauf landete jemand neben ihm, und danach noch einer.

Jan Everts und der Skipper.

»Ich dachte, Ihr wolltet auf der *Batavia* bleiben«, wunderte sich François.

Jacobs zuckte die Achseln. »Die kommen auch ohne mich zurecht.«

François schaute in die Höhe. Er sah Köpfe über sich und offene Münder, die etwas riefen.

»Wir lassen euch nicht im Stich!«, brüllte François zu ihnen hinauf. »In der Frühe kehren wir zurück.« Ein Windstoß erfasste ihn von hinten. Er taumelte und ruderte mit den Armen durch die Luft.

Abermals gab es Hände, die ihn auffingen und auf eine Bank niederdrückten. François sah Jacobs hämisch grinsen.

Das Boot drehte ab und trieb mit dem Wind in Richtung der Felseninsel.

François blickte zurück zur *Batavia*. Wie ein gestrandeter Wal lag sie im schwindenden Licht, ein riesiger schwarzer Schatten, ein Ungeheuer, das langsam versank. François spürte Übelkeit in sich aufsteigen. Ihm war, als würde ihm das ganze Ausmaß des Entsetzens nun erst in seiner Endgültigkeit bewusst. Sein Magen verkrampfte sich.

Im Laderaum waren inzwischen auch die verbliebenen Silbertruhen aufgebrochen worden. Franzosen und Holländer wühlten darin herum.

»Jetzt sind wir reich«, lallte einer, der sich schwankend erhob und eine Hand voll Silber auf den Boden rieseln ließ.

Allert Janz machte Anstalten, in eine der Truhen zu steigen. »Ich will mich drin suhlen«, grunzte er.

Auch der Marschall hatte den Truhen mehrere Münzen entnommen. Gedankenverloren ließ er sie durch seine Hände gleiten. »Ein Beutel davon ist mehr, als ich jemals verdienen werde«, murmelte er. Er ergriff einen Krug mit Cognac und trank einen tiefen Schluck.

Conrad van Huyssen stand mit zwei seiner Kameraden im Hintergrund und beobachtete das Treiben.

»Ich werde den Teufel tun und gegen sie einschreiten«, erklärte er. »Wenn der Kommandeur die Flucht vorzieht, wüsste ich nicht, was *mich* das Geld der Gesellschaft interessiert.«

»Der Wind hat sich gedreht«, stellte Jacobs fest. »Wir schaffen es nicht mehr bis auf die Insel.«

François merkte auf. Vor sich nahm er schroffe, gräuliche Umrisse wahr, auf denen dunkle Gestalten standen und gestikulierten.

»Wir *müssen* es schaffen!«, erklärte er. »Nur aus diesem Grund habe ich das Schiff verlassen.«

»Unmöglich«, brummte der Skipper. »Gegen den Wind kommen wir nicht an.«

»Und was schlagt Ihr stattdessen vor?«

»Wir steuern die kleine Insel dort an.« Jacobs deutete auf ein Gebilde, das linker Hand aufragte.

François starrte ihn ungläubig an. »*Ihr* habt mich eben gedrängt, mit den Menschen zu reden! Was glaubt Ihr, welche Gefühle wir auslösen, wenn wir erst auftauchen und gleich darauf wieder verschwinden?«

Der Skipper zuckte die Achseln.

François fing einen Blick von Jan Everts auf und erkannte abermals den blanken Hass in dessen Augen. Er betrachtete die Mienen der anderen Männer im Boot. Sie starrten missmutig zurück oder schauten zu Boden.

»Der Kapitän steuert das Boot«, knurrte einer.

Ach so ist das, dachte François. Offenkundig hat man mich

ohne großes Aufhebens meiner Funktion als Kommandeur enthoben.

»Spart Euch den Atem«, bestätigte der Kapitän seinen Verdacht. »Die Flut geht zurück. Die Strömung zieht uns genau in die entgegengesetzte Richtung.«

Jeronimus hatte den seidenen Morgenrock des Kommandeurs angelegt und in dessen rotem Samtsessel Platz genommen. Nun halte ich Hof, dachte er, während er sich einen erlesenen Cognac einschenkte. Mein Hofstaat lässt zwar noch zu wünschen übrig, doch sobald sie wissen, *wer* sie regiert, werden sie ganz schnell parieren.

Um Jeronimus herum waren mehrere Betrunkene dabei, die Besitztümer des Kommandeurs zu durchforsten.

Die Dummheit des Kapitäns kennt wahrhaftig keine Grenzen, grübelte Jeronimus. Zuerst verliert er die Flotte, hernach verrechnet er sich um sechshundert Meilen und nun flüchtet er in einer Nussschale über das Meer. Na, sei's drum – für Feiglinge und Versager war ohnehin kein Platz in seinem Reich.

In seiner Kajüte hatte Jeronimus einen Moment lang befürchtet, dass ihm vor Furcht die Sinne schwinden würden. Zuletzt hatte er jedoch begriffen, dass die *Batavia* vorerst festen Halt gefunden hatte und sicher auf ihrem Felsen saß. Das Grauen erregende Scheuern und Schaben hatte immerhin aufgehört und einem sanften Wippen und Wiegen Platz gemacht.

Infolgedessen hatte Jeronimus sich aufgerappelt und zu der Kajüte des Kommandeurs aufgemacht, um dessen Wertgegenstände in Augenschein zu nehmen. Später waren die betrunkenen Soldaten zu ihm gestoßen. Sie hatten offenbar dieselben Absichten gehabt.

Allert Janz hatte den Schreibtisch des Kommandeurs aufgebrochen und den Inhalt der Schubladen auf dem Boden ausgeleert. Derbe Stiefel trampelten nun über Briefe, Miniaturporträts von Pelsaerts Familie und Dokumente der Gesellschaft. Ein Soldat hatte sich Pelsaerts goldene Kette umgelegt und schickte sich an, den Kommandeur zu imitieren.

»Männer!«, rief er mit gezierter Stimme. »Unterlasst augenblicklich das Plündern meiner Kostbarkeiten!« Er drohte neckisch mit dem Zeigefinger. »Sonst bezichtige ich euch der Meuterei!«

Die Soldaten brüllten vor Lachen.

Jeronimus bat sich Ruhe aus. »Alle mal herhören!«, rief er. »Ich habe hier das Handbuch des Kommandeurs gefunden.«

Die Männer blökten und grunzten beifällig. Danach verstummten sie und blickten Jeronimus erwartungsvoll an.

»Hier steht ein Eintrag aus dem Monat März«, verkündete Jeronimus. »Ich glaube, den sollte ich laut vorlesen. *An Bord befindet sich eine betörende junge Dame*«, begann er. »*Ihr Name ist Lucretia van der Mylen. Sie ist gebildet und stellt sich als äußerst liebenswürdig dar* –«

»Das heißt, sie hat ihn rangelassen«, unterbrach ihn ein Soldat lüstern grinsend, woraufhin andere sich anzüglich zwischen den Schenkeln rieben, Schnalzlaute von sich gaben und durch die Zähne pfiffen.

Jeronimus hob die Hand und fuhr fort: »*Ich versuche, ihr den Reiz des Ostens begreiflich zu machen* –«

»*Also hat er sie auch von hinten besprungen*«, gab die vorherige Stimme zum Besten.

Die Männer wieherten und trampelten vor Vergnügen. Es bedurfte einer Weile, bis abermals Ruhe entstand.

»– *insbesondere die fremd anmutenden Sitten des indischen Kontinents* –«

An diesem Punkt sah Jeronimus sich gezwungen, seine Lektüre abzubrechen, da die Männer sich nun in den Ausschmückungen ihrer Fantasie nicht mehr zu lassen wussten und sich mit Beispielen gegenseitig überboten.

Nachdem sie sich erneut gefasst hatten, nahm Jeronimus das Handbuch wieder auf.

»Was ist mit dem siebenundzwanzigsten Tag des Mai?«, fragte Allert Janz. »Lest vor, was er da geschrieben hat!«

Jeronimus blätterte zu der entsprechenden Stelle vor. »*Noch immer weiß ich nicht, wer sich auf diese unaussprechliche Weise an Lucretia vergangen hat. Lediglich Jan Everts steht als einer der Schuldigen fest. Selbst der Unterkaufmann ist mit seinen Nachforschungen nicht weiter vorgedrungen.*«

Die Soldaten zollten Jeronimus lautstark Beifall.

Jeronimus neigte dankend den Kopf.

»*Ich verdächtige jedoch einige der Kanoniere*«, *las er weiter.* »*Unter ihnen ist ein Mann namens Allert Janz, ein überaus abstoßender Bursche –*«

»Was soll das?«, brüllte Allert. »Was gefällt ihm denn an mir nicht?«

»Voll ins Schwarze getroffen«, gluckste einer seiner Kameraden.

»Woher wusste er das überhaupt?«, empörte sich Allert.

»Er sah es dir an.« Wieder ertönte schallendes Gelächter.

»Was hat er danach geschrieben?«, murrte Allert.

Jeronimus blätterte weiter, und während er ihnen Beispiele von François' Empörung wie ausgesuchte Leckerbissen darbot, krümmten sich die Männer vor Lachen.

Hinterher schleuderte Jeronimus das Handbuch verächtlich auf den Boden und forderte die anderen auf, darauf zu urinieren. Danach überließen sich die Männer abermals ihrer Zerstörungswut.

Jeronimus trieb sie weder an, noch beteiligte er sich an ihrem Tun, aber er griff auch nicht ein, um sie davon abzuhalten. Er beobachtete lediglich still lächelnd, was geschah. Nun gibt es für sie kein Zurück mehr, dachte er. Der Rest entwickelt sich ganz von selbst. Einer Frau, die sich schwängern lässt, schwillt der Bauch, und sie wird ein Kind gebären. Männern, die zu meutern begonnen haben, kocht das Blut, und es gelüstet sie nach Mord.

Auf der Verräterinsel

Nicht mehr als eine Meile von den Meuterern entfernt kauerte François vor einem kleinen Feuer und spähte zu der *Batavia* hinüber. Er erkannte ein winziges Licht, das aus dem Heck des Schiffes drang. Es sah aus, als käme es aus seiner Kajüte, und tanzte wie ein Leuchtkäfer in der Nacht.

Zwölf Kisten mit Silber! dachte François. Morgen früh muss ich als Erstes dorthin. Den Kadetten, die den Schatz der *Companie* bewachten, würde er seine Anerkennung aussprechen. Was er hingegen mit den betrunkenen Söldnern anstellen würde, wusste er noch nicht. Es ist eigentlich einerlei, sagte er sich. Sie werden über kurz oder lang um ihr Leben schwimmen, das dürfte als Strafe reichen.

Ein Windstoß fuhr in die Flammen und drohte, das Feuerchen auszulöschen. François legte schützend die Hände über die Glut. Jedes Mal wenn der Wind nachließ, hoffte er, er möge sich gänzlich legen, anstatt Atem zu holen und abermals loszustürmen. François träumte von einem nächsten Tag mit Sonne und klarem Himmel, so dass er zu dem Wrack hinüberkäme, um das Silber zu retten. Danach, beschloss er, würden die Kadetten zur Felseninsel geschafft, und anschließend würde er Pläne machen und seine weiteren Schritte überlegen.

Auf dem Wrack

Die Soldaten waren hungrig geworden. Einige von ihnen schwankten in den Laderaum zurück, um nach trockenen Kisten mit Schiffszwieback zu fahnden.

Der Gefreite Ryckert blieb an Deck zurück. Er sah, dass Dyrcks als Erster von unten auftauchte und sich mit einer Kiste abmühte. Der war auch bei der Geschichte mit der Kommandeurshure dabei gewesen, fiel Ryckert ein. Und er war ein Plappermaul. Hinterher hatte er zwar geschworen, zu schweigen wie ein Grab, doch Ryckert hatte ihn bereits mehrmals dabei ertappt, dass er mit anderen tuschelte. Irgendwann wird dieser Hund uns verraten, schoss es ihm durch den Kopf. Plötzlich erinnerte er sich auch wieder an den Abend in Amsterdam, als Dyrcks ihn beim Kartenspiel betrogen und ihm danach sein Mädchen ausgespannt hatte. Wut übermannte ihn, und er ballte die Fäuste. Je länger Ryckert darüber nachbrütete, desto größer wurde sein Zorn. Als Dyrcks stolperte und mitsamt der Kiste auf dem Boden aufschlug, war Ryckert mit ein, zwei Schritten bei ihm, riss sein Messer aus dem Schaft und stieß zu. Danach noch ein wuchtiger Tritt in die Rippen und einer unter das Kinn. Dyrcks' Kopf flog zurück. Ryckert setzte ihm den Stiefel an die Kehle.

»Du Schwein!«, flüsterte er heiser. »Du wirst nie mehr Gelegenheit haben, zu schwatzen, zu betrügen und zu huren.«

Er ergriff den Bewusstlosen und stemmte ihn über Bord.

Das wäre erledigt, dachte Ryckert, während er zusah, wie der reglose Körper in den Fluten versank. Er bückte sich und spülte sein Messer im Speigatt ab.

Danach beschloss er, in die Kajüte des Kommandeurs zurückzugehen, um sich mit einem kräftigen Schluck zu belohnen.

»Glaubt Ihr, dass der Kommandeur zurückkommt?«, fragte van Huyssen Jeronimus.

Die anderen in der Kajüte wurden still. Die Wirkung des Alkohols hatte nachgelassen, und die Männer machten sich erneut Gedanken um ihr Überleben.

Jeronimus hatte inzwischen den besten Rock des Kommandeurs angelegt, um sich für die Abendmahlzeit herzurichten. Er befahl Jan Pelgrom mit einem herrischen Wink, ihm Wein nachzuschenken. Der Kabinenjunge kam seinem Wunsch mit mürrischer Miene nach.

»Natürlich kehrt er zurück«, erwiderte Jeronimus. »Pelsaert lässt doch seine wertvollen Schätze nicht im Stich.«

»Darauf würde ich nicht bauen«, erwiderte van Huyssen. »Ich glaubte auch einmal, wir segelten mit dem besten Skipper. Das hat sich ebenfalls als Irrtum erwiesen.«

Der Kommandeur *muss* zurückkehren, flehte Jeronimus stumm, denn nach der Verwüstung, die die Männer in seiner Kajüte angerichtet hatten, bliebe ihnen kein anderer Ausweg mehr, als ihn zu töten.

Auf der Verräterinsel

Der Wunsch des Kommandeurs nach einem klaren, sonnigen Tag hatte sich nicht erfüllt. Stattdessen türmten sich am Himmel graue Wolkengebirge, die ein heulender Wind auseinander zerrte und neu zusammenballte.

François hatte sich auf einen kleinen Strandstreifen zurückgezogen. Sein Blick haftete auf der *Batavia*. Es ist ein Wunder, dass sie noch nicht auseinander gebrochen ist, dachte er. Dann lächelte er jedoch grimmig. Es ist eigentlich *kein* Wunder, verbesserte er sich. Die besten Schiffszimmerleute von Amsterdam hatten sich bei ihrem Bau schließlich außergewöhnlich große Mühe gegeben.

Als er sich umdrehte, bemerkte er, dass sich ihm der Skipper näherte. Auch er starrte zur *Batavia* hinüber. Seine Miene wirkte verkniffen. Wahrscheinlich glaubt er, das Schiff habe ihn verraten, argwöhnte François. Er wird sich lieber jeden Unfug zusammenreimen, ehe er sich eingesteht, dass er die Schuld an ihrem Untergang trägt.

»Ich habe die Männer angewiesen, zum Wrack zu rudern«, erklärte Jacobs, als er neben François stand. Er deutete auf das Langboot, das sich mühsam durch die stürmischen Wellen vorwärts kämpfte. »Es ist allerdings ein ziemlich aussichtsloses Unterfangen.«

François sah zwar, dass die Wogen das Boot zurückwarfen, doch er erkannte auch die Männer, die auf der *Batavia* standen und es mit verzweifelten Gesten zu sich winkten.

»Dreht um!«, brüllte der Skipper seinen Ruderern zu. »Ihr schafft es nicht!«

François packte ihn am Ärmel. »Seid Ihr nicht mehr recht gescheit?«, fragte er leise. »Treibt die Leute an, dann legen sie sich ins Zeug!«

Der Kapitän stieß ihn zurück. »Mann!«, zischte er wütend. »Wenn Ihr doch nur einmal wüsstet, wovon Ihr sprecht! Warum macht Ihr nicht die Augen auf? Das Boot kommt bereits seit einer Stunde nicht vom Fleck! Danach könntet Ihr Euch fragen, wer von uns beiden der Verrückte ist.«

Ich war vermutlich von Sinnen, als ich mit dir an Bord gestiegen bin, dachte François, und womöglich auch, als du mich letzte Nacht überredet hast, die *Batavia* zu verlassen, doch inzwischen bin ich wieder bei Verstand und deshalb weiß ich, dass du einen Plan ausheckst, der sich meinem widersetzt.

»Ich glaube, sie kommen uns holen«, murmelte Conrad van Huyssen. Er gehörte zu jenen, die sich mit Tauen an der Reling festgebunden hatten, um das Näherrücken des Rettungsbootes zu verfolgen.

Van Huyssen war inzwischen nüchtern geworden, doch in seinem Kopf tobten rasende Schmerzen. Den anderen schien es ähnlich zu ergehen, denn sie waren ausnahmslos kleinlaut und blass.

Van Huyssen blinzelte angestrengt zu dem schaukelnden Langboot hinüber. Er konnte nicht erkennen, ob der Kommandeur zwischen den Ruderern saß. Einerseits betete er zwar, Pelsaert möge zu ihnen kommen, um sie zu retten, doch andererseits fragte er sich, wie dem Kommandeur seine geplünderte Kajüte zu erklären war. Es hatte wohl wenig Sinn, ihm vorzuschwindeln, stürmische Winde und Wogen hätten die Schäden angerichtet, denn dafür rührten die Spuren zu offenkundig von menschlicher Hand.

Van Huyssen hoffte, der Zorn des Kommandeurs würde sich auf die unteren Ränge richten, auf Männer wie Allert Janz, der einen Kameraden erstochen hatte, nachdem dieser ihn von einem Weinfass vertrieb. Oder auf die Franzosen, die mit dem Plündern begonnen hatten, oder auf jenen finsteren Gefreiten, der mitten in der Nacht verschwunden und später mit blutbespritztem Hemd wieder aufgetaucht war.

Andererseits müsste der Kommandeur wahnsinnig sein, wenn er gegen die Meute vorginge. Das war ihm bereits am Vortag nicht gelungen. Wie also jetzt, da der Hass noch größer geworden war?

Das Rettungsboot schien an ein- und derselben Stelle festzukleben.

Mit einem Mal schrie van Huyssen entsetzt auf.

Das Boot begann ein Wendemanöver, drehte und ruderte zurück.

Van Huyssens Hände krallten sich um die Reling. Das war der reine Hohn! Wie konnte man ihnen zuerst Hoffnung machen, nur um sie dann abermals aufzugeben? Diese feigen Hunde! fuhr es ihm durch den Sinn. Diese mörderischen Verräter! Ihnen war es einerlei, ob er lebte oder starb.

Van Huyssen spürte, dass ihm die Augen brannten. Er wollte die Zähne zusammenbeißen, doch stattdessen ließ er seinen Tränen freien Lauf. Sollen die anderen es ruhig sehen, dachte er. Ihnen bliebe ohnehin nicht mehr viel Zeit, ihn deswegen auszulachen.

Auf der Verräterinsel

Zwaantie hatte die Beine angezogen und frierend die Arme um sich gelegt. Sie saß auf einem kleinen Stück Strand und beobachtete, was geschah. Der Kommandeur hatte die Stirn gerunzelt, als er sie unter den Bootsleuten erblickte, doch gesagt hatte er nichts. Offenkundig hatte er inzwischen andere Sorgen, als sich für sie und den Kapitän zu interessieren. Dieser Narr! dachte Zwaantie. Da tigert er vor mir auf und ab und murmelt albernes Zeug vor sich hin. Warum begreift er nicht, dass er verloren hat? Das Sagen hatte doch längst der Kapitän.

Sie bemerkte, dass Jacobs zu Pelsaert trat.

»Wir haben ein Problem«, hörte sie den Kapitän verkünden.

»Nur eins?«, fragte Pelsaert spöttisch. »Ich dachte eigentlich, wir hätten derer mehrere.«

»Bravo!«, lobte der Kapitän. »Ausnahmsweise einmal richtig gedacht. Und da wir schon so schön zum Zeitvertreib hier stehen, sollten wir nun über das Wichtigste nachdenken.«

»Ich bin ganz Ohr.«

»Ihr müsst die Fracht vergessen!«

Der Kommandeur wurde kreidebleich und rang sichtlich um Fassung. »Wie oft sollen wir das noch besprechen?«, erkundigte er sich. »Wir haben *beide* die Pflicht, das Eigentum der *Companie* zu retten!«

»Wir haben vor allem eine Pflicht uns selbst gegenüber«, entgegnete der Skipper. »Vierzig unserer Männer sind auf dieser Insel. Wir besitzen lediglich ein paar Fässer mit Wasser. Da drüben befinden sich etwa zweihundert Menschen. Die wiederum haben ihre Wasservorräte zerstört. Demnach liegt es auf der Hand, dass wir als Erstes Wasser suchen müssen. Wenn das nicht gelingt, sind wir alle tot.«

»Ihr habt offenbar die Menschen auf der *Batavia* vergessen.«

»Oh, entschuldigt, wie unbedacht! Nun denn, die Menschen auf der *Batavia* werden ohne Wasser ebenfalls verrecken.«

»Dummerweise sind sie es aber – und die Fracht natürlich –, die *ich* als vorrangig betrachte.«

Himmelherrgott, dachte Zwaantie. Er hat wahrhaftig den Verstand verloren. Wir sitzen am Ende der Welt, haben mit ein bisschen Glück nur noch ein paar Tage zu leben, und dieser eingebildete Geck schwafelt noch immer von seinem Silber! Sie sah, dass der Kopf des Skippers rot anlief. Na endlich, dachte Zwaantie, nun kommt es zum Knall.

»Meine Männer sind mit mir einer Meinung«, knurrte Jacobs mit zusammengebissenen Zähnen.

»Wie war das? Habe ich das richtig verstanden?«, fragte der Kommandeur.

»Ich glaube schon. Meine Männer werden hier jedenfalls nicht still sitzen und auf ihr Sterben warten!«

Die Stimme des Skippers war lauter geworden. Zwaantie sah die Adern an seinen Schläfen pochen.

Claas Gerritz, der Steuermann, war zu den Streitenden getreten. »Der Kapitän hat Recht«, bestätigte er. »Die Männer wollen nach Wasser suchen, solange sie noch kräftig genug sind.«

»Sie werden tun, was *ich* ihnen befehle!«, erklärte der Kommandeur.

»Nicht mehr«, beschied ihn der Kapitän. »Die Sache ist abgemacht. Wir rudern zu der hohen Felseninsel dort im Westen hinüber –«

»Die Leute auf der *Batavia* können unser Tun aus der Ferne verfolgen«, fiel François ihm ins Wort. »Was glaubt Ihr, was sie denken, wenn sie uns fortrudern sehen?«

Der Kapitän zuckte die Achseln. »Wir bleiben allenfalls für einen Tag dort drüben. Im schlimmsten Fall für zwei.«

Zwaantie studierte Jacobs' Miene. Ob er sich mit seinen Gefolgsleuten heimlich aus dem Staub machen wollte? Wollte er womöglich flüchten, um Jan Everts' Kopf vor dem Galgen zu retten?

Sie erkannte, dass der Kommandeur unmerklich in sich zusammensank. »Dann komme ich mit«, erklärte er.

Eine Art spöttische Anerkennung schien über die Miene des Skippers zu huschen. »Wie Ihr wollt«, bemerkte er über die Schulter gewandt und stapfte mit Claas Gerritz von dannen. »Morgen in aller Frühe geht es los.«

Ein Kommandeur ohne Kommando, dachte Zwaantie beim Anblick der verlorenen Gestalt, die resigniert zu der *Batavia* hinüberspähte.

Es wurde die schrecklichste Nacht, die François jemals zugebracht hatte, schlimmer noch als jene im Fieberwahn, denn dieses Mal war er bei vollem Bewusstsein.

Ohne ihm großartig Beachtung zu schenken, hatte man vor ihm aus dürren Zweigen ein armseliges Feuerchen entfacht und ihm aufgetragen, in die Flammen zu blasen, wenn sie zu verlöschen drohten.

François hatte zwei-, dreimal gepustet, doch nach einem heftigen Windstoß zuckten die Flammen ein letztes Mal auf, ehe sie erstarben. Danach rieb François seine Hände frierend über der schwachen Glut, die wenig später zu einem kümmerlichen Aschehäufchen zerfiel.

Dennoch musste er eingeschlafen sein, denn inmitten der pechschwarzen Nacht wachte er auf, zusammengekrümmt, zitternd vor Kälte, halb zugeweht vom Sand. Kurz darauf begannen seine Gedanken im vertrauten Ringelreihen durch sein gemartertes Hirn zu tanzen.

Als Erstes versuchte François, den Wert der Fracht zu errechnen, die er zurückließ. Danach kreisten seine Überlegungen um die Menschen, die ihm anvertraut worden waren, und bisweilen fragte er sich auch, was Lucretia nun von ihm hielt. Später überließ er sich Selbstvorwürfen, bezichtigte bisweilen auch Gott der Untreue, bis seine Gedanken schließlich erlahmten und er sich dem dumpfen Bedauern überließ, überhaupt an Bord der *Batavia* gegangen zu sein.

Im ersten Morgengrauen war der Skipper auf den Beinen und trug seinen Männern auf, alles, was sie an Proviant und Wasservorräten an Land gebracht hatten, zurück in das Boot zu verladen.

François näherte sich verwundert. »Was soll das?«, erkundigte er sich. »Weshalb wird alles eingepackt? Ich entsinne mich nicht, dergleichen angeordnet zu haben.«

Jacobs seufzte angewidert und würdigte ihn keiner Antwort.

»Ich dachte, wir würden lediglich nach Wasser suchen«, fuhr François unnachgiebig fort. »Da böte es sich doch wohl an, mit einem leichten Boot zu fahren und die vollen Kisten und Fässer hier zu lassen.«

»Was ist, wenn ein Sturm aufkommt?«, fragte der Kapitän gereizt. »Was ist, wenn wir deshalb nicht zurückrudern können? Möchtet Ihr dann ohne Wasser und Nahrung warten, bis er vorüber ist?«

François schwieg. Um sie herum war nur das Rauschen der Wellen zu hören.

»Tut mir Leid, das geht nicht«, erklärte François schließlich. »Wir werden die Menschen drüben auf der Insel zuerst von unserer Absicht unterrichten. Wir werden nicht einfach sang- und klanglos verschwinden.«

Jacobs schaute zu den dunklen Wolken hoch, die eilig über den grauen Himmel zogen. Sein Gefühl verriet ihm, dass sich ein Sturm zusammenbraute. »Für solche Mätzchen ist jetzt keine Zeit mehr«, knurrte er.

»O doch«, widersprach François. »Dafür *ist* Zeit. Die Menschen müssen beschwichtigt werden. Sie müssen erkennen, dass unsere Pläne ehrenhaft sind.«

Ehrenhaft. Die Umstehenden blickten François mitleidig an. Der Kapitän verlieh ihrer Meinung Ausdruck. »Für hohle Begriffe ist es längst zu spät«, verkündete er. »Da drüben lauert ein Haufen nutzloser Pöbel. Wenn Ihr zu ihnen geht, kapern sie das Boot und nehmen Euch als Geisel.«

»Das werde ich riskieren.«

»Dann seid Ihr noch verrückter, als ich dachte.«

»Ich muss zumindest ein Fass Wasser zu ihnen schaffen.«

»Ha!«, lachte der Kapitän. »Ein Tropfen auf den heißen Stein! Was nutzt so vielen denn ein einzelnes Fässchen? Ihr plant das alles nur, um Euch vorzugaukeln, Ihr hättet ihnen geholfen.«

»Legt es aus, wie Ihr wollt«, erwiderte François zornig. »So lautet jedenfalls mein Befehl.«

Der sture Bock! dachte der Skipper. Ich sollte ihn windelweich prügeln – vielleicht käme er dann einmal zu Verstand. »Ich dachte, es wäre geklärt, wer hier befiehlt«, bemerkte er leise. »Ohne mich gelangt Ihr nirgendwo hin! Deshalb wäre es angeraten, Ihr stiegt nun endlich von Eurem hohen Ross herunter und sähet die Lage so, wie sie ist.«

»Und wo wollt *Ihr* ohne mich hin, wenn ich fragen darf?«, versetzte François. »Wollt Ihr dem Gouverneur die Angelegenheit allein darlegen?«

»Es geht doch nur um einen Tag oder zwei«, lenkte Jacobs ein.

»*Ihr* vertut unsere Zeit, Kapitän, nicht ich. Ich setze auf die Insel über und rede mit den Menschen. Und das ist jetzt mein letztes Wort.«

Der Kapitän spuckte aus. Dann wandte er sich jäh ab und begab sich zu den Männern, die das Boot beluden.

»Was will der Mistkerl?«, fragte Jan Everts ihn.

»Er möchte den armen Seelen ein Fässchen Wasser darbieten. Als Gegenleistung sollen sie ihn segnen.«

»Warum machen wir ihn nicht einfach kalt?«

Jacobs schüttelte den Kopf. Jan ist ebenso wenig bei Trost wie der Kommandeur, ging es ihm durch den Kopf. Man konnte vor dieser Vielzahl an Zeugen keinen hohen Beamten der Gesellschaft umbringen.

»Wie stellst du dir das vor?«, fragte er Jan im Flüsterton. »Was möchtest du denn dem Gouverneur für eine Geschichte auftischen, wenn er wissen will, wo der Kommandeur abgeblieben ist? Was glaubst du, wie sehr die anderen sich beeilen werden, ihm Aufklärung zu verschaffen? Und was denkst du, was dann geschieht? Erwartest du, dass er dir auf die Schulter klopft und sagt: ›war höchste Zeit‹ und ›gut gemacht, Jan‹?«

»Wer behauptet denn, dass wir nach Batavia müssen? Wir können doch zu den Molukken segeln. Die Eingeborenen rudern uns sogar hierher zurück, wenn wir ihnen von den Reichtümern auf dem Wrack erzählen.«

»Später vielleicht, Jan. Was weiß ich, was die nächsten Tage bringen? Vielleicht werden wir den Kommandeur unterwegs ja auf natürliche Weise los.«

Jan betrachtete die Wunden an seinen Handgelenken, die allmählich verheilten. Jacobs weiß, dass ich Recht habe, sagte er sich. Der Kommandeur muss beseitigt werden. Er ist jedem von uns im Weg.

»Wir brauchen unser Wasser selbst«, murrte er.

»Allmächtiger, was soll's? Ein Fässchen können wir ruhig entbehren.«

»Bin gespannt, ob Ihr noch genauso denkt, wenn uns vor Java die Zunge am Gaumen klebt.«

»Lass gut sein, Junge! Tu einfach, was er sagt. Rudere den Dummkopf zu der Insel hinüber.«

François saß am Bug des Langbootes und schaute zu, wie sich die Seeleute in die Ruder legten. Vor ihm befand sich das Wasserfass. Er bemerkte den gierigen Blick, mit dem Jan Everts es immer wieder taxierte. Sein Inhalt war inzwischen wertvoller als Gold.

Der Himmel hatte sich mittlerweile dichter zugezogen, doch der Sturm hielt sich noch zurück. Das Boot schlingerte allerdings gefährlich auf den Wellen, so dass sie sich der Nachbarinsel nur langsam zu nähern vermochten.

Als sie dicht genug herangerudert waren, um die Menschen dort auszumachen, erhob Jan Everts sich von seiner Bank und deutete voraus.

»Seht Euch diese Wahnsinnigen an!« Er lachte verächtlich.

Die Menschen strömten an den Strand, als triebe sie eine unsichtbare Hand. François hörte sie brüllen und sah die ersten ins Wasser laufen, um ihrem Boot entgegenzuwaten.

»Sie wollen das Boot«, verkündete Jan Everts.

»Sie sind verzweifelt«, berichtigte François. »Sie sehen das Wasserfass.«

»Umdrehen!«, brüllte Jan. »Sofort die Segel hoch! Die sind doch alle außer sich. Sie drohen uns mit den Fäusten!«

Er musste sein Kommando kein zweites Mal wiederholen. Die Männer zogen die Ruder ein, hissten die Segel und drehten ab.

François war aufgesprungen. »Ich gebe euch den Befehl, das Land anzusteuern!«, schrie er aufgebracht.

»Dann schwimmt doch an Land!«, rief Jan ihm höhnisch zu. »Das letzte Stückchen könnt Ihr sogar gehen.«

François' Blicke irrten zwischen dem Boot und dem Strand hin und her. Es stimmte, er würde es schaffen. Doch damit wären er und die Menschen auf der Insel verloren. Jacobs würde ihnen niemals Wasser bringen, selbst wenn er welches fände. Es war nicht einmal sicher, dass er für ein Rettungsschiff sorgte, wenn er in Batavia war. Nein, er, François, war der Kommandeur! Er musste garantieren, dass alles ordnungsgemäß verlief und Jacobs keinen Alleingang antrat – schon gar nicht in Java vor dem Gouverneur.

François ließ sich auf seine Bank zurücksinken. Er konnte nur tatenlos zusehen, wie der Wind die Segel blähte und das Boot zügig den Rückweg einschlug. Er wandte sich um. Hinter ihm wurde der Strand schon kleiner. Die Flüche und Schreie der Menschen wurden schwächer und verloren sich im Wind, die Gestalten verwandelten sich in dunkle Schatten, bis sie zuletzt nur noch Punkte waren, die sich im grauen Dunst auflösten.

Auf dem Friedhof

Wir haben unsere Insel nicht umsonst »Friedhof« genannt, dachte Lucretia, als sie das Boot umdrehen und zurücksegeln sah, denn schon bald werden wir hier liegen und zu Skeletten verfaulen.

Sie hatte François in dem Langboot erkannt. Sein roter Umhang hatte aufgeleuchtet, als er sich kurz erhob. Für einen Moment hatte sie geglaubt, dass er sie retten käme.

Lucretia schaute zu, wie verzweifelte Menschen in die Lagune liefen und sich in die Wellen warfen, um zu dem Boot hinüberzuschwimmen.

»Was tut der Kommandeur da?«, rief Pfarrer Bastians wehleidig. »Warum dreht er um?«

Nach einer Weile gaben die, die dem Boot hatten folgen wollen, ihr Ansinnen auf. Über den Strand senkte sich fassungsloses Schweigen. Ungläubig starrten die Menschen sich an, bis die Ersten unter ihnen zu schluchzen begannen.

»Der Kommandeur soll in der Hölle braten!«, rief einer mit heiserer Stimme. Lucretia wandte sich nach der Stimme um. Sie gehörte dem hässlichen Obergefreiten Steinmetz.

Dieser verdammte Sohn einer Zigeunerhure, dachte Wiebe Hayes, obgleich er das Verhalten des Kommandeurs im Grunde nicht erstaunlich fand. Pelsaert hatte seine Entscheidung wie ein Feldherr getroffen, beschloss den strategischen Rückzug und opferte seine Truppen für irgendein übergeordnetes Ziel, das die unteren Ränge nicht kannten. Waren es nicht stets die gemeinen Soldaten, die dafür büßten, wenn ein Plan misslang? Machten die Offiziere sich nicht regelmäßig aus dem Staub, ehe sie den eigenen Kopf riskierten? Waren nicht diejenigen, die ihnen treu gefolgt waren, immer die, die starben?

Andererseits ist dies keine Schlacht, überlegte Wiebe, sondern es war eine Schiffsreise, bei der der Kommandeur die Verantwortung für *Menschen* trug und nicht für einen Sieg oder eine militärische Strategie. Offenbar waren derlei Regeln jedoch hinfällig geworden, nachdem die *Batavia* aufgelaufen war.

Für Pelsaert gibt es keine Entschuldigung, befand Wiebe schließlich. Der Kommandeur war einfach ein verräterischer, feiger Schuft.

Auf der Verräterinsel

Ohne dass François noch einmal eine Widerrede begann, wurde das Langboot nun mit den Fässern und Kisten bestückt. Danach schickten sich die Männer an, ihr Lager abzubrechen, und stiegen einer nach dem anderen an Bord – in Begleitung von Zwaantie und der Frau eines Matrosen, die ihren Säugling bei sich trug. Offenbar hatte man sich während François' Abwesenheit endgültig über das weitere Vorgehen geeinigt. Der Aufbruch war beschlossene Sache, und kein Mensch dachte daran, jemals wieder zurückzukehren.

Als das Langboot in die Brandung geschoben wurde, fragte sich François, ob er noch einmal das Wort ergreifen und Einwände erheben sollte, doch dann besann er sich anders und kletterte als Letzter an Bord. Er ließ sich auf einem Platz am Bug nieder und betrachtete seine zitternden Hände. Sein Kopf fühlte sich heiß an. Er war hungrig. Womöglich hatte der Skipper Recht. Was wäre damit erreicht, wenn er hilflos mit den anderen stürbe? War es nicht tatkräftiger und umsichtiger, nach Wasser zu suchen? Anschließend würde er die notwendigen Schritte einleiten, um sowohl die Fracht als auch die Menschen zu retten. Trotzdem konnte sich François des Gedankens nicht erwehren, dass er sich seit dem Untergang seines Schiffes im Kreis gedreht, ein paar Mal gekläfft und sich zum Schluss ohnmächtig in den Schwanz gebissen hatte – wie ein dummer, aufgeregter Hund.

Sie kamen nur langsam voran und ließen sich von der Strömung treiben. Der Kapitän stand an der Ruderpinne und studierte aufmerksam die Schatten der Felsen, die unter der Wasseroberfläche schimmerten.

Zwaantie hatte sich auf dem Boden des Bootes niedergelassen und blickte der hohen Felseninsel entgegen. Wie sie feststellte, handelte es sich keineswegs um einen einzigen Hügel, wie sie vermutet hatten, sondern um zwei hintereinander liegende Inseln, von denen die vordere sich wie eine sandige Dünenlandschaft wellte, wohingegen der dahinter liegende Felsen lediglich einen schmalen Strandsaum bot.

Der Kapitän umschiffte die erste Insel und das Boot glitt auf die Felseninsel zu. Das Meer hatte ihre Klippen ausgehöhlt, so dass sie von weitem wie eine Gruppe verwachsener Pilze wirkte, deren ausgefranste Dächer sich über die helle Wasserfläche neigten.

Der Skipper deutete voraus und gab seinen Männern den Befehl, auf das Strandstück zuzuhalten, dessen Sand der weißeste war, den Zwaantie jemals erblickt hatte.

Kurz darauf sprangen die Matrosen mit bloßen Füßen über Bord, um ihr Boot an Land zu ziehen. Ihr Aufschreien und das hastige Zurückklettern waren eins. Fluchend betrachteten sie ihre blutenden Füße. Zwaantie schloss die Augen. Der gleißend helle Strand bestand offenbar aus messerscharfen Korallen und schneeweißen Muscheln, die die mahlenden Fluten zu Splittern zerrieben hatten.

Der Kapitän spuckte über Bord. »Es scheint ein Fluch auf uns zu liegen«, murmelte er.

So ist es, pflichtete Zwaantie ihm stumm bei. Beim Anblick des leuchtend weißen Strandes hatte sie für einen Augenblick gehofft, nun würde alles gut. Doch sie hatte nur einmal kurz aufatmen dürfen, mehr war ihr nicht vergönnt gewesen.

In den folgenden Stunden suchten sie auf der Insel nach Wasser, oder taten lediglich so, wie Zwaantie fand. Niemand wagte, sich weit von dem Boot zu entfernen, niemand traute dem anderen über den Weg.

Nach Zwaanties Meinung war die Insel ebenso unwirtlich wie diejenige, die sie verlassen hatten. Es gab nichts außer nackten Hängen, an die sich staubgraues Buschwerk klammerte. Auf dem schmalen Strand, der aus der Ferne so verlockend und einladend geleuchtet hatte, knirschten ihre Schritte auf den Kalkablagerungen. Lediglich Vögel wohnten auf der Insel, Schnepfen und Reiher, die mit tückischen Seitenblicken am Ufer entlang staksten, Möwen und Kormorane, die in riesengroßen Schwärmen den Himmel verdeckten. Auf dem Hügelgrat erkannte Zwaantie ein Seeadlerpaar, das sich mit mächtigen Schwingenschlägen erhob und wie zwei schwarze Schatten über ihnen schwebte.

Gegen Mittag begannen einige Matrosen zu winken und zu rufen. Sie hatten auf einem hochgelagerten Felsen Lachen mit Regenwasser entdeckt. Ihre Freude war indes nur von kurzer Dauer, denn die Gischt hatte die Tümpel bereits erfasst und mit Meerwasser durchtränkt. Es war aussichtslos. Selbst als sie schließlich mit den Ruderstielen Löcher in den Strand bohrten, stießen sie lediglich auf hartes Gestein.

Auch diese Versuche kamen Zwaantie halbherzig vor. Den Männern ging es vor allem darum, ihr Langboot seetüchtig zu machen. Bereits auf dem Weg zu der hohen Insel hatten sie umherschwimmende Planken von der *Batavia* aus dem Meer gefischt, die die Geschicktesten unter ihnen nun mit der Axt zurechtschlugen, um damit das Schanzkleid ihres Bootes zu verstärken.

Gut, dass es Männer unter uns gibt, die sowohl ihr Hirn als auch ihre Muskelkraft einsetzen, dachte Zwaantie erneut, als sie die gebeugte Gestalt des Kommandeurs abseits von den anderen umherwandern sah. Wenn es nach diesem Weichling ginge, könnten sie sich nun hinlegen und *ehrenhaft* sterben.

XIII

Ich finde, es ist an der Zeit für einen kleinen Zwischengedanken, und deshalb bitte ich Sie, mir kurz zu folgen.

Meiner Ansicht nach gibt es, gleichgültig nach welcher Missetat, keinen Menschen, der bereit ist, sich dafür schuldig zu bekennen.

Zur Anschauung wähle ich von der *Batavia* ein paar beliebige Fälle heraus.

Da hätten wir einmal Halfwaack, einen der Steuerleute (er ist übrigens der Schwager des Kapitäns). Er war beauftragt, Menschen und Proviant aus dem gestrandeten Schiff auf die Friedhofsinsel zu transportieren. Als er entdeckte, dass das Langboot mit dem Kapitän und dem Kommandeur von der Nachbarinsel verschwand, setzte er ihm nach. O nein, er ließ die Menschen nicht im Stich. Er folgte lediglich seinen Offizieren.

Bei ihm befand sich auch Claas, Tryntgens Ehemann. Fühlte er sich etwa schuldig? Als Verräter an seiner Frau? Aber woher denn. Er schloss sich doch nur seinem Steuermann an. *Der* hatte entschieden, nicht er.

Fand der Kapitän, er wäre ein Deserteur? Hielt der Kommandeur sich für pflichtvergessen?

Hatte Jan Everts jemals Gewissensbisse verspürt? Ja, warum denn, wenn er lediglich Jeronimus gehorchte?

Irgendeine Rechtfertigung legte sich jeder von ihnen zurecht.

Ihnen geht es häufig ähnlich, vermute ich. Immer gibt es Umstände, die Ihr Handeln erklären.

Glauben Sie, ich werfe Ihnen das vor? Bewahre!

Ich wäre bestürzt, wenn es sich anders verhielte.

Auf der hohen Insel

Im Laufe des Nachmittags tauchte ein zweites Boot vor der hohen Felseninsel auf. Die Männer ließen ihre Arbeit sinken und blickten ihm argwöhnisch entgegen.

Der Kapitän hatte sich am Ufer postiert, die Fäuste in den Hüften. Als das Boot näher kam, erkannte er Halfwaack am Ruder, seinen Schwager und Steuermann, derselbe, der kein Wort mehr mit ihm gewechselt hatte, seit er sich mit Zwaantie vergnügte.

Nun sprang Halfwaack aus dem Boot und watete sichtlich erregt an Land.

Ob er mir Vorwürfe zu machen wagt? fragte sich der Kapitän. Ob er annimmt, als Bruder meiner Frau hätte er Rechte anzumelden?

»Was willst du hier?«, rief er Halfwaack entgegen.

»Dasselbe könnte ich dich fragen, Skipper.«

Jacobs warf einen Blick auf die anderen Männer, die dem Boot zögernder entstiegen. Er erkannte Claas und noch etwa ein halbes Dutzend weiterer Soldaten und Matrosen.

Der Kommandeur war inzwischen zu ihnen getreten. »Wir suchen hier nach Wasser für uns alle«, erklärte er.

»Das sehen die Leute da hinten auf der Insel anders. Sie glauben, Ihr seid dabei, Euch zu verdrücken.«

»Warum beantwortest du nicht erst einmal meine Frage?«, erkundigte sich der Kapitän. »Was willst du hier?«

Halfwaack schaute ihn heimtückisch an. »Die Passagiere haben uns beauftragt, hinter euch herzurudern. Sie möchten wissen, was ihr plant.«

Der Kapitän betrachtete ihn nachdenklich. »So, so«, entgegnete er.

»Nun«, fuhr Halfwaack fort, »ich habe ihnen geschworen, dass du niemals deinen eigenen Schwager vergessen und dich klammheimlich entfernen würdest.«

Jacobs lachte schallend auf. »Wie wahr«, erwiderte er belustigt. »Die Familie hält treu zusammen.«

Claas, der inzwischen bei ihnen stand, fiel in sein Lachen mit ein, doch es klang nicht sehr fröhlich, und er sah dabei zur Seite, um dem Blick des Kapitäns auszuweichen.

Gegen Ende des Tages setzten die Männer sich am Ufer zu einer Lagebesprechung zusammen.

»Hier finden wir kein Wasser«, erklärte der Skipper. »So viel steht inzwischen fest.«

»Wir haben doch erst einen Tag lang gesucht«, hielt François ihm entgegen. »Wie kommt es, dass Ihr so schnell aufgeben wollt?«

»Weil wir den Wind nutzen sollten, um das Große Südland anzusteuern. Je eher wir dort sind, desto besser.«

»Wenn ich mir den Himmel anschaue«, entgegnete François, »sieht es eher nach Regen aus. Warum warten wir nicht ab? Wenn es regnet, haben wir Wasser.«

»Zu unsicher«, bemerkte der Skipper.

Die anderen pflichteten ihm bei.

»Wenn es regnet, hätten auch die Menschen auf der großen Insel Wasser«, gab Claas Gerritz zu bedenken. »Sie bräuchten uns dann nicht mehr.«

»Das geht mir alles zu schnell«, widersprach François. »Die Strömung hat bereits Planken von der *Batavia* hergetrieben. Womöglich werden auch noch Wasserfässer angespült. Damit könnnten wir –«

»Wir können gar nichts«, fiel der Skipper ihm ins Wort. »Bis die Fässer hier sind, hat das Meerwasser sie verdorben.«

»Außerdem haben die da drüben auf der Insel sich ihre Lage selbst eingebrockt«, flocht Halfwaack ein. »Wären sie nicht so haltlos gewesen, hätten sie jetzt noch etwas zu trinken.«

»Ihr scheint nicht zu begreifen, dass ich für diese Menschen die Verantwortung trage«, beschied François ihn ungnädig.

Der Kapitän deutete in die Runde. »Und für die hier trage *ich* die Verantwortung«, erklärte er. »Das andere Thema haben wir inzwischen zur Genüge durchgekaut. Ich schlage vor, wir segeln in Richtung Südland. Dessen Küste liegt nicht weiter als vierzig oder fünfzig Meilen von hier.«

Womit er endlich zugegeben hätte, dass wir auf dem Houtmans Riff gestrandet sind, dachte François. Das Märchen von der Sandbank wäre damit erledigt. »Woher wisst Ihr das mit einem Mal so genau?«, konnte er dennoch nicht umhin zu fragen.

Der Kapitän machte eine wegwerfende Geste. »Wir segeln zum Südland«, bestimmte er.

»Ich werde mir das durch den Kopf gehen lassen«, sagte François.

»So lange können wir nicht warten«, entgegnete Jacobs.

Die Männer in der Runde lachten.

Dieses Mal werden wir unseren Zwist nicht vor aller Augen und Ohren austragen, beschloss François. »Vielleicht klären wir das besser unter vier Augen«, schlug er vor.

François und der Kapitän erhoben sich und taten ein paar Schritte zur Seite.

»Ich weiß, was Euch beschäftigt«, murmelte der Kapitän. »Ihr seid nicht in der Lage, den Gedanken an die kostbare Fracht aufzugeben. Ich verstehe das sogar. Wenn Ihr wollt, bleibt hier. Da könnt Ihr mit reinem Gewissen sterben.«

»Wenn Ihr mein Gewissen aus dem Spiel ließet, wäre ich Euch äußerst verbunden.«

»Liebend gern«, versetzte der Skipper. »Ohne Gewissen segelt es sich nämlich leichter.«

François begegnete ihm mit einem strafenden Blick. Danach schaute er zum Himmel empor, wo sich dicke graue Wolken jagten. Der Wind schnitt ihm ins Gesicht. »Na gut«, willigte er schließlich ein. »Aber nur bis zum Südland. Dort wird nach Wasser gesucht, und danach kehren wir wieder um!«

»Selbstredend«, versicherte der Skipper mit kaum verkennbarer Ironie.

François warf abermals einen Blick zum Himmel. Du da oben siehst mir bis in meine düstere Seele, dachte er. Du und der Kapitän. Aber du, Herr, wirst mich wohl eines Tages richten, nicht er.

sechster Tag des Juni
im Jahre des Herrn, 1629

Am andern Morgen stachen sie in See. An Bord des Langbootes befanden sich nun siebenundvierzig Menschen, darunter zwei Frauen und ein drei Monate altes Kind. Das kleinere Beiboot zogen sie im Schlepptau leer hinter sich her.

François hatte im Heck des Langbootes Platz genommen und brütete schweigend vor sich hin. Bisweilen wandte er sich um und schaute zurück zu einem winzigen Punkt, dem Wrack der *Batavia*. In solchen Momenten war es ihm, als ob sich bleischwere Steine auf seinen Magen senkten. Ich habe alles Erdenkliche getan, versuchte er sich zu beruhigen. Ich wäre sogar zurückgekehrt, um mit den Gestrandeten zu sterben. Trifft mich die Schuld, wenn es dem Kapitän an moralischer Stärke gebricht, um mit der gleichen Treue zu den Verlorenen zu halten? Oder hat er nicht vielleicht Recht, wenn er glaubt, es sei besser, das Südland anzusegeln? Oder aber gebe ich ihm aus den falschen Beweggründen Recht und mache mir etwas vor? Will ich im Grunde meines Herzens nicht auch nur meine eigene Haut retten?

Zuletzt gab François seine Überlegungen auf. Ich werde im Moment nicht erkennen, was richtig ist und was nicht, sagte er sich. Allenfalls werde ich im Rückblick begreifen, wenn es die falsche Entscheidung war. Bis dahin, beschloss er, würde er die nagende Stimme in seinem Kopf zum Schweigen verdammen oder sie überhören, wenn sie sich regte. Auch seine Seele wollte er nunmehr nicht weiter durchforsten, denn sie erschien ihm ebenso kalt und unheimlich zu sein wie das Meer mit seinen kreischenden Möwen und den steinern aufragenden Klippen.

Auf dem Friedhof

So musste es ja kommen, fuhr es Wiebe durch den Sinn. Zuerst tollwütige Wut, dann sinnloses Rasen und nun zum Schluss die Einsicht und die ohnmächtige, bittere Reue.

Er betrachtete die Menschen, die erschöpft auf dem nackten Boden lagen oder immer noch lautstark den Kommandeur und den Kapitän verfluchten.

Eins hatte Wiebe während seiner Kämpfe gelernt: Geschlagen war erst der, der sich geschlagen gab. Bis dahin galt es auszuharren, nicht die Waffen zu strecken, auf einen günstigen Moment zu lauern und dann die nächste Attacke zu planen. Nur derjenige, der das vermochte, war ein richtiger Mann und Soldat. Der Steinmetz war das offenkundig nicht, sinnierte Wiebe, denn er hatte zu den Ersten gehört, die aufgaben. Nun hockte er am Ufer und wimmerte erbärmlich. Hin und wieder richtete er sich jedoch auf und geiferte Unverständliches in Richtung des entschwundenen Kommandeurs.

Wiebe trat zur Familie des Pfarrers, die sich in den Schutz eines Felsens zurückgezogen hatte. Frau Bastians hatte ihr Jüngstes auf dem Schoß und wiegte es sachte hin und her. Ihr Mann lag auf den Knien und betete um ein Wunder.

Vielleicht tut Gott ihm ja den Gefallen, dachte Wiebe. Er hatte schon häufig erlebt, dass der Herr die erstaunlichsten Dinge vollbrachte.

Pfarrer Bastians verstummte, sobald Wiebes Schatten über ihn fiel. Für einen Augenblick schien er ihn für einen Engel zu halten und lächelte beglückt. Dann jedoch erkannte er Wiebe, und sein Blick wurde kalt.

»Es gibt für alles eine Lösung«, bemerkte Wiebe, indem er mitleidig die aufgeplatzten Lippen des Pfarrers betrachtete.

»Der Herr wird sie mir weisen«, beschied Pfarrer Bastians ihn frostig.

»Der Herr hilft denen, die sich selbst zu helfen wissen«, erwiderte Wiebe. »Wo lasst Ihr Euer Wasser?«

Pfarrer Bastians kam schwerfällig auf die Beine. »Was fällt Euch ein…«, begann er, doch Wiebe fiel ihm ins Wort: »Ihr müsst Euer Wasser trinken, wenn Ihr überleben wollt.«

»Schert Euch fort mit Eurem widernatürlichen Geschwätz!«, krächzte Pfarrer Bastians erbost.

»Wenn man die Augen dabei schließt, ist es zu schaffen«, fuhr Wiebe unbeirrt fort. »Und es schmeckt nicht schlechter als das Bier, das man uns auf dem Schiff anbot.«

»Wie die Tiere«, flüsterte Pfarrer Bastians angewidert.

»Unser Leben gleicht ja nun auch dem der Tiere! Warum sollten wir uns ihnen dann nicht auch anpassen?«

»Eher sterbe ich, als dass ich mich vor Gott unwürdig erweise«, erklärte Pfarrer Bastians und ließ sich erneut zu Boden sinken.

»Wie Ihr wollt«, antwortete Wiebe. Er legte den Kopf in den Nacken und schaute zum Himmel empor. Über ihnen hing eine undurchdringliche graue Wolkendecke. Der Wind wirbelte trockenen Kalkstaub auf. Auf Regen würden sie noch eine Weile warten müssen.

»Als ob ich mein eigenes Wasser trinken würde«, murmelte der Pfarrer vor sich hin.

»Nun, meines bekommt Ihr mit Sicherheit nicht.« Wiebe lachte. Danach wurde er wieder ernst. »Ihr trinkt doch auch das Blut des Gekreuzigten«, ermunterte er Pfarrer Bastians abermals. »Was ist denn dann gegen Euren eigenen Körpersaft einzuwenden?«

»Geht mir aus den Augen! Solche Gedanken sind des Teufels.«

»Dann werdet Ihr sterben, Herr Prediger. Gehabt Euch wohl.« Wiebe wandte sich ab.

»Ich vertraue auf die Kraft meines Gebetes!«, rief der Pfarrer ihm nach.

Ja, tu das nur, dachte Wiebe. Vielleicht spendet dir das ein wenig Trost. Mindestens zwei Monate würde es dauern, bis der Kommandeur und Jacobs Batavia erreichten. Einen weiteren würden sie benötigen, um zu ihnen zurückzukehren – vorausgesetzt, sie schafften die Reise überhaupt. Sie hingegen würden höchstens drei Tage brauchen, bis sie verdurstet waren.

Während der Nacht hörte Wiebe, wie der Pfarrer stöhnte und seine Gebete immer wieder von vorn begann, bis er schließlich heiser wurde und zuletzt verstummte.

Auf dem Wrack

Jeronimus befand sich noch immer in der Kajüte des Kommandeurs. Alle anderen waren inzwischen verschwunden. Er hatte sich in dem roten Sessel zurückgelehnt und ließ seine Blicke umherwandern. Die aufgerissenen Schubladen des Schreibtisches, deren Inhalt sich auf dem Boden befand, die schiefe Lage des Raums, die zur Wand gerutschten Möbel – nichts davon nahm er wahr. Stattdessen malte er sich aus, er würde die Flotte befehligen und sei auf dem Weg zu einem Posten als Gouverneur.

»Du da hinten!«, rief Jeronimus einem Dienstboten zu. »Besorg mir auf der Stelle einen Becher Wein!« Er sah die geduckte Gestalt forthuschen und trommelte ungeduldig auf die Armstützen.

»Frau van der Mylen«, begann er danach. »Ihr würdet staunen, wenn Ihr wüsstet, was ich in Indien erlebt habe.« Jeronimus bückte sich und hob einen Bogen Papier vom Fußboden auf. Es handelte sich um eine Proviantliste, notiert in der feinen, säuberlichen Schrift des Kommandeurs. »De Vries, hopp, hopp! Acht Kopien bitte und zwar ein bisschen plötzlich!«, herrschte Jeronimus den imaginären Schreiber an.

Von draußen schlug ein wuchtiger Brecher gegen die Bordwand. Jeronimus schrie auf. Dann glitt er langsam zu Boden.

»Solch ein unrühmliches Ende kannst du nicht für mich vorgesehen haben, Herr!«, rief er gen Himmel, ehe er abermals in eine dunkle Ecke kroch und sich dort zusammenkrümmte.

Später schleppte Jeronimus sich auf das Lager des Kommandeurs, rollte sich wie ein Fötus ein und verbarg sich unter den schweren Decken. Die meiste Zeit über zitterte und weinte er, doch hie und da rappelte er sich hoch und spie Verwünschungen gegen die zahllosen Ungeheuer aus, die wie schwarze Nachtvögel durch seine Träume flatterten.

Auf dem Friedhof

Tryntgen hatte sich auf einen der Felsen zurückgezogen und den Kopf in den Armen geborgen. Zu ihren Füßen gurgelte und schäumte die Brandung. Über ihr zogen Möwenschwärme unruhige Kreise und warfen flirrende Schattenbilder auf die Wellen.

Sussie näherte sich Tryntgen. Behutsam legte sie ihr eine Hand auf die Schulter.

»Tryntgen«, sagte Sussie leise.

Sie sah, dass Tryntgens Körper von Schluchzern geschüttelt wurde, doch sie wusste, dass ihrer Schwester kein Trostwort helfen würde.

Gewisse Dinge sollte man von Männern erwarten können, fand Sussie. Zum Beispiel blieben gute Männer ihren Frauen treu, wenngleich ihre Schwester erklärt hatte, es sei besser, sich nicht darauf zu verlassen, sondern sich darauf einzustellen, verzeihen zu müssen. Das Mindeste, dachte Sussie, war jedoch, dass einen der Ehemann ausreichend liebte, um einem in Notzeiten beizustehen. Oder musste man etwa hinnehmen, dass er sich heimlich davonstahl, um seine Haut zu retten, und seine Frau auf einem gottverlassenen Stück Erde dem Tod überließ?

Die Untreue, deren Claas sich schuldig gemacht hatte, war nach Sussies Meinung schlimmer als Ehebruch. Sie fand nicht einmal ein Wort, um sie zu benennen. Wenigstens wird Tryntgen nicht lange hadern müssen, sagte sich Sussie, doch ihre letzten Gedanken würden vermutlich bitter sein.

XIV

An dieser Stelle ließe sich spekulieren, welche Art von Leben Claas noch beschieden ist – sofern er Java jemals erreicht. Ein langes Leben wird er nicht mehr vor sich haben. Damit ist bei einem Mann seines Standes grundsätzlich nicht zu rechnen. Er hat sich lediglich ein wenig zusätzliche Zeit gestohlen. Was glauben Sie? Ob sie ihn süß ankommt?

Mir gefällt es, wenn ein Mann Gewissensbisse hat. Alle anderen sind uninteressant. Solche Menschen ziehen gewöhnlich nur stumpfsinnig ihrer Wege. Mir liegen eher diejenigen am Herzen, die gut sind, dann jedoch straucheln.

Wenn Sie möchten, denken Sie sich Claasens zukünftige Geschichte aus. Vergessen Sie dabei jedoch nicht, dass er das Ausmaß seiner Missetat begreift und dass sie ihn für immer quälen wird. Malen Sie sich sein Ende ruhig in der Hölle aus, denn dort wird er landen, so viel kann ich Ihnen jetzt schon verraten.

Auf dem Friedhof

Bereits seit einer geraumen Weile klang Judith ein Scharren und Kratzen in den Ohren. Als sie sich umblickte, sah sie Füße aus einem Wasserfass ragen und begriff, woher die Geräusche stammten. Ein Mann war in das Fass gekrochen und versuchte den letzten Rest Feuchtigkeit zusammenzuschaben.

Die Sonne, die bisweilen durch den grauen Himmel brach, verströmte ein milchig gleißendes Licht, das Judiths Augen tränen ließ. Ihre Kehle hingegen war ausgedörrt und fühlte sich ledrig an. Schon seit Stunden vermochte Judith nicht mehr zu sprechen.

Am Ufer wälzte sich ein kleiner Junge wimmernd in den auslaufenden Fluten. Er hatte Meerwasser getrunken. Es würde nicht mehr lange dauern, bis er starb. Niemand besaß die Kraft, sich zu ihm zu schleppen, um zu helfen, niemanden berührte noch, was mit dem Kind geschah.

Judith blickte zu ihrem Vater hinüber. Er konnte sich längst nicht mehr auf den Knien halten, sondern lag bäuchlings auf dem Erdboden und röchelte Gebete vor sich hin. Einer ihrer kleinen Brüder schluchzte. Judith wunderte sich über seine Energie.

Im seichten Meerwasser trieb der stinkende, unförmige Leichnam eines Mannes. Er hatte vergeblich versucht, von der *Batavia* aus zu ihnen zu schwimmen. Der hat es wenigstens hinter sich, hatte Judiths Mutter gesagt.

Stechende Schmerzen bohrten sich in Judiths Schläfen und breiteten sich über ihre Schädeldecke aus. Sie schloss die Augen und legte sich zurück. Der Wunsch zu sterben stahl sich wie ein Dieb in ihre Seele. Sie wehrte ihn nicht ab. Sein Besuch war ihr willkommen.

Die leeren Wasserfässer ragten wie Zeichen des Hohns vor ihnen auf. Es gab keinen Grund mehr, sie zu bewachen. Stattdessen hatten die Soldaten aus Überresten von Segelleinwand und angespülten Planken behelfsmäßige Zelte errichtet. Anfänglich bauten sie diese noch nach Vorschrift auf und stellten sie in Reih und Glied, doch in dem Maße, in dem ihre Kraft schwand, verließ sie auch ihr Sinn für Ordnung und Disziplin.

Wiebe lag mit aufgesprungenen, blutenden Lippen unter einem aufgespannten Stück Segeltuch. Er war zu schwach, um sich zu bewegen. Nur seine Blicke folgten noch dem Tanz eines schimmernden Wasserbechers, der sich vor seinen Augen auf den Wellen drehte.

Neben Wiebe ließ Mattys Beer seinen Urin in einen Becher tröpfeln und führte ihn dann mit zittrigen Händen zum Mund. An seiner Kehle sah man die Schluckbewegungen, doch dann spie er die Flüssigkeit aus und schleuderte den Becher fort. Würgend und hustend ließ er sich auf den Erdboden sinken und blieb dort zuckend liegen, wie ein gestrandeter Fisch.

Der bullige Steinmetz war auf dem Strand zusammengebrochen. Ab und zu stemmte er sich noch ein wenig hoch und versuchte, auf die Wellen zuzukriechen. Wiebe erkannte schemenhaft, dass jemand ihm Einhalt gebot.

Es gibt so viele Arten des Sterbens, fuhr es Wiebe durch den Sinn. Man konnte ertrinken, verdursten, am Fieber eingehen, erfrieren, am Rad mit gebrochenen Gliedmaßen enden und in der Schlacht einer Kugel erliegen. Doch einerlei, wie man aus dem Leben schied, ein Sinn lag nie darin, ganz gleich, was die Kirchenmänner behaupteten.

Am besten nimmt man es, wie es kommt, dachte Wiebe. Eine Wahl hat der Mensch ohnehin nicht. Warum sich also dagegen wehren?

Lucretia hatte sich bis unter eine Segelbahn geschleppt, ehe die Kraft sie verließ. Nun lag sie ausgestreckt da, unfähig sich zu rühren. Hie und da, wenn ein Strandkrebs sich raschelnd zwischen den Korallenschalen versteckte oder die Schatten der Seevögel über ihr Gesicht glitten, lief ein Schauer über ihre Glieder. Dann dachte sie flüchtig an jene anderen Geräusche und Schatten auf dem langen Gang der *Batavia*. Für einen Moment entsann sie sich daraufhin des Grauens, bäumte sich ein wenig auf und glaubte, fauligen Atem zu riechen, so als fielen Leichen über sie her.

»Madame van der Mylen«, hörte Lucretia eine Stimme sagen.

Die Stimme klang freundlich und führte sie zurück nach Amsterdam. Gewiss handelte es sich um eine Dienerin in ihrem Haus an der Heerengracht, die sie am Morgen sanft aus dem Schlummer weckte.

»Madame van der Mylen«, wiederholte die Stimme. »Ich habe Euch etwas zu trinken gebracht.«

Lucretia spürte Tropfen auf ihren Lippen und öffnete den Mund. Sie trank den winzigen Schluck Wasser, den man ihr in einer Schöpfkelle reichte, und blickte in das Gesicht eines jungen Mannes. Lucretia runzelte die Stirn und versuchte, sich zu erinnern, wer er war.

»Ich bin es, Andries«, erklärte der junge Mann.

Der Name sagte Lucretia nichts. Sie schmatzte mit den Lippen, beschwor den Geschmack des Wassers neu herauf. Der junge Mann bettete ihren Kopf fürsorglich auf die Erde zurück.

Lucretia versank wieder in ihrem Alptraum, in dem sie sich seltsam lebloser Hände erwehrte. Andries aber kroch zum Strand, um sich einen Platz zum Sterben zu suchen.

Fünfundzwanzig Grad und sechsunddreißig Minuten südlicher Breite

Gott muss sich vorgenommen haben, meinen Lebensmut zu vernichten, dachte François. Er will mich nicht einfach nur strafen, sondern er unternimmt regelrecht einen Kreuzzug gegen mich.

Über die dünne Mondsichel rasten dunkle Wolken. Die Flut hatte eingesetzt. Von Nordwesten fegten Sturmböen über das Meer, die schwere Brecher über das Langboot peitschten und seine Insassen unter sich begruben.

Der Skipper hatte die Segel einholen und den Bug auf das offene Meer richten lassen. Trotz des heulenden Sturms stand er hochaufgerichtet da, trieb die Männer an und brüllte ihnen zu, sich ins Zeug zu legen.

François war einmal schwankend aufgestanden, um Jacobs zuzurufen, das sei der helle Wahnsinn, sie müssten andersherum steuern, die sichere Insel aufsuchen und nicht das uferlose Meer.

Als Erwiderung hatte der Kapitän geschrien, wenn er mit der Brandung gegen die Klippen geschleudert werden wolle, sei ihm das recht, er möge in dem Fall einfach nur springen.

François ließ sich kleinlaut auf seinen Sitz zurückfallen. Jedes Mal, wenn eine Welle über ihn geschwappt war, holte er keuchend Luft. Er sah, dass sich das Boot bedrohlich mit Wasser füllte, und nach einer Weile begann er, den Matrosen zu helfen, es mit Bechern und Näpfen aufzuschöpfen. Wen interessiert noch, ob mein Rang dergleichen erlaubt? fragte er sich stumpf. Alles ist vorüber, die Regeln gelten nicht mehr.

Es war ein Sturm, wie François ihn noch nie erlebt hatte. Die See und der Himmel hatten sich verbündet und waren zu einem einzigen Feind geworden, der ringsum tobte und ihnen mit undurchdringlicher Schwärze die Sicht nahm.

Das Beiboot, das sie im Schlepp mit sich führten, war bis an den Rand voll Wasser gelaufen. Es zog das Langboot wie ein Anker nach unten.

»Kappt das Tau!«, schrie der Skipper durch den tosenden Wind.

Halfwaack machte Anstalten zu gehorchen, hielt jedoch im letzten Moment inne.

»Du sollst das verdammte Tau durchtrennen!«, brüllte Jacobs noch einmal.

Halfwaack hieb seine Axt in den dicken Verbindungsstrang. Das kleine Boot drehte sich ein-, zweimal im Kreis, und danach war es verschwunden, vom Meer verschluckt.

Der Wasserpegel im Langboot kletterte trotzdem weiter in die Höhe.

»Die Wasserfässer über Bord!«, schrie Jacobs.

François richtete sich abermals auf. »Was soll das?«, rief er erschrocken.

»Wir sind zu viele. Das Boot ist zu schwer!«, brüllte der Kapitän. »Der Ballast geht über Bord. Entweder der oder wir.«

François klammerte sich an der Bordwand fest und sah zu, wie ihre Vorräte kurz darauf auf den aufgewühlten Wellen forttrieben.

Dann setzte der Regen ein.

In den niederprasselnden Fluten legten sie die Köpfe in den Nacken, öffneten die Münder, streckten die Zungen dem Nass entgegen und leckten gierig nach mehr.

Großer, allmächtiger Gott, betete François, lass es auch auf der Insel regnen! Gib den Menschen dort genug Wasser, damit sie überleben.

Als er seinen ersten Durst gestillt hatte, ließ François sich auf den Boden sinken und betrachtete den Kapitän. Wie eine Statue saß dieser nun am Heck, die Augen auf den Wellengang gerichtet, die Hand an der Ruderpinne, die Nase im eisigen Wind. Er hat sich nicht für einen Augenblick gefürchtet, erkannte François. Jacobs mochte ein Maulheld sein, ein grobschlächtiger Flegel, doch alles, was recht war, ein Angsthase war er nicht. Auch in einer nahezu aussichtslosen Lage wie dieser behielt er seinen Mut, stemmte sich gegen den Sturm und die See und kämpfte wie ein Löwe. Selbst nachdem er das beste Schiff der Gesellschaft – ach was, das beste Schiff der Welt! – in den Untergang gesteuert hatte, blieb sein Selbstvertrauen unangefochten. Die Schuld an unserem Unglück wird er zwangsläufig anderen in die Schuhe schieben, überlegte François, denn den Gedanken, versagt zu haben, erträgt so jemand nicht, dafür ist er zu unbeugsam, zu stolz.

François nahm sich vor, diesen Umstand niemals zu vergessen, vor allem nicht in Java vor dem Gouverneur. Er zog seinen Umhang enger um sich. Dann rollte er sich auf dem Boden zusammen. Er spürte das Fieber in sich wüten. Soll Jacobs doch kämpfen, wenn er sich so gut darauf versteht, dachte er. Er, François, konnte nichts mehr tun, er wollte nur noch schlafen, im Nichts versinken, vergessen.

Auf dem Friedhof

Anfänglich glaubte Judith, sie würde von der Gischt besprüht, doch dann platschte ein dicker, schwerer Tropfen auf ihre Wange. Sie öffnete die Augen. Über ihr hing noch immer derselbe bleierne Himmel wie zuvor. Gleich darauf spürte sie die nächsten Tropfen. Sie vernahm das leise Stöhnen, das sich ihrer Kehle entrang, und legte den Kopf in den Nacken. Wie von selbst schob sich die Zunge aus ihrem Mund hervor und verharrte ungeduldig zitternd in der Luft.

Ein eiskalter Wind erhob sich, und dann endlich brach der Regen los.

Judith schrie auf. Ein Wunder war geschehen, ganz wie ihr Vater es vorausgesehen hatte. Mit seinem Strafgericht hatte der Herr sie lediglich prüfen wollen, doch nun hatte er ihre Treue erkannt und wollte sie belohnen. Er ließ seine Herde nicht im Stich.

Immer neue graue Regenvorhänge bildeten sich über dem Meer und zogen auf die Insel zu, wo sie sich in Sturzbächen ergossen. Die Vertiefungen in den Felsen füllten sich mit Wasser. Auf dem Friedhof sah es aus, als erhöben sich Tote aus ihren Gräbern. Menschen, die gerade noch reglose Hügel gewesen waren, richteten sich auf, kamen taumelnd auf die Beine und irrten mit ausgestreckten Armen umher. Dann boten sie ihr Gesicht dem Himmel dar und begannen zu schmatzen und zu lecken, bis sie schließlich die Hände zu Kuhlen formten und das Wasser daraus schlürften.

Die Soldaten waren die Ersten, die umsichtig reagierten. Nachdem sie ihren ersten Durst gestillt hatten, hielten sie die Segeltücher wie Trichter auf und leiteten die Wasserbäche in die Fässer.

Judith krabbelte auf allen vieren über die Felsen und schleckte an den frisch entstandenen Pfützen. Sie erkannte ihre Mutter, die das Gleiche tat, und ihren Vater, der abwechselnd betete und trank.

Judith riss sich ihre Haube vom Kopf, wrang sie aus und ließ sich auch dieses Nass in die Kehle rinnen. Sie hatte zu weinen begonnen. Wie kostbar das Leben wird, dachte sie, wenn man Angst hat, es würde einem genommen!

Auf dem Wrack

Jeronimus hatte die Kajüte des Kommandeurs verlassen und war Stück für Stück vorwärtsgeschlichen, um nach dem Verbleib der anderen zu forschen. Doch als der Sturm losbrach, der Wind gegen die Schiffswand donnerte und sich ein schwerer Brecher nach dem anderen über die Bordwand ergoss, flüchtete er sich in den Stauraum unter dem Bug. Dort zog er ein Stück Segelleinwand über sich und hielt sich die Ohren zu, um dem Tosen und Brausen zu entrinnen. Doch der Geruch nach Salz und Tang zwang sich wie eine Schraube um seine Brust.

In den vergangenen Tagen hatte Jeronimus mitbekommen, dass die Zahl der Menschen auf dem Wrack stetig kleiner geworden war. Der Grund dafür war ihm klar. Sie sprangen über Bord und versuchten, schwimmend die Insel zu erreichen. Einmal hatte Jeronimus sich ermannt und von der Kajüte des Kommandeurs aus durchs Fenster gelinst. Dabei hatte er einige von ihnen untergehen sehen. Er entsann sich noch der gellenden Hilferufe des dicken Marschalls, den die Kraft bereits nach wenigen Stößen verließ, woraufhin er noch einmal verzweifelt um sich schlug, ehe er versank.

Van Huyssen und der *Jonker* van Os waren gemeinsam über Bord gesprungen und hatten sich an einem umhertreibenden Balken festgehalten. Etliche hatten es ihnen nachgetan, waren entweder allein oder zu zweit auf treibende Holzteile zugekrault und entfernten sich Wasser tretend.

Zu trinken und zu essen hatte Jeronimus nichts mehr. Ihm war auch bewusst, dass weder der Kommandeur noch der Kapitän zurückkommen würden, um ihn zu holen. Was Jacobs betraf, wunderte es Jeronimus nicht. Zum einen hatte er ihm nie getraut und zum anderen wäre er selbst nicht anders verfahren. Vermutlich hatte Jacobs dem Kommandeur inzwischen die Kehle durchgeschnitten und segelte in Richtung Molukken.

Vom Kommandeur kam Jeronimus sich indes verraten vor. Der Mann hatte kein Recht, seinen Unterkaufmann zurückzulassen. Im Geist sah er sich auf dem Überrest der *Batavia* hocken, bis der Tod nach ihm griff und ihn mit sich in sein Schattenreich zog.

Jeronimus kroch tiefer in sich hinein und weinte vor Wut und Furcht.

XV

Ist es nicht eigentümlich, dass die Menschen so wenig Vertrauen in ihren Glauben haben, wenn es hart auf hart kommt?

Nehmen wir einmal an, ein Mensch glaubt, nach dem Ende seines Lebens erwarte ihn ein liebender Gott mit seinen himmlischen Heerscharen an der Pforte des Paradieses. Warum, frage ich Sie, klammert er sich dann derart verzweifelt an sein Leben, wenn es im Vergleich zu dem, was danach folgt, doch nur armselig ist?

Oder nehmen wir Jeronimus! Er war doch von seinem erhabenen Schicksal überzeugt, oder etwa nicht? Warum also beutelt ihn der Kleinmut, sobald er auf ein Hindernis trifft?

Ich gebe zu, dass Jeronimus mich ein wenig enttäuscht. Wie kann er denken, ich gäbe ihn auf, nachdem ich ihn so weit kommen ließ und noch so vieles mit ihm plane?

Ich könnte ihn beruhigen. Ich bin mit ihm noch längst nicht fertig.

Auf dem Wrack

An diesem Tag war das Meer so ruhig wie ein stiller See. Der blaue Himmel spiegelte sich in den glatten Wellen, die sich sanft um das Wrack kräuselten. Jeronimus schob sich langsam aus seinem Unterschlupf hervor und spähte aufmerksam nach allen Seiten.

Die gesplitterten Masten und das Gewirr der Taue und Leinen war nach wie vor vorhanden, doch das furchtbare Kratzen und Schaben des Kiels war verstummt. Die Bohlen und Planken des Schiffes ächzten nur noch leise. Die gestrandete *Batavia* lag verlassen da.

Über Jeronimus segelte eine einsame Möwe hinweg und stieß einen heiseren Schrei aus.

»Ist da jemand?«, rief Jeronimus. »Ich bin es! Der Unterkaufmann.«

Es war in der Tat noch jemand da. Ein Matrose. Er lag bäuchlings auf dem Deck, halb unter dem umgestürzten Mast begraben. Seine Glieder standen seltsam verdreht von ihm ab, und um seinen Kopf hatte sich eine dunkle Lache ausgebreitet, die getrocknet war und nun verklumpte.

Jeronimus hielt sich an der Reling fest und hangelte sich über das schräg stehende Deck weiter vor. Es sah aus, als taste er sich an einem steilen Hang entlang. Dann vernahm er ein raschelndes, knisterndes Geräusch. Es stammte von den Taschenkrebsen, die mittlerweile an Bord gelangt waren. Sie hatten die Augen und einen Teil des Hirns des Toten weggenagt und huschten fort, als Jeronimus sich näherte.

Beim Anblick der leeren Augenhöhlen und des offenen Schädels krampfte sich Jeronimus' Magen zusammen. Der Unterkaufmann presste sich die Hände auf den Leib und gab Würgelaute von sich. Grünliche Galle sickerte ihm aus dem Mund und rann über sein Kinn.

Der Geldtruhen waren noch immer festgezurrt, stellte er kurz darauf fest. Niemand hatte sich an ihnen vergriffen. Das ist unser Lösegeld, ging es ihm durch den Kopf. Damit bezahlen wir später die Fische.

In den Mulden der Segelleinwand, die aufgebauscht in einer Ecke lag, hatte sich Wasser gesammelt. Jeronimus tauchte einen Finger hinein und lutschte ihn ab. Regenwasser. Er ließ sich auf die Knie nieder und trank wie ein Hund aus seinem Napf.

Nicht weit entfernt ragte ein Fels aus dem Wasser, der sich zwischen dem Wrack und der großen Insel befand. Jeronimus beobachtete, wie ein Fass darauf zutrieb. Ich sollte die Gelegenheit nutzen, sagte er sich, am besten jetzt gleich, ohne nachzudenken. Er gab sich einen Ruck. Doch es half nichts. Er schaffte es nicht, die Brüstung loszulassen. Seine Gliedmaßen verweigerten ihm den Dienst.

Wenn ich nicht springe, sterbe ich, überlegte Jeronimus, während er auf seine Finger starrte, die sich widerborstig um den Handlauf schlossen. Lasst los! befahl er ihnen. Ich bin Gottes Auserwählter. Es darf nicht sein, dass ich einsam und verlassen bei einem Toten und lauernden Aasfressern verende.

Auf dem Friedhof

Judiths Gefühl der Dankbarkeit war gekommen und gegangen. Bereits wenige Tage nach den Regengüssen plagte sie wieder die Niedergeschlagenheit, die mit langen, schwarzen Krakenarmen nach ihrer Seele griff und ihr Gemüt mit ihrem Gift durchsetzte.

Das hat Gott also für uns vorgesehen, dachte Judith, den Friedhof der *Batavia*. Ein ödes Koralleneiland, mit dürrem, zerzaustem Gestrüpp, Heimat von Vögeln und kleinem Seegetier.

Wenn die Flut kam, versank der Strand. Dann wurde die Insel von steilen Klippen gesäumt, die sich mit scharfen Zacken und Kanten aus dem Meerboden erhoben.

Ringsum befanden sich weitere Inseln. Ein langgestreckter Felsen war durch einen breiten Kanal von ihnen getrennt, durch den eilig die Strömung trieb und Strudel bildete. Im Norden sah man die Insel liegen, von der der Skipper und der Kommandeur verschwunden waren. Sie wurde Verräterinsel genannt.

Je nach Einfall des Lichts nahmen die umliegenden Inseln das Aussehen einer düsteren Pilzkolonie an und wirkten unheimlich. Anneken Hardens war der Überzeugung, es handele sich um eine Geisterwelt, in der böse Mächte ihr Unwesen trieben.

Seit dem großen Regen besaßen sie genügend Wasser. Infolgedessen hatten die Menschen Mut gefasst, hatten sich an die Arbeit gemacht, versuchten zu überleben. Aus Felsbrocken, Buschwerk und angespültem Holz wurden weitere Hütten und Zelte errichtet, an denen Segeltuchreste als Vordächer dienten. Am Strand bauten Zimmerleute aus angeschwemmten Planken Flöße zusammen, mit denen sie durch die seichteren Gewässer ruderten, um die umherschwimmenden Fässer und Kisten aufzufischen.

Die Fässer wurden erneut von einer Wache gehütet. Von ihr bekam jeder täglich drei Becher Wasser zugeteilt. Mit diesen Rationen würden sie für eine Weile durchhalten.

Die Sturmtaucher auf der Friedhofsinsel schliefen zwischen den Felsen auf sandigen Flecken. Dort erlegten die Männer sie nachts, wenn sie, vom Fackellicht geblendet, starr und steif auf ihren Nestern hockten. Wenn man sie rupfte und über verkohlten Holzstücken briet, erhielt man einen Bissen zähen, nach Fisch schmeckenden Fleisches. Außer diesen Vögeln nistete in den Sträuchern eine Seeschwalbenart, deren Fleisch zwar ungenießbar war, deren winzige Eier sich jedoch kochen oder schlürfen ließen.

Ob die Anzahl der Vögel stets für alle ausreichen würde, vermochte Judith nicht abzuschätzen, doch so weit dachte zurzeit niemand. Für den Moment waren sie versorgt. Das war ihnen genug.

Judiths Vater versammelte die Menschen allmorgendlich zur Andacht, um sie in ihrem Glauben an Gott zu bestärken. »Der Herr ist mein Hirte«, hörte Judith ihn bisweilen auch für sich murmeln, »mir wird es nicht mangeln.«

Bei derartigen Gelegenheiten lächelte Judith abfällig. Ja, ja, dachte sie dann, und du bewahrst ihn davor, säumig zu werden. Ihr Vater hatte gut für sich gesorgt. Er und seine Familie lebten in der größten und besten Unterkunft, wohingegen die Kranken und Verletzten notdürftig unter Sträuchern untergebracht waren.

Zuweilen fragte Judith sich, warum sie ihren Vater nicht an seine Christenpflicht gemahnte und sich erkundigte, was aus seinen strengen Grundsätzen geworden war, deren er sich sonst so gern und ausgiebig bediente. Ihr fehlte jedoch der Mut. Allerdings stellte sie grübelnd fest, dass ihr Vertrauen in ihren Vater schwand. Dieser Prozess hatte bereits auf der *Batavia* begonnen, als sie seine Unterwürfigkeit gegenüber van Huyssen erkannte. Später, beim Verlassen der *Batavia*, hatte seine Brutalität sie abgestoßen. Allein vor der Konsequenz, ihn nämlich als selbstsüchtigen und heuchlerischen Menschen zu brandmarken, scheute Judith noch zurück.

Judith ließ die Blicke über den glatten, blauen Ozean wandern, dessen Wellen den Strand mit zarten Spitzenbändern benetzten.

Der Geruch eines Feuers stieg ihr in die Nase, vermischt mit dem Duft von gebratenem Fisch. Judiths Magen gab knurrende Laute von sich. So wird es bleiben, dachte sie resigniert. Ich werde wie Vieh existieren, entweder Hunger oder Durst leiden, mich abwechselnd vor der eisigen Kälte oder der glühenden Sonne verkriechen und mich fortwährend erbärmlich und elend fühlen. Darüber hinaus wird nichts mehr geschehen. Das wird mein Leben sein.

Judiths Blick glitt zur *Batavia* hinüber. Dort gab es kein Lebenszeichen mehr. Während des vergangenen Sturms hatte das Wrack sich weiter zur Seite geneigt und war inzwischen fast gänzlich unter der Wasseroberfläche verschwunden.

»Judith«, sagte eine Stimme hinter ihr.

Judith fuhr herum.

Conrad. Er hatte überlebt!

Conrads Äußeres hatte ein wenig gelitten, fand sie. Seine blasse Haut wies wässrige Hitzebläschen auf, seine Lippen waren rau, und auf seinem feinen Umhang malten sich hässliche weiße Salzränder ab. Sein Haar war indes noch blonder geworden, und auf den hellen Strähnen tanzten kleine goldene Lichter in der Sonne.

»Ich bin sehr froh, Euch wohlbehalten anzutreffen«, begrüßte Conrad sie.

Sein Lächeln strömte Judith wie Lava durch die Glieder. Es war aufreizend und innig zugleich.

Judith schoss die Röte in die Wangen. »Ich freue mich auch, dass Ihr noch lebt«, murmelte sie.

Conrads Lächeln vertiefte sich. Er trat einen Schritt auf sie zu.

Judith blickte ihn wachsam an. Für einen Moment fragte sie sich, ob er sie in die Arme nehmen – und ob sie dann nachgeben und sich an ihn schmiegen würde.

Doch Conrad tat nichts dergleichen. »Welch ein trostloser Ort für ein Wiedersehen«, bemerkte er mit jäher Verdrossenheit. Sein Lächeln war erloschen.

»Ich dachte, wir würden alle sterben«, gestand Judith leise. »Etliche Menschen sind tatsächlich verdurstet. Die anderen rettete ein Wunder des Herrn.«

»Wenn der Herr sein Wunder früher vollbracht hätte, wären womöglich noch mehr gerettet worden«, entgegnete Conrad heftig.

Judith hob die Hand, als wolle sie seine Worte abwehren.

»Entschuldigt, Judith«, lenkte er ein. »Gewiss sind nur die Sünder umgekommen.«

Judith betrachtete ihn nachdenklich. Wie leicht ihm die Gotteslästerung über die Lippen geht! wunderte sie sich.

»Mein Vater glaubt, dass seine Gebete notwendig waren, um Gottes Aufmerksamkeit auf uns zu richten.«

»So wird es gewesen sein.«

Ob er sich über uns lustig macht? überlegte Judith. Bei Conrads unbewegter Miene fiel es schwer, seine Gedanken zu lesen.

»Euer Vater kann seine Gebete allerdings langsam einstellen«, fuhr Conrad ein wenig gereizt fort. »Ich glaube nicht, dass Gott sich längerfristig für dieses karge Eiland interessiert.«

»O doch«, beharrte Judith. »Mein Vater ist der Ansicht, dass wir bald gerettet werden.«

Conrad zuckte die Achseln. »Irgendwann werden sie wohl auftauchen, um nach uns zu suchen. Immerhin befinden sich die Kisten mit dem Silber noch im Wrack. Der ein oder andere von uns wird diesen Tag womöglich sogar erleben.«

»Warum nicht alle?«, fragte Judith. »Verlasst Ihr Euch denn gar nicht auf den Herrn?«

»Ich finde, dass wir uns bereits lange genug auf ihn verlassen haben. Sehr viel hat uns das nicht eingebracht – oder? Deshalb sollten wir uns zukünftig vielleicht lieber auf uns selbst verlassen.«

»Ihr möchtet mich aus der Fassung bringen, nicht wahr?«

Conrad stutzte. Dann lächelte er spitzbübisch. Seine Blicke glitten von Judiths Gesicht über ihren Hals zu ihrem Mieder. Als er sah, dass Judith heftiger zu atmen begann, lächelte er triumphierend.

»Du Schöne«, bemerkte Conrad leise. »Du magst mich, nicht wahr?«

Judith nickte gegen ihren Willen.

Conrad führte seine Lippen an Judiths Ohr. »Keine Bange, mein Schatz, wir werden uns bald wieder sehen«, flüsterte er. Dann wandte er sich um und verschwand.

Judith schaute ihm mit klopfendem Herzen nach.

Ich mag ihn wirklich, gestand sie sich beklommen ein. Er gefällt mir sogar, wenn er gotteslästerlich spricht.

Lucretia hatte in der Nacht kaum geschlafen. Jedes Mal wenn der Schlaf sie zu übermannen drohte, war sie hochgefahren und hatte sich furchtsam umgeblickt. So verhielt sie sich bereits seit der Nacht des Überfalls. Es war indes nicht allein die Angst vor einem neuerlichen Angriff, die sie beherrschte, sondern sie schreckte auch vor ihren Träumen zurück, dunklen, schweren Träumen, in denen sie diese eine entsetzliche Nacht wieder und wieder durchlebte.

Wenn Lucretia aus solchen Träumen erwachte, begann sie sich zu quälen, indem sie sich vorhielt, sie hätte sich mutiger wehren, hätte entschlossener kämpfen müssen, um das, was man ihr antat, zu verhindern. Dann stiegen ihr auch die Gerüche wieder in die Nase: der stinkende Atem und der Schweiß, das Gemisch aus Kot und Teer.

Seit Beginn der Reise war Lucretia isoliert gewesen, doch mittlerweile fühlte sie sich ausgestoßen. Sie war gezeichnet, wie aussätzig. Sie gehörte nicht mehr dazu. Dabei wusste Lucretia nicht einmal, ob man sie aus Verachtung oder Unbehagen mied. Doch eigentlich spielte das auch keine Rolle, sagte sie sich. Im Grunde wollte sie ja für sich bleiben und den Blicken der anderen ausweichen, denn der Gedanke, dass ein Mann – dass einer von *denen* – sie ansah, war ihr unerträglich.

Seit wie vielen Tagen sie sich auf dieser Felseninsel befand, wusste Lucretia nicht. Auch ihr Gefühl für Zeit hatte sie in jener Nacht verloren. Ihr war zudem nicht klar, wann sie zuletzt gegessen hatte, doch Hunger verspürte sie nicht. Wasser trank sie, wenn man es ihr reichte. Ob sie überleben würde, fragte Lucretia sich nie. Sie kam sich vor wie in einem Theaterstück; sie war die traurige Gestalt, wegen der man seufzte und weinte.

Nur gelegentlich, wenn Lucretia einmal den Blick über ihre Umgebung wandern ließ, empfand sie, dass sie in einer heillosen Landschaft namens Niemehrland angekommen war. Bisweilen zupfte sie eine der armseligen Blumen aus, die unscheinbare Blüten entfalteten. Sie drehte sie abwesend zwischen den Fingern hin und her, ehe sie ihr wieder entglitten. In dieser Welt gibt es keine Schönheit, ging es Lucretia dann durch den Sinn. Sie ist erloschen, fort, abgewandert.

Vierundzwanzig Grad und drei Minuten südlicher Breite

Eine lang gezogene, schaumbekränzte Woge hob sie empor und rückte sie ein Stückchen weiter auf das Große Südland zu, das wie ein schwarzer Schatten am Horizont lag.

François' Herz zuckte und zog sich zusammen. Erregung übermannte ihn. Vielleicht gab es dort in dem Schattenland tatsächlich eine Möglichkeit, Wasser zu finden. Vielleicht schaffte er es danach, den Kapitän zu überreden, zu dem Wrack und der Insel zurückzurudern.

»Seltsam«, begann Halfwaack, indem er seinen Blick auf Jacobs richtete, »wir sind kaum mehr als fünfzig Meilen von der *Batavia* entfernt.«

Der Kapitän erwiderte nichts.

François schaute zu Jacobs hinüber. »Wenn dem so ist«, stichelte er, »ist die Geschichte von den sechshundert Meilen Unsinn gewesen.«

Jacobs zuckte die Achseln.

»Damit wäre endgültig bewiesen, dass Ihr auf das Houtmans Riff aufgelaufen seid«, fuhr François unnachgiebig fort.

»Meint Ihr nicht, das Thema wäre erschöpft?«, erwiderte Jacobs kalt.

»Welches war unsere letzte Position?«, wandte François sich an Claas Gerritz, der daraufhin Halfwaack fragend anschaute.

»Dreißig Grad«, knurrte dieser. »Nordnordost.«

»Die Anweisung des Gouverneurs lautete, nicht weiter als tausend Meilen nach Osten zu segeln, ehe wir uns nach Norden wenden«, erklärte François. »Ihr seid zu weit vorgedrungen, Jacobs, und deshalb sind wir auf dem Riff gelandet.«

»Das reicht!«, knurrte Jacobs ungehalten. »Ich lasse mich von Euch nicht eines Besseren belehren.«

»Das mag ja sein«, gab François zurück, »doch war es auch klug, dieselbe Haltung gegenüber dem Befehl des Gouverneurs einzunehmen?«

»Eines Tages«, hub Jacobs seufzend an, »wenn wir die Entfernung zwischen Osten und Westen so sicher zu messen wissen wie die zwischen Norden und Süden, könnt Ihr die Rolle des Kapitäns übernehmen und die Schiffe höchstpersönlich nach Java steuern, Herr Kommandeur. Bis dahin wäre es schön, Ihr behieltet das, was Ihr denkt, für Euch.«

Halfwaack schüttelte den Kopf und machte hinter Jacobs' Rücken abfällige Gesten. Die anderen Männer im Boot blieben stumm.

Als der Säugling zu weinen begann, brauste Jacobs auf. »Seht zu, dass Ihr Euer Balg zum Schweigen bringt!«, fuhr er die Mutter an.

Zwaantie berührte besänftigend Jacobs' Knie, woraufhin er sie so grob zur Seite stieß, dass sie aufschrie und um ihr Gleichgewicht rang.

Die Liebe der beiden hat offenbar nicht sehr lang gehalten, dachte François hämisch, ehe er sich seiner Liebe zu Lucretia entsann und den Gedanken verjagte, dass auch ihn nicht nur sein Herz getrieben hatte.

Die Gedanken des Kapitäns folgten einer ähnlichen Richtung, selbst wenn der Begriff der Liebe darin nicht vorkam.

Eine Frau ist wie die andere, überlegte er mürrisch. Man ließ sich mit ihnen ein, und schon wurden sie lästig und machten Ansprüche geltend. Aber sollten sie ruhig! An ihm hatte sich bislang noch jede die Zähne ausgebissen. Gut, auf dem Schiff hatte Zwaantie ihre Reize gehabt, doch von denen war mittlerweile nicht das Geringste mehr übrig. Ihr Haar war verfilzt und verkrustet, ihr Gesicht verbrannt, die Lippen aufgesprungen – und sie stank. Ab Batavia, beschloss Jacobs, würde Zwaantie zusehen müssen, wie sie sich fürderhin durchschlug.

Er hoffte, sie liebäugelte nicht noch immer mit dem Gedanken, er käme für sie auf und präsentiere sie womöglich dem Gouverneur.

An dieser Stelle schweiften Jacobs' Gedanken ab. Wäre es denn überhaupt angeraten, dass *er* den Gouverneur besuchte? grübelte er. Oder wäre es nicht klüger, diesen ehrenwerten Vertreter der Companie von vornherein zu meiden?

Kommt Zeit kommt Rat, sagte Jacobs sich. Erst einmal musste er Java erreichen, denn selbst das war noch längst nicht garantiert. Bis dahin galt es zudem, zu prüfen, wo der Kommandeur mit seiner Meinung stand. Anschließend würde er entscheiden, ob er, Jacobs, in Batavia landete oder sich vorher auf den Molukken absetzte und für eine Weile untertauchte.

Der Kapitän hatte begonnen, nach einem Platz zum Anlegen Ausschau zu halten. Ein leichtes Unterfangen würde das nicht, denn hinter der aufbrandenden Gischt ragten ockerfarbene Felswände auf, denen wabenförmig Riffe vorgelagert waren.

François' Hoffnung sank. Kein Mensch kann diese hoch aufschäumenden Wellenkämme überwinden, dachte er, und selbst wenn dieser Teufelskerl Jacobs es schaffte, würden sie anschließend an den Klippen zerschellen. Ein Strand war jedenfalls nirgendwo in Sicht.

Später erhob sich ein stürmischer Wind, der kurz darauf Regenschauer über sie hinwegfegte. Diejenigen, die nicht am Ruder saßen, sammelten den Regen vorsorglich in Bechern auf, ehe sie sich frierend in ihren nassen Umhängen verkrochen und mutlos auf die graue Wasserlandschaft stierten.

François' Blicke wanderten suchend über die dunklen Felsumrisse, die sich starr und abweisend erhoben. Als die Wolken unversehens aufrissen und die Sonne an einem winzigen Fleck blauen Himmels erschien, bildete sich ein Regenbogen. Er wirkte wie eine Verheißung. Als er verblasste und schließlich erlosch, stöhnte jedermann unwillkürlich auf. Einzig der Kapitän blieb unbeeindruckt und suchte mit zusammengekniffenen Augen die Küste ab. Nach einer Weile zuckte er mit den Schultern und richtete das Boot auf das Meer zurück, um sich für die Nacht von den Felswänden zu entfernen.

François hüllte sich in seinen Umhang ein und taumelte frierend dem Schlaf entgegen. Morgen finden wir einen Hafen und Wasser, dachte er verworren. Morgen haben wir Glück.

Auf dem Friedhof

Die Weinfässer, die aus der Lagune gefischt worden waren, erwiesen sich als zweifelhafte Errungenschaft, denn die Männer machten sich augenblicklich darüber her und waren nach kürzester Zeit betrunken.

In der Nacht hörte Lucretia sie grölen. Sie schauderte vor Entsetzen und vergrub sich tief unter ihren Decken.

Eine Gruppe von Trinkern hatte sich in unmittelbarer Nähe von Lucretias Zelt bei einem Feuer niedergelassen.

Lucretia hörte ihre Zoten und wie sie sich brüllend Heldentaten erzählten, die sich entweder in Kriegen oder in Bordellen abgespielt hatten.

Lucretia presste sich die Hände auf die Ohren, doch die Fetzen des Geschreis drangen dennoch zu ihr hin.

»... so viel also zu dem großartigen Skipper«, krakeelte einer in der Runde. »Der soll noch mal auftauchen – den bringe ich um ...«

»Halt die Klappe, Ryckert! Du hättest an seiner Stelle doch das Gleiche getan.«

»Ich *habe* die Klappe gehalten, als es drauf ankam. Ihr wisst, wovon die Rede ist. Everts hat gesagt, wir hingen alle mit drin.«

»Dann lass dein Maul auch weiter zu!« Das war die Stimme von Zeevanck. Er hörte sich drohend an.

»Du hast mir gar nichts zu sagen, Schreiberling!«

»Das gilt es noch abzuwarten.«

»Jedenfalls lässt er uns hier verrotten«, maulte die betrunkene Stimme. »Ist mit dem feinen Pinkel abgehauen ... Mit dem würden wir die Haie füttern, hat er gesagt ... ein Schubs, und der wäre fort ... und dann hat er sich mit ihm aus dem Staub gemacht ...«

»Offizierspack hält immer zusammen«, schaltete sich ein Dritter ein.

Etliche im Kreis grunzten zustimmend, andere versuchten, beschwichtigend einzugreifen.

Lucretia wagte kaum zu atmen. Hatte Jacobs vorgehabt, François zu töten? Und die Seeleute? Hätten sie mitgemacht? Andererseits, warum zweifelte sie daran? Menschen, die das taten, was man ihr zugefügt hatte, schreckten vor nichts zurück.

»Ihr Schlappschwänze könnt mich mal!«, fuhr die erste Stimme lallend fort. »Wir kratzen hier ab. Wen schert denn noch, wer etwas erfährt?«

»Nehmt ihm die Flasche ab!«, befahl einer.

»Hände weg … Außerdem stimmt das, was ich sage.«

»Der Skipper ist fort, um Hilfe zu holen. *Wenn* das jemand schaffen kann, dann er.«

»Träum weiter! Der Skipper macht Pelsaert kalt und sieht zu, dass er die Molukken erreicht. Ich hätte für ihn gebaumelt – und was habe ich nun davon?« Die Stimme wurde weinerlich. »Alle kratzen wir ab … alle.«

»Hör doch endlich auf, drauflos zu schwadronieren, Ryckert!«

»Ihr könnt mich alle mal«, wiederholte der Genannte.

Lucretia hörte, dass sich jemand hochrappelte und sich schlurfend entfernte. Gleich darauf plätscherte ein nicht enden wollender Wasserstrahl in den Sand.

Lucretia kroch bis an den äußersten Rand ihres Zeltes. Die Männer schwatzten und schimpften noch eine Zeit lang vor sich hin, doch dann brachen sie auf und verzogen sich nach und nach.

Ganz in der Nähe begann jemand zu schnarchen. Das wird jener Ryckert sein, dachte Lucretia angewidert. Mit weit aufgerissenen Augen starrte sie in die Dunkelheit und wagte nicht, sich zu bewegen. Bis auf die röchelnden, gurgelnden Schnarchtöne blieb es jedoch still.

Lucretia versuchte, sich all das in Erinnerung zu rufen, was sie über Adriaen Jacobs wusste. Wäre er fähig gewesen, François umzubringen? Aber warum? Was hätte er davon gehabt?

Dann wanderten Lucretias Gedanken in eine andere Richtung. Dieser Ryckert hatte Recht. Niemand würde kommen, um sie zu holen. Nicht einmal François. Sie würden auf dieser Insel hilflos darauf warten, dass eines Tages der Tod erschien und sie befreite.

Als der nächste Tag anbrach, kroch Lucretia lautlos zum Zelteingang und lugte hinaus.

Der schnarchende Schläfer war fort.

Später am Tag begannen ein paar Männer, nach Ryckert zu suchen. Zeevanck brummte etwas wie: Ryckert müsse im wirren Kopf ins Meer gestolpert und ertrunken sein, was jedoch nicht schade sei, denn auf Säufer wie ihn könne man verzichten.

Auf dem Wrack

Ein kleiner Teil des Vordecks ragte noch aus dem Wasser. Ein aufgedunsener Leichnam trieb vorbei, danach ein Fass und mehrere Planken. Darüber kreisten Seemöwen, den Blick starr auf die Gestalt gerichtet, die unter ihnen lag und sich nicht von der Stelle rührte. Jeronimus zuckte zusammen. Das Vordeck hatte sich bewegt und war abermals um mehrere Fuß gesunken. Er kroch auf den Bugspriet zu und krallte sich daran fest, schnappte nach Luft und schrie, während seine Beine Wasser traten. Als sein Kopf von einer Welle überspült wurde, dauerte es einen Moment, bis er hustend und schnaubend wieder an die Oberfläche kam.

Dann brach der Bugspriet, und Jeronimus schrie aus Leibeskräften. Verzweifelt schlang er seine Arme um den Überrest und ließ sich treiben. Seine Gedanken waren erloschen. Er war wie ein Insekt, das an einem Grashalm klebte. Nur einem blinden Instinkt folgend hielt Jeronimus durch, um die Aufgabe seines Schicksals zu erfüllen.

Auf dem Friedhof

In der Nacht hatten Wiebe und Mattys Beer sich aufgemacht, um Sturmtaucher zu jagen. Die Vögel waren leicht zu fangen, denn sie fürchteten das Licht, und wenn sie sich aus ihrer Panik gelöst hatten, flatterten sie wie Hühner umher. Auch die anderen Soldaten gingen zu zweit vor: Einer hielt die Fackel hoch, der andere packte die Tiere mit bloßen Händen, brach ihnen das Genick und warf sie in einen mitgebrachten Sack.

»Hast du das Geschwätz von Ryckert neulich ernst genommen?«, erkundigte sich Wiebe bei seinem Kameraden.

»Der war doch besoffen«, erwiderte Mattys.

»Es hat mir trotzdem zu denken gegeben. Glaubst du, er war bei dem Überfall auf Frau van der Mylen dabei?«

Mattys schwieg. Wiebe hörte seine Schritte auf den Korallen knirschen.

»Ich hatte den Eindruck, er hat auch von einer Meuterei gefaselt«, fuhr Wiebe nachdenklich fort.

»Tja, den Rest seiner Geschichte erfährt wohl keiner mehr«, bemerkte Mattys grinsend. »Ryckert schweigt jetzt wie ein Grab.«

»Weißt du, was mit ihm geschehen ist?«, erkundigte sich Wiebe.

Mattys überging seine Frage. »Die Sache mit der Meuterei hast du dir nur eingebildet«, erklärte er leichthin. »Wer hätte denn dazu den Mut?«

»Jeder, der dämlich genug ist«, brummte Wiebe.

Er wurde von wildem Flügelschlagen abgelenkt. Ein Sturmtaucher hatte sich in einem Strauch verfangen. Wiebe sprang vor und packte ihn. Für den Augenblick hatte er die Meuterer vergessen.

Als Sussie aufblickte, sah sie Wiebe Hayes vor sich stehen. An seiner Hand baumelten zwei winzige Vögel, die vom Feuer geschwärzt waren. Sussie schluckte den Speichel herunter, der sich unwillkürlich in ihrem Mund sammelte, und versuchte, nicht gar zu gierig auf die verkohlten Tiere zu starren.

»Ich habe Euch etwas zu essen gebracht«, sagte Wiebe.

»Tryntgen, schau, wer da ist«, forderte Sussie ihre Schwester auf, die neben ihr saß und auf das Meer hinausblickte. Tryntgen zuckte zusammen und fuhr herum. Für einen Moment war Hoffnung in ihren Augen aufgeblitzt – sie erlosch jedoch, als sie Wiebe erkannte.

Sussie hatte bereits einen der beiden Vögel ergriffen und machte sich darüber her. Ich bin zum Tier geworden, dachte sie, indem sie das Vogelfleisch verschlang. Der Hunger raubt dem Menschen die Würde, und plötzlich hat man vergessen, wie man sich sittsam benimmt.

Wiebe hatte Tryntgen einen Bissen hingehalten, an dem sie nun teilnahmslos knabberte.

Sussie zerrte das zarte Vogelskelett auseinander und saugte an den Knochen. Zwischendurch leckte sie sich schmatzend die Finger ab. Mit einem Mal hielt sie inne. Sie hatte gemerkt, dass Wiebe sie beobachtete.

»Ich danke Euch«, murmelte Sussie verlegen. »Ihr wart sehr nett.«

Wiebe zuckte die Achseln. »Nicht der Rede wert. Ist ja nur ein kleiner Happen.«

»Ich war unglaublich hungrig«, entschuldigte Sussie sich. »Ich … ich esse sonst nicht so … unbeherrscht.«

Wiebe ging darüber hinweg. »Kann ich noch etwas für Euch tun?«, fragte er.

Sussie schüttelte stumm den Kopf.

Wiebe blickte in die Runde. »Machen die anderen Männer Euch Kummer?«

Sussie verneinte verwundert, doch erst dann wurde ihr klar, worauf sich seine Frage bezog. Er dachte daran, was Frau van der Mylen zugestoßen war. Die Schuldigen befanden sich gewiss noch unter ihnen.

»Wenn einer von ihnen zudringlich wird«, fuhr Wiebe unterdessen fort, »dann kommt zu mir. Ich werde dafür sorgen, dass Euch nichts geschieht.«

Wiebes Blick ruhte auf Tryntgen. Sie hielt den gebratenen Vogelleib halb aufgegessen in der Hand. Sussie strengte sich an, ihren Blick davon abzuwenden.

»Es hat sie arg getroffen«, bemerkte Wiebe.

»Ist das ein Wunder?«, gab Sussie zurück. »Ich hätte es verstanden, wenn er *mich* zurückgelassen hätte. Aber sie ist doch seine Frau!«

»Aus Angst tun die Menschen oftmals schreckliche Dinge«, erklärte Wiebe.

»Hättet Ihr denn auch so gehandelt?«, fragte Sussie.

»Dergleichen weiß man erst, nachdem man in so einer Lage war«, erwiderte Wiebe.

»Ich würde gemeinsam mit meinem Mann sterben wollen.«

Wiebe lächelte. »Das glaube ich Euch sogar, Sussie.«

Sussie erkannte, dass er sie erstmals mit dem Blick bedachte, auf den sie so lang gewartet hatte. Er erfasste nicht nur ihr Gesicht und ihren Körper, sondern schien bis in ihr Inneres zu dringen.

»Vergesst nicht, was ich Euch gesagt habe«, mahnte Wiebe im Fortgehen. »Wenn jemand Ärger macht, sagt Ihr mir Bescheid.«

Ob ich nun sein Schatz geworden bin? fragte Sussie sich, während sie sehnsüchtig seiner kräftigen Gestalt nachblickte.

Am Strand wurden aufgeregte Rufe und Schreie laut. Judith vernahm darunter die Stimme ihres Vaters, die allen herbeizukommen befahl. Sie erhob sich widerstrebend.

Drei Männer waren in die niedrigen Fluten hinausgewatet, streckten die Hände nach einem Stück Strandgut aus und zogen es an Land.

»Das ist ja der Unterkaufmann«, sagte einer von ihnen.

»Ein Zeichen des Herrn«, verkündete Pfarrer Bastians. »Demnach gehört er zu den Erwählten.«

Jeronimus begann sich zu regen und spie keuchend Wasser aus Mund und Nase.

Wiebe und Mattys Beer befanden sich unter denen, die sich am Strand versammelt hatten. Judith sah, dass sie Blicke wechselten, in denen sich Erstaunen und Belustigung vermischten.

Der Steinmetz spuckte aus. »Der Teufel lässt die Seinen nicht im Stich«, brummte er.

In diesem Moment rollte Jeronimus sich auf die Seite und erbrach Galle.

»Der Herr sei gepriesen!«, rief Pfarrer Bastians und hob seine gefalteten Hände zum Himmel. »Er hat den Unterkaufmann auserkoren, auf dass er uns aus der Not erlöst.«

Zweiundzwanzig Grad und zweiundvierzig Minuten südlicher Breite

fünfzehnter Tag des Juni
im Jahre des Herrn, 1629

Das ist zweifellos der einsamste Ort, den es auf der Welt gibt, dachte Zwaantie. Welch eine glorreiche Idee des Skippers, hier zu landen.

Zwaanties Mund fühlte sich klebrig an, ihre Haut war von getrocknetem Salz wie mit einer Schicht Puderzucker überzogen, und ihr Rock stand steif wie eine Baumrinde ab. Was gäbe ich nicht für einen Schluck von dem fauligen Wasser und meine harte Pritsche auf der *Batavia,* seufzte sie bei sich. Oder für einen Löffel von dem ekelhaften Brei, den der Koch dort zubereitet hat – und was gäbe ich erst recht dafür, Holland niemals verlassen zu haben!

Die Küste dehnte sich endlos aus und verschwand im Nichts. Es gab keine Siedlung, keine Bewohner, kein Anzeichen irgendeines Lebewesens.

Zwaantie wandte den Blick ab. Vor ihr lag das endlos weite Meer. Sie schauderte. Die Leere der Landschaft erfasste ihr Gemüt. Sie schlang die Arme um sich und wiegte sich tröstend hin und her.

Der Skipper hatte stolz verkündet, vor ihnen hätte noch kein weißer Mann diesen Boden betreten. Auf dem Südland existiere lediglich Sand, Gestein und Kriechgestrüpp. Richtig, dachte Zwaantie, allerdings wissen wir nun auch, dass es dort Fliegen gibt, und zwar keineswegs die behäbige Sorte, die man in Holland kennt, sondern tückische, angriffslustige Schwärme, die sich in Ohren, Augen und Nasenlöcher setzen und jedes Fitzelchen Haut zerstechen und zerbeißen.

Weit und breit war keine Wasserstelle zu entdecken. Die sandigen Dünen hinter dem Strand gingen in rostfarbene Ebenen über, die sich bis zum Horizont erstreckten. Hier und da waren kleine Erhebungen zu sehen, die sie anfänglich für Hütten von Eingeborenen hielten. Bei näherem Betrachten stellten sie sich indes als riesige Ameisenhügel heraus.

Nachdem sie die Umgebung erkundet hatten, kehrten sie zum Strand zurück. Dort trug der Kommandeur den Männern auf, Gruben auszuheben, in der Hoffnung, Wasserlöcher zu finden. Nach einer Weile legten sie tatsächlich winzige Lachen frei, doch darin hatte sich Meerwasser gesammelt. Die Männer hatten davon gekostet und es nach einem Schluck ausgespuckt und Gott so bösartig verflucht, das selbst Zwaantie erschrak.

Mit einem Mal wurde wildes Triumphgeschrei laut. Zwaantie blickte sich um und erkannte mehrere Männer, die am Fuß der Kalksteinklippen standen und winkten. Zwaantie eilte mit den anderen zu ihnen hinüber. Im Näherkommen sah sie, dass die Männer auf Tümpel deuteten und sich gleich darauf niederließen, um wie Tiere zu trinken. Zwaantie begann zu rennen. Kaum war sie bei dem ersten Tümpel angelangt, kniete sie sich auf den Boden, besprengte sich mit Wasser, tauchte ihr Gesicht in das Nass und öffnete den Mund.

Später entfachten sie aus dürrem Reisig am Strand ein Feuer, in dem sie die Fische brieten, die sie von den Klippen aus geangelt hatten. Der Fang reichte nicht aus, um sie zu sättigen, doch es war besser als nichts.

Zwaantie hörte, dass der Kommandeur abermals bei seinem Lieblingsthema angelangt war. »Hier müssen sich noch weitere Wasserquellen befinden«, erklärte er gerade. »Der Unterkaufmann Jacon Remessens vermutet in seinem Handbuch –«

»An diesem gottverlassenen Ort gibt es so wenig Wasser, wie es im Kloster Huren gibt«, fiel der Skipper ihm ins Wort. Die Männer begannen zu glucksen, woraufhin der Kommandeur Jacobs einen missbilligenden Blick zuwarf. »Dann gehen die Menschen auf der Insel zugrunde«, murmelte er.

»Gute Güte!«, schnaubte der Kapitän. »Das ist doch längst geschehen. Hört auf, an sie zu denken!«

Als der Kommandeur nichts erwiderte, fuhr Jacobs fort: »Andererseits dürfte der Sturm auch über der Insel niedergegangen sein. Demnach könnten sie noch für Wochen Wasser haben. In dem Fall ist es erst recht angeraten, nach Batavia zu segeln. Wenn der Wind in Richtung Nordosten dreht, erreichen wir Java in zehn Tagen.«

»Ich würde mich dennoch gern von ihrem Zustand überzeugen«, beharrte der Kommandeur. »Und ich möchte auch wissen, was aus der Fracht geworden ist«, setzte er hinzu.

Der Kapitän verdrehte die Augen und wandte sich ab.

Mach ihn doch einfach fertig, ermunterte Zwaantie ihn stumm. Sieh zu, dass er ein für alle Mal seine Klappe hält. Er erliegt doch ohnehin bald seinem Fieber. Verächtlich blickte sie Pelsaert an, der mit hängenden Schultern dastand und zu Boden sah. Welch ein jämmerlicher Wicht! dachte Zwaantie. Was hat Madame Hochnäsig an dem nur gefunden?

Auf dem Friedhof

Als Jeronimus aufsah, erkannte er zwei Gestalten, die sich aus der Dunkelheit lösten und sich neben ihm am Feuer niederließen. Van Huyssen und Zeevanck teilen sich brüderlich vereint eine Flasche Rotwein, stellte er fest. Wer hätte das gedacht?

»Offenbar habt Ihr Euch ein wenig erholt, Jeronimus«, begann van Huyssen.

»Wir hatten große Angst, Ihr wäret tot«, setzte Zeevanck hinzu.

»Welch rührende Sorge«, entgegnete Jeronimus spöttisch. »Aber ich kann Euch trösten. Ein derart schmähliches Ende hat Gott für mich nicht im Sinn.«

»Wie käme er auch dazu«, murmelte van Huyssen.

Jeronimus musterte ihn prüfend, sagte jedoch nichts.

Zeevanck setzte die Weinflasche an den Mund, trank gierig und stieß auf. Danach blickte er die beiden anderen erwartungsvoll an.

Für eine Weile herrschte gespanntes Schweigen.

»Ich muss fortwährend an das Silber auf der *Batavia* denken«, ergriff Jeronimus schließlich das Wort. »Es bekümmert mich, dass es für immer auf dem Meeresgrund ruhen soll.«

»Der Kummer hat Euch am Leben gehalten, vermute ich«, sagte van Huyssen grinsend.

Jeronimus richtete sich auf. »Das reicht«, bemerkte er scharf. »Wenn der Skipper sein Handwerk besser verstanden hätte, könnten wir uns inzwischen schon auf den Molukken befinden.«

»Ja, schade«, versetzte van Huyssen gleichmütig, »aber stattdessen müssen wir uns vorerst mit dem Houtmans Riff begnügen.«

Jeronimus blickte ihn warnend an.

Zeevanck beugte sich schwerfällig vor. »Hört auf rumzuzanken, van Huyssen!« Er wandte sich an Jeronimus. »Unser Plan ist entdeckt worden«, erklärte er.

Jeronimus runzelte die Stirn. »Wer hat nicht dichtgehalten?«

»Ryckert«, antwortete van Huyssen. »Er hat sich eines Abends betrunken und von unseren Plänen erzählt. Inzwischen weiß jeder Bescheid.«

»Ryckert war nicht eingeweiht.«

»Er hatte genug mitbekommen, um sich den Rest zusammenzureimen… hat geglaubt, der Skipper hängt mit drin…« Zeevancks Stimme war schleppend geworden.

»Hat er unsere Namen erwähnt?«

»Dazu ist er nicht mehr gekommen.« Zeevanck stieß abermals auf.

»Wo steckt er jetzt?«

»Ihm ist noch in derselben Nacht etwas zugestoßen«, erklärte van Huyssen. »Ein bedauerlicher Unfall. Ich war dabei. Es war schrecklich.«

»Wir finden heraus, wer auf unserer Seite steht«, bemerkte Zeevanck dumpf. »Die anderen bringen wir um.«

Jeronimus schaute ihn verblüfft an. Dann legte er seinen Kopf in den Nacken und lachte schallend auf. Die feine *Companie* schien sich neuerdings recht blutrünstiger Gestalten als Schreiber zu bedienen. »Da kann der Kommandeur aber von Glück sagen«, bemerkte er heiter, »dass Ihr ihn noch nicht mit Eurer Feder abgestochen habt.«

Jeronimus machte eine abwiegelnde Geste, als er Zeevancks beleidigte Miene sah. Der Mann meint es offenkundig ernst, dachte er.

Jeronimus warf einen Blick auf van Huyssen. Bei dem wundert mich nichts, überlegte er. Der Bursche ist seit jeher ein Sadist gewesen.

Jeronimus begann zu kichern.

»Schön, dass Ihr alles so lustig findet«, brummte Zeevanck verdrießlich. Er wirkte mit einem Mal wieder nüchtern. »Wenn Ihr Euch beruhigt habt«, fuhr er fort, »könnt Ihr uns vielleicht sagen, ob wir weiterhin *jeden* mit Wasser und Nahrung versorgen oder ob nur ein Gruppe Auserwählter überleben soll.«

»Entschuldigt«, entgegnete Jeronimus, »ich habe Euch verkannt, Zeevanck. Natürlich sorgen wir in erster Linie für uns. Nachdem der Skipper und der Kommandeur das Weite gesucht haben, liegt das Schicksal der anderen ohnehin in meiner Hand.«

»Je eher wir mit der Auslese beginnen, desto besser«, erklärte van Huyssen. »Diejenigen, die gegen uns sind, bekommen mein Schwert zu spüren.«

»Mit Ausnahme der Frauen«, wandte Zeevanck ein. »Die werden ein anderes Schwert spüren.« Er lachte meckernd auf.

»Ich werde mir alles in Ruhe überlegen«, erklärte Jeronimus bedächtig.

»Was gibt es da noch zu überlegen?«, erkundigte sich Zeevanck.

»Schaut euch doch um, Zeevanck! Auf der Insel befinden sich Söldner der *Companie*, die uns ohne viel Federlesens niederstrecken können. Glaubt Ihr ernsthaft, die ließen sich von uns kommandieren? Die machen mit uns kurzen Prozess!«

»Für die denken wir uns etwas aus.«

»Ihr seid ein Mann des Wortes«, stichelte van Huyssen. »Warum schickt Ihr ihnen keinen Brief?«

»Täuscht Euch nicht, van Huyssen«, knurrte Zeevanck. »Ich kämpfe genauso gut wie Ihr.«

»Jetzt lasst es gut sein«, schaltete sich Jeronimus ein. »Wir müssen vor allem einen klaren Kopf behalten. Gebt mir noch ein wenig Zeit. Es wäre doch gelacht, wenn ich keine Lösung fände.«

Van Huyssen nickte zuversichtlich, während Zeevanck erneut nach der Weinflasche griff.

»Vor allem keinen Mucks zu irgendjemandem«, befahl Jeronimus ihnen. »Wir dürfen keinen Verdacht erregen. Ist das klar?«

»Ist ja schon gut«, willigte Zeevanck missmutig ein. »Es sollte nur nicht zu lange dauern.« Er setzte die Weinflasche an und trank sie in einem Zug leer.

»Ihr zwei scheint ja nicht gerade Not gelitten zu haben«, bemerkte Jeronimus anzüglich.

»Das nicht«, erwiderte van Huyssen. »Es gibt nur welche, die es übertreiben.« Er stieß Zeevanck an und bedeutete ihm, sich zu erheben. Der Schreiber kam torkelnd hoch.

»Er ist hinüber«, erklärte van Huyssen. »Ich kümmere mich darum, dass er in sein Zelt gelangt. Wir sehen uns später, Jeronimus.«

Jeronimus nickte und legte sich zurück. Er würde auf van Huyssens Rückkehr warten und sich die Lage genauer schildern lassen. Anschließend würde er mit der Planung beginnen.

Es dauerte nicht lange, bis sich van Huyssen erneut zu Jeronimus gesellte und sich leise mit ihm beriet.

Später, nachdem sich van Huyssen zurückgezogen hatte, blieb Jeronimus noch am Feuer sitzen, um seine Gedanken zu ordnen. Er versuchte, das Verhältnis zwischen den Versorgungsquellen und der Anzahl der Menschen zu überschlagen. Van Huyssen hat Recht, dachte er. Zweihundert Esser sind zu viel, um monatelang zu überleben. Ein kleinere Gruppe dagegen könnte sich ganz vorzüglich ernähren, vierzig bis fünfzig Personen vielleicht, darunter die *Jonkers*, die laut van Huyssen hinter ihnen standen, wie auch die Hand voll Soldaten, die dem Steinmetz anhingen. Denen gegenüber stünden indes einhundertfünfzig Männer, die sich womöglich auflehnen konnten, darunter mindestens vierzig Söldner.

Jeronimus kniff die Augen zusammen. Ein ungesundes Verhältnis, überlegte er, im Grunde nicht zu schaffen. Andererseits hielt er sich vor Augen, dass seine Leute die Überlegenen waren, Aristokraten und Schreiber der *Companie*, Menschen, die sich durchzusetzen wussten und die gebildet waren. Von den Söldnern einmal abgesehen, bestanden ihre Gegner aus Handwerkern und Krämern, Leuten also, die von jeher nur den Gehorsam kannten.

Von den holländischen Soldaten hatten nur wenige überlebt, was Jeronimus sehr bedauerlich fand, denn aus ihnen hätte er seine Schutztruppe bilden können. Fünf seien noch übrig, hatte van Huyssen gesagt, darunter Mattys Beer, Jan Hendricks und Wouter Loos.

Das Problem blieben eindeutig die Söldner, wilde, ungezähmte Gesellen, zudem geschickt mit ihren Waffen, Männer, die sich keinem Unterkaufmann zu unterwerfen gedachten.

Allerdings besaß auch er, Jeronimus, eine Waffe, die er entscheidend einzusetzen plante. Er war der Stellvertreter des Kommandeurs. Infolgedessen konnte er diejenigen, die sich gegen ihn erhoben, bestrafen und zu Meuterern erklären.

Jeronimus schloss die Augen. Als Erstes werde ich die Söldner überlisten, entschied er. Danach mache ich den restlichen Pöbel fügsam. Anschließend kommt der nächste Schachzug an die Reihe. Ich nehme an, der Skipper erreicht Java. Demzufolge wird auch der Kommandeur die Reise schaffen, es sei denn, er erliegt seinem Fieber. Wenig später wird die Gesellschaft Jacobs mit der Bergung von Fracht und Menschen betrauen, weil niemand außer ihm die Stelle kennt, an der sich das Wrack befindet. Bis dahin, überlegte Jeronimus, musste er gerüstet sein, um die Mannschaft des Rettungsschiffes gebührend zu empfangen – und dann übernähme er das Schiff. Das war seine Gelegenheit. Danach bräche er auf, würde Herr aller Meere und baute sich ein Königreich, das seinesgleichen suchte. Jeronimus überlief ein Schauer. Er spürte das Gefühl eines glühenden Triumphes in sich aufsteigen.

Einfach nur einen kleinen Schritt in die Dunkelheit machen, befahl sich Lucretia. Allen Mut zusammennehmen, ein Bein vor das andere setzen, mehr ist es nicht.

Früher war ihr das doch auch nicht schwer gefallen, warum also sollte ihr dergleichen nicht abermals gelingen?

Du musst dich nicht fürchten, redete Lucretia sich zu. Die Frauen wachen über dich, sie passen auf. Sie werden dich schützen.

Seit einigen Tagen schlief Lucretia bei den Frauen, die sich ein großes Zelt teilten. Es waren etwa ein Dutzend, die nachts eingerollt auf dem nackten Erdboden lagen und sich unter den wenigen Decken wärmten.

Die Nähe ihrer Körper störte Lucretia nicht. Sie wollte nur ruhig daliegen, furchtlos einschlafen, ihre Träume vergessen.

In dieser Nacht jedoch wollte sie prüfen, ob sie noch etwas von ihrer alten Kraft besaß, ob sie sich allein hinaus ins Dunkle wagte.

Schritt für Schritt, spornte sie sich an. Du kannst es, Lucretia, geh los! Na, siehst du, mach schon ... geh weiter ... nicht kneifen ... noch ein Stück ... und noch eins, so ist's gut.

Nachdem sie ein paar Schritte geschafft hatte, hielt Lucretia inne, ließ sich von der Nacht umhüllen und atmete tief ein und aus. Bisweilen hörte ihr Atem sich zittrig an, und sie spürte ein Kribbeln im Leib, doch wenn sie sich dann umwenden und flüchten wollte, schloss sie die Augen und rührte sich nicht, zwang sich zu verharren.

Für lange Zeit stand Lucretia still und lauschte in die Dunkelheit. Sie hörte den Wind und die Brandung. Stimmen und Gerüche mischten sich in das Rauschen, brüchiger Widerhall dessen, was geschehen war.

Mit einem Mal schlug Lucretia die Augen weit auf und blickte entschlossen in die Schwärze. Dann legte sie den Kopf in den Nacken. Gib mir meine Seele zurück! forderte sie von einer Macht, deren Anwesenheit sie irgendwo erahnte.

Wie zur Antwort strömte etwas durch sie hindurch, das bis in ihre Fingerspitzen drang und sie wohlig erwärmte.

Ein ungeheures Gefühl der Dankbarkeit überkam Lucretia. Sie bedeckte ihr Gesicht mit den Händen. Dann stieß sie einen tiefen Seufzer aus. Es war getan. Sie hatte einen Teil von sich zurückerobert. Den würde sie nun hüten, darauf würde sie bauen.

Lucretia kehrte um. Das Schlimmste, was man sich vorstellen konnte, war ihr zugestoßen, doch es hatte sie nicht zerstört. Nun konnte sie den nächsten Schritt tun, nun konnte sie beginnen, sich ihr Leben wieder zu eigen zu machen.

Zweiundzwanzig Grad und zweiundvierzig Minuten südlicher Breite

Jan Everts spielte mit seinem Messer, drehte es hin und her, wog es in der Hand. Komm schon näher, du erbärmlicher Hund! dachte er. Komm einfach über die Düne gewandert, fort von den anderen. In null Komma nichts ist es getan. Ich will dich fertig machen, ich steche dich ab! Danach schaufle ich Sand über dich, und dann ist die Sache vergessen. Länger als zwei, drei Stunden sucht der Skipper dich nicht, du Bastard. Er wird denken, du wärest herumgeirrt und hättest dich auf der Suche nach deinem gottverdammten Wasser verlaufen.

Ich muss es jetzt tun, überlegte Jan, denn auf dem Boot ist es zu gewagt. Irgendeiner würde mich bestimmt verraten. Halfwaack gewiss, vielleicht sogar der Skipper. Dann blühen mir Rad und Galgen. Also muss es heimlich geschehen, und nun ist die beste Gelegenheit. Warum tritt der Mistkerl nicht einmal beiseite, geht in die Dünen, erleichtert sich? Ich käme von hinten und schon hätte ich ihn, am besten noch mit heruntergelassener Hose, das wäre überhaupt der Witz.

Prächtig! Er macht sich auf die Socken, schlendert am Strand entlang. Los, beeil dich, Junge, komm, hier spielt die Musik! Ich kann es kurz machen, wenn du willst, ruckzuck. Ja, schau dir in Ruhe die Landschaft an, hier gibt es ja auch so *unendlich* viel zu sehen. Und nun mach dich herbei – und dann wird die Geschichte mit deiner Hure gleich mit dir erledigt und begraben.

Auf dem Friedhof

Der Säugling schrie ohne Unterlass. Kurz hinter der Tafelbucht war er zur Welt gekommen, doch er war von Anfang kränklich.

Mayken, seine Mutter, reichte dem Kind zum wiederholten Mal die Brust, doch es wand sich in ihren Armen, drehte den Kopf zur Seite und schrie. Es hatte die ganze Nacht lang geweint. Keine der Frauen hatte geschlafen.

Lucretia sah zu, wie die Frauen sich um Mayken und ihr Kind scharten, allen voran Gertje Willemsz, eine Witwe, die eine stattliche Anzahl eigener Kinder geboren hatte und sich bestens damit auszukennen schien.

Lucretia fühlte sich überflüssig, doch es drängte sie danach zu helfen.

»Kann ich etwas tun?«, fragte sie beflissen.

Der Blick, mit dem Gertje Willemsz sie bedachte, war eindeutig. Was kannst *du* schon tun? besagte er.

Lucretia schaute zu Boden. Was erwarte ich? dachte sie. Sie haben mich bei sich aufgenommen und sie bieten mir Schutz, doch meine Freundinnen sind sie nicht geworden. Ich hatte einmal eine vornehme Kabine für mich, das allein nehmen sie mir krumm. Und dann ist mir noch etwas zugestoßen, worüber keine von ihnen spricht. Womöglich glauben sie, dass es mir recht geschah.

»Das Kind hat Magenkrämpfe«, erklärte Geertje. »Wir bräuchten Kräuter für einen Sud. Doch hier gedeiht ja nichts.«

»Ich könnte den Unterkaufmann um eine Arznei bitten«, schlug Lucretia vor. »Er war früher Apotheker. Vielleicht wurde eine seiner Vorratskisten angespült.«

»Ärzte und Apotheker kennen sich bei Kindern nicht aus«, beschied Gertje sie ruppig.

»Es schadet aber doch nichts, ihn zu fragen«, wandte Lucretia ein.

Gertje runzelte die Stirn und schüttelte den Kopf, doch hinter ihrem Rücken nickte Mayken Lucretia zu.

Lucretia raffte ihre Röcke zusammen und verließ das Zelt.

»Wartet noch einen Augenblick!«, rief Sussie und eilte hinter ihr her.

»Madame«, begann Sussie, als sie Lucretia eingeholt hatte, »wenn Ihr mit dem Unterkaufmann sprecht, könntet Ihr ihn vielleicht auch nach den Gerüchten fragen.«

»Nach welchen Gerüchten speziell, Sussie? Es gibt jede Menge Gerede.«

»Na, zum Beispiel dem über Ryckert.«

»Was soll denn der Unterkaufmann über Ryckert wissen? Er ist doch erst später aufgetaucht.«

»Es wird aber seitdem gemunkelt, dass sich Meuterer unter uns befinden. Einige sorgen sich, dass dem Unterkaufmann etwas geschieht. Vielleicht solltet Ihr ihn warnen.«

»Ich werde daran denken.«

Sussie lächelte und knickste. »Danke, Madame«, sagte sie.

Wenigstens eine, die mich zu mögen scheint, dachte Lucretia, ehe sie sich auf die Suche nach Jeronimus begab.

Jeronimus schien sich erholt zu haben. Er sprang auf, als er Lucretia sah.

»Lucretia!«, begrüßte er sie händereibend. »Wenn Ihr wüsstet, wie sehr mich Euer Besuch erfreut!«

Lucretia stutzte. »Guten Tag, Herr Unterkaufmann«, erwiderte sie ein wenig steif.

»Ihr habt also glücklich überlebt«, fuhr Jeronimus überschwänglich fort. »Und Ihr seht wundervoll aus, wenn ich das hinzufügen darf.«

»Wir hatten befürchtet, Euch sei etwas zugestoßen«, entgegnete Lucretia, verwirrt von seinem Gebaren.

»Nicht doch«, winkte Jeronimus ab. »Diese Sorge war gänzlich überflüssig. Ich habe lediglich meine Pflicht getan. Nicht alle suchen in der Not das Weite. Ich tat mein Bestes, um die Fracht der

Companie zu retten. Leider ein hoffnungsloses Unterfangen.« Er deutete auf eine Flasche Wein. »Hättet Ihr Lust, ein Gläschen mit mir zu trinken?«

Lucretia schüttelte den Kopf.

Jeronimus schenkte sich seinen Becher voll.

Lucretia beobachtete verwundert, wie er ihn mit großen Schlucken leerte, und fragte sich, ob er nicht wusste, dass alle Getränke rationiert worden waren.

»Ich benötige Eure Hilfe«, begann Lucretia.

»Und ich stehe wie immer zu Euren Diensten.«

»Eine der Frauen hat ein krankes Kind«, erklärte Lucretia. »Ich dachte, als ehemaliger Apotheker hättet Ihr –«

»Bedauerlicherweise nicht«, wehrte Jeronimus ab. »Meine Bücher und Arzneien sind mit der *Batavia* untergegangen. Warum versucht Ihr es nicht bei Aris Janz?«

»Ich weiß nicht, ob er der Richtige ist«, entgegnete Lucretia, die sich seiner erfolglosen Bemühungen bei François' Krankheit entsann.

»Tja, dann kann ich auch nicht helfen«, bedauerte Jeronimus.

»Das ist zu schade«, murmelte Lucretia. Sie wollte sich bereits wieder zum Gehen wenden, als ihr Sussies Bitte einfiel. »Da wäre noch etwas«, hub sie an. »Etwas, das Euch womöglich unmittelbar betrifft. Vielleicht habt Ihr es bereits vernommen.«

Über Jeronimus' Gesicht huschte ein Schatten. »Ich fürchte, Ihr müsst deutlicher werden.«

»Erinnert Ihr Euch an einen Mann namens Ryckert?«

Jeronimus verneinte. »Nicht, dass ich wüsste. Wer soll das sein?«

»Ein Soldat wohl oder ein Matrose. Ich hörte ihn eines Nachts mit den anderen reden. Es ging um einen Plan, nach dem der Kommandeur hätte ermordet werden sollen. Angeblich steckte auch der Kapitän dahinter.«

»Na, aber!«, rief Jeronimus augenzwinkernd. »Vielleicht hatte da jemand ein bisschen zu tief ins Glas geschaut.«

»Oder er hat die Wahrheit verkündet. Seitdem ist Ryckert jedenfalls fort.«

Jeronimus schürzte die Lippen. »Verstehe ich Euch richtig?«, fragte er mit schief gelegtem Kopf. »Wollt Ihr etwa ein Komplott andeuten? Einen Aufstand? Eine Meuterei?«

»Etwas in der Art.« Lucretia nickte.

»Und vermute ich richtig, dass Ihr die Verschwörer noch immer unter uns vermutet?«

»So ist es«, bestätigte Lucretia.

»So ist es«, wiederholte Jeronimus versonnen. Er ließ seinen Blick in die Ferne schweifen. »Hat dieser Mann … hat dieser Ryckert Namen genannt?«

»Nein. Allerdings war Zeevanck auch anwesend. Er schien zu wissen, worum es ging.«

Jeronimus hob die Brauen. »Ist das alles?«

»Reicht das nicht? Dieser Ryckert war übrigens auch der Meinung, der Kapitän kehre nicht zurück.«

»Ach herrje.« Jeronimus lachte. »Euer Ryckert war offenkundig ein ausgesprochener Pessimist.« Er machte eine Pause, ehe er hinzusetzte: »In diesem Punkt kann ich Euch beruhigen, meine Liebe. Jacobs kommt garantiert wieder.«

Lucretia blickte ihn verblüfft an. »Woher nehmt Ihr Eure Gewissheit?«, erkundigte sie sich.

»Verlasst Euch einfach auf meinen Instinkt.«

Lucretia wollte etwas erwidern, doch Jeronimus kam ihr zuvor. »Seid unbesorgt«, versicherte er ihr. »Euch geschieht nichts. Nicht, solange ich hier bin.«

»Ich dachte eigentlich weniger an mich, sondern an –«

»– sondern an mich, und das ehrt mich. Doch in diesem Fall ist Eure Sorge erst recht unbegründet.«

Jeronimus griff nach der Weinflasche. »Seid Ihr sicher, dass Ihr nicht doch einen Schluck wollt?«

»Ich muss zu den Frauen zurück«, entschuldigte sich Lucretia. »Vermutlich warten sie auf mich.«

»Dann ein anderes Mal«, erwiderte Jeronimus gut gelaunt. »Wir habe ja noch ein wenig Zeit, nicht wahr?«

Lucretia murmelte einen Abschiedsgruß und machte sich auf den Rückweg. Er war nett, er war sogar reizend, sagte sie sich.

Was hat er nur an sich, das mich dermaßen misstrauisch werden lässt?

Sussie begleitete Anneken Hardens auf einem Spaziergang über die Insel. Hilletje hüpfte munter um sie herum. Bisweilen stürzte sie sich mit einem Freudenschrei auf die winzigen weißen Blumen, die unter den Sträuchern blühten, und pflückte sie zu einem Strauß.

»Hatte Claas sich eigentlich von Tryntgen verabschiedet?«, erkundigte sich Anneken.

»Nein«, antwortete Sussie bedrückt. »Er hat sich wortlos aus dem Staub gemacht.«

Sussie schaute zu Hilletje hinüber, die nun im Sand und unter Steinen nach kleinen Taschenkrebsen suchte. Doch schon im nächsten Moment sprang die Kleine auf und jagte einer Möwe hinterher.

»So sind die Männer nun mal!«, erklärte Anneken mit einem Seufzer.

»Warum sagst du das? Hat Hans dich etwa im Stich gelassen?«, entgegnete Sussie.

»Wahrscheinlich hat sich ihm nicht die Gelegenheit geboten«, gab Anneken nachdenklich zurück.

Sussie betrachtete sie erstaunt. »Liebt er dich nicht?«, fragte sie.

Anneken zuckte die Schultern. »Vielleicht. Vielleicht auch nicht. Ob man sich liebt, erfährt man erst, wenn es schwierig wird.«

»Das finde ich nicht«, widersprach Sussie. »Ich glaube, dass –«

»Ach, Sussie«, sagte Anneken. »Was du glaubst, spielt keine Rolle. Du bist doch noch ein Kind.«

»Lass uns umkehren«, entgegnete Sussie verärgert. »Ich mag es nicht, wenn Tryntgen zu lang mit sich allein ist.«

Die beiden Frauen begaben sich in Richtung Strand zurück. Anneken rief Hilletje zu sich. Die Kleine zeigte ihrer Mutter stolz ihren kleinen Blumenstrauß.

Wenig später trafen sie auf eine Gruppe *Jonkers*.

»Guten Tag«, sagte Sussie knicksend.

»Wohin so eilig?«, rief einer von ihnen. Die Männer stießen sich heimlich an und verstellten den Frauen den Weg.

Sussie erkannte die beiden van Welderens, van Luyck und van Os. Ohne zu wissen, warum, wurde ihr bang.

Anneken schien etwas Ähnliches zu empfinden, denn sie zog Hilletje zu sich und nahm sie bei der Hand.

»Lasst uns durch«, bat Anneken leise.

»Hier ist Platz genug«, erklärte van Os. »Vielleicht bist du nur zu fett, um zwischen uns zu passen.«

Seine Gefährten lachten schallend auf. »Nimm dir ein Beispiel an der Kleinen«, fuhr van Os fort, indem er auf Sussie wies. »Sie hätte zwischen jedem von uns Platz.«

»Lasst sie gehen«, befahl van Luyck. »Für so etwas ist später noch Zeit.«

Die *Jonkers* traten zur Seite.

Sussie spürte, dass ihr Herz vor Furcht zu rasen begonnen hatte. Sie senkte den Blick und hastete an den Männern vorbei.

Plötzlich beugte sich einer von ihnen vor und schlug Hilletje die Blumen aus der Hand. Hilletje machte den Mund auf, um sich lauthals zu beschweren, doch ihre Mutter befahl ihr, still zu sein, und zog sie eiligst mit sich fort.

»Ist euch nachts nicht zu kalt?«, rief einer hinter ihnen her. »Sollen wir kommen, um euch zu wärmen?«

Sussie und Anneken wechselten kein Wort, bis sie am Strand angelangt waren, wo sich die anderen Gestrandeten aufhielten.

»Mach dir nichts daraus, Sussie«, brach Anneken schließlich ihr Schweigen. »Das sind harmlose junge Burschen, sonst nichts.«

Als Sussie Anneken anschaute, bemerkte sie, wie bleich die andere geworden war. »Ich bin *kein* Kind mehr, Anneken«, erklärte sie entschieden. »Und was du sagst, ist nicht richtig, denn wir wissen beide, wovor wir uns gefürchtet haben.«

Anschließend blickte Sussie sich suchend nach dem Kopf mit dem weizenblonden Haar um. Gut, dass mich jemand beschützt, dachte sie, als sie ihn entdeckte.

Sussie sah Lucretia am Strand sitzen. Sie lehnte mit dem Rücken an einem Felsen und blickte auf das Meer. Wie bösartig die Frauen über sie gelästert hatten, dachte Sussie. Ob sie sich ähnlich niederträchtig über sie oder Tryntgen äußern würden, falls ihnen dergleichen geschah? Würden sie dann auch behaupten, sie hätten es ja nicht anders gewollt?

Judith sah zu den Kranken hinüber, die außer ihr kaum jemand zu beachten schien.

Vor allem ihren Vater schienen die Qualen dieser Menschen nicht zu kümmern. Selbst deren Seelenheil ist ihm einerlei, dachte Judith. Er tut, als wären sie gar nicht da.

Judiths Blick verdunkelte sich. Ihr Vater saß behaglich in seinem Zelt und unterhielt sich mit Conrad van Huyssen, stellte sie fest. Seine Füße ruhten auf dem großen Orientteppich, der aus der Offiziersmesse geborgen worden war.

In seinen Predigten versäumte ihr Vater selten, hervorzuheben, Leid läutere den Menschen und erhöhe ihn vor Gott. Wenn dem so ist, überlegte Judith, sollte er sich dann nicht um einen größtmöglichen Anteil an diesem Leid hier bemühen? Wie konnte es angehen, dass er stattdessen auf doppelten Rationen an Nahrung und Wasser bestand und dass er sich und seiner Familie gleich mehrere Decken pro Kopf beschafft hatte, unter denen sie sich nachts wärmten?

Judith fasste sich ein Herz. Sie stand auf.

Als sie das Zelt betrat, legte ihr Vater Conrad gerade dar, dass das gotteslästerliche Verhalten der Menschen auf dem Schiff ihre Katastrophe herbeigeführt habe, denn der Herr habe ja nicht mehr umhin gekonnt, als seinem Missfallen Ausdruck zu verleihen. Vor allem der Kommandeur, hob er hervor, habe sich seinen Warnungen fortwährend widersetzt, wenngleich er selbst ihm gänzlich unerschrocken ins Gewissen geredet habe …

»Vater …«, setzte Judith an.

Ihr Vater wandte sich um und betrachtete sie erstaunt. »Siehst du nicht, dass ich mich mit Herrn van Huyssen unterhalte?«, fragte er. »Seit wann unterbrichst du mich unerlaubt?«

Judith holte tief Atem. »Seit heute. Ich kann das nicht länger mitansehen. Ihr vernachlässigt die Kranken.«

Ihr Vater schnappte nach Luft. Conrads Lippen kräuselten sich spöttisch.

»Wir müssen etwas tun!«, fuhr Judith entschlossen fort. »Seht Ihr nicht, dass sie leiden?«

»Ich werde für sie beten«, beschied ihr Vater sie, und wedelte ungeduldig mit den Händen.

»Es wäre mir lieber, Ihr brächtet sie in Zelten unter«, entgegnete Judith heftiger, als sie vorgehabt hatte.

Ihr Vater starrte sie sprachlos an.

»Eure Tochter scheint recht leidenschaftlich zu sein«, bemerkte van Huyssen nachdenklich.

Pfarrer Bastians streckte einen wutbebenden Finger aus. »Hinaus, Judith!«, befahl er. »Und zwar sofort.«

»Sie brauchen Wasser und ein Dach über dem Kopf«, beharrte Judith störrisch. »Wir besitzen beides und sollten es mit ihnen teilen. Die Bibel sagt, wer zwei –«

Pfarrer Bastians sprang von seinem Sitz auf. »Du wagst es, mich über die Bibel zu belehren?«, rief er, außer sich vor Empörung.

»Weil Ihr unchristlich geworden seid«, gab Judith zurück. Sie war feuerrot geworden und zitterte am ganzen Leib.

»Du … du undankbares Geschöpf!«, schäumte Pfarrer Bastians. »Christlich zu sein, heißt Vater und Mutter zu ehren, vergiss das nicht!« Er ließ sich auf seinen Schemel zurückfallen und warf Conrad einen Mitleid heischenden Blick zu. »Ein halsstarriges Weib«, murmelte er. »Sie muss gezüchtigt werden.«

Conrads Wangen hatten sich bei seinen Worten leicht gerötet und sein Blick ruhte auf Judith.

»Die Kranken brauchen Wasser«, wiederholte Judith hartnäckig.

»Ebenso gut könntet Ihr das Wasser in den Sand gießen«, schaltete Conrad sich nun ein, während er Judiths Miene studierte. »Die Kranken sterben ohnehin.«

»Verschwinde, Judith, ehe ich mich vergesse!«, zischte Pfarrer Bastians. »Herr van Huyssen und ich haben Wichtiges zu besprechen. Auf deinen Ungehorsam komme ich später noch zurück.«

Judith warf den beiden Männern einen hitzigen Blick zu. Danach machte sie auf dem Absatz kehrt und stürmte zu den Soldaten, die an den Fässern Wache standen. Von ihnen ließ sie sich ihre Wasserration für den Tag austeilen und begab sich damit zu den Kranken.

XVI

Keine Sorge, ich bin nicht verstummt.

Ich war lediglich beschäftigt, hatte sozusagen alle Hände voll zu tun.

Dabei wollte ich Ihnen doch längst vermittelt haben, dass es dem reinen, tugendhaften Menschen im Allgemeinen an Versuchungen gebricht.

Das ist mir zwar in der Eile ein wenig herausgeplatzt, aber es trifft den Kern.

Ich weiß, Sie möchten sofort die innere Stärke zitieren, mit der sich jemand der Versuchung erwehrt. Nun, innere *Trägheit* ließe ich vielleicht noch gelten, aber das ist das Äußerste meines Entgegenkommens.

Was aber die innere *Stärke* betrifft, so stelle ich fest, dass sie in dem Maße sinkt, wie die Versuchung steigt.

Man muss nur den richtigen Köder auslegen, die Schwachstelle finden, an der der Mensch zerbricht.

Möglichkeiten gibt es unendlich viele.

Der Anschaulichkeit halber wählen wir Sie als Beispiel aus.

Stellen Sie sich vor, Sie befänden sich auf der Insel.

Ich biete Ihnen grenzenlose Macht. Die Bedingungen, die Sie sonst stören, sind außer Kraft gesetzt. Niemand entzieht sich Ihren Wünschen, niemand hindert Sie an der Umsetzung Ihrer Fantasien.

Was würden Sie tun, wenn man Sie ließe?

Widmen Sie sich ruhig für eine Weile Ihren Träumen …

Und? Sagen Sie mir die Wahrheit!

War ein einziger Ihrer Träume tugendhaft?

Auf dem Friedhof

Die Insel gleicht einem Kerker ohne Mauern, fand Lucretia, und das Leben war ebenso eintönig und karg. Tagein, tagaus gab es nichts zu tun, als das stets gleiche Bild zu betrachten: das Kommen und Gehen der Wellen, die sich am Ufer brachen, die Möwen, die flatternd und kreischend den Strand bewachten oder aber reglos im flachen Wasser standen und den Kopf horchend zur Seite neigten.

Pfarrer Bastians trat gelegentlich in Erscheinung, um dem Herrn arme Seelen zuzuführen. Er hielt die Menschen zur Demut an, zu Entsagung und Reue. Auf diese Weise würden sie sich ihren Lohn für das jenseitige Leben verdienen, wiewohl *er* sich denselben bereits im Diesseits gewährte.

Die Gespräche der Gefangenen kreisten dagegen um das nackte Überleben, waren auf niedere Belange zusammengeschrumpft, auf die Sorge um Nahrung und Wasser, auf die Suche nach Schutz und die Angst vor dem Tod.

Lucretia spann ihre Gedanken weiter. Genau wie unter Kerkerinsassen waren auch hier seltsame Verbindungen entstanden. Überraschende Bruderschaften wurden geschlossen, wie die zwischen Zeevanck und dem Steinmetz, zwischen den *Jonkers* und einigen der gemeinen Soldaten. Ebenso ließen sich neue Abhängigkeiten entdecken, allen voran die zwischen Jeronimus und einer Hand voll abstoßender Gesellen, die jeden seiner Befehle ausführten.

Bisweilen schweiften Lucretias Gedanken jedoch auch in die Ferne und richteten sich auf François. In solchen Momenten versuchte sie zu ergründen, was ihn bewogen hatte, die Menschen, die eigentlich seiner Obhut unterstanden, zu verlassen. Ob er sich jemals fragte, wie sie, Lucretia, sich fühlte? Ob sie sich ängstigte, darbte, ob sie starb? Oder war sie ihm wie eine Laune verflogen, in Vergessenheit geraten wie ein dummer Zeitvertreib?

Eines Nachts war es so weit. Jeronimus rief seine Anhänger zusammen. Sie hockten um ein kleines Feuer und tranken Wein.

»So wie ich es sehe«, begann Jeronimus, »bedeuten nur die Söldner eine Gefahr. Wir müssen sie von hier fortschaffen. Anschließend wird es leicht sein, die anderen zu kontrollieren.«

Er blickte in die glänzenden Augen, in denen sich die tanzenden Flammen widerspiegelten.

»Wir wissen nur leider noch nicht, wie wir das anstellen sollen«, murmelte van Huyssen.

Jeronimus ignorierte ihn. Er wandte sich an Zeevanck. »Wart Ihr nicht heute auf der langen Insel im Westen?«

Zeevanck nickte.

»Und?«, drängte Jeronimus. »Wie sieht es dort aus?«

»Wie soll es da aussehen?«, brummte Zeevanck. »Genau wie hier. Ein Felsbrocken mit Gestrüpp und Korallenstrand. Pisse und Schweiß sind das einzige Wasser.«

Jeronimus lächelte zufrieden. »Prächtig«, bemerkte er. »Morgen setzt Ihr ein zweites Mal über. Nehmt zwei, drei der *Jonkers* mit. Wir werden behaupten, dass Ihr nach Wasser sucht. Wenn Ihr zurück seid, verbreiten wir die Mär von einer Wasserstelle, deren Vorrat für alle reicht. Danach werden die Söldner mit leeren Fässern dorthin geschickt. Leider wird es für sie keine Rückkehr mehr geben. Die Natur übernimmt diesmal die Auslese.«

Conrad pfiff anerkennend durch die Zähne.

»Und was geschieht, wenn sie dort tatsächlich auf Wasser stoßen?«, wollte Zeevanck wissen.

»Aber, lieber Zeevanck«, sagte Jeronimus tadelnd. »Unser Herr Kommandeur hat doch wohl jede Insel sorgsam abgesucht, ehe er so sang- und klanglos verschwand.«

Die anderen brachen in schallendes Gelächter aus.

»Damit hätten wir uns der Söldner entledigt«, ergriff Conrad das Wort. »Und was ist mit ihren Waffen?«

»Na, was wohl?«, fragte Jeronimus. »Die Waffen bleiben hier. Seit wann sind denn zum Wasserholen Schwerter und Säbel nötig?«

Conrad grinste ihn an. »Danach wird niemand mehr wagen, sich gegen uns aufzulehnen. Dann sind *wir* das Gesetz.«

»Ganz recht«, pflichtete Jeronimus ihm bei. »Anschließend beugt man sich unserem Willen. Wir werden genug zu essen und trinken haben und« – er machte eine Kunstpause – »genug Frauen, um uns zu amüsieren.«

Seine letzte Bemerkung stachelte die Männer auf. Conrad spürte, dass ihm die Hitze durch die Lenden schoss. Der Steinmetz grunzte unbestimmt, rutschte jedoch mehrmals unruhig hin und her.

»Wir können tun, wonach uns verlangt«, hob Jeronimus noch einmal hervor. »Wir sind Herrscher. Und wehe dem, der sich gegen uns erhebt!«

Wiebe beobachtete Pieter Janz, seinen Feldwebel, der sich mit dem Unterkaufmann zu streiten schien. Die beiden verstummten, als Wiebe zu ihnen trat.

Jeronimus maß Wiebe mit abwägenden Blicken, ehe er sich umwandte und wortlos verschwand.

»Was wollte er?«, erkundigte sich Wiebe, während er den Kopf in den Nacken legte und zu den Möwen hoch sah, die heiser kreischend umeinander schwirrten.

»Herr Cornelius wünscht, dass du mit den anderen Söldnern zu der langen Insel im Westen ruderst und leere Fässer mit Wasser füllst. Zeevanck hat dort eine große Wasserstelle entdeckt.« Janz zwang sich zu einem Lächeln. »Seht zu, dass ihr auch auf eine Weinquelle stoßt. Ich könnte einen ordentlichen Schluck gebrauchen.«

»Und was ist mit Euch?«, fragte Wiebe. »Begleitet Ihr uns nicht?«

Janz legte die Hand an den Knauf seines Schwertes. »Der Unterkaufmann möchte mich hier behalten, für den Fall, dass etwas geschieht.«

Wiebe zuckte mit den Schultern. »Na gut«, brummte er. »Mal was anderes. Ich bin es ohnehin leid, den Horizont nach Segelschiffen abzusuchen.«

»Ihr könnt die Messer mitnehmen, um Holz für die Feuer zu schneiden«, fuhr Janz fort. »Die Gewehre und die Schwerter bleiben hier.«

Wiebe blickte den Feldwebel verwundert an. »Seit wann trennen wir uns von unseren Waffen?«, fragte er. »Wir sind schließlich Soldaten, oder nicht?«

»Der Unterkaufmann will es so«, beschied Janz ihn. »Er befürchtet, dass ihr euch in die Haare geratet, und möchte nicht, dass ein Kampf entsteht.«

»Was soll das heißen? Wir sind uns doch bis jetzt auch nicht in die Haare geraten.«

Der Feldwebel machte eine hilflose Geste. »Mir schmeckt das ebenfalls nicht, aber der Unterkaufmann hat nun einmal die Befehlsgewalt. Er spricht für die *Companie*.«

»Wer passt sonst noch auf die Leute auf?«, wollte Wiebe wissen.

»Der Steinmetz, glaube ich.«

Wiebe runzelte die Stirn. Ausgerechnet der, dem niemand traut, dachte er.

»Es wäre mir lieber, wenn der Steinmetz mit uns käme«, bemerkte er.

»Mir auch«, entgegnete Janz mit bekümmerter Miene. »Doch der Unterkaufmann hat es nun einmal anders bestimmt. Tu einfach deine Pflicht, Hayes, und denk nicht darüber nach.«

Wiebe ging kopfschüttelnd davon. Irgendetwas an der Sache war eigentümlich. Er wusste nur nicht, was.

Sussie bemerkte, dass Wiebe über den Strand auf sie zugeeilt kam. Als sie seine hin und her schwingenden Arme sah, lächelte sie, weil er sie an eine Windmühle erinnerte.

Wiebe ist groß und schwer wie ein Ochse, dachte Sussie. Aber dennoch hatte sie sich noch nie vor ihm gefürchtet. Das war bei van Huyssen ganz anders. Bei dessen Anblick wurde ihr stets unheimlich zu Mute, obwohl er eher zierlich war.

»Ich muss hinüber zu der Langen Insel«, erklärte Wiebe, als er vor Sussie stand. »Der Unterkaufmann sagt, es gibt dort Wasser. Wir füllen die Fässer auf. In ein paar Tagen bin ich wieder da.«

Sussie nagte an ihrer Unterlippe. Der Gedanke an Wiebes Abwesenheit behagte ihr nicht. »Wer fährt noch mit?«, fragte sie.

»Alle Söldner. Die Holländer, die Flamen und die verbliebenen Franzosen«, entgegnete Wiebe. »Na ja«, fügte er hinzu, »ist eigentlich nur gerecht. Seit die Hütten und Zelte fertig sind, haben wir nichts Vernünftiges mehr zu tun, und es sind immer noch genug Männer hier, die Robben jagen und fischen können.«

Sussie betrachtete ihn sehnsüchtig. So jemanden werde ich eines Tages heiraten, beschloss sie. Jemanden, der schlicht, freundlich und zuverlässig ist.

»Ich möchte, dass Ihr mir einen Gefallen tut«, unterbrach Wiebe Sussies Gedanken.

Er stand nun so dicht vor ihr, dass Sussie sich zwingen musste, nicht ihre Arme um ihn zu schlingen, den Kopf an seine Brust zu betten und sich an ihn zu schmiegen.

»Ihr kennt doch Jan Pinten, den Engländer«, fuhr Wiebe unterdessen fort. »Er liegt bei den Kranken, und es geht ihm schlecht. Ob Ihr Euch ein wenig um ihn kümmern könnt? Sorgt dafür, dass er seine Wasserration erhält, und vielleicht kühlt Ihr ihm auch ab und zu die Stirn. Was meint Ihr? Werdet Ihr das tun?«

Sussie nickte. »Ganz gewiss«, versprach sie Wiebe eifrig. Sie freute sich, dass er ihr eine Aufgabe anvertraute. Sie würde den Engländer hingebungsvoll pflegen. Das würde wie ein Gelöbnis sein, das sie und Wiebe verband.

Als Sussie Wiebe ins Gesicht sah, stellte sie fest, dass er mit einem Mal verlegen wirkte. »Ihr seid ein süßes Mädel, Sussie Fredericks«, erklärte er. »Ich hätte Euch gern einmal geküsst.«

Danach machte Wiebe auf dem Absatz kehrt und eilte mit seinen schwingenden Armen über den Strand davon.

Tu's doch! wollte Sussie ihm nachrufen. Küss mich gleich hier auf der Stelle! Mit einem Seufzer blickte sie um sich. Leider war die halbe Insel auf den Beinen, und jedermann hätte sie gehört.

XVII

Wie Sie wissen, mag ich den Bösewicht. Allerdings reizt nicht er *selbst* mich, sondern eher die Einfalt, mit der die anderen Menschen ihm begegnen.

Stellen Sie sich den Unhold als geiferndes Monstrum vor, als Ungeheuer, dem der Wahnsinn aus den Augen springt?

Nun, in dem Fall ist es Zeit für einen weiteren Exkurs.

Der wahre Schurke ist nämlich freundlich. Er lächelt gefällig und ist galant.

Sie treffen ihn bisweilen in einem Kontor oder in den Salons feiner Leute an. Er ist stets liebenswürdig, er reicht Ihnen die weiche Hand, er weiß zu plaudern, ist feinsinnig, weltgewandt…

Er könnte indes auch ein Dienstbote sein, der sich mit gesenkten Lidern verneigt, dieweil er sich lustvoll ausmalt, wie er Sie meuchelt, metzelt und entehrt.

Der Böse ist demnach ein Meister der Verstellung. Er will, dass Sie ihm in die Falle tappen, denn darin besteht sein Genuss. Die Missetat selbst ist ihm nachrangig.

Für mich erhält er dadurch eine gewisse Würze, doch Ihnen möchte ich wärmstens empfehlen, auf der Hut zu sein.

Auf der Langen Insel

Die Söldner fluchten, als sie mit nackten Füßen die weißen Korallensplitter berührten. Die ersten hatten sich bereits die Fußsohlen aufgeschnitten. Die anderen legten sich schleunigst ihre schweren Schnallenstiefel an, ehe sie ins Wasser sprangen.

Die Insel sieht fast wie der Friedhof aus, dachte Wiebe. Sie war jedoch größer. In der Länge schätzte Wiebe sie auf gut eine Meile.

Es dauerte nicht lang, bis sie die leeren Fässer an Land geschafft hatten, doch van Huyssen ließ es sich dennoch nicht nehmen, großspurig Aufsicht zu führen. Er hatte sich eine Feder an den Hut gesteckt, stolzierte auf und ab und stemmte sich die Fäuste in die Seiten. Vermutlich hält er sich bereits für einen General, dachte Wiebe verächtlich.

Zeevanck war auf einem der Flöße zurückgeblieben. »Die Wasserstelle, zu der ihr laufen müsst, befindet sich am Südende der Insel!«, rief er den Söldnern zu.

»Wenn ihr fertig seid, zündet ihr ein Feuer an«, erklärte van Huyssen unterdessen. »Dann kommen wir euch holen.«

»Wartet Ihr denn nicht?«, erkundigte sich Wiebe.

»Zeevanck und ich rudern zurück«, beschied van Huyssen ihn knapp. »Der Unterkaufmann wünscht das so.«

Wiebe und seine Kameraden tauschten verwunderte Blicke. Davon hatte der Feldwebel nichts gesagt.

Schließlich zuckte Wiebe die Achseln. Was soll's? überlegte er. Auf die Gesellschaft von Zeevanck und van Huyssen konnten sie gut verzichten. Lediglich die Flöße hätte er lieber in Reichweite gewusst.

Wiebe schaute zu, wie van Huyssen mit vorsichtigen Schritten durch die seichte Lagune watete. Abermals beschlich ihn ein merkwürdiges Gefühl.

Van Huyssen kletterte auf das Floß, und Zeevanck legte ab.

»Bis bald!«, rief Zeevanck fröhlich.

Und wenn sie nun nicht mehr wiederkommen? fuhr es Wiebe durch den Sinn. Doch er wischte den Gedanken fort. Sie mussten ja zurückkehren, fiel ihm ein. Die Menschen auf dem Friedhof benötigten schließlich das Wasser.

Auf dem Friedhof

Auf der *Batavia* waren Fragen und Streitigkeiten von einem Schiffsrat geregelt worden, der aus dem Kommandeur, dem Kapitän, dem Unterkaufmann, dem Ersten Steuermann, dem Schiffsmarschall und dem Pfarrer bestand. Er tagte gewöhnlich in der Offiziersmesse bei einem Essen und einer guten Flasche Wein.

Inzwischen hatte sich ein neuer Rat gebildet, der sich aus dem Pfarrer, Pieter Janz, Zeevanck und Deschamps zusammensetzte. Seit Jeronimus auf der Insel angekommen war, stand er diesem Rat vor.

Wenn die Mitglieder vor Jeronimus' Zelt zusammentrafen, gesellten sich die Bewohner der Insel ihnen zuweilen zu. Es war ihnen allerdings nur gestattet zuzuhören. Ein Mitspracherecht besaßen sie nicht.

An diesem Tag hatte Jeronimus jedoch darauf bestanden, dass der Rat sich zu einer vertraulichen Sitzung zusammenfand.

Pfarrer Bastians tauchte als Letzter auf. Er hielt seine Bibel an sich gedrückt und ließ sich mit salbungsvoller Miene nieder.

Wenn er wüsste, wie sehr ich ihn verachte! dachte Jeronimus. Im Geiste sah er eine ganze Reihe schwarz gewandeter Gestalten mit verkniffenem Gesichtsausdruck auf einer langen Holzbank sitzen und über seinen Freund Torrentius richten. Er hörte die kleinlichen Fragen, die ihr kümmerlicher Verstand gebar, und fragte sich, wie derartige Krämerseelen sich anmaßen konnten, die Gedanken eines Torrentius oder gar die endlose Größe des göttlichen Willens begreifen zu wollen.

Mit einem Seufzer kehrte Jeronimus in die Gegenwart zurück. Er eröffnete die Versammlung und legte den ersten Punkt seiner Tagesordnung vor.

Die Insel, erklärte Jeronimus den Ratsmitgliedern, sei zu überfüllt, um ein friedliches Miteinander der Menschen zu gewähren. Infolgedessen habe er beschlossen, die Gestrandeten in Gruppen aufzuteilen und etliche davon auf die umliegenden Inseln zu verlagern.

Während er seine Gründe darlegte, weidete Jeronimus sich insgeheim an der Verblüffung, die sich auf den Gesichtern seiner Ratsbrüder abmalte.

Wie bequem sie bereits wieder geworden sind! dachte er spöttisch. Wie behaglich sie sich abermals im Bestehenden eingerichtet haben und sich gegen Veränderungen sträuben, und sei die Lage noch so schlecht!

Für eine Weile schwiegen alle, bis Pieter Janz das Wort ergriff und unsicher fragte: »Muss das denn wirklich sein?«

»Ich denke schon«, erwiderte Jeronimus. »Die Reinlichkeit lässt zu wünschen übrig, da die Bedingungen unzulänglich sind. Zudem benötigen wir bereits jetzt das Buschwerk der Nachbarinseln, um unsere Feuer in Gang zu halten, und von dort beziehen wir auch einen großen Teil dessen, was wir verzehren. Was läge also näher, als die Menschen auf diesen Inseln anzusiedeln?«

»Und wie stellt Ihr Euch das vor?«, erkundigte sich Pfarrer Bastians.

»Pieter Janz wird einen Teil auf die Verräterinsel rudern. Einen weiteren Teil verlegen wir auf die Insel, auf der die Robben wohnen.«

Der Pfarrer nickte. »Für mich hört sich das äußerst vernünftig an.« Er belohnte Jeronimus mit einem schmeichlerischen Lächeln. »Ich stimme dem Plan zu.«

Jeronimus erwiderte sein Lächeln. Du dummer, törichter Esel, du wirst dich noch wundern, dachte er. Er musterte die Gesichter der anderen.

Lediglich Pieter Janz schien noch unschlüssig zu sein.

»Überdies ist mir zu Ohren gekommen«, begann Jeronimus abermals, »dass es vor meiner Ankunft zu Handgreiflichkeiten kam. Ich wünsche nicht, dass sich derlei wiederholt. Ihr vermochtet wohl damals nicht für Ruhe zu sorgen, Janz – oder wie war das?«

Janz blickte betreten zu Boden und schwieg.

»Ganz richtig«, pflichtete Pfarrer Bastians Jeronimus bei. »Es war schändlich. Der Herr musste sein Haupt verhüllen.«

Jeronimus nickte ihm anerkennend zu. »Deshalb werden wir noch ein Weiteres tun«, erklärte er sanft. »Wir werden alle Waffen einsammeln und sie sicherstellen. Auf diese Weise schließen wir jede weitere Schändlichkeit aus.«

Pieter Janz zog hörbar den Atem ein, doch er wagte es nicht, sich dem Unterkaufmann zu widersetzen.

»Nimmt der Rat meinen Vorschlag an?«, fragte Jeronimus.

Pfarrer Bastians reckte seine Hand in die Höhe. Schließlich folgte Deschamps seinem Beispiel, und wenig später schloss sich Pieter Janz ebenfalls an.

»Ausgezeichnet«, lobte Jeronimus. »Dann werden wir unsere Beschlüsse umgehend in die Tat umsetzen.« Er lachte belustigt auf, ehe er ein wenig unvermittelt hinzufügte: »Was glaubt ihr, was für Augen der Kommandeur machen wird, wenn er uns bei seiner Rückkehr so gesund und rüstig antrifft.« Danach stieß er Pfarrer Bastians aufgeräumt in die Seite und forderte ihn auf, die Versammlung mit einem schönen Gebet abzuschließen.

Als ihr Vater das Zelt betrat, erkannte Judith sofort, dass er sich bester Laune erfreute. »Nun wird alles gut«, verkündete er in die Runde. »Der Herr ist uns wohlgesinnt. Er hat uns den Unterkaufmann als Boten gesandt. Er richtet die Dinge nach seinem Willen.«

Vierzehn Grad und zehn Minuten südlicher Breite

dreiundzwanzigster Tag des Juni
im Jahre des Herrn, 1629

Ob ich auch so elend aussehe wie sie? überlegte François, während sein Blick über die anderen wanderte. Wie die Opfer einer Schlacht lagen die Männer da, mit verfilztem, abstehendem Haar, leeren, geröteten Augen und aufgeplatzten Wunden dort, wo sich das Salzwasser in ihre Haut gefressen hatte. Etliche hatte Fieber und fantasierten vor sich hin.

Inzwischen hatte François begriffen, wie groß die Versuchung war, Meerwasser zu trinken. Bereits seit einer geraumen Weile schimmerten statt des Meeres bauchige Karaffen mit frischem Wasser vor seinen Augen, und bisweilen ertappte er sich dabei, dass seine ausgestreckten Hände danach griffen. Dann wieder veränderte sich das Meer, nahm die Gestalt eines Bergsees an, so rein und klar, dass alles in François danach schrie, sich über Bord zu beugen, um von diesem köstlichen Nass zu schlürfen. Er musste seine ganze Willenskraft aufbieten, um das schöne Trugbild und den Abgrund der Wirklichkeit auseinander zu halten.

Ich muss diesen Kampf gewinnen, beschwor sich François. Wenn ich nachgebe, bin ich verloren. Er hatte festgestellt, dass es ihn stärkte, wenn er sich seiner Würde entsann. Zu diesem Zweck behielt er seinen Kommandeurshut auf und strich sich gelegentlich über sein Hemd und dessen Spitzenbesatz, wenngleich der längst grau und steif geworden war.

Jan Everts erwachte und blinzelte. »Wo sind wir, Skipper?«, murmelte er.

Jacobs stand an der Ruderpinne. Im fahlen Morgenlicht hoben sich seine kantigen Gesichtszüge scharf ab. Er schien weder

Hunger noch Durst zu kennen. »Bald ist Land in Sicht«, knurrte er.

»Das habt Ihr gestern auch schon gesagt«, murrte eine Stimme. »Und vorgestern auch.«

Dem Kapitän schoss das Blut in den Kopf.

»Das Große Südland liegt bereits seit einer Woche hinter uns«, ließ sich eine weitere Stimme vernehmen.

»Jacobs tut nur so, als wisse er, wo's lang geht«, spottete Halfwaack. »Doch in Wahrheit leitet ihn sein Schwengel.«

»Halt die Klappe«, grunzte der Kapitän.

»Wenn du die Hure da hinten nicht so fleißig besprungen hättest«, fuhr Halfwaack unbeirrt fort, indem er in Richtung der schlafenden Zwaantie nickte, »wären wir noch immer auf der *Batavia*.«

Das Gesicht des Kapitäns nahm eine äußerst ungesunde Farbe an. Es wirkte bläulich.

»Du wolltest ja nicht auf mich hören«, stichelte Halfwaack weiter. »Ich hatte dir gesagt, lass die Finger von der Dirne.«

In der Hand des Skippers blitzte sein Messer auf. »Noch ein Wort«, zischte er, »und du erteilst deine weiteren Ratschläge den Fischen.«

»Vielleicht sollten wir den Kapitän in Ruhe seine Arbeit verrichten lassen«, schaltete sich François ein. »Es sei denn, wir hätten einen unter uns, der glaubt, er könne das besser.«

Niemand erwiderte etwas.

François richtete seinen Blick auf den Skipper, der sein Messer schwer atmend zurück in die Scheide schob.

»Nun, wie sieht es aus?«, fragte François in die Runde. »Weiß jemand, wie wir nach Java kommen?«

Die Männer schauten zu Boden.

François fing den Blick des Skippers auf. Er glaubte sogar, ein anerkennendes Nicken zu bemerken. Mehr Dank ist von einem Adriaen Jacobs nicht zu erwarten, sagte er sich.

Er musste sich dennoch ein Schmunzeln verbeißen. Da sieh einer an! dachte er amüsiert und verwundert zugleich. Wer hätte geglaubt, dass der Kapitän und ich eines Tages auf einer Seite stehen?

Auf dem Friedhof

Jeronimus hatte den Inselrat zu einer öffentlichen Versammlung einberufen.

Lucretia erschien, weil Andries de Vries ihr zugeflüstert hatte, es sei wichtig.

In der vergangenen Nacht hatte ein Matrose, der die Vorräte bewachte, ein Weinfass angestochen und sich daraus bedient. Offenbar hatte er auch seine Kameraden angestiftet, denn in den frühen Morgenstunden wurden mehrere Männer betrunken neben den Fässern aufgefunden.

Jeronimus ließ den Rat nahezu eine Stunde lang in der Sonne warten, ehe er erschien. Dann jedoch tauchte er in der Kleidung des Kommandeurs auf, die er, wie Andries Lucretia zuwisperte, aus dessen Truhe geplündert hatte. Lucretia gewahrte einen frischen weißen Spitzenkragen unter einem dunklen Rock und einen weißen Hut, um dessen Krone sich eine schwere Goldkette wand. Sie musste sich zusammennehmen, um nicht zu kichern, denn inmitten der ganzen abgerissenen Gestalten wirkte Jeronimus' Anblick eindeutig komisch. Die Lust zu lachen verging Lucretia indes, nachdem sie Jeronimus' Miene gewahrte.

Bis auf wenige Ausnahmefälle hatte Lucretia Jeronimus stets zuvorkommend erlebt, doch an diesem Morgen wirkte er ausgesprochen wütend und merkwürdig erregt. Er blieb hoch aufgerichtet stehen, stemmte die Fäuste in die Seiten und maß die Versammelten mit zornigem Blick.

Was hat er vor? fragte Lucretia sich. Was will er mit diesem Auftritt bezwecken?

»Also«, ertönte Jeronimus' schneidende Stimme. »Ihr wisst, weshalb wir hier versammelt sind.«

»Lieber Herr Cornelius«, begann Pfarrer Bastians unterwürfig,

»bitte setzt Euch doch hin und lasst uns in Ruhe über den Vorfall reden.«

»Nein!«, entgegnete Jeronimus kalt. »Hier gibt es nichts zu bereden. Es geht um Männer, die sich meinen Befehlen widersetzten.« Jeronimus machte eine Pause. »Diese Befehle waren auf unser Überleben ausgerichtet«, fuhr er mit erhobener Stimme fort. »Ich plädiere deshalb für den Tod der Schuldigen.«

Die Ratsmitglieder tauschten entsetzte Blicke.

Die Umstehenden wirkten wie gelähmt.

»Herr Unterkaufmann«, hub Pieter Janz schließlich an, »ich stimme Euch insofern zu, als dass der Wachmann eine harte Strafe verdient. Seine Kameraden hingegen nahmen aber doch nur, was man ihnen bot. Womöglich wussten sie nicht einmal, woher der Wein stammte.«

Jeronimus funkelte ihn aufgebracht an. »Das ist eine überaus fadenscheinige Erklärung«, erwiderte er. »Wie konnte der Wein anders als gestohlen sein?«

»Dennoch sind ihre Vergehen geringer«, beharrte Pieter Janz. »Sie haben getrunken, jedoch nicht gestohlen. Das ist ein Unterschied.«

»Was fällt Euch ein, mich zu korrigieren?«, schrie Jeronimus außer sich. »Seit wann seid Ihr ein Advokat des Verbrechens geworden?«

Die Ratsmitglieder erschraken sichtlich. Pfarrer Bastians presste die Bibel fester an sich.

»Darum geht es nicht, Herr Unterkaufmann«, nahm Janz einen neuerlichen Anlauf. »Ich finde lediglich, eine derart drastische Entscheidung liegt in der Verantwortung des gesamten Rates.«

Jeronimus wurde kreidebleich. »Wenn wir zulassen, dass der Diebstahl unserer Rationen keine drastische Strafe nach sich zieht«, zischte er, »kann ich für unser Überleben nicht länger garantieren.«

»Eure Worte enthalten viel Wahrheit«, schaltete Pfarrer Bastians sich eilig ein. »Aber vielleicht reicht es tatsächlich, nur den Wachmann hinzurichten. Was seinen Kameraden betrifft, zöge auch ich ein milderes Urteil vor.«

»Ihr werdet nach meinen Wünschen abstimmen«, beschied Jeronimus ihn eisig. »Für die Schuldigen gilt der Tod durch Ertränken.«

Lucretia sah, dass der Feldwebel und Pfarrer Bastians tuschelnd die Köpfe zusammensteckten. Beide wirkten verstört, wohingegen Zeevanck gleichgültig in die Runde blickte. Deschamps knetete lediglich seine Finger, ihm schien es die Sprache verschlagen zu haben.

Lucretia schaute sich um. Hinter sich entdeckte sie Andries' furchtsame Miene. Alle anderen schienen noch immer wie versteinert zu sein.

Jeronimus wurde ungeduldig. »Ich verlange die Todesstrafe für jeden der Schuldigen! Diejenigen, die mir zustimmen, heben die Hand.«

Zeevancks Hand flog als Einzige in die Höhe.

Jeronimus lief dunkelrot an, und das Atmen schien ihm Schwierigkeiten zu bereiten. »Das wird euch noch Leid tun«, stieß er zwischen zusammengepressten Zähnen hervor, ehe er auf den Hacken kehrtmachte und verschwand.

Zeevanck erhob sich, um ihm zu folgen.

Lucretia blickte ihnen verblüfft nach. Der Wutanfall des Unterkaufmanns kam ihr nahezu kindisch vor, nur ein Aufstampfen mit dem Fuß hätte noch gefehlt. Sie musste sich abermals zwingen, ernst zu bleiben.

Lucretia war jedoch die Einzige, die Jeronimus' Auftreten erheiternd fand. Alle anderen begaben sich mit besorgten Mienen in ihre Unterkünfte zurück.

Später lag eine unnatürliche Stille über der Insel, so als ob jeder die Luft anhielte, um sich gegen ein drohendes Strafgericht zu wappnen.

Abends traf Lucretia auf Andries, der mit bedrückter Miene am Strand kauerte und die Arme um seinen Oberkörper geschlungen hatte. Als er ihrer ansichtig wurde, sprang er auf.

»Madame«, murmelte er errötend. »Ich bin froh, Euch zu sehen. Ich hatte gehofft … ich muss Euch etwas berichten.«

Lucretia lächelte. Höfliche Anreden war sie nicht mehr gewohnt. Sie blickte an ihrem Samtkleid hinab, auf die Salzränder und den zerschlissenen Saum. Danach betrachtete sie ihre Hände mit den schmutzigen Rändern unter den abgebrochenen Fingernägeln. Zwaantie würde meinen Anblick genießen, fuhr es ihr durch den Sinn. Sie würde sich daran weiden, wie weit es mit ihrer Herrin gekommen war.

»Ist denn etwas vorgefallen?«, erkundigte sich Lucretia.

»Der Inselrat wurde aufgelöst«, erklärte Andries. »Jeronimus hat Deschamps durch van Huyssen ersetzt und den Feldwebel durch den Steinmetz.«

»Durch den Steinmetz?«, fragte Lucretia ungläubig nach. »Der Steinmetz ist halb verblödet. Wie kann so jemand Mitglied eines Rates werden?«

Andries zuckte die Achseln.

»Was hat der Feldwebel dazu gesagt?«

»Nichts«, erwiderte Andries. »Was soll er denn sagen? Die Söldner, die hinter ihm standen, sind fort, um die Wasserfässer zu füllen. Außerdem verlässt er uns morgen selbst, da er die Freiwilligen auf die Verräterinsel rudert.«

Lucretia ließ sich auf den Strand nieder. Andries setzte sich in gebührendem Abstand von ihr ebenfalls wieder hin.

»Es war sowieso nur eine Frage der Zeit«, murmelte er.

»Was meinst du damit?«

»Es spielen sich seltsame Dinge ab, Madame, Dinge, von denen die meisten hier keine Ahnung haben.«

»Nenn mir ein paar Beispiele.«

Andries pflückte ein Korallenbäumchen ab und schleuderte es in die Wellen. »Wisst Ihr eigentlich, wie viel Wein wir haben und wie viel Wasser?«

»Nein.« Lucretia schüttelte den Kopf.

»Seht Ihr«, murmelte Andries. »Und allen anderen geht es ebenso. Die Einzigen, die die genaue Menge kennen, sind Jeronimus und seine Spießgesellen. Sie tun so, als besäßen wir nur noch wenig, und teilen alles unter sich auf.«

»Willst du behaupten, dass Jeronimus uns betrügt?«

Andries nickte. »Der Wachmann hatte sich an Jeronimus' bestem Wein vergriffen. Kein Wunder also, dass der Unterkaufmann außer sich war.«

Lucretia war verwirrt. Bislang hatte sie Jeronimus für einen zuverlässigen Diener der *Companie* gehalten, für jemanden, der sich nichts zuschulden kommen ließ. Gewiss war er ihr zuweilen eigentümlich vorgekommen, doch sie hatte stets angenommen, dass dies ihr persönlicher Eindruck war, der sich durch nichts Greifbares begründen ließ.

»Wart Ihr jemals in seinem Zelt?«, fuhr Andries unterdessen fort.

»Ganz am Anfang«, erwiderte Lucretia. »Später nicht mehr.«

»Das passt«, erklärte Andries verdrossen. »Er erlaubt den Zutritt nur seinen Auserwählten, denn außer ihnen darf niemand sehen, wie er lebt. Er besitzt die große Truhe des Kommandeurs, seinen kostbaren Teppich, seine Kerzenleuchter, seine Becher – überhaupt alles, was wertvoll ist. Es wurde für ihn aus der *Batavia* gestohlen.«

»Andries«, versuchte Lucretia den jungen Mann zu besänftigen, »er *ist* doch inzwischen unser Kommandeur. Vielleicht ist das alles sein gutes Recht –«

»Er tut aber so, als handele es sich um sein Eigentum«, fiel Andries Lucretia ins Wort. »Es ist jedoch das Eigentum von Herrn Pelsaert und der *Companie*.«

»Hast du je mit jemand anders darüber gesprochen?«

»Nur mit Pfarrer Bastians. Er hat es Jeronimus vorgetragen. Angeblich hat er daraufhin wie ein Wahnsinniger getobt.«

»Nun, womöglich will der Unterkaufmann die Gegenstände lediglich hüten.«

Andries lächelte bitter. »Ich kenne ihn besser, als Ihr denkt.«

Ein Gefühl des Unbehagens kroch Lucretia über den Rücken, doch noch ehe sie Andries weiter befragen konnte, hörten sie Schritte näher kommen.

Lucretia wandte sich um.

Jeronimus.

Andries erschrak und begann unmerklich zu zittern.

»Andries, solltest du nicht Deschamps bei der Arbeit helfen?«, fragte Jeronimus, indem er dem Jungen mit dem Finger drohte.

Andries machte wortlos kehrt und rannte davon.

Jeronimus lächelte Lucretia an. Sein Gemütszustand hatte sich offenbar gewandelt.

»Diese jungen Leute«, bemerkte er nachsichtig. »Den lieben langen Tag wollen sie herumsitzen und plaudern. Doch Müßiggang ist aller Laster Anfang.« Er verneigte sich galant, bevor er sich umwandte und Andries folgte.

Elf Grad und dreißig Minuten südlicher Breite

fünfundzwanzigster Tag des Juni
im Jahre des Herrn, 1629

Unter dem zinkfarbenen Himmel und der brütenden Hitze wirkte das Meer schwer und träge wie Öl.

Jacobs war der Erste, der den umhertreibenden Seetang entdeckte. »Land in Sicht«, verkündete er zufrieden.

Die anderen fuhren hoch.

»Na, was sagst du jetzt?«, wandte Jacobs sich an Halfwaack. »Vor acht Tagen haben wir die Küste des Südlands verlassen. Jetzt ist es geschafft. Genau wie ich es gesagt habe.« Er schaute triumphierend in die Runde. »Ich habe es gewusst! Ich täusche mich nicht.«

Zwei Tage später sahen sie Java am Horizont auftauchen. Zuerst war es ein Berg, den sie anfänglich für eine Wolke hielten, bis sie im Dunst seine grüne Spitze hervorschimmern sahen. Ihm vorgelagert befand sich eine Insel, die von einer schmalen Felsenkette geschützt wurde. Bald darauf konnten sie bereits die Hütten eines Dorfes ausmachen. Sie zogen es jedoch vor, weiterzusegeln, da es sich bei den Bewohnern um Untertanen des Sultans von Mataram handeln konnte, der mit der *Companie* in Fehde lag.

Nachts ankerten sie in sicherer Entfernung vor der Küste und schliefen abermals in ihrem Boot. Die Luft war feucht und warm, und das Meer breitete sich so still um sie herum aus, dass die eiskalten Stürme, die sie erlebt hatten, wie ein böser Traum wirkten.

Einzig François und der Skipper waren wach. Unter einer schmalen Mondsichel saßen sie am Heck und schwiegen versonnen.

Jacobs starrte zum Himmel empor und beobachtete die Sterne. Er lauschte dem sanften Wellenklatschen und hörte den Säugling greinen und wieder verstummen. Schließlich neigte er sich ein wenig zu François hinüber und fragte leise: »Was wird nun, wenn wir in Batavia sind?«

»Na, was wohl? Wir nehmen ein Schiff und segeln so bald wie möglich zurück.«

»Ich dachte mehr an eine andere Sache«, murmelte der Kapitän. »Ich spreche von dem, was zwischen uns ist.«

François lächelte vor sich hin. »Ich weiß nicht recht, wovon Ihr redet.«

»Was werdet Ihr dem Gouverneur erzählen?«, fragte Jacobs ungeduldig.

François ließ sich mit seiner Antwort Zeit. »Ich werde ihm erzählen, dass Ihr unser Leben gerettet und uns allen Widrigkeiten zum Trotz nach Java gesegelt habt.«

»Werdet Ihr mir das Auflaufen des Schiffes anlasten?«

»Das ist eine Angelegenheit, die Ihr dem Gouverneur persönlich erklären müsst. Was mich betrifft, so weiß ich nicht, wie das möglich war.«

»Was ist mit der Geschichte in der Tafelbucht?«

»Was für eine Geschichte? Ich fürchte, mein Gedächtnis lässt mich im Stich. Ich erinnere ich mich lediglich an die letzten Tage und daran, wie Ihr uns gerettet habt.«

»Und was wird aus Jan?«

»Das ist etwas anderes, Jacobs. In dem Fall kann und will ich nicht schweigen. Für den Überfall auf Frau van der Mylen wird er bestraft.«

»Was ist, wenn er mich mit hineinzieht? Was, wenn er mich als Hintermann bezichtigt?«

Jacobs beobachtete den Kommandeur aus den Augenwinkeln. Er steckt mit mir in der Klemme, dachte er. Er braucht mich, damit ich seine Aussagen bestätige. Ich muss bezeugen, dass er nicht pflichtvergessen war. Außerdem weiß er, dass ich der Einzige bin, der das Wrack aufspüren kann, und wenn er der *Compagnie* nicht das Silber beschafft, ist seine Zukunft dahin.

»Warum sollte Jan Euch bezichtigen?«, hörte er den Kommandeur fragen.

»Was weiß ich«, entgegnete der Kapitän. »Um mich zu Fall zu bringen, vielleicht. Er ist wütend, weil ich ihm nicht aus dem Kerker geholfen habe.«

»Habt Ihr denn tatsächlich hinter dem Angriff auf Frau van der Mylen gestanden?« François blickte Jacobs nun voll ins Gesicht. »Wenn dem so ist«, setzte er hinzu, »kann ich nichts für Euch tun. Ein derartiges Verbrechen nehme ich nicht hin.«

»Ich hatte damit nichts zu schaffen. Ich schwöre es.«

François seufzte tief auf.

Er ist erleichtert, erkannte der Skipper. Letztlich ist er doch kein Narr und hat erfasst, dass wir beide in der Tinte sitzen, wenn wir uns nicht gegenseitig helfen.

»Der Gouverneur wird uns mit Sicherheit unangenehme Fragen stellen«, begann François nach einer Weile. »Ihr habt das Schiff der *Companie* verloren – und ich ein beträchtliches Vermögen. Wir sollten uns einigen. Was haltet Ihr davon?«

Als der Kapitän schwieg, fuhr François eindringlicher fort: »Gewiss hatten wir in der Vergangenheit Schwierigkeiten miteinander, doch das ist nun vorbei. Inzwischen habe ich mir ein neues Bild von Euch gemacht. Ihr seid ein Held, Adriaen. Überdies gibt es niemandem, dem ich zutrauen würde, die *Batavia* wiederzufinden.«

Jacobs grinste. Sie hatten sich eindeutig verstanden.

»Ihr seid im Grunde gar kein so übler Bursche, François«, lobte der Skipper und klopfte ihm auf die Schulter. Danach erhob er sich, um sich einen Platz zum Schlafen zu suchen.

Auf dem Friedhof

Lucretia saß am Strand, als Jeronimus neben ihr auftauchte. Er machte einen ausgesprochen zufriedenen Eindruck und überreichte ihr einen zerknitterten Bogen Papier.

Lucretia nahm ihn verwundert entgegen. Er war beschrieben. Sie erkannte die Handschrift von François. Sie war indes kaum zu lesen, denn die Tinte war an etlichen Stellen ausgelaufen und verschmiert.

Lucretia versuchte, die Worte zu entziffern.

AN DIE PASS IERE UND D MA SCHA T DER BATAV

Da auf der In   d   Gestr d ten kein Tri wa   r vor den ist, wer ich mich mit ei   Expe   ion auf die ho   Insel bege   , um mit Gott   Hilfe fri   Wasser zu f den. Sobald die Me   hen versorgt sind, we   ich nach Java se ln, um den Gouv eur zu unterrichten und um Hi   zu bit n.

Wir wer   alles Men   nmög   tun, um eu   aus eurer Not zu erre   n. Eigenh   ig verf   und untersch eben.

FRANÇOIS PELSAERT

Lucretia spürte, dass Jeronimus sie ansah, während sie den Text studierte. Als sie ihm das Papier zurückreichte, begegnete sie seinem Blick. Ihre Miene wurde verschlossen. Sie wollte nicht, dass er merkte, wie schwer ihr das Herz geworden war.

»Wo habt Ihr das gefunden?«, erkundigte sie sich leise.

»Pieter Janz hat es auf der Verräterinsel entdeckt.«

Lucretia blickte zu Boden. Sie hasste diese Bezeichnung. François war kein Verräter.

»Ich habe es immer gewusst«, triumphierte Jeronimus. »Euer Liebster ist geflüchtet und hat uns aufgegeben.«

Lucretia hob die Brauen. *Euer Liebster*? Sie entsann sich einer früheren Begebenheit, in der Jeronimus ähnliche Anspielungen gemacht hatte. Es war in der Nacht des heftigen Sturmes gewesen, als sie sich noch auf der *Batavia* befanden. Was geht in diesem Menschen vor? überlegte sie. Woher stammen die seltsamen Schwankungen seines Gemüts? Wie kommt es, dass er an einem Tag liebenswürdig, am anderen aber abscheulich und zudringlich ist?

»In diesem Fall versteht Ihr sein Schreiben anders als ich«, bemerkte Lucretia abweisend.

Jeronimus machte eine wegwerfende Geste. »Er hat uns aufgegeben«, wiederholte er. »Er hatte niemals vor, zurückzukommen. Weder wegen Euch noch wegen irgendeinem anderen. Er hatte stets nur seine eigene Sicherheit im Sinn.«

»In dem Brief steht das Gegenteil«, beharrte Lucretia trotzig. »Im Übrigen meine ich mich zu erinnern, dass Ihr einmal sehr überzeugt von unserer Rettung spracht.«

»Dann solltet Ihr versuchen, Euch genauer zu erinnern«, forderte Jeronimus Lucretia auf. »Ich sprach davon, dass der *Kapitän* wiederkehrt. Von Eurem Buhlen war nie die Rede.«

»Ihr scheint Euch zu vergessen«, erklärte Lucretia eisig, indem sie sich erhob. »Oder Ihr wisst nicht mehr, wen Ihr vor Euch habt.« Sie raffte ihre Röcke zusammen.

Jeronimus ergriff ihren Arm. »Ich mag es, wenn Ihr hochfahrend sein«, raunte er. »Treibt es dennoch nicht zu weit. Ihr habt jetzt nur noch mich.«

Lucretia riss sich los. »Besten Dank«, zischte sie wütend. »Ich fürchte nur, ich brauche Euch nicht.«

Jeronimus lächelte amüsiert. »Da irrt Ihr Euch sehr, meine zornige Schöne. Ihr werdet mich noch mehr brauchen, als Ihr denkt.«

Seine letzten Worte verhallten jedoch ungehört, denn Lucretia entfernte sich bereits mit ungeduldigen Schritten.

Wie genüsslich er mir François' Untreue vor Augen gehalten hat! Und wieso ist er seiner Sache so sicher? ging es Lucretia durch den Sinn, ehe ihre Gedanken sich zu überschlagen begannen und sie sich immer wieder fragte, ob sie sich denn wahrhaftig derart in François getäuscht hatte. Hatte er sie im Stich gelassen, um sich zu retten? Steckte unter seiner gewandten, klugen Art in Wirklichkeit der Verräter, der Feigling, der Schuft? Empfand er endgültig nichts mehr für sie? Hatte er seinen Brief lediglich als fadenscheinige Ausrede hinterlassen?

Sechs Grad und achtundvierzig Minuten südlicher Breite

sechsundzwanzigster Tag des Juni
im Jahre des Herrn, 1629

Am anderen Morgen setzten sie in Java an Land.

Im ersten Glückstaumel fielen sie auf die Knie. Einige berührten den Boden innig mit den Lippen, so als sei er der teure Ehemann oder das teure Eheweib, das sie vor langer Zeit in Holland zurückgelassen hatten. Danach sammelten sie am Strand Kokosnüsse, schlugen sie mit Steinen auf und ließen sich die süße Milch durch die ausgedörrten Kehlen rinnen.

Der Skipper entdeckte den Wasserfall. Er mündete in einen Teich, ehe er als Bach im dichten grünen Blättergewirr verschwand.

Ausgelassen warfen sie sich in das tiefblaue Gewässer, tauchten, schluckten, schlürften, soffen, spien übermütig Fontänen in die Luft, rannten unter die Sturzbäche und ließen sie sich auf Kopf und Schultern platschen.

Später, nachdem sie ihren Durst gestillt hatten, sanken sie zufrieden in den Schatten hoher Farne.

Doch selbst als er dort lag und die Augen schloss, glaubte François, ihn dürste noch immer. Ein über das andere Mal fuhr er sich mit seiner Zunge über die Lippen und schmeckte den letzten Tropfen nach.

Jan Everts war wie alle anderen in den Teich gerannt und hatte sich vorgebeugt, um zu trinken, doch währenddessen achtete er darauf, dass der Kommandeur nie aus seinem Gesichtsfeld verschwand.

Säuft wie ein Tier, der feine Herr, dachte Jan. Lacht wie ein Idiot und schüttet sich Wasser ins Gesicht. Hätte nie geglaubt, dass der es schafft. Wie ein Leichnam hat er im Boot gelegen, und der Skipper hatte ihn aufgegeben, doch der Skipper hat auch nicht immer Recht, das war klar, denn sonst wären sie nie in diesem Boot durch die Stürme getrieben, als hätten sie die Arche Noah verpasst.

Den ganzen Morgen über verfolgte Jan den Kommandeur mit seinen Blicken, beobachtete, wie er mit den anderen scherzte, Kokosnüsse aufschlug, sie leer trank und zum Schluss sogar mithalf, die Wasserfässer zu füllen und zum Boot zu schaffen.

Kurz ehe sie aufbrechen wollten, trat der Kommandeur beiseite und drang tiefer in den Blätterwald ein, während er sich bereits an seiner Hose zu schaffen machte.

Jan erkannte die Gelegenheit. Er schlich hinterher, zückte sein Messer und warf noch einmal einen hastigen Blick zurück. Niemand schien etwas bemerkt zu haben. Jan tat noch ein, zwei lautlose Schritte, hörte das schrille Zirpen von Insekten, erblickte auf einer Lichtung das weiße Hinterteil des Kommandeurs und holte tief Luft.

Gerade als er sich bereit machte, vorzuspringen, legte sich eine raue Hand auf seinen Mund, sein Arm wurde gepackt und auf den Rücken gedreht. Das Messer entglitt Jans Hand.

»War *davon* die Rede, Jan?«, hörte er die Stimme des Skippers an seinem Ohr raunen. »Hatte ich dir einen derartigen Auftrag erteilt?«

Der Wind trieb sie an Vulkaninseln vorbei auf die Sundastraße zu. Als sie in die Meerenge eintauchten, legte der Wind sich, und sie überließen sich der Strömung. In der Ferne leuchteten weiße Palmenstrände.

Nach einer Weile änderte sich die Strömung jedoch und sog sie zurück, so dass der Kapitän die Männer abermals an die Ruder befahl.

Unterdessen legte die Hitze sich wie ein schweres, feuchtes Tuch über sie und hüllte sie ein.

Mit einem Mal tauchten hinter ihnen im Hitzedunst Spitzen von Masten und Kanten von Segeln auf, die nach und nach größer wurden und sich deutlicher abhoben. Dann traten die Umrisse eines Schiffsrumpfes hervor, Aufbauten, die immer klarer wurden, der Schatten einer Kommandobrücke.

Wie gebannt blickten sie dem Schiff entgegen und versuchten, die Fahne auszumachen. Sie hofften auf einen Holländer oder auch einen Engländer – alles, nur keine javanischen Piraten, die ihnen kurz vor dem Ziel den Garaus machten.

Auf dem Friedhof

Lucretia entsann sich, dass François den Unterkaufmann stets als zuvorkommenden, gebildeten Menschen bezeichnet hatte, als einen Mann mit Zukunft in der *Companie*. Ich wüsste gern, was er nun sagen würde, dachte sie, als sie Jeronimus in der roten Weste des Kommandeurs und mit dessen Goldkette geschmückt auf das Zelt der Frauen zustolzieren sah.

Es war nicht üblich, dass einer der Männer sie besuchte, doch Jeronimus setzte sich darüber hinweg und betrat ihr Zelt, als sei dies sein gutes Recht oder normal.

»Madame«, begrüßte er Lucretia, die anderen Frauen geflissentlich übersehend. »Ich hoffe, es mangelt Euch an nichts.«

»Aber woher denn?«, entgegnete Lucretia spitz. »Hier gibt es doch jede Menge Fliegen! Bisweilen haben wir vielleicht ein wenig Durst oder wären auch gern einmal allein, doch darüber hinaus wäre es vermessen zu klagen.«

Jeronimus verzog keine Miene. »Ich werde dafür sorgen, dass Ihr ab sofort jede Art der Bequemlichkeit genießen könnt«, erklärte er.

»Es geht nicht um mich«, bemerkte Lucretia. »Wir leiden alle.«

Jeronimus machte eine abfällige Geste in Richtung der anderen Frauen. »Ich werde zusehen, dass Ihr nichts mehr entbehren müsst, Madame. Ihr steht unter meinem Schutz.«

»Wenn ich nur wüsste, wovor Ihr mich fortwährend beschützen wollt«, sagte Lucretia spöttisch.

Jeronimus lächelte vieldeutig. »Schlaft Ihr gut?«, fragte er.

Lucretia hob die Brauen. »Nein«, antwortete sie. »Ich möchte ein Daunenbett, und wenn es kalt wird, hätte ich gern ein knisterndes kleines Feuer und einen Kamin.«

Jeronimus runzelte die Stirn. »Ihr solltet nicht bei den Frauen wohnen.«

»Wo sonst?«, gab Lucretia zurück. »Fändet Ihr es richtiger, ich wohnte bei den Männern?«

»Ihr seid heute witzig aufgelegt, habe ich den Eindruck.«

»Das ist nur meine Freude angesichts Eurer Aufmerksamkeit.«

»Großartig. Nur weiter so. Ich werde Euch dennoch eine bessere Unterkunft besorgen.«

»Habe ich darum gebeten?«

Jeronimus verneigte sich knapp. Er wirkte nun leicht gekränkt. »Ich lasse von mir hören«, beschied er Lucretia, ehe er verschwand.

Lucretia nahm die missgünstigen Blicke der anderen Frauen wahr. Somit wäre ich wieder am Anfang angelangt, dachte sie. Sie werden mich schneiden, sobald sie merken, dass man mir eine Sonderbehandlung gewährt.

Fünf Grad und fünfzig Minuten südlicher Breite

dritter Tag des Juli
im Jahre des Herrn, 1629

Erst bei Sonnenaufgang am folgenden Tag löste sich das fremde Schiff aus dem Schatten einer Bucht und segelte auf sie zu.

Die Männer tauschten unruhige Blicke.

Jacobs stand auf und begann zu winken. Er hatte die holländische Fahne entdeckt. Einmal wandte er sich um und schaute zu Jan hinüber, den er hatte fesseln lassen. Als er den Hass in dessen Augen las, seufzte er. Tut mir Leid, mein Junge, bedeutete er ihm mit einem Achselzucken, doch wenn es drauf ankommt, kämpft jeder für sich. Er, Jacobs, hatte seine Entscheidung getroffen. Er setzte auf das Wort des Kommandeurs.

Es dauerte nicht lang, bis hinter dem ersten Schiff zwei weitere erschienen.

Jacobs rieb sich die Hände, als er als Flaggschiff die *Zandaam* und gleich danach die *Frederik Hendrik* erkannte. Er tippte François an und grinste verschmitzt. Habe ich es dir nicht gesagt? bekundete sein Blick. Mit der Zeit stoßen wir schon noch auf die restliche Flotte.

Als François das Deck der *Zandaam* betrat, bemerkte er die heimlichen Blicke der Matrosen, während Crijn Rambruch, ein Mitglied des Ostindienrates, auf ihn zugeeilt kam und ihn wortlos mit sich in seine Kabine zog.

Wenngleich Rambruch und er im Grunde einen ähnlichen Rang innehatten, kam François sich vor wie ein Bettler vor einem hohen Herrn. Er zwang sich, den anderen nicht offen anzustarren, doch es war schwer, den Blick von den gestärkten weißen

Hemdrüschen, dem schweren Goldmedaillon und dem ordentlich gestutzten Bart abzuwenden. Welch eine groteske Gestalt ich dagegen abgebe! ging es François durch den Sinn. Meine Haare sind strähnig, mein Bart ist struppig, die Fetzen meiner Kleidung schlottern um meinen stinkenden, dürren Leib, während der zerbeulte Hut des Kommandeurs, den ich so sorgsam gehütet habe, mich vollends lächerlich macht.

»Was um alles in der Welt ist passiert?«, begann Rambruch.

François zuckte verlegen die Achseln und schwieg, um sich erst einmal zu sammeln. Unterdessen wanderten seine Blicke über die Bibel, die auf dem Schreibpult lag, über die saubere Leinenwäsche auf dem Bett und die schwere, messingbeschlagene Truhe aus Eichenholz. Meine Kajüte war prächtiger, ging es ihm unsinnigerweise durch den Kopf. Er hielt den fein geschliffenen Weinkelch hoch, damit Rambruch ihn mit dunklem Burgunder füllen konnte.

François setzte zu der Rede an, die er bereits unzählige Male vor sich aufgesagt hatte. *Ich habe meine Pflicht getan*, wollte er anheben, *ich versuchte, die Fracht des Schiffes zu retten, ich habe nie auch nur für einen Augenblick an meine persönliche Sicherheit gedacht.* Doch stattdessen spürte er, dass sich seine Kehle zusammenschnürte. Er stieß plötzlich keuchende Laute aus, begann zu zittern, bedeckte sein Gesicht mit den Händen und brach in heiseres Schluchzen aus.

Auf der Langen Insel

Der Wind fuhr über die Lagune und ließ die Wasserfläche wie gefaltet aussehen. Am Strand stakste eine Möwe mit zerzaustem Gefieder umher und hinterließ im Sand pfeilförmige Spuren. Etwa zwanzig Schritt entfernt lagerte eine Robbe und begutachtete Wiebe aus feuchten, samtigen Augen.

Das ist also Zeevancks wundervolle Insel, dachte Wiebe, wo sie Wasser aus einer Quelle schöpfen würden, so viel sie wollten.

Einen einzigen trüben, moosbewachsenen Tümpel hatten sie bislang entdeckt.

Wiebe verstand das nicht. Es ergab keinen Sinn.

Er gesellte sich zu seinen Kameraden, die sich am Strand ausgestreckt hatten. Sie waren müde und durstig.

»Dieser verdammte Schreiberling hat hier nie in seinem Leben Wasser gefunden«, murrte einer. »Ich weiß nicht, was das soll.«

»Geht mir ähnlich«, murmelte Wiebe.

»Trau nie einem Kerl, der Tinte an den Fingern hat«, brummte ein anderer und spuckte aus.

»Das solltest du nicht tun«, ermahnte ihn ein Franzose. »Die Spucke wird dir nachher fehlen.«

»Jeronimus verlässt sich auf uns«, überlegte Wiebe laut. »Wenn wir mit leeren Händen vor ihm stehen, ist er enttäuscht.«

»Der Steinmetz hat die Insel mit Zeevanck erkundet«, ergriff einer das Wort. »Wenn der Federfuchser sich irrt, kann ich das verstehen, doch der Steinmetz ist Soldat, der kennt sich aus. Ich begreife das nicht.«

»Es ist und bleibt ein Rätsel«, stimmte Wiebe ihm zu und stutzte dann. Für einen Augenblick fragte er sich, ob Zeevanck und der Steinmetz den Unterkaufmann absichtlich angelogen hatten. Doch was hätten die beiden davon gehabt?

Wiebe spürte eine eigenartige Unruhe in sich aufsteigen. »Am besten entzünden wir unser Feuer«, schlug er vor. »Zeevanck soll kommen und uns holen. Gleichzeitig kann er uns ja zeigen, wo das Wasser ist.«

Danach konnte es Wiebe nicht schnell genug gehen, Äste zusammenzutragen und das Feuer zu schüren, damit das Floß bald auftauchte, und er den Beweis hätte, dass seine Unruhe unbegründet war.

Auf dem Friedhof

Jeronimus beobachtete die dünne Rauchsäule, die sich über der Langen Insel in die Lüfte kräuselte, und lächelte befriedigt. Da drüben war die Panik schneller ausgebrochen als gedacht. Er begann zu kichern. Ich werde auf die tapferen Männer trinken, sagte er sich, auf die Helden, die ihr Leben für mich opfern.

Es war leicht gewesen, wirklich leicht.

Jetzt ging es nur noch darum zu sehen, wie lange sie es schafften.

Die Fetzen des Verbandes, die der Arzt um Jans Arm gelegt hatte, stanken. Dort, wo der Knochen sich durch die Haut bohrte, hatte die Wunde zu schwären begonnen.

Sussie löste die Fetzen und wusch den Eiter ab. Auf Jans Gesicht blühten Fieberrosen.

Mit Judiths Hilfe hatte Sussie frische Bandagen organisiert, mit denen sie seinen Arm umwickelte, während Judith die Schweißperlen abtupfte, die ihm über die Stirn rannen.

Das Zelt stank nach Krankheit und Tod.

Etwa ein Dutzend Männer lag auf dem Boden. Sie stöhnten und wehrten die Fliegen ab. Einige litten an der Ruhr, andere hatten bei der Flucht aus der *Batavia* Verletzungen davongetragen oder waren unglücklich aufgeschlagen, als sie in die Boote sprangen.

Aris Janz hatte sein Bestes versucht, doch ohne Instrumente und Arzneien vermochte er nur wenig auszurichten.

Jan schlug die Lider auf. »Ich danke Euch«, flüsterte er kaum vernehmlich.

»Wie arg ist es?«, erkundigte sich Sussie.

Jan wandte den Kopf ab.

Sussie hatte die Antwort in seinem Blick erkannt.

»Wiebe ist auf der Langen Insel im Westen«, erklärte Sussie. »Er macht sich Sorgen um Euch.«

Jan wandte sein Gesicht zu ihr. »Dann müsst Ihr Sussie Fredericks sein«, murmelte er. »Wiebe hat viel von Euch gesprochen.«

Sussie spürte, dass ihr die Glut in die Wangen schoss. »Von mir?«, fragte sie ungläubig.

»Wenn Ihr erwachsen wäret, sagte er, würdet Ihr das richtige Mädchen zum Heiraten sein.«

Sussie zog die Brauen zusammen. »Aber ich *bin* erwachsen«, betonte sie.

Ihre Worte erreichten ihn jedoch nicht. Jan Pinten begann in der Sprache der Engländer zu reden und wälzte sich unruhig hin und her.

Wenn Ihr erwachsen wäret, sagte er, würdet Ihr das richtige Mädchen zum Heiraten sein, wiederholte Sussie bei sich. Sie hatte den Eindruck, als sei sie seit ihrem Aufbruch aus Amsterdam um Jahre gereift. Wie viel erwachsener muss ich denn noch werden? fragte sie sich. Wann wird Wiebe mich denn endlich nehmen?

Nachdem Judith das Krankenzelt verlassen hatte, machte sie sich auf die Suche nach Conrad van Huyssen. Sie traf ihn trinkend und würfelnd in der Gesellschaft der *Jonkers* an. Für einen Moment wunderte Judith sich über die nie versiegende Weinquelle, über die die jungen Männer verfügten, doch dann wurde sie von Conrads Anblick abgelenkt.

Seine Augen blickten glasig und sein Gesicht war rot und verquollen. Als er Judith gewahr wurde, grinste er schräg.

»Sie kann es nicht erwarten«, murmelte er den anderen zu, die daraufhin lachten und Judith gierig taxierten.

»Darf ich Euch wohl für einen Moment stören?«, fragte Judith scheu.

Van Huyssen erhob sich und machte eine Verbeugung. »Jederzeit, meine Dame«, erwiderte er.

»Ich benötige Eure Hilfe.«

Conrads Grinsen wurde selbstgefällig. »Sie sei Euch gewährt. Wonach steht Euch der Sinn? Nahrung, Wasser? Sprecht es aus. Ich gebe Euch, was Ihr wollt.«

»Du hast das Wichtigste vergessen«, kicherte einer der *Jonkers*.

»Ich brauche frische Bandagen für die Verletzten«, murmelte Judith.

Van Huyssen hob die Brauen. »Meine Liebe«, lallte er verwundert, »diese Leute sind so gut wie tot.«

Judith senkte die Lider. Wie konnte ich ihn jemals anziehend finden? dachte sie. »Es geht nur um ein paar Fetzen Stoff«, erklärte sie leise.

Van Huyssen tat, als sei er entrüstet. »Wollt Ihr mich zum Diebstahl anstiften? Soll ich mich etwa an der Fracht vergreifen?«

Judith überging seinen Spott. »Ja, bitte«, flüsterte sie.

»Vielleicht ein seidenes Hemd, um Eiterbeulen zu verbinden?«

Judith schaute ihn hilflos an. »Frau van der Mylen glaubt, dass der Unterkaufmann Kleidung in Hülle und Fülle besitzt. Womöglich könnte er etwas Minderwertiges entbehren.«

»Ihr scheint Euch mit den Frauen gut zu verstehen«, bemerkte van Huyssen. »Selbst mit Sussie Fredericks gebt Ihr Euch ab. Ist sie Euch nicht ein wenig zu gewöhnlich?«

»Sussie ist ein guter Mensch«, stammelte Judith verwirrt.

Van Huyssens Brauen wanderten abermals in die Höhe.

»Bitte«, drängte Judith.

»Bitte was?«, fragte Conrad und tat einen Schritt vor.

Judith wich zurück.

»Na gut«, beschied van Huyssen Judith verdrossen. »Ich will sehen, was sich machen lässt.«

Dann wandte er sich erneut seinen Kameraden zu.

»Vielen Dank«, sagte Judith erleichtert, ehe sie zum Krankenzelt zurückeilte.

Sussie hatte dem Mann, der auf der *Batavia* die Trompetensignale geblasen hatte, nie besondere Aufmerksamkeit gewidmet. Bestenfalls war ihr einmal aufgefallen, dass er außergewöhnlich groß war und einen schwarzen Bart trug. Inzwischen hatte sie jedoch entdeckt, dass auf seinem Unterarm eine nackte, an eine Palme gefesselte Frau eintätowiert war, und außerdem hatte sie bemerkt, dass er sie mit Blicken verschlang.

Wenn doch Wiebe nur bald wieder käme! dachte Sussie stets, wenn die Augen des Trompeters an ihrem Gesicht oder ihren Brüsten kleben blieben. Doch Wiebe blieb länger fort als erwartet.

Überhaupt hatte sich einiges verändert, seit die Söldner verschwunden waren, fand Sussie. Die Menschen wirkten seltsam beklommen, mit den Waffen der Söldner spielten die *Jonkers*, der Steinmetz und Zeevanck teilten Befehle aus, und die Matrosen, die heimlich Wein getrunken hatten, waren ebenso spurlos verschwunden wie Ryckert.

Auch den anderen auf der Insel waren diese Vorgänge nicht entgangen, doch irgendetwas schien sie zu hindern, laut darüber zu sprechen. Selbst als der Rauch von der Langen Insel aufstieg, wurde nichts geäußert. Offenbar wagte niemand zu fragen, warum die Söldner dort bleiben mussten.

Sussie wanderte am Strand entlang. Sie hatte ihren Eimer mit Meerwasser füllen wollen, um die Bandagen der Kranken zu kühlen, doch unterwegs hatte sie die Zeit vergessen und war einfach weiterspaziert. Erst als sie bemerkte, dass die Sonne unterging und sich um sie herum keine Menschenseele mehr befand, wurde ihr eigenartig zumute – doch da war es bereits zu spät.

Vor ihr tauchte der Trompeter auf.

Er hieß Groenewald, so viel wusste Sussie inzwischen. Sie blieb stehen und starrte ihn an. Es hatte ihr aufgelauert.

Sussie holte tief Luft, um zu schreien, doch Groenewald wedelte beschwichtigend mit den Händen. »Ihr braucht keine Angst zu haben«, erklärte er. »Ich bin lediglich hier, um Euch zu warnen, und ich wollte nicht gesehen werden.«

Sussie blickte sich um. Sie waren allein. »Was ist denn?«, fragte sie unsicher.

»Ihr und Eure Schwester solltet verschwinden«, sagte Groenewald.

»O gewiss«, entgegnete Sussie. »Wir segeln gleich morgen, wenn Ihr uns erklärt, wie.«

Groenewald schüttelte ungehalten den Kopf. »Ich mache keinen Spaß. Ich will nur Euer Bestes. Morgen werden ein paar von uns auf die Robbeninsel verlegt. Ihr solltet sie begleiten.«

Sussie dachte an Jan Pinten und an ihr Versprechen. »Das geht nicht«, erwiderte sie.

»Vielleicht überlegt Ihr es Euch noch einmal«, forderte Groenewald sie auf. Er machte eine Pause, ehe er hinzusetzte: »Hier gehen Dinge vor sich, von denen Ihr keine Ahnung habt.«

»Was für Dinge?«

Hinter Groenewald tauchte plötzlich der Steinmetz auf, gefolgt von Mattys Beer und Allert Janz. Groenewald wandte sich um. Als er die Männer sah, erblasste er und entfernte sich eilig.

Sussie blickte ihm verblüfft nach.

Gleich darauf verschwanden auch die anderen.

Mit einem Mal wurde es Sussie kalt. Sie sah das letzte Stück Sonne im Meer versinken, drehte sich um und flüchtete in den Schutz der Hütten und Zelte zurück.

XVIII

Ich finde, um wahrhaft frei zu sein, sollte der Mensch sich von seinem Gewissen trennen. Geht es Ihnen nicht häufig so, dass Sie im Begriff sind, eine Missetat zu rechtfertigen, nur um zu erkennen, dass Ihr Gewissen sich diesem Prozess widersetzt? Wie ein lästiger Priester hockt es in Ihnen und summiert die Sündenfälle auf. Was gäbe man nicht alles, um diese Instanz beseitigen zu können! Ausgerechnet ein Priester, der einem das Leben zur Hölle macht? Ganz recht – da stimmt etwas nicht.

Ähnlichen Überlegungen muss Jeronimus gefolgt sein, als er zwei Fliegen mit einer Klappe schlug. Er gab sein Gewissen auf und entledigte sich damit zwangsläufig seines Glaubens an die Hölle.

(Es spielt übrigens keine Rolle, welches von beiden Sie als Erstes abstoßen, denn wie alle Abhängigkeiten bedingen sie sich gegenseitig. Wenn das eine weg ist, verschwindet auch das andere.)

Der Steinmetz besitzt übrigens auch kein Gewissen, jedoch fehlte ihm von vornherein der Verstand, um derlei überhaupt zu entwickeln. Der Steinmetz ist deshalb uninteressant.

Ich bevorzuge einen Menschen wie Jeronimus, jemanden, der sich dank seiner Geisteskraft erhöht, um sich über Einschränkungen hinwegzusetzen. Sobald er das schafft – sobald er sich gottgleich wähnt –, sind seinem Tun keine Grenzen mehr gesetzt. Danach ist er frei.

Ja aber …, höre ich Sie beginnen, Jeronimus ist doch nun die reine Form des Bösen geworden!

Schade nur, dass es dergleichen nicht gibt, denn auch das Böse ist ja nur eine Vorstellung Ihres Gewissens.

Auf dem Friedhof

Eines Morgens tauchte der Steinmetz auf, um Lucretias Habseligkeiten aus dem Frauenzelt abzuholen. Sie wohne ab sofort in dem alten Zelt von Pieter Janz, erklärte er, das sei ein Befehl des Unterkaufmanns, und deshalb solle sie kein Theater machen.

Das Gefühl der Verlassenheit, das Lucretia daraufhin überfiel, ließ erstmals die Angst wieder zum Leben erwachen. Zwar hatte sie auf dem Schiff nie ein Wort mit den Frauen gewechselt und dies kaum als Verlust empfunden, doch auf dem Friedhof machten sie ihr das Leben erträglich und lenkten sie von ihren Grübeleien ab.

Beim Betreten ihrer neuen Behausung stockte Lucretia indes der Atem. Ihr Blick fiel auf einen Tisch und ein Bett. Auf dem Bett lag eine kostbare Seidendecke, an deren Kopfende sich dicke, weiche Samtkissen stapelten. Über dem Fußende war ein neues Kleid ausgebreitet, aus königsblauem Samt und mit goldenen Bordüren.

Lucretia trat auf den Tisch zu, auf dem zwei silberne Krüge standen. Einer war mit Wasser gefüllt, der andere mit Wein.

»Gefällt es Euch?«

Lucretia fuhr herum. Im Eingang stand Jeronimus.

»Was soll das bedeuten?«, fragte Lucretia.

»Ich fand, Euch stände eine standesgemäße Unterbringung zu. Freut Ihr Euch nicht?«

»Warum tut Ihr das?«

»Unter anderem zu Eurem Schutz. Ihr seid zu schön, um vor den Männern sicher zu sein. Gewisse Ereignisse sollten sich nicht wiederholen, finde ich.«

»Ich habe mich bei den Frauen wohl gefühlt«, murmelte Lucretia verunsichert.

»Ihr wisst nicht, wovon Ihr redet«, winkte Jeronimus ab. »*Ich* werde fortan für Eure Sicherheit sorgen. Das betrachte ich als meine Pflicht.«

Lucretia schloss die Augen. Sie spürte eine schwielige Hand an ihrer Kehle und die schmutzigen Finger, die sie betastet hatten.

Jeronimus hatte Recht. Wer konnte garantieren, dass derlei nicht ein zweites Mal geschah?

Judith merkte, das jemand sie an der Schulter rüttelte. Sie schlug die Augen auf und erkannte Daniel, ihren kleinen Bruder.

»Hörst du das nicht?«, flüsterte er. »Was ist das?«

Judith lauschte in die Nacht. »Es ist nichts«, wisperte sie zurück. »Leg dich wieder hin.«

Daniel schüttelte den Kopf. »Da, horch! Da ist es wieder.«

Dieses Mal vernahm auch Judith einen Laut. Er klang wie ein dünner Schrei, den der Wind zu ihnen herüberwehte. Gleich darauf folgten dumpfe Geräusche und dunklere Stimmen, die etwas riefen. Danach wurde es abermals still.

»Na, siehst du!«, beruhigte Judith ihren Bruder. »Das war ein Vogel und der Wind, der gegen die Zeltwände schlug.«

Von draußen ertönten Stiefelschritte. Judith stockte der Atem. Die Schritte stapften vorbei und verhallten.

»Was ist denn da los?«, flüsterte Daniel.

»Hab keine Angst, mein Kleiner«, sagte Judith beschwichtigend. »Vielleicht geht jemand, der nicht schlafen kann, ein wenig spazieren.«

Daniel schlüpfte unter Judiths Decke und schmiegte sich an sie.

Judith strich ihm beruhigend über den Kopf. Sie wusste, dass die Schreie weder von Vögeln stammten, noch die dumpfen Laute vom Wind herrührten.

Für lange Zeit starrte Judith in die Dunkelheit und verfolgte mit angehaltenem Atem jedes noch so winzige Geräusch. Doch bis auf das gelegentliche Knistern und Schaben der Taschenkrebse, das Brausen der Brandung und das Rauschen des Windes blieb alles still.

XIX

Wenn es um das Töten geht, gibt es zweierlei Arten von Menschen: diejenigen, die das Töten lieben, und diejenigen, die es hassen.

Allein wenn die Männer auf Robbenjagd gehen, lassen die Gruppen sich unterscheiden. Die einen tun ihre Pflicht, die anderen sind nicht zu bremsen.

Sofern Sie jemals Zeuge von Kriegen und Schlachten waren, ist Ihnen dieses Phänomen bekannt. Der grobe Kamerad, der wilde Saufkumpan, der wüste Krakeeler und Schläger wird plötzlich still und blass, wenn es ans Töten geht, und weigert sich, Frauen und Kinder zu morden. Andere, die zuvor sanft und unauffällig waren, riechen das Blut und werden zu Schlächtern. Die Sache, um die es geht, interessiert sie in den seltensten Fällen, aber dennoch metzeln sie los, lassen nicht mit sich reden, sind taub und blind.

Ob ich einen solchen Blutrausch für entschuldbar halte?

Ja und nein.

Meine Güte, Rasereien neigen oftmals dazu, unappetitlich zu werden, das wissen wir doch alle.

Im Übrigen habe ich dazu keine Meinung, denn der Beobachter versucht, nicht zu werten.

Also gut, da Sie mich drängen … nein, ich schätze den Blutrausch nicht. Ich mag nichts, was im Rausch geschieht.

Auf dem Friedhof

Judith hatte sich stets bemüht, eine gute Christin zu sein. Sie wusste, dass Gott nicht allein ihre Taten, sondern auch ihre Gedanken wertete. Bisweilen gelüstete es sie jedoch danach, ihre Gedanken in Ruhe zu verfolgen, anstatt sie als nicht gottgefällig zu verwerfen. Andernfalls, überlegte sie in solchen Momenten, hätte Gott sie als Kuh oder als Schaf zur Welt bringen sollen, denn in dem Fall müsste sie gar nicht denken.

Als sie ihren Vater am Morgen auf den Knien vorfand, wo er mit erhobenen Händen betete, kräuselte Judith spöttisch die Lippen. Dennoch wartete sie, bis er sich erhob und sich den Staub von den Hosenbeinen bürstete. Dann räusperte sie sich.

»Was hast du auf dem Herzen?«, fragte Pfarrer Bastians.

»Habt Ihr gut geschlafen, Vater?«, erkundigte Judith sich angelegentlich.

Ihr Vater zögerte für einen Moment. »So hat es der Herr gewollt.«

»Ihr habt nicht etwa einen Schrei vernommen?«

»Nein.« Pfarrer Bastians schüttelte den Kopf, wobei er Judiths Blicken auswich. »Warum fragst du? Haben dich die Vögel gestört?«

»Die Vögel pflegen nachts zu schlafen.«

»Dann solltest du dir an ihnen ein Beispiel nehmen.«

»Das hätte ich gern getan, doch ich wurde von einem Schrei aufgeweckt.«

»Vielleicht hattest du einen schlechten Traum.«

»Daniel hat den Schrei ebenfalls gehört.«

»Dann habt ihr euch beide geirrt«, betonte ihr Vater. Er wandte sich ab, um sich zu entfernen, doch Judith hielt ihn fest.

»Vater«, begann sie erneut, »Ihr müsst –«

»Ich muss den Herrn um seine Gnade bitten, Judith, sonst nichts. Und nun geh mir aus dem Weg. Sprich deine Gebete und prüfe, ob deine Träume nicht des Teufels sind.«

Als Judith später an den Hütten und Zelten vorbeischritt, versuchte sie sich unauffällig der Anwesenden zu vergewissern. Deschamps war da, de Vries, Aris Janz … alle waren sie da, niemand fehlte. Halt, dachte Judith. Einen habe ich noch nicht entdeckt. Wo ist der schwarzbärtige Trompeter? Groenewald. Der Mann, der sonst immer um Sussie und Tryntgen herumschleicht.

Judith begann sich zu erkundigen. Die einen zuckten die Achseln, andere legten einen Finger auf den Mund, und wieder andere bedachten sie mit drohenden Blicken, ehe sie ihr rieten, sich um ihre eigenen Belange zu scheren.

Groenewald ist etwas zugestoßen, grübelte Judith, und nun hat ihn der Erdboden verschluckt. Genau wie Ryckert.

Judith wanderte zu Groenewalds Zelt hinüber und rief seinen Namen.

Keine Antwort. Sie wollte bereits den Rückweg einschlagen, als sie seltsame rotbraune Spuren auf dem Erdboden wahrnahm.

Judith bückte sich und fuhr gleich darauf hoch. Blut – dickes, geronnenes Blut. Die Spuren zogen sich bis zu dem Gestrüpp hinüber, so als habe man jemanden geschleift oder als sei jemand blutend vorwärts gekrochen.

Also doch. Weder sie noch Daniel hatten sich geirrt. Die Schreie hatten von einem Menschen gestammt.

Ein Schatten fiel über sie. Judith schaute auf.

Zeevanck.

»Was habt Ihr hier zu suchen?«, knurrte er.

»Ich wollte wissen, wo Groenewald steckt.«

»Er ist auf die Robbeninsel übergesiedelt.«

»Das stimmt nicht. Ich habe gesehen, wer auf dem Boot hinübergerudert wurde und wer nicht.«

»Weiß Euer Vater eigentlich, dass Ihr Euch bei den Männerzelten herumdrückt?«

Judith wurde rot. Wie eigenartig, dass dieser unangenehme Mensch ihr auf der *Batavia* nie aufgefallen war! Da war er nur irgendein Schreiber gewesen, eine dieser blassen Gestalten, von denen eine wie die andere aussah. Seine neue Rolle als Jeronimus' Vertrauter musste ihm zu Kopf gestiegen sein.

»Was habt ihr mit ihm gemacht?«, erkundigte sie sich.

»Das geht Euch nichts an. Verschwindet!«

Judith wäre am liebsten fortgerannt, doch den Gefallen wollte sie ihm nicht erweisen. Sie entfernte sich gemächlich. Irgendetwas Abscheuliches geht hier vor sich, dachte sie unterdessen, und dieser Zeevanck weiß, worum es sich handelt. Sie musste sich jemandem anvertrauen. Ihr Vater kam dazu nicht in Frage; er würde abwiegeln und wütend werden oder sie zum Beten anhalten. Die Söldner befanden sich auf der Langen Insel. Pieter Janz war auf die Verräterinsel umgezogen. Somit wäre nur noch der Unterkaufmann übrig. Judith blieb stehen. Zeevanck und der Unterkaufmann waren eng befreundet. Wenn Zeevanck wusste, was Groenewald zugestoßen war, musste der Unterkaufmann es gleichermaßen wissen. Judith merkte, wie sich ihr der Magen zusammenkrampfte. Angst und Panik stiegen in ihr auf. Lieber Gott, hilf uns! betete sie und schloss die Augen. Doch es blieb leer, dunkel und kalt. Kein Trost, kein Erbarmen.

Danach ging Judith wie in Trance weiter. So ist also auch *das* geschehen, dachte sie. Gott ist verschwunden – wie Groenewald und Ryckert. Lediglich seinen Boten hat er bei uns zurückgelassen.

Es war das zweite Mal, dass Lucretia das Zelt des Unterkaufmanns betrat. Dieses Mal war ihr, als täte sich ein Palast vor ihr auf.

Die Segeltuchfetzen, die allen anderen als Eingangsklappen dienten, waren hier durch fein gewebte Wandteppiche ersetzt. Zu dem Tisch hatten sich kostbare Orientteppiche gesellt, silberne Kerzenleuchter, Karaffen, das feine Geschirr aus der Offiziersmesse, eine weiße Leinendecke mit Spitzenbesatz. Und auf dem Lager befand sich die dunkelrote Brokatdecke aus François' großer Kajüte.

Jeronimus war in ein Gespräch mit van Huyssen und Zeevanck vertieft. Als er Lucretia erblickte, winkte er die beiden fort. Lucretia bat er, in einem roten Samtsessel Platz zu nehmen, der ihr sehr bekannt vorkam.

»Wein?«, erkundigte sich Jeronimus und hob fragend die Karaffe.

Lucretia winkte ab.

Jeronimus zog ein Gesicht und schenkte sich einen Becher Wein ein. Lucretia gewahrte einen neuen, funkelnden Rubin an seiner Hand.

»Steht Euch der Sinn eher nach einem kleinen Leckerbissen?«

Leckerbissen? Was meinte er damit? Bezog er sich etwa auf die mageren Sturmtaucher, die sie am Feuer rösteten?

»Nein, danke, ich möchte nichts«, erklärte Lucretia. Sie fühlte sich noch immer ein wenig benommen von den Dingen, die Judith ihr berichtet hatte.

»Was habt Ihr denn?«, hörte sie Jeronimus teilnahmsvoll fragen. »Ihr seid blass. Euch fehlt doch hoffentlich nichts?«

»Was geht hier vor, Herr Unterkaufmann?«, begann Lucretia, seine Frage ignorierend.

Jeronimus hob verwundert die Brauen.

»Eine der Frauen hat Blut vor dem Zelt des Mannes namens Groenewald entdeckt. Sie fürchtet, man habe ihn ermordet.«

Falls Lucretia geglaubt hatte, Jeronimus würde den Tatbestand leugnen, hatte sie sich geirrt. Seine Miene verdüsterte sich stattdessen und nahm einen gequälten Ausdruck an. »Ein höchst unliebsamer Zwischenfall«, bemerkte er. »Ich hatte gehofft, es vor Euch verbergen zu können. Wie Ihr wisst, gibt es Männer, die wie Tiere handeln.«

»Was ist vorgefallen?«

»Groenewald war ein Dieb. Er hat sich an der Gesellschaft zu bereichern versucht. Unserer Sicherheit zuliebe war ich gezwungen, ihn zu bestrafen.« Jeronimus legte seine Hand auf Lucretias Arm. »Keine Sorge«, fuhr er besänftigend fort. »Es besteht keine Gefahr mehr.«

Lucretia entzog ihm ihren Arm. »Habt *Ihr* ihn ermordet?«

Jeronimus sah sie beleidigt an. Dann richtete er sich zu voller Größe auf und verkündete: »Wenn *ich* einen Tod befehle, handelt es sich grundsätzlich nicht um Mord. Vergesst bitte nicht, dass ich hier die *Companie* vertrete. Abgesehen davon kann ich Euch beruhigen: Groenewald lebt.«

»Und was bedeutet das Blut vor seinem Zelt?«

»Nun, er wurde zur Rechenschaft gezogen. Im Verlauf dieser Unterredung zog er sein Schwert.« Jeronimus nippte an seinem Wein und taxierte Lucretia über den Rand des Bechers hinweg. »Er wurde überwältigt und zur Verräterinsel gebracht. Dort untersteht er nun der Aufsicht von Pieter Janz.«

»Warum hat niemand etwas davon erfahren?«

»Seit wann unterrichte ich die Menschen über das, was ich tue?«, fragte Jeronimus kalt. »Seit wann interessiert Ihr Euch überhaupt für dergleichen?«

»Ich spreche nicht von mir. War Pfarrer Bastians eingeweiht?«

In Jeronimus' Blick flackerte Wut auf. »*Ich* bin der Kommandeur«, erklärte er erregt. »*Ich* – und nicht Pfarrer Bastians – entscheide, was passiert.« Er zwang sich zu einem Lächeln und trat auf Lucretia zu. »Pelsaert war da nicht anders, meine Liebe. Oder glaubt Ihr, *er* hat nach Pfarrer Bastians' Meinung gefragt?«

Lucretia erhob sich und bewegte sich auf den Ausgang zu. Dort drehte sie sich noch einmal um. »Sagt mir die Wahrheit – hat Zeevanck den Mann ermordet?«

»David Zeevanck ist ein Angestellter der Gesellschaft«, beschied Jeronimus Lucretia. »Der Mann namens Groenewald befindet sich auf der Robbeninsel. Seid Ihr nun zufrieden?«

Lucretia wurde unsicher. Vielleicht hatte Judith sich geirrt. Vielleicht war sie, Lucretia, verrückt genug, ihr derartige Mordgeschichten zu glauben.

»Denkt nicht so viel nach«, bemerkte Jeronimus sanft. »Ihr könnt mir vertrauen, Lucretia. An Euch wird sich niemand vergreifen.«

Lucretia verspürte ein seltsames Ziehen in ihrer Brust und eine Beklemmung, die sich ihr auf den Magen legte. Ihre Albträume kehrten zurück. Vertrauen, fuhr es ihr durch den Sinn. Wie gern möchte ich jemandem vertrauen! Doch wie soll das angehen, wenn die Schatten nicht weichen und nicht aufhören, meine Seele zu verdüstern?

Draußen vor dem Zelt wartete Zeevanck auf Lucretia. Er grinste verschlagen. »Der Unterkaufmann hat offenbar ein Auge auf Euch geworfen«, bemerkte er.

»Er weiß, dass ich verheiratet bin«, erwiderte Lucretia knapp.

»Das hat der Kommandeur ebenfalls gewusst.«

»Wagt es nicht –«, begann Lucretia, doch Zeevanck fiel ihr ins Wort.

»Steigt endlich von Eurem hohen Ross herunter, meine Dame«, höhnte er. »Immerhin habt Ihr Euch auf der *Batavia* vor aller Augen amüsiert.«

Lucretia wusste, dass sie ihn am besten keiner Antwort würdigte, doch sie schaffte es nicht zu schweigen. »Ich glaube, dass Ihr Eure Stellung vergesst«, erklärte sie hochmütig.

Zeevanck lachte laut auf. »O nein, meine Dame!«, entgegnete er. »Das tue ich nicht. Eher ist das Gegenteil der Fall. Die anderen« – er machte eine Geste über die Insel hinweg, die Lucretia mit einschloss – »sollten ihre Stellung vergessen. Zwischen Euch und den Vögeln besteht kein Unterschied mehr.«

Lucretia wich die Farbe aus dem Gesicht, als sie begriff, dass Zeevanck die Wahrheit sagte. Auf der Insel zählte niemand mehr, außer Jeronimus und denen, die er erhöhte.

Zwei Tage später machten sich Sussie, Tryntgen und Anneken auf, um auf der Insel nach Nahrung zu suchen.

Tryntgen hatte ihre Röcke geschürzt und watete durch das Wasser bis zu den Felsen, um Austern zu sammeln. Anneken suchte die Büsche nach Nestern mit Vogeleiern ab, während Sussie sich auf die Knie niedergelassen hatte und die Steine umdrehte, um Taschenkrebse zu fangen.

Als sie sich wieder aufrichtete, glitt ihr Blick über das Meer. Da draußen trieb ein aufgeblähter Sack oder ein Stück Holz und kam schaukelnd auf sie zugeschwommen.

Sussie stand auf und lief ins Meer.

Als sie erkannte, worum es sich handelte, stieß sie einen gellenden Schrei aus. Sie ruderte wild mit den Armen, drehte sich um und flüchtete.

Die beiden anderen Frauen rannten zu ihr hin. Dann hielten sie jedoch inne und starrten auf das, was sich vor ihnen auf den Wellen wiegte.

Es war eine Leiche. Die Leiche eines Mannes, dem die Krebse und die Meerasseln die Augen weggefressen und Ohren und Lippen angeknabbert hatten. Der restliche Körper befand sich in einem Zustand der Verwesung, doch scharfe Zähne hatten seine Bauchdecke aufgerissen, so dass die Innereien hervorgequollen waren, die nun wie ein graugrünes Bündel an seiner Seite schwammen.

Das Gesicht konnte Sussie nicht mehr erkennen, doch als ihr Blick auf die Arme fiel, erkannte sie noch mit Mühe die Tätowierung.

Der Tote war Groenewald.

Die Leiche trieb weiter auf den Kanal zwischen den Inseln zu. Dort würden die Haie das, was von dem Mann übrig war, zerreißen.

Tryntgen wandte sich ab. Sussie hörte, wie sie sich keuchend erbrach.

Fort Batavia

siebter Tag des Juli
im Jahre des Herrn, 1629

François stand an Deck der *Zandaam* und hielt den Blick auf die grünen Hänge gerichtet, die sich hinter dem Fort erhoben. Sein Magen zog sich zusammen, und im Rachen stieg ihm der Geschmack bitterer Galle auf. Die Furcht, die ihm seit Wochen Gesellschaft leistete, hatte sich zu Panik gesteigert. Er kam sich nackt vor, elend, verloren. Er hatte nicht mehr die geringste Ähnlichkeit mit dem stolzen Repräsentanten der *Companie*. Während der Nacht hatte er die Rede eingeübt, die er vor dem Gouverneur zu halten gedachte, doch die Argumente, die ihn da noch überzeugt hatten, schmolzen in der schwülen Luft dahin und lösten sich in nichts auf.

Vom Hafen legte ein Beiboot ab und nahm Kurs auf die *Zandaam*. Nachdem es angelegt hatte, ließ sich François am Fallreep hinab, gefolgt von Rambruch und den Offizieren.

Die Ruderer lotsten sie zwischen den vertäuten Handelsschiffen hindurch auf die aufragenden Wälle der Festung zu.

François erkannte die spitzen Pfähle des Gatters und sah die Geschütze, die auf den Dschungel zielten, wo sich der Sultan von Mataram verborgen hielt. Er belagerte die Stadt bereits seit zehn Jahren.

François spürte, wie ihm die Röte ins Gesicht stieg. Die Soldaten auf der *Batavia* hatten in diesem Krieg kämpfen sollen. Auch sie hatte er verloren.

Sie glitten durch die Pforte in den Binnenhafen und anschließend durch den Kanal, der die Festung von der Stadt trennte.

François erblickte Handelskontore mit spitzen holländischen

Giebeln, große Lagerschuppen, das Zeughaus, die Waffenmeisterei und eine Kirche.

Das Boot machte an den Stufen einer breiten Landetreppe fest.

Als François den Blick hob, erkannte er hinter den hohen Festungsmauern die Spitzen der Galgen und roch den Leichengestank. Saurer Magensaft stieg ihm in die Kehle. Im Gegensatz zu denen da, dachte er, habe ich zwar überlebt, doch *sie* müssen für ihre Taten nicht mehr geradestehen, müssen sich nicht mehr anhören, wie sie es besser hätten machen sollen, oder sich von Menschen bevormunden lassen, die nicht dabei gewesen waren.

Auf dem Friedhof

»Mein lieber Deschamps«, hub Jeronimus an, »ich glaube, wir haben noch eine Kleinigkeit zu bereden.«

Deschamps wurde leichenblass, und sein Blick begann zu flackern.

Jeronimus nahm auf dem Schemel Platz, den Deschamps sich gezimmert hatte. »Setz dich«, befahl er großzügig.

Deschamps zögerte für einen Moment, ehe er sich vor Jeronimus auf die Fersen hockte.

»Rück es heraus!«

Deschamps bemühte sich, eine fragende Miene aufzusetzen, doch sie gelang ihm nicht. »Ich – ich weiß nicht, wovon Ihr redet«, stammelte er.

»O doch, das weißt du sehr genau.«

»Ich schwöre, ich –«

»Möchtest du, dass Zeevanck und der Steinmetz die Sache in die Hand nehmen? Sollen sie dein Zelt nach gestohlenem *Compagnie*-Besitz durchsuchen? Wäre dir das lieber?«

»Aber ich habe dem Kommandeur … Herr Pelsaert hat mir persönlich –«

»Herrn Pelsaert gibt es nicht mehr«, brauste Jeronimus auf. »*Ich* bin der Kommandeur, und *ich* trage die Verantwortung für die Fracht.« Seine Stimme senkte sich zu einem Flüstern, ehe er fortfuhr: »Ich will die beiden Kästchen haben!«

Deschamps erhob sich auf unsteten Beinen und machte sich in der Ecke seines Zeltes zu schaffen. Mit bebenden Händen überreichte er Jeronimus die beiden Holzkästchen.

»Na, siehst du«, lobte Jeronimus. »Und jetzt bitte die Schlüssel.«

Deschamps griff in seine Rocktasche und hielt Jeronimus die Schlüssel hin.

»Ich weiß nicht, ich weiß nicht«, murmelte Jeronimus, indem er sie einsteckte.

»Was … was –?«, stotterte Deschamps.

»Ich weiß nicht, ob ich dich hier noch gebrauchen kann oder nicht«, antwortete Jeronimus. Er runzelte die Stirn und schüttelte unschlüssig den Kopf, ehe er sich erhob und ging.

Deschamps wischte sich die schweißnasse Stirn mit seinem Rockärmel ab. Du wirst keine ruhige Minute mehr haben, flüsterte ihm eine Stimme zu, keine einzige ruhige Minute, weder bei Tag noch bei Nacht.

Fort Batavia

Es war Abend geworden. François wartete noch immer auf seine Audienz bei dem Gouverneur. Vor nicht allzu langer Zeit hatte ein Dienstbote Gläser mit französischem Cognac herumgereicht, von denen François dankbar eines angenommen hatte. Nun stand er mit Rambruch am Fenster und blickte auf den dunklen Hafen hinaus, in dem kleine Boote wie Leuchtkäfer um die Schatten der Handelsschiffe schwirrten. Wenn er den Blick zur Seite drehte, konnte François die Fundamente des Stadttors ausmachen. Schade nur, dass dessen Aufbauten sich mit dem Wrack auf dem Grund des Meeres befanden.

Die Nachricht seines Scheiterns war wie ein Lauffeuer durch die holländische Kolonie geeilt. Alte Bekannte, denen François im Laufe des Tages begegnet war, hatten ihn zurückhaltend begrüßt. Er fragte sich, ob sie ihn im Stillen bereits verurteilt hatten oder ob sie lediglich abwarteten, wie Gouverneur Coen sich entschied, ehe sie sich auf die richtige Seite schlugen.

Jede Stunde, die verstrich, verbrachte François mit neuen Selbstzweifeln. Einmal sah er sich in dem großen Wandspiegel und wandte den Blick sogleich wieder ab. War *er* dieser Mann mit den ausgehöhlten Wangen in dem fahlen Gesicht? Wie unendlich albern dagegen die prachtvolle Kleidung wirkte, die Rambruch ihm ausgeliehen hatte!

François fühlte sich elend. Die reichhaltigen Mahlzeiten, die er an Bord der *Zandaam* zu sich genommen hatte, machten ihm zu schaffen. Zudem übermannten ihn in regelmäßigen Abständen Anfälle von Schüttelfrost, und der Raum begann sich zu drehen, woraufhin François sich jedes Mal unauffällig abstützte. Niemand durfte bemerken, wie leidend er war. Niemand sollte argwöhnen, er sei zu schwach, um die Rückfahrt anzutreten. Er *musste* die Fracht der Gesellschaft bergen – nur das konnte seine Rettung sein.

»Übrigens, Pelsaert«, unterbrach Rambruch François' Gedanken, »hattet Ihr nicht eine Dame namens van der Mylen an Bord?«

François verspürte einen Stich in seiner Brust.

»Das ist richtig«, erwiderte er leise.

»Hat sie den Untergang überlebt?«

»Ich habe ihr selbst in eines der Boote geholfen«, log François, indem er sein Gesicht abwandte. Wie oft hatte er an Lucretia gedacht! Und kaum einmal, ohne sich nach ihr zu sehnen. »Sie war auf dem Weg zu ihrem Gemahl«, murmelte er.

»Welch eine Ironie!«

»Inwiefern das?«

»Ihr Mann ist gestorben. Ich habe es eben erfahren. Vor etwa zwei Monaten ist er einem Fieber erlegen. Da wart Ihr vermutlich gerade in der Tafelbucht.«

François spürte sein Herz rasen. Adriaen Jacobs, du sturer Hund, ich hätte dich doch einkerkern sollen, fluchte er. Wenn du Halunke nicht der Kapitän gewesen wärst, hätte Lucretia Batavia als Witwe erreicht, und nach einer Weile hätte ich offen um sie werben können.

François fuhr sich über die Stirn. Sie hätte *ihm* gehört, ihm allein. Welch qualvolle Foltern das Leben doch in seiner Vorratskammer bereit hält, sinnierte er. Just in dem Augenblick, in dem man glaubt, man könne nichts mehr ertragen, bohrt es noch einmal nach und zieht die Schraube an, so dass man den Leib aufbäumt und schreit.

»Ihr seid sehr blass geworden. Fühlt Ihr Euch nicht wohl?«

»Nur die alte Geschichte«, entgegnete François. »Ein leichtes Frösteln.«

»Ihr müsst zu Bett, Pelsaert. Ihr schwankt ja auf den Beinen! Ich werde zusehen, dass der Gouverneur Euch erst morgen früh empfängt.«

»Nicht doch«, versuchte François abzuwehren, doch Rambruch blieb hart.

»Ihr seht aus wie eine Leiche«, flüsterte er François zu. »Ich hielte es für angebrachter, dem Gouverneur frisch und ausgeschlafen zu begegnen. Lasst mich nur machen – ich regele das für Euch. Trinkt Euren Cognac aus. Ich werde den Sekretär des Gouverneurs entsprechend unterrichten.«

François sah das Gesicht des anderen vor seinen Augen verschwimmen. Er nickte unmerklich und tastete nach einem Halt.

XX

Gerade geht mir etwas Lustiges durch den Sinn, bei dem Sie mitlachen sollten.

Gott habe den Menschen nach seinem Abbild geschaffen, heißt es, woraufhin ich mich frage, ob dann nicht Gott und der Mensch gleich sein müssen.

Wenn dem so ist, wäre Gott indes ein reichlich unbeständiger Bursche – mal mitfühlend, mal kalt, hier mutig, da feige, an einem Tag langweilig, am nächsten amüsant. Das erklärte natürlich sein launiges Verfahren, unangenehme Personen mit Reichtum zu belohnen, brave hingegen mit Krankheit und Not.

Doch ich habe Gott noch nie verstanden. Ich bin nämlich gradlinig und handele schlüssig.

Wenn ich die Menschen über ihn reden höre, schüttele ich jedoch den Kopf. Wie kann man sich jemanden gleichsam weise, gerecht, liebevoll, rachsüchtig, zornig und eifersüchtig denken? Es liegt doch auf der Hand, dass so jemand einfach nur tut, was er will.

Wenn ich mir das vor Augen halte, kommt mir oftmals der Verdacht, dass die Menschen im Grunde wenig über den Geist wissen, der sie regiert. Vielmehr haben sie eine Instanz erfunden, die nach Bedarf und Belieben einzusetzen ist – womit sie Gott dann in der Tat ein wenig ähnlich wären.

Fort Batavia

An diesem Morgen sah Gouverneur Jan Pieterszoon Coen besonders eindrucksvoll aus. Unter seinem spitz getrimmten schwarzen Bart fiel von dem weißen Spitzenkragen eine dicke Rüsche herab, die mit einer schweren Goldkette ein schwarzes Samtwams schmückte.

Der Gouverneur war bereits zu Lebzeiten eine Legende, mit einem Ruf, der ihm sowohl Rücksichtslosigkeit als auch Frömmigkeit und einen unerbittlichen Ordnungswillen nachsagte.

Seine dunklen Augen ruhten kalt auf François.

François zwang sich, seinen Blick von der Goldkette zu lösen, doch als er die gnadenlosen Augen gewahrte, zog er es vor, seine Aufmerksamkeit auf den dunklen Wandteppich zu richten, der hinter dem Gouverneur hing.

Wenn Rubens Gott hätte malen wollen, fuhr es dem Kommandeur durch den Sinn, hätte er in Coen ein ideales Modell gefunden.

»Nun«, begann dieser nach einer Weile, »Ihr habt also nicht nur das Schiff verloren, sondern auch die Menschen ihrem Schicksal überlassen.«

François erschrak. Ein schnelles Urteil! Dabei war er noch nicht einmal bei seinen Entschuldigungen angelangt, sondern hatte bisher nur den reinen Tatbestand geschildert.

»Der Untergang des Schiffes geht nicht zu meinen Lasten«, erwiderte er.

»Habt Ihr die Instrumente abgelesen?«

»Selbstverständlich tat ich das. Auf der Insel –«

»Und?«

»Unsere Position am Tag vor dem Unglück lag bei dreißig Grad, mit Kurs Nordosten.«

»Ist das nicht ziemlich genau am Houtmans Riff? Habt Ihr meine Warnung nicht erhalten?«

»Ich hatte den Kapitän ausdrücklich gebeten –«

»*Gebeten?*«

»Ich hatte ihm *eingeschärft*, Eure Warnung zu beachten. Er war der Ansicht, wir wären noch sechshundert Meilen vom Großen Südland entfernt, doch leider war ich erkrankt und –«

Coen winkte unwirsch ab. »Fest steht, dass die *Batavia* verloren ist. Was ist mit der Fracht, die Euch anvertraut war?«

»Es gelang mir nicht, die Geldtruhen zu retten. Sie befinden sich noch auf dem Wrack.«

»Ihr habt das Schiff verlassen, *ohne* zuerst das Silber zu bergen?«

François spürte, wie ihm der Schweiß ausbrach und über seinen Rücken rann. »Ich wollte als Erstes die Passagiere beruhigen, doch dann erhob sich ein Sturm und –«

»Was ist aus den Juwelen und dem Schmuck geworden?«

»Sie befinden sich in der Obhut eines vertrauenswürdigen Angestellten.«

Coen blickte ihn reglos an. Lediglich seine Hände spielten mit dem großen Rubin an seinem Finger. »Ich verstehe«, bemerkte er zuletzt.

François schluckte und räusperte sich. »Herr Gouverneur«, hub er an, »erlaubt mir, einen Teil des Schadens zu beheben. Ich ersuche Euch untertänigst um Bereitstellung eines schnellen Schiffes, so dass ich zu dem Wrack zurückkehren kann, um die Gestrandeten und –«

»Richtig – die Gestrandeten«, entgegnete Coen abwesend.

»Ich sorge mich um ihr Leben.«

»Mit gutem Grund.«

Ich habe alles *mit gutem Grund* getan! hätte François am liebsten ausgerufen und sich nach allen Regeln der Kunst verteidigt, doch Coens unbarmherziger Blick verbot es ihm.

»Es war Eure oberste Pflicht, die Fracht zu sichern«, belehrte Coen ihn.

»Die ich nie vergessen habe«, verteidigte sich François. »Ich habe jeden Versuch unternommen –«

»Und die Menschen! Was hat Euch veranlasst, sie ohne Aufsicht zurückzulassen?«

François zögerte. »Ich zweifelte an der Treue des Kapitäns«, antwortete er unbehaglich. »Mir war nicht klar, ob er wiederkehren würde.«

»Offenbar zweifeltet Ihr jedoch nicht an seinen Fähigkeiten als Navigator. Immerhin steuerte er direkt auf das Houtmans Riff zu.«

François' Hände krampften sich um die Stützen seines Stuhls. Der dunkle Wandteppich wellte sich, und die flackernden Kerzen in den silbernen Leuchtern drehten sich im Reigen. Er spürte den kalten Schweiß auf seiner Stirn. Doch er sammelte seine verbliebene Kraft.

»Da wäre noch etwas«, setzte er an. »Auf dem Schiff geschah ein Überfall auf eine Dame. Ich habe Euch den Umstand schriftlich dargelegt. Einer der Schuldigen ist –«

»Ich habe Euren Bericht gelesen. Auf der *Batavia* scheint sich etliches an Unbotmäßigkeiten ereignet zu haben, findet Ihr nicht, Herr Kommandeur?«

»Keine von ihnen war durch mich verschuldet.«

»Das wird vermutlich jeder behaupten«, gab Coen ungehalten zurück. Er ergriff das Dokument, das auf seinem Schreibtisch lag. »Ich werde Euren Bootsmann befragen und Eure Anschuldigungen prüfen. Die Dame, um die es geht –«

»Frau van der Mylen«, soufflierte François, wobei sein Herz schneller zu klopfen begann.

»Ich weiß. Ich kannte ihren Gemahl.«

Coen warf François einen prüfenden Blick zu. »Fühlt Ihr Euch nicht wohl?«, fragte er.

»Ein wenig geschwächt, Herr Gouverneur.«

Ein Anflug von Milde huschte über Coens Gesicht. »Das wird an den Strapazen liegen«, sagte er. »Ihr seid erschöpft. Ihr solltet Euch hinlegen. Ich werde den Fall dem Rat der Gesellschaft vortragen. Für den Moment seid Ihr entschuldigt. Zieht Euch zurück und ruht Euch aus.«

François stand auf und verneigte sich.

Auf dem Gang hörte François seine Stiefelschritte hallen. Wie der Trommelwirbel auf dem Weg zum Schafott, dachte er.

Das Fort lag Tausende von Seemeilen von Holland entfernt, doch wie Jan Everts erfuhr, entbehrte es keiner der Einrichtungen, deren sein Heimatland sich rühmte – insbesondere nicht der Wippe.

Um einem verstockten Sünder die Wahrheit zu entlocken, band man ihm die Hände auf den Rücken, verknüpfte ihn mit einer Winde und beschwerte seine Füße mit einem Stein.

Auf diese Weise wurde auch Jan Everts hochgezurrt, bis er die Spitze der Winde erreichte. Anschließend ließ man ihn dort unter qualvollen Schmerzen hängen und fragte ihn über den Angriff auf Frau van der Mylen aus.

Es dauerte nicht lange, bis Everts die Namen aller Beteiligten aufzählte und auch den Hintergrund des Überfalls gestand. Zwaantie Hendricks, Frau van der Mylens Mädchen, beichtete er, habe ihren Liebhaber, Kapitän Jacobs, dazu aufgehetzt. Der wiederum habe ihn, Jan Everts, wie auch die anderen angestiftet, die Tat zu verüben.

Der Kommandeur habe Unrecht, schwor er, den Männern eine Verschwörung anzulasten, denn schließlich handelten sie auf Befehl ihres Kapitäns.

Um die Standhaftigkeit seiner Aussage zu prüfen, ließ man Jan Everts für mehrere Stunden an der Wippe hängen. Drei Mal schwanden ihm währenddessen die Sinne, drei Mal wurde er wieder zu sich gebracht, doch stets beharrte er auf seiner Version und schwor, sie sei die Wahrheit.

Auf der Langen Insel

Seit sie sich auf der Langen Insel befanden, hatte es zweimal kurz geregnet. Es reichte nur aus, um die Böden der Wasserfässer zu bedecken.

Ihre Lage wurde von Tag zu Tag verzweifelter.

Sie hatten immer wieder Feuer entfacht, doch niemand war erschienen, um sie zu holen.

Wenn ich nur wüsste, was dahinter steckt, überlegte Wiebe. Vielleicht ist auf dem Friedhof die Pest ausgebrochen, vielleicht kommen sie deswegen nicht zurück. Doch dann lächelte er grimmig. Von wegen die Pest! Eher hatte Jeronimus beschlossen, dass man sie besser verrecken ließ. Ein paar durstige Kehlen weniger für sein kostbares Wasser, sagte er sich sicher, dieser Schweinehund.

Sie hatten nie vor, uns zu retten, stellte Wiebe fest, ganz gleich aus welchem Grund. Wir fangen besser an, Vorsorge für unser Überleben zu treffen.

Irgendwo auf dieser Insel, dachte er, könnte vielleicht doch Wasser sein. Wir haben es nur noch nicht entdeckt. Wir müssen noch einmal suchen.

Die Sonne versank wie ein Kupferball im Meer und färbte den Strand rosig und danach grau. Dazwischen schimmerten wie winzige Knochen die weißen Korallenäste.

Die Sturmtaucher kehrten vom Meer zurück und zogen schwirrende Kreise.

Wiebe sah ihnen zu. Sie kommen, um zu trinken, ging es ihm durch den Sinn. Vögel brauchen ebenso Wasser wie Menschen.

Er verfolgte den Flug eines Vogels, der auf einem Kalksteinfelsen landete und in einer Mulde verschwand.

Wiebe lief auf den Felsen zu. Tatsächlich befand sich dort eine Öffnung, nicht größer als eine Faust.

Wiebe ließ sich auf alle viere nieder, hieb die Faust gegen die brüchigen Ränder der Öffnung und scharrte das Geröll aus dem Weg.

Als er seinen Arm hindurchschieben konnte, schoss der Vogel laut zeternd aus der Tiefe empor.

Ein paar kleine Geröllbrocken stürzten hinab.

Wiebe hörte ein leises Aufplatschen. Er begann zu lachen. Einige Tage zuvor hatte er bereits durch ein Felsloch Wasser schimmern sehen, doch er hatte es für Meerwasser gehalten, das durch schmale Tunnel eingedrungen war. Vielleicht hatte er sich geirrt.

Am nächsten Tag würde er das Loch größer machen, so groß, dass er hineinkriechen konnte, um sich zu vergewissern.

Fort Batavia

Wie selbstbewusst er aussieht! dachte François beim Anblick des Kapitäns, der mit getrimmtem Bart und frischer Kleidung den Raum betrat. Er wirkt noch gewaltiger als der Gouverneur, was an dem Wilden und Rebellischen in seiner Natur liegen muss.

Coen ließ den Kapitän nicht aus den Augen.

Ehe Jacobs sich setzte, nickte er François zu und zwinkerte unmerklich.

Der Gouverneur kam ohne Umschweife zur Sache. »Die ersten Untersuchungen sind abgeschlossen«, erklärte er Jacobs. »Der Rat wird sich nun mit Eurem persönlichen Verhalten befassen.«

Die Kieferknochen des Skippers begannen zu mahlen. »Nach meinen Berechnungen …«, setzte er an, doch eine Geste des Gouverneurs brachte ihn zum Schweigen.

»Eure Berechnungen waren falsch.« Der Gouverneur machte eine Pause.

»Seid Ihr Euch eigentlich über das Ausmaß des Verlustes im Klaren, den die *Companie* aufgrund Eurer Fahrlässigkeit zu beklagen hat?«, fuhr er nach einer Weile fort.

»Wenn wir zurückkehren, retten wir die Fracht. Darauf gebe ich Euch mein Wort.« Jacobs blickte stolz um sich.

»*Ihr* werdet nicht zurückkehren, Kapitän. Kommandeur Pelsaert wird auf der *Zandaam* segeln, und wenn mich nicht alles täuscht, besitzt dieses Schiff bereits einen Skipper.«

Jacobs schoss das Blut ins Gesicht. Ungläubig schüttelte er den Kopf.

»Ich bin der Einzige, der das Wrack finden kann«, sagte er. Es klang verwundert. »Bitte, erkundigt Euch bei dem Kommandeur.«

Jacobs lehnte sich zurück und warf François einen auffordernden Blick zu.

»Ich habe mich bereits ausgiebig bei dem Kommandeur erkundigt«, ergriff Coen das Wort. »Allerdings bin ich mir nicht sicher, was sein Urteil über Euch betrifft. Zum Glück habe ich den Kapitän der *Zandaam* befragen können. Er hat mir eine aufschlussreiche Geschichte aus der Tafelbucht geschildert.«

François sah, wie sich der Blick des Skippers verdunkelte. Als Jacobs ihn anschaute, hob er die Schultern.

»Der Kapitän wusste zu berichten«, fuhr Coen unerbittlich fort, »dass Ihr in Begleitung einer Frau bei ihm erschient und Euch äußerst unschicklich aufführtet. Es fällt mir daher sehr schwer zu glauben, dass Ihr ein Vorbild sein könnt, wie wir es von einem Kapitän unserer Schiffe erwarten.«

Dafür würde Jacobs dem Gouverneur vermutlich am liebsten an die Gurgel gehen, dachte François. Angesichts der Wachen und der aufgepflanzten Bajonette bleibt ihm indes nichts anderes übrig, als still vor sich hin zu kochen.

»Viel schwerer wiegt jedoch die Anschuldigung, die Euer Bootsmann gegen Euch vorbringt«, fügte Coen hinzu. »Er hat unter der Folter gestanden, dass der Angriff auf Frau van der Mylen zu Euren Lasten geht.«

Jacobs fuhr hoch. Die Vene an seiner Schläfe pochte. »Wie könnt Ihr es wagen? Wie könnt Ihr diesem Dreckskerl Glauben schenken?«, brüllte er. »Er will sich an mir rächen, begreift Ihr das nicht?«

Seine Blicke bohrten sich wie Dolche in den Gouverneur. Dann besann er sich und ließ sich schwer atmend auf seinen Stuhl zurückfallen.

Auf seine Worte folgte tödliches Schweigen.

»Ich fürchte, Ihr vergesst, mit wem Ihr sprecht«, bemerkte der Gouverneur nach einer Weile.

Der Kapitän schluckte erregt. »Wenn Ihr die Fracht zurückhaben wollt, müsst Ihr mir die *Zandaam* übergeben«, beharrte er störrisch. »Der Kommandeur allein findet das Wrack nicht.«

»Der Kommandeur wird das Wrack finden«, erwiderte Coen kalt. »Ihm bleibt keine andere Wahl.«

Er winkte die Wachen näher, die sich hinter Jacobs' Stuhl aufstellten.

»Kapitän Adriaen Jacobs, Ihr seid verhaftet. Ich beschuldige Euch der groben Fahrlässigkeit im Zusammenhang mit dem Untergang der *Batavia*. Was den Angriff auf Frau van der Mylen betrifft, wird das Urteil später gefällt. Wachen! Führt ihn ab!«

Jacobs sprang auf. Seine Augen schienen ihm aus dem Kopf zu quellen. Benommen schaute er zu François hinüber.

François blickte zu Boden.

Jacobs wollte etwas sagen, doch harte Fäuste schlossen sich um seine Arme, packten ihn und stießen ihn auf den Ausgang zu.

François merkte, dass er die Luft angehalten hatte. Langsam stieß er sie nun wieder aus und blickte auf seine zitternden Hände.

Damit wäre das Kapitel Jacobs ein für alle Mal abgeschlossen, dachte er. Eigentlich sollte ich frohlocken, doch eigentümlicherweise kann ich das nicht.

Auf dem Friedhof

Jeronimus hatte sich zurückgezogen, um in Ruhe den Stand der Dinge zu überdenken. Diejenigen, die sich nicht fügen wollten, waren aus dem Weg geräumt. Die Söldner hausten auf der Langen Insel. Andere waren unauffällig umgebracht worden, des Nachts beispielsweise, wenn sie aus den Zelten krochen, um sich zu erleichtern. Ihnen wurde die Kehle durchgeschnitten und anschließend dienten sie den Haien zum Fraß. Wieder andere waren beim Fischen und Jagen umgekommen, bei Unglücksfällen, die sie seltsamerweise nicht überlebten.

Einige waren in der Dunkelheit geflüchtet, hatten sich tollkühn in die Brandung geworfen, um zu den Nachbarinseln zu schwimmen.

Jeronimus wünschte ihnen viel Glück, ganz gleich bei welcher Art des Untergangs. Er ließ seinen Blick zu der Langen Insel schweifen. Als wolle man ihn verhöhnen, kräuselten sich dort noch immer Rauchwolken in der Luft.

Er wandte sich zu Zeevanck um. »Hattet Ihr nicht erklärt, dort drüben befände sich kein Wasser?«

Zeevanck zuckte mit den Schultern. »Wir hätten sie hier erledigen sollen«, knurrte er.

Da sieh einer an, dachte Jeronimus. Der kleine Schreiber wird aufmüpfig. Er scheint zu glauben, dass das Morden ihn zu einem harten Burschen gemacht hat. So hart, dass er mich zu kritisieren wagt. »Ihr schwatzt so dumm wie ein Waschweib«, herrschte er Zeevanck an und registrierte zufrieden, dass der andere sich duckte.

Jeronimus winkte den Steinmetz und Wouter Loos zu sich.

»Wir werden die Söldner töten«, erklärte Jeronimus. »Wenn wir Lust haben, jagen wir sie wie Vögel.«

Er sah die Augen seiner Männer aufleuchten.

»Für den Augenblick lassen wir sie jedoch noch in Ruhe«, fuhr er fort. »Erst wenn die Zeit gekommen ist, rechnen wir mit ihnen ab.«

»Versprochen?«, wollte der Steinmetz wissen.

»Versprochen«, erwiderte Jeronimus.

Später brachen Mattys Beer, der Steinmetz und mehrere der *Jonkers* auf, um Robben zu jagen.

Lucretia schaute ihnen nach. Als die Männer am Abend mit leeren Händen wiederkamen, wunderte sie sich nicht. Sie hatte keinen Zweifel an dem, was vorgefallen war. Niemand benötigte Schwerter, Messer und Bajonette, um ein paar Seehunde totzuschlagen.

Auf der Langen Insel

Wiebe fuhr aus dem Schlaf hoch. Er glaubte, einen Schrei vernommen zu haben, und setzte sich auf. Vielleicht war es lediglich eine Möwe gewesen.

Er stand auf und ging hinunter zum Strand.

Als die Wachen seinen Schritt vernahmen, sprangen sie aus der Dunkelheit hervor, doch beim Klang seiner Stimme zogen sie sich wieder zurück.

Gott sei Dank schlafen sie nicht, dachte Wiebe.

Ein runder Mond stand hoch am Himmel, umgeben von einer Schar heller Wolken. Der Wind war kalt, und hohe Brandungswollen donnerten gegen die Felsen.

Wiebe ließ den Blick zu der Friedhofsinsel schweifen. Sie lag da wie ein stiller, dunkler Schatten.

Jeronimus hat sich verrechnet, dachte Wiebe triumphierend. Er glaubte, uns in einer Felswüste auszusetzen, doch im Vergleich zu denen da drüben leben wir wie im Paradies.

Sie hatten alles, was ein Mensch zum Überleben brauchte: Vögel, deren Eier, Fische, Muscheln aller Art, die Robben, die sich zutraulich wie kleine Hündchen auf den Felsen aalten und mit wenigen Schlägen zu erlegen waren.

Das Wasser, das sie in den Felsen entdeckt hatten, würde fürs Erste ausreichen. Sie hatten tiefe Zisternen ausgehoben, in die sie hinabstiegen, um die Becher zu füllen. Es war frisches Wasser, süß und rein, das die vierzig Personen, die sie waren, versorgte.

Wie seltsam das Leben spielt! dachte Wiebe. Wahrscheinlich halten wir länger durch als Jeronimus und seine Leute. Wir wären vermutlich sogar noch hier, wenn der verwünschte Kommandeur bis Amsterdam segelt, um Hilfe zu holen.

Auf dem Friedhof

Lucretia erblickte eine Hand voll Männer, die sich um das Feuer geschart hatten. Ihre Gesichter konnte sie nicht erkennen, doch die Stimmen waren ihr inzwischen vertraut.

Van Huyssen befand sich unter ihnen, der Steinmetz, Jan Hendricks, die Brüder van Welderen und Jan Pelgrom, François' ehemaliger Kabinenjunge. Seine Stimme klang hoch und schrill.

»Habt ihr gehört, wie er geschrien hat? Er hat sich aufgeführt wie ein Weib. Auf den Knien hat er gefleht, ich möge ihn verschonen.«

»Was hast du denn erwartet?«, fragte van Huyssen. »Er war nur ein einfacher Zimmermann.«

»Auch ein Zimmermann sollte Selbstachtung besitzen«, sagte einer der van Welderens. »Man hat zu sterben wie ein Mann.«

»Pah!«, machte Jan Hendricks. »Mir ist es gleich, wie sie sterben.«

»Ich hatte einen Morgenstern dabei!«, rief Jan Pelgrom dazwischen. »Da hing das Hirn dran, als der Kerl noch brüllte. Ich habe noch drei Mal zuschlagen müssen, bis er schwieg.«

»Aber jeder entleert seinen Darm, ganz gleich wie schnell oder langsam es geht«, ließ sich van Huyssen vernehmen.

Lucretia war auf einen losen Stein getreten. Van Huyssen fuhr herum.

Sie wandte sich um, um zu flüchten, doch van Huyssen war mit wenigen Schritten bei ihr.

Nun wird er mich töten, dachte Lucretia.

Van Huyssen packte sie jedoch nur und schleifte sie zu ihrem Zelt zurück. »Du dummes Weibsstück«, knurrte er, während er sie durch den Eingang stieß. Danach rief er eine Wache herbei und postierte sie vor Lucretias Zelt.

Nach einer Weile tauchte Jeronimus auf und befahl Lucretia zornig, ohne seine Erlaubnis von nun an mit niemandem mehr zu sprechen.

Später lag Lucretia auf ihrem Lager und rollte sich wie ein Embryo zusammen. Sie würgte und presste sich die Hände auf den Leib. Dann verbarg sie ihr Gesicht in den Händen und stöhnte. Tiefe Schluchzer brachen aus ihr hervor, während sie sich Trost suchend wiegte und verzweifelt dem Rauschen des Meeres lauschte. Ich bin in der Hölle gelandet, ging es ihr durch den Sinn, und sie ist noch weitaus schrecklicher, als ich jemals dachte.

XXI

Nach vorherrschender Meinung findet nicht *jede* Seele Erlösung nach dem Tod. Das ist ausnahmsweise richtig.

Andererseits gilt auch die Meinung, es gäbe Menschen ohne Seele. Wenn ich kleinlich wäre, könnte ich fragen, was aus jenen wird, wenn sie sterben, doch ich vernachlässige diesen Gedanken für gewöhnlich als einen der zahllosen Widersprüche des christlichen Glaubens.

Seelenlose Menschen behandele ich wie diejenigen ohne Gewissen. Sie interessieren mich kaum, doch ich benutze sie zu meinen Zwecken.

Lieber ist mir der Mensch, den ich als grau bezeichne, der wankende Schatten, der zwischen Gut und Böse taumelt, wohl wissend, worin der Unterschied besteht.

Wie ich mich weide, wenn er sich nachts reuig auf dem Kissen wälzt und die Gräueltat, die er beging, rückgängig machen möchte. Ach, und dann mein Entzücken am anderen Morgen! Da erhebt er sich zerknirscht und zerknittert und schwört, hinfort nur Gutes zu tun.

Leider gelingt es ihm nicht, denn er hat die Früchte des Bösen genossen, und es dürstet ihn nach mehr.

Auf dem Friedhof

Jeronimus tobte. »Wie konnte es geschehen, dass sie eins der Flöße stehlen?«, brüllte er.

Der Steinmetz deutete auf Zeevanck. »Fragt ihn! Er hatte Wache.«

Zeevanck blickte verstockt zu Boden.

»Also?« Jeronimus sah Zeevanck abwartend an.

Zeevanck zog es jedoch weiterhin vor zu schweigen.

»Die beiden waren im Frauenzelt«, ließ Wouter Loos sich vernehmen.

»Wie schön!«, erwiderte Jeronimus kalt. »Derweil *sie* sich der Frauen bedienten, bedienten sich andere der Flöße.« Er betrachtete Zeevanck angeekelt. »Wissen wir, wer verschwunden ist?«

»Der Arzt ist nicht mehr in seinem Zelt«, erklärte Loos.

»Ich hätte ihn fast erwischt«, verteidigte sich Zeevanck mürrisch.

Großartig, dachte Jeronimus. Nur weil es ihnen zwischen den Beinen juckt, fehlt uns ein Floß. Wenn Janz damit zur Langen Insel gerudert ist, wird er die Söldner warnen. Die werden sich dann nicht zu Tode jagen lassen wie diese niedrigen Kreaturen auf der Robbeninsel.

»Es ist eine Schande vor dem Herrn«, verkündete Pfarrer Bastians. Er bebte vor Zorn. »Jeronimus und sein so genannter Inselrat führen sich auf wie Tiere. Ich werde nicht länger dulden, dass sie derart mit gottesfürchtigen Menschen verfahren.«

Es hatte Judith längst nicht mehr gewundert, dass ihr Vater das Verschwinden zahlreicher Inselbewohner wortlos hingenommen hatte oder dass er allenfalls Jeronimus' Erklärungen wiederholte, die Menschen hätten sich woanders niedergelassen oder seien ertrunken.

Nun war jedoch etwas Neues vorgefallen.

Tryntgen war von Mattys Beer und David Zeevanck vergewaltigt worden.

Das ließ sich nicht beschönigen. Dazu konnte Pfarrer Bastians nicht schweigen.

»Ich habe Angst, Gijsbert«, murmelte Frau Bastians.

Pfarrer Bastians hob die Hand. Seine Augen funkelten. »Der Teufel ist unter uns!«, rief er. »Ich werde ihm das Handwerk legen!«

»Lass uns zuvor beten!«, bat Frau Bastians.

»Wir beten, seit wir hier gelandet sind«, beschied ihr Mann sie ungeduldig. »Nun geht es um mehr. Nun prüft Gott unseren Mut. Doch er muss sich nicht sorgen. Den Satan lasse ich nicht gewähren, hier ebenso wenig wie in Holland.«

In Holland gab es Wachsoldaten und Bürgerwehren, die Gottes Anliegen schützten, hätte Judith ihren Vater gern erinnert. Und was den Satan betrifft, so lässt du ihn bereits viel zu lang gewähren, dachte sie.

Pfarrer Bastians warf sich seinen Rock über und ergriff die Bibel. »Du kommst mit mir, Judith!«, befahl er.

Vor dem Eingang von Jeronimus' Zelt lungerten ein paar *Jonkers*. Der Wind trug ihr Gelächter zu ihnen.

Sie sind kaum älter als ich, dachte Judith. Wie kommt es, dass sie derart schreckliche Dinge zu tun vermögen? Wo haben sie das Morden gelernt?

Ihr Vater schien sich zu stählen. »Verzage nicht, o Häuflein klein«, summte er. Seine Schritte knirschten auf den Korallen.

Jeronimus war aus seinem Zelt getreten. Er stützte die Hände in die Hüften und schaute den Näherkommenden entgegen.

Welch einen lächerlichen Anblick wir abgeben müssen, dachte Judith. Vorab mein Vater, im schwarzen, wehenden Rock wie eine fette Krähe, und ich wie ein dürrer Spatz hinterher.

Jeronimus machte eine Bemerkung, woraufhin die *Jonkers* erneut in Gelächter ausbrachen.

Judiths Herz begann Trommelwirbel zu schlagen. Das geht nicht gut, dachte sie angstvoll.

»Ja, wen haben wir denn da?«, rief Jeronimus erfreut. »Der Herr hat uns seinen Hirten entsandt. Wie lautet die Losung des Tages, lieber Pfarrer Bastians?«

Pfarrer Bastians kam schwer atmend zum Stehen. Mit der rechten Hand hob er die Bibel hoch. »Seid Ihr mit diesem Buch vertraut, Herr Unterkaufmann?«

Jeronimus nahm ihm die Bibel ab. Mit gerunzelter Stirn blätterte er durch die Seiten, nickte, brummte etwas, schüttelte den Kopf. »Die ein oder andere Stelle kommt mir bekannt vor«, murmelte er, »im Übrigen entdecke ich Gefasel.« Mit einem Ruck riss er ein paar Seiten heraus und ließ sie im Wind davonflattern.

Pfarrer Bastians schien für einen Augenblick zu schwanken. Dann stürzte er jedoch vor, um Jeronimus das Buch aus den Händen zu reißen.

Jeronimus ließ nicht locker, sodass die beiden Männer die Bibel hin und her zerrten, was die *Jonkers* abermals erheiterte.

»Dafür wird Gott seine Blitze auf Euch herniederfahren lassen!«, rief Pfarrer Bastians.

Jeronimus blickte prüfend zum Himmel empor. »Wann?«, fragte er interessiert. »Doch gewiss nicht in den nächsten Stunden.«

»Der Herr befiehlt –«

Zeevanck packte Pfarrer Bastians am Kragen und stieß ihn zu Boden.

»Verzieh dich, Dummkopf«, sagte er.

»Tut ihm nichts!«, schrie Judith. Sie bückte sich, um ihrem Vater auf die Beine zu helfen.

»Ein rührender Anblick«, bemerkte Jeronimus. Er schleuderte die Bibel in die Lagune. »Was der Herr befiehlt, interessiert hier keinen«, fuhr er fort. »Der Herr hat das Schiff zerstört, auf dass *mein* Wort gilt, Herr Pfarrer. Merkt Euch das! Aus diesem Grund stellt Ihr auch sofort Eure Predigten ein, denn wenn jemand Gottes Wortes bedarf, kommt er zukünftig zu mir.«

Pfarrer Bastians hatte sein Gesicht in den Händen geborgen und winselte wie ein verwundetes Tier. Als er die Hände sinken ließ, war seine Haut aschfahl. Er blickte wortlos in die Runde.

Dann machte er kehrt. Wie ein Betrunkener stolpernd schlug er den Rückweg ein.

Judith folgte ihm stumm und mit gesenktem Blick.

Über ihr schwirrten die Möwen und kreischten wie des Teufels Heerscharen.

Auf der Langen Insel

Wiebe Hayes und seine Kameraden entdeckten zwei Gestalten, die ans Ufer taumelten.

Die Männer sprangen auf und liefen auf sie zu. Bei ihrem Anblick erschraken sie.

Wie haben sie es geschafft, bis hierher zu schwimmen? fragte sich Wiebe, als er die Wunden der beiden sah.

Einem war eine Schwertklinge mitten über den Rücken gezogen worden. Sie hatte einen tiefen, klaffenden Schnitt hinterlassen. Der andere hatte eine Wunde im Nacken davongetragen, die aussah, als habe jemand versucht, ihn zu köpfen.

Die beiden Männer waren zusammengebrochen und lagen reglos auf dem Sand.

Wiebe beugte sich zu ihnen hinunter. Er erkannte, dass sich die Lippen des einen Mannes bewegten.

»Was sagt Ihr?«, fragte er leise.

Der andere röchelte. »Der Schrecken …«, flüsterte er und dann noch etwas, das Wiebe nicht verstand.

»Holt ihnen etwas zu trinken«, befahl Wiebe seinen Gefährten. »Danach schaffen wir sie hoch.«

Als sich die Verletzten ein wenig erholt hatten, erzählten sie, sie seien von der Robbeninsel geflüchtet, auf der man sie ausgesetzt hatte. Am Vortag seien Männer auf Flößen von der Friedhofsinsel gekommen und hätten sie von hinten mit Bajonetten überfallen. Sie hatten den Steinmetz, Allert Janz und Jan Hendricks erkannt und auch den Kabinenjungen Pelgrom, der die Kinder erschlagen hatte. Sie selbst hätten sich gerettet, indem sie um ihr Leben rannten und sich in die Fluten warfen, doch einer sei ihnen hinterhergehetzt und habe mit dem Schwert nach ihnen geschlagen.

Wiebe und seine Kameraden blickten sich an.

»Unfassbar«, murmelte Wiebe. »Was soll dieser Wahnsinn?«

Er musterte die beiden Männer abwägend. Wenn er das Grauen nicht in ihren Augen gelesen, und ihre Wunden ihm nicht als Zeugnis gedient hätten, wäre es ihm schwer gefallen, ihre Geschichte zu glauben. Allerdings weigerte er sich, den Unterkaufmann als Hintermann zu betrachten. Er traute Jeronimus vieles an Tücke zu, Mord jedoch nicht.

Es dauerte nicht lang, bis Wiebe gezwungen war, seine Meinung zu ändern.

Am nächsten Tag sichteten er und seine Kameraden ein Floß. Es trieb auf ihre Insel zu.

Anfänglich dachte Wiebe, die Mörder hätten sich aufgemacht, den Männern nachzustellen, doch dann entdeckte er, dass sich lediglich ein Mann auf dem Floß befand, der sich kaum bewegte.

In Begleitung mehrerer anderer watete Wiebe dem Floß entgegen und zog es an Land.

Der einsame Passagier war der sehr entkräftete Aris Janz, den man ans Ufer tragen musste. Auch er hatte eine böse Schwertwunde auf dem Rücken und berichtete mit schwacher Stimme und unterbrochen von zahlreichen Pausen, dass er mit David Zeevanck aneinander geraten sei.

Wiebe zog zischend den Atem ein, als er erfuhr, dass der Arzt den Steinmetz und Zeevanck hatte hindern wollen, sich an den Frauen zu vergreifen.

Jeronimus, erklärte Janz den verdutzt Lauschenden, betrachtete die Friedhofsinsel inzwischen als sein Reich, in dem er jeden töten lassen könnte, der ihm nicht gefiel. Er und seine Spießgesellen seien nicht länger als Menschen anzusehen, sondern als Wesen, die sich in einem Wahn teuflischen Ursprungs befanden.

Wiebe schauderte bis auf die Knochen. Als er zu der Friedhofsinsel hinüberschaute, erblickte er die Rauchsäulen, die von den Feuern aufstiegen. Vielleicht sind wir bis zum Ende der Welt gesegelt, um in der Hölle zu landen, dachte er.

Fort Batavia

François studierte die finstere Miene des Gouverneurs, der wortlos in den Berichten blätterte, die er, wie François wusste, bereits hundert Mal gelesen hatte.

Der Gouverneur war an diesem Tag vollständig in Schwarz gekleidet. Lediglich ein schmaler weißer Spitzenkragen unterbrach die düstere Strenge.

Schließlich schob Coen die Unterlagen beiseite und betrachtete François. »Nach der Lektüre Eurer Dokumente«, hub er an, »bin ich von Euren Fähigkeiten weniger überzeugt als die Herren in Amsterdam.«

Du eiskalter Hund, dachte François, ich möchte wissen, wie du dich an meiner Stelle verhalten hättest.

»Euer Fall ist noch nicht abgeschlossen«, fuhr Coen indessen fort. »Ich werde die Vorgänge weiterhin prüfen.«

François nickte. Nichts, was er jetzt sagen konnte, würde ihm zum Vorteil gereichen, deshalb zog er es vor zu schweigen.

»Das Dringlichste ist im Moment jedoch, dass Ihr Euch zurück zu dem Wrack begebt, um die Schätze der *Companie* zu retten – und um die Menschen zu bergen, sofern sie noch leben. Ihr segelt mit der *Zandaam*, aber das sagte ich ja bereits. Der Erste Steuermann der *Batavia* wird Euch begleiten.«

Coen tippte mit seinem langen Zeigefinger auf François' Bericht. »Gibt es noch Fragen?«

François schüttelte den Kopf. »Nein, Herr Gouverneur.«

»Um so besser. Ihr verlasst Java morgen früh. Dieses Mal bitte ich mir Erfolg für Eure Sache aus.«

Coen wedelte mit der Hand. »Ihr könnt Euch entfernen.«

François stand auf und verneigte sich wortlos. Danach wandte er sich um und verließ leise den Raum.

Wenige Tage nach ihrer Ankunft wurde Zwaantie verhaftet. Kurz darauf stieß man sie in eine dunkle Kerkerzelle, die heiß wie ein Brutofen und voller Stechmücken war. Wessen man sie bezichtigte, wusste Zwaantie nicht.

Als eines Morgens eine Gruppe Wärter in ihre Zelle polterte, glaubte sie, sie würde freigelassen. Sie lachte triumphierend und bedachte die Wärter mit derbem Spott.

Auf dem Weg nach draußen erkannte Zwaantie jedoch, dass die langen Gänge nicht ins Freie führten, sondern vielmehr noch tiefer in den Schlund der Festung hinein.

Dann wurde eine schwere Holztür aufgestoßen.

Zwaantie kreischte vor Entsetzen, als sie die Streckbank, die Wippe und die eiserne Spindel sah. Verzweifelt bäumte sie sich auf und trat um sich. Die Wächter verstärkten ihren Griff.

Zuletzt trat aus dem Dunkel ein Mann mit einem schmalen weißen Spitzenkragen hervor, der den Wachen ein Zeichen gab und angeekelt den Mund verzog, als Zwaantie sich übergab.

Zwaantie sah sein blasses Gesicht im Fackellicht.

»Zwaantie Hendricks«, verkündete er. »Ihr seid hier, um Euch zu dem Angriff auf Frau van der Mylen zu äußern, der an Bord der *Batavia* geschah. Ich hoffe, dass Ihr uns und Euch die Befragung leicht machen werdet.«

Zwaantie übergab sich ein zweites Mal. Wo ist der Skipper? fragte sie sich stöhnend. Warum kommt er nicht, um mir zu helfen?

Als die *Zandaam* den Hafen verließ und Kurs auf die Straße von Sunda nahm, stützte François sich schwer auf der Reling auf. Seine Haut glühte vom Fieber.

Das Feuer, das in seinem Hirn brannte, war indes kaum schwächerer Natur. Seit Tagen schwankte er zwischen Anfällen sinnloser Wut, die gegen den Gouverneur gerichtet waren, und bitteren Selbstvorwürfen, die mit Kapitän Jacobs zusammenhingen. Es hätte nicht so kommen dürfen, sagte er sich mit dumpfer Reue. Das war nicht gerecht. Doch wie konnte ich annehmen, dass diese schwarze Vogelscheuche Jacobs dergleichen antun wird? Ich hätte mich entschiedener für ihn eingesetzt, hätte ich davon gewusst.

François begann zu zittern. Wem machte er da etwas vor? Er hatte sich geduckt, um unauffällig zu bleiben, hatte geschwiegen, nicht widersprochen, hatte alles hingenommen, um seinen Hals aus der Schlinge ziehen zu können.

Dennoch trug er nicht die Schuld, hielt sich François vor Augen. Er hatte keine andere Wahl gehabt. Er hatte so handeln müssen. Im Grunde musste sich Jacobs seine Strafe selbst zuschreiben. Immerhin hatte der *Kapitän* die *Batavia* versenkt, nicht der Kommandeur. Seltsam war lediglich, dass ihm dieser Gedanke nicht half, ihm keine Erleichterung verschaffte.

François warf einen Blick auf die Festung zurück. Er sah die Galgen. An einem von ihnen hing Jan Everts.

François verzog spöttisch den Mund. Das ist wohl das Einzige, was mir auf dieser Reise gelungen ist, dachte er. Ich habe es geschafft, dass ein Vergewaltiger hängt.

Auf dem Friedhof

Wie ein Fürst stolzierte Jeronimus über die Insel. In seinem Gefolge befanden sich van Huyssen, Zeevanck, Allert Janz, Mattys Beer – und Pfarrer Bastians.

Judith stand mit ihrer Mutter vor ihrem Zelt und beobachtete die Parade. Ihre kleinen Geschwister hatten sich an sie geklammert.

»Was tut er da?«, fragte Judith ihre Mutter.

»Das Richtige«, erwiderte Frau Bastians.

Als die Gruppe weiterzog, blieb Conrad van Huyssen stehen und musterte Judith ausgiebig. Es sah aus, als wolle er ihren Wert bemessen. Danach schloss er wieder zu den anderen auf.

Wenig später kehrte Pfarrer Bastians mit wehenden Rockschößen zurück.

»Nun, was hat Jeronimus heute zum Besten gegeben?«, fragte Judith spitz.

Ihr Vater wich ihrem Blick aus. »Jetzt renkt sich alles ein«, verkündete er.

»Was hat er *gesagt?*«, beharrte Judith. »Gib seine Worte wieder.«

»Nichts. Er lädt uns lediglich für heute Abend zu einer gemeinsamen Mahlzeit mit den *Jonkers* ein. Im Zelt von van Huyssen.«

»Uns alle? Die ganze Familie?«

»Nein«, gab Pfarrer Bastians widerwillig zu. »Nur dich und mich.«

Seine Frau packte ihn am Ärmel. »Weißt du, was er will?«

»Frau!«, schnaubte Pfarrer Bastians. »Lasst mich zufrieden. Vertraut auf den Herrn.«

Judith spürte, dass sich eine dumpfe Vorahnung in ihr regte.

»Vater –«, begann sie.

Pfarrer Bastians winkte ab. »Es sind gar nicht so üble Burschen«, sagte er. »Gewiss, sie waren hart und unerbittlich, doch sie fanden ihr Vorgehen angemessen, um die Diebe zu bestrafen. Wenn wir überleben wollen, bedarf es strenger Disziplin.«

»So wie bei Tryntgen?«

Pfarrer Bastians wurde bleich. »Alles wird gut«, murmelte er. »Du wirst es selbst sehen.«

Judith warf einen Blick zur Langen Insel hinüber, wo sich der Rauch in die Lüfte kringelte. Wenn doch nur Wiebe und seine Männer zurückkämen! Dann würde nichts von alledem geschehen.

Ein kalter Wind näherte sich vom Strand, fegte durch die Lagerfeuer und ließ glühende Funken aufstieben.

Hie und da trug er Fetzen des Gelächters zu Judith hinüber. Sie erkannte die Stimme van Huyssens, hörte dazwischen den Steinmetz grunzen und die Geräusche von Zinnbechern, die aneinander geschlagen wurden.

Ihr Vater klemmte sich die Bibel, die er aus den Wellen gerettet hatte, unter den Arm. »Ich werde sie von der Macht der Sühne überzeugen«, erklärte er.

»Ich glaube nicht, dass Conrad van Huyssen heute Abend sühnen möchte«, erwiderte Judith.

»Es steht dir nicht zu, an mir zu zweifeln«, entgegnete ihr Vater verärgert.

Wie leicht er mich preisgibt! dachte Judith. Die älteste Tochter für ein Essen, für Macht und Respekt. Er schien es kaum abwarten zu können, den Tauschhandel zu vollziehen.

»Herr van Huyssen entstammt einer guten, gottesfürchtigen Familie«, gab Pfarrer Bastians zu bedenken. »Diese Einladung ist eine Ehre.«

»Vater!«, bat Judith. »Lass es gut sein. Ich weiß, dass man uns keine Wahl lässt.«

Conrad trat aus dem Zelt. Er trug einen neuen Rock mit goldener Bordüre. Jeronimus musste ihm den Mann ausgeliehen haben, der sonst seine eigene prächtige Kleidung nähte.

Van Huyssen verneigte sich vor Judith und ihrem Vater und winkte sie in sein Zelt.

Verglichen mit unserer eigenen Unterkunft handelt es sich hier um einen Palast, dachte Judith beim Anblick der schweren Silberleuchter und der schimmernden Seidenteppiche.

Auf dem Tisch türmten sich die Speisen. Welch geschickte Art, Vater gefügig zu machen, überlegte Judith, während sie auf die Berge von Krebsen, gebratenen Vogelleibern und Austern blickte.

»So viel!«, murmelte sie vor sich hin. So viel Überfluss, wiederholte sie im Stillen. Andere quält der Hunger.

»Esst, so viel Ihr wollt!«, flüsterte Conrad ihr ins Ohr. »Wir schenken die Reste nicht den Armen. Was übrig bleibt, werfen wir fort.«

Judith blickte ihn an. Sein Lächeln war unergründlich. Auch als sie in seine Augen schaute, konnte sie nicht erkennen, was sich dahinter verbarg.

Conrad ergriff einen Zinnbecher. »Wein?«, fragte er, indem er bereits einzuschenken begann.

In diesem Augenblick tauchte Jeronimus auf. Auch er trug einen neuen Rock aus roter Farbe, den eine Goldbordüre zierte. Auf seiner Brust glänzte die goldene Kette des Kommandeurs.

Conrad verbeugte sich ehrerbietig und begrüßte Jeronimus als Generalkapitän – ein Titel, den Judith noch nie gehört hatte.

Anschließend setzten sie sich zu Tisch. Pelgrom, der Kabinenjunge, briet Fische vor dem Zelt, tat ihnen auf und schenkte nach, sobald sie die Becher geleert hatten.

Heute Nacht müssen wir nicht darben, dachte Judith spöttisch. Die Bettler sind der Einladung Ihrer königlichen Hoheit gefolgt. Heute ist der Tag im Jahr, an dem sie sich satt essen dürfen.

Judith beobachtete ihren Vater, der das Fleisch mit den Zähnen von den Vogelleibern riss, schmatzend Krebse in sich schlang und geräuschvoll Austern schlürfte. Dazwischen schnaufte er und nickte stumm, während Jeronimus ihm seine Pläne darlegte, noch mehr Menschen auf die Nachbarinseln zu verteilen, um für ihre eigene Insel die Versorgung mit Nahrung und Wasser sicherzustellen.

»Kluge Worte«, lobte Pfarrer Bastians mit vollem Mund und den Blick unverwandt auf den kleiner werdenden Hügel Vogelleiber gerichtet. »Ich werde zu den Menschen sprechen und ihnen versichern, dass Gottes Gesetz gilt.«

»Seit wann erlässt Gott Gesetze?«, erkundigte sich Jeronimus amüsiert.

Pfarrer Bastians schien blass zu werden. »Schon immer«, murmelte er.

Judith runzelte die Stirn. Früher wäre ihr Vater aufgefahren, hätte sich empört und gewütet, doch nun reagierte er sanft wie ein Lamm.

»Eigentlich sollte mein Vater den Menschen verkünden, dass gottesfürchtige Sitten hier bei uns abgeschafft worden sind«, sagte Judith barsch.

Jeronimus hob nachsichtig die Brauen. »Warum, findet Ihr, soll der Mensch Gott *fürchten*? Warum empfängt er ihn nicht in Liebe?«

Pfarrer Bastians lachte gekünstelt. »Wir empfangen *seine* Liebe«, betonte er. »Gott liebt uns. Wir fürchten ihn. Ihn nicht zu fürchten zöge das Unheil herbei.«

Jeronimus' Lachen hörte sich fröhlich an. »Nun, ganz so ist es nicht«, verbesserte er. »Ich fürchte Gott beispielsweise nicht, und dennoch hat er mich vor allerlei Unheil bewahrt. Er hat mich aus dem Wrack auf diese Insel gerettet, wo er mich mit Speisen, Wein und feiner Kleidung versieht. Er hält seine schützende Hand über mich, während ringsum Menschen sterben. Somit weiß ich, dass ich zu seinen Auserwählten gehöre. Was Euch betrifft, bin ich mir indes nicht sicher, lieber Pfarrer Bastians. Manchmal habe ich nämlich den Eindruck, dass Ihr Euch an jedweden Rockzipfel hängt, nicht immer nur an den des Herrn.«

Pfarrer Bastians begann, unmerklich zu zittern.

»Sprecht nicht auf diese Weise zu ihm!«, zischte Judith Jeronimus an. »Mein Vater war stets ein treuer Diener des Herrn.«

Jeronimus maß sie mit einem Blick, in dem sich Zorn und Verwunderung mischten. Dann warf er seinen Kopf in den Nacken und lachte schallend auf. »Du liebe Güte, Conrad«, rief er, »da hast du dir aber ein widerspenstiges kleines Fohlen eingehandelt! Vielleicht solltest du dir einen Dolch unter dein Kopfkissen stecken.«

Pfarrer Bastians hatte sich wieder gefasst. Er häufte gebratene Vögel und Krebse auf seinen Teller.

»Na, was sagt Ihr dazu, Judith?«, fuhr Jeronimus heiter fort. »Wisst Ihr überhaupt schon, dass dieser brave junge Mann Euch zum Weib begehrt?«

Judith schwieg. Dieser brave junge Mann, dachte sie, kann nichts außer morden und trinken. Er hat in seinem Leben so wenig an Leid erfahren, dass er annimmt, Leid sei ein neuer Sport. Wenn wir nicht auf dem Riff aufgelaufen wären, wäre der brave junge Mann dank seiner Herkunft Unterkaufmann der Gesellschaft geworden, doch nun, da der Teufel ihn lobt und als Freund bezeichnet, fügt er sich mit der gleichen Selbstverständlichkeit in den Beruf als Mörder.

Ich nehme diesen braven jungen Mann, damit meine Familie überlebt. Ich bin inzwischen ein Pfand geworden.

»Es wird nach dem Gesetz vonstatten gehen«, ließ Pfarrer Bastians sich vernehmen.

»Judith?«, fragte Jeronimus. »Wie sieht es bei Euch aus? Wünscht Ihr Conrad van Huyssen zum Mann?«

Judith nickte geistesabwesend.

»Ich persönlich finde«, fuhr Jeronimus fort, »Frauen sollten als Allgemeingut dienen. Schließlich ist die Lust, die der Mann empfindet, nur natürlich und von Gott geschenkt.«

»Sie ist ein Geschenk des Teufels«, brummte Pfarrer Bastians.

Wie rasch Jeronimus' Stimmungen wechseln! dachte Judith. Er sprang auf. Speicheltropfen sprühten aus seinem Mund, als er zu toben begann. »Es gibt keinen Teufel!«, brüllte er. »Das ist lediglich eine Erfindung von euch Kirchenmännern, um starke Naturen zu knechten. *Alles* stammt von Gott! Auch das Verlangen! Und insofern ist es nicht schlecht!«

Das waren die ketzerischen Gedanken der Anabaptisten, erkannte Judith, die Lehre von Torrentius. Sie hatte ihren Vater häufig genug dagegen wettern hören.

Pfarrer Bastians sagte nichts.

Jeronimus ließ sich auf seinen Stuhl zurückfallen. Von einem Moment zum anderen hatte er sich wieder im Griff. »Warum plötzlich diese Leichenbittermiene?«, erkundigte er sich bei Pfarrer Bastians. »Hat es Euch etwa nicht geschmeckt?«

»O doch«, versicherte Pfarrer Bastians ihm eilig. »Ihr wart äußerst großzügig –«

Jeronimus winkte ab. »Ich hatte mir Hoffnung gemacht, wir könnten Freunde werden. Sollen wir unser Kriegsbeil nicht begraben? Was haltet Ihr davon?«

Judith beobachtete ihren Vater gespannt. Würde er für Nahrung und Jeronimus' Gnade auch seinen Glauben opfern?

»Das ist auch mein sehnlichster Wunsch«, beeilte sich Pfarrer Bastians Jeronimus zuzustimmen.

»Vielleicht sollten wir auch Eure Wiederaufnahme in den Rat der Insel prüfen«, bot Jeronimus an.

»Das wäre mir eine Ehre«, murmelte Pfarrer Bastians erfreut.

Jeronimus trug Pelgrom auf, die Gläser neu zu füllen. »Ich werde darüber nachdenken«, erklärte er verschmitzt.

»Hängt das nicht auch ein wenig von Judith ab?«, fragte van Huyssen.

»Ich bin sicher, dass sie sich als gehorsam erweist«, kam es umgehend von Pfarrer Bastians.

»Vorzüglich!« Jeronimus zwinkerte van Huyssen zu. »Das ist doch ganz nach deinem Geschmack.«

»Es ist gut verlaufen«, erklärte Pfarrer Bastians Judith auf dem Rückweg zu ihrem Zelt. Er leuchtete ihnen mit einer brennenden Fackel.

Judith erwiderte nichts. Inwendig fühlte sie sich wie gestorben. Die Trennung von böse und gut hatte sie ihr Leben lang geleitet, doch an diesem Abend hatte sie erkannt, dass dergleichen nicht mehr galt, dass diese Begriffe austauschbar waren oder dass sie sich einfach in nichts auflösten, wenn man den Glauben an sie verlor.

»Jeronimus bedarf der Unterweisung, das ist alles«, hörte Judith ihren Vater sagen. »Sobald ich wieder Mitglied im Inselrat bin, wirke ich entsprechend auf ihn ein.«

»Jeronimus ist ein Ketzer.«

»Davon verstehst du nichts.« Ihr Vater senkte seine Stimme. »Man darf solche Menschen nicht vor den Kopf stoßen, Judith. Man muss behutsam mit ihnen verfahren. Du bist noch zu jung, um dergleichen zu begreifen.«

Sie wanderten schweigend weiter. Judith zuckte zusammen, als irgendwo in der Dunkelheit ein Schrei erklang. Wahrscheinlich der übliche Vogel, dachte sie.

»Wünscht Ihr tatsächlich, dass ich Herrn van Huyssen heirate?«, fragte sie nach einer Weile.

»Es ist besser, *ein* Mann besitzt dich nach dem Gesetz, als dass dich zahllose Männer gesetzlos besitzen.«

Oder als dass man sich ihnen freiwillig anbietet, um sich etwas zu essen zu verschaffen, vervollständigte Judith seinen Satz im Stillen.

So wie es bereits etliche Frauen tun mussten.

»Du hättest es viel ärger treffen können, Judith«, fuhr Pfarrer Bastians fort. »Das Vorgehen ist vielleicht ein wenig ungewöhnlich, doch es geschieht nach dem Gesetz. Du wirst mir später noch dankbar sein. Warte, bis du erst Frau van Huyssen bist.«

Eine kräftige Windbö peitschte Judith in den Rücken, sodass sie einen Schritt vorwärts taumelte.

»Sie glauben, sie hätten mich übertölpelt«, erklärte Pfarrer Bastians hinter ihr. »Der Teufel ist ein gerissener Kerl, Judith. Doch dein Vater auch. Wenn es sein muss, bin ich genauso gut wie er.«

Judith klappte die Lasche am Eingang ihres Zeltes beiseite. Das Zelt war leer. Ihr Vater trat hinter sie und hielt seine Fackel in die Höhe.

Eine Lampe lag zerschmettert am Boden. Der Tisch und die armseligen Bettgestelle, die sie aus Treibholz gezimmert hatten, waren von Äxten zersplittert worden. Über den Erdboden zog sich ein verschlungenes Gewirr blutiger Spuren.

Pfarrer Bastians fiel auf die Knie.

Seine Schreie gellten durch die Nacht.

XXII

Wie rasch wir doch immer dabei sind, über andere zu richten!

Da geschieht eine Missetat, und wir liegen im warmen Bett oder sitzen behaglich am Ofen und denken: *Das täte ich nicht, und: Wie kann man nur?*

Andererseits wissen Sie, dass die Sonne morgens auf- und abends untergeht, und Sie sind satt. Es gibt keine Katastrophe, die Ihnen die Sicherheit raubt, keine Gefahr, die Ihre Moral entstellt.

Lassen Sie sich jedoch warnen!

Niemand weiß vorher, wie er sich unter extremen Bedingungen verhalten wird. Erst wenn der Albtraum Wirklichkeit ist, wird er es erfahren.

Habe ich jetzt Zweifel in Ihre Brust gesät?

Das tut mir Leid.

Sie müssen aber auch einmal meine Lage verstehen.

Ich nähre mich schließlich vom Zweifel der Menschen.

Auf dem Friedhof

Der scharfe Wind trieb Regenschauer über die Insel. Am grauen Himmel schrien die Möwen.

Judiths Gesicht war bleich.

Ihr Vater hatte die Bibel aufgeschlagen und hielt die Hochzeitspredigt vor der bunt gekleideten Gesellschaft.

Generalkapitän Jeronimus trug seinen roten Rock mit den goldenen Bordüren. Zur Feier des Tages hatte er gleich mehrere goldene Ketten angelegt. Hinter ihm befanden sich, ebenfalls neu eingekleidet, seine Offiziere Zeevanck, Mattys Beer, Allert Janz und der Steinmetz.

Der Bräutigam hatte sich zu seinem schwarzen Rock einen vornehmen Seidenhut aufgesetzt, den ein dicker Federbusch zierte. Die silbernen Schnallen an seinen Stiefeln glänzten.

Der Steinmetz legte einen Rubinring auf die Bibel.

Der Mann hatte braune Ränder unter den Fingernägeln, und Judith schauderte. Er hat es nicht einmal für nötig gehalten, das Blut meiner Familie zu entfernen, dachte sie.

Pfarrer Bastians beendete die Zeremonie mit unsteter Stimme.

Nach dem Gesetz war seine Tochter nun Frau van Huyssen geworden.

Conrad strich sich mit der Zunge über die Lippen und spielte mit den Schnüren von Judiths Mieder.

Judith fand, er sah aus wie ein Mann, der einen seltenen Fisch geangelt hatte und nun nicht weiß, wie er ihn am geschicktesten filetiert.

»Warst du schon einmal mit einem Mann zusammen?«, fragte er.

Wenn man eine Wunde ausbrennt, ging es Judith durch den Kopf, lässt sie sich untersuchen, ohne dass es den Verwundeten schmerzt. Vielleicht galt dieselbe Regel für das Herz. Es musste wohl so sein.

Im Übrigen schien die Regel auch für den Geist zu gelten. Selbst die einfachste Frage musste sie des Öfteren überdenken, bevor sie sie verstand.

War sie schon einmal mit einem Mann zusammengewesen?

Welche Antwort gab es darauf? In Holland hatte ein Junge sie geküsst. Musste sie davon berichten? Wusste sie noch, wer das gewesen war?

»Du bist sehr schön«, sagte Conrad. »Weißt du das?«

Er streckte seine Hand aus, um ihre Wange zu berühren.

»Auf dem Schiff sah ich dich häufig in der Gesellschaft dieses Soldaten. Hattest du etwas mit ihm?«

Dieses Soldaten. Welchen Soldaten meinte er? Judith tat ihr Bestes, um sich zu besinnen, doch sie vermochte an nichts außer an das Blut auf dem Erdboden zu denken und daran, wie an einigen Stellen dicke Klumpen entstanden waren.

»Das schmeckt deinem Vater, dich an einen Adligen verheiratet zu haben, nicht wahr? Dadurch ist er ein ordentliches Stück nach oben gekommen.«

»Mein Vater ist ein getreuer Diener des Herrn«, erwiderte Judith.

»Im Gegensatz zu mir.« Conrad lachte. Danach wurde er ernst. »Ich möchte nicht, dass du deine frommen Sprüche mit ins Bett nimmst, Judith.«

Er fuhr mit den Fingern durch ihr Haar.

Judith entfernte sich von ihrem Körper. Wie ein Geist schwebte sie in der Luft. Von dort sah sie, dass sich Conrads Mund bewegte, doch was er sagte, hörte sie nicht. Es war, als stünde er auf der anderen Seite einer Gasse, anstatt neben ihr auf dem Bett zu sitzen.

Conrad erhob sich und füllte einen Becher mit Wein, den er Judith hinhielt. Sie ergriff ihn und trank. Ihre Hände zitterten. Sie hatte Wein auf ihr Kleid geschüttet.

Conrad nahm ihr den Becher ab und stellte ihn auf den Boden. »Was hast du denn?«, fragte er. »Du wirkst so beklommen.«

»Hast du gewusst, was er vorhatte?«

»Natürlich nicht.«

»Wir waren in deinem Zelt, während –«

»Ich wusste nichts davon. Wofür hältst du mich? Glaubst du, ich mache bei so etwas mit?«

»Wie konntest du nichts wissen?«

»Ja, denkst du denn, Jeronimus weiht mich in alles ein?«

Judith schaute in Conrads Augen. Sie waren blau und klar. Sie wollte ihm Glauben schenken. Sie hoffte, er wäre wie sie nur ein unschuldiges Opfer schlimmer Umstände.

»Ich will überleben«, erklärte Conrad. »Genau wie du. Deshalb hast du mich doch auch geheiratet, oder etwa nicht?«

»Was ist mit meinem Vater? Was geschieht mit ihm?«

»Warum, glaubst du, lebt er noch? Er wäre tot, wenn ich nicht wäre.«

Auch das versuchte Judith zu glauben.

»Ich tue dir nichts zuleide«, flüsterte Conrad. »Niemals.«

Er küsste Judiths Mund, doch ihre Lippen blieben kalt. Wenn er nun ein Messer nähme und es mir in die Brust stieße, würde mich das ebenso wenig berühren, dachte sie. Nicht einmal schreien würde ich.

Conrad begann, Judiths Mieder aufzuschnüren. Anschließend streifte er es ihr über die Schultern und bettete Judith sanft auf das Lager. Danach blies er die Lampe aus und begann sich zu entkleiden. Judith hörte den Steinmetz und die *Jonkers* draußen vor dem Zelt lachen, doch wie alles andere drang auch dies kaum in ihr Bewusstsein. Vergeblich fahndete sie nach Empfindungen der Angst, des Schmerzes, des Hasses oder der Wut. Sie kam sich vor wie eine alte Frau, die in einer Truhe nach etwas gräbt, das sich dort vor langer Zeit einmal befunden hat, inzwischen jedoch abhanden gekommen ist.

Judith hörte, dass Conrad die Schnallen seiner Schuhe löste. Danach fielen sie zu Boden, und Conrad glitt neben Judith. Er küsste sie erneut und murmelte ihr Liebesworte ins Ohr, während seine Hände ihren Körper erforschten.

Wusste er von dem Mord an meiner Familie? fragte sich Judith erneut. Muss ich ihn verabscheuen? Liege ich bei einem Lügner? Macht mich ein Mörder zur Frau?

Sie schloss die Augen und ließ Conrad gewähren. Ich bin die Ehefrau eines *Jonkers,* sagte sie sich. Meinem Mann gehört ein Fleckchen Sand. Meine Seele ist verloren, aber auch das schert mich nicht. Soll Gott getrost die Wahrheit über mich erkennen: Ich tausche selbst die Erinnerung an meine Familie gegen das Versprechen von Sicherheit ein.

Ich bin in der Tat die wahre Tochter meines Vaters.

Vom Eingang ihres Zeltes aus sah Lucretia die Möwen kreischend in den Kanal zwischen den Inseln stoßen. Wenn sie auftauchten, zappelten Fische in ihrem Schnabel.

Hinter ihnen brauten sich Wolken zusammen, durch die sich nur noch einzelne Sonnenstrahlen bohrten. Der Wind war feucht und kalt. Es würde Regen geben.

Plötzlich ertönten am Strand Schreie. Lucretia trat aus ihrem Zelt und beschirmte ihre Augen mit der Hand.

Auf dem Meer trieb ein Floß. Offenbar war es von der Verräterinsel gekommen. Es hielt auf die Lange Insel zu. Einigen von denen, die Jeronimus dort ausgesetzt hatte, war es geglückt, sich aus Treibholz ein Floß zu zimmern.

Jeronimus befand sich bereits am Strand und brüllte seinen Gefolgsleuten zu, sich zu sputen.

Kurz darauf rannten Jan Hendricks und ein paar andere los und schoben ihr Floß ins Wasser. Sie sprangen hinauf und begannen, aus Leibeskräften zu rudern.

Die Menschen von der Verräterinsel hatten keine Chance, so viel war Lucretia klar. Es befanden sich ihrer zu viele auf dem kleinen Floß und sie hockten zu dicht aufeinander. Zudem stellte sich die Strömung ihnen entgegen und trieb sie zurück.

Als die beiden Flöße aufeinanderstießen, entstand ein kurzer Kampf, danach schlug das Floß der Flüchtenden um.

Der Wind trug Lucretia abermals hohe, schrille Schreie zu, die von Frauen stammten.

Sie lief zum Strand hinunter und blickte angestrengt über das Wasser. Das leere Floß schaukelte auf den Wellen, daneben tauchten dunkle Köpfe auf, Arme ruderten durch die Luft.

Andere riskierten ihr Glück, indem sie auf die Friedhofsinsel zuschwammen. Die Angreifer auf dem zweiten Floß schauten tatenlos zu.

Lucretia wollte ihnen entgegenlaufen, doch eine entschlossene Hand hielt sie fest.

Jeronimus.

Lucretia hörte verzweifelte Hilfeschreie.

»Ihr könnt sie nicht einfach ertrinken lassen«, stieß sie hervor.

»Und ob ich das kann«, erwiderte Jeronimus. »Ihr werdet es gleich sehen.«

Lucretia wollte sich auf ihn stürzen, doch wie aus dem Nichts tauchte Zeevanck neben ihr auf.

»Macht sie Schwierigkeiten?«, erkundigte er sich.

Jeronimus überging seine Frage. Seine Blicke waren wie gebannt auf die Schwimmer gerichtet.

»Herr Unterkaufmann!«, ließen sich nun deutliche Rufe vernehmen. »Habt Erbarmen! Rettet uns!«

Jeronimus schloss für einen Moment die Augen. Dann lächelte er. »Bringt sie um!«, befahl er Zeevanck.

Zeevanck gab Wouter Loos ein Zeichen, der daraufhin sein Bajonett ergriff und in die Lagune hinaus stürzte.

»Alle an die Bajonette!«, brüllte Jeronimus.

Vier, fünf Soldaten hetzten mit hochgereckten Waffen zum Strand und setzten mit großen Sprüngen ins Wasser.

Wouter Loos hatte seinem ersten Opfer bereits das Bajonett in die Brust gerammt. Mit dem zweiten Hieb durchtrennte er ihm die Kehle und schaute abwartend zu, wie es sich ein letztes Mal aufbäumte, ehe es blutüberströmt versank. Suchend blickte er sich um, bis er den nächsten Schwimmer erspähte.

Jeronimus wandte sich zu Lucretia um, die schreckensstarr zusah, wie ein Schwimmer nach dem anderen ermordet wurde.

Die Lagune färbte sich rot.

»Schaut nur gut hin«, ermunterte Jeronimus sie. »Das ist die Strafe für ihren Verrat.«

Lucretia riss den Blick von den Wellen los und richtete ihn auf Jeronimus.

Seine Augen glänzten.

Er ist verzückt, dachte Lucretia. Dem Morden zuzusehen versetzt ihn in Ekstase.

Jeronimus schmunzelte. »Ganz recht«, erklärte er, als läse er ihre Gedanken. »Nichts ist so erhebend wie der Tod. Ich wünschte, Ihr würdet dasselbe empfinden, denn der Genuss ist überaus köstlich.«

XXIII

Ich habe noch etwas Lustiges für Sie parat. Dieses Mal geht es um die Unantastbarkeit des menschlichen Lebens.

Stellen Sie sich vor, Sie sehen einen Menschen, der entsetzliche Qualen leidet. Er fleht einen anderen an, ihn davon zu erlösen. Das tut dieser aber nicht, denn das Leben ist ein Schatz, den es zu bewahren gilt.

Bei anderen Gelegenheiten wiederum – sagen wir im Fall eines Krieges – wird der Mensch gebeten, beziehungsweise wird ihm befohlen, sein Leben wie eine wertlose Münze zu opfern.

Beide Male wird davon gesprochen, Gottes Wille würde befolgt, wiewohl es in Wahrheit der *Mensch* ist, der entscheidet, wann ein Leben heilig ist und wann nicht.

Warum aber immer so gehemmt, so verdruckst, so heuchlerisch?

Warum sagt man nicht offen und gerade heraus: Wenn der Mensch Glück hat, darf er sein Leben genießen, wenn nicht, soll er es sich nehmen, und wenn er Pech hat, wird er es ohnehin ungefragt los.

Auf dem Friedhof

Als Sussie aufsah, stand Andries im Eingang des Krankenzeltes. Hinter ihm lauerten Pelgrom, die Ratte, und der *Jonker* Lennart van Os.

Sussie erhob sich langsam. Noch ehe sie das Messer in Andries' Hand ausmachte, wusste sie, dass sich etwas Entsetzliches ereignen würde.

Sie warf einen Hilfe suchenden Blick in die Runde, doch es war niemand da. Judith kam nicht mehr zu den Kranken, und Aris Janz war fort.

»Geh nach draußen, Sussie!«, sagte Andries leise.

»Warum? Was hast du vor?«

»Du kannst nicht bleiben. Bitte geh!«, drängte Andries.

»Wozu haben sie dich gezwungen, Andries? Tu's nicht!« Sussies Stimme war schrill.

Andries gab ihr keine Antwort.

Sussie fürchtete, sie müsste sich vor Angst übergeben.

Van Os packte Sussie und presste ihr die Arme auf den Rücken. Sein Gesicht war ganz nah. Er grinste und leckte sich die Lippen.

Sussie bespuckte ihn. Van Os stieß sie von sich. Dann holte er aus und ohrfeigte sie. Sussie schwankte benommen.

Van Os zerrte sie nach draußen. »Es ist nur zu deinem Besten, du dumme, kleine Gans«, murmelte er.

Vor dem Zelt hatten sich Zeevanck und Jeronimus aufgebaut. Sie lachten, als Sussie ihnen entgegenstolperte.

»Ihr seid nicht besser als Tiere!«, kreischte Sussie.

»Na, na, na«, bemerkte Jeronimus und drohte ihr mit dem Finger.

Er und Zeevanck bückten sich, um das Zelt zu betreten. Sussie stürzte hinter ihnen her.

Als Erstes sah Sussie Andries. Ein feiner roter Sprühregen hatte sich auf sein Gesicht gelegt, und sein Hemd war blutdurchtränkt. Er stand halb aufgerichtet über einem Kranken. Mit einem tödlichen Streich hatte er ihm die Kehle durchtrennt.

Sussie tat ein, zwei hastige Schritte auf ihn zu – und rutschte in einer Blutlache aus.

Andries blickte sich um. Sussie schauderte, als sie seine Augen sah. Es war nichts mehr in ihnen zu erkennen – sie waren wie tot.

Andries murmelte etwas und streifte sein Messer am Ärmel ab. Dann wandte er sich dem nächsten Kranken zu.

Er nimmt sich einen nach dem anderen vor, erkannte Sussie. Sie überlegte fieberhaft, wie sie Jan Pinten retten konnte, der sich am Ende der Reihe befand. Sie sah, wie ein Matrose sich wehrte, doch da sprangen Pelgrom und van Os hinzu. Pelgrom setzte sich lachend auf dessen Beine und van Os hielt ihn an den Haaren fest. Es sah aus, als würden ein paar Jungen einen Ringkampf austragen. Andries durchtrennte dem Matrosen die Kehle. Das Blut spritzte bis zur Decke. Es dauerte eine Weile, bis der Ermordete zu zucken aufhörte und reglos dalag.

Andries war bereits beim Nächsten angelangt.

Der Gestank wurde überwältigend. Es war der metallische Geruch von Blut, der sich mit dem von Kot vermischte.

Zeevanck und Jeronimus verfolgten Andries' Werk, als seien sie Aufseher in einer Strafkolonie.

Jeronimus hatte den Kopf auf die Seite gelegt und wirkte zufrieden.

Nun war Jan an der Reihe.

»Nein!« Sussie warf sich Andries in den Arm, doch Zeevanck riss sie zurück und schleppte sie nach draußen. Dort stieß er sie grob zu Boden. »Willst du selbst drankommen?«, knurrte er. »Wenn nicht, rate ich dir zu verschwinden.«

»Andries muss wahrhaftig einen starken Drang haben, zu überleben«, bemerkte Zeevanck, als Jeronimus das Zelt verließ.

»Vollkommen richtig«, entgegnete Jeronimus. »Er hat die Kranken ruckzuck von ihrem Leiden befreit. Er ist geschickter als jeder Arzt.«

In diesem Moment trat Andries aus dem Krankenzelt heraus. Er ließ sein Messer fallen und rannte zum Strand. Dort warf er sich kopfüber in die Wellen.

»Zwanzig Mann hat er getötet«, lobte van Os beim Verlassen des Zeltes. »Mehr schafft auch keine Kanonenkugel.«

Andries erhob sich aus dem Wasser und versuchte, das Blut von seinem Hemd und seinen Händen abzuwaschen. Die Wellen, die ihn umspülten, färbten sich rosig.

Später schleppte er sich auf den Strand zurück und ließ sich dort niedersinken. Er begriff, dass seine Seele verloren war. Er gehörte von nun an dem Teufel.

Als die Nacht einsetzte, hockte Sussie noch immer zusammengekauert in einer Ecke des Frauenzeltes und zitterte. Tryntgen hatte einen Arm um sie gelegt und versuchte, sie zu trösten. Sussie bettete ihren Kopf an Tryntgens Brust und weinte.

Die anderen Frauen sahen sich hin und wieder beunruhigt an. Sie horchten auf die Stimmen, die von draußen ertönten.

Schritte knirschten näher, hielten inne, wanderten weiter.

Die Frauen atmeten auf.

»Wir haben erfahren, dass Ihr Eigentum der *Companie* gestohlen und hier versteckt habt«, erklärte eine raue Stimme im Nachbarzelt.

Sussie erkannte den Sprecher. Es war Jan Hendricks, einer der brutalsten unter Jeronimus' Henkersknechten. Sie presste sich die Hände auf die Ohren, doch dann ließ sie sie sinken. Ihr durfte nichts entgehen, das hatte sie sich geschworen. Sie würde darüber Zeugnis ablegen – eines Tages … falls sie überlebte.

»Los steht auf!«, befahl Jan Hendricks. »Das ist eine Durchsuchung.«

Sussie hörte die Bewohner des Nachbarzeltes wimmernd ihre Unschuld beteuern. Sie flehten Jan an, sie zu verschonen.

»Es muss sein«, erwiderte dieser. »Das ist ein Befehl.«

»Los, mach schon«, drängte Zeevanck.

»Warum können wir ihnen nicht helfen?«, flüsterte Sussie.

»Sei still«, zischte Tryntgen zurück. »Du weißt genau, warum das nicht geht.«

Die beiden Schwestern hielten sich in der Dunkelheit umklammert und lauschten in die Nacht. Sie hörten ihre Nachbarn sterben, vernahmen die gurgelnden Laute, die Menschen mit durchschnittener Kehle von sich geben, wenn sie in ihrem Blut ertrinken.

Eine neue Stimme gesellte sich zu den anderen.

Jeronimus.

Zeevanck wollte von ihm wissen, ob sie den Jungen verschonen sollten. Er könne ihnen dienen.

»Er hinkt, er ist ein Krüppel«, beschied Jeronimus ihn. »Ich wüsste nicht, wozu er mir dienen sollte. Bring ihn um!«

Sussie hörte eine gellende Kinderstimme und gleich darauf heftiges Fluchen.

»Das Messer ist hin«, schimpfte Jan Hendricks. »Beeilt euch, verschafft mir ein neues!«

Knirschende Laufschritte ertönten und die Geräusche von dumpfen Hieben. Das Schreien verstummte. Kurz darauf war abermals das entsetzliche Gurgeln zu vernehmen.

Die Frauen hockten starr auf dem Boden und wagten sich nicht zu rühren. Jede wusste, was die andere dachte. Es würde nicht mehr lang dauern, bis die Reihe an einer von ihnen war.

Auf der Langen Insel

Eines Tages wird Jeronimus hier erscheinen, überlegte Wiebe.

Wenn er und seine Schergen mehr Mut besäßen, wären sie bereits da gewesen. Vor allem hätten sie das längst getan, wenn sie klüger wären.

Stattdessen hatten sie ihnen Zeit zur Vorbereitung gegeben.

Mittlerweile waren aus den ursprünglichen vierzig Männern nahezu sechzig geworden. Ihre Zahl hatte sich durch Flüchtlinge von den umliegenden Inseln erhöht.

Unter ihnen befanden sich zwei Küfer, denen Wiebe den Auftrag gab, Waffen herzustellen. Die beiden Männer grinsten und nickten.

Als Erstes lösten sie die eisernen Beschläge von den Wasserfässern, hämmerten sie flach und schärften die Spitzen. Aus Holzstücken bastelten sie Prügel, indem sie die Nägel aus den Wasserfässern oben in die Hölzer trieben.

Unterdessen stapelten andere Männer schwere Gesteinsbrocken auf, die ihnen als Wurfgeschosse dienen sollten.

Dennoch machte Wiebe sich Sorgen. Zwar hatte er erfahrene Soldaten an seiner Seite, doch Jeronimus besaß ihre Bajonette, die Gewehre und Säbel.

Morgen für Morgen ließ Wiebe die Männer antreten und probte Angriffs- und Verteidigungsmanöver. Inzwischen war er überzeugt, dass sich der Feind von Süden nähern würde, wohin ihn die Strömung trieb. Einen militärischen Hinterhalt zu planen, traute Wiebe Jeronimus nicht zu. Trotzdem stellte er an allen wichtigen Punkten der Insel Wachposten auf. Es durfte Jeronimus nicht gelingen, sie zu überraschen, denn dann würde er dank seiner Waffen siegen. Würden die feindlichen Truppen hingegen entdeckt, während sie auf die Landzunge zu ruderten, müssten

Wiebes Männer lediglich warten, bis sie an Land wateten, um sie überwältigen zu können.

Wir werden uns nicht wie Schafe abschlachten lassen, schwor sich Wiebe. Anders als die armen Seelen auf der Verräterinsel würden sie Jeronimus das Fürchten lehren.

Auf dem Friedhof

Hans Hardens, Annekens Mann, stand mit gesenktem Kopf vor Jeronimus.

»Nun, mein Guter«, begann Jeronimus leutselig, »wie lange bist du denn schon Soldat?«

Hardens schaffte es nicht, seinen Blick zu heben. Er murmelte etwas Unverständliches.

Welch ein Einfaltspinsel! dachte Jeronimus. »Sieh mich an!«, sagte er.

Mit einem Ruck fuhr Hardens' Kopf in die Höhe.

Jeronimus studierte sein Gesicht. Genau wie ich vermutete, dachte er. Ein stumpfes Gesicht mit gierigen Augen. Selbst dieser Tölpel will höher hinaus, will mehr werden, als er ist.

»Bist du bereit, dich mir zu unterstellen?«, fragte Jeronimus.

»Ihr könnt auf mich zählen, Generalkapitän.«

Jeronimus schmunzelte. Habgier und Unterwürfigkeit! Genau die Zutaten, die er brauchte. Nun musste der Tropf noch seine erste Probe bestehen. Das würde ein lustiges kleines Experiment werden.

»Es reicht nicht, dergleichen einfach zu verkünden, Hans«, erklärte Jeronimus sanft. »Ich muss das nachprüfen. Das verstehst du doch.«

Jeronimus zwinkerte Zeevanck und dem Steinmetz zu, die hinter Hans Hardens standen. Die beiden wussten, was er plante, und grinsten.

Hardens blickte sich zu ihnen um. Er sah, dass sie mit ihren Schwertern spielten, und schluckte nervös.

»Wir haben Silber«, begann Jeronimus erneut, indem einen Dukaten hervorholte und ihn im Lampenlicht auffunkeln ließ. »Und wir verfügen über Frauen.« Er seufzte betrübt. »Ach herrje«, fuhr er fort. »Du hast ja schon eine. Bist du ihr ebenso treu ergeben wie mir?«

»Im Vergleich zu Euch bedeutet sie mir nichts.«

»Prächtig«, lobte Jeronimus. »Und äußerst günstig! Denn für alle Frauen wird nicht immer genug Platz unter uns sein.«

Hans Hardens senkte den Blick.

Er sieht aus, als sei ihm übel geworden, fand Jeronimus. Doch wer weiß, vielleicht lag es auch nur am Schein des Kerzenlichtes.

»Hättest du Lust, heute Nacht das Frauenzelt zu besuchen?«, erkundigte sich Jeronimus. »Mit welcher würdest du dich am liebsten vergnügen? Willst du Annie Bottschieters mit ihren schweren, wogenden Brüsten oder die kleine Sussie Fredericks, die wohl eher ein wenig dünn geraten ist? Doch manche finden ja gerade das reizvoll. Oder hättest du Spaß an Tryntgen?«

Hans Hardens warf Jeronimus einen verstohlenen Blick zu, woraufhin dieser aufmunternd nickte.

»Oder möchtest du etwa Anneken besuchen? Sie ist schließlich deine Frau. Ich persönlich würde sie nicht anrühren. Sie ist mir zu fett. Ich mag keine dicken Hinterteile.«

Ehe Hardens etwas entgegnen konnte, warf Jeronimus den silbernen Dukaten in die Luft. »Da, fang auf«, sagte er. »Wir haben davon noch reichlich.«

Hardens riskierte abermals einen Blick über die Schulter. Der Steinmetz und Zeevanck ließen ihn nicht aus den Augen.

»Ich sagte doch bereits, dass ich Euch treu ergeben bin«, beeilte Hardens sich zu versichern. »Befehlt mir, was Ihr wollt.«

Jeronimus lachte belustigt auf. »Ich erteile keine Befehle. Du musst einfach nur wählen, sonst nichts.«

»Ihr müsst mir sagen, was ich zu tun habe«, beharrte Hardens.

»Im Gegenteil«, erwiderte Jeronimus. »Das ist ja gerade das Schöne. Du musst nichts tun. Ich bin dabei, dich zu prüfen, und irgendwann werde ich dir sagen, ob du bestanden hast oder nicht.« Jeronimus beugte sich vor und flüsterte: »Ich kann deine Träume erfüllen, Hans. Jeden einzelnen deiner kleinen, schmutzigen Träume mache ich wahr, wenn du es willst.«

Hans Hardens verließ das Frauenzelt, knöpfte sich die Hose zu und machte einen äußerst zufriedenen Eindruck.

Als er sich zum Strand begab, rannte Anneken hinter ihm her.

Judith beobachtete sie. Es wird dir nichts nutzen, dachte sie. Er interessiert sich nicht mehr für dich – falls er das je getan hat.

Anneken versuchte, ihren Mann am Ärmel zu fassen.

»Lass mich zufrieden, Weib!«, knurrte Hans.

»Ich gehöre doch zu dir!«, schluchzte Anneken. »*Ich* bin deine Frau.«

Hans Hardens wandte sich zu ihr um. »*Alle* Frauen gehören mir!«, rief er. »Nicht nur eine.«

Anneken klammerte sich an ihm fest, doch Hans stieß sie von sich und hob die Faust.

»Willst du Prügel?«, drohte er.

Judith stand auf und kletterte von ihrem Felsen hinunter.

»Hans, lass das!«, befahl sie. »Tu ihr nicht noch mehr zuleide.«

Hans Hardens ließ von Anneken ab und betrachtete Judith mürrisch. Dann zuckte er die Achseln. Offenbar wollte er sich mit Judith nicht anlegen, da sie ja jetzt Frau van Huyssen war. »Ich tue, was ich will«, murrte er im Weggehen.

Anneken hatte die Hände vors Gesicht geschlagen. Zwischen ihren Fingern sickerten Tränen hervor. Judith legte ihren Arm um sie. »Komm, Anneken«, tröstete sie die weinende Frau und reichte ihr ein Tuch. »Trockne deine Tränen. Er ist es doch gar nicht wert.«

»Tryntgen und Sussie, diese Dirnen«, flüsterte Anneken. »Was haben sie mit ihm gemacht?«

»Sie hatten doch keine Wahl«, entgegnete Judith. »Glaubst du, es hat ihnen Spaß gemacht?«

Anneken ließ die Hände sinken und schüttelte den Kopf. »Ich verstehe das nicht«, murmelte sie. »Ich war ihm eine gute Frau. Warum hat Gott das zugelassen?«

»Ich glaube, Gott ist in Holland geblieben«, antwortete Judith. »Wenn mich nicht alles täuscht, ging der Teufel in Texel an Bord.«

Als Judith aufsah, erblickte sie Jeronimus, der den Zwischenfall verfolgt hatte. Er nickte Judith zu und lächelte.

Auf der Langen Insel

Die Männer kauerten sich um ein kleines Feuer. Zum Schutz gegen die Kälte hatten sie sich Robbenfelle um die Beine gebunden. Dennoch hätte jeder von ihnen einiges für die warmen Decken gegeben, die sich auf der Friedhofsinsel befanden.

»Wir haben doch jetzt ein Floß«, hub einer der Männer an. »Warum rudern wir nicht los, um die Frauen zu retten?«

»Wir wissen doch nicht einmal, ob sie noch leben«, erwiderte Wiebe bedächtig.

»Oh, ich wette, dass sie noch leben«, erklärte Aris Janz. »Die Gründe, weswegen man sie leben lässt, sind schnell genannt.«

Wiebe runzelte die Stirn. »Wir haben ein einziges Floß«, begann er. »Darauf bringen wir vielleicht ein halbes Dutzend von uns unter, für die wir jedoch kaum genug Waffen besitzen. Wir müssten im Dunkeln aufbrechen und gegen die Strömung rudern. Sollten wir es bis auf die Insel schaffen, müssten wir die Frauen erst einmal finden. Und was dann? Wie schaffen wir sie fort? Auf dem Floß ist nicht genug Platz. Wenn wir in einen Kampf geraten, ist Jeronimus uns zahlenmäßig überlegen, und vernünftige Waffen hat er auch.«

Die anderen schwiegen.

»Deine Frau ist ja auch nicht da drüben«, bemerkte einer.

Das stimmt, bestätigte Wiebe stumm. Aber dennoch dachte er fortwährend an Judith und Sussie, stellte sich den Steinmetz bei ihnen vor oder Mattys Beer. Es reichte aus, um ihm nachts den Schlaf zu rauben, doch darüber wollte er den anderen nichts erzählen.

»Wir müssen warten, dass sie zu uns herüberkommen«, murmelte Wiebe.

Ein Soldat stand auf, spuckte aus und ging mit wütenden Schritten davon.

Die anderen rückten dichter zusammen. »Gut, dass du einen klaren Kopf behältst«, sagte einer zu Wiebe.

Ich weiß nicht, ob ich einen klaren Kopf behalte oder ob ich ein Feigling bin, dachte Wiebe. Eins ist jedoch sicher: Als Toter nutze ich niemandem mehr.

Auf dem Friedhof

Die Frauen saßen in ihrem dunklen Zelt und horchten auf die Männer, die sich draußen betranken.

Anneken Hardens hatte sich in eine Ecke gekauert.

Seit dem Nachmittag war Hilletje verschwunden.

Jeronimus hatte erklärt, das Kind müsse beim Spielen ertrunken sein. Hans Hardens hatte gleichmütig neben ihm gestanden.

Anschließend trug Jeronimus Anneken auf, sich mit den anderen Frauen bereit zu halten, für den Fall, dass einer der Männer Lust auf sie verspüre.

Vor Tagen hatte eine Frau zu flüchten versucht. Der Steinmetz hatte sie jedoch gefasst, ihr mit seinem Messer das Gesicht aufgeschlitzt und sie blutüberströmt in das Frauenzelt geschleppt. Wie einen Sack hatte er die Frau auf den Boden geworfen. Das sollte nur eine Lehre sein, hatte er erklärt.

»Sussie, mein Schatz!«, grölte draußen einer der beiden van-Welderen-Brüder. »Wartest du schon auf mich?« Er wandte sich an die anderen. »Die Kleine kriegt nie genug.«

»Das habe ich anders in Erinnerung«, beschwerte sich Mattys Beer.

»Vielleicht gefalle ich ihr besser.« Van Welderen kicherte.

»Ich habe schon alle durchprobiert«, prahlte Jan Pelgrom. »Ich finde, Tryntgen ist die größte Hure.«

Sussie sah, dass Tryntgen ihr Gesicht in den Händen verbarg.

»Ich will Tryntgen heute als Erster haben«, quengelte Pelgrom.

»Dann nehme ich mir Sussie vor«, schaltete sich Allert Janz ein. »Ich habe mir eine kleine Spezialität für sie ausgedacht. Etwas, das sie sich nicht einmal im Traum vorstellt.«

»Los, würfeln wir, wer als Erster drankommt!«

»Ich packe mir die fette Hardens«, grunzte Jan Hendricks. »Dabei kann ich ihr gleich beichten, dass ich ihre Kleine beseitigt habe.«

Anneken erstarrte. Sie riss den Mund auf, und ein eigentümlicher Laut entrang sich ihrer Kehle. Dann stand sie auf, tat ein paar unsichere Schritte und tastete mit den Händen in der Luft, ehe sie zu taumeln begann. Eine Frau sprang auf und stützte sie. »Keinen Mucks, Anneken!«, flüsterte sie. »Wir sind bei dir. Komm, halte dich an mir fest!«

Sussie hatte sich an Tryntgen geschmiegt. Bisweilen drückte sie Tryntgens Hand und wartete auf deren Gegendruck.

Ich wünschte, die da draußen würden aufhören herumzutönen, dachte Sussie. Warum kommen sie nicht einfach rein und erledigen das, was scheinbar so unabänderlich ist? Sie entsann sich, dass sie noch nicht einmal ihre Monatsblutung gehabt hatte, als sie Amsterdam verließ, doch inzwischen fühlte sie sich wie eine alte Frau.

Knirschende Stiefelschritte näherten sich dem Zelteingang.

Sussie hielt den Atem an. Der Vorhang, der vor dem Eingang hing, wurde zurückgeschlagen. Im Fackellicht stand Jan Hendricks und grinste. »Anneken«, hub er an, »komm zu mir! Ich habe eine Überraschung für dich.«

Lucretia hörte, wie der Wind gegen die Zeltwände schlug. Regenschauer prasselten auf das Dach, und kalte feuchte Luft drang durch die Ritzen hindurch.

Jeronimus schien nichts davon wahrzunehmen.

Er saß neben Lucretia, hatte ein Buch aufgeschlagen und las ihr Gedichte vor. Ob es sich um seine eigenen handelte oder ob er sie abgeschrieben hatte, wusste Lucretia nicht. Sie vermochte sich ohnehin nicht zu konzentrieren und hörte nur halb auf das, was er las.

Ich habe mich in eine andere Frau verwandelt, dachte sie, in eine Frau, die nicht mehr weiß, wer sie ist. Sie versuchte, sich der alten Lucretia zu entsinnen, der angesehenen Frau van der Mylen aus der Heerengracht, die, umgeben von ihren Dienstboten, ein geordnetes Dasein führte. Bisweilen tauchte das Bild eines früheren Kleides vor ihren Augen auf, doch an die Frau, die darin gesteckt hatte, erinnerte sie sich nicht. Diese Frau war zerbrochen, als man ihr Gewalt antat. Später hatte sie die Scherben aufgesammelt und zu kitten versucht, und für eine Weile hatte die Form wieder gehalten. Inzwischen jedoch war auch diese Form längst zerstört. Hier und da erinnerte sie sich wohl daran, dass ihr Herz einmal gebrannt hatte und seinem Feuer Träume entstiegen waren. Doch von diesem Feuer erahnte sie allenfalls noch die dünnen Schleier des Rauches. Vielleicht sollte ich mich als Ehebrecherin fühlen, fuhr ihr durch den Sinn. Oder einfach nur als angstgepeinigter Schatten, der sich in seinem Zelt verkroch, wenn Sussie und Tryntgen schrien. Ebenso gut konnte es jedoch sein, dass sie nur noch als der übelriechende Leib existierte, den ihre Peiniger in jener Nacht zurückgelassen hatten.

Jeden Schutzwall, den Lucretia um sich aufzurichten trachtete, rissen Jeronimus und seine Schergen wieder ein. Inzwischen war alles zerstört. Ihr Ansehen, ihr Mut, ihre Stärke. Bin das wirklich ich? fragte sich Lucretia grübelnd. Ist dieses nackte Ich Lucretia van der Mylen?

Jeronimus' Stimme war wie ein Summen. Mit einem Mal jedoch vernahm Lucretia einen Schrei. Sie fuhr auf. »Was war das?«

Jeronimus hielt inne. Er ließ sein Buch sinken und blickte sie vorwurfsvoll an. »Ihr habt mir nicht zugehört«, bemerkte er gekränkt.

»Da war ein Schrei.«

»Es wird der Wind gewesen sein.«

»Nein. Jemand hat um Hilfe gerufen.«

»Lucretia, bitte! Ihr fantasiert!«

Wieder ertönte ein Schrei. Er stammte eindeutig von einem Menschen.

»Ich will wissen, woher das kommt«, sagte Lucretia. Sie stand auf, warf sich ihren Umhang über und eilte aus dem Zelt.

Jeronimus erhob sich langsam, um ihr zu folgen.

Draußen schlug der Wind Lucretia die Röcke um die Beine. Sie hastete auf den Strand zu.

Über ihr jagten Wolken den dunklen Himmel entlang. Als sie den Mond freigaben, erkannte Lucretia Schatten am Strand.

»Lucretia!« Jeronimus war neben ihr und hielt sie fest. Doch Lucretia befreite sich aus seinem Griff und rannte weiter. Der Regen peitschte ihr ins Gesicht. Ihr Fuß verfing sich in einem Erdloch. Lucretia strauchelte, stürzte und rappelte sich wieder hoch.

Abermals trat der Mond zwischen den Wolken hervor. Lucretia erkannte eine Gruppe Männer, die durch die Lagune plantschten und lachten. Sie hatten den, der schrie, umzingelt. Dann verstummte der Schrei und wurde von dumpfen Geräuschen abgelöst. Lucretia sah Äxte durch die Luft fahren und Schwerter aufblitzen. Sie erkannte Zeevancks Stimme.

Jeronimus stand hinter ihr. Lucretia spürte seinen Atem im Nacken.

»Warum brauchen sie so lang, um einen Menschen umzubringen?«, fragte sie verzweifelt.

»Es macht ihnen so mehr Spaß, meine Liebe.«

Es gibt unterschiedliche Wege, eine Frau in die Geheimnisse der Fleischeslust einzuführen.

Tryntgen hatte sie von ihrem Mann in ihrer Hochzeitsnacht erfahren. Er war sanft mit ihr umgegangen, und nach einer Weile hatte es ihr gefallen. Anneken Hardens und ihr Mann hatten bereits vor ihrer Hochzeit beieinander gelegen, oftmals hastig und verstohlen im Heu und stets von der Furcht besessen, Annekens Vater würde sie entdecken und sie mit rotglühender Wut züchtigen und verjagen.

Sussie lernte diese Geheimnisse erstmals in einem armseligen Zelt von drei Männern mit stinkendem Atem, von denen zwei zusahen, wie der erste mit ihr verfuhr.

Der Mann, der Sussies Unschuld geraubt hatte, war Mattys Beer.

Sussie hatte unterdessen die Augen geschlossen und die Zähne zusammengebissen. Sie litt entsetzliche Qualen, doch Mattys störte das nicht. Warum auch? dachte Sussie, vermutlich geht es ihm ja genau darum.

Später waren die anderen an die Reihe gekommen. Zuerst die beiden, die zugeschaut hatten, danach die, die vor dem Zelt standen und warteten. Der Kabinenjunge Pelgrom war unter ihnen und der *Jonker* van Os. Sussie versuchte, nicht zu denken. Es war ihr gleich, was sie mit ihr taten, solange man sie am Leben ließ.

Vielleicht konnte sie dem Tod entrinnen, wenn sie sich anstellig zeigte und willig reagierte.

Später gewöhnten sich die Männer daran, Sussie und Tryntgen abwechselnd zu nehmen. Im trüben Schein der Lampe drehte Sussie dabei zuweilen den Kopf zur Seite und versuchte Tryntgen in die Augen zu sehen – zwei leere Löcher, die sich schmerzlich verdunkelten, wenn der Mann auf Tryntgen roh in sie drang.

In solchen Augenblicken streckte Sussie ihre Hand aus, ergriff die von Tryntgen und strich sanft darüber hinweg.

Auf dem Schiff hatte Tryntgen Sussie anvertraut, bei einem Mann zu liegen bereite der Frau Vergnügen. Vielleicht in einem anderen Leben, sagte sich Sussie. Das, was mit ihnen geschah, bereitete ihr wahrlich kein Vergnügen, eher kam es ihr wie ein Albtraum vor, der Nacht für Nacht über sie hereinbrach.

Das Leben in Jeronimus' Königreich hatte feste Formen angenommen.

Die neuen Aristokraten unterschieden sich von dem gemeinen Volk nicht allein in der Art, wie sie sich kleideten, sondern auch in der Weise, wie sie den Tag verbrachten. Der Adel besaß Dienstboten, die für Nahrung sorgten, Fische und Krebse fingen, Austern und Eier sammelten – ängstliche Untergebene, die unauffällig umherhuschten und um ihr Leben bangten.

Sie polierten die Stiefel ihrer Herren, säuberten die roten Röcke des Generalkapitäns und der Offiziere, wuschen deren Wäsche oder zimmerten neue Möbelstücke. Nachts hockten sie in der Dunkelheit und warteten auf Befehle, trugen Speisen und Wein auf und holten die Frauen aus den Zelten, mit denen ihre Herrschaft sich amüsieren wollte.

Jeronimus und seine Anhänger wähnten sich inmitten jenes goldenen Traumes, den sie sich schon auf der *Batavia* ausgemalt hatten.

Hier hatte er sich erfüllt.

Judith sah, dass sich die Frauen am Ufer niedergelassen hatten. Anneken Hardens, die mit bleichen Wangen vor sich hinstarrte, Tryntgen, die sich im Wasser Blut aus den Röcken wusch, Sussie, die ihre Arme um die Knie geschlungen hatte, und Mayken Cardoes, die sich ein nasses Tuch an die Schläfe hielt. Auf ihrem Kinn breitete sich ein dunkler Bluterguss aus.

Als Judith sich ihnen näherte, hörte sie, dass Mayken Cardoes zu den anderen sagte: »Die feine Frau van Huyssen kommt und erfreut uns mit ihrem Besuch.«

Tryntgen wandte sich um. »Keine Sorge«, erklärte sie giftig. »Die redet nicht mehr mit dem gemeinen Volk.«

Mayken streckte die Hand aus. »Gebt uns ein Almosen!«, bettelte sie spöttisch.

»Lasst sie zufrieden«, wies Sussie die anderen an. »Ihr geht es doch auch nicht besser als uns.«

»Da bin ich anderer Meinung«, erwiderte Mayken. »Sie hat nur einen Schwengel zu bedienen, aber uns besteigt die ganze Meute.«

Judith spürte, dass ihre Augen zu brennen begannen. Sie hatte geglaubt, die Frauen wären ihre Freundinnen. Womit hatte sie ihren Hass verdient? Litt sie nicht ebenso wie sie? Hatte sie nicht weitaus mehr als sie verloren?

»Seht ihr!«, höhnte Tryntgen. »Sie gibt uns keine Antwort.«

Judith machte auf dem Absatz kehrt.

Sussie rannte hinter ihr her und rief ihren Namen, doch Judith tat, als höre sie sie nicht.

Wenn sie das wollen, können sie es haben, entschied sie trotzig. Ich kann mich auch als hohe Dame dieses Schreckensreiches gebärden.

Lucretia glaubte, ein Geräusch zu vernehmen. Für einen Moment zauderte sie, doch dann erhob sie sich entschlossen und trat ins Freie.

»Psst«, machte jemand. »Ich bin es. Andries.«

Lucretia blickte sich um. Sie entdeckte Andries, der sich hinter dürrem Gestrüpp verborgen hatte.

»Bist du wahnsinnig geworden?«, fragte Lucretia leise. »Niemand darf mich besuchen. Das weißt du doch.«

»Ich muss mit Euch reden«, wisperte Andries.

Lucretia winkte ihn hastig zu sich herein. Andries folgte ihr geduckt.

Drinnen erschrak Lucretia beim Anblick seines Gesichtes. Es war grau, vor Angst versteinert, die Augen wirkten leer und tot. Was hatten diese Ungeheuer dem Jungen angetan?

»Andries«, hub sie so sanft wie möglich an. »Was bedrückt dich so sehr, dass du so viel wagst?«

Andries wollte etwas sagen, doch stattdessen brach er in Tränen aus und bedeckte sein Gesicht mit den Händen.

Als Lucretia seine Schulter berühren wollte, zuckte Andries zurück. »Ihr dürft mich nicht anfassen«, murmelte er.

»Andries«, erwiderte Lucretia besänftigend. »Was hast du denn? Was ist denn nur geschehen?«

»Es tut mir so Leid, Madame«, stieß Andries hervor. »Aber … ich musste es tun … sie haben mich dazu gezwungen.«

»Wozu, mein Junge? *Was* musstest du tun?«

Andries schüttelte stumm den Kopf. Tiefe Schluchzer brachen aus ihm hervor.

Lucretia warf einen besorgten Blick zum Eingang hinüber. Wenn Zeevanck oder einer der anderen ihn hörte, kämen sie sofort herbei und brächten ihn um.

»Sei still, Andries«, befahl sie ihm. »Komm, sei jetzt ganz ruhig. Sag mir, was vorgefallen ist.«

»All die Menschen!«, stöhnte er und schlang die Arme um seinen Körper.

Lucretia spürte, wie sich die Furcht in ihr zu regen begann. »Welche Menschen?«, fragte sie müde.

»Sie haben mich gezwungen«, wiederholte Andries mit einem trotzigen Unterton. »Wenn man zu etwas gezwungen wird, hat man es eigentlich nicht getan, oder? Man zwingt Euch doch auch, Jeronimus' Ehefrau zu spielen –«

»Nein, Andries, dem ist nicht so«, unterbrach Lucretia ihn. »Ich bin nicht seine Frau. Ich habe ihm nicht nachgegeben. Warum nimmst du so etwas an? Dergleichen käme für mich niemals in Frage.«

In Andries' Augen loderte etwas auf, das Lucretia noch nie an ihm wahrgenommen hatte und das sie an Hass erinnerte. Wie um ihren Eindruck zu bestätigen, bemerkte Andries zornig: »Ihr seid auch nicht besser als die anderen! Ihr tut nur so, weil Ihr das glauben möchtet.«

»Sag mir, was du angerichtet hast, Andries! Es ist etwas Schlimmes, nicht wahr? Ich sehe es in deinem Blick.«

»Sie waren … krank«, murmelte Andries. »Sie wären ohnehin … gestorben.«

Lucretia entsann sich des Tages, an dem die Toten aus dem Krankenzelt getragen wurden. Zeevanck hatte sie zuerst verscharrt, doch später hatte man ein Loch ausgehoben, die Leichen hineingeworfen und das Loch mit Sand gefüllt.

»*Du* warst das?«, fragte Lucretia ungläubig. »Du hast sie ermordet?«

»Sie wären ohnehin gestorben«, beharrte Andries. »Jeronimus wollte, dass ich sie erlöse.«

Ekel malte sich auf Lucretias Zügen ab. Als Andries die Hand nach ihr ausstreckte, wich sie zurück.

Andries' Miene bettelte um Vergebung. »Ihr hättet das Gleiche getan«, sagte er.

Lucretia schüttelte stumm den Kopf.

»Sagt doch etwas«, bat Andries.

Lucretia erkannte wohl, dass Andries litt, dass er nach Mitleid und Verständnis heischte, doch so sehr sie sich auch bemühte, fand sie dennoch kein Wort des Trostes für ihn.

»Ich musste es tun«, wiederholte Andries noch einmal.

»Besser hättest du dich töten lassen«, flüsterte Lucretia.

Andries starrte sie an. »Und wie kommt es, dass Ihr noch am Leben seid?«, erkundigte er sich barsch. Seine Augen brannten dunkel in dem fahlen Gesicht. »Ich dachte, Ihr wäret meine Freundin.«

Lucretia blickte hinüber zu den Zeltbahnen, die sich im Wind blähten. Sie hörte die Brandung rauschen, und mit einem Mal empfand sie die Übermacht des Grauens als so bedrückend, dass es ihr die Luft abschnitt und sie laut aufstöhnte.

»Sagt doch bitte etwas!«, hörte Lucretia Andries betteln. »Nur ein Wort. Irgendetwas.«

Lucretia brachte es nicht einmal fertig, Andries anzusehen. Sie schlug die Hände vor das Gesicht und rang nach Atem.

»Ich werde gehen, Madame«, flüsterte Andries. »Ihr seht mich nicht mehr wieder.«

Er machte kehrt und stürzte hinaus in die Nacht.

Am nächsten Morgen betrat Jeronimus Lucretias Zelt. Es war offenkundig, dass er sich in blendender Laune befand.

»Nun, meine Liebe«, begrüßte er sie warm, »so ganz allein?«

»Ich dachte, das hättet Ihr angeordnet?«

»Gewiss, gewiss«, entgegnete Jeronimus aufgeräumt. »Dennoch hätte ich geschworen, Andries de Vries steckt hier irgendwo.«

Jemand hat den Jungen erkannt, als er aus meinem Zelt stürmte, fuhr Lucretia durch den Kopf. Und wer immer das war, er hat es anschließend Jeronimus zugetragen.

»Werdet Ihr ihn nun auch umbringen lassen?«, fragte Lucretia.

Jeronimus wiegte bedächtig seinen Kopf. »Wäre das nicht das Beste? Habe ich nicht geschworen, Euch zu beschützen?«

»Vor Andries? Er ist noch ein halbes Kind.«

»Oh, oh, oh! Der kleine Andries! Ich glaube, Ihr würdet Euch über ihn wundern. Andries ist ein Mörder. Er tötet selbst kranke Menschen.«

»Ich bin aber nicht krank, insofern –«

Jeronimus unterbrach sie kopfschüttelnd. »Als ob das für ihn eine Rolle spielte! Krank oder nicht krank, Andries ist das einerlei.«

Lucretia studierte Jeronimus' Miene. Verspottete er sie?

Jeronimus trat auf sie zu und strich ihr über die Wange. »Ich könnte es nicht ertragen, wenn Euch jemand ein Leid zufügte«, murmelte er.

»Verschont Andries«, bat Lucretia. »Mir zuliebe.«

»Euch zuliebe«, wiederholte Jeronimus versonnen. »Ich habe Euch zuliebe bereits sehr viel getan, Madame. Glaubt Ihr nicht, Ihr solltet Euch einmal revanchieren, ehe Ihr mehr verlangt?«

»Ich habe nichts, was ich Euch bieten kann.«

»Lucretia, Lucretia! Wir wissen beide ganz genau, wovon ich rede.«

Lucretia schüttelte den Kopf. »Das ist nicht möglich.«

»Schade.« Jeronimus wandte sich ab, ging ein paar Schritte und hielt dann noch einmal inne, um fragend zurückzuschauen.

Lucretia holte tief Luft. »Nein.«

Jeronimus verneigte sich knapp und verschwand.

Lucretia hörte, dass er im Davoneilen Zeevanck zu sich befahl.

XXIV

Der Mensch behauptet gern, der Teufel habe ihn zu dieser oder jener Missetat getrieben, woraufhin ich häufig sprachlos bin und – ich gebe es zu – oftmals auch gekränkt.

Um das einmal klarzustellen: Ich treibe oder zwinge die Menschen zu gar nichts – ich teste allenfalls Möglichkeiten aus.

Ich hätte sie in *Versuchung* geführt! Wenn ich das schon höre! Wie kann man *beten*, nicht in Versuchung geführt zu werden? Was soll dieser Unfug?

Heißt das, ohne Versuchung wäre man heilig? Oder heißt das, lass mir lieber keine Wahl, weil ich sonst scheitern werde?

Die Versuchung ist dazu da, die Willenskraft eines Menschen zu prüfen. Wenn jemand da um Verschonung bittet, stellt er sich doch ein Armutszeugnis aus.

Ich habe auch schon gehört, die Versuchung sei *zu groß* gewesen. Dass ich nicht lache! Sie war doch nur dann zu groß, wenn ihr nicht widerstanden wurde, oder?

Eigentlich müsste es demnach heißen: Ich war zu schwach, ich bin ein Wurm. Aber etwas Falsches zu tun, *mir* dann Schuld in die Schuhe zu schieben, und sich auch noch beklagen – das ist doch wohl äußerst erbärmliches Theater.

Der Grund liegt natürlich in der Annahme, der Mensch sei gut, so dass seine Übeltaten nicht aus ihm entstehen können. Ginge man jedoch davon aus, dass die menschliche Natur Gutes wie Schlechtes enthält, müsste man nicht ständig bei Fehltritten *mich* zitieren.

Ich habe noch keine Frauen vergewaltigt, Kinder ermordet oder das Rad für die Streckbank gedreht … ach, was rege ich mich auf! Es ist immer dasselbe.

Aber ärgerlich ist es doch.

Auf dem Friedhof

Als Lucretia die Schreie hörte, fing sie an zu laufen.

Zuerst fiel ihr Blick auf Jeronimus, der mit verschränkten Armen dastand, mit diesem seltsamen Leuchten in den Augen – ein Müßiggänger, der ein unterhaltsames Spektakel beobachtet.

Danach entdeckte Lucretia van Os und Jan Hendricks, die Andries vor sich her durch die Lagune trieben. Sie lachten ausgelassen und spritzten Wasserfontänen auf.

Andries versuchte Haken zu schlagen und strauchelte, bis sie über ihn herfielen und ihre Schwerter und Äxte schwangen.

Jeronimus spendete ihnen wohlwollend Beifall, ehe er sich abwandte und sich in sein Zelt begab.

Lucretia sah, wie der blutüberströmte Körper über den Strand geschleift und vergraben wurde.

Die Sünde, deren Andries sich schuldig gemacht hat, hat ihm nichts genutzt, dachte Lucretia. Jeronimus hatte ihn längst zum Tod verurteilt, vermutlich von Anfang an.

Lucretia sah, dass Deschamps sie beobachtete. Sie trat zu ihm hin. »Könnt Ihr denn gar nichts unternehmen?«, fragte sie.

»Was ist mit Euch?«, fragte er zurück. »Könnt Ihr es?«

Auch Judith hatte miterlebt, wie Andries umgebracht wurde. Nie hätte sie geglaubt, dass sie ein derartiges Grauen ertragen könnte, doch inzwischen nahm sie es nahezu gleichmütig hin. Im Herzen scheint eine Kraft zu stecken, dachte sie, mit der man jeden Schrecken aushält, solange er einen nicht selbst bedroht.

Entweder bin ich abgestumpft, folgerte sie, oder ich bin eine andere geworden. In gewissem Sinne hatte man auch ihr den Kopf abgetrennt und an seiner Stelle einen neuen eingesetzt, einen, der sich seltsam fremde Gedanken zusammenreimte.

Ihr alter Kopf trieb mit den vielen abgeschlagenen Köpfen auf dem Meer oder war mit ihnen versunken. Er hatte ihre Vergangenheit mit sich genommen, ihre Erinnerungen an Amsterdam, an ihr Haus und an ihre Familie.

In Judiths neuem Kopf hauste ein Mann namens Conrad. Er war nett. Er bot ihr Sicherheit. Sie schlief mit ihm. Das bereitete ihr Vergnügen.

Sie führe kein schlechtes Leben, flüsterten die neuen Gedanken Judith zu. Sie war mit einem Adligen verheiratet. Ihr Mann sah wundervoll aus. Er verstand es, sie glücklich zu machen.

Die Frau, die sie früher einmal gewesen war, hätte um ihre Familie getrauert, so viel wusste Judith, doch die neue Judith träumte lieber davon, was sie und ihr Mann in den Nächten miteinander taten. Sie dachte an den blonden Flaum auf seiner Brust und seinen Armen, die winzige Narbe an seiner Schläfe, den weichen Bart, sein Stöhnen, wenn sie ihn berührte.

Ich werde in meinem neuen Kopf verweilen, beschloss Judith, denn ihn interessieren weder Vergangenheit noch Zukunft. Er beschäftigt sich mit der Gegenwart und sieht zu, dass mir nichts geschieht. Es gibt zwar noch eine Stimme, die raunt, Gott habe mich verdammt, doch sie ist schwach. Die laute Stimme sagt, dass Gott mich verlassen hat. Demnach wäre ich in der Hand des Teufels. Warum nicht? Ich werde das Beste daraus machen.

Pfarrer Bastians hatte sich auf eine Klippe zurückgezogen. Seine Lippen bewegten sich lautlos, während er in seiner zerfledderten Bibel las. Als ein Schatten über die aufgeschlagenen Seiten fiel, zuckte er zusammen und blickte ängstlich auf.

»Judith, Conrad, ihr seid es«, bemerkte er aufatmend.

Conrad stieß ihn mit der Stiefelspitze an. »Ist das alles?«, fragte er. »Wisst Ihr Euch nicht zu benehmen, wenn Euch ein Herr und eine Dame begegnen? Steht gefälligst auf! Macht einen Bückling!«

Pfarrer Bastians kam eilig auf die Füße und verbeugte sich tief.

»Wie siehst du denn aus?«, murmelte Judith, indem sie ihren Blick über seinen verschlissenen Rock gleiten ließ.

Pfarrer Bastians blinzelte unsicher.

Er kennt keinen Mittelweg, stellte Judith fest, sondern nur Extreme. Entweder er bläst sich auf, tadelt und befiehlt, oder aber er kriecht und zeigt sich erbötig.

Judith strich sich über ihr seidenes Gewand, dessen Stoff aus den Frachttruhen stammte. »Du hast mir einen guten Mann verschafft, Vater«, bemerkte sie spöttisch. »Eine glänzende Partie. Warum bist du nicht glücklich? Warum schaust du so furchtsam drein?«

Pfarrer Bastians zwang sich zu einem unterwürfigen Lächeln. Sein Blick huschte über Conrads Miene. Wie ein Hund, der sich der Laune seines Herrn zu vergewissern sucht, dachte Judith.

»Ich bin nun eine feine Dame«, fuhr sie fort. »Du kannst stolz auf deine Tochter sein.«

»Könntest ... könntest du sie nicht bitten, mir etwas ... zu essen zu geben?«, flüsterte Pfarrer Bastians.

»Aber wozu denn?«, schaltete sich Conrad spöttisch ein. »Ich finde, Ihr seid noch immer recht stattlich.«

»Ich lebe von Gras«, beschwerte sich Pfarrer Bastians. »Ich habe Hunger.«

»Das ist nur, weil Ihr nicht zu fischen versteht«, erwiderte Conrad. »Ihr lest Eure Bibel nicht sorgfältig genug. Wenn mich nicht alles täuscht, ist darin von Leuten die Rede, die es schaffen, ganze Hochzeitsgesellschaften zu ernähren.«

Allert Janz und Mattys Beer gesellten sich zu ihnen.

»Macht der Alte Scherereien?«, erkundigte sich Janz bei Conrad. »Wollt Ihr, dass wir ihn bestrafen?«

»Wir könnten ihn ersäufen«, schlug Mattys Beer vor. »Wartet einen Augenblick, ich besorge mir rasch einen Strick.«

Pfarrer Bastians' Knie begannen zu zittern. »Judith« flehte er leise. »Judith, mein Kind –«

Judith machte eine unwirsche Geste. »Sie sollen ihn in Frieden lassen«, sagte sie, an Conrad gewandt. »Ihr könntet ihn immerhin noch als Diener gebrauchen.«

»Meinetwegen«, seufzte Conrad.

»Er taugt nicht zu harter Arbeit«, wandte Janz ein. »Außerdem ist er träge.«

»Wir geben ihm noch einen Tag«, schlug Conrad vor. »Er soll die Gelegenheit nutzen, um sich zu bewähren.«

»In Ordnung«, stimmte Allert Janz ihm grinsend zu.

Sie hatten ein wenig Schabernack getrieben. Niemand außer Jeronimus entschied, wer umgebracht wurde, und sie wussten, dass der Generalkapitän Judiths Vater noch für eine Weile leben lassen wollte.

»Komm, meine Liebe«, forderte Conrad Judith auf und reichte ihr den Arm. »Ich mag meine Zeit nicht bei Bettlern vertun.«

Judith lächelte verständnisvoll, ehe sie an seiner Seite weiter am Strand entlang spazierte.

XXV

Ich bin noch immer ein wenig erregt. Das ist vielleicht nicht der beste Gemütszustand, um über den frommen Glauben der Menschen nachzudenken, doch sei's drum, ich werde es tun.

Der christliche Glaube bietet dem Menschen Trost und hilft ihm, sich mit den Gegebenheiten abzufinden.

Dazu muss man allerdings den Gedanken der Gleichheit bemühen. Und so wird es gemacht: Sie schauen sich diesen Reichen und jenen Mächtigen und Schönen an und Sie werden neidisch. Doch ehe Sie nun zu stehlen, aufzubegehren und zu hassen beginnen, werden Sie mild und besonnen. Vor Gott, so erinnern Sie sich, sind wir alle gleich.

Vielleicht spielen Sie bei Gelegenheit einmal durch, ob dieses Verfahren auch in die andere Richtung gelingt. Sie nehmen sich den Dummen, den Langweiligen, den Ekligen. Puh! Tja, tut mir Leid, aber Gott sieht keinen Unterschied zwischen denen und Ihnen.

Ich gebe zu, das war ein wenig ungerecht, denn der Glaube ist nie ein Forschungsergebnis und entzieht sich infolgedessen der Analyse.

Mir kann es im Grunde auch einerlei sein, welchen Wirrwarr die Menschen sich zusammenreimen, um ihn hernach zu glauben. Oder ob sie gar nichts mehr denken und glauben, weil sie hoffen, dadurch am Leben zu bleiben.

Auf dem Friedhof

»Kommt, Lucretia«, bat Jeronimus, indem er einladend auf sein Lager klopfte. »Setzt Euch zu mir.«

Er schenkte sich einen Becher Wein ein und hob fragend die Karaffe.

Als er Lucretias verschlossene Miene gewahrte, umwölkte sich sein Blick.

»Euer Verdruss wird ermüdend«, erklärte er. »Habt Ihr nicht alles, was Ihr wollt?«

»Und was war mit Andries?«, fuhr Lucretia ihn an. »Glaubt Ihr, ich war blind?«

Jeronimus schleuderte seinen Weinbecher in die Ecke. Sein Gesicht wurde dunkelrot. »Ich habe Euch meine Gründe erklärt. Der Junge war ein Mörder.«

»Auf Euer Geheiß.«

Jeronimus erhob sich. »Auf *mein* Geheiß?«, fragte er. Er trat an den Zelteingang und schaute gedankenverloren nach draußen. Dann wandte er sich um. »Glaubt Ihr das wirklich?«

»Ich *weiß* es.«

»Ihr wollt nicht begreifen«, murmelte Jeronimus. »Ich versuche, die Ordnung aufrecht zu erhalten, und das ist keineswegs so einfach, wie es Euch vielleicht erscheint.«

»Gewiss nicht, aber –«

Jeronimus gebot ihr mit einer Geste zu schweigen. »Einige der Männer sind unberechenbar geworden«, fuhr er fort. »Ist Euch noch nicht aufgefallen, dass beispielsweise Zeevanck sich gänzlich verändert hat?«

»Er tut, was Ihr verlangt. Wie alle.«

»Und?«, fragte Jeronimus. »Ist das so schlecht? Dass Ihr von den Männern verschont geblieben seid, habt Ihr mir zu verdanken. Das habe ich ebenfalls *verlangt*. Möchtet Ihr Euch auch *darüber* beklagen?«

Jeronimus' Stimme wurde sanft. »Kommt zu mir«, bat er Lucretia erneut. »Das Leben ist zu kurz, um es unglücklich zu verbringen.«

Lucretia rührte sich nicht von der Stelle.

»Habt Ihr jemals gesehen, dass ich jemanden tötete?«, begann Jeronimus noch einmal.

»Dafür seid Ihr zu gerissen.«

»Es tut mir Leid, dass Ihr das so seht. Bedauerlicherweise kann ich vielem, was hier geschieht, keinen Einhalt gebieten.«

»Ihr versucht es ja nicht einmal.«

Jeronimus streckte sich auf seinem Bett aus. »Ich müsste eigentlich beleidigt sein«, bemerkte er. »Ihr scheint mich für einen wahren Teufel zu halten.«

Lucretia zog es vor zu schweigen.

Jeronimus rückte zur Seite. »Ich bin bereit, Euch zu verzeihen«, erklärte er. »Kommt, legt Euch neben mich.«

»Vergesst Ihr, dass ich verheiratet bin?«

»Ich betrachte die Ehe als Versklavung, meine Liebe. Warum soll eine Frau nur einem Mann gehören, wenn so viele sie begehren und diese Begierde eine Gabe Gottes ist?«

»Dennoch möchtet Ihr nicht, dass andere mich besitzen«, entgegnete Lucretia.

»Eine Frau, die klug ist und schön! Welch reizvolle Kombination!« Jeronimus stützte sich auf dem Ellbogen auf. »Ich weiß, dass Frauen mächtige Männer lieben, und ich bin auf dieser Insel der mächtigste Mann. Warum ziert Ihr Euch also? Wir vertun lediglich unsere Zeit.«

»Das klingt ja, als ob Ihr Spanien besäßet.« Lucretia lachte spöttisch auf. Dann wurde sie jedoch wieder ernst. »Mir ist an Eurem Werben nicht gelegen«, beschied sie Jeronimus. »Vielleicht findet Ihr eine andere, die Eurer Macht erliegt.«

Jeronimus legte sich zurück und verschränkte die Arme unter dem Kopf. »Lucretia, Lucretia«, murmelte er bekümmert. »Womit habe ich das verdient?«

»Ihr seid ein Dieb und ein Mörder. Es fällt mir schwer, Euch dafür zu lieben.«

Jeronimus machte eine abweisende Handbewegung. »Ich mag es nicht, wenn Ihr unausstehlich seid«, erklärte er. »Der Tag wird kommen, an dem Ihr mein wahres Wesen erkennt. Es wird nicht mehr lang dauern, bis es so weit ist – und ich kann warten. Gehabt Euch derweil wohl, schöne Frau.«

Am anderen Morgen befahlen Allert Janz und Mattys Beer Pfarrer Bastians, sie auf ihrem Floß zu schieben, weil sie angeln wollten.

Judith sah, wie ihr Vater seinen zerschlissenen Rock ablegte und ins Wasser watete. Als er sich bückte, um nach dem Floß zu greifen, stieß Allert Janz ihm sein Ruder in die Brust.

Pfarrer Bastians taumelte und stürzte in die Fluten. Er beeilte sich jedoch, wieder auf die Beine zu kommen, und streckte hustend und keuchend die Arme aus, um an das Floß zu gelangen.

Allert und Mattys ruderten ein Stück fort.

Die *Jonkers*, die mit Judith am Ufer standen und das Schauspiel beobachteten, lachten.

»Er ist zu nichts nutze«, stellte van Os fest. »Warum ersäufen wir ihn nicht?«

»Das wäre zu schade«, schaltete sich ein anderer ein. »Wir überlassen ihn lieber Pelgrom. Der braucht Übung mit dem Schwert.«

Conrad wandte sich zu Judith um. »Was meinst du? Du darfst entscheiden.«

Judith warf einen Blick auf ihren Vater, der mit gesenktem Kopf dastand und auf ihr Urteil wartete, während das Wasser in Rinnsalen von ihm troff. Zum Glück hast du mich mit dem Teufel vermählt, dachte sie. Von ihm rührt nun die Gnade. Ich hoffe, du erzählst das deinem Gott.

»Er soll uns einen Fisch für das Nachtmahl fangen«, sagte Judith.

Bis weit in die Abendstunden hinein stand Pfarrer Bastians bis zur Taille im Wasser und versuchte vergeblich, mit einer Leine und den Ködern, die man ihm reichte, einen Fisch zu fangen.

Als ihr Vater mit leeren Händen vor sie trat, runzelte Judith die

Stirn. »Ich weiß nun, weshalb du Pfarrer geworden bist«, erklärte sie kalt. »Dir war klar, dass du zu nichts anderem taugst.«

Auch Jeronimus hatte die Szene mit Pfarrer Bastians mitangesehen. Er hatte große Lust gehabt, ihn zum Töten freizugeben, doch eine innere Stimme befahl ihm abzuwarten. Er hatte das sichere Gefühl, Pfarrer Bastians noch einmal gebrauchen zu können, ehe dieser starb.

Allerdings war Jeronimus auch aufgefallen, dass seine Männer sich zu langweilen begannen. Die Menschen auf den Nachbarinseln waren beseitigt worden, da gab es nichts mehr zu tun, und auf die Lange Insel wagte er sich noch nicht. Eines Tages würde er dort für Ordnung sorgen, doch bis dahin galt es, eine Abwechslung zu finden.

Als Jeronimus nachmittags am Strand entlang spazierte, kam ihm eine Idee. Er würde seine Gefolgsleute aufeinander hetzen. Das würde für alle gewiss sehr spannend.

»Schau dir diesen Jungen an«, forderte er den Steinmetz ein wenig später auf, und deutete auf die Lagune. »Wie heißt er? Und was tut er da?«

»Das ist Aldersz«, erwiderte der Steinmetz. »Er säubert das Netz, mit dem wir fischen. Warum? Was stört Euch an ihm? Er ist einer von uns.«

»Ich finde, er stellt sich nicht sehr geschickt an.«

»Er war früher Küfer, vielleicht liegt es daran.«

»Er war früher und ist heute ein Tollpatsch, darin liegt der Grund.«

Der Steinmetz zuckte die Achseln. »Er hat nicht viel im Kopf«, brummte er.

»Um so besser.« Jeronimus grinste.

Er ging in sein Zelt und kam mit einem Schwert zurück. Als er Pelgrom und Mattys Beer entdeckte, rief er sie herbei. Er warf Pelgrom das Schwert zu. »Fang!«, sagte er lachend. »Ich habe einen Auftrag für dich.«

Pelgrom schnappte sich das Schwert und hieb damit durch die Luft. »Soll ich einen Hai erlegen?«, fragte er.

»Nein«, entgegnete Jeronimus. »Nur einen kleinen Bückling. Die anderen werden ihn fangen, du schneidest ihn auf.«

Der Steinmetz schüttelte den Kopf. »Pelgrom kann mit dem Schwert nicht einmal Butter zerteilen. Mattys sollte das übernehmen.«

Mattys begann, Pelgrom die Waffe aus den Händen zu winden. Pelgrom wehrte sich und bestand darauf, den ersten Streich auszuführen. Mattys rammte ihm die Faust in den Magen, und Pelgrom stürzte zu Boden. Mattys bückte sich und nahm das Schwert auf.

»Ich muss es ein wenig schärfen«, erklärte er Jeronimus. »Der Steinmetz soll schon mal das Netz auswerfen.«

Es war noch früh am Nachmittag, doch Conrad war bereits betrunken.

Schon beim Aufwachen vergreift er sich am Wein, dachte Judith, vielleicht, um sein Gewissen zu beruhigen.

Sie rüttelte Conrad auf. »Du musst wach werden«, sagte sie.

Conrad streckte einen Arm nach ihr aus.

»Nein«, erklärte Judith, »darum geht es nicht.« Sie zog eine Grimasse, als Conrad aufstieß. Er stank.

»Was willst du denn dann?«, murmelte er.

»Du musst mir helfen. Sie bringen Aldersz um.«

»Ja und?«

»Er hat keiner Menschenseele etwas zu Leide getan. Außerdem ist er dein Diener, falls du das vergessen hast. Sag ihnen, dass du ihn brauchst.«

»Lass mich zufrieden«, brummte Conrad und drehte sich zur Wand. »Aldersz kann von mir aus zum Teufel gehen.«

Judith stand auf und betrachtete Conrad. Mein Gemahl ist ein Säufer geworden, dachte sie. Das ist gefährlich. Ich muss besser auf ihn achten.

Aldersz blickte hoch, als die anderen durch das Wasser auf ihn zukamen. Er begriff sofort, was sie im Schilde führten, und seine Hände begannen zu zittern.

»Komm her zu mir!«, rief Jeronimus ihm vom Ufer aus zu.

Aldersz schüttelte den Kopf. »Ich muss das Netz sauber machen«, erwiderte er.

Der Steinmetz schlug Aldersz ins Gesicht. »Wird's bald«, sagte er.

Als Aldersz vor Jeronimus stand, schien er zu schwanken.

»Du wirkst etwas schwächlich«, bemerkte Jeronimus fürsorglich. »Vielleicht möchtest du dich lieber setzen?«

»Tut mir nichts«, wimmerte Aldersz. »Ich habe doch –«

Der Steinmetz versetzte ihm einen zweiten Schlag, und Aldersz sank auf die Knie.

»Ich will dir nichts tun«, versicherte Jeronimus dem Jungen. »Wir möchten uns lediglich ein wenig amüsieren.«

»Sagt mir, was Ihr von mir wollt«, schluchzte Aldersz. »Ich folge jedem Befehl.«

Jeronimus seufzte. »Verbindet ihm die Augen.«

»Bitte!«, flehte Aldersz.

»Hör auf zu betteln«, fuhr Jeronimus ihn an. »Ich sagte doch, dass dir nichts geschieht. Es ist nur ein Spiel.«

»Was ... was habt Ihr vor?«

»Das werde ich dir sofort erklären.«

Zeevanck band ein Seidentuch um Aldersz' Augen.

Jeronimus blickte suchend um sich. Er lächelte zufrieden, als Mattys Beer mit dem frisch geschärften Schwert herbeigeeilt kam.

»Muss das sein, Generalkapitän?«, fragte Wouter Loos leise. »Aldersz gehört doch zu uns.«

Jeronimus machte eine unwirsche Geste. »Sei still!«, befahl er barsch. »Du verdirbst mir die Freude.«

»Nehmt mir das Tuch ab!«, bat Aldersz weinend.

Jeronimus hob die Hand.

Wie ein Blitz schoss das Schwert durch die Luft. Aldersz' Kopf rollte in den Sand, während sein Körper vornüber sank. Aus seinem Hals schoss das Blut.

Jeronimus wartete, bis die Beine des Toten aufgehört hatten, zu zucken. Dann spendete er Mattys Applaus.

Mattys verneigte sich grinsend.

»Nimm ihm die Augenbinde ab«, sagte Jeronimus. »Er hatte doch so inständig darum gebeten.« Er bückte sich, hob den Kopf auf und hielt ihn hoch. »Warum sagst du nichts mehr?«, erkundigte er sich. Dann wandte er sich an die anderen. »Ich glaube, der Schelm ist sprachlos geworden.«

Der Steinmetz und Zeevanck brüllten vor Lachen.

Jeronimus warf den Kopf in den Sand. »Aldersz ist ein Spielverderber«, erklärte er enttäuscht. »Er hat keinen Sinn für Humor.«

Als Jeronimus Beifall heischend in die Runde blickte, entdeckte er Lucretia, die ihn beobachtete. Sie zieht schon wieder ein Gesicht, dachte er. Ein wenig Humor könnte der Dame nun wirklich nicht schaden.

Noch in derselben Nacht machten sie sich auf, um Deschamps einen Besuch abzustatten. Als sie sein Zelt betraten, verkroch er sich in einer Ecke.

»Was ist denn das für eine Begrüßung, Salomon?«, rügte Jeronimus. »Ich dachte, wir wären gern gesehene Gäste.«

Jeronimus hielt seine Fackel in die Höhe. Deschamps' Gesicht war schweißüberströmt, und seine Augen blickten panisch von einem zum anderen.

Jeronimus beugte sich vor. »Sieh mich an, Salomon!«, flüsterte er. »Ich will dir lediglich ein paar Fragen stellen.«

Deschamps schluckte mehrmals, brachte jedoch keinen Ton hervor.

»Ich habe ein kleines Problem«, fuhr Jeronimus fort. Er richtete sich auf und deutete auf die *Jonkers,* die hinter ihm standen. »Diese Männer behaupten, einem jüdischen Kaufmann dürfe man nicht trauen. Stimmt das, Salomon? Hintergehst du mich?«

Deschamps schüttelte den Kopf. »Ihr … könnt mir … trauen«, stammelte er.

Jeronimus setzte sich neben Deschamps und legte ihm einen Arm um die Schultern. »Siehst du, das habe ich ihnen auch erklärt. Treu bis in den Tod.«

»Tut mir nicht weh!«, bettelte Deschamps.

»Aber, aber, wie käme ich denn dazu?«

Zeevanck begann zu prusten, und auch die beiden van Welderens kicherten belustigt.

Jeronimus hob einen mahnenden Finger, und jedermann verstummte.

»Hörst du das Geräusch?«, fragte Jeronimus Deschamps leise.

Sie hörten es alle. Es stammte von einem weinenden Kind.

Deschamps nickte. »Ja«, flüsterte er.

»Wirst du das abstellen können, Deschamps?«

Deschamps schlug die Hände vors Gesicht. »Bitte«, flehte er, »ich bin Euer ergebener Diener, aber –«

»Was *aber*, Salomon? Tut ein ergebener Diener nicht wie befohlen?«

»Es ist doch ein kleines Kind!« Deschamps schluchzte.

»Na, siehst du. Es wird also gar nicht so schwer.«

Jeronimus klopfte Deschamps tröstend auf die Schulter. »Die Entscheidung liegt ganz bei dir«, raunte er ihm ins Ohr, ehe er sich erhob und sich mit den anderen wieder nach draußen begab.

Am Morgen traf Lucretia auf Mayken Cardoes, die mit seltsam irrem Blick umherstreifte und fortwährend etwas vor sich hin murmelte.

»Mayken«, sagte Lucretia. »Was hast du?«

Die andere hörte sie nicht. »Wo ist mein Kind?«, fragte sie. »Wo ist mein Kind?«

Lucretia wollte Mayken in die Arme nehmen, doch Mayken versteifte sich und wehrte sie ab. »Wo ist mein Kind?« fragte sie erneut.

Es dauerte lang, bis Lucretia Mayken ihre Geschichte entlockte, und dann wollte sie sie zuerst nicht glauben. Hatte Deschamps Mayken tatsächlich halb bewusstlos geschlagen und danach vor den Augen der Mutter ihr Kind erwürgt? War er wirklich anschließend fortgehetzt und hatte das leblose Bündel ins Meer geschleudert? Ohne ein Wort zu sagen? Einfach so?

Der gutherzige, sanfte Deschamps?

XXVI

In der Welt der griechischen Mythologie besitzt der Gott Pan die Hörner, Ohren und Hufe eines Ziegenbocks, und seine Fleischeslust ist unersättlich. Gewöhnlich spielt er den Nymphen mit seiner Flöte auf, woraufhin sie hübsche Reigen tanzen. Das war indes alles, was sie für ihn taten, denn Pan war abstoßend, so abstoßend, dass die Nymphen ihm jeglichen weiteren Spaß verwehrten.

Zeevanck, dem Steinmetz und Mattys Beer war es früher ähnlich ergangen. Auch sie genossen selten die Vergnügen, die sie ersehnten.

Sie sind natürlich nicht die Einzigen. Jeder Mann, dessen Träume an seinen Unzulänglichkeiten scheitern, wird wissen, wie Pan sich fühlte.

Inzwischen vergreifen sich Zeevanck, der Steinmetz und Mattys Beer an den Frauen und nehmen sie mit Gewalt. Ob sie das glücklich macht, weiß ich nicht.

Es gibt noch immer einen Begriff aus jener versunkenen Zeit der Mythen, der das Verhalten der Frauen beschreibt, wenn Pan sich ihnen näherte.

Sie haben richtig geraten. Ich bin stolz auf Sie.

Macht es einen Mann also glücklich, wenn eine Frau panisch auf seine Begierde reagiert?

Ehe Sie nun beginnen, lange darüber nachzugrübeln, hier die Antwort eines erfahrenen Mannes: Bei allem was recht ist, aber auf Dauer ist das nichts.

Auf dem Friedhof

Zum Nachtmahl versammelten sich Jeronimus' Anhänger in dessen Zelt, wo sie andächtig lauschten, wenn Jeronimus ihnen von ihrem zukünftigen Königreich erzählte, ihnen das Ausmaß ihres Reichtums beschrieb und ihnen ausmalte, wie sie sich jeden Traum erfüllten konnten.

Bisweilen holte er auch die Kästchen des Kommandeurs hervor und öffnete sie vor ihren glänzenden Augen. Das waren die Schätze, die die *Companie* ihnen hatte vorenthalten wollen. Doch dank seiner klugen Machenschaften würden nun *sie* darüber verfügen.

Ehe Jeronimus die große Kamee vorzeigte, machte er für gewöhnlich eine Pause. Dann zog er sie wie ein Zauberer hervor und hielt sie in die Höhe. Berühren durften sie indes keiner außer ihm.

»Dieses kostbare Stück ist aus Achat gefertigt«, erklärte Jeronimus seinen Zuhörern leise. »Hier seht ihr den Kaiser Konstantin auf seinem Wagen, und hinter ihm die Zentauren, zu deren Füßen die gefallenen Feinde liegen. Vor dreizehnhundert Jahren befand sich diese Kostbarkeit im Besitz des römischen Kaisers, danach ist sie über tausend verschlungene Wege in die Hände von Peter Paul Rubens gelangt. Sie wird auf fünftausend Gulden geschätzt. Pelsaert sollte sie Shah Jahan verkaufen.«

Die Männer pfiffen anerkennend durch die Zähne.

Als Letztes führte Jeronimus stets die Achatvase vor. »Hiermit werden wir Pelsaert höchstpersönlich ein Schnippchen schlagen«, verkündete er stolz. »Denn dieses unbezahlbare Juwel wollte der feine Herr auf eigene Rechnung verkaufen, hinter dem Rücken der *Companie*. Auf den Schiffen, die wir kapern, werden wir ähnliche Prachtstücke finden.«

Dieser Hinweis war jedes Mal das Stichwort für die anderen.

»Wann, glaubt Ihr, ist es soweit?«, erkundigte Zeevanck sich begierig. »Kommt, lasst uns nochmals den Plan durchgehen!«

Jeronimus lächelte nachsichtig. Er trank einen Schluck Wein, ehe er ihre Lieblingsgeschichte ausspann. »Wenn das Rettungsschiff einläuft«, begann er genüsslich, »gehen zuerst die Offiziere von Bord. Mit ihnen werden wir trinken und den glücklichen Ausgang unseres Abenteuers feiern. Später, wenn sie betrunken sind und schlafen, schneiden wir ihnen die Kehlen durch.«

Der Steinmetz gluckste erregt.

»Im Schutz der Dunkelheit rudern wir zum Schiff und überwältigen die restliche Mannschaft«, fuhr Jeronimus fort. »Mit Jacobs als Kapitän haben wir leichtes Spiel, denn er wird sich uns anschließen. Danach bergen wir die Silbertruhen, laden sie auf und segeln unserem Königreich entgegen.«

»Verehrter Herr Graf!« Conrad kicherte und stieß Zeevanck an.

Zeevanck grinste verschämt und errötete.

»Was machen wir mit den Frauen?«, wollte Zeevanck wissen. »Nehmen wir die mit?«

Jeronimus runzelte die Stirn. »Die ein oder andere möglicherweise. Sagen wir, diejenigen, die sich bewähren.«

Jeronimus hatte Lucretia zu sich gebeten.

»Ich habe hier etwas, das ich Euch zeigen möchte«, hub er an.

Lucretia sah das Kästchen auf seinem Schoß. »Was ist das?«, fragte sie mit gleichgültiger Miene.

»Oh, wie kühl wir heute sind!« Jeronimus schmunzelte. »Nun, das wird sich gleich ändern.« Er lüpfte den Deckel des Kästchens. »Kommt näher! Möchtet Ihr es nicht sehen?«

»Wenn Ihr darauf besteht …«

»Meine stolze, kalte Schöne«, murmelte Jeronimus und schlug den Deckel zurück. »Na, was sagt Ihr jetzt?«, fragte er triumphierend. Er lachte vergnügt, als Lucretia den Atem anhielt. »Der Anblick macht Euch benommen, nicht wahr?«

»Glaubt Ihr, mich damit verführen zu können?«

»Ich glaube, dass mir das auch ohne Kostbarkeiten gelingt, Lucretia. Nein, diese Vase dient lediglich als Beweis für Pelsaerts schlechten Charakter. Ich wollte Euch daran erinnern, falls Ihr Euch noch immer nach ihm verzehrt. Der Kommandeur war ein Schmuggler und ein Betrüger, meine Liebe. Dieses Stück hat er heimlich mitgeführt.«

»Ihr lügt.«

»Aber nicht doch, Lucretia. Ihr solltet nicht immer nur schlecht von mir denken. Kommt, setzt Euch neben mich! Ich habe noch weitere Schätze, die Pelsaert unter der Hand verkaufen wollte.«

Jeronimus öffnete das zweite Kästchen. Lucretia trat unwillkürlich vor. Jeronimus klappte den Deckel zu. »Zuerst einen Kuss!«, verlangte er.

»Nein!« Lucretia fuhr zurück.

»Für dieses Schmuckstück würde ein Fürst zehntausend Gulden bezahlen, Lucretia. Ich hingegen verlange nur einen Kuss.«

»Diese Schätze gehören Euch nicht. Ihr könnt nicht das Geringste dafür verlangen.«

»Ich fürchte, da habt Ihr Euch geirrt. Wie Ihr seht, halte ich diese Kostbarkeiten in meinen Händen. Ich kann damit tun, was mir beliebt. Ich verkörpere hier die Macht und das Leben, Lucretia. Wenn Ihr wollt, erfülle ich Euch jeden Wunsch.«

»Ach ja?«, fragte Lucretia verächtlich. »Nun, dann schafft mich nach Batavia. Ich möchte zu meinem Mann.«

Jeronimus erhob sich und griff nach ihrer Hand. »Das wollt Ihr mir weismachen?«, fragte er sanft. »Dass Ihr Euch nach Eurem kleinen Juwelenhändler sehnt? Kennt er denn wie ich Eure geheimen Wünsche und Gedanken? Weiß er Eure Träume zu erfüllen? Bebt Ihr in seiner Nähe – oder wünschtet Ihr lediglich, dass dem so wäre? Habt Ihr des Nachts auf der *Batavia seinen* Namen gestammelt?«

Lucretia spürte, dass sie errötete. Wusste Jeronimus tatsächlich, was sie vor aller Welt verbarg? Wusste er, dass sie ihren Mann nicht mehr liebte?

Jeronimus strich Lucretia über das Haar. »So berückend schön!«, flüsterte er. »Ihr seid dazu geschaffen, Kleinodien zu tragen.«

»Derlei bedeutet mir nur wenig«, erklärte Lucretia, indem sie Jeronimus' Hände abwehrte.

Jeronimus lächelte duldsam. »Wer von uns beiden ist nun derjenige, der lügt, Lucretia? Schöne Frauen sehnen sich danach zu glänzen, und auch *Ihr* wollt funkeln, leuchten, wollt angebetet werden! Ihr wollt einen Mann, der Euch krönt.«

Jeronimus' Finger strichen zärtlich über Lucretias Wange.

»Ich möchte nicht, dass Ihr mich berührt.«

»Ein Kuss von Euren Lippen, und das Kästchen ist Eures.«

Lucretia spürte, dass sich Jeronimus' Arme um sie schlangen. Sie stieß ihn zurück. »Ich sagte, Ihr sollt mich nicht berühren!«, zischte sie.

Jeronimus' Miene verhärtete sich. »Ich könnte Euch schlagen«, bemerkte er kalt. »Doch das ist unter meiner Würde. Ich weiß, dass Ihr ohnehin irgendwann zu mir kommt. Geht jetzt, Lucretia, für den Moment bin ich Eures Getändels überdrüssig.«

Welch seltsames Machtspiel Jeronimus betreibt, dachte Lucretia, nachdem sie sich in ihr Zelt zurückgezogen hatte. Er hätte sie mit Gewalt nehmen können, doch daran war ihm offenbar nicht gelegen. Er wollte, dass sie aus freien Stücken zu ihm kam. Vielleicht widerstrebte es ihm auch, eigenhändig Gewalt auszuüben, vielleicht bereitete ihm lediglich das *Schauspiel* der Gewalt Genuss. Es konnte jedoch auch sein, dass er noch immer über ein Quäntchen Stolz verfügte und es tatsächlich unter seiner Würde fand, sie gewaltsam zu bezwingen.

Judith schmiegte sich enger an Conrad und bettete ihren Kopf an seine Brust. Ich liebe seinen Körper, dachte sie, ich liebe seine Berührung, doch ich verabscheue den Menschen, weil er ein Ungeheuer ist.

Judith hörte die Segelwände im Wind schlagen und vernahm die einsamen Vogelrufe in der Nacht. Ich bin so heillos geworden wie die Landschaft, die mich umgibt, grübelte sie, ohne Gott, ohne Gnade, ohne Erlösung. Sie strich Conrad über die Brust. Es fällt mir täglich schwerer, ihn zu hassen. Ich muss mich zwingen, es zu tun, und wenn ich glaube, dass es mir gelungen ist, umfängt er mich und verwirrt mir die Sinne.

Zuweilen versuchte Judith sich einzureden, Conrad sei nicht böse, sondern gleiche vielmehr einem verwöhnten, ungezogenen Kind, das sich weigert, erwachsen zu werden, und glaubt, es sei mitten in ein Abenteuer geraten. Nur wenn es um *sie* ging, wurde Conrad zum Mann, liebte sie hingebungsvoll und sorgte für ihren Schutz. Vielleicht hatte ihr Vater doch das Richtige getan, indem er sie mit Conrad vermählte. Würde sie ohne ihn nicht das Schicksal der anderen Frauen teilen? War es nicht besser, so wie es war? Müsste ihr Herz nicht Conrad ebenfalls lieben, so wie ihr Körper es bereits tat?

Jeronimus spielte mit einem dunkelblauen Band aus Samt, das einmal ein Halsband gewesen war. Dabei ließ er Hans Hardens nicht aus den Augen. Er wusste, dass er das Band erkannte, und lächelte, als der andere schwieg.

»Die Gier nach den Frauen ist gottgegeben«, bemerkte Jeronimus und formte das Band zu einer Schlinge. »Selbst durch Morde lässt ein Mann sich nicht davon ablenken.«

Hans schluckte und stierte auf das Band.

»Schade«, fuhr Jeronimus fort, »schade, dass niemand nach Anneken gierte.« Er richtete sich ein wenig auf. »Mach kein so bekümmertes Gesicht, Hans! Das mag ich nicht. Es tut dir doch nicht etwa Leid?«

Hans schüttelte den Kopf.

»Da!«, sagte Jeronimus und hielt ihm das Band hin. »Nimm es als Andenken mit oder schenke es einer von denen, die du beglückst. Anneken braucht es nicht mehr.«

Hans ergriff das Band und zerknüllte es in der Faust.

Jeronimus seufzte und bedeutete ihm zu gehen. Er musste daran denken, wie Anneken sich gewehrt hatte. Sie war nicht leicht zu bändigen gewesen. Zu zweit hatten sie ihre Arme festgehalten, und der schwere Steinmetz musste sich auf ihre Beine knien, ehe Pelgrom sie erwürgen konnte. Mit diesem billigen kleinen Bändchen, das ihr weiß Gott wer geschenkt haben mochte. Und Hans hatte zugeschaut. Hatte auch da kein Wort gesagt. Er war ein dummer Bauer und seine Frau hatte genau zu ihm gepasst.

Lucretia schreckte auf. Zeevanck stand am Eingang ihres Zeltes. Er trat einen Schritt vor und verschränkte die Arme vor der Brust.

»Die liebe Madame van der Mylen«, murmelte er, indem er sie mit abschätzigem Blick taxierte.

Lucretia rümpfte die Nase. »Irgendetwas riecht hier schlecht«, sagte sie. »Merkt Ihr das nicht?«

Zeevanck stutzte. Er drehte sich schnuppernd nach links und rechts. »Was meint Ihr?«, fragte er.

»Ich weiß es nicht«, entgegnete Lucretia. »Es riecht irgendwie schwefelig. Wie der Teufel. Mag aber sein, dass es nur Euer Atem ist.«

»Du kleine, dreiste Hure!«, entfuhr es Zeevanck. Mit einem Satz war er bei Lucretia, umfasste ihr Kinn und drückte zu. Als Lucretia einen Schmerzensschrei ausstieß, ließ er sie los. »Gib acht, was du sagst«, knurrte er. »Beim nächsten Mal setzt es mehr.«

Lucretia funkelte ihn wütend an. »Was für ein starker Mann Ihr geworden seid!«, spottete sie. »Einer, der sich sogar an Frauen und Kindern vergreift. Eine großartige Entwicklung für einen kleinen Schreiber der *Companie*.«

»Noch immer auf dem hohen Ross, die liebe Frau van der Mylen, noch immer nichts gelernt«, parierte Zeevanck gedankenvoll.

Er ließ sich auf Lucretias Bett nieder und zog die Brauen zusammen. »Dabei sind mir Klagen zu Ohren gekommen … hässliche Klagen … Klagen, die Folgen haben werden. Ich mache mir große Sorgen um Euch.«

»Worauf wollt Ihr hinaus?«

Zeevanck zog sein Messer hervor und wog es in der Hand. »Jeronimus ist ein seltsamer Mann«, erklärte er. »Unheilbar romantisch, es ist kaum zu glauben …«

»*Romantisch?*« Lucretia lachte auf. »Nun, darauf wäre ich beim besten Willen nicht gekommen.«

»Macht Euch noch einmal lustig, und ich schneide Euch die Kehle durch!«

»Warum sagt Ihr mir nicht lieber, was Ihr wollt?«

»*Ich?* Ich will gar nichts. Es ist Jeronimus, der etwas will. Wenn ich etwas wollte, lägt Ihr jetzt schon über dem Tisch, und ich nähme mir, was ich wollte. Doch Jeronimus ist ein Gentleman, sanft und von zartem Gemüt.«

»Er macht sich die Hände nicht schmutzig. Wenn Ihr das meint, hättet Ihr Recht.«

»Ihr solltet Euch nicht abfällig über ihn äußern«, rügte Zeevanck. »Ohne ihn müsstet Ihr alle Männer bedienen, genau wie die anderen Huren. Und wenn Ihr Eure Zunge nicht besser beherrscht, geschieht das auch noch.« Er spielte gedankenverloren mit dem Messer. »Und eines Tages, Madame van der Mylen, landet Ihr dann bei mir.«

Zeevanck erhob sich. Unvermittelt griff er in Lucretias Haar und riss ihren Kopf zurück. Er setzte sein Messer an ihre Kehle. »Genug mit dem Geplänkel«, zischte er. »Ihr sperrt jetzt Eure Ohren auf und hört mir zu. Ab sofort seid Ihr nett zu dem Generalkapitän und tut, was er verlangt. Wenn nicht, werdet Ihr Euch wundern, was Euer kleiner Schreiber alles vermag.«

»Das würde Jeronimus niemals erlauben«, stieß Lucretia gepresst hervor.

Zeevanck lachte höhnisch. »Damit rechnet Ihr, nicht wahr?« Er zog Lucretias Kopf noch ein Stück tiefer nach unten und beugte sich über sie. »Ihr habt Euch leider geirrt, meine Liebe. Jeronimus ist Eure Spielchen leid. Er lässt Euch ausrichten, dass er Euch seinen Schutz entzieht. Morgen früh geht's ab ins Frauenzelt, zu Sussie und Tryntgen. Bedenkt jedoch, dass der Steinmetz und ich keine Romantiker sind, wir haben leider kein zartes Gemüt.« Sein Gesicht rückte abermals näher. »Pelgrom lernt gerade, wie man eine Frau von hinten bespringt«, raunte er. »Wollt Ihr, dass er Euch das zeigt?«

Er gab Lucretia einen Stoß.

Sie taumelte und stürzte zu Boden. Erst nach einer Weile richtete sie sich wieder auf, rieb sich die Kehle und röchelte ein wenig.

Zeevanck ging lachend hinaus.

Jeronimus ließ Lucretia den ganzen Tag über Zeit, nachzudenken.

Abends betrat er ihr Zelt.

Lucretia roch, dass er getrunken hatte. Sie erhob sich von ihrem Bett.

»Meine Liebe!«, setzte Jeronimus an, »wie ich höre, sehnt Ihr Euch nach mir.«

»Lasst das!«, erwiderte Lucretia. Sie begann, ihr Kleid aufzuknöpfen und löste die Bänder ihres Rockes. Sie sah das Glitzern in Jeronimus' Augenwinkeln, als sie ihr Kleid abstreifte und zu Boden fallen ließ. Danach legte sie ihre Unterkleidung ab, kalt und mechanisch.

Jeronimus betrachtete ausgiebig ihren Körper. Er kam näher. Versonnen strich er über ihre Brüste. Dann schlang er die Arme um Lucretia und küsste sie auf den Mund.

Lucretia schob Jeronimus von sich. »Beeilt Euch!«, sagte sie.

Sie wandte sich um und legte sich auf ihr Bett, schloss die Augen und hoffte, dass es schnell gehen würde, so schnell wie bei ihrem Mann.

»O nein«, murmelte Jeronimus, indem er sich entkleidete. »Ich glaube nicht. Ich glaube nicht, dass ich mich beeilen werde. Ich werde es langsam tun, um es in aller Ruhe zu genießen.«

Als er sich zu Lucretia gesellte, wandte sie den Kopf ab.

Seine Hand fuhr über ihre Schenkel und Lucretia lief es kalt über den Rücken. Anschließend lag sie wie eine Puppe da und ließ ihn gewähren.

Es gibt Menschen, die die Folter aushalten, dachte Lucretia, während Jeronimus auf sie glitt, und immerhin habe ich bereits eine Nacht des Grauens überlebt und seitdem Tage und Nächte des Wahnsinns. Dagegen ist das, was nun geschieht, leicht zu ertragen.

Lucretia horchte auf die Laute, die Jeronimus hervorbrachte, als er in sie eindrang.

Jeronimus ließ sich in der Tat Zeit, bis er zuletzt aufstöhnte und Lucretias Namen ausrief.

Sie wartete darauf, dass er sich erhob. Aber Jeronimus stand nicht auf.

»Ich danke dir, liebste Lucretia«, sagte er und bettete sich neben ihr zurecht. »Fürs Erste habe ich bekommen, was ich brauchte.«

Dann drehte er sich zu ihr herum und schob einen Arm über sie.

Das ist jetzt ein anderer Geruch, fuhr es Lucretia durch den Sinn. Es ist ein Gemisch aus Wein, Schweiß und dem Duftwasser, das François einmal gehörte.

Später, als Lucretia Jeronimus' gleichmäßigem Atem und dem Rauschen des Meeres lauschte, überlegte sie, ob dies nun die neue Lucretia war. Die Bettgefährtin eines Henkers, eine Frau, die alles tat, um zu überleben.

Judith wachte auf. Sie war allein in ihrem Bett. Langsam erhob sie sich und wanderte nach draußen, um sich zu erleichtern. Als sie das Feuer vor Jeronimus' Zelt erblickte, schlich sie dorthin.

Die *Jonkers* hatte sich rings um das Feuer versammelt. Judith hörte Conrads Stimme unter den anderen heraus.

»Was wirst du tun, wenn das Rettungsschiff kommt?«, fragte einer der van Welderens. »Nimmst du die kleine Bastians mit?«

»Selbstverständlich nehme ich sie mit«, entgegnete Conrad. »Da, wo wir hinsegeln, ist diese Ehe gültig. In Holland wäre das selbstverständlich anders. Da ginge das nicht.«

»Bist du in sie verliebt?«, fragte eine spöttische Stimme.

»Nein«, kam es von Conrad zurück. »Das nicht.«

»Was ist es denn dann? Was willst du mit ihr?«

Conrad murmelte etwas, das Judith nicht verstand. Doch sie hörte das laute Gelächter der anderen und kroch ein Stück näher.

»Sag das noch einmal«, prustete einer.

»Nein.« Conrad lachte. »Einmal reicht.«

»Da habe ich aber gerade etwas anderes vernommen«, grunzte van Welderen. »Du kannst es allerdings auch feiner ausdrücken, van Huyssen. Warum sagst du nicht einfach, die Kleine ist unersättlich?«

Judith zog sich leise zurück. Warum tut es so weh, wenn dieses Ungeheuer solche Dinge über mich verbreitet? fragte sie sich. Warum macht mir das mein Herz so unendlich schwer?

XXVII

Vermutlich hat es sich bis zu Ihnen herumgesprochen, dass Opfer für ihre Peiniger bisweilen Zuneigung, wenn nicht gar Liebe empfinden. Das ist weniger überraschend, als man im ersten Moment glaubt. Eher ist es ein weiteres Beispiel dafür, wie leicht die Dinge auf den Kopf zu stellen sind.

Gewöhnlich besteht ja der Mensch auf einer Unzahl an Gunstbeweisen, bis ein anderer ihn davon überzeugen kann, dass er ihn liebt. Immer wieder muss das geschehen, immerzu, ja, ich liebe dich, ich liebe dich wirklich, und so weiter – nie ist es gut genug, nie ausreichend. Das ist an sich bereits erstaunlich, doch weitaus erstaunlicher ist noch, dass es auch anders herum funktioniert: indem man nämlich wenig bietet, und noch weniger … bis hin zu einem winzig kleinen Hoffnungsschimmer. Der bewirkt dasselbe wie tausend Schwüre. Und dies ist auch das Prinzip, nach dem der Peiniger mit seinem Opfer verfährt.

Zuweilen ein bisschen weniger quälen, manchmal die Schraube nicht enger ziehen, einmal früher die Marterstunde beenden – und im Nu hält Ihr Opfer Sie für wohlgesinnt, es wird dankbar, es ist Ihnen ergeben. Und mit der Zeit begreift es sein Gefühl als Liebe.

Judith ist so ein Fall.

Lucretia etwa desgleichen? (Ich bitte Sie, ich werde Ihnen doch die Spannung nicht rauben!)

Ein anderer Fall ist Pfarrer Bastians. Pfarrer Bastians hat sich in niemanden verliebt. Pfarrer Bastians ist ein Fall für sich. Er scheint mir nichts mehr zu empfinden, außer dass er vom Essen fantasiert. Eigentümlich, wie wenig Gottes Wort ihn nährt!

Doch wen will das wundern? Mich gewiss nicht.

Auf dem Friedhof

Die Gestalt, die da wie ein geprügelter Hund auf dem Sand hockt, ist mein Vater, dachte Judith. Ich sollte stehen bleiben und ihn begrüßen.

»Guten Tag, Vater«, sagte sie mit einem Seufzer.

»Ich ertrage das nicht mehr«, jammerte Pfarrer Bastians.

»Das geht hier jedem so.«

»Ich habe nicht genug zu essen. Ich bin durstig. Ich rackere mich ab für diese Teufel. Womit habe ich diese Prüfungen verdient?«

»Womit hatte Hiob seine Prüfungen verdient, Vater? Erinnert Ihr Euch nicht mehr an ihn?«

Pfarrer Bastians winkte ab. Er griff nach Judiths Rock. »Judith«, bettelte er, »ich bin zu schwach, um zu stehen. Du bist meine Tochter. Warum hilfst du mir nicht?« Er blickte klagend zu ihr auf.

»Lasst mich los«, bat Judith. »Die anderen sollen Euch nicht so sehen.«

Pfarrer Bastians schlug seine Hände vor das Gesicht. »Wenn du mich eines Morgens ermordet auffindest«, wimmerte er, »dann tut es dir gewiss Leid. Danach sieh wenigstens zu, dass die Richter ihrer habhaft werden. Versprich mir das!«

»Der Herr wird uns richten«, antwortete Judith mechanisch. Sie hörte zu, wie ihre Worte verklangen, und stellte fest, dass ihr Nachhall sie berührte. Was werde *ich* dem Herrn sagen, wenn ich vor ihm stehe? fragte sie sich. Wie werde ich mich für das rechtfertigen, was ich gedacht und begangen habe?

Als Judith aufsah, entdeckte sie, dass Jeronimus auf sie zugeschritten kam. Sie erkannte die Vorfreude auf seinem Gesicht.

Jeronimus winkte Jan Hendricks zu sich und deutete auf Pfarrer Bastians.

»Was tut dieser Mann noch hier?«, fragte er.

»Wollt Ihr ihn loswerden?«, fragte Hendricks zurück, indem er seinen Säbel zog.

Er blickte Pfarrer Bastians verächtlich an, doch dieser hatte sich in sich verkrochen und reagierte nicht.

Jeronimus betrachtete ihn brütend und leicht verdrossen.

»Natürlich will ich ihn loswerden«, murmelte er. »Was sonst?«

»Wie wollt Ihr es haben? Säbel oder Strick?«

Was werde ich tun, falls sie es ernst meinen? fragte sich Judith. Ob ich mich dazwischenwerfe und dadurch mein Leben opfere? Oder wende ich mich ab, lasse auch das geschehen und bin dankbar, dass man mich verschont?

Jeronimus tat so, als wäge er ab, doch er tat es gelangweilt und zerstreut. Schließlich zuckte er die Achseln. »Heute nicht«, beschied er Hendricks. »Morgen vielleicht – es sei denn, ich bräuchte ihn unverhofft.«

Judith atmete auf. Noch einmal davon gekommen, dachte sie. Noch einmal einen Tag gewonnen.

Es kommt der Moment, an dem sich der Geist verschließt und den Schrecken, den er bewältigen soll, nicht mehr erfasst, dachte Lucretia. An dem Punkt bin ich angelangt.

Tag für Tag saß sie auf demselben Platz oben auf den Klippen, spielte mit dem Stiel eines blassen Gänseblümchens und starrte auf das Meer und den Strand. Manchmal stellte sie sich vor, wie es sein würde, in die Tiefe zu taumeln und unten aufzuschlagen oder hinauszuwandern und im grauen Wasser zu versinken. Dann würde es keinen Rückweg mehr geben. Nie mehr.

»Ich weiß, woran Ihr denkt«, krächzte eine Stimme.

Neben Lucretia hockte plötzlich ein Gerippe, mit struppigem Bart und vorwurfsvollem Blick.

»Pfarrer Bastians, seid gegrüßt.«

»Sich selbst zu töten ist eine Sünde. Sie wird in Eurem nächsten Leben mit weitaus größeren Qualen bestraft.«

»Wie kann eine Tat sündig sein, wenn sie uns davon abhält, weitere Sünden zu begehen?«

»Weil der Herr das so angeordnet hat. Seine Wille ist Gesetz.«

»Sein Gesetz sollte uns Auswege lassen«, murmelte Lucretia und erhob sich. Es dunkelte. Es war Zeit, zurückzugehen. In ihrem Zelt wartete der Teufel, um sie zu umfangen.

siebenundzwanzigster Tag des Juli
im Jahre des Herrn, 1629

Am nächsten Tag war der Himmel klar, und das Meer wellte sich sanft und blau wie ein Teppich bis hin zum Horizont.

Lucretia hatte bereits auf dem Floß Platz genommen.

Jeronimus prüfte vor seinem Zelt noch den Sitz seines schwarzen Kommandeurshutes und strich über seinen roten Rock. Er wandte sich zu seinen Männern um, die ungeduldig auf den Beginn ihres Abenteuers warteten. »Auf geht's«, ermunterte er sie vergnügt.

In schnellem Schritt eilten sie an den Strand, wo Allert Janz und Mattys Beer das Floß für Jeronimus fest hielten.

»Meine Dame begleitet mich, um uns zu bewundern«, erklärte Jeronimus, während er sich auf das Floß helfen ließ.

Er zog einen Seidenbeutel hervor, entnahm ihm einen Edelstein und hielt ihn hoch. »Der gehört demjenigen, der die meisten Meuterer erlegt«, verkündete er.

Die Männer zollten ihm johlend Beifall.

Jeronimus ließ sich Lucretia gegenüber nieder. Er lehnte sich zurück und strahlte sie unternehmungslustig an. »Heute werden wir uns eine kleine Abwechslung gönnen«, sagte er.

Wie ruhig es sich in die Schlacht ziehen lässt, wenn der Feind nicht bewaffnet ist! dachte Lucretia.

Die glitzernden Funken auf den Wellen stachen ihr in die Augen. Sie legte ihre gewölbte Hand an die Stirn und sah zu, wie sie in den Kanal einbogen, wo die Strömung sie erfasste und nach Westen trieb, auf die Lange Insel zu.

Als Jeronimus Lucretias Blick auffing, grinste er fröhlich und beugte sich vor. »Schau nicht so besorgt drein«, bat er sie. »Ich passe schon auf, dass mir nichts geschieht.«

Er meint das ernst, stellte Lucretia fest. Er nahm an, dass sie ihn liebte.

Als sie sich der Langen Insel näherten, erhob sich auf dem Floß verwundertes Gemurmel.

»Wo stecken die Mistkerle?«, fragte van Luyck.

Sie wandten suchend die Köpfe um.

Lucretias Blick blieb auf Zeevanck haften. Welch eine eigenwillige Laune des Schicksals! dachte sie. Wenn die Felsen nicht gewesen wären, säße er nun in Batavia, hielte statt seines Schwertes eine Feder in der Hand und wäre dabei, Frachtpapiere zu kopieren.

Im Stillen betete Lucretia, Wiebe Hayes und seine Kameraden würden entkommen, befürchtete jedoch, dass ihr Gebet unerhört verhallte.

Pelgrom sprang als Erster ins Wasser, stolperte und stürzte, woraufhin die anderen schallend lachten.

»Lass dir Zeit, Junge!«, rief Jeronimus. »Es sind doch genug für alle da.«

»Das wird eine zweite Robbeninsel«, verkündete Zeevanck, ehe er sich erhob.

Jeronimus erhaschte Lucretias Blick. »Hayes ist ein Meuterer, und all die anderen auch«, erklärte er. »Sie bekommen nur das, was ihnen gebührt. Und nun mach endlich ein anderes Gesicht, Lucretia! Du wirst ein grandioses Schauspiel miterleben.«

»Sie sind unbewaffnet«, hielt Lucretia ihm vor.

Jeronimus zuckte mit den Schultern. »Ja, und? Es ist mir neu, dass man Meuterern Waffen austeilt.«

Einer nach dem anderen sprang in die seichten Wellen – bis auf Jeronimus.

»Begleitet Ihr sie nicht?«, erkundigte sich Lucretia.

Jeronimus erwiderte nichts. Er erhob sich, straffte seine Schultern, stemmte die Fäuste in die Seiten und warf gebieterische Blicke in die Runde.

»Ihr seid ein Feigling, Herr Generalkapitän«, beschied Lucretia ihn.

»Nanu, wie denn das?«, gab er zurück. »Ich denke, der Feind ist unbewaffnet. Da gilt es doch keinen Mut zu beweisen.«

Noch immer war nichts von den Söldnern zu sehen. Vielleicht hielten sie sich geschickt verborgen, überlegte Lucretia. Die Lange Insel war deutlich größer als der Friedhof, und mittlerweile dürften die Söldner eine Vielzahl von Schlupflöchern gefunden haben. Vielleicht würde es doch gut ausgehen, vielleicht würde niemand von ihnen getötet.

Mit einem Mal bewegte sich etwas hinter den Sträuchern, und auch in die Ränder der Klippen schien Leben zu kommen.

»Na also!«, bemerkte Jeronimus zufrieden. »Nun ist es so weit. Da sind sie!«, rief er seiner Truppe zu. »Beeilt euch! Schnappt sie euch, ehe sie verschwinden!«

Seine Männer kämpften sich durch das Wasser vor, doch ihre Bewegungen wirkten unbeholfen und schwerfällig. Sie strauchelten über Korallenriffe und stolperten in Untiefen. Der Steinmetz rutschte in ein Loch, in dem er bis zur Brust versank. Er brüllte wie ein Tier, und es waren zwei Mann nötig, die ihn unter den Armen packten und an ihm zogen, ehe er wieder befreit war.

Lucretia hatte wie Jeronimus geglaubt, die Söldner würden bei ihrem Anblick die Flucht ergreifen und sich verkriechen, doch plötzlich sprangen etwa ein Dutzend von ihnen hervor, postierten sich oben auf den Klippen und schleuderten schwere Steine auf ihre Angreifer herab.

Der Steinmetz wurde am Kopf getroffen. Er ruderte mit den Armen durch die Luft und ließ sein Schwert fallen. Aus seiner Schläfe sickerte Blut.

Weitere Söldner waren nun hinzugekommen. Sie standen dicht an dicht und ließen Steine auf Jeronimus' Männer herunterregnen, die daraufhin brüllend und fluchend die Köpfe einzogen und sie schützend mit bloßen Händen bedeckten.

Offenkundig war den Eroberern nicht klar, wie sie weiter verfahren sollten. Mattys Beer und Wouter Loos stapften mutig drauflos und forderten die anderen auf, ihnen zu folgen. Doch diese machten bereits Anstalten umzukehren, allen voran Jan

Pelgrom, der sich mit der gleichen Hast in den Rückzug stürzte wie zuvor in den Angriff.

Lucretia lächelte. »Ihr hattet Recht«, bemerkte sie, an Jeronimus gewandt. »Ein grandioses Schauspiel! Ich bin froh, dass Ihr mich mitgenommen habt.«

Zeevanck war, in seinem Eifer zu flüchten, kopfüber in die Wellen gestürzt. Als er auftauchte, entdeckte Lucretia eine klaffende Wunde an seiner Stirn. Wässriges Blut strömte über sein Gesicht.

»Gratuliere«, fuhr Lucretia spöttisch fort und lächelte Jeronimus an. »Ihr verfügt über eine prächtige Truppe. Sie dürfte der Neid aller –«

»Halte augenblicklich deinen Mund!«, herrschte Jeronimus sie an, ehe er seinen Blick zurück auf das Geschehen lenkte. »Gottverdammt!«, flüsterte er mit kreideweißem Gesicht. »Wie haben diese Mistkerle das geschafft?«

Die Söldner hatten sich an den Felsen herabgelassen und setzten ihren Feinden nach. Sie schwangen kräftige Holzprügel, aus deren Enden Nägel ragten. In diesem Moment machten auch Mattys Beer und Wouter Loos kehrt und ergriffen die Flucht.

»Greift an, ihr Schlappschwänze, ihr Memmen, ihr Wurmgesindel –!« Jeronimus' Stimme überschlug sich. Er wischte sich den Schaum vom Mund.

Der Steinmetz erreichte das Floß als Erster. Ungelenk zog er sich hoch und blieb bäuchlings liegen. Die anderen kletterten und krochen hinter ihm her. Jan Hendricks und Allert Janz ergriffen die Ruder.

Hinter ihnen ertönte Gejohle. Die Söldner klatschten in die Hände, lachten und stießen spitzes, hohes Triumphgeschrei aus.

Lucretia warf einen Blick auf das Wasser, maß die Entfernung zwischen sich und dem Ufer und erhob sich blitzschnell. Doch ebenso schnell hatte sich eine Hand um ihren Arm geschlossen.

»Wohin so eilig?«, fragte Jeronimus mit hochgezogenen Brauen. Er hatte sich wieder im Griff, brach in Lachen aus und zog Lucretia an sich. »So hatten wir nicht gewettet«, raunte er an ihrem Ohr. »Ich habe noch viel mit dir vor, mein Schatz.«

Er versetzte dem Steinmetz einen Tritt in die Rippen. »Wir steuern die Robbeninsel an«, befahl er den Ruderern. »Wer weiß, wer sich da noch alles verbirgt.«

»Ich habe einen entdeckt«, krähte Pelgrom und deutete aufgeregt auf eine geduckte Gestalt.

»Lasst es für heute genug sein, Jeronimus«, bat Lucretia. »Dieser Mensch tut Euch doch nichts.«

»Ich will von dir kein Wort mehr hören, Lucretia!«

Jan Hendricks spähte zu der Robbeninsel hinüber. »Die haben sich mit den Söldnern verbündet«, knurrte er. »Die waren von Anfang an auf deren Seite.«

Lucretia sprang auf und wedelte mit den Armen. »Lauft weg!«, schrie sie aus Leibeskräften.

»Lucretia!« Jeronimus zerrte sie auf ihren Sitz zurück und gab den Männern das Zeichen, schneller zu rudern.

Wenig später legten sie an der Robbeninsel an.

»Schleppt, wen ihr findet, an den Strand«, befahl Jeronimus. »Ich möchte vom Floß aus zusehen.«

Lucretia sah seine Handlanger verschwinden, hörte, wie sie sich etwas zuriefen, und kurz darauf wurde ein Mann an den Strand geschleift. Lucretia stellte fest, dass er auf den Knien rutschte und musste beobachten, wie Allert Janz sein Schwert bis zum Heft in ihn stieß. Da wandte sie den Kopf ab und begann zu würgen.

»Na bitte«, bemerkte Jeronimus. »So verfahren wir mit dem Feind.«

Lucretia atmete krampfhaft ein und aus. »Ich habe gesehen, wie *Ihr* mit dem Feind verfahrt«, keuchte sie. »Ihr lauft vor ihm davon.«

»Nun, dies eine Mal«, gab Jeronimus widerwillig zu. »Aber jetzt sind wir gewarnt. Beim nächsten Mal werden wir vorbereitet sein.«

Lucretia schüttelte benommen den Kopf. »Wie wollt Ihr das anstellen? Auf der Langen Insel leben erfahrene Söldner. Haltet Ihr Euch für allmächtig? Glaubt Ihr, Ihr wäret Gott?«

»Ich bin sehr viel entschlossener als Gott«, erwiderte Jeronimus grinsend.

Am Abend versammelten sich die Männer um ein Feuer und begannen, ihre nächsten Schritte zu planen.

»Wir sollten morgen abermals los und die Musketen benutzen«, riet Wouter Loos. »Dagegen haben sie nichts einzusetzen.«

Alle Augen richteten sich auf Jeronimus, der gedankenvoll in die Flammen starrte. »Ich denke nicht«, entgegnete er nach einer Weile. »Wir werden das Pulver brauchen, wenn das Rettungsschiff kommt.«

Wouter Loos zog ein verdrießliches Gesicht, doch er wagte nicht zu widersprechen.

»Erst einmal dürfen sie sich in Ruhe ihres Sieges erfreuen«, fuhr Jeronimus fort. »Wie trügerisch er ist, werden sie noch rechtzeitig erfahren. Wir haben einstweilen Zeit, nachzudenken. Wir sind schlauer als sie. Ich werde mir etwas einfallen lassen, um diese Narren zu überlisten.«

Auf dem Friedhof

fünfundzwanzigster Tag des Juli
im Jahre des Herrn, 1629

Jeronimus verschränkte seine Arme vor der Brust und wiegte den Kopf hin und her. »Wenn ich nur wüsste, wenn ich nur wüsste…«, wiederholte er. Ratlos die Brauen hebend wandte er sich an Lucretia. »Was meinst du, meine Liebe? Wie sollen wir mit Hans Hardens verfahren?«

Lucretia kehrte ihr Gesicht ab und schwieg.

Hans Hardens schleppte sich mühsam über den Strand. Seine Hände waren auf dem Rücken gefesselt worden. Neben ihm ging Deschamps, der ihm zuweilen den Arm um die Schultern legte, so als befänden sich alte Freunde auf einer kleinen Wanderung.

»Lucretia! Ich spreche mit dir«, mahnte Jeronimus. »Hans Hardens ist ein Dieb und ein Deserteur. Wir haben ihn ertappt, als er ein Floß stehlen und zur Langen Insel rudern wollte. Wir müssen ihn leider bestrafen.«

»Warum lasst Ihr ihn nicht einfach laufen?«, entgegnete Lucretia. »Wäre das nicht mal eine Abwechslung?«

»Meine spöttische kleine Freundin«, sagte Jeronimus schmunzelnd. Nachdenklich legte er dann einen Finger an die Nase. »Ihn laufen lassen«, murmelte er. »Warum eigentlich nicht?«

»Tut es mir zu Gefallen.«

»Dir zu Gefallen?« Jeronimus wirkte entzückt. Er machte abermals eine Pause. Dann strahlte er. »Ich weiß etwas Besseres«, verkündete er.

»Das tue ich ebenfalls dir zu Gefallen.« Er sah sich um, bis er einen Jungen entdeckte. Ihn winkte er zu sich.

»Wie heißt du?«, erkundigte er sich freundlich, sobald dieser vor ihm stand.

»Rogier Decker.«

»Nun, Rogier Decker, hast du schon einmal einen Menschen getötet?«

Der Junge zuckte zusammen und wurde blass. »Nein, mein Herr«, flüsterte er.

»Hm. Dann wird es wohl höchste Zeit. Wir haben bisher alle unseren Teil zur Sünde beigetragen. Frag den Herrn Pfarrer, der wird dir das bestätigen. Ich würde sagen, heute ist die Reihe an dir. Das wäre doch nur gerecht, oder?«

Rogier warf einen Hilfe suchenden Blick zu Lucretia hinüber.

»Sie wird dir dabei nicht helfen können«, fuhr Jeronimus fort. »Madame van der Mylen hat ihr Soll an Sünde bereits erfüllt.« Er schnippte mit den Fingern in Pelgroms Richtung, der daraufhin mit einem gefüllten Becher Wein herbeigeeilt kam.

»Trink das«, ermunterte Jeronimus den Jungen, indem er ihm den Becher reichte. »Das gibt dir Mut.«

Rogier nahm den Becher mit zitternden Händen entgegen und leerte ihn hastig.

»Prächtig«, lobte Jeronimus. »Dafür gibt es eine Belohnung.« Er zog seinen juwelenbesetzten Dolch aus dem Gürtel. »Du darfst den Dieb mit diesem kostbaren Dolch erstechen. Siehst du den Mann, um den es geht? Er wartet da unten am Strand. Die Hände haben wir ihm bereits gebunden. Es wird also ganz einfach sein.«

»Tu es nicht!«, beschwor Lucretia den Jungen, der daraufhin zuerst sie anstarrte und dann die beiden Wanderer am Strand.

»Du musst es nicht tun!«, wiederholte Lucretia eindringlich.

Jeronimus lächelte ihr zu. Nein, besagte sein Blick. Er *muss* es nicht tun. Er kann sich entscheiden, entweder für seinen oder für Hardens' Tod.

Rogier gab sich einen Ruck und setzte sich in Trab. Lucretia erhaschte ein Stück von seinem Ärmel. »Tu's nicht!«, flehte sie.

Doch der Junge riss sich los und hetzte zum Strand.

Hans Hardens nahm ihn kaum wahr.

Deschamps indes sah ihn und trat beiseite. Er wartete ab, bis der Junge verzweifelt zugestoßen hatte, bis Hardens sich nicht mehr bewegte. Dann streckte er seine Hand aus, ließ sich den Dolch reichen und reinigte ihn sorgfältig im Meer, ehe er ihn zu Jeronimus zurücktrug.

Jeronimus hatte Lucretia zu sich eingeladen. Er war dabei, sich im Spiegel zu bewundern, als sie sein Zelt betrat.

»Wie gefällt dir mein neuer Rock?«, fragte er, indem er sich selbstgefällig nach allen Seiten drehte. Er deutete auf den Dolch an seinem Gürtel. »Ebenfalls neu.«

Mein großartiger, unwiderstehlicher Gefährte, dachte Lucretia spöttisch. Welch ein Glück ich habe, wie blendend er ausschaut, was für eine Partie!

Jeronimus ging zu seinem Bett hinüber, streckte sich darauf aus und lächelte Lucretia einladend zu.

Mein Schatz, der sich nach mir sehnt, setzte Lucretia ihre Gedanken fort. Der Mann, der weder an den Teufel noch an die Hölle glaubt, obgleich er den einen verkörpert und das andere hier erschaffen hat. Er ist mein Herr, er verfügt über mich. Der Mann, der es genießt, beim Morden zuzuschauen. Er ist mein König, und ich bin seine Königin. Oh, der Herr König winkt mich zu sich, er wünscht, dass ich an seiner Seite liege.

Als Lucretia zu Jeronimus trat, fiel ihr Blick auf den Dolch. Sie ließ sich langsam niedersinken. Warum ergreife ich ihn nicht?, dachte sie. Ich könnte ihn vorsichtig aus seinem Gürtel ziehen, müsste nur einmal ausholen und schon hätte ich ihn in seinem Leib vergraben – oder in seinem Hals, so wie Rogier es bei Hans Hardens tat.

Lucretia schmiegte sich an Jeronimus, der sie daraufhin verwundert ansah. Sie stützte sich leicht auf und schaute ihm in die Augen. Ob ich das vermag? fragte sie sich. Einen Menschen kaltblütig zu töten und zuzusehen, wie seine Augen glasig werden und starr? Ihre Hand fuhr über Jeronimus' Brust und verweilte, streichelte, tastete sich weiter vor, schloss sich um den Griff …

»Na, na, na, Lucretia«, murmelte Jeronimus mit geschlossenen Augen. »Mit einem Mal so zärtlich?« Blitzschnell ergriff er ihre Hand und drückte sie an seine Lippen. »Meine Schöne«, flüsterte er. »Leg deine Kleider ab! Ich will dir beweisen, wie sehr ich dich liebe.«

Auf der Langen Insel

Die Söldner hatten sich in eine Mulde verkrochen, um sich vor dem Wind zu schützen, der über ihre Insel pfiff.

»Ich habe Zeevanck erwischt«, erklärte einer. »Habt ihr gesehen, wie schnell der –«

»Lass gut sein«, unterbrach ihn eine Stimme. »Die Geschichte hast du schon tausend Mal erzählt.«

»Schade, dass wir keinen Wein zum Feiern hatten«, brummte ein Dritter.

»Zum Feiern ist es noch zu früh«, bemerkte Wiebe. »Die kehren mit Sicherheit zurück. Ich weiß, dass Jeronimus derlei nicht auf sich sitzen lässt.«

»Wenn sie mit den Musketen kommen, sind wir am Ende«, erhob sich eine neue Stimme. »Ich an ihrer Stelle käme mit den Musketen.«

»Ich täte das Gleiche«, stimmte Wiebe ihm zu. »Doch mit stärkeren Geschützen anzurücken ist Soldatenart. Jeronimus denkt anders. Jeronimus hält sich für schlauer als die Soldaten.«

»Er wird nicht immer siegreich bleiben«, erklärte ein anderer. »Einmal hat er nun bereits verloren. Womöglich beginnen die Menschen da drüben aufzubegehren. Sie fragen sich vielleicht, ob sie auf der richtigen Seite stehen. Sie könnten versuchen, sich zu uns herüberzuretten.«

»Die Hauptsache ist, dass wir wissen, dass *wir* auf der richtigen Seite stehen«, entgegnete Wiebe. »Jeronimus ist ein schlauer Fuchs. Mit ihm muss man rechnen, solange er lebt.«

XXVIII

Gewalt, Ruchlosigkeit, die Lust zu morden – das sind recht außerordentliche Mächte, die den Menschen blindlings über einen schmalen Grat vorwärtstreiben, von dem links und rechts tiefe Schluchten abgehen.

Es wird jedoch Momente geben, in denen der Mensch einhalten will, um zu verschnaufen, zu verweilen, sich zu besinnen. In solchen Momenten mag er erkennen, dass er einsam geworden ist oder dass ihn vor dem Abgrund schaudert.

Das wird ihm indes nichts nutzen, denn er hat sich längst von den übrigen Menschen entfernt, ist zu weit vorgedrungen, hat zu lang mit diesen Mächten gejagt.

Tja, was soll er nun tun, der Einsame, Schaudernde, während er von einem Fuß auf den anderen tritt und in eine Leere hineinruft, aus der nur sein Echo zurückschallt?

Er kann sich so sehr erschrecken, dass er umgehend der Verzweiflung erliegt. Das ist denkbar, jedoch unwahrscheinlich.

Nein, weitaus wahrscheinlicher beginnen ihm die Füße zu jucken, wie jedem, der zu lange auf der Stelle tritt. Dann wird er seinen Weg, sprich: sein Tun fortsetzen. Er wird weitermorden, weiterquälen.

Nur – hier erscheint ein zusätzliches Problem, gewissermaßen der springende Punkt: Der Reiz seines Tuns nutzt sich ab.

Deswegen müssen seine Taten immer gewaltiger, grässlicher, schauriger werden, denn er will diesen Reiz ja von Neuem kosten, noch einmal den Kitzel erleben, der ihm ursprünglich den Anstoß gab.

Natürlich handelt der Mensch unter derlei Bedingungen nicht mehr vernünftig, sondern seltsam kopflos, zügellos gar, getrieben, eben – *süchtig*.

(Donnerwetter, wie ist mir das jetzt geglückt? Genau darauf wollte ich hinaus.)

Also, kurz und bündig, die obig erwähnten Mächte treiben den Menschen zum Schluss aus sich heraus, und zwar häufig in den Untergang, und dann auf Nimmerwiedersehen.

Denken Sie also zweimal nach, ehe Sie sich treiben lassen!

Denken Sie an Jeronimus!

Auf dem Friedhof

zwanzigster Tag des August
im Jahre des Herrn, 1629

Es gab nicht mehr viel zu tun auf der Insel. Es war kaum noch jemand da, den man töten konnte.

Allerdings ließen Jeronimus' Anhänger nun gelegentlich besorgte Blicke zum Horizont schweifen, ob dort womöglich Segel auftauchten, das Schiff der *Companie* zum Beispiel mit christlichen Holländern und dem Kommandeur an Bord.

Das beunruhigte ihre Gemüter mittlerweile sehr. Selbst Mattys Beer und David Zeevanck verspürten nun die ersten Gewissensbisse, wurden furchtsam, begannen plötzlich, sich selbst als Verfolgte zu fühlen.

Am Anfang war das nicht so gewesen. Da war Holland eine Ewigkeit weit entfernt, lag irgendwo hinter den Grenzen des Ozeans. Doch nun konnte es sich bereits direkt hinter der dunklen Wasserlinie befinden und mit dem Schiff der *Companie* täglich näher rücken. Nun war es mit einem Mal schwer, sich einzureden, dass jenseits dieses Horizonts die Welt zu Ende war.

Pelgrom und Hendricks langweilten sich wie alle anderen. Sie begaben sich an den Strand, um sich die Zeit zu vertreiben, und stießen auf Pfarrer Bastians.

»Schmeckt's?«, fragte Pelgrom, als er den Pfarrer an Grashalmen saugen sah.

Hendricks knuffte Pfarrer Bastians in die Rippen. »Habt Ihr Euch fleißig mit Gott besprochen? Was sagt der Herr denn so?«

Pelgrom zog sein Messer hervor, warf es in die Luft und fing es auf. Hendricks versetzte dem Pfarrer einen Tritt.

Sie fingen an zu lachen, doch es klang gekünstelt und nicht besonders froh.

Als Nächstes hörten sie Judiths laute Stimme, die ihnen befahl, von ihrem Vater abzulassen, und wenig später ertönte ein Pfiff.

Pelgrom und Hendricks schauten auf. Auf den Felsen stand der *Jonker* van Huyssen.

Das Lachen der beiden Männer verebbte.

»Sucht euch einen anderen zum Spielen aus!«, rief van Huyssen und scheuchte sie mit herrischen Handbewegungen fort.

Pelgrom und Hendricks schlenderten mürrisch weiter. Schließlich gesellten sie sich zu den anderen Männern, die Domino spielten und tranken.

Hie und da erhob sich einer, um sich mit den Frauen zu vergnügen. Doch auch das geschah mittlerweile lustlos und halbherzig.

Es war noch nicht lange her, da hatten sie sich für unbesiegbar gehalten, hatten gemordet, getrunken, sich Frauen genommen und sich an ihren Träumen berauscht. Sie hatten geglaubt, sie würden so weitermachen, ihr Leben lang, ohne dass sie jemals einem Richter gegenüberstünden. Doch das war nun anders. Nun hatten sie Angst. Ihre Vergnügen waren schal geworden und ihr Vorrat an Wein war geschrumpft.

Gottverdammt, dachte jeder Einzelne von ihnen, was ist, wenn Jeronimus' Pläne nicht aufgehen? Was, wenn sie mich schnappen und in Ketten legen? Was wird dann in Batavia aus mir? Jeronimus hat versprochen, dass alles reibungslos verläuft, hielten sie sich in solchen Momenten vor Augen – aber was war, wenn er sich getäuscht, was, wenn er sich verrechnet hatte?

Jeronimus' Offiziere saßen im Kreis und würfelten. Zuweilen warf einer einen missmutigen Blick zu der Langen Insel hinüber, die sich als graue Silhouette aus dem Meer erhob. Das Wetter hatte einen zweiten Angriff verhindert, doch unglücklich waren sie deswegen nicht. Manchmal malten sie sich aus, was sie mit Wiebe Hayes anstellen würden, sobald er sich in ihrer Gewalt befand.

»Wir nehmen das Rad«, grunzte der Steinmetz. »Wir brechen ihm alle Knochen.«

»Wir haben hier kein Rad«, wies Zeevanck ihn zurecht.

»Gut, dass wir *dich* hier haben, Zeevanck«, spöttelte van Huyssen. »Das mit dem Rad wäre uns sonst gar nicht aufgefallen.«

»Dann binden wir ihn eben auf ein Fass«, knurrte der Steinmetz. »Mir doch egal, wie er krepiert.«

»Erst einmal müssen wir ihn schnappen«, betonte Mattys Beer.

Van Huyssen wandte sich abermals an Zeevanck. »Übrigens habe ich dich noch gar nicht richtig dafür gelobt, dass du auf der Langen Insel kein Wasser gefunden hast.«

»Da war keins«, brummte Zeevanck.

»Und wie kommt es dann, dass sie noch leben?«

»Wir hätten sie eben vorher erledigen müssen«, erklärte Mattys Beer. »Als wir hier noch die Gelegenheit dazu hatten.«

»Jeronimus wollte, dass sie auf die Lange Insel verschwinden«, warf Zeevanck ein. »Sie sollten da verfaulen.«

»Das würden sie auch tun, wenn du nicht gewesen wärst«, gab van Huyssen zurück. »Doch zuerst hast du übersehen, dass es dort Wasser gibt, und als Nächstes hast du den Arzt mit dem Floß entwischen lassen. Ich weiß nicht, ob du dich dessen entsinnst. Du musstest in dem Moment unbedingt eine Frau besteigen.«

Zeevanck zog die Brauen zusammen. Für diese Bemerkung wäre er van Huyssen am liebsten an die Gurgel gegangen, doch dummerweise hatte der aufgeblasene Pinsel Recht. Wenn Aris Janz auf der Langen Insel war, hatten die Söldner ein Floß zur Verfügung. Sie konnten das Rettungsschiff abfangen, sie konnten den Mund aufmachen und reden. Das wäre ihr Untergang!

»Ich hatte einmal eine Kuh, die mehr Verstand besaß als du«, bemerkte Wouter Loos zu Zeevanck. »Wenn ich es mir recht überlege, war sie auch ganz allgemein zu mehr zu gebrauchen als du. Sie gab zum Beispiel jeden Tag Milch –«

»Halt endlich dein Maul!«, fuhr Zeevanck ihn an. Er war aufgesprungen. In seiner Hand blitzte ein Messer auf. Van Huyssen und Mattys Beer versuchten, ihn zurückzuhalten, doch auch Wouter Loos hatte bereits sein Messer gezückt.

»Schluss damit! Hört sofort auf!«, erscholl eine scharfe Stimme. Jeronimus war unbemerkt aufgetaucht.

»Was ist hier los?«, wollte er wissen.

»Wouter hat an Zeevancks Verstand gezweifelt«, spöttelte van Huyssen.

»Und darüber lässt sich streiten?«, fragte Jeronimus.

Alle außer Zeevanck lachten, doch die gefährliche Spannung war gebrochen. Die Streithähne sanken auf ihre Plätze zurück.

»Ihr scheint zu vergessen, wo wir uns befinden«, hub Jeronimus an. »Wir können nicht wegen jeder Kleinigkeit in die Luft gehen und uns befehden.« Er zog mehrere Silbermünzen hervor und hielt sie den Männern hin. »Schaut euch die gut an!«, trug er ihnen auf. »Ihr wisst, dass es noch viele davon gibt. Die Kisten auf dem Wrack sind voll davon. Mehr als genug für jeden. Hört also auf mit der Streiterei! Wir haben Wichtigeres zu bedenken. Wenn das Rettungsschiff eintrifft, müssen wir kämpfen, und das wird ein anderer Kampf als der auf der Langen Insel! Dort habt ihr euch wie Hasenfüße aufgeführt, doch beim nächsten Mal müsst ihr als Helden auftreten!« Er betrachtete seine Leute kopfschüttelnd. »Ihr bekommt, was ihr wollt, alles, was ihr jemals erträumtet. Ihr müsst mir lediglich vertrauen.« Jeronimus machte eine Pause. »Tut ihr das?«, fragte er, während sein Blick prüfend über die Runde glitt.

Die Männer murmelten Unverständliches.

»Ich glaube, ich habe euch nicht richtig gehört«, sagte Jeronimus. »Ich möchte, dass ihr mir laut und deutlich eure Treue schwört.«

Sie schworen sie laut und deutlich.

»Bis in den Tod?«

Sie schworen auch das.

Neunundzwanzig Grad und neunzehn Minuten südlicher Breite

*zweiundzwanzigster Tag des August
im Jahre des Herrn, 1629*

Vom Bug der *Zandaam* erhob sich ein Albatros und schraubte sich in großen Kreisen in die Lüfte hinauf, von wo aus das Schiff unter ihm wie eine Nussschale auf den Wellen schaukelte, gefolgt von einer dünnen, weißen Spur. Er legte sich auf die Seite und begann, einen neuen Bogen zu ziehen. Mit seinen scharfen Augen entdeckte er kleine weiße Kränze. Er wusste, was sie bedeuteten. Sie rührten vom Schaum der Brandung her, die sich an winzigen Felseninseln brach.

Der Albatross hatte eine bessere Sicht als die Seeleute auf der *Zandaam*, die sich in südöstlicher Richtung bewegte und aufgrund der mäßigen Brise nur langsam vorankam.

François stand auf dem erhöhten Quarterdeck und suchte mit den Augen den Horizont ab. Seine Stimmung war gereizt. Siebenunddreißig Tage waren sie bereits auf See. Sie hätten die Felsen längst entdeckt haben müssen – immerhin hatten sie in sehr viel kürzerer Zeit Java mit einem Boot erreicht, das gerade einmal groß genug war, um als Hafenbarkasse zu taugen.

Die Menschen waren gewiss längst tot, grübelte François. Seit fast zwei Monaten befanden sie sich auf dieser Insel. Es wäre nahezu ein Wunder, wenn noch einer von ihnen lebte. Aber – wollte er das überhaupt? Wollte er, dass sie ihre anklagenden Finger reckten und ihn beschuldigten, sich aus dem Staub gemacht zu haben?

François hasste sich für diese Frage, doch er vermochte sie dennoch nicht zu verdrängen. Er setzte sein Teleskop ans Auge. Vielleicht gibt es eines Tages eine Erlösung für meine Seele, dachte er. Und sollte mir das nicht beschieden sein, so hoffe ich zumindest auf die Wiederherstellung meines guten Rufes.

Auf dem Friedhof

Lucretia suchte sich eine abgelegene Stelle am Strand, an der sie in die Wellen watete und ihre Röcke hob, um sich zu waschen.

Ich kann mich hundertmal waschen, dachte sie, oder auch tausendmal, es ist vollkommen einerlei. Ich werde nie mehr sauber sein. Das hat Jeronimus erreicht, indem er mich zu seiner Hure machte.

Sie wanderte ein wenig weiter hinaus, drehte sich um und blickte zurück auf die Klippen. Ich muss das allerdings nicht ertragen, überlegte sie, denn da wäre noch immer dieser andere Weg. Es ist auch ganz leicht, denn es erfordert einfach nur, dass ich jetzt weitergehe.

Lucretia fielen die Qualen des jenseitigen Lebens ein, von denen Pfarrer Bastians gesprochen hatte. Sie werden kaum schlimmer sein als diejenigen, die ich im diesseitigen Leben erleide, sagte sie sich. Und selbst Schlimmes kann mich nicht schrecken, denn ich weiß ja längst, wie die Hölle ist.

Lucretia richtete ihren Blick auf den Horizont und bewegte sich langsam vorwärts. Das Wasser reichte ihr allmählich bis zu den Schenkeln, danach bis zur Taille. Ihr Samtkleid wurde schwer. Es klebte an ihren Beinen und behinderte sie.

Lucretia kämpfte sich weiter vor. Sie gab einen Schmerzenslaut von sich, als ihr Fuß auf eine Korallenspitze traf.

Für einen Moment hielt sie inne. Warum ist es so schwer zu sterben, wenn das Leben so elend ist? wunderte sie sich. Wenn es keine Zukunft mehr gibt, warum lässt sie sich dann nicht aufgeben und vergessen? Woran klammere ich mich fest?

Lucretia spürte die warmen Sonnenstrahlen auf ihrem Gesicht und sah die glitzernden Wellen vor ihren Augen tanzen.

Sie schloss die Augen und schritt tiefer in die Fluten hinein.

Hinter ihr rannte jemand rufend, fluchend und platschend ins Wasser.

Lucretia tat noch einen Schritt. Er landete im Leeren. Sie schrie auf, als sie versank.

Gleich darauf wurde sie von Händen gepackt und an die Oberfläche zurückgezogen.

Lucretia hörte Zeevanck etwas brüllen. Er schüttelte sie wütend, zerrte sie dahin, wo sie stehen konnte, und trieb sie anschließend, Verwünschungen ausstoßend, vorwärts.

Auf dem Strand sank Lucretia nieder. Ihr war kalt. Zitternd schlang sie die Arme um sich.

»Warum hast du das getan?«, fragte eine Stimme.

Jeronimus legte Lucretia eine Decke um die Schultern und setzte sich zu ihr.

»Gebe ich dir nicht alles, was du brauchst, Lucretia? Habe ich dich nicht stets vor allem bewahrt? Bin ich dir kein treuer Beschützer?«

Lucretia barg ihr Gesicht in den Händen und begann zu weinen. Es hatte keinen Sinn, Jeronimus etwas zu erklären. Wie war es möglich, mit einem Menschen zu verhandeln, der die Gefühle eines anderen nicht begriff, der keinen Funken Moral mehr besaß, der sich im Dickicht seines Wahnsinns verirrt und verloren hatte?

Jeronimus berührte sie am Arm. »Warum hast du das getan, Lucretia?«, wiederholte er leise.

Er liebt mich wahrhaftig, ging es Lucretia durch den Sinn. Das ist beinahe das Entsetzlichste von allem.

Achtundzwanzig Grad und neunundfünfzig Minuten südlicher Breite

erster Tag des September
im Jahre des Herrn, 1629

Jakob Jakobsen, der Kapitän der *Zandaam*, und François entdeckten die Riffe gleichzeitig.

Es war der siebenundvierzigste Tag ihrer Reise.

Adriaen hätte sie früher gefunden, dachte François.

Er hörte, dass Jakobsen den Befehl zum Wenden gab.

»Was tut Ihr da?«, herrschte François den Kapitän an. »Wir dürfen nicht wenden. Es wird einen Weg durch die Riffe geben.«

»Zu gefährlich«, brummte Jakobsen. Er blickte François mit gerunzelten Brauen an. Du hast bereits ein Schiff zuschanden gefahren, besagte sein Blick. Glaub nicht, dass du meines auch noch bekommst.

François wurde blass und wandte sich ab. Sie waren so dicht vor dem Ziel! Er konnte bereits mehrere Inseln in der Ferne erkennen. Es waren diejenigen, die sie suchten, davon war er überzeugt. Er konnte sich eindeutig an diese Umrisse erinnern. In weniger als einem Tag wären sie da, wenn Jakobsen sich nur durch die Riffe wagen würde!

Doch die *Zandaam* richtete ihren Bug gen Westen und segelte auf das offene Meer zurück, um von dort aus eine sichere Passage zu suchen.

Adriaen wäre nicht derart zimperlich gewesen, grollte François. Ihn hätte der Eifer getrieben, er hätte es gewagt.

Ich will, dass es vorbei ist, dachte er anschließend. Ich will das Schlimmste erfahren, ich will, dass es *hinter* mir liegt.

Auf dem Friedhof

Da ist der gute Pfarrer Bastians, dachte Jeronimus. Ein Glück, dass er noch lebt. Ich wusste doch, eines Tages würde ich ihn brauchen.

Jeronimus rückte sich auf seinem roten Samtsessel zurecht und betrachtete die ausgemergelte Gestalt.

»Ich habe Euch als Boten ausgewählt«, begann er freundlich lächelnd. »Als besonders vertrauenswürdigen Boten sogar. Als Mann, dem die Menschen Glauben schenken.«

Er sah einen Hoffnungsschimmer in Pfarrer Bastians' Augen aufflackern. Er gibt nie auf, dachte Jeronimus. Er sucht noch immer nach einem Rettungsweg für sich.

»Ich bin zu dem Ergebnis gekommen«, fuhr Jeronimus fort, »dass diese Insel uns nicht länger ausreichend versorgt. Wir benötigen mehr Nahrung, wir benötigen vor allem frisches Wasser. Deshalb wollen wir auf die hohe Insel übersiedeln, die man dort hinten am Horizont erkennt. Allerdings brauchen wir dazu das Floß, das die Meuterer von der Langen Insel gestohlen haben, denn unsere Flöße reichen nicht, um unsere kleine Gemeinde zu transportieren.«

Pfarrer Bastians nickte, als leuchte ihm jedes Wort ein.

»Ihr werdet zu der Langen Insel hinübergerudert. Ihr sollt mit den Meuterern verhandeln. Wir bieten ihnen Wein und warme Decken. Dafür erhalten wir das Floß. Sobald der Tausch vollzogen ist, lassen wir sie in Frieden. Gott wird sich ihrer Seelen erbarmen. Glaubt Ihr, Ihr schafft es, sie zu überzeugen?«

Pfarrer Bastians nickte, als wäre er sich ganz sicher.

Jeronimus stutzte. »Ich habe Euch doch immer gut behandelt, nicht wahr?«

Als Pfarrer Bastians erneut nickte, lachte Jeronimus schallend auf. Der Mann ist tatsächlich wie ein Hund, dachte er. Man kann ihn prügeln, wie man will, doch wenn man ihm hernach einen Knochen reicht, kommt er gekrochen und wedelt mit dem Schwanz.

»Geht jetzt«, befahl er dem Pfarrer. »Denkt gut darüber nach, was ich gesagt habe. Wir werden es später noch einmal üben.«

Auf der Langen Insel

am zweiten Tag des September
im Jahre des Herrn, 1629

Die Söldner hatten sich zum Kampf gerüstet, nachdem sie die beiden Flöße auftauchen sahen. Nun beobachteten sie, wie Pfarrer Bastians ans Ufer watete. Er hielt einen Stock in der Hand, an dessen Ende ein weißes Tuch als Friedenszeichen wehte.

»Da bin ich aber gespannt«, murmelte Wiebe.

Erstaunt betrachtete er Pfarrer Bastians' abgemagerten Körper. Jeronimus hat ihn schlecht gefüttert, dachte er.

»Was hat er vor?«, flüsterte jemand an seiner Seite.

»Das werden wir gleich erfahren«, flüsterte Wiebe zurück. Er erhob sich aus seinem Versteck und stieg zum Ufer hinab.

Die Flöße schaukelten in einiger Entfernung auf dem Wasser. Sollten sie die Musketen bei sich haben, könnten sie mich erwischen, fuhr es Wiebe durch den Sinn. Er hielt inne und spähte geradeaus. Sie haben keine Pulverfässer an Bord, stellte er beruhigt fest und schritt weiter.

»Seid uns willkommen«, begrüßte Wiebe kurz darauf Pfarrer Bastians.

Der Pfarrer, fand er, erwiderte seinen Gruß mit derart unterwürfiger Dankbarkeit, dass es aussah, als habe man ihm ein unendlich großherziges Geschenk gemacht.

»Dem Herrn sei gelobt und gedankt«, murmelte Pfarrer Bastians. »Ich hatte Angst, Ihr würdet mich schlagen.«

Wiebe bedachte ihn mit einem verwunderten Blick. Danach schaute er noch einmal zu den Flößen hinüber, auf denen Jeronimus mit seinen Schergen in scharlachroten Röcken glänzten. Ihre Aufmerksamkeit war auf ihn und Pfarrer Bastians gerichtet.

Pfarrer Bastians hatte zu weinen begonnen.

»Na, na, was habt Ihr denn?«, besänftigte Wiebe ihn.

»Ihr ahnt nicht, wie sehr ich gelitten habe«, stieß Pfarrer Bastians hervor.

»Nun, ich glaube, wir wären alle gern woanders«, entgegnete Wiebe.

»Ich musste mich von Gras ernähren«, fuhr Pfarrer Bastians fort. »Sie haben meine Frau ermordet, meine Kinder –«

Wiebe wurde bleich. »Ist Judith –«

»Nein, nein«, wehrte Pfarrer Bastians ab. »Judith haben sie verschont. Judith geht es gut. Sie ist –«

»Was will Jeronimus?«, unterbrach Wiebe ihn, ohne die Flöße aus den Augen zu lassen.

Inzwischen waren mehrere Söldner zu ihnen getreten.

»Weshalb sind sie hier?«, fragte einer.

»Sie wollen nur das Floß«, antwortete Pfarrer Bastians. »Wir haben nicht mehr genügend Wasser und Nahrung. Deshalb siedeln wir auf eine andere Insel um. Wenn ihr uns das Floß gebt, lassen sie euch in Frieden. Zudem erhaltet ihr ein Fass mit gutem Wein und zwei Truhen mit Stoffen und Decken.«

Wiebe schwieg.

»Ihr könntet euch neue Röcke machen.« Pfarrer Bastians Stimme hatte einen flehentlichen Unterton angenommen.

»Der meine tut's noch für eine Weile«, entgegnete Wiebe unbewegt.

»Gebt ihnen das Floß«, drängte Pfarrer Bastians. »Bitte, tut es um meinetwillen! Ich kann nicht –«

Wiebe gebot ihm mit einer ungeduldigen Handbewegung zu schweigen. »Was meint ihr?«, wandte er sich an seine Kameraden. »Können wir Jeronimus trauen?«

»Erst wenn er gefesselt und geknebelt ist«, erwiderte einer.

»Ich würde dennoch gern mit ihm reden«, bemerkte Wiebe nachdenklich.

Er trat mit den anderen zur Seite. »Versteckt das Floß und Aris Janz«, trug er ihnen leise auf. »Ich möchte wissen, ob Jeronimus zu uns kommt. Wenn ich ihm in die Augen sehe, erkenne ich vielleicht, was er im Sinn hat.«

Wiebe wandte sich wieder zu Pfarrer Bastians um. »Was ist, wenn wir gar kein Floß besitzen?«

Pfarrer Bastians wirkte verdutzt. »Oh, aber Jeronimus ist fest davon überzeugt«, erklärte er.

»Sagt ihm, ich möchte mit ihm reden. Das wäre für den Moment alles.«

Pfarrer Bastians ergriff Wiebes Arm. »Bitte«, begann er erneut, »bitte fordert auch meine Freilassung als Teil Eures Handels! Ich flehe Euch an, im Namen des Herrn. Ihr wisst nicht, was ich ausgestanden habe.« Er brach erneut in Tränen aus. »Ihr wisst nicht, wie sehr ich gelitten habe«, schluchzte er.

Wiebe berührte ihn freundlich an der Schulter. »Geht jetzt, Pfarrer Bastians. Geht zu Jeronimus und richtet ihm aus, dass ich ihn sprechen möchte. Ich bin sehr gespannt, was er zu sagen hat.«

Er blickte hinter dem Pfarrer her. Danach wandte er sich zu seinen Gefährten um, um sich mit ihnen zu beraten und abzustimmen.

Wie schnell und leicht sich die Menschen meinem Willen fügen! dachte Jeronimus. Gott hatte ihm wahrhaftig eine goldene Zunge verliehen. Wo immer er auftauchte, hörte man ihm zu, tat, was er verlangte, bewunderte ihn. Wie dumme Bauernbuben standen die Söldner in einer Reihe und hielten Maulaffen feil, glotzten neidisch auf seinen roten Rock und die goldene Kette auf seinem Wams. Hinter ihnen duckten sich welche mit finsteren Blicken. Das waren vermutlich die Verräter, die von dem Friedhof und der Robbeninsel geflüchtet waren. Irgendeiner in dem Pack war Wiebe Hayes, ihr Anführer, der Mann, den der Steinmetz für sich beanspruchte.

»Zwischen uns hat es ein kleines Missverständnis gegeben«, begann Jeronimus, indem er bedauernd die Hände hob. »Und seitdem hat man euch gewiss üble Geschichten zugetragen. Allerdings« – hier reckte Jeronimus den Zeigefinger hoch – »allerdings ist es auf unserer Insel tatsächlich zu Blutvergießen gekommen, das gebe ich zu. Es ließ sich leider nicht vermeiden, denn nicht immer gelang es mir einzugreifen. Oftmals kam ich zu spät, um das Schreckliche zu verhindern.«

Jeronimus wandte den Kopf nach hinten und sah, dass sich van Huyssen und Zeevanck am Strand mit einigen Söldnern unterhielten. Er lächelte zufrieden und bedeutete Pelgrom und Hendricks, eine ihrer Kisten heranzuschaffen. Danach wandte er sich erneut zu seinen Zuhörern um.

»Ich habe dem Steinmetz und Zeevanck Glauben geschenkt, als sie mir erklärten, hier gäbe es Wasser, und ihr würdet euch selbst um eure Nahrung kümmern, um die Versorgung auf der Friedhofsinsel nicht zu gefährden. Ich habe versucht, für Gerechtigkeit zu sorgen –«

»Da haben wir aber eine andere Geschichte vernommen!«, rief einer dazwischen. »Auch der Herr Pfarrer –«

Jeronimus winkte ab. »Der Herr Pfarrer schwatzt viel, wenn der Tag lang ist.«

Einige der Söldner begannen zustimmend zu lachen.

»Kapitän Jacobs und der Kommandeur haben uns im Stich gelassen«, fuhr Jeronimus fort. »Und ich weiß nicht, ob sie jemals wiederkommen, um uns zu bergen. Einstweilen müssen wir jedenfalls eine andere Insel finden: Der Friedhof bietet uns nicht mehr genügend Nahrung. Zu diesem Zweck brauchen wir das Floß. Es wurde von jemandem gestohlen, der sich bereits zuvor als Dieb erwiesen hatte. Im Tausch bieten wir euch ein Fass Wein, Stoffe und warme Decken an –«

»Die Stoffe gehören der Gesellschaft«, unterbrach ihn ein kräftiger Bursche mit weizenblondem Haar.

Du schwerfälliger Ochse, dachte Jeronimus. Vermutlich bist du dieser Wiebe Hayes, dieser Einfaltspinsel, der über nicht mehr Hirn als eine Stechmücke verfügt.

»Ich kann mir nicht vorstellen, dass die Gesellschaft etwas dagegen einzuwenden hätte«, entgegnete Jeronimus. »Und wenn, dann schenkt ihr den feinen Herren später eure zerschlissenen Hosen als Ersatz.«

Abermals kam Gelächter auf.

Jeronimus bückte sich schmunzelnd und öffnete die Kiste zu seinen Füßen. Er zog eine Decke heraus und hielt sie hoch. »Nehmt euch, was ihr braucht«, lud er die Söldner ein. »Lasst uns wieder Freunde sein! Anschließend genehmigen wir uns einen Schluck und stoßen auf unsere Freundschaft an.«

Auch David Zeevanck und Conrad van Huyssen taten ihr Bestes, um auf die kleine Gruppe Söldner einzureden, die sie um sich geschart hatten.

»Was hält euch denn bei ihm?«, murmelte Conrad, indem er verstohlen auf Wiebe deutete. »Während ihr euch nachts frierend verkriecht, trinken wir Wein und haben Frauen, die uns wärmen. Warum kommt ihr nicht mit uns? Sucht euch ein hübsches Mädel aus, lasst es euch gut gehen, amüsiert euch!«

Er zog eine Hand voll Silbermünzen aus der Tasche. »Auch davon gibt es jede Menge für den, der bei uns ist.«

Die Männer tauschten sonderbare Blicke. »Was sollen wir damit?«, fragte einer.

»Der beste Teil kommt noch«, ergriff Zeevanck das Wort. »Sobald das Rettungsschiff auftaucht, gehen wir an Bord. Niemand wird etwas ahnen, niemand wird vermuten, dass wir mehr als elende Schiffbrüchige sind. Doch dann schlagen wir zu und kapern das Schiff!«

Zeevanck machte eine bedeutungsvolle Pause, blickte in die Runde und grinste, als er sah, wie sie aufzuhorchen begannen. »Wir zahlen der Gesellschaft ihre Treue heim, mit der sie sich um uns gekümmert hat«, fuhr er fort. »Ihr könnt mitmachen, wenn ihr wollt. Wir haben nichts dagegen. Danach segeln wir über die Meere und sind frei. Wir werden reich sein, unendlich reich. – Na, was meint ihr dazu? Wäre das nichts?«

Zeevanck nahm van Huyssen eine Silbermünze aus der Hand und ließ sie in der Sonne funkeln.

Die Söldner starrten zuerst ihn, danach die Münze an.

»Also, was sagt ihr zu meinem Vorschlag?«, erkundigte sich Jeronimus. »Gebt uns das Floß, auf dass wir anstoßen können. Keiner von uns will noch mehr Blut vergießen. Heute Abend habt ihr warme Decken, und wir rudern zurück. Ich finde, das ist ein hervorragender Tausch. Jeder erhält das, was er braucht.«

Er strahlte seine Zuhörer an. Dann verschränkte er die Arme vor der Brust und nickte aufmunternd. »Was ist?«, fragte er siegesgewiss. »Hat keiner von euch Durst?«

Er stellte fest, dass der Einfaltspinsel zu der Gruppe um van Huyssen und Zeevanck hinübersah und ihnen ein Zeichen gab. Na bitte, dachte Jeronimus. Er hat es endlich begriffen. Ich habe gewonnen. Jetzt werden sie mit dem Trinkgelage beginnen.

»Hier«, sagte Zeevanck und hielt den Söldnern die Silbermünze hin. »Nehmt sie. Sie gehört euch.«

Als die Männer sich nicht rührten, begann van Huyssen zu lachen. Er klimperte mit den Münzen in seiner Hand. »Hört ihr, wie sie nach euch rufen?«, fragte er grinsend. »Da, wo sie herkommen, gibt es noch mehr.«

Als er sah, dass die anderen weiterhin zauderten, warf er die Münzen in den Sand. Abwartend stemmte er die Fäuste in die Hüften. Na los, dachte er, werft euch darüber, ihr räudigen Köter, klaubt sie auf!

Einer der Söldner blickte sich um. Danach schaute er aus den Augenwinkeln die anderen an – und nickte.

Als Nächstes sah van Huyssen ihn vorspringen, ihm den Säbel entreißen und denselben drohend in die Höhe recken. Er blickte den Mann verwundert an. »Was soll das?«, fragte er. »Was hast du vor –?« Noch immer verwundert tat er einen Schritt zurück.

Der Söldner holte aus.

Conrad spürte, dass etwas Warmes zwischen seinen Schenkeln hinunterrann. So ist das also, dachte er als Letztes. So fühlt sich das also an, wenn es zu Ende geht.

Als Jeronimus vorwärts stolperte und mit dem Kinn auf einem Felsen aufschlug, schmeckte er Blut zwischen den Zähnen. Seine Arme wurden grob nach hinten gerissen und auf seinem Rücken zusammengezurrt und gefesselt. Er trat wütend mit den Füßen um sich.

Das ist nicht wahr, dachte er. Das können sie nicht tun! Nicht diese verlotterte Meute, dieses gottlose Söldnergesindel, dieser Pöbel, der nicht einmal weiß, dass man die weiße Friedensfahne ehrt.

Jeronimus hörte, dass jemand brüllte und schrie und um sein Leben winselte. Er rollte sich auf den Rücken und versuchte, sich halb aufzurichten. David Zeevanck, wer sonst? Neben ihm lag blutüberströmt Conrad van Huyssen. Nun, der hatte wenigstens nicht gejammert und gebettelt. Der war gestorben, wie es sich geziemte.

Jeronimus sah einen Söldner zum tödlichen Hieb ansetzen. Zeevancks Kopf rollte in den Sand.

Verärgert schaute Jeronimus sich nach seinen anderen Gefolgsleuten um. Wo waren sie geblieben? Warum eilten sie nicht herbei, um ihm zu helfen?

Auf dem Friedhof

Noch ehe die Männer den Strand erreichten, wusste Lucretia, dass etwas Außergewöhnliches vorgefallen war. Sie sah sie gestikulieren und hörte die erregten Stimmen, mit denen sie Flüche ausstießen.

Der Steinmetz sprang als Erster ins Wasser und stapfte mit wütenden Schritten an Land.

Lucretia ließ ihre Blicke über die anderen gleiten. Jeronimus fehlte! Desgleichen Conrad van Huyssen und einer der van Welderens. Zeevanck war ebenfalls nicht da. Ihr Herz begann schneller zu schlagen, und ein tiefes Gefühl der Befriedigung übermannte sie. Die Söldner hatten gesiegt.

Der Steinmetz kam auf Lucretia zu. Aus seiner Schulter quoll Blut.

»Hör auf zu lachen, Hure!«, knurrte er.

»Was ist geschehen?«

»Man hat uns verraten.«

»Welch ein seltsames Wort aus Eurem Mund«, bemerkte Lucretia.

Der Steinmetz packte Lucretia mit einer Hand und riss sie an sich. »Sieh dich vor, sonst geht es dir dreckig!«, zischte er. »Ich bin von nun an der neue Herr.«

Lucretia roch seinen stinkenden Atem. Angewidert versuchte sie, sich zu befreien.

Der Steinmetz verzog das Gesicht zu einem Grinsen. »Das gilt auch für dich, feine Dame.« Er ließ Lucretia los. Seine Hand fuhr blitzschnell an ihr Hinterteil und drückte zu.

Lucretia blieb der Schrei in der Kehle stecken.

Der Steinmetz stieß sie grob zu Boden und marschierte lachend davon.

Judith sah, wie sie von den Flößen ins Wasser sprangen. Brüllend und fluchend rannten sie auf das Ufer zu.

Conrad war nicht unter ihnen.

Judith ließ sich langsam niedersinken. Auch Vater fehlt, stellte sie fest.

»Euer Mann ist tot«, sagte eine Stimme. Judith blickte auf. Olivier van Welderen stand vor ihr.

Judith nickte wortlos.

»Sie haben ihn abgeschlachtet«, bemerkte van Welderen tonlos. »Ihn und meinen Bruder. Wir sind mit der Friedensfahne gekommen, doch sie haben sie missachtet.«

»Sie kennen keine Ehre«, murmelte Judith.

»So ist es«, entgegnete Olivier. Er betrachtete Judith teilnahmslos. »Ihr gehört nun wohl allen«, erklärte er, ehe er verschwand.

Als es dunkelte, waren die Männer indes zu sehr damit beschäftigt, sich gegenseitig der Fehler zu bezichtigen, als dass ihnen der Sinn nach den Frauen stand.

Judith sah sie um das Feuer sitzen. Hie und da sprang einer auf, um einen anderen anzuschreien. Anschließend ging es jeweils für eine Weile hin und her, dann beruhigten sie sich wieder, bis sie abermals lautstark zu streiten begannen.

Jeronimus ist nicht mehr da, um ihnen Befehle zu erteilen, dachte Judith. Nun wissen sie nicht, wie es weitergehen soll.

»Ich bin Hauptmann«, hörte sie den Steinmetz verkünden. »Ich komme gleich nach Jeronimus. Ich bin der neue Generalkapitän.«

»Ich glaube, es ist besser, einen Anführer zu wählen«, bemerkte Olivier van Welderen. »Die Mehrheit soll entscheiden.«

Die *Jonkers* stimmten ihm zu.

»Jeronimus hat *mich* ausgewählt«, brauste der Steinmetz auf.

»Jeronimus ist nicht mehr hier«, beschied ihn einer.

»Ich lasse mich nicht von einem gemeinen Soldaten kommandieren«, erklärte Olivier. »Nicht bei meiner Herkunft. Schlag dir das also aus dem Kopf, Steinmetz.«

»Jeronimus hat mich zum Hauptmann ernannt. Ich bin Offizier!«

»Du bist ein unbedeutender, kleiner Wicht und Obergefreiter, sonst nichts.«

»Außerdem hast du zwei Angriffe angeführt, die wir verloren haben«, fügte Wouter Loos hinzu. »Und als Zeevanck, der Trottel, das Floß verlor, warst du ebenfalls dabei.«

Der Steinmetz wollte aufspringen, doch Olivier van Welderen legte ihm seine Hand auf das Knie. »Lass das bleiben«, befahl er kalt. »Wir wählen.«

Lucretia saß vor ihrem Zelt. Sie hatte die Knie an sich gezogen und hielt sie umschlungen. Nun, da Jeronimus fort ist, fällt es mir erstaunlicherweise leichter, mir meinen Tod vorzustellen, dachte sie. Dies bewirkt indes nicht allein die Tatsache, dass ich das Eigentum aller werde, sondern ebenso die Vorstellung, dass über kurz oder lang unsere Retter auftauchen könnten.

Lucretia schloss die Augen, um sich die Gesichter der Ankommenden auszumalen, mit jener seltsamen Mischung aus Mitleid und Verachtung, deren sie sich noch von der *Batavia* her entsann. Was? hörte sie jemanden raunen, sie hat sich Jeronimus hingegeben? Diesem Satan? Wie? Sie will abermals behaupten, man hätte ihr Gewalt angetan?

Lucretia schüttelte den Kopf. Das würde sie nicht ertragen. Nicht noch einmal diese Schmach, nicht noch einmal das Gefühl, aussätzig zu sein, nicht noch einmal ausgestoßen werden.

Stiefelschritte kamen knirschend näher.

Lucretia zog ihr Tuch enger um die Schultern. Ihre Hand schloss sich um den Dolch, den sie in Jeronimus' Zelt an sich genommen hatte.

»Sie haben mich zu ihrem Anführer gewählt«, sagte eine Stimme.

Lucretia blickte auf. Es war nicht der Steinmetz, sondern Wouter Loos.

»Der Steinmetz hat keinen Verstand«, fuhr Loos fort. »Das weiß jeder außer ihm.«

Als Lucretia schwieg, beugte Loos sich zu ihr herunter. »Ich kann nun über Euch verfügen«, erklärte er. »Habt keine Angst«, setzte er freundlich hinzu, als er Lucretia zurückweichen sah. »Ich tue Euch nichts. Ich erhebe keine Ansprüche. Ihr habt genug ertragen. Jeronimus ist zu weit gegangen. Euer Zelt gehört Euch allein, Madame.«

Lucretia hub an, etwas zu sagen, doch Wouter Loos schien ihre Worte im Voraus zu kennen, denn er winkte beschwichtigend ab. »Nein«, sagte er, »auch die anderen werden Euch in Ruhe lassen. Ihr habt nichts zu befürchten.«

Er verneigte sich und verschwand.

Lucretias Finger hatte sich von dem Dolch gelöst.

Ich werde es niemals schaffen, dachte sie. Nicht heute und auch nicht in der Zukunft.

Auf der Langen Insel

Sie hatten die Leichen derer, die sie gefasst hatten, vergraben. Jeronimus war an Händen und Füßen gefesselt und zuletzt, nachdem er nicht aufhörte, sich zu beschweren, auch geknebelt worden.

Es hätte ein freudiger Sieg sein können, – wenn nicht Pfarrer Bastians bei ihnen zurückgeblieben wäre.

Pfarrer Bastians saß zufrieden am Feuer und verschlang große Stücke Robbenfleisch.

Wiebe hörte ihn grunzen und schmatzen und sah, wie er sich die Finger ableckte, derweil seine Augen bereits nach dem nächsten Bratenteil gierten.

Seine Familie wurde ermordet, dachte Wiebe, doch das erwähnt er selten. Vorrangig scheint ihm sein leerer Magen Kummer gemacht zu haben.

Wiebe ließ sich neben Pfarrer Bastians nieder. »Wie ist es Judith ergangen?«, fragte er. »Ihr sagtet, man hätte sie verschont.«

»Ich habe alles Menschenmögliche getan«, erwiderte Pfarrer Bastians kauend.

»Und worin genau hat das bestanden?«

»Nun, ich habe sie beschützt. Das war nicht immer einfach. Dazu gehörten Kraft und Mut.«

»Jeronimus behauptet, Ihr hättet sie mit van Huyssen verheiratet.«

Pfarrer Bastians verschlang einen weiteren Bissen und schwieg.

»War sie damit einverstanden?«

»Mhm, ja.«

»Und sie lebt auch noch?«

Pfarrer Bastians schluckte. »Niemand hat gewagt, sie anzurühren«, erklärte er. Dann deutete er auf Jeronimus. »Wann bringt ihr ihn um? Er hat meine Frau und meine Kinder ermordet …«

Pfarrer Bastians' Kinn begann zu zittern, und aus seinen Augen quollen Tränen.

Wiebe berührte ihn tröstend am Arm. »Was ist mit den anderen Frauen?«, fragte er. »Was ist mit Sussie und Tryntgen?«

Pfarrer Bastians stutzte. »Nichts ist mit ihnen«, erwiderte er verblüfft. »Sie sind einfach nur jedermanns Huren.«

Wiebe holte aus und schlug ihm ins Gesicht.

Dreißig Grad und fünfzehn Minuten südlicher Breite

fünfter Tag des September
im Jahre des Herrn, 1629

François wälzte sich schlaflos hin und her. Sein Körper war wie erschlagen vor Müdigkeit, doch seine Gedanken rasten im Kreis und kamen nicht zum Halt.

Sie waren zu weit auf das offene Meer hinausgesegelt, hatten die Riffe aus den Augen verloren und waren wie Verdammte über leere Gewässer hinweggegeistert. Inzwischen befänden sie sich abermals am Rand der Gefahrenzone, hatte Claas Gerritz erklärt.

François warf die Decke von sich und stand auf. Es war zwecklos, einschlafen zu wollen. Er kleidete sich an und stieg an Deck. Irgendwo hier in der Nähe war Adriaen Jacobs aufgelaufen. Sie waren an der Stelle, vor der der Gouverneur gewarnt hatte. Doch Gerritz schien unbelehrbar zu sein und stur zu seinem alten Skipper zu halten. Er behauptete steif und fest, die Unterwasserriffe begännen unmittelbar vor ihnen, und sie könnten nicht einfach geradeaus segeln. Und nun dümpelten sie vor sich hin, verloren kostbare Zeit, weil weder Kapitän noch Steuermann den Weg nach vorne einzuschlagen wagten.

Auf dem Friedhof

Ich trauere wie jede Frau, die ihren Liebsten verloren hat, dachte Judith, dabei sollte ich froh sein, dass er nicht mehr lebt. Sie versuchte, sich an Conrads Grausamkeiten zu erinnern, an sein Vergnügen dabei, andere zu quälen und zu töten, doch stattdessen fielen ihr seine Liebkosungen ein, seine Küsse, seine Leidenschaft, die Nächte, in denen er sie umfing.

Wouter Loos hatte Judith aufgetragen, in das Frauenzelt umzuziehen. Dort war Sussie die Einzige, die ihr wohlgesinnt war. Die anderen schnitten sie wie zuvor.

Lediglich in der ersten Nacht hatte Tryntgen das Wort an Judith gerichtet und durch die Dunkelheit gezischt: »Nun erleidest du endlich das, was wir erlitten haben.«

Es dauerte nicht lang, bis Judith begriff, worauf sie das bezog.

Seit Jeronimus nicht mehr bei ihnen war, hatte sich in den Köpfen der Männer ein gefährliches Gemisch aus Wut und Panik zusammengebraut. Ihr Traum war jäh zu Ende gegangen. Sie waren aufgewacht und hatten sich in der Wirklichkeit wiedergefunden, auf einer kümmerlichen Felseninsel, irgendwo inmitten des Ozeans.

Sie betranken sich nun ärger als zuvor, doch der Wein reichte nicht aus, um ihre Panik zu lindern. Sie brauchten die Frauen, um sich abermals stark zu fühlen, sie brauchten sie auch als Ventil für ihre Wut.

Judith wurde von keinem verschont. Es war, als wollten sie ihr Conrads Tod anlasten und müssten sie allnächtlich aufs Neue dafür bestrafen.

Der Steinmetz war der Schlimmste. Tagsüber sonderte er sich ab und trank allein, seit man ihn überstimmt hatte. Doch wenn er betrunken war, kam er zu Judith, und während er sie nahm, schlug er sie.

Eines Nachts schloss der Steinmetz seine Fäuste um Judiths Kehle, drückte zu und begann, sie zu würgen, als er in sie eindrang.

Sussie sah es. Sie schrie gellend auf und stieß Mattys Beer von sich. »Er will sie töten!«, kreischte sie. »Lass das nicht zu! Der Steinmetz bringt Judith um!«

Der Steinmetz löste seine Hände von Judiths Hals und stierte Sussie an. »Sie macht es nicht richtig«, beschwerte er sich. »Vielleicht macht sie es nur bei den *Jonkers* gut.«

Dreißig Grad und dreizehn Minuten südlicher Breite

achter Tag des September
im Jahre des Herrn, 1629

Als François merkte, dass er zu schwanken begann, biss er die Zähne zusammen. Er konnte sich vor Müdigkeit kaum noch auf den Beinen halten. Auch Gerritz und Jakobsen waren aschgrau im Gesicht und bewegten sich langsam und schwerfällig.

Seit fünfzig Tagen waren sie nun auf dem Meer, umkreisten nutzlos die Stelle, von der Gerritz behauptete, dort sei die *Batavia* gesunken, und noch immer war keine der Inseln in Sicht.

François wandte sich zu Claas Gerritz um. »Wie lang habt Ihr noch vor, hier die Zeit zu vertrödeln? Warum, glaubt Ihr, sehen wir die Inseln nicht, wenn die *Batavia* angeblich vor uns liegt?«

»Ich kann es mir auch nicht erklären«, entgegnete der Steuermann. »Der Wind scheint uns abzutreiben.«

Der Wind scheint uns abzutreiben, dachte François bitter. Gestern hieß es noch, der Wind treibt uns zu schnell voran. An einem Tag steuern wir auf das Südland zu, am nächsten flüchten wir zurück und scheuen uns vor den Riffen, und am Tag darauf beginnen wir wieder mit dem gleichen Spiel.

»Was wir tun, ist lachhaft, Gerritz«, bemerkte François. »Ihr wisst doch selbst ganz genau, dass Jacobs uns in der Hälfte der Zeit nach Java schaffte. Und das in jenem jämmerlichen kleinen Langboot. Nun befinden wir uns auf dem besten Schiff der Flotte und kommen nicht vom Fleck. Da ist doch irgendetwas faul, oder nicht?«

»Es tut mir Leid, dass Ihr Euch nach Eurem alten Skipper sehnt«, schaltete sich Jakobsen bissig ein. »Mir war nicht klar, dass er mir als Vorbild dient. Dennoch versteht Ihr vielleicht, dass ich mich lieber an *meine* Berechnungen halte.«

»Gottverdammt«, fluchte Gerritz mit plötzlich aufflammendem Zorn. »Der Skipper hat sich nicht geirrt! Und die hundsföttische Gesellschaft wird lange suchen können, ehe sie einen zweiten –«

»*Gerritz!*« François' Stimme klang wie ein Peitschenknall.

Der Steuermann zuckte zusammen. »Verzeihung, Herr Kommandeur«, murmelte er, »das war ungehörig, doch –«

»Ich will kein Wort mehr hören«, winkte François zornig ab. »Begebt Euch unter Deck, bevor ich mich vergesse.«

»Wir sind alle erschöpft und gereizt«, murmelte Jakobsen, nachdem Gerritz verschwunden war. »Vielleicht solltet Ihr Euch ein wenig ausruhen, Herr Kommandeur. Ihr wirkt angestrengt und übermüdet.«

»Mir geht es gut«, fuhr François ihn an. »Mir ginge es allerdings noch besser, wenn ich wüsste, dass wir jemals unser Ziel erreichten.«

Er wandte sich um und starrte in die Wellen, die hie und da mit Seetang durchzogen waren. Irgendwo in der Nähe ist Land, dachte er, irgendwo sind diese verwünschten Inseln, und wenn Adriaen Jacobs sich an Bord dieses Schiffes befände, wären wir längst da.

XXIX

Fortuna, das Schicksal, Glück, Pech, Gott, Teufel – wie austauschbar wir sind! Wie beliebig der Mensch uns zitiert, wenn er sich selbst nicht versteht!

Wenn etwas Gutes geschieht, stammt es von Gott. Meine Meinung dazu kennen Sie, die muss ich nicht wiederholen.

Bei Missetaten ist es an mir, den Buckel hinzuhalten (selbst bei den Menschen, die gar nicht glauben, dass es mich gibt).

Dazwischen rangiert das Schicksal, einst als launenhafte Dame, heute als wesenloses Etwas, das Glück oder Pech beschert.

Bisweilen müssen auch die Sterne für ein Geschehnis herhalten oder für eine bestimmte Spielart menschlichen Verhaltens. Sterne! Das sind Gaskugeln im All! Aber bitte, warum nicht? Genauso gut könnten jedoch auch Steine, Wurzeln, Tannennadeln und Sandkörner als Erklärung dienen.

Damit ist es aber bei weitem nicht genug. Auch Haarfarben, Augenfarben, Handtellerlinien, Fingerformen, Ohrläppchen werden wahllos als Erkenntnishilfen bemüht, um nur ja eines nicht zu tun: Um nicht zugeben zu müssen, dass etwas aus einem selbst heraus geschieht, womöglich sogar das Schlechte und das Schwache.

Ich versuche mir bisweilen einen Reim auf dieses Entlastungsstreben zu machen und frage mich, woher diese entsetzliche Angst vor dem Eingeständnis rührt?

Sie rührt aus der Angst vor der Bestrafung, erwidern Sie.

Nicht dumm, aber leider nur bedingt richtig, da es zu kurz gegriffen ist.

Gestatten Sie mir deshalb, einen Schritt weiter zu denken.

Im Grunde, will mir scheinen, ängstigt der Mensch sich vor sich selbst, vor seinem Wesen – und vor den Begierden, die diesem Wesen entwachsen.

Im Grunde versteht er sich nämlich recht gut.

Oder geht es Ihnen etwa anders? Was bewegt Sie denn und hält Sie am Laufen?

Oh, richtig, ich vergaß, das war ja die Tugend.

Achtundzwanzig Grad und siebzehn Minuten südlicher Breite

dreizehnter Tag des September
im Jahre des Herrn, 1629

Jakobsen reichte François das Teleskop. »Schaut selbst einmal hindurch! Ich glaube, da hinten ragen Felsspitzen empor.«

François ergriff das Teleskop mit einer hastigen Bewegung und spähte hindurch. Kleine weiße Schaumspuren kräuselten sich in dem runden Ausschnitt, den er sah. Sie konnten sowohl von Felsen stammen als auch die Folge einer Gegenströmung sein.

»Wir müssen näher heran«, murmelte er und ließ das Fernglas sinken.

Jakobsen schüttelte den Kopf. »Zu gefährlich«, brummte er.

»Die *Batavia* ist *bei Nacht* durch die Riffe navigiert worden«, betonte François. »Nun ist heller Tag. Wenn wir Vögel wären, könnten wir zu dem Wrack fliegen. Leider sind wir das nicht. Deshalb müssen wir uns wohl oder übel auf unsere Weise dorthin begeben. Und das bedeutet, dass wir das Houtmans Riff ansteuern müssen.«

»Das gefällt mir nicht«, beharrte Jakobsen störrisch.

François zwang sich, tief Luft zu holen. »Herr Kapitän«, begann er so geduldig wie möglich. »Wir sind seit sechzig Tagen unterwegs. Seit einem Monat bewegen wir uns zwischen denselben Breitengraden hin und her. Wir haben weder das Wrack gesichtet noch die Schiffbrüchigen auf der Insel. Der Grund dafür ist, dass sie woanders sind. Nämlich hinter dem Houtmans Riff.«

»Wenn wir die *Zandaam* verlieren –«

»Wir verlieren die *Zandaam* nicht, wenn wir behutsam vorgehen. Doch wenn wir hier bis in alle Ewigkeit verweilen, wird aus dem Schiff ein morscher Kahn, auf dem wir mit langen grauen Haaren und langen grauen Bärten sitzen.«

Jakobsen machte abermals Anstalten, einen Einwand zu erheben, doch François wehrte ab. »Jetzt oder nie«, sagte er. »Seid ein Mann! Wir werden es schaffen.«

Jakobsen hat noch alles zu verlieren, dachte François, als er die unschlüssige Miene des anderen sah. Ich hingegen nichts mehr außer meinem kläglichen Leben.

Auf dem Schiff herrschte angespannte Stille, als sie sich Zoll für Zoll auf die Riffe zubewegten. Immer wieder maß Claas Gerritz die Tiefe mit dem Lot. Bisweilen wechselten er und François Blicke. Jeder wusste, was der andere dachte. Solange das Meer ruhig blieb, konnte es ihnen gelingen, doch sollte das Wetter umschlagen, und der Wind Sturmwellen bilden, konnte die *Zandaam* ebenso scheitern wie die *Batavia*.

Das Wetter schlug indes nicht um. Sicher und ruhig glitten sie durch die Wellen.

»Zwanzig Faden«, verkündete Claas Gerritz schließlich. »Wir haben es geschafft.«

Die Seeleute brachen in Jubelschreie aus.

»Herzlichen Glückwunsch, Kapitän«, bemerkte François und klopfte Jakobsen auf den Rücken. »War doch gar nicht so schwer, oder?«

Jakobsen wischte sich den Schweiß von der hochroten Stirn und grinste. Zu sagen vermochte er nichts.

Auf dem Friedhof

Judith saß am Strand. Reglos starrte sie auf das Meer.

»So sitzt sie schon seit dem Morgen da«, teilte Sussie Lucretia mit. »Sie rührt sich nicht und sie sagt auch kein Wort.«

Lucretia ließ sich neben Judith nieder.

»Judith«, murmelte sie.

Judith reagierte nicht.

»Es waren zu viele«, bemerkte Sussie. »Alle haben sich in der Nacht über sie hergemacht. Jeder von ihnen. Sie haben sich abgewechselt.«

»Judith«, wiederholte Lucretia leise.

Nichts. Judith schien sie nicht zu hören.

Lucretia berührte sachte Judiths Kinn und drehte ihr Gesicht zu sich herum. Leere, tote Augen.

Judith ist nicht mehr da, erkannte Lucretia. Sie hat sich verkrochen, irgendwo in der inneren Dunkelheit hält sie sich versteckt.

Lucretia legte den Arm um Judiths Schultern. »Du musst zurückkommen, Kleine«, flüsterte sie. »Ich weiß, wo du bist. Ich kenne den Ort, doch er ist gefährlich. Du darfst dort nicht verweilen.«

»Der Steinmetz verfährt am ärgsten mit ihr«, sagte Sussie. »Aber sie schreit nicht einmal mehr. Irgendwann hat sie zu schreien aufgehört.«

Lucretia versuchte, Judith sanft zu wiegen, doch Judith verharrte so starr und steif, als hätte man sie in eine Marmorstatue verwandelt.

Arme Judith, dachte Lucretia. Ihr Vater hat fortwährend von dem Bösen geredet, doch seine Tochter hat erfahren, was es ist.

Achtundzwanzig Grad und siebzehn Minuten südlicher Breite

*sechzehnter Tag des September
im Jahre des Herrn, 1629*

François hatte seine Hände so fest um die Reling geklammert, dass seine Knöchel weiß hervortraten. Seit zwei Tagen zwang der Sturm sie zu ankern, seit zwei Tagen verfluchte er den Wind – und bisweilen wohl auch Gott. Irgendwo, fast zum Greifen nah, waren die Fracht, die Menschen und die Frau, die er begehrte – wohingegen er, François, sich auf der *Zandaam* befand und vor Ungeduld nahezu den Verstand verlor.

»Na endlich!«, stieß François erleichtert hervor. Er reichte Gerritz das Teleskop und deutete nach vorn.

»Seid Ihr Euch sicher?«, fragte Gerritz, während er die Umgebung mit dem Fernglas absuchte.

»Ich bin mir vollkommen sicher«, entgegnete François. »Da hinten erhebt sich die hohe Insel.«

»Ich weiß nicht«, murmelte Gerritz. »Die Sonne versinkt gerade im Meer. Da kann es bisweilen zu seltsamen Bildern kommen. Es könnten ebenso gut Sturmwolken sein, die tief am Himmel hängen.«

François seufzte laut auf. »Die *Sturmwolken* werden morgen früh noch immer unverändert da sein«, erklärte er. »Das sind die Inseln. Wir sind angekommen.«

Achtundzwanzig Grad und neunundzwanzig Minuten südlicher Breite

siebzehnter Tag des September
im Jahre des Herrn, 1629

»Da hinten steigt Rauch auf«, verkündete Claas Gerritz aufgeregt.

Dem Himmel sei Lob und Dank, schoss es François durch den Kopf. Er wandte sich zu dem Steuermann um. »Ich hatte demnach Recht. Es sind also just jene Inseln, die wir suchten.«

»Na gut, Ihr *hattet* Recht«, bestätigte Gerritz grinsend. »Und wenn Rauch aufsteigt, bedeutet das, dass dort auch Menschen leben.«

François schloss die Augen. Nun bräuchten wir nur noch den richtigen Wind, dachte er, und im Handumdrehen wären wir da.

»Wir sind zu ihnen zurückgekommen«, murmelte er. »Genau wie wir es ihnen versprochen hatten.«

Auf der Langen Insel

siebzehnter Tag des September
im Jahre des Herrn, 1629

Als es tagte, entdeckten die Wachposten die beiden Flöße, die in die Lagune hineingerudert waren, und schlugen Alarm.

Die Söldner fuhren hoch und rappelten sich auf. Für einen Moment waren sie benommen, und die steifen Glieder wollten ihnen nicht gehorchen. Doch bereits im nächsten Moment schoss ihnen das Blut schneller durch die Adern. Sie ergriffen ihre Waffen und stürmten bis zu den Klippen vor, wo die Steine zu frischen Hügeln aufgetürmt worden waren.

Wiebe warf sich bäuchlings unter einen Strauch und spähte in die Tiefe. Er entdeckte die Lunten, die auf den Flößen glommen.

Sie hatten ihre Musketen mitgebracht.

Als Nächstes sah Wiebe, dass der Steinmetz sein Floß verließ und auf den Strand zulief. Ihm folgten etwa ein Dutzend weiterer Männer.

Sobald sie in Reichweite waren, gab Wiebe seinen Kameraden ein Zeichen. Sie sprangen auf und ließen den ersten Steinregen auf ihre Feinde herniederprasseln.

Der Steinmetz wurde getroffen. Er schwankte indes nur kurz und setzte seinen Angriffskurs unbeirrt fort.

Von den Flößen aus wurde das Feuer eröffnet.

Wiebe hörte einen Schrei und drehte sich um. Ein Söldner bäumte sich auf, griff sich an die Kehle und sank hintüber.

»Los, schleudert weiter die Steine hinab!«, brüllte Wiebe, während er sich mit einigen anderen an den Klippen herunterließ und über den Strand hetzte, um Mann gegen Mann zu kämpfen.

Ihre Angreifer wichen zurück.

Feige Hunde! dachte Wiebe. Sie haben Angst vor dem Zweikampf. Statt auf sich zu vertrauen, vertrauen sie auf ihre Gewehre.

Abermals ertönte ein Schrei. Ein zweiter Söldner stürzte unweit von Wiebe zu Boden.

Wiebe ließ sich fallen und rollte zur Seite, packte seinen Kameraden und zog ihn bis an den Fuß der Klippen zurück. Danach stürmte er wieder vor.

Neue Gewehrsalven krachten los. Drei weitere Söldner brachen in die Knie.

Das ist eine schlaue Taktik, fuhr es Wiebe durch den Kopf. Die hat sich bestimmt nicht der Steinmetz ausgedacht. Da muss jemand anders dahinter stecken. Vermutlich Wouter Loos. Doch ihn konnte Wiebe nirgendwo entdecken.

»Was sollen wir tun?«, rief einer seiner Kameraden. »Sie bereiten die nächste Ladung vor.«

»Rückzug!«, brüllte Wiebe.

Geduckt flüchteten sie in den Schutz der Klippen zurück und kauerten sich tief in den Sand.

Ihre Angreifer befanden sich inzwischen wieder vollzählig auf den Flößen.

»Jetzt brauchen sie nur noch abzuwarten«, murmelte einer. »Irgendwann müssen wir uns rühren. Dann knallen sie uns nacheinander ab.«

»Kommt darauf an, wie viel Munition sie mitgenommen haben«, entgegnete Wiebe.

»Wir müssen auf die Klippen hoch. Nur da können wir uns verschanzen.«

»Zu gefährlich«, brummte Wiebe. »Sie werden die meisten von uns erwischen und danach besorgen sie sich das Floß. Das wäre unser aller Ende.«

»Wie lange, glaubst du, halten wir durch?«

Wiebe warf einen abwägenden Blick zu dem Feind hinüber. Dann wurde er ganz starr. Er fuhr sich etliche Male mit der Hand über die Augen. »Ich habe Angst, dass ich träume«, murmelte er. »Seht einmal! Da hinten!«

Wiebe deutete über die Lagune hinweg auf das Meer.

Die anderen folgten ihm mit den Blicken.

»Segel in Sicht«, flüsterte einer andächtig. »Wir sind gerettet!«

»Noch nicht«, erklärte Wiebe, indem er sich vorsichtig erhob. »Erst einmal werden wir um unser Leben rennen müssen.« Er grinste seine Kameraden an. »Los, Leute, nehmt die Beine in die Hand. Auf geht's zu unserem Floß!«

Achtundzwanzig Grad und dreißig Minuten südlicher Breite

»Woher stammte der verfluchte Rauch?«, knurrte François, während er auf die umliegenden Inseln spähte. »Ich hätte gewettet, dass er von der hohen Insel aufstieg.«

»Auf dieser Insel haben wir die Menschen nicht zurückgelassen«, belehrte Gerritz ihn. »Das war eine größere Insel. Außerdem müsste doch auch das Wrack zu sehen sein, wenn –«

»Himmel und alle Teufel«, unterbrach François ihn ungeduldig. »Ich weiß, dass ich den Rauch gesehen habe! Demzufolge hätten die Menschen unsere Segel entdecken müssen ... Warum aber haben sie dann ihr Feuer gelöscht? Das ergibt doch keinen Sinn.«

»Es könnte doch auch von jenen Felsen hergerührt haben«, gab Gerritz zu bedenken und deutete auf zwei benachbarte Inseln.

»Wir können so oder so nicht in die Lagune hineinsegeln«, erklärte der Kapitän, der zu ihnen getreten war. »Das Wasser ist zu flach.«

»Jetzt reicht es«, entgegnete François. »Von dort ist der Rauch aufgestiegen, und dort gehen wir an Land. Lasst das Dingi fertig machen, Kapitän! Und stellt ein Wasserfass bereit. Das nehmen wir mit.«

Jakobsen zuckte die Achseln und gab den Befehl zum Ankerwerfen. Das Dingi wurde über die Reling gehievt und zu Wasser gelassen. Einige Seeleute ließen sich behände am Fallreep hinab.

François und Claas Gerritz kletterten hinter ihnen her.

»Beeilt euch!«, rief François den Seeleuten zu, als er im Boot landete. »Wir haben keine Zeit zu verlieren.«

»Auf die paar Augenblicke kommt es jetzt auch nicht mehr an«, murrte ein Matrose.

Für ihn nicht, dachte François, doch mich macht das Kribbeln in meinem Kopf verrückt. Für mich ist jeder Augenblick kostbar.

Auf der Langen Insel

Die Söldner liefen zu ihrem Floß am sandigen Ende der Insel. Es war an Land gezogen und sorgfältig mit Zweigen getarnt worden. Von seinem Versteck aus sah man die Nordspitze der Robbeninsel – und das große Schiff, das am Eingang der Lagune ankerte.

Wiebe erkannte die holländische Fahne.

»Jetzt kommt es auf jede Minute an«, murmelte einer, während sie hastig das Floß freilegten. »Entweder schaffen wir es in Windeseile oder wir geraten dem Feind in die Hände.«

»Die haben jetzt Wichtigeres zu tun, als uns zu verfolgen«, entgegnete Wiebe. »Die werden umdrehen und den Friedhof ansteuern, um sich zu ihrem großen Angriff zu rüsten.«

Sie schleppten das Floß an den Strand, stießen es in die Wellen, sprangen hinauf und begannen, aus Leibeskräften zu rudern.

Auf der Robbeninsel

Noch ehe das Dingi den Strand erreicht hatte, war François bereits im Wasser und rannte laut rufend dem Ufer entgegen. Dort angekommen, blieb er stehen und blickte sich suchend um. Kein Anzeichen irgendeines Lebens, bis auf einen Seehund, der auf einem Felsen lag und ihn mit feuchten Samtaugen betrachtete.

François lief weiter. Er schrie zuerst Lucretias Namen, dann den von Aris Janz.

Nichts. Keine Antwort.

François blieb keuchend stehen, um Atem zu schöpfen. Plötzlich sah er etwas Glänzendes auf dem Boden liegen, bückte sich und hob es auf. Ein Knopf von einem Soldatenrock. Er drehte ihn noch in den Fingern, als ein Aufschrei ertönte.

François fuhr herum.

Claas Gerritz winkte ihn aufgeregt zu sich und deutete hinaus auf die Lagune.

François spähte dorthin und erkannte ein Floß mit Männern an Bord, die ihnen mit kräftigen Stößen entgegenruderten.

Gott sei Dank, fuhr es François durch den Kopf. Sie leben, und es scheint ihnen sogar prächtig zu gehen! Sie sind stark und bei guter Gesundheit.

Die Männer erhoben sich und fuchtelten mit den Armen.

François stürmte zum Strand zurück und begann, erregt mit beiden Händen zu winken.

Die Männer formten ihre Hände zu Trichtern und beugten sich vor. »Ihr müsst zurück!«, brüllten sie. »Ihr müsst zurück auf das Schiff!«

François ließ die Arme sinken und beobachtete verblüfft ihr Gebaren.

Einer von ihnen machte bereits einen Satz ins Wasser und stapfte mit riesigen Schritten auf sie zu. Es war ein Söldner von der *Batavia*. François erkannte ihn an seinem weizenblonden Haar.

»Kehrt zurück!«, schrie der blonde Mann. »Die Meuterer haben auch Flöße! Sie rudern zu Eurem Schiff. Sie wollen es kapern!«

Meuterer? dachte François. Das Schiff kapern? Was ist das für ein Unsinn, den dieser Mann verzapft?

Als Wiebe François erreicht hatte, salutierte er flüchtig. »Wiebe Hayes, treuer Diener der *Companie*«, erklärte er. »In Eurer Abwesenheit ist es zur Meuterei gekommen, Herr Kommandeur. Über hundert von uns wurden ermordet. Die Meuterer halten Kurs auf Euer Schiff. Sie wollen es kapern. Ihr müsst schnellstens umkehren, um das zu verhindern.«

François und Claas Gerritz blickten sich entgeistert an.

»Seht doch!«, rief Wiebe aus. Er deutete zum anderen Ende der Lagune, wo ein winziges Floß auftauchte, offenbar besetzt mit Gestalten in roten Röcken.

»Ihr müsst umgehend zurück, Herr Kommandeur!«, drängte Wiebe abermals. Er machte Anstalten, François' Arm zu ergreifen, doch François riss ihn zurück. »Ich verstehe kein Wort«, erklärte er ungeduldig und wandte sich an Claas Gerritz, der ratlos die Schultern hob.

»Ich kann mir auch keinen Reim darauf machen«, murmelte er.

»Vertraut mir einfach!«, drängte Wiebe. »Ich werde mit Euch kommen. Unterwegs werde ich Euch alles Weitere erklären.«

»Nun gut«, willigte François widerstrebend ein. »Kehren wir zu der *Zandaam* zurück. Bis dahin will ich erfahren, was es mit diesem Theater auf sich hat.«

An Bord der Zandaam

Wenn diese ungeheuerliche Geschichte wahr ist, wird sie mein Schicksal endgültig besiegeln, dachte François, nachdem er sich Wiebes Bericht angehört hatte. Die Kunde von dieser Katastrophe wird nicht allein bis nach Java dringen, sondern in kürzester Zeit auch in Holland in aller Munde sein.

François stützte sich an der Reling auf und betrachtete die Gruppe der Neuankömmlinge, die sich ihnen auf einem Floß näherten.

Ganz vorn stand dieser hässliche Mensch, wie hieß er gleich? – Steinirgendwas. Und was sollten diese absurden Röcke, die sie sich angelegt hatten? Scharlachrotes Zeug aus weiß der Himmel welchen Stoffen, mit goldenen Litzen und Bordüren! Wie Gaukler und Musikanten sahen sie aus.

Der Hässliche salutierte. »Herr Kommandeur!«, brüllte er empor. »Wir danken Gott, dass er uns Euch gesandt hat.«

»Was sollen die Waffen?«, rief François zurück. »Warum seid ihr bewaffnet gekommen?«

»Es hat Ärger gegeben. Wir werden Euch alles erklären. Lasst uns zuerst an Bord!«

Den Teufel werde ich tun und euch mit den Waffen an Bord steigen lassen, dachte François. Er blickte sich um. Hinter ihm standen die Soldaten in Reih und Glied, die Gewehre im Anschlag.

François beugte sich über die Reling. »Werft erst einmal eure Waffen fort!«

»Wir sind Eure Soldaten, Herr Kommandeur, wir –«

»Ihr werft sofort eure Waffen ins Meer oder ich gebe *meinen* Soldaten den Befehl zu feuern.« François winkte die erste Soldatenreihe vor. Die Männer traten an die Reling und richteten ihre Gewehr nach unten.

Die Besatzung auf dem Floß wirkte überrascht. Kurz darauf begannen sie, erregt untereinander zu debattieren, bis der Erste sein Gewehr in die Fluten warf, und die anderen seinem Beispiel widerwillig folgten.

François gab den Matrosen ein Zeichen, die daraufhin die Strickleitern herunterließen.

Die Männer mit den roten Röcken hangelten sich hoch und stemmten sich über die Reling. Die Soldaten hielten sie mit ihren Gewehren in Schach.

Dem Hässlichen ließ François umgehend die Hände auf den Rücken binden.

»Was soll das, Herr Kommandeur?«, beschwerte sich dieser daraufhin beleidigt. »Wir haben große Qualen erlitten. Warum behandelt Ihr uns wie Verbrecher?«

»Schafft sie nach unten!«, befahl François. »Mit der Befragung fangen wir später an.«

François wandte sich ab und blickte besorgt zu den kleinen Inseln hinüber. Wo war Lucretia? Wo der Arzt? Wo Deschamps? Was war aus den anderen Schiffbrüchigen geworden?

Auf dem Friedhof

»Da kommen sie«, verkündete Wouter Loos.

Sie standen am Strand, die Hände am Knauf ihrer Schwerter.

Lange bevor das Schiff vor Anker ging, hatte Mattys Beer zu fragen begonnen, ob schon jemand den Skipper erspähte.

Später sagte jedoch niemand mehr etwas. Alle beobachteten stumm, wie das Schiff auf sie zuhielt, wie es an den Riffen vorbeiglitt und wie nacheinander die Segel eingeholt wurden. Heimlich hofften sie, dass der Steinmetz sich an Bord befand und seine Sache richtig gemacht hatte.

Die ersten Beiboote wurden zu Wasser gelassen.

»Pelgrom soll die Weinbecher parat halten«, befahl Wouter Loos.

Lucretia überlief ein Schauder. Gleich ist es so weit, dachte sie. Ich werde allerdings auf nichts mehr hoffen, denn die Hoffnung ist wie ein Fluch, der die Menschen zu abscheulichen Taten verführt. Sie hat mich in Jeronimus' Arme getrieben, sie hat uns allen unsere Ehre und Würde geraubt.

»Gottverdammt«, fluchte Allert Janz, als die Boote näher kamen und sie anstelle der bekannten Gesichter diejenigen fremder Soldaten erblickten – und darunter einen weizenblonden Schopf.

Mattys Beer zog sein Schwert. »Ich bringe diesen Kerl um, und wenn es das Letzte ist, was ich auf dieser Welt tue«, knurrte er.

Wouter Loos schüttelte wie benommen den Kopf, als die Soldaten aus den Booten sprangen und mit angelegten Gewehren vorwärts schritten.

Jan Pelgrom machte auf dem Absatz kehrt und flüchtete über den Strand hinweg hoch zu den Klippen.

»Ich bin dafür zu kämpfen«, erklärte Mattys Beer, doch er hörte sich unentschlossen und zweifelnd an. Seine Augen richteten sich fragend auf Wouter Loos.

»Mach, was du willst«, erwiderte dieser, indem er seine Waffen abnahm und zum Zeichen der Kapitulation auf den Erdboden warf.

Mattys Beer zauderte für einen Moment, doch dann löste auch er sein Schwert und ließ es fallen.

Allert Janz war der Letzte, der sich von seinen Waffen trennte.

Wenige Augenblicke später hatten die Soldaten sie gepackt, auf die Knie gezwungen und gefesselt.

Ich empfinde weder Freude noch Erleichterung, noch Dankbarkeit, stellte Lucretia fest. Eher ist es so, als befände ich mich als Zuschauerin auf dem Jahrmarkt und wartete darauf, dass das nächste Gaukelstück beginnt.

»Der Teufel hat abgedankt«, murmelte eine Stimme hinter ihr. »Seine Herrschaft ist beendet.«

Lucretia wandte sich um. Es war Deschamps.

»Da irrt Ihr Euch«, widersprach Lucretia. »Wir sind mit dem Teufel durch die Pforten der Hölle geschritten. Von nun an wird er immer bei uns sein.«

»Was werdet Ihr ihnen über mich erzählen?«, fragte Deschamps.

Lucretia schloss die Augen. Wie schnell das geht! dachte sie. Wie rasch er sich umbiegt, um abermals mit dem Strom zu schwimmen!

»Ich weiß es nicht«, murmelte sie.

»Denkt daran, dass ich keine Wahl hatte«, bat Deschamps leise. »Ebenso wenig wie Ihr.«

Nun werden die Sünden verglichen und abgewogen, überlegte Lucretia. Ob er wahrhaftig glaubt, ein Kind zu ermorden und Jeronimus zu umarmen seien Verbrechen ein und derselben Natur?

»Jeder muss mit dem, was er getan hat, leben, Deschamps«, erklärte Lucretia. »Ihr ebenso wie ich. Ich werde Euch jedoch nicht bezichtigen, denn ich will Euer Blut nicht an meinen Händen haben.«

Sie kehrte ihm den Rücken zu und begab sich zu ihrem Zelt.

Die Frauen waren am Strand zusammengelaufen und schauten den rettenden Booten entgegen.

Als sie sahen, dass ihre Peiniger sich ergaben, standen sie für eine Weile reglos da, doch dann löste sich ihre Starre in Unruhe auf.

»Mein Mann war auf der Langen Insel«, murmelte eine. »Was werde ich ihm sagen? Wie soll ich ihm begreiflich machen, dass ich nicht umhin konnte, zu tun, was sie verlangten? Wird er jemals bereit sein, mir zu verzeihen?«

Gib dir keine Mühe, dachte Sussie. Er wird dir nie verzeihen. Stattdessen wird er dich dein Leben lang mit Argwohn verfolgen und verachten.

Sie sah, dass die Frauen sich voneinander abkehrten, sich neue Gesichter aufzusetzen bemühten und neue Gesten einzuüben schienen, mit denen sie ihren Befreiern gegenübertreten wollten.

Sie glauben, alles liege hinter ihnen, stellte Sussie verwundert fest. Sie wissen noch nicht, dass das Geschehene sie nie mehr loslassen wird, dass mit diesem Tag lediglich die neue Zeitrechnung ihrer Erinnerung beginnt.

François betrat Lucretias Zelt.

Lucretia nahm wahr, dass er ungesund aussah. Sein Gesicht war von seiner Krankheit gezeichnet, mit eingefallenen Wangen und tiefen, dunklen Rändern unter den Augen. Er wirkt wie jemand, bei dem man die erloschene Schönheit erkennt, dachte sie, und mit Bedauern feststellt, dass er sie aufgrund eines Schicksalsschlags verlor.

François schwieg, während sein Blick über die Ausstattung ihres Zeltes wanderte.

Lucretia glaubte, Verblüffung aus seiner Miene zu lesen, als er die vertrauten Gegenstände entdeckte – die Seidenbehänge, den kostbaren Teppich, die Karaffen, die Becher und die silbernen Leuchter. Nun, sagte sie bei sich, du solltest dich nicht wundern. Das ist immerhin ein Palast gewesen! Hier hat die Gemahlin des Teufels gewohnt.

François räusperte sich. Er erhob seine Hände und öffnete und schloss sie mehrere Male, ehe sie wieder hilflos an seinen Seiten herunterfielen.

Ich war mir sicher, dass er sich für diesen Augenblick eine Rede ausgedacht hat, stellte Lucretia fest. Doch offensichtlich hat er sie nicht sorgfältig genug geprobt.

»Ich bin hier, um dich zu holen«, erklärte François schließlich.

Was soll ich darauf antworten? fragte sich Lucretia. Es würde Tage, nein, Wochen erfordern, bis sie ihm darlegen konnte, welche Folgen sein Verschwinden gehabt hatte.

»Ich hatte keine Wahl«, fuhr François fort.

Lucretia lächelte. Wie Deschamps, wie sie selbst, wie alle.

»Sag doch etwas«, bat François leise.

Lucretia schüttelte unmerklich den Kopf. Nein, beschloss sie, sie würde ihm keine Absolution erteilen. Sie würde ihn allerdings auch nicht schmähen oder ihm Vorwürfe machen. Das nutzte ohnehin nichts mehr. François musste ebenso wie sie – wie alle anderen – einen eigenen Weg finden, um mit der Wahl, die er getroffen hatte, zu leben.

Seltsam, fuhr es Lucretia anschließend durch den Sinn. Wir hatten einmal so viel gemeinsam, doch nun verbindet uns lediglich noch die Scham angesichts unseres Handelns – und selbst darüber vermögen wir nicht zu reden.

»Ich habe dich nicht vergessen«, murmelte François. »Ich tat nur, was ich tun musste. Es schien mir das Beste zu sein.«

Ich bin gespannt, ob er dieselbe Entschuldigung auch von mir hinnimmt, wenn er erfährt, dass ich Jeronimus' Bettgefährtin war, überlegte Lucretia.

François straffte die Schultern. »Ich muss dir etwas sagen, Lucretia. Es tut mir Leid, dass es eine schlechte Nachricht ist. Es handelt sich um deinen Mann.«

Lucretia zwang sich, nicht laut loszulachen. Als ob es für sie noch schlechte Nachrichten gäbe!

Wiebe erinnerte sich an Judith als zartes Mädchen, mit scheuem Blick und einer feinen, weißen Haut, die sich mit einem rosigen Hauch überzog, wenn sie lächelte. Sie war ihm stets wie etwas

Kostbares vorgekommen, etwas viel zu Zerbrechliches für seine rauen, schwieligen Hände.

Wiebe versuchte, einen Überrest davon in der Frau, die reglos vor ihm hockte, zu entdecken, doch es gelang ihm nicht. Es war nicht allein Judiths Äußeres, das sich verändert hatte, nicht die von der Sonne gerötete Haut, das verfilzte Haar oder das zerschlissene Kleid, nein, es waren vorrangig ihre Augen. Sie hatten jegliches Leben verloren und blickten so starr ins Nichts wie die eines toten Fisches.

Für Judiths Gesichtsausdruck fehlten Wiebe die Worte. Er wusste lediglich, dass er Ähnliches in seinem Leben noch nie gesehen hatte.

»Judith«, flüsterte er. »Ich bin es. Wiebe Hayes.«

Judith wandte ihren Kopf zu ihm um, doch ihre Miene blieb unverändert.

»Oh, Judith«, stöhnte Wiebe. »Was haben diese Ungeheuer an dir verbrochen?«

An Bord der Zandaam

Am Abend wurde Jeronimus an Bord der *Zandaam* geschafft. Seine Augen waren blutunterlaufen, sein Gesicht von Schlägen gezeichnet, sein Haar hing ihm in wirren Strähnen auf die Schultern, sein Rock war verschmutzt – nichts erinnerte François mehr an die Erscheinung seines vormaligen Unterkaufmanns.

François blickte ihn kopfschüttelnd an. Es fiel ihm noch immer schwer, die Geschichten zu glauben, die man ihm über Jeronimus erzählt hatte. Dennoch zog er es vor, dessen Hände gebunden zu lassen.

»Gebt ihm einen Schluck Wein«, trug François einem Soldaten auf.

Der Mann hielt Jeronimus einen gefüllten Becher an den Mund, und Jeronimus schlürfte die ersten Schlucke gierig in sich hinein.

»Herr Unterkaufmann«, begann François, »ich möchte von Euch –«

»Ich danke Gott, dass Ihr erschienen seid«, fiel Jeronimus ihm ins Wort. »Ihr habt keine Ahnung, welche Ungeheuerlichkeiten sich nach Eurem Verschwinden ereigneten.«

Nach meinem *Verschwinden*? dachte François verärgert, doch noch ehe er Einwände erheben konnte, setzte Jeronimus an, Einzelheiten der vorgefallenen Gräueltaten aufzuzählen.

Ungeduldig hob François die Hand. »Langsam, Herr Unterkaufmann, eins nach dem anderen, bitte. Vielleicht schildert Ihr mir zuerst einmal Eure Rolle bei dem Ganzen und das, was Ihr persönlich tatet. Nach den Worten der anderen lagen dort die Ungeheuerlichkeiten.«

Jeronimus schaute entrüstet drein. »Wessen haben sie mich beschuldigt? Wer von ihnen hat überhaupt gewagt, den Mund aufzumachen?«

»Nun, da wären zum Beispiel ein gewisser Mattys Beer, ein Jan Hendricks und ein Allert Janz«, erwiderte François gereizt. »Ihre Aussagen decken sich, was Euch betrifft.«

»Ihr habt sie gefoltert«, warf Jeronimus ihm vor. »Sie wollten ihren Hals retten und haben gelogen.«

»Die Androhung der Folter reichte bereits aus«, entgegnete François. »Für den Moment ist derlei jedoch unmaßgeblich. Ich bitte Euch nun um *Eure* Version. Und Euch droht und foltert niemand.«

»Unter vier Augen, Herr Kommandeur! Unter vier Augen erzähle ich Euch alles.«

»Das ist leider nicht möglich, Herr Cornelius. Eure Aussage muss öffentlich stattfinden. Ich habe einen Schreiber herbefohlen. Er hält Eure Worte fest.«

Jeronimus schien mit sich zu kämpfen. Dann seufzte er tief und nickte ergeben. »Die Drahtzieher waren vermeintlich anständige Menschen wie David Zeevanck und Conrad van Huyssen«, erklärte er bekümmert. »Ich habe lediglich versucht, am Leben zu bleiben – ein recht natürliches Bestreben, wie mir scheint. Bisweilen zwingt es den Menschen jedoch, Dinge zu tun oder hinzunehmen, die er unter anderen Umständen ablehnt. Ihr könnt das gewiss nachempfinden, Herr Kommandeur.«

Jeronimus bedachte François mit einem vertraulichen Blinzeln.

Du Mistkerl, dachte François wütend, während er die Blicke der anderen mied.

»Die vorgenannten Männer«, hub François noch einmal an, »erklärten, es sei *Eure* Idee gewesen, das Rettungsschiff zu kapern und all jene von der Mannschaft zu töten, die sich Euren Plänen widersetzen.«

»Ja, natürlich bin nun *ich* der Bösewicht«, sagte Jeronimus, betrübt angesichts der unvermeidlichen Ruchlosigkeit menschlichen Verhaltens. »Was erwartet Ihr denn, wenn Ihr Gesindel befragt?«

»Das Gesindel, wie Ihr es nennt, hat ebenfalls behauptet, Ihr hättet grausam gemordet –«

»Das geht zu weit!«, wehrte Jeronimus entrüstet ab. »Das nehme ich nicht hin. Haben sie Euch etwa Beispiele genannt, die Namen irgendwelcher Menschen erwähnt, die ich getötet hätte? Nein, nicht wahr? Da ist ihnen niemand eingefallen. Das Einzige, was Ihr mir anlasten könnt, ist, dass ich nicht eingegriffen habe. Ich habe Dinge geschehen lassen, das ist wohl richtig. Ich hatte keine Wahl. Das versteht Ihr doch, Herr Kommandeur, oder nicht?«

Abermals erschien ein Ausdruck heimlichen Einverständnisses auf seiner Miene.

Treib es nicht zu weit, hätte François ihn am liebsten gewarnt, doch stattdessen lehnte er sich scheinbar gefasst zurück und fragte: »Gibt es denn jemanden, der Eure Geschichte untermauert?«

»Aber ganz gewiss«, erklärte Jeronimus im Brustton der Überzeugung. »Frau van der Mylen wird das tun.«

François' Blick wurde starr. »Was hat Frau van der Mylen mit diesen Machenschaften zu tun?«

»Nun, sie wird Euch bestätigen, dass ich alles daran setzte, um sie zu schützen. Für sie habe ich mehr gewagt als für mich. Überdies kann sie bezeugen, dass ich wertvollen Besitz der *Compagnie* in Gewahrsam nahm, auf dass er nicht in die falschen Hände fiel.«

Jeronimus blickte sich triumphierend um. »Inmitten der Barbarei habe *ich* das Leben von Menschen und wichtige Teile der Fracht gerettet, und –«

»Ich werde sie befragen«, schnitt François ihm das Wort ab. »Sowohl Frau van der Mylen als auch Aris Janz. Jedoch nicht mehr heute. Für heute ist es genug.« Er gab den Wachen ein Zeichen, Jeronimus abzuführen.

»Was soll das?«, rief dieser aufgebracht. »Ich habe Euch doch nun die Umstände dargelegt, die mich zum Stillhalten zwangen. Warum glaubt Ihr mir nicht, dass ich die Wahrheit sage? Warum lasst Ihr mich nicht frei, sondern führt mich ab wie einen gemeinen Verbrecher?«

»Weil ich nicht mehr weiß, was die Wahrheit ist«, beschied

François ihn matt. »Der Tag war sehr lang. Morgen sehen wir weiter. Bis dahin müsst Ihr Euch gedulden.«

Er musterte Jeronimus anzüglich und schloss: »Das versteht Ihr doch, Herr Unterkaufmann, oder nicht?«

Auf der Robbeninsel

Bereits als sie am Ufer anlegten, hörten sie Jeronimus' Stimme. Es klang, als würde er schaurige Liedstrophen singen und schrill und kreischend lachen – alles wild durcheinander.

Nach Lucretias Aussage und der von Aris Janz war Jeronimus auf die Robbeninsel verbracht worden, wo die Soldaten ihm einen Verschlag zimmerten, in dem er angekettet wurde. Alle übrigen Gefangenen wurden auf der Friedhofsinsel bewacht.

Wiebe Hayes und einige Soldaten begleiteten Lucretia.

»Ich möchte ihn allein sprechen«, erklärte Lucretia. »Ich rufe Euch, wenn ich umkehren will.«

Wiebe wirkte zuerst unschlüssig, doch dann nickte er widerwillig und baute sich mit den Soldaten draußen vor dem Eingang des Verschlags auf.

Lucretia bückte sich, um einzutreten.

Das Lachen und Singen verstummte.

Jeronimus kauerte in einer Ecke. »Ich wusste, dass du kommst«, flüsterte er. »Du hast dir einen Plan zu meiner Befreiung ausgedacht, nicht wahr?«

»Nein«, erwiderte Lucretia. »Das ist es nicht. Es ist etwas anderes. Ich wollte mich vielmehr von etwas überzeugen.«

»Von meiner Liebe etwa?«, erkundigte sich Jeronimus und setzte sich auf. »Sie besteht nach wie vor.«

»Auch das ist es nicht. Ich wollte mich eher von dem überzeugen, was Ihr nun seid.«

Lucretia betrachtete Jeronimus gedankenverloren. »Es geht um das Ausmaß meiner Reue«, erklärte sie. »Ich will mir vor Augen halten, von wem ich mich bezwingen ließ.«

»Reue? Was soll das bedeuten? Was gibt es zu bereuen?«

»Ist das tatsächlich derart unbegreiflich? Bereut Ihr etwa nichts?«

»Nicht, dass ich wüsste. Was sollte das sein?«

»Die schrecklichen Verbrechen, die Ihr begangen habt –«

»Ich habe keine Verbrechen begangen«, unterbrach Jeronimus sie. »Ich befolgte lediglich Gottes Willen.«

»War es Gottes Wille, so viele Menschenleben zu opfern? War es sein Wille, meine Ehre zu beschmutzen oder die von Judith, von Sussie, von Tryntgen?«

»Offenbar ja, meine Liebe.« Jeronimus lächelte. Er rückte sich bequemer zurecht. »Hast du mich vermisst, Lucretia? Ist es das, was du mir sagen willst?«

Lucretia warf einen langen Blick auf ihn. Danach wandte sie sich um und trat hinaus.

Jeronimus' Gelächter gellte hinter ihr her.

Auf dem Friedhof

achtundzwanzigster Tag des September
im Jahre des Herrn, 1629

Der Wind schäumte riesige Wogen auf und fuhr heulend über die Insel hinweg. François musste seine Stimme heben, als er die Urteile verlas.

Die Umstehenden blickten zu Boden, ganz gleich ob sie zu den Verurteilten gehörten oder nicht.

François holte tief Luft. »Der Unterkaufmann Jeronimus Cornelius, vormals Apotheker in Harlem, ist schuldig befunden der Ketzerei, der Anstiftung zu Mord und Vergewaltigung, der Menschenverführung, der Aufwiegelei, der Meuterei, des Diebstahls und der Veruntreuung.«

Er schaute zu Jeronimus hin, der ihm lächelnd zunickte und danach verächtlich auf diejenigen blickte, die mit gesenkten Köpfen im Halbkreis standen.

»Ihm werden beide Hände abgetrennt. Danach wird er am Strang hängen, bis dass der Tod erfolgt. Seine Gelder in Form von Gold, Silber und den Löhnen der *Companie* werden in den Besitz derselben überführt. Das Urteil wird vollstreckt am ersten Tag des Oktober, im Jahre des Herrn 1629.«

Die Menschen im Halbkreis hoben die Köpfe und sahen sich verwundert an. Einige unter ihnen begannen zu murren. Es war offenkundig, dass sie eine grausamere Bestrafung erwartet hatten.

François begann, die restlichen Urteile zu verlesen.

»Jan Hendricks, Soldat, wird der Meuterei, der Unzucht, des Mordes, der Anstiftung und der Beihilfe zum Mord beschuldigt. Ihm wird die rechte Hand abgetrennt. Danach wird er am Strang hängen, bis dass der Tod erfolgt.«

Die gleichen Strafen wurden über van Os, van Luyck, Mattys Beer, den Steinmetz und Allert Janz verhängt, zu vollstrecken am ersten Tag des Oktober. Der Ort der Vollstreckung sollte die Robbeninsel sein.

Die Strafen für Wouter Loos und einige andere wurden vorläufig ausgesetzt. Ihre Fälle plante François in Batavia vor den Richtern der *Companie* zu verhandeln.

An Bord der Zandaam

»Herr Pelsaert«, hub Wiebe an, »bei allem Respekt vor Eurer Kenntnis in Fragen des Rechts verstehe ich nicht, weshalb Ihr einige der Verbrecher mit nach Batavia nehmen wollt. Warum werden sie nicht hier hingerichtet, wie die anderen?«

François betrachtete Wiebe ein wenig verstimmt. In den vergangenen Tagen hatte er den Söldner schätzen gelernt, dennoch fand er, dass es diesem nicht zustand, seine Entscheidungen zu hinterfragen.

»Habt Ihr keine Sorge, dass sie sich abermals verschwören, nun, da wir das Silber und auch die – anderen Schätze geborgen haben?«

»Nein«, gab François zurück. »Nein, darum sorge ich mich nicht. Ich habe eine Truppe von dreißig Soldaten für die Bewachung der Fracht abgestellt, und es gibt keinen Jeronimus mehr, der die Gefangenen aufwiegeln kann. Er war ihr Kopf. Ohne ihn werden sie nichts mehr unternehmen.«

»Ich bin nur ein einfacher Soldat, Herr Kommandeur, ich –«

»Ihr seid ein tapferer Mann, Wiebe Hayes. Die *Companie* wird sich Euch gegenüber erkenntlich zeigen, das verspreche ich.«

Wiebe schüttelte den Kopf. »Darum geht es mir nicht, ich wollte lediglich zu bedenken –«

»Ich verstehe Eure Bedenken«, unterbrach François ihn erneut, »und ich weiß sie zu würdigen. Dennoch steht mein Entschluss fest. Bitte, lasst mich nun allein, es sei denn, Ihr hättet noch etwas Dringliches auf dem Herzen.«

»Nein«, murmelte Wiebe. »Es gibt nichts Dringliches mehr.« Er salutierte knapp und verschwand.

François stellte sich an die Reling und starrte zu den Inseln hinüber. Er ahnte, dass die Menschen dort dabei waren, ihm die

Milde seiner Urteile vorzuwerfen. Den Grund würde wohl keiner von ihnen verstehen. Lediglich er, François, wusste, dass seine eigene Schuld ihn dazu bewogen hatte. Wäre er seiner Pflicht gefolgt und hätte bei den Schiffbrüchigen ausgeharrt, anstatt mit Jacobs zu flüchten, wären die grausamen Dinge niemals geschehen.

Auf der Robbeninsel

erster Tag des Oktober
im Jahre des Herrn, 1629

Lucretia hatte sich genau wie die anderen eingefunden, um den Hinrichtungen beizuwohnen.

Stumm blickte sie auf die aneinander geketteten Verurteilten, die, laute Verwünschungen ausstoßend oder kläglich jammernd, aus den Booten ans Ufer und anschließend den Strand hinaufgetrieben wurden.

Jeronimus stand, umringt von Soldaten, vor dem Klotz, auf dem ihm die Hände abgeschlagen werden sollten.

Wie aus weiter Ferne hörte Lucretia ihn von seiner Phantomwelt reden, von seinem Königreich, dessen göttlicher Vorbote er war. Sie vernahm das Gelächter der Soldaten, als Jeronimus sich zu Gottes Sohn erklärte, der wie dieser am Kreuz starb, um Gottes Reich zu errichten.

Kurz darauf sah Lucretia François einem Soldaten ein Zeichen geben. Sie schloss die Augen.

Als Nächstes ertönte ein unheimlicher Schrei, der nicht aus einer menschlichen Kehle herzurühren schien, und dann wurde es still.

Lucretia vernahm das Gemurmel der anderen um sie herum. Sie schlug die Augen auf.

Fassungslos auf seine blutenden Armstümpfe blickend, ließ sich Jeronimus zum Galgen führen. Als sich die Schlinge um seinen Hals legte, versuchte er, sich ihrer mit den Stümpfen zu erwehren, und als ihm das nicht gelang, zog er den Kopf ein, um sich zu befreien. Doch starke Arme hielten ihn fest, zurrten die Schlinge an und hievten ihn hoch. Für eine Weile zappelten noch seine Beine – dann war auch das vorüber.

Jeronimus' Mitverurteilte gingen dem Tod unterschiedlich entgegen. Die meisten von ihnen begegneten ihm mit Flüchen, andere, wie Mattys Beer, bekannten stammelnd ihre Schuld, erklärten ihre Reue und baten Gott um Vergebung für ihre Taten.

Doch ganz gleich wie sie aus dem Leben schieden, ihr letzter Blick führte unweigerlich über die grauen Wellen hinweg zur Friedhofsinsel, wo zwischen den Felsen die kärglichen Paläste ihrer erloschenen Traumwelt zu sehen waren.

Jan Pelgrom kam als Letzter an die Reihe. Er schaffte es, sich von den Soldaten loszureißen und François vor die Füße zu werfen.

François sah, dass Schluchzer den schmächtigen Körper des Jungen erschütterten, und gebot den Wachen Einhalt.

»Was erscheint *dir* denn die gerechte Strafe für deine Verbrechen?«, erkundigte sich François mit tonloser Stimme.

Jan Pelgrom vermochte nichts zu sagen. In stummer Bitte richtete er sein tränennasses Gesicht zu François empor.

»Ich werde mir etwas für dich ausdenken«, murmelte François. Dann wandte er sich zu den Soldaten um und bedeutete ihnen, Jan zurück zu den wartenden Booten zu führen.

Unter den umstehenden Frauen wurden empörte Rufe laut. Andere begannen, in ohnmächtiger Wut zu weinen.

Lucretia betrachtete François. Sie fand, dass auch sein Gesicht dem eines Toten glich, und zum ersten Mal seit langer Zeit verspürte sie einen Anflug von Mitleid mit ihm.

François ist grenzenlos erschöpft, stellte sie fest und erkannte, dass seine Klugheit und sein Geschick ihm als Kaufmann dienen mochten, ihm im Umgang mit Gleichgesinnten zugute kamen oder auch seiner Rolle als Gesandter der *Companie* nutzten. Doch dazu, dass er auch in Ausnahmesituationen bestand, reichte beides nicht aus, dafür war der Charakter, gegen den diese beiden Tugenden anzukämpfen hatten, zu schwach.

Auch das, was heute geschieht, ist für François zu gewaltig, grübelte Lucretia weiter, dafür ist er nicht kalt und grausam genug. Wie sonderbar, schloss sie ihre Gedanken ab, dass ihn ein größeres Maß an Kälte und Grausamkeit vermutlich besser hätte bestehen lassen. Es hätte ihn stärker gemacht, Extremes zu ertragen.

Schließlich wanderten alle schweigend zu den Booten zurück, und die Insel gehörte wieder den Robben.

In wenigen Tagen würde, bis auf die zerfallenen Hütten und die knarrenden Galgen, nichts mehr daran erinnern, dass hier jemals Menschen eingedrungen waren.

An Bord der Zandaam

François hatte sich an seinem Schreibtisch niedergelassen, um die Ereignisse des Tages in sein Handbuch einzutragen. Als er den Blick hob, sah er, dass die sinkende Sonne blutrote Fächer auf die Fensterscheiben malte. Ein tiefer Seufzer entrang sich seiner Brust. Dort hinten auf der Robbeninsel werden sich jetzt die Vögel langsam niederlassen, dachte er, und die Schnäbel, mit denen sie an den Leichen gepickt haben, zum Schlafen unter ihre Flügel stecken. Als es an seiner Tür klopfte, schrak François zusammen.

»Tretet ein«, murmelte er.

Es war Lucretia.

François erhob sich, um ihr einen Sessel anzubieten.

»Das war alles sehr schrecklich für dich, nicht wahr?«, begann Lucretia und setzte sich.

»Es war ein Tag, den ich gern vergessen würde«, erwiderte François während er erstmalig in Ruhe Lucretias Aussehen studierte.

Sie ist noch immer sehr schön, dachte er, doch irgendetwas ist mit ihrer Schönheit geschehen, etwas hat sich verändert, wenngleich ich nicht auf Anhieb sagen könnte, was es ist.

Sie kommt mir vor wie eine ehedem vollendete Skulptur, erkannte François plötzlich, eine Skulptur, die eine ruchlose Hand geschändet hat. Und gerade die Zerstörung ist es, die ihre Schönheit betont, wohl weil sie den Betrachter nun gleichsam mit Bedauern rührt.

Ja, befand er schließlich, genau das ist es: Lucretia hat etwas Tragisches angenommen, doch das verleiht ihr ein größeres Maß an Stärke als zuvor. Jammern und klagen wird sie jedenfalls nicht.

»Warum hast du den Jungen begnadigt?«, erkundigte sich Lucretia.

»Aus Mitleid, aus Erbarmen – warum fragst du? Hätte ich es deiner Ansicht nach nicht tun sollen?«

»Er war ebenso grausam wie die anderen.«

François hob die Schultern. »Ich hatte mit einem Mal genug. So viel Sterben und Tod …«

»Ich weiß nicht, ob ich dich jemals begreifen werde, François«, bemerkte Lucretia verwundert.

»Wie solltest du, wenn ich mich selbst kaum begreifen kann.«

Lucretia wirkte mit einem Mal zornig. »Du machst es dir gern leicht, François, nicht wahr? Es ist bequem, sich mit dem eigenen Unvermögen abzufinden. Es nimmt dir die Verpflichtung ab, zu kämpfen.«

»Ist deine Meinung über mich tatsächlich derart schlecht geworden?«

»Sie ist nicht schlecht. Ich habe sie lediglich beschrieben.«

François lächelte gequält. »Es fällt mir schwer, das zu glauben, Lucretia. Dafür bist du zu sehr erzürnt. Warum sagst du mir nicht, weshalb du zu mir gekommen bist? Um mich zu verurteilen oder um über den Jungen zu reden?«

»Weder noch. Es geht um Wouter Loos.«

»Was ist mit ihm?«

»Ich finde, ihn solltest du ebenfalls gnädiger behandeln als die anderen.«

»Ich habe keineswegs vor, Pelgrom gnädig zu behandeln. Falls du das geglaubt hast, hast du dich geirrt. Er wird auf dem Südland ausgesetzt. Die Landschaft ist dort äußerst karg. Ich dachte, sie entspricht vielleicht seinem Naturell. Wenn dem so ist, mag er überleben, wenn nicht, findet er dort seinen Tod.«

»Dann billige Wouter Loos den gleichen Ausweg zu.«

»Und warum das?«

»Ich war in seiner Gewalt. Er hätte mich ebenso wie Jeronimus –«

»Ich werde darüber nachdenken«, fiel François Lucretia rasch ins Wort. »Lass mir ein wenig Zeit.«

Lucretia nickte nachdenklich, als sie sein Unbehagen erkannte. Danach blickte sie versonnen zum Fenster hinaus auf das Meer, in dem die letzten Sonnenstrahlen versanken.

»Lucretia –«, begann François und brach ab. Er suchte nach Worten, um auszudrücken, was ihn bewegte, doch dann schüttelte er resigniert den Kopf. Es gab nichts zu sagen. Das, was ihn bewegte, war ein Traum, der niemals Wirklichkeit werden würde.

Lucretia musste Ähnliches empfunden haben, denn sie stand auf. Auf dem Weg zur Tür streiften ihre Röcke François.

Er hätte sie berühren, hätte ihre Hand festhalten können, doch er tat weder das eine noch das andere.

Er ließ sie gehen.

Auch das war nun vorbei.

Achtundzwanzig Grad und dreizehn Minuten südlicher Breite

sechzehnter Tag des November
im Jahre des Herrn, 1629

Die *Zandaam* hatte vor der Küste des Südlandes Anker geworfen.

Wouter Loos und Jan Pelgrom bestiegen ein kleines Boot, das mit Vorräten und Tauschgegenständen ausgestattet worden war, Letztere für den Fall, dass sie auf Eingeborene stießen, die dieses unbekannte Land bewohnten.

Wouter Loos blickte zu den Menschen hoch, die ihn von der Reling aus beobachteten. Sein Blick begegnete dem von Lucretia, und er nickte ihr unmerklich zu. Er hatte sie mit seiner Grausamkeit verschont und dafür hatte sie sich erkenntlich gezeigt. Ihr verdankte er die Möglichkeit, weiterzuleben, wenngleich niemand wusste, für wie lange.

François hatte indes eine winzige Hoffnung in Wouter Loos zum Leben erweckt. Er hatte ihm aufgetragen, sich mit den Eingeborenen, sofern sie auf welche träfen, anzufreunden und zu erkunden, ob es auf dem Südland verborgene Gold- oder Silberadern gab. Im folgenden Frühling und Sommer würden die Schiffe der *Companie*, die in diesen Küstengewässern kreuzten, nach ihm und Jan Pelgrom Ausschau halten und sie, falls sie noch lebten, aufnehmen, um die Ergebnisse ihrer Nachforschungen zu erfahren.

Wouter Loos stieß sich mit dem Ruder von der *Zandaam* ab. Jan Pelgrom hatte die Hände vors Gesicht geschlagen und weinte.

Wouter Loos begann zu rudern, den Blick starr auf die Küste vor sich gerichtet.

Lucretia schaute dem Boot nach, bis es als dunkler Fleck mit den Wogen verschwamm.

Vielleicht finden sie bei den Eingeborenen das Königreich, von dem sie einmal träumten, dachte sie, vielleicht entdecken sie die Reichtümer, die sie ersehnten. Vielleicht verenden sie dort aber auch, während sie Jeronimus verfluchen und als Letztes vor ihren Augen die Bilder grüner holländischer Wiesen und sich drehender Windmühlen auftauchen.

Fort Batavia

achtundzwanzigster Tag des Januar
im Jahre des Herrn, 1630

Die Urteile über die verbliebenen Gefangenen wurden in Batavia vollstreckt. Für den größten Teil von ihnen bedeuteten sie den Tod durch das Rad.

Salomon Deschamps und Rogier Decker wurden gehängt.

Olivier van Welderen wurde für drei Jahre als Kettensträfling außer Landes verbannt.

Die Söldner von der Langen Insel belohnte der Ostindienrat mit einem Geldbetrag, der jeweils zwei Monatslöhnen entsprach.

Wiebe Hayes wurde zum Standartenträger befördert, mit einem zukünftigen Monatslohn von vierzig Gulden.

Bei allen Urteilen schloss sich der Rat François' Empfehlungen an.

XXX

Das war ein hübscher Anblick.

Die guten Holländer hatten ihre Festung mit Fähnchen und Wimpeln geschmückt und kamen zuhauf herbeigelaufen, um zuzusehen, wie die Bösen gehenkt und gefoltert wurden. Ihr Vergnügen lässt sich schwer in Worte fassen. Es muss genügen, dass sie laut jubelten und Beifall klatschten, wenn die Knochen am Rad brachen oder die Schlingen am Galgen zugezogen wurden und die Verurteilten in die Höhe stiegen und im Todeskampf zuckten.

Für mich hatte es damit sein Bewenden.

Die Überlebenden habe ich mehr oder weniger aus den Augen verloren, nur bei einigen weiß ich in etwa, was mit ihnen geschah.

Die schöne Frau van der Mylen verheiratete sich noch im selben Jahr erneut, führte ein nicht weiter bemerkenswertes Leben und verschied als gesetzte, ältere Dame in Antwerpen friedlich in ihrem Bett.

Judith Bastians fand ihren Weg ins Leben zurück. Erstaunlich, nicht wahr? Offenkundig war sie aus härterem Holz geschnitzt, als ich vermutet hätte. Sie verheiratete sich noch zweimal, doch jeder ihrer Ehemänner starb, wenngleich auch auf weniger spektakuläre Weise als ihr erster. Sie fristete ein bettelarmes Dasein als Witwe, bis die *Companie* sich ihrer entsann und sie mit sechshundert Gulden für ihr Leid am Houtmans Riff entlohnte.

Auch Pfarrer Bastians ist noch einmal den Bund der Ehe eingegangen, indes nicht für lang. Er starb bereits nach wenigen Jahren an den Folgen der Ruhr.

Wiebe Hayes schaffte es bis zum Hauptmannsrang. Meinen Segen hatte er. Warum auch nicht? Er war viel zu uninteressant, als dass ich ihn hätte versuchen wollen. Mag sein, er hat die kleine

Sussie geheiratet. Ihr hätte ich vielleicht jemand Unterhaltsameren gewünscht, doch großartig am Herzen gelegen hat auch sie mir nicht.

Dann eher schon François, der vornehme Herr Kommandeur. Ihm habe ich für eine Weile gelauscht, wenn er sich quälte und sein Verhalten immer wieder neu drehte, wendete, beleuchtete und analysierte, so eitel in sich selbst verliebt, so fassungslos, wenn sein kluger Kopf ihm die Antworten versagte. Es tat mir Leid, dass er früh verstarb, denn bei den Diners, zu denen man häufig lud, hätte ich ihn gern einmal als Tischnachbarn begrüßt. Es hat nicht sollen sein. Bereits im Sommer 1630 erlag er auf Sumatra seinem Fieber.

Was aus Jeronimus wurde, wissen Sie. Ich hätte ihm etwas Besseres zugedacht. Jeronimus hatte Schwächen, doch er war ein faszinierender Mann – ehrgeizig, spöttisch, amüsant, rücksichtslos, konsequent, ein eigenwilliger Gentleman, der mir gefiel.

Nachwort

Dieses Buch beruht auf wahren Begebenheiten und schildert Menschen, die einmal gelebt haben. Die Art und Weise ihrer Interpretation ist jedoch die meine.

Wäre die *Zandaam* indes nicht an dem Tag erschienen, als Wouter Loos' Gefolgsleute Wiebe Hayes und die Söldner angriffen, hätte es womöglich keine Überlebenden gegeben, die diese Geschichte hätten erzählen können, und wir wüssten nur wenig über einen der folgenreichsten Schiffbrüche in der Geschichte der Seefahrt.

Diejenigen, die sich für weitere Einzelheiten interessieren, verweise ich auf Hugh Edwards' *Islands of Angry Ghosts* und Henrietta Drake-Brockmans *Voyage of the Batavia*.

Die Rubens-Vase befindet sich heute in der Walters Art Gallery in Baltimore. Die Große Kamee zählt zu den Hauptsehenswürdigkeiten des Königlichen Penningkabinet in Leiden.

Widmung

Dieses Buch ist Sir Kenneth Robert Joseph Wilson gewidmet, Weltreisender und Bonvivant, Autorität auf dem Gebiet balinesischer Tänze – und Freund.

Danksagungen

Ich danke Sue Cox, Mitarbeiterin des Maritime Museums in Fremantle, für ihre Hilfe und die Bereitstellung einschlägiger Dokumente.

Mein besonderer Dank gilt Bruce Melrose, seines Zeichens Pilot, Pioniertaucher und Gelehrter. Seiner Forschung ist dieses Buch zu einem beträchtlichen Teil verpflichtet. Seine Ergebnisse hinsichtlich der genauen Fundstellen der Skelette auf der Friedhofsinsel bedürfen noch immer umfassender Würdigung. Die Zeit wird sie ihm gewähren, dessen bin ich gewiss.

Eine Dankeschön auch an meinen Agenten und Freund Tim Curnow. Er ist Neuseeländer und unterstützt Sydney Swans, was ich ihm nachsehe.